聶安福 注譯

新譯

辛棄疾詞選

三民書局

國家圖書館出版品預行編目資料

新譯辛棄疾詞選／聶安福注譯.－－初版三刷.－－臺北市：三民，2022
面；　公分.－－(古籍今注新譯叢書)

ISBN 978-957-14-6005-5（平裝）

852.4523　　104004497

古籍今注新譯叢書

新譯辛棄疾詞選

注譯者　聶安福
發行人　劉振強
出版者　三民書局股份有限公司
地址　臺北市復興北路 386 號 (復北門市)
　　　臺北市重慶南路一段 61 號 (重南門市)
電話　(02)25006600
網址　三民網路書店 https://www.sanmin.com.tw

出版日期　初版一刷 2015 年 4 月
　　　　　初版三刷 2022 年 10 月
書籍編號　S033660
ISBN　978-957-14-6005-5

刊印古籍今注新譯叢書緣起

劉振強

人類歷史發展，每至偏執一端，往而不返的關頭，總有一股新興的反本運動繼起，要求回顧過往的源頭，從中汲取新生的創造力量。孔子所謂的述而不作，溫故知新，以及西方文藝復興所強調的再生精神，都體現了創造源頭這股日新不竭的力量。古典之所以重要，古籍之所以不可不讀，正在這層尋本與啟示的意義上。處於現代世界而倡言讀古書，並不是迷信傳統，更不是故步自封；而是當我們愈懂得聆聽來自根源的聲音，我們就愈懂得如何向歷史追問，也就愈能夠清醒正對當世的苦厄。要擴大心量，冥契古今心靈，會通宇宙精神，不能不由學會讀古書這一層根本的工夫做起。

基於這樣的想法，本局自草創以來，即懷著注譯傳統重要典籍的理想，由第一部的四書做起，希望藉由文字障礙的掃除，幫助有心的讀者，打開禁錮於古老話語中的豐沛寶藏。我們工作的原則是「兼取諸家，直注明解」。一方面熔鑄眾說，擇善而從；一方面也力求明白可喻，達到學術普及化的要求。叢書自陸續出刊以來，頗受各界的喜愛，使我們得到很大的鼓勵，也有信心繼續推廣這項工作。隨著海峽兩岸的交流，我們注譯的成員，也由臺灣各大學的教授，擴及大陸各有專長的學者。陣容的充實，使我們有更多的資源，整理更多樣化的古籍。兼採經、史、子、集四部的要典，重拾對通才器識的重視，將是我們進一步工作的目標。

古籍的注譯，固然是一件繁難的工作，但其實也只是整個工作的開端而已，最後的完成與意義的賦予，全賴讀者的閱讀與自得自證。我們期望這項工作能有助於為世界文化的未來匯流，注入一股源頭活水；也希望各界博雅君子不吝指正，讓我們的步伐能夠更堅穩地走下去。

新譯辛棄疾詞選 目次

導讀

辛棄疾（西元一一四〇—一二〇七年），字坦夫，後改字幼安❶，號稼軒，謚忠敏。濟南歷城（今山東濟南歷城區）人。

稼軒以詞名世，其現存六百餘首詞作，堪稱其人生情懷的寫照。元好問〈新軒樂府引〉云：「自東坡一出，情性之外不知有文字。」稼軒詞亦然，范開〈稼軒詞序〉所論頗為精當：

器大者聲必閎，志高者意必遠。知夫聲與意之本原，則知歌詞之所自出。是蓋不容有意於作為，而其發越著見於聲音言意之表者，則亦隨其所蓄之淺深，有不能不爾者存焉耳。世言稼軒居士辛公之詞似東坡，非有意於學坡也，自其發於所蓄者言之，則不能不坡若也。……公一世之豪，以氣節自負，以功業自許，方將斂藏其用以事清曠，果何意於歌詞哉，直陶寫之具耳。故其詞之為體，如張樂洞庭之野，無首無尾，不主故常；又如春雲浮空，卷舒起滅，隨所變態，無非可觀。無他，意不在於作詞，而其氣之所充，蓄之所發，詞自不能不爾也。

此序作於淳熙十五年（西元一一八八年）正月一日。稼軒時年四十九，從二十三歲南歸後，宦海遷轉，雖曾官居地方大員，然壯志未酬而身遭彈劾，如今罷職閒居帶湖已八年，其人生已歷經坎坷，其詞風亦臻於成熟。范開師從稼軒八年，可謂深知乃師人品詞風，為之編成《稼軒詞》（即今存四卷本甲集）

---

❶ 周孚有詩〈辛棄疾始字坦夫後易曰幼安作詞以祝之〉，《蠹齋鉛刀編》卷二十，影印文淵閣《四庫全書》本。

並作序，所言切實中肯：其一，稼軒為一世豪傑，即所謂「器大者」、「志高者」，「以氣節自負，以功業自許」。其二，稼軒懷抱雄才遠略而不得施展，即所謂「斂藏其用以事清曠」。其三，稼軒作詞而「意不在於作詞」，直陶寫情懷，即所謂「氣之所充，蓄之所發」。其四，稼軒詞作於恢弘豪邁氣象中呈現出多姿多態，即所謂「如張樂洞庭之野，無首無尾，不主故常；又如春雲浮空，卷舒起滅，隨所變態，無非可觀」。前二者言襟懷及境遇，後二者言作詞及詞風。無疑，解讀稼軒詞作，不能不把握其性情懷抱，瞭解其人生際遇。

一

稼軒於紹興三十二年（西元一一六二年）南渡之前的青少年生活中，有兩方面值得注意。一是在祖父辛贊的教誨影響下，稼軒早年即立定恢復大志，並有聚眾抗金之舉。其《美芹十論》云：「大父臣贊，以族眾拙於脫身，被汙虜官，留京師，歷宿、亳，涉沂、海，非其志也。每退食，輒引臣輩登高望遠，指畫山河，思投釁而起，以紓君父所不共戴天之憤。嘗令臣兩隨計吏抵燕山，諦觀形勢。謀未及遂，大父臣贊下世。」辛贊「投釁而起」之願未遂而下世，稼軒承祖父遺志，於紹興三十一年（西元一一六一年）金兵大舉南侵之時，聚眾二千，聯合耿京所領導的義軍共圖恢復，任掌書記，力勸耿京歸宋，表現出非凡的軍事才幹和戰略眼光，而其殺叛僧義端、擒叛將張安國❷，則展現出超人的勇武氣概。范開所謂的「一世之豪，以氣節自負，以功業自許」，在二十出頭的稼軒身上即已顯露端倪。其功業即恢復大業，其氣節即民族大節，這是稼軒一生的追求和操守。

另一方面，稼軒稱雄詞壇，其才華在青少年時期就已展露。陳模《懷古錄》卷中載：「蔡光工於詞，

❷ 參見《宋史》卷四〇一〈辛棄疾傳〉，中華書局，一九七六年。

靖康中陷金。辛幼安嘗以詩詞謁之。蔡曰：『子之詩則未也，他日當以詞名家。』故稼軒歸本朝，晚年詞筆尤高。」現存稼軒詞中未見南歸之前所作，然而陳模所記當有所據。《宋史・辛棄疾傳》稱其「少師蔡伯堅」，伯堅名松年，號蕭閒老人。元好問《中州集》卷一云：「百年以來，樂府推伯堅與吳彥高，號『吳蔡體』。」蔡光、蔡松年同在靖康中陷金，同以詞著稱，或即同一人，原名光，後改名松年亦未可知。稼軒曾於金海陵王貞元二年（西元一一五四年）、正隆二年（西元一一五七年）兩次入中都（今北京市）應試，此間或有以詩詞請謁蔡松年之舉❸。蔡氏謂其「詩則未也，他日當以詞名家」，可見稼軒年未二十，其詞作即已為詞壇名家所稱道。

稼軒青少年時期所展現出的抗金復國志向及其詞學才華，也預示了終其一生的功業追求和情懷抒寫。

二

紹興三十二年（西元一一六二年），二十三歲的稼軒南渡歸宋，以右承務郎出任江陰簽判，直至淳熙八年（西元一一八一年）四十二歲罷職閒居上饒帶湖，為其平生最長的一段仕宦生涯。二十年間，稼軒曾三任朝官（司農寺主簿、倉部郎中、大理少卿），但為期不足三年，其餘十七年都在地方任職，足跡遷轉於今江蘇、安徽、江西、湖北、湖南之間，先後歷任江西、湖北、湖南帥臣。客觀說來，稼軒以一歸正軍人，又非進士出身，二十年間官至方面大員，其仕宦不可謂不順，然而其情懷並不舒暢。這主要有兩重原因：一是其懷抱雄才大略而不得施展，其志圖恢復而難以實現；一是其為官敢作敢為卻時遭擯阻非議。

❸ 參見辛更儒《辛棄疾研究》，人民出版社，二〇〇八年。

稼軒南歸後的前十年，即隆興、乾道年間，曾多次進奏恢復大略，均不為所用。宋孝宗即位之初，銳志恢復，起用張浚為江淮宣撫使。時任江陰簽判的稼軒即向張浚陳說「分兵殺虜之勢」❹，未獲採納。隆興元年（西元一〇六三年），張浚北伐潰敗於符離（今安徽宿州）之後，宋廷主和派得勢。稼軒於隆興二年上奏煌煌萬餘言的《美芹十論》❺，從「虜人之弊」和「朝廷之所當行」兩端，分「審勢」、「察情」、「觀釁」、「自治」、「守淮」、「屯田」、「致勇」、「防微」、「久任」、「詳戰」十個方面闡述恢復大計。然而所論未能阻止宋金於當年十二月達成和議。

數年後，孝宗「深悟前日和議之失，思欲亟致富強，以為恢復之漸」❻，加強邊備。乾道五年（西元一一六九年），一向主戰的虞允文入相執政，稼軒亦於次年召對延和殿，進奏〈論阻江為險須藉兩淮疏〉和〈議練民兵守淮疏〉，一年後又向虞允文進獻《九議》，從用人強兵到戰略戰術等方面均提出具體方案，且抱定必勝信心：「苟從其說而不勝，與不從其說而勝，其請就誅殛，以謝天下之妄言者。」❼然而稼軒在陳述己見的同時，對虞氏執政三年來的恢復方略有所批評，即《宋史》本傳所稱「持論勁直，不為迎合」，其結果是建言未獲採納，自身則奉命出知滁州，恢復之事亦終無所成。

乾道八年（西元一一七二年）春，稼軒出任滁州知州，開始了江、淮、兩湖間的十年仕宦生涯，政績非凡，如治理戰後殘破荒陋的滁州、江西提刑任上平定茶商軍起事、知潭州時創建飛虎軍、知隆興府時治理旱荒等，展現出傑出的地方政治才幹，故朱熹稱其「軺車每出，必著能名；制閫一臨，便收顯績」❽。然而與顯著政績相伴隨的，是其治政行事之手段作風不時遭受指責，如平定茶商軍，宋孝宗云：「辛棄

---

❹ 黎靖德編《朱子語類》卷一一〇，中華書局，一九八六年。
❺ 參見辛更儒《辛棄疾研究》，人民出版社，二〇〇八年。
❻ 朱熹〈敷文閣直學士陳公行狀〉，《晦菴先生朱文公文集》卷九十七，《四部叢刊》本。
❼ 辛棄疾《九議》，鄧廣銘輯校審訂、辛更儒箋注《辛稼軒詩文箋注》，上海古籍出版社，一九九五年
❽ 朱熹〈答辛幼安啟〉，《晦菴先生朱文公文集》卷八十五，《四部叢刊》本。

疾捕寇有方，雖不無過當，然可謂有勞，宜優加旌賞。」[9]從「不無過當」語中不難推想到朝臣的非議，周必大就曾奏論「辛棄疾所起民兵數目太多，不惟揀擇難精，兼亦倍費糧食」，且云：「但觀其為人，頗似輕銳，亦須戒以持重。」[10]又有人謂「辛棄疾平江西茶寇，上功太濫。……辛棄疾有功，而人多言其難駕御」[11]。

稼軒所創之飛虎軍對維持地方治安發揮著重要作用，然而在創建期間因耗資鉅大而引來不少非議，孝宗降金牌叫停，稼軒隱而不宣，軍營得以建成。對此，朱熹的觀點頗為典型，他一方面肯定稼軒創建飛虎軍，「選募既精，器械亦備，經營葺理，用力至多。數年以來，盜賊不起，蠻傜帖息，一路賴之以安」[12]。另一方面又反對稼軒耗鉅資新創一軍：「以某觀之，當時何不整理親軍，自是可用，卻別創一軍，又增其費。」[13]周必大甚至謂稼軒此舉乃邀功自利：「長沙將兵元不少，……若精加訓練，自可不勝用。而辛卿又竭一路民力為此舉，欲自為功，且有利心焉。」[14]

對於自身官場境遇及其原由，稼軒在淳熙六年（西元一一七九年），湖南轉運副使任上所進〈論盜賊箚子〉中曾向孝宗表白：「臣孤危一身久矣。荷陛下保全，事有可為，殺身不顧。……臣生平剛拙自信，年來不為眾人所容，顧恐言未脫口而禍不旋踵。」「剛拙自信」、「事有可為，殺身不顧」之剛毅不屈，致使其身陷「孤危一身」之境。稼軒雖有自知之明，卻難改其剛直不阿秉性，其後罷居帶湖時所作〈千年調〉云：「巵酒向人時，和氣先傾倒。最要然然可可，萬事稱好。……此個和合道理，近日方曉。」

---

[9] 徐松輯《宋會要輯稿・兵》一九之二六，中華書局，一九五七年。

[10] 周必大〈論平茶賊利害〉，《文忠集》卷一三八，影印文淵閣《四庫全書》本。

[11] 楊萬里〈宋故少師大觀文左丞相魯國王公神道碑〉，《誠齋集》卷一百二十，《四部叢刊》本。

[12] 朱熹〈乞撥飛虎軍隸湖南安撫司箚子〉，《晦菴先生朱文公文集》卷二十一，《四部叢刊》本。

[13] 朱熹《朱子語類》卷一三〇，中華書局，一九八六年。

[14] 周必大〈林黃中少卿〉，《文忠集》卷一九五，影印文淵閣《四庫全書》本。

遭受彈劾罷職，令稼軒深切體驗到官場「和合道理」之重要。

然而當年身在官場，志在有為而「不為眾人所容」，身陷「孤危」，卻不願逢迎附和，依然堅持「事有可為，殺身不顧」。在上面引及的〈論盜賊劄子〉中，稼軒直言地方官吏之貪濁，逼民為盜：「田野之民，郡以聚斂害之，縣以科率害之，吏以取乞害之，豪民大姓以兼併害之，而又盜賊以剽殺攘奪害之，臣以謂『不去為盜，將安之乎』，正謂是耳。……民者國之根本，而貪濁之吏迫使為盜。」在隨後的帥湖南安撫使任上，彈劾貪官汙吏，整編鄉社，創建飛虎軍，帥江西時以治理饑荒有功，轉浙西提刑，尚未赴任即遭彈劾，罷歸帶湖，結束了二十年的仕宦生涯，時在淳熙八年（西元一一八一年）冬。

稼軒南歸後的這二十年，正值青壯年，輾轉官場，勤於政務，積極為國事建言，留下不少著名政論，但作詞不多，現存約九十首，為其官場生活情懷的展現，如較多僚友間的酬贈祝壽之詞，也顯示出其二十年來的宦情變化。

宋孝宗即位前十年間，朝堂主戰之聲尚未沉寂，因孝宗心存備戰恢復之意。稼軒對恢復大業之成功抱有期待，如乾道四年（西元一一六八年），建康通判任上贈江東轉運副使趙彥端的壽詞〈水調歌頭〉云：「聞道清都帝所，要挽銀河仙浪，西北洗胡沙。回首日邊去，雲裏認飛車。」表達出對朝廷起意北伐抗金的興奮和期待，也流露出內心激切的報國熱情。其後為曾在紹興末年進奏〈恢復要覽〉，時任建康府帥的史正志所作的幾首詞，也表露出類似的情懷：「袖裏珍奇光五色，他年要補天西北。」（〈滿江紅〉「鵬翼垂空」）「從容帷幄去，整頓乾坤了。」（〈千秋歲〉「塞垣秋草」）

也就在這幾年間，稼軒積極建言，奏論恢復之事，但均不為所用，心生憂憤。乾道八年（西元一一七二年），知滁州任上賦詞送別僚友范昂云：「老來情味減，對別酒，怯流年。……長安故人問我，道愁腸殢酒只依然。目斷秋霄落雁，醉來時響空弦。」（〈木蘭花慢〉）稼軒時年三十三，卻自嘆「老來情味減」、「愁腸殢酒只依然」，其失志情懷溢於言表，而目斷秋雁，醉響空弦，又於沉鬱中激盪出雄武氣魄。此番憂憤沉雄情懷在兩年後「登建康賞心亭」所作的〈水龍吟〉中更為鮮明：「遙岑遠目，獻愁供恨，玉簪螺髻。落日樓頭，斷鴻聲裏，江南遊子。把吳鉤看了，欄干拍遍，無人會、登臨意。」壯志難酬，知音無覓，然退歸而又不甘：「求田問舍，怕應羞見，劉郎才氣。」面對風雨流年，惟有揮灑一腔英雄悲慨之淚：「可惜流年，憂愁風雨，樹猶如此。倩何人、喚取紅巾翠袖，揾英雄淚。」

隨後數年間，稼軒因事、因地、因人，仍不時觸發出時世悲慨和抗金豪情，如登贛州鬱孤臺而感慨靖康亂離、故都淪陷之悲：「鬱孤臺下清江水，中間多少行人淚。西北望長安，可憐無數山。」（〈菩薩蠻‧書江西造口壁〉）湖北送別李姓友人而想起漢代令匈奴膽懾的飛將軍李廣：「漢水東流，都洗盡、髭胡膏血。人盡說、君家飛將，舊時英烈。破敵金城雷過耳，談兵玉帳冰生頰。」（〈滿江紅〉）過揚州則追憶近二十年前，金兵南侵攻占揚州時的烽火塵煙，以及早年親歷的抗金生涯：「落日塞塵起，胡騎獵清秋。漢家組練十萬，列艦聳層樓。誰道投鞭飛渡，憶昔鳴髇血污，風雨佛狸愁。季子正年少，匹馬黑貂裘。」（〈水調歌頭‧和楊濟翁周顯先韻〉），送僚友張仲固帥興元府，則想到當年漢高祖劉邦開創帝業、張良輔佐之功：「漢中開漢業，問此地，是耶非？想劍指三秦，君王得意，一戰東歸。追亡事今不見，但山川滿目淚沾衣。落日胡塵未斷，西風塞馬空肥。」（〈木蘭花慢‧席上送張仲固帥興元〉），均寄寓抗金復國之壯志以及報國無門之激憤。

雖說壯志未酬，退身而不甘，然抗金謀略不為所用，且朝廷主戰之聲漸趨沉寂，稼軒深感恢復大業前景渺茫，加之外任遷轉頻頻，又時遭非議，心中伴隨英雄失路之悲而滋生的是倦怠歸退之念。這在淳熙間罷歸前的詞作中不時見出：

過眼不如人意事，十常八九今頭白。（〈滿江紅〉「落日蒼茫」）

但覺平生湖海，除了醉吟風月，此外百無功。毫髮皆帝力，更乞鑑湖東。（〈水調歌頭〉「我飲不須勸」）

宦遊吾倦矣。玉人留我醉：明日落花寒食，得且住，為佳耳。（〈霜天曉角〉「吳頭楚尾」）

江頭未是風波惡，別有人間行路難。（〈鷓鴣天〉「唱徹陽關淚未乾」）

佳處徑須攜杖去，能消幾緉平生屐。笑塵勞三十九年非，長為客。（〈滿江紅〉「過眼溪山」）

別浦魚肥堪膾，前村酒美重斟。千年往事已沉沉，閑管興亡則甚。（〈西江月〉「千丈懸崖削翠」）

二年魚鳥江上，笑我往來忙。富貴何時休問，離別中年堪恨，憔悴鬢成霜。……在家貧亦好，此語試平章。（〈水調歌頭〉「折盡武昌柳」）

品讀此類詞句，不難感受到稼軒的失意和無奈情懷，其淳熙六年（西元一一七九年）暮春，自湖北轉運副使改任湖南轉運副使時，贈別同僚之作〈摸魚兒〉尤顯幽怨悲愁：

更能消、幾番風雨？匆匆春又歸去。惜春長怕花開早，何況落紅無數。春且住。見說道、天涯芳草無歸路。怨春不語。算只有殷勤，畫簷蛛網，盡日惹飛絮。　長門事，準擬佳期又誤。蛾眉曾有人妒。千金縱買相如賦，脈脈此情誰訴？君莫舞。君不見、玉環飛燕皆塵土！閑愁最苦。休去倚危樓，斜陽正在，煙柳斷腸處。

官場上的遷轉，僚友間的離別，實乃仕宦中極平常之事。稼軒這樣一位英雄豪傑，竟然因一次正常的仕宦遷轉，而向僚友大發傷春怨別之情，筆調是那般的頓挫沉婉，情調是那般的無奈悲切，實則寄寓著深切的身世感慨：人生年華在官場風雨中消磨，平生志業一無所成且又「不為眾人所容」。如此境遇遂令稼軒萌生歸退之念，同年在湖南任上便開始經營帶湖新居，作〈新居上梁文〉云：「久矣倦遊，茲焉卜築。……雖云富貴逼人，自覺林泉邀我。望物外逍遙之趣，吾亦愛吾廬；語人間奔競之流，卿自用卿法。」

兩年後的江西安撫使任上，帶湖新居落成，洪邁為作〈稼軒記〉謂稼軒「本以中州雋人，抱忠仗義，彰顯聞於南邦。……壯聲英概，懦士為之興起，聖天子一見三歎息，用是簡深知。……使遭事會之來，挈中原還職方氏，彼周公瑾、謝安石事業，侯固饒為之。此志未償，顧自詭跡，放浪林泉，從老農學稼，無亦大不可歟」！稼軒自賦詞作雖對「君恩」有所繫念：「沉吟久，怕君恩未許，此意徘徊。」（〈沁園春〉「三徑初成」）但已感到恢復大業難成，宦海風波險惡：「意倦須還，身閑貴早，豈為蓴羹鱸鱠哉。秋江上，看驚弦雁避，駭浪船回。」（同上）「且約湖邊風月，功名事、欲使誰知。都休問，英雄千古，荒草沒殘碑。」（〈滿庭芳〉「傾國無媒」）為此常對家人提出退歸帶湖：「稼軒日向兒童說：帶湖買得新風月。頭白早歸來。……功名渾是錯。更莫思量著。」（〈菩薩蠻〉「稼軒日向兒童說」）心中歸意已定，隨後被彈劾罷職，稼軒來到帶湖，欣然賦詞「盟鷗」：「帶湖吾甚愛，千丈翠奩開。先生杖屨無事，一日走千回。凡我同盟鷗鷺，今日既盟之後，來往莫相猜。白鶴在何處，嘗試與偕來。」（〈水調歌頭・盟鷗〉）筆端呈現出脫離仕宦險境，置身山水之間的放曠自由心態。

三

淳熙八年（西元一一八一年）冬至紹熙三年（西元一一九二年）春赴任福建提刑的十年，稼軒閒居上饒帶湖。上饒其地，一則山奇水秀，可供寄情遣懷。北宋釋覺範〈信州天寧寺記〉云：「江南山水冠天下，而上饒又冠江南。自昔多為得道者所廬。鵝湖、龜峯、懷玉，號稱形勝，而靈山尤秀絕。」二則地近臨安，便於關注朝政時局，所謂「地近日邊，幸政聲之易達」（《方輿勝覽》卷十八）。洪邁〈稼軒記〉即指出上饒為「士大夫樂寄」之地，就在於其「最密邇畿輔，東舟西車，蠭午錯出，處勢便近」。山水田園遣賞以及與士大夫的交遊酬唱，遂成為稼軒退居帶湖期間讀書以外的主要活動，其詞作便是這些日常生活的寫照。

帶湖新居即將落成時，稼軒在江西安撫使任上作〈沁園春〉（三徑初成）稱「雲山自許，平生意氣」。如今閒居帶湖，正可盡情遊賞雲山林泉，不負「平生意氣」。其遊歷之地，詞中提及者有雲洞、博山、雨巖、鵝湖、西巖、南巖、瓢泉、黃沙嶺等。稼軒這類詞作展現出不同格調的自然境界，顯示出詞人非凡的寫景藝術。如寫雲洞：「千古老蟾口，雲洞插天開。」（〈水調歌頭〉）貼切入神的比喻誇張透著奇幻色彩。訪得周氏泉（稼軒改名瓢泉）作〈洞仙歌〉云：「飛流萬壑，共千巖爭秀。」潑墨揮灑，氣象恢宏壯麗。描繪山水園林小景、村舍田園風情則筆致細膩活潑，如〈清平樂〉（茅簷低小）以清新靈動的筆觸勾畫出一幅溫情恬適、自然純樸的農家生活和勞動圖景。此類小品畫一般的例子尚有不少：

逗曉鶯啼聲昵昵，掩關高樹冥冥。小渠春浪細無聲。（〈臨江仙〉）

一川松竹任橫斜。有人家，被雲遮。雪後疏梅、時見兩三花。（〈江神子〉）

一川淡月疏星，浣紗人影娉婷。笑背行人歸去，門前穉子啼聲。（〈清平樂〉）

春入平原薺菜花，新耕雨後落群鴉。（〈鷓鴣天〉）

陌上柔桑破嫩芽，東鄰蠶種已生些。平岡細草鳴黃犢，斜日寒林點暮鴉。（〈鷓鴣天〉）

讀這些詞句，令人感到詞人在景外閒靜觀賞，如其〈清平樂．檢校山園，書所見〉所展現的場景：「西風梨棗山園，兒童偷把長竿。莫遣旁人驚去，老夫靜處閑看。」

稼軒面對清雅的山水風光、恬適的鄉村風情而「靜處閑看」，置身奇山異水之中則呼石喚水，與物為戲，如〈山鬼謠〉題詠雨巖怪石：「問何年、此山來此？西風落日無語。看君似是羲皇上，直作太初名汝。溪上路，算只有、紅塵不到今猶古。一杯誰舉？笑我醉呼君，崔嵬未起，山鳥覆杯去。……依約處，還問我、清遊杖屨公良苦。神交心許。待萬里攜君，鞭笞鸞鳳，誦我〈遠遊〉賦。」

與鷗鷺盟約，攜怪石遠遊，見出稼軒擺脫官場束縛後的遺賞超舉意興。然而，無論是「靜處閑看」山野風光、鄉村風情，還是盟鷗友鶴、醉呼怪石相約遠遊，恐怕都不是「以功業自許」的稼軒內心深處的意願。他在罷職退居之初遊雲洞時，見崖上漲痕、山間雲霧，而感慨滄海桑田之鉅變，和宇宙萬物之瞬息變幻，進而反觀人生人世，流露出對自身近年來人生遭際的自嘲自嘆，以及對人世興衰的無奈感喟：「笑年來，蕉鹿夢，畫蛇杯。黃花憔悴風露，野碧漲荒萊。此會明年誰健，後日猶今視昔，歌舞只空臺。」（〈水調歌頭〉「千古老蟾口」）此為山水遊歷中的酬贈之作，人生失意之慨隱含於言語間。而當其於風雨交加的秋夜「獨宿博山王氏庵」，則此番失意之悲便噴發而出：「平生塞北江南，歸來華髮蒼顏。布被秋宵夢覺，眼前萬里江山。」（〈清平樂〉「遶床饑鼠」）壯志未酬而無奈歸退的人生憂憤激盪於筆端。

遊賞山水風光、鄉村風情之外，親友間的交遊酬贈，是稼軒帶湖閑居生活的一大內容，其酬贈唱和詞作有一百二、三十首之多，涉及五、六十人。這些詞作因酬贈對象不同、情事境遇不同，而呈現出不同的格調情韻，其中固然有不少意義不大的應酬之作，但值得重視的是那些與知己親友間的酬贈詞作，其中透露出稼軒內心深處的憂憤和對時局及抗金大業的繫念。

辛祐之為稼軒族弟，大概是求仕或科舉失意，途經上饒返歸浮梁。稼軒有多篇詞作為之送別，有寬慰：「鐘鼎山林都是夢，人間寵辱休驚。」（〈臨江仙〉）；有勸勉：「詩書事業，青氈猶在，頭上貂蟬會見。莫貪風月臥江湖，道日近、長安路遠。」（〈鵲橋仙〉「小窗風雨」）；更有沉鬱的悲怨之情：「塵土西風，便無限、淒涼行色。還記取、明朝應恨，今宵輕別。珠淚爭垂華燭暗，雁行欲斷哀箏切。」（〈滿江紅〉）、「無情最是江頭柳，長條折盡還依舊。」（〈菩薩蠻〉）、「衰草斜陽三萬頃。不算飄零，天外孤鴻影。幾許淒涼須痛飲，行人自向江頭醒。」（〈蝶戀花〉）對性情豪爽且識略高遠的稼軒而言，憂傷不止來自離別情事，而更多是別有其恨：「不是離愁難整頓，被他引惹其他恨。」（〈蝶戀花〉「衰草斜陽三萬頃」）此所謂「其他恨」，當為難以言盡而又不難體會的家國身世之恨，前引詞句中的「日近長安路遠」，其寓意與其詞中屢見的「西北有長安」、「長安正在天西北」等相同，透露出稼軒內心對收復失土的憂慮和繫念。

送別辛祐之的這些詞作，也可見出稼軒帶湖閒居期間的複雜心境。一方面是對待人生失意的超然灑脫心態，所謂「鐘鼎山林都是夢，人間寵辱休驚。只消閑處過平生」（〈臨江仙〉）。這在此間的不少詞作中都有表露，如「人生行樂耳，身後虛名，何似生前一杯酒！便此地結吾廬，待學淵明，更手種、門前五柳」（〈洞仙歌〉）「飛流萬壑」）、「世事從頭減，秋懷徹底清」（〈南鄉子〉）、「君向沙頭細問，白鷗知我行藏」（〈朝中措〉「夜深殘月過山房」）、「靜掃瓢泉竹樹陰，且恁隨緣過」（〈卜算子〉「欲行且起行」）等。值得注意的是，對待自身的名利富貴、得失榮辱，稼軒或可置之度外，而對其平生立定的抗金恢復志向則無法超然處之。這便是其帶湖閒居心境的另一面：因壯志難酬而憂憤，同時又不失信心。稼軒送別仕宦失意的辛祐之所表露的幽恨，及其對祐之的勸勉，就透露出此番心境，其酣醉浩歌或觸事而賦的某些詞作中則有鮮明的表露：

醉裏重揩西望眼，惟有孤鴻明滅。萬事從教，浮雲來去，枉了衝冠髮。（〈念奴嬌・瓢泉酒酣，和東坡韻〉）

汗血鹽車無人顧，千里空收駿骨。正目斷、關河路絕。我最憐君中宵舞，道「男兒到死心如鐵」。看試手，補天裂。（〈賀新郎・同父見和，再用韻答之〉）

起望衣冠神州路，白日消殘戰骨。歎夷甫諸人清絕。夜半狂歌悲風起，聽錚錚陣馬簷間鐵。南共北，正分裂。（〈賀新郎・用前韻送杜叔高〉）

了卻君王天下事，贏得生前身後名。可憐白髮生。（〈破陣子・為陳同父賦壯詞以寄之〉）

長劍倚天誰問，夷甫諸人堪笑，西北有神州。此事君自了，千古一扁舟。（〈水調歌頭・送楊民瞻〉）

長劍倚天，放眼神州陸沉，以「了卻君王天下事」與知友共勉的稼軒，自難甘於久居山林，相機出山以成就抗金恢復大業，則是情理中的事。

四

紹熙二年（西元一一九一年）冬，稼軒奉命提點福建刑獄，次年春離瓢泉赴閩，開始了其人生又一個出仕而退歸的循環期。

稼軒此次出任提點福建刑獄，當與福建盜亂有關，《宋史・光宗本紀》載，紹熙二年二月，「福建安撫使趙汝愚等以盜發所部，與守臣、監司各降秩一等，縣令追停」。而治盜平亂為稼軒所長，如朱熹〈答辛幼安啟〉所云：「當季康患盜之時，豈張敞處閒之日。」⑮在福建提刑任上，稼軒恪盡職守，「讞議從厚，閩人戶知之」（樓鑰〈太府卿辛棄疾集英殿修撰知福州敕〉），但受制於福建安撫使林枅⑯。後林氏病卒，稼軒兼攝安撫使，上疏論經界、鈔鹽二事，為朝論所阻，不久即被召入京，於友人別宴上賦詞云：「長恨復長恨，裁作〈短歌行〉。何人為我楚舞，聽我楚狂聲。……富貴非吾事，歸與白鷗盟。」（〈水調歌頭〉）又云：「玉殿何須儂去？」（〈西江月〉「風月亭危致爽」）奉詔入朝而憂憤欲歸，可見閩中為官一年來並不如意。

功名富貴非所願，稼軒繫懷的依然是抗金大業，紹熙四年（西元一一九三年）初入朝便奏進〈論荊

---

⑮ 朱熹《晦菴先生朱文公文集》卷八十五，《四部叢刊》本。

⑯ 朱熹《晦菴先生朱文公文集・續集》卷三〈答劉晦伯〉：「林帥固賢，然近聞其與憲司不協，亦大有行不得處。……抑為州者固得以捍制使，而使者果不可以察縣耶。大抵范忠宣所謂恕己則昏者，甚不可不戒。使渠自作監司，能堪此耶。」

襄上流為東南重地〉，向光宗提出加強荊、襄戰備防禦的具體措施：「自江以北，取襄陽諸郡合荊南為一路，置一大帥以居之，使壤地相接，形勢不分，首尾相應，專任荊襄之責；自江以南，取辰、沅、靖、澧、常德合鄂州為一路，置一大帥以居之，使上屬江陵，下連江州，樓艦相望，東西聯亙，可前可後，專任鄂渚之責。屬任既專，守備自固。」「臣敢以私憂過計之切，願陛下安居慮危，任賢使能，修車馬，備器械，使國家屹然有金湯萬里之固，天下幸甚！社稷幸甚！」以稼軒資歷才能而論，此番言語實有毛遂自薦之意，但不為朝議所重，稼軒隨後遷移太府卿，同年秋出知福州兼福建安撫使，項安世賦詩送別云：「杜陵戀闕心應苦，楚客思君淚合傾。莫倚輕紅宜重碧，男兒報國在尊生。」（〈包山送辛大卿知福州〉）可見稼軒離京再任福建帥職，非情所願，但在任上依然敢作敢為，針對「福州前枕大海，為賊之淵，上四郡民，頑獷易亂」（《宋史．辛棄疾傳》），採取措施，積蓄財力，置「備安庫」，以備緩急。這些施政舉措卻招來非議，紹熙五年（西元一一九四年）秋，稼軒遭彈劾，被指為「殘酷貪饕，奸贓狼藉」⑰，落職歸帶湖。

出山再入仕途，三年後又被彈劾罷歸，稼軒兩首堪稱前後呼應的詞作頗有意味：

> 細聽春山杜宇啼，一聲聲是送行詩。朝來白鳥背人飛。　對鄭子真巖石臥，趁陶元亮菊花期。而今堪誦〈北山移〉。（〈浣溪沙．壬子春赴閩憲別瓢泉〉）

> 白鳥相迎，相憐相笑，滿面塵埃。華髮蒼顏，去時曾勸，聞早歸來。　而今豈是高懷？為千里、蓴羹計哉？好把〈移文〉，從今日日，讀取千回。（〈柳梢青．三山歸途代白鷗見嘲〉）

託白鳥以自嘲，去時當有所期待，白鳥則勸「聞早歸來」，背人飛去；如今歸來，「滿面塵埃。華髮

中華書局，一九五七年。

⑰《宋會要輯稿．職官》七三之五八：紹熙五年七月二十九日，知福州辛棄疾放罷，以臣僚言其「殘酷貪饕，奸贓狼藉」。

蒼顏」，「白鳥相迎，相憐相笑」。若說稼軒去時調「而今堪誦〈北山移〉」，為自我調笑，筆調輕鬆；歸來後說「好把〈移文〉，從今日日，讀取千回」，則深自怨悔，筆致沉鬱，見出其三年來的失意、失望情懷。與此相應，稼軒這三年間的詞作中，一種屢見於筆端的情調就是：歸退之意以及欲歸而不得之愁。如：「雞豚舊日漁樵社。問先生、帶湖春漲，幾時歸也。」（〈賀新郎〉「覓句如東野」）「卻有杜鵑能勸道，不如歸。」（〈添字浣溪沙〉「記得瓢泉快活時」）「老去不堪誰似我，歸臥，青山活計費尋思。」（〈定風波〉「莫望中州歎黍離」）「問人生得意幾何時，吾歸矣。」（〈滿江紅〉「宿酒醒時」）「好雨當春，要趁歸耕。」（〈行香子〉）「拋卻山中詩酒窠，卻來官府聽笙歌。閑愁做弄天來大，白髮栽埋日許多。」（〈鷓鴣天〉）「歎息。山林鍾鼎，意倦情遷，本無欣戚。轉頭陳跡。飛鳥外，晚煙碧。問誰憐舊日，南樓老子，最愛月明吹笛。到而今、撲面黃塵，欲歸未得。」（〈瑞鶴仙〉「片帆何太急」）

抒寫寥落宦情之外，稼軒仕閩詞作中值得提及的是對當地風光物色的題詠，有三山西湖雨中奇景：「翠浪吞平野。挽天河誰來照影，臥龍山下。煙雨偏宜晴更好，約略西施未嫁。待細把江山圖畫。千頃光中堆灩澦，似扁舟欲下瞿塘馬。中有句，浩難寫。」（〈賀新郎〉）；有武夷秋色：「露染武夷秋，千巒聳翠。練色泓澄玉清水。十分冰鑑，未吐玉壺天地。」（〈感皇恩〉）；有「倚東風一笑嫣然，轉盼萬花羞落」的梅花（〈瑞鶴仙‧賦梅〉），尤其是「過南劍雙溪樓」所賦〈水龍吟〉，山水之奇景、傳說之異事、現實之感慨融為一體，虛實相發，筆力雄奇，境界壯麗而情調沉雄：

舉頭西北浮雲，倚天萬里須長劍。人言此地，夜深長見，斗牛光焰。我覺山高，潭空水冷，月明星淡。待燃犀下看，憑闌卻怕，風雷怒，魚龍慘。　峽束蒼江對起，過危樓、欲飛還斂。元龍老矣，不妨高臥，冰壺涼簟。千古興亡，百年悲笑，一時登覽。問何人又卸，片帆沙岸，繫斜陽纜。

稼軒此番仕而復歸，正可謂「欲飛還斂」，抗金報國之雄心未能展飛，又復斂退而歸。仕閩前，稼軒曾訪得鉛山奇師村周氏泉，更名「期思瓢泉」，且有「此地結吾廬」(〈洞仙歌〉「飛流萬壑」) 之願。自閩罷歸，即再往期思卜築，經營新居。慶元二年(西元一一九六年)，帶湖雪樓被焚，稼軒遷居瓢泉，開始了近十年的瓢泉閒居生活。

與此前淳熙間的帶湖閒居相類，稼軒日常生活仍以遊歷山水、交遊讀書為主，其詞中屢有述及：「一生不負溪山債，百藥難治書史淫。」(〈鷓鴣天・不寐〉)「幾個相知可喜，才廝見、說山說水。顛倒爛熟只這是。怎奈向，一回說，一回美。」(〈夜遊宮・苦俗客〉)「乃翁依舊管些兒，管竹管山管水。」(〈西江月・示兒曹，以家事付之〉)「小窗高臥，風展殘書。看〈北山移〉，〈盤谷序〉，〈輞川圖〉。」(〈行香子・山居客至〉) 題詠山水亭閣、友朋酬唱贈別，便成了稼軒瓢泉閒居詞作的主要題材。這與其帶湖閒居詞作相類，且寫景筆調之或輕或重以及與物相戲之諧趣，亦可謂一脈相承，重筆揮舞者如：「疊嶂西馳，萬馬迴旋，眾山欲東。正驚湍直下，跳珠倒濺，小橋橫截，缺月初弓。」(〈沁園春〉)「一水西來，千丈晴虹，十里翠屏。」(〈沁園春〉)；閒筆點染者如：「幾個輕鷗，來點破、一泓澄綠。更何處、一雙鸂鶒，故來爭浴。」「春雨滿，秧新穀。閑日永，眠黃犢。」(〈滿江紅・山居即事〉)「一條垂柳，兩個啼鴉。」「疏疏翠竹，陰陰綠樹，淺淺寒沙。」(〈玉蝴蝶・追別杜叔高〉)「水荇參差動綠波，一池蛇影噤群蛙。因風野鶴飢猶舞，積雨山梔病不花。」(〈鷓鴣天〉)；與物相戲者如：「青山意氣崢嶸，似為我歸來嫵媚生。解頻教花鳥，前歌後舞，更催雲水，暮送朝迎。」(〈沁園春〉「一水西來」)「野花啼鳥，不肯入詩來，還一似，笑翁詩，自沒安排處。」(〈驀山溪〉「小橋流水」)。然而值得細究的是，稼軒瓢泉閒居與帶湖閒居時，不盡相同的心態及其相應的詞作風貌。

稼軒山林閒居十年，冒「背叛」林泉猿鶴之名而再仕，僅三年又被罷職而歸，其功業之心當受重創，且年逾五旬，其心境由自嘲、自省而歸於超然自適，詞中所謂「清溪上，被山靈卻笑，白髮歸耕」(〈沁園春〉「一水西來」)、「尋思前事錯。惱殺晨猿夜鶴」(〈蘭陵王〉「一丘壑」)、「萬事雲煙忽過」(〈西江月〉)、

「萬事紛紛一笑中，淵明把菊對秋風」（〈鷓鴣天〉），即見出此番心態。如果說稼軒所自許的功業之志在帶湖閒居時尚存心底，閒居瓢泉期間則幾近泯滅，如其詞中屢言：「功名妙手，壯也不如人，今老矣，尚何堪！堪釣前溪月。」（〈驀山溪〉「飯疏飲水」）、「儂家。生涯蠟屐，功名破甑。」（〈玉蝴蝶〉「貴賤偶然渾似」）、「名利奔馳，寵辱驚疑，舊家時、都有些兒。而今老矣，識破關機。算不如閑，不如醉，不如癡。」（〈行香子〉「歸去來兮」）雖偶爾會因「客慨然談功名」而追往歎今，發出「春風不染白髭鬚。卻將萬字平戎策，換得東家種樹書」（〈鷓鴣天〉「壯歲旌旗擁萬夫」）之無奈感慨，但帶湖詞作中如「醉裏重揩西望眼」、「枉了衝冠髮」、「夜半狂歌悲風起，聽錚錚陣馬簷間鐵」、「平生塞北江南，歸來華髮蒼顏。布被秋宵夢覺，眼前萬里江山」（均見上文所引）一類壯志難酬之悲憤，稼軒在瓢泉閒居期間已不復縈懷，而是更傾向於擺脫功名得失之念，洞達紛紜世事，感悟人生世情，體味山水自然真趣。其詞作更多地呈現出某種理趣情韻，這是稼軒瓢泉詞作較帶湖詞作更為凸顯的特色。

瓢泉詞作之理趣情韻，首先表現為對人生世事的洞達，對貴賤榮辱、是非得失的超脫。稼軒有秋水堂，取自《莊子》篇名，並賦詞明其寓意，即萬物齊同在各適其性而自樂，人亦當任天自適，超然於窮通貴賤之外，所謂「小大相形，鳩鵬自樂」、「貴賤隨時」、「誰與齊萬物？莊周吾夢見之」（〈哨遍〉「蝸角鬥爭」）、「富貴非吾願，皇皇乎欲何之」、「看一時魚鳥忘情喜，會我已忘機更忘己」、「但教河伯，休慚海若，大小均為水耳」（〈哨遍〉「一壑自專」）。抒寫此類理趣的詞句尚有：

須信功名兒輩，誰識年來心事，古井不生波。（〈水調歌頭〉「萬事一杯酒」）

黃菊嫩，晚香枝，一般同是采花時。蜂兒辛苦多官府，蝴蝶花間自在飛。（〈鷓鴣天〉「出處從來自不齊」）

隨巧拙，任浮沉，人無同處面如心。不妨舊事從頭記，要寫行藏入笑林。（〈鷓鴣天〉「老病那堪歲月侵」）

待說與窮達，不須疑著。古來賢者，進亦樂，退亦樂。（〈蘭陵王〉「一丘壑」）

只有超然於紛紜世事、名利得失之外，才能深切體味自然山水真趣。稼軒瓢泉詞作之理趣情韻的又一層面也就在此。這可從詞中對陶淵明及其詩文的解讀見出。淵明及其詩文在稼軒筆下常被提及，大都在閒居詞作中，但在帶湖二百二十餘首詞作中尚不及十首，而瓢泉二百二十餘首詞作中則有近三十首。帶湖詞作中如「千古黃花，自有淵明比」（〈蝶戀花〉「洗盡機心隨法喜」）、「愛酒陶元亮，無酒正徘徊」（〈水調歌頭〉「千古老蟾口」）、「試尋殘菊處，中路候淵明」（〈臨江仙〉「莫向空山吹玉笛」），都是飲酒、賞菊一類外表舉止，涉及情懷心境，稼軒則自稱：「待學淵明，酒興詩情不相似。」（〈洞仙歌〉「婆娑欲舞」）、「我愧淵明久矣，猶借此翁湔洗，素壁寫〈歸來〉。」（〈水調歌頭〉「君莫賦幽憤」）

瓢泉閒居期間的稼軒有言「讀淵明詩不能去手」（〈鷓鴣天〉「晚歲躬耕不怨貧」序）、「老來曾識淵明，夢中一見參差是」（〈水龍吟〉）。其詞筆亦頗能體味淵明真趣，即與山水相融相適的悠然意趣：「行穿窈窕，時歷小崎嶇。斜帶水，半遮山，翠竹栽成路。一尊遐想，剩有淵明趣。」（〈驀山溪〉「小橋流水」）「晚歲躬耕不怨貧，隻雞斗酒聚比鄰。都無晉宋之間事，自是羲皇以上人。」（〈鷓鴣天〉）「萬事紛紛一笑中，淵明把菊對秋風。細看爽氣今猶在，惟有南山一似翁。」（〈鷓鴣天〉）友人傅巖叟有閣名「悠然」，稼軒屢為賦詞，筆涉理趣：「歲歲有黃菊，千載一東籬。悠然政須兩字，長笑退之詩。自古此山元有，何事當時纔見，此意有誰知？」（〈水調歌頭〉）黃菊不待淵明而開，南山亦不待淵明而有，悟得個中真趣關鍵在淵明之悠然心會：「風流剗地，向樽前採菊題詩，悠然忽見，此山正繞東籬。」「千載襟期，高情想像當時。小閣橫空，朝來翠撲人衣。是中真趣，問騁懷遊目誰知。無心出岫，白雲一片孤飛。」（〈新荷葉〉「種豆南山」）

上述詞作見出稼軒對淵明真趣的體悟，下面這首應「客以泉聲喧靜為問」而作的〈祝英臺近〉，則堪為其瓢泉閒居的心境自述：

水縱橫，山遠近。拄杖占千頃。老眼羞明，水底看山影。試教水動山搖，吾生堪笑，似此個、青山無定。一瓢飲。人問：翁愛飛泉，來尋個中靜。遶屋聲喧，怎做靜中境？我眠君且歸休，維摩方丈，待天女、散花時問。

稼軒拄杖步入瓢泉山水之境，靜觀水中山影、水動山搖之趣。其超然閒適心態映現其中。結末以天女散花典故回答「泉聲喧靜」之問，則寓諸禪趣，即天女所言：「結習未盡，故花著身。」（〈維摩詰所說經・觀眾生品第七〉）結習已盡則花不著身。靜，不在外境，而在心境，有似陶淵明所言：「結廬在人境，而無車馬喧。問君何能爾，心遠地自偏。」（〈飲酒〉）

洞達世事、超脫功名、體味山水真趣之外，對友情的題詠感悟，也是稼軒瓢泉詞作中值得論及的。和帶湖詞作相類，稼軒二百二十餘首瓢泉詞作中，有百餘首交遊酬贈之作，涉及三十餘人，展現了日常交遊生活中的友朋情誼：

春意纔從梅裏過，人情都向柳邊來。咫尺東家還又有，海棠開。（〈添字浣溪沙・答傳巖叟酬春之約〉）

自笑好山如好色，只今懷樹更懷人。閒愁閒恨一翻新。（〈浣溪沙・偕杜叔高吳子似宿山寺戲作〉）

綠陰啼鳥，陽關未徹早催歸。歌珠悽斷纍纍。回首海山何處，千里共襟期。歎高山流水，弦斷堪悲。（〈婆羅門引・用韻別郭逢道〉）

記取岐亭買酒，雲洞題詩。爭如不見，纔相見、便有別離時。千里月、兩地相思。（〈婆羅門引・別杜叔高。叔高長於楚詞〉）

稼軒瓢泉此類詞作較帶湖所作更多了幾許憂傷，這當與其自身年歲漸老、故友零落之境況有關，如其詞中所歎：「甚矣吾衰矣。悵平生、交遊零落，只今餘幾！」（〈賀新郎〉）「白髮多時故人少」（〈感皇恩・讀莊子，聞朱晦菴即世〉）。此外，所謂「今代故交新貴後，渾不寄，數行書」（〈江神子・別吳子似末章寄潘德久〉），也令稼軒「悵平生肝膽，都成楚越」（〈沁園春・和吳子似縣尉〉），感悟真摯友情之難得而可貴：「交情莫作碎沙團。死生貧富際，試向此中看。」（〈臨江仙・諸葛元亮席上見和，再用韻〉）

山中閒居，心念知友，稼軒遂對陶淵明「思親友」之作〈停雲〉詩頗有同感，在瓢泉建堂名「停雲」，並且賦詞檃括陶詩，寄寓對知友的思念和期盼：「搔首良朋，門前平陸成江。春醪湛湛獨撫，恨彌襟、閑飲東窗。……日月于征，安得促席從容！」（〈聲聲慢・檃括淵明停雲詩〉）。思友之愁亦經常見於筆端：

舊雨常來，今雨不來，佳人偃蹇誰留？（〈雨中花慢〉）

向空江、誰捐玉佩？寄離恨、應折疏麻。暮雲多。佳人何處？數盡歸鴉。（〈玉蝴蝶〉「貴賤偶然渾似」）

老我山中誰來伴？須信窮愁有腳。似剪盡還生僧髮。（〈賀新郎〉「聽我三章約」）

恨高山流水，古調今悲。（〈婆羅門引〉「龍泉佳處」）

此番憂愁的消解，依然有待於山水情、酒中趣。這便有了稼軒「一日，獨坐停雲，水聲山色，競來相娛」，觸興而作的那首「彷彿淵明思親友之意」的〈賀新郎〉：

甚矣吾衰矣。悵平生、交遊零落，只今餘幾！白髮空垂三千丈，一笑人間萬事。問何物、能令公喜。我見青山多嫵媚，料青山、見我應如是。情與貌，略相似。　一尊搔首東窗裏。想淵明、〈停雲〉詩就，此時風味。江左沉酣求名者，豈識濁醪妙理。回首叫、雲飛風起。不恨古人吾不見，恨古人、不見吾狂耳。知我者，二三子。

歎老思友之悲，在嫵媚青山、「濁醪妙理」中消融。岳珂《桯史》卷三載稼軒甚愛此詞，每自誦其「我見青山多嫵媚」、「不恨古人吾不見」數句，「拊髀自笑，顧問坐客何如。皆歎譽如出一口」。此數句在全詞起伏跌宕的情調變化中有似雙峰對峙，展現出稼軒超脫嗟老傷世、念故思友之情的灑落狂放情懷。

思友之情或可化解於山水清賞之中，兒女之情有時卻令稼軒難以釋懷，這也是其瓢泉詞作中有必要提及的。稼軒慶元二年（西元一一九六年），將遷瓢泉新居時「以病止酒，且遣去歌者」（〈水調歌頭〉「我亦卜居者」序），賦詞送別云：

轎兒排了，擔兒裝了，杜宇一聲催起。從今一步一回頭，怎睚得、一千餘里。　舊時行處，舊時歌處，空有燕泥香墜。莫嫌白髮不思量，也須有、思量去裏。（〈鵲橋仙・送粉卿行〉）

粉卿別時「一步一回頭」中，見出平日相處之歡洽情深，則別後詞人空對「舊時行處，舊時歌處」之「燕泥香墜」情形的思量可以想見，這在其詞中亦有深婉的抒寫：

手撚黃花無意緒，等閑行盡回廊。捲簾芳桂散餘香。枯荷難睡鴨，疏雨暗池塘。　憶得舊時攜手處，如今水遠山長。羅巾浥淚別殘妝。舊歡新夢裏，閑處卻思量。（〈臨江仙〉）

此言自身思念之深切，下面一首則由己及人，料想「玉人」之相思情狀：

一夜清霜變鬢絲，怕愁剛把酒禁持。玉人今夜相思不？想見頻將翠枕移。　真個恨，未多時，也應香雪減些兒。菱花照面須頻記，曾道偏宜淺畫眉。（〈鷓鴣天〉）

綿婉細膩而略顯香艷的筆調中，呈現出稼軒的兒女情懷，見出其英雄之柔情一面。

五

稼軒退居瓢泉的近十年間，外戚韓侂胄把持政壇，斥偽學，興黨禁。嘉泰二年（西元一二〇二年），黨禁、學禁解除，史稱「侂胄以勢利蠱士大夫之心，薛叔似、辛棄疾、陳謙皆起廢顯用。……或勸侂胄立蓋世功名以自固者，於是恢復之議興」（《宋史．韓侂胄傳》）。韓侂胄有籠絡人心、立功自固之私，稼軒之所以應召出山，大概出於兩方面的考慮：一在自身方面，年逾花甲，時不我待，遂爭取一切可能的機遇，為實現平生抗金復國大志做最後的努力；二在時局方面，「時金為北鄙韃靼等部所擾，無歲不興師討伐，兵連禍結，士卒塗炭，府庫空匱，國勢日弱，群盜蜂起，民不堪命」[18]，這為南宋主戰派提供了興兵北伐之機。然而能否成就恢復大業，黃榦〈與辛稼軒侍郎書〉所提出的「內之所以用我與外之所以為我用者」，是極為關鍵的兩大因素，尤其是「內之所以用我」者，而稼軒此次出山再仕數年間的遭際，則坐實了黃榦的規諷：「今之所以主明公者何如哉，黑白雜揉，賢不肖混殽，佞諛滿前，橫恩四出。國且自伐，何以伐人。此僕所以深慮夫用明公者尤不可以不審。」[19]

嘉泰三年（西元一二〇三年）六月，稼軒奉詔知紹興府兼浙東安撫使，體察民情，勤政敢為，疏奏州縣害農六事，消弭鹽鬻之害，此外尤當提及的是與平生力主恢復，時年八旬以寶章閣待制致仕退居山陰鏡湖的陸游多有來往，共謀北伐大略。半年後，稼軒奉詔入朝，陸游賦詩送別云：「大材小用古所歎，管仲蕭何實流亞。天山掛旆或少須，先挽銀河洗嵩華。中原麟鳳爭自奮，殘虜犬羊何足嚇。但令小試出緒餘，青史英豪可雄跨。」（〈送辛幼安殿撰造朝〉）稱賞稼軒才比管仲、蕭何，對北伐收復中原，乃至

[18] 陳邦瞻《宋史紀事本末》卷二十二「北伐更盟」，中華書局，一九七七年。

[19] 黃榦〈與辛稼軒侍郎書〉，《勉齋集》卷四，影印文淵閣《四庫全書》本。

深入漠北擊退蒙古北犯充滿信心。

稼軒想必同樣懷抱期待入朝獻策，「言金必亂必亡，願付之元老大臣，務為倉猝可以應變之計」⑳。就年歲資歷、能力聲望而言，稼軒當在「元老大臣」之列，當入樞密院參與軍事決策指揮，然而卻於嘉泰四年（西元一二〇四年）三月，以朝議大夫、寶謨閣待制差知鎮江府。鎮江為南宋邊防十大軍事重鎮之一，但其兵權則歸屬鎮江都統司。可見稼軒出知鎮江，實則被排擠出了北伐軍事籌備決策圈，但仍在為北伐盡力，如招募土丁、私遣間諜偵察敵情，而其抗金謀略只能與友人交流㉑。一年後，稼軒坐繆舉降兩官，不久改知隆興府，未及赴任即遭彈劾而落職，於開禧元年（西元一二〇五年）秋歸鉛山。此後雖有差知紹興府兼兩浙東路安撫使、知江陵府、試兵部侍郎、樞密承旨等詔命，均辭免未就。開禧三年（西元一二〇七年）九月，稼軒病卒於鉛山，臨終前數日曾悲憤慨歎：「侂胄豈能用稼軒以立功名者乎？稼軒豈肯依侂胄以求富貴者乎？」㉒

稼軒人生中的最後一段仕宦生涯，誠如謝枋得所言：「官不為邊閫，手不掌兵權，耳不聞邊議。」㉓數年間為恢復大業而做的最後努力終歸無成，其情懷歷程在詞作中也有相應的展露。

稼軒此期先後任職的紹興、鎮江均以歷史名城，前者為春秋五霸之一的越國都城，又有夏禹「大會計，爵有德，封有功」㉔之傳說；後者為三國時稱霸東南的孫吳重鎮，又是南朝曾揮師征南燕、平西蜀、滅後秦，創下赫赫戰功的宋武帝劉裕的故里。特定的歷史文化義蘊，在平生大業未了，而又年逾花甲的稼軒心中，極易觸發身世感慨，登臨懷古、感時傷世，也便成了稼軒紹興、鎮江任職期間所作詞的重要

⑳ 李心傳《建炎以來朝野雜記》乙集卷十八「丙寅淮漢蜀口用兵事」條，中華書局，二〇〇〇年。
㉑ 參見程珌〈丙子輪對劄子〉，《洺水集》卷一，影印文淵閣《四庫全書》本。
㉒ 謝枋得〈辛稼軒先生墓記〉，《疊山集》卷二，熊飛《謝疊山全集校注》，華東師範大學出版社，一九九四年。
㉓ 同上。
㉔ 袁康《越絕書》卷八，影印文淵閣《四庫全書》本。

情調。

歷史滄桑之感是登臨懷古詞人的常有情緒，稼軒亦不例外，其紹興、鎮江任職期間所作懷古詞中均流露出此類情懷：「王亭謝館，冷煙寒樹啼烏。」(〈漢宮春〉「秦望山頭」)、「吹不斷，斜陽依舊，茫茫禹跡都無。」(〈漢宮春・會稽秋風亭懷古〉)、「千古興亡多少事，悠悠。不盡長江滾滾流。」(〈南鄉子・登京口北固亭有懷〉)然而更值得注意的是，此類詞作透露出稼軒在紹興、鎮江時的不盡相同的心境。紹興任職時的稼軒，對恢復大業尚心存希冀，其精神狀態正如劉過〈呈稼軒〉所云：「精神此老健於虎，紅頰白鬚雙眼青。未可瓢泉便歸去，要將九鼎重朝廷。」其詞作則流露出對功成身退的歎慕，如〈漢宮春〉「秦望山頭」對西施助越王滅吳之後，隨范蠡泛舟五湖的題詠：「誰向若耶溪上，倩美人西去，麋鹿姑蘇？至今故國人望，一舸歸歟？」〈漢宮春・會稽秋風亭懷古〉因秋風而言及夏季功成身退：「功成者去，覺團扇、便與人疏。」功未成之秋風則吹拂不息：「吹不斷，斜陽依舊。」筆調中不難品味出詞人的情懷寄託。

從紹興奉詔入京，繼而出知鎮江府，稼軒對韓侂胄北伐用兵之策失去信心，加之身體轉衰㉕，其詞作中顯露出失望退歸之情，如〈瑞鷓鴣・京口有懷山中故人〉、〈瑞鷓鴣・京口病中起登連滄觀〉等，而鎮江曾經的孫吳、劉宋史事則令稼軒登臨懷古，撫今追昔，感慨幽憤。其代表詞作就是〈永遇樂・京口北固亭懷古〉。此詞作於開禧元年(西元一二〇五年)春，當時韓侂胄等未能準備充分而以北伐易成，授意守邊宋軍先行對金挑釁，張揚用兵之勢。前一年夏天，稼軒與程珌談及私遣間諜偵察所獲敵情時說：「敵之士馬尚若是，其可易乎！」㉖如今韓侂胄草率用兵，稼軒深為憂慮，卻又無力阻止，遂借古諷今，借南朝宋文帝劉義隆元嘉年間草率北伐而大敗之典事，對當今北伐主持者予以勸諫：「元嘉草草，

㉕ 岳珂《桯史》卷三載：「辛稼軒守南徐，已多病謝客。」中華書局，一九八一年。
㉖ 程珌〈丙子輪對劄子〉，《洺水集》卷一，影印文淵閣《四庫全書》本。

封狼居胥，贏得倉皇北顧。」詞中對孫權、劉裕的追慕，則是慨歎當今沒有堪當北伐重任的英雄豪傑，對老廉頗的歎惋則是自歎報國無門。全詞在懷古中抒發對時局的深切憂慮，以及對自身遭際的悲憤無奈。

前文曾述及稼軒年逾花甲而毅然奉詔出山，友人有過勸阻，稼軒紹興時所作詞中也提及「故人書報，莫因循、忘卻蓴鱸」（〈漢宮春・會稽秋風亭懷古〉），歸去恐怕是他不時會想到的念頭，在其紹興、鎮江兩地詞作中均有表現。紹興任職時，稼軒於秋風亭上觀雪而想到簑笠翁垂釣江雪，流露出退歸自守清寒之念：「要圖畫還我漁蓑。凍吟應笑，羔兒無分謾煎茶。起來極目，向彌茫數盡歸鴉。」（〈上西平・會稽秋風亭觀雪〉）酬答友人詞中又以嵇康與山濤絕交典事戲謔：「歸去也、絕交何必，更修山巨源書。」（〈漢宮春・答李兼善提舉和章〉）大概因尚存有些許功成身退之期盼，同時又感到前景堪憂，稼軒言及退歸時顯沉鬱之筆，如上引〈漢宮春〉「亭上秋風」云：「只今木落江冷，眇眇愁余。故人書報，莫因循、忘卻蓴鱸。誰念我、新涼燈火，一編《太史公書》。」

待到差知鎮江，詞作則顯露出失望退歸之情：「偷閑定向山中老，此意須教鶴輩知。聞道只今秋水上，故人曾榜〈北山移〉。」（〈瑞鷓鴣・京口有懷山中故人〉）、「聲名少日畏人知，老去行藏與願違。山草舊曾呼遠志，故人今又寄當歸。」（〈瑞鷓鴣・京口病中起登連滄觀偶成〉）同時亦在反思中趨於豁達：「隨緣道理應須會，過分功名莫強求。先自一身愁不了，那堪愁上更添愁！」（〈瑞鷓鴣〉「膠膠擾擾幾時休」），一旦脫身歸去，「直須抖擻盡塵埃，卻趁新涼秋水去。」（〈玉樓春・乙丑京口奉祠西歸將至仙人磯〉）回到瓢泉，停雲堂上賦詞云：「偶向停雲堂上坐，曉猿夜鶴驚猜。主人何事太塵埃？低頭還說向，被召又重來。 多謝北山山下老，殷勤一語佳哉。借君竹杖與芒鞋，徑須從此去，深入白雲堆。」（〈臨江仙・停雲偶作〉）被召而又罷歸的悔怨幽憤之情，只求消融於林泉暢遊、詩酒清賞之間：「試向浮瓜沉李處，清風散髮披襟。莫嫌淺後更頻斟。要他詩句好，須是酒杯深。」（〈臨江仙〉「老去渾身無

著處」）、「期思溪上日千回，樟木橋邊酒數杯。人影不隨流水去，醉顏重帶少年來。」（〈瑞鷓鴣〉）

然而以六十六歲帶病之身落職歸來，稼軒已感到平生仕宦就此告終，成就恢復之業此生無望。回首平生，仕途坎坷，屢遭彈劾，罷職閒居二十年，壯志未酬，怨憤無奈之情又難以全然消融於山水之間：「不是長卿終慢世，只緣多病又非才。」（〈瑞鷓鴣〉「期思溪上日千回」）、「老去渾身無著處，天教只住山林。百年光景百年心。更歡須歎息，無病也呻吟。」（〈臨江仙〉）歎息、呻吟聲中傳達出稼軒的終生遺憾。

六

稼軒詞作所展現的人生歷程、情懷境遇略如上述，確如范開所說，在以詞作為性情志趣的「陶寫之具」這一創作觀念上，稼軒與東坡一脈相承。然而在創作風格及表現手法上，二人又不盡相同。東坡以其自然灑落之詞筆抒寫達觀超曠之情懷，詞作主調可謂氣象高妙；稼軒則為一世豪傑，崇尚民族正氣和勇武之氣，認為「以氣為智勇，是真足辦天下之事，不肯以身就人者」[27]。其所謂「天下之事」即抗金復國，然而平生壯志雄才難以施展，且屢遭彈劾落職，「讒擯銷沮，白髮橫生，亦如劉越石陷絕失望」[28]，故陳廷焯云：「稼軒有吞吐八荒之概，而機會不來」，「故詞極雄豪，而意極悲鬱」[29]。稼軒詞風之主調堪稱雄深雅健，氣魄沉雄。這可從字法、句法及章法諸端來作具體解讀。

說及稼軒字法、句法，可謂「無言不可入」，有如韓愈論文所云：「氣盛，則言之短長與聲之高下

[27] 辛棄疾《九議》，鄧廣銘輯校、辛更儒箋注《辛稼軒詩文箋注》，上海古籍出版社，一九九五年。
[28] 劉辰翁〈辛稼軒詞序〉，《須溪集》卷六，影印文淵閣《四庫全書》本。
[29] 陳廷焯《白雨齋詞話》卷六，唐圭璋編《詞話叢編》本，中華書局，一九八六年。

者皆宜。」（〈答李翊書〉）其字法有兩大特色值得提出：一是博取古籍語典，稼軒平生失意閒居二十年，讀書廣博，自言「百藥難治書史淫」（〈鷓鴣天・不寐〉），陸游稱其「千篇昌谷詩滿囊，萬卷鄴侯書插架」（〈送辛幼安殿撰造朝〉），古句成語，不時流諸筆端。歷來論者對此多有共識，如宋人劉辰翁稱其「用經用史，牽雅頌入鄭衛」，「豎橫爛漫，乃如禪宗棒喝，頭頭皆是」（〈辛稼軒詞序〉），清人吳衡照謂其「別開天地，橫絕古今，《論》、《孟》、〈詩小序〉、《左氏春秋》、《南華》、離騷、《史》、《漢》、《世說》、《選》學、李杜詩，拉雜運用，彌見其筆力之峭」（《蓮子居詞話》卷一），劉熙載譽其「龍騰虎擲，任古書中理語、瘦語，一經運用，便得風流」（《藝概・詞曲概》）。

以上論評均屬精當，但稼軒詞作用語更重要的特色，也是其雄深雅健筆風的決定性因素，是善於驅遣陽剛品味的字眼，不作「雌聲學語」[30]，「絕不作妮子態」[31]。此類例句不勝枚舉，寫景狀物如「點火櫻桃，照一架、荼蘼如雪。春正好，見龍孫穿破，紫苔蒼壁」（〈滿江紅〉）、「晚風吹雨，戰新荷、聲亂明珠蒼璧」（〈念奴嬌・西湖和人韻〉）、「東風夜放花千樹。更吹落、星如雨」（〈青玉案・元夕〉）、「山上飛泉萬斛珠，懸崖千丈落鼪鼯」（〈鷓鴣天〉）、「疊嶂西馳，萬馬迴旋，眾山欲東」（〈沁園春〉）等等；自抒情懷如「我志在寥闊，疇昔夢登天」、「鴻鵠一再高舉，天地睹方圓」（〈水調歌頭〉）、「敲碎離愁，紗窗外、風搖翠竹」（〈滿江紅〉）、「舊日重城愁萬里，風月而今堅壁」（〈念奴嬌〉「倘來軒冕」）等等；感時懷古如「吳楚地，東南坼。英雄事，曹劉敵。被西風吹盡，了無塵跡」（〈滿江紅〉「過眼溪山」）、「想劍指三秦，君王得意，一戰東歸」（〈木蘭花慢・席上送張仲固帥興元〉）、「想當年、金戈鐵馬，氣吞萬里如虎」（〈永遇樂〉「千古江山」）等等；寫人如「千丈擎天手。萬卷懸河口。黃金腰下印、大如斗。更千騎弓刀，揮霍遮前後」（〈一枝花〉）、「坐中豪氣，看君一飲千石」（〈念奴嬌・西湖和人韻〉）、「千里

[30] 劉辰翁〈辛稼軒詞序〉，《須溪集》卷六，影印文淵閣《四庫全書》本。

[31] 毛晉〈跋稼軒詞〉，見汲古閣本《稼軒詞》卷末。

渥洼種，名動帝王家。金鑾當日奏草，落筆萬龍蛇」（〈水調歌頭〉）等等。

與多用陽剛品味的字眼相應，稼軒句法的一大特色是充滿動感和力度，上述例句亦可為證。此外，問詰句的運用也是其句法一大特點，如〈念奴嬌·登建康賞心亭呈史留守致道〉：

我來弔古，上危樓、贏得閑愁千斛。虎踞龍蟠何處是？只有興亡滿目。柳外斜陽，水邊歸鳥，隴上吹喬木。片帆西去，一聲誰噴霜竹？　卻憶安石風流，東山歲晚，淚落哀箏曲。兒輩功名都付與，長日惟消棋局。寶鏡難尋，碧雲將暮，誰勸杯中綠？江頭風怒，朝來波浪翻屋。

三處問詰句致使全詞筆勢一波三折，頓挫有力。此類詞句在稼軒筆下不乏其例，如「彈短鋏、青蛇三尺，浩歌誰續」（〈滿江紅〉「倦客新豐」）、「且約湖邊風月，功名事、欲使誰知」（〈滿庭芳〉「傾國無媒」）、「算平戎萬里，功名本是、真儒事，公知否」（〈水龍吟〉「渡江天馬南來」）、「清愁不斷，問何人會解連環」（〈漢宮春〉「春已歸來」）、「問誰憐舊日，南樓老子，最愛月明吹笛」（〈瑞鶴仙〉「片帆何太急」）、「白髮還自笑，何地置衰頹」（〈水調歌頭〉「官事未易了」）、「倩何人、喚取紅巾翠袖，揾英雄淚」（〈水龍吟〉「楚天千里清秋」）、「憑誰問，廉頗老矣，尚能飯否」（〈永遇樂〉「千古江山」）。

問詰句的提頓承轉，實亦體現出稼軒詞的章法特點。周濟謂「稼軒則沉著痛快，有轍可尋」（〈宋四家詞選序論〉），此即言其章法筆致，今人葉嘉瑩摘取稼軒〈水龍吟·過南劍雙溪樓〉詞句「過危樓欲飛還斂」㉜予以概括，是形象而準確的。稼軒詞作題材大略可歸為酬唱贈別、詠物紀遊和登臨懷古三類。不同題材的詞作固然呈現出不盡相同的面貌，但其章法筆致均趨向於抑揚頓挫。

贈別詞作，稼軒既非如婉約詞人那般，為離情別緒所縛而陷入纏綿悱惻之境，亦不同於蘇軾洞達離愁別恨，而歸於清曠澹泊之境，而是將離別之情融入身世時局感慨之中，早期所作的〈摸魚兒〉「更能

㉜ 繆鉞、葉嘉瑩《靈谿詞說》，上海古籍出版社，一九八七年。

消幾番風雨」如此，晚年所作〈賀新郎・別茂嘉十二弟〉亦然：

綠樹聽鵜鴂。更那堪、鷓鴣聲住，杜鵑聲切。啼到春歸無尋處，苦恨芳菲都歇。算未抵、人間離別。馬上琵琶關塞黑，更長門、翠輦辭金闕。看燕燕，送歸妾。　將軍百戰身名裂。向河梁、回頭萬里，故人長絕。易水蕭蕭西風冷，滿座衣冠似雪。正壯士悲歌未徹。啼鳥還知如許恨，料不啼清淚長啼血。誰共我，醉明月？

此詞切合詞情擇取典事，上片所用昭君出塞、陳皇后失寵退居長門宮、衛莊姜送歸妾均為后妃之別；下片所用李陵別蘇武、荊軻別燕太子丹，皆為名將義士之別，寄寓對家國身世的深切悲慨，周濟《宋四家詞選》謂「上半闋北都舊恨，下半闋南渡新恨」，不為無見。詞作章法則頗見琢煉之工，起、結數句相互照應，暗用杜鵑啼血及〈離騷〉詩句「恐鵜鴂之先鳴兮，使夫百草為之不芳」，傷春傷別，情景交融，筆致跌宕有力。中間轉合分明，「算未抵人間離別」為一承轉；「啼鳥還知如許恨」為再承轉，同時遙應起筆。末二句蕩開一筆，言別後之情而出以問句，氣韻沉雄。

紀遊詠物是「一生不負溪山債」的稼軒創作較多的題材。其紀遊詞作最鮮明的特點是景中有人。稼軒置身於勃發律動的自然境界，心物互動，寫景抒懷，收放轉合，跌宕回互之筆調間，見出其難以平靜的情懷，如名作〈沁園春・靈山齊菴賦〉、〈水龍吟・過南劍雙溪樓〉、〈沁園春・再到期思卜築〉等，筆調驅遣收束，以情馭景，身世感慨寓於其中。

稼軒紀遊詞傾向於揭示自然景象之動態氣勢，其詠物詞以靜態物象題詠對象，則驅遣調度與物象相關的典事以寄託情懷，如題詠水仙、海棠、琵琶的三首〈賀新郎〉即是，舉其賦琵琶一詞例：

鳳尾龍香撥。自開元、〈霓裳曲〉罷，幾番風月。最苦潯陽江頭客，畫舸亭亭待發。記出塞、黃雲堆雪。

馬上離愁三萬里，望昭陽宮殿孤鴻沒。絃解語，恨難說。 遼陽驛使音塵絕。瑣窗寒、輕攏慢撚，淚珠盈睫。推手含情還卻手，一抹〈梁州〉哀徹。千古事、雲飛煙滅。賀老定場無消息，想沉香亭北繁華歇。彈到此，為嗚咽。

詞作起句切題而入，亮出琵琶；上下片結句「絃解語，恨難說」、「彈到此，為嗚咽」，筆調滯重，情調悲怨，意脈均與起句呼應；中間融貫數則琵琶相關的典故，有時代盛衰之變、天涯淪落之悲、出塞和番之恨、征夫思婦之愁、世事滄桑之歎。全詞所展示的有如演奏一部寄託人生世事悲慨的琵琶曲。

詠物詞藉典故寄寓情懷，也是一種藉古感時，懷古詞作則是更為直接的感慨古今。稼軒此類詞作多涉悲慨憤激情事，筆調起伏跌宕，章法收放有節，如〈八聲甘州〉「故將軍飲罷夜歸來」、〈念奴嬌〉「我來弔古」、〈永遇樂〉「千古江山」等，均無直率發越之態。此以稼軒早年所作〈水龍吟〉「楚天千里清秋」為例，上片「楚天千里清秋，水隨天去秋無際。遙岑遠目，獻愁供恨，玉簪螺髻。落日樓頭，斷鴻聲裏，江南遊子。把吳鉤看了，欄干拍遍」，可謂一氣流走，下接「無人會、登臨意」，則頓筆收束。下片：「休說鱸魚堪鱠，盡西風、季鷹歸未？求田問舍，怕應羞見，劉郎才氣。可惜流年，憂愁風雨，樹猶如此。倩何人、喚取紅巾翠袖，搵英雄淚。」意脈承上「登臨意」，用張翰因秋風而思歸、許汜見劉備、桓溫對樹感慨三則典故，寄寓壯志難酬、欲退而不甘之悲鬱，以及年華易逝之慨歎，筆筆沉婉壓抑，至結末奮筆反詰，激盪而沉雄。

稼軒詞之字法、句法及章法主要特點大略如此，至於以口語入詞如「驟雨一霎兒價」（〈醜奴兒近〉「千峰雲起」）、「待葺個、園兒名佚老。更作個、亭兒名亦好」（〈最高樓〉「吾衰矣」）。與物相謔如〈沁園春〉「杯汝來前」、〈六州歌頭〉「晨來問疾」，則屬偶爾為之，涉筆成趣，無需多論。

以上所論即稼軒其人其詞，這裡迻錄近代學者劉咸炘先生的一段概述作為結語：「辛稼軒秉北人之剛質，染南人之柔風，所作長短句，慷慨豪宕，幽約怨斷，兼擅其長，蓋其平生志節瑰奇，性情篤厚，而英雄氣、兒女情備於一身，境遇又多變遷，因境而生感，因感而發情志，故迥出千古，獨為大家，莫能並立。」㉝

最後就本書選詞所依據的版本略作說明。書中所選稼軒詞三百零五首，以王鵬運四印齋所刻，元大德己亥廣信書院十二卷本《稼軒長短句》為底本，參校吳訥《唐宋名賢百家詞》四卷本《稼軒詞》、鄧廣銘《稼軒詞編年箋注》，擇善而從，校改處於注釋中標明。才學所限，書中難免舛誤，敬祈讀者不吝指教。

聶安福

二〇一五年二月

㉝ 劉咸炘《文學述林》卷三「辛稼軒詞說」，黃曙暉編校《劉咸炘學術論集・文學講義編》，廣西師範大學出版社，二〇〇七年。

一枝花

醉中戲作

千丈擎❶天手。萬卷懸河口❷。黃金腰下印、大如斗❸。更千騎弓刀，揮霍遮前後❹。百計千方久。似鬥草❺兒童，贏個他家偏有。算枉了、雙眉長恁皺。

白髮空回首。那時閒、說向山中友。看丘隴牛羊，更辨賢愚否❻。且自栽花柳。怕有人來，但只道、今朝中酒❼。

【詞牌】一枝花

又名〈滿路花〉、〈促拍滿路花〉、〈滿園花〉、〈歸去難〉等。有平韻、仄韻二體。平韻者始見於柳永詞，仄韻者始見於秦觀詞。此調正體雙調八十三字，上、下片各八句四平韻。稼軒此詞為仄韻體，九十一字《詞律》、《詞譜》錄作九十字，過片作「算枉了、雙眉長皺」），上下片各六仄韻。

【注釋】❶擎　托舉。❷萬卷懸河口　言才學淵博，滔滔不絕。《晉書．郭象傳》載王衍語：「聽象言，如懸河瀉水，注而不竭。」❸黃金腰下印大如斗　指高官貴爵。古時三公佩金印紫綬。《世說新語．尤悔》載東晉初，王敦叛亂，護軍將軍周顗聲言：「今年殺諸賊奴，當取金印如斗大繫肘後。」❹更千騎弓刀二句　指高官聲勢烜赫。❺鬥草　亦稱鬥百草，古時在五月五日舉行的一種競採花草的遊戲。❻看丘隴牛羊二句　意謂人死後入土成丘，賢愚莫辨。丘隴，指墳地。釋惠洪《冷齋夜話》卷二載古樂府：「今日牛羊上丘壟，當時近前面發紅。」❼中酒　醉酒。

【語譯】一雙堪舉蒼天的千丈巨手。胸藏萬卷，宏論滔滔若懸河。腰間金印大如斗。萬馬千軍，簇擁於身前身後。長年間精心籌謀，卻似兒童鬥草，贏機總被他人占有。常常憂心惆悵，枉費心神。白髮蒼蒼，徒然追憶過往。當時曾對山中好友說：看那墳地，牛羊徜徉，誰能辨別墓中人的愚拙賢良。姑且親手種些花草綠楊。若有人來訪，就說我今朝已入醉鄉。

【研析】這首詞作年不詳。

詞題稱「醉中戲作」，實則以戲謔之筆抒發稼軒深刻的世事感慨之情。上片前五句以誇飾的筆調渲染出一位仕宦得意、文武超群、胸懷大略者的烜赫聲勢，加之長年精心籌謀，則此人必將大有作為。然而「似鬥草兒童」兩句，筆鋒驟然跌落，官場上的名利競逐，猶如孩童遊戲，且贏家又偏偏歸屬他人。

下片承「鬥草兒童」之喻，抒寫對人世間名利逐鹿的超然感悟。既然追逐功名如小孩遊戲，則輸贏不必介意，為之「雙眉長皺」誠屬枉費，「白髮回首」，亦為徒然。攜手山中好友，世間得失榮辱，盡付笑談中。賢愚終歸於牛羊蹄下的墳丘，後世有誰能辨！值得留戀的是山間的花草，杯中的美酒。

詞作無疑寄託著稼軒的仕宦感慨，下片「那時間」云云，似為追述山中退居時情形，鄧廣銘《稼軒詞編年箋注》推測為退居上饒帶湖十年之後福建任職期間所作，可備一說。

一剪梅

游蔣山❶，呈葉丞相❷

獨立蒼茫醉不歸❸。日暮天寒❹，歸去來兮❺。探梅踏雪幾何時。今我來思，楊柳依依❻。

白石岡❼頭曲岸西。一片閑愁，芳草萋萋。多情山鳥不須啼。桃李無言，下自成蹊❽。

【詞牌】一剪梅

始見於周邦彥詞，調名因其詞句「一翦梅花萬樣嬌」而來。又名〈臘梅香〉、〈玉簟秋〉、〈醉中〉、〈一枝花〉等。此調正體雙調六十字，上、下片各六句三平韻。稼軒此詞六十字，上下片各六句六平韻。

【注　釋】❶蔣山　即鍾山，又名紫金山，在今江蘇南京東北。干寶《搜神記》卷五載漢末秣陵尉蔣子文逐賊至鍾山下，被殺，後顯靈。孫權為之立祠，改鍾山為蔣山。❷葉丞相　葉衡（西元一一二二－一一八三年），字夢錫，婺州金華（今屬浙江）人。淳熙元年（西元一一七四年）十一月，遷右丞相兼樞密使。❸獨立蒼茫醉不歸　言在蒼茫天地間獨自醉飲不歸。此句化用杜甫〈樂游原歌〉詩句：「此身飲罷無歸處，獨立蒼茫自詠詩。」❹日暮天寒　用杜甫〈佳人〉詩句：「天寒翠袖薄，日暮倚修竹。」❺歸去來兮　用陶淵明〈歸去來兮辭〉語：「歸去來兮，田園將蕪胡不歸？」❻今我來思二句　用《詩・小雅・采薇》詩句：「昔我往矣，楊柳依依；今我來思，雨雪霏霏。」思，語氣詞。❼白石岡　疑即石子岡，在蔣山之西，與秦淮河相鄰。王安石〈出金陵〉云：「白石岡頭草木深。」❽桃李無言二句　用古諺語，見《史記・李將軍列傳》贊，意謂桃李不能言語，而其花果卻能吸引人們，樹下自成蹊徑。

【語　譯】蒼茫天地間，獨自醉飲不歸。夜來天寒，歸去吧。曾幾何時，一同踏雪賞梅。如今歸來，楊柳輕舞依依。

白石岡依傍婉曲的秦淮河西岸。滿目芳草萋萋，心中愁情彌漫。多情的林鳥不要啼鳴。桃李默默無語，樹下自成蹊徑。

【研　析】這首詞作於淳熙元年（西元一一七四年）春。稼軒時年三十五，自滁州知州遷江東安撫司參議，建康留守葉衡奉詔赴行在，稼軒送別後獨遊蔣山，賦此詞寄葉衡。時葉氏尚未拜相，詞題丞相之稱為後來追改。

乾道四年（西元一一六八年），稼軒通判建康，葉衡總領淮西江東軍馬錢糧兼提領措置營田，治所亦在建康。二人過從甚密，詞中「探梅踏雪」即追憶當年情事。如今回到建康，二人相聚不久又要分別，即詞中所謂「今我來思，楊柳依依」。無限感慨，注於筆端。首句言自己「醉不歸」，「獨立蒼茫」語寄情豪邁悲鬱；「日暮」兩句為稼軒內心的自我呼喚，透露出仕宦失落之感。「不歸」與「歸去」字面相對，前者為實筆，後者為虛筆，意脈相貫，因獨自感慨悵惘而生發歸隱之念。「探梅」句回憶二人昔日雪中賞梅情景，「今我」兩句抒寫二人今日依依惜別情懷。今昔相對，深摯情誼蘊於其中。

詞作下片所寫大概為目送葉氏所見之景，融情於景。王安石〈出金陵〉有云「白石岡頭草木深」，白石岡當為出金陵城所經之地，詞中「芳草萋萋」、「多情山鳥」即含王安石詩中「草木深」之意。「白石岡頭」四句彷彿是對王氏詩句的「奪胎換骨」，以情馭景，將一七言律句衍生為兩句七言夾兩句四言，平仄格律上前兩句順貼，後兩句拗折，韻致跌宕。結末二句字面上承「不須啼」而來，蓋借古諺語稱譽葉衡以實才獲重用。《宋史・葉衡傳》云：「衡負才足智，理兵事甚悉，由小官不十年至宰相。」據〈孝宗紀〉，葉衡於是年十一月拜相。

本詞創作上的一個特色是對前人成句及古時諺語的借用，手法多樣，或襲用成句，或截取其語，而整體脈絡貫通，自然暢達。

一剪梅

記得同燒此夜香。人在回廊❶，月在回廊。而今獨自睚❷昏黃。行也思量，坐也思量。

錦字❸都來三兩行。千斷人腸，萬斷人腸。雁兒何處是仙鄉❹？來也恓惶❺，去也恓惶。

【注釋】❶回廊　曲折回環的走廊。❷睚　捱；熬。❸錦字　指夫妻間的書信。《晉書・列女傳》載前秦秦州刺史竇滔被徙流沙，其妻蘇蕙織錦為回文詩以贈滔，情思淒婉。❹仙鄉　本指仙人居處。此借指情人所在之處。柳永〈留客住〉（偶登眺）：「盈盈淚眼，望仙鄉、隱隱斷霞殘照。」❺恓惶　惆悵不安的樣子。

【語譯】記得往年此夜，你我一同點燃爐香。人兒相依在曲廊，月光映照著曲廊。如今我獨自捱到黃昏。起行默坐，相思相望。　寄來的書信，總共就三兩行。教人斷盡愁腸。大雁啊，請問：我思念的人兒在何方？雁兒飛來，我心惶惶；雁兒飛去，我心憂傷。

【研　析】這首詞作年不詳。

詞寫女子月下懷人。上片追想往年此夜的浪漫溫馨情景，則更增悽楚情韻。「行也思量」二句與「人在回廊」二句，和緩的對比疊唱中蕩漾著無盡的憂傷。

下片寫盡「思量」二字。能切實慰藉離情別恨的唯有書信，然而信中寥寥三兩行話語又怎能消解滿腹思念！愁腸萬斷，無奈之中，癡望大雁傳個準信兒，可雁兒飛來飛去，留下一次次的失望，徒增無限惆悵！

全詞情調綿婉哀怨，筆調回環唱歎，由上片的和緩，至下片漸趨刻摯，而結末愁緒悠揚，令人回味。

一剪梅　中秋無月

憶對中秋丹桂叢。花在杯中，月在杯中。今宵樓上一尊同。雲濕紗窗，雨濕紗窗。

渾欲乘風問化工❶。路也難通，信也難通。滿堂惟有燭花紅。杯且從容❷，歌且從容。

【注　釋】❶渾欲乘風問化工　直想乘風升空請問天帝。渾，全；直。化工，自然造化。❷杯且從容　意謂暫且悠閒地舉杯暢飲。從容，悠閒舒緩。歐陽脩〈浪淘沙〉：「把酒祝東風，且共從容。」

【語　譯】記得往年中秋佳節，丹桂同賞。桂花在酒中飄香，明月在杯中泛光。今夜樓上杯酒同。雲霧濕潤了紗窗，雨水淋濕了紗窗。　直想乘風升空問天帝，上天之路實難通，書信無法寄天公。紅紅的燭光映照廳堂。姑且悠閒地舉杯暢飲，舒緩地盡情歌唱。

【研　析】這首詞具體作年不詳。

賞月為中秋之樂事，然而今日中秋無月可賞，不禁追憶往年中秋把酒賞月情景。記憶中的丹桂、美酒、明月反襯出今夜無月無桂之鬱悶傷懷。無月也罷，卻更兼風雨飄零，天公真是太不近人情！過片即言要上天問個明白，只無奈路不通，信也難通。此情此境，只能自尋慰藉，在燭光輝映的廳堂上，從容地暢飲歡歌。

中秋無月而更兼風雨，本亦常見。稼軒卻生發如此感觸，若非為文造情，則當有所寄託，「路也難通，信也難通」，或許也隱含懷人之意。

八聲甘州

壽建康帥胡長文❶給事。時方閱〈折紅梅〉❷之舞，且有錫帶之寵❸

把江山好處付公來，金陵帝王州❹。想今年燕子，依然認得，王謝風流❺。只用平時尊俎❻，彈壓萬貔貅❼。依舊鈞天夢❽，玉殿東頭❾。看取❿黃金橫帶，是明年准擬，丞相封侯。有〈紅梅〉新唱，香陣⓫卷溫柔。且畫堂⓬、通宵一醉，待從今、更數八千秋⓭。公知否、邦人香火，夜半才收。

【詞牌】八聲甘州

始見於柳永詞。又名〈甘州〉、〈甘州歌〉、〈八聲甘州慢〉、〈宴瑤池〉、〈瀟瀟雨〉等。此調正體雙調九十七字，上、下片各九句四平韻。稼軒此詞為正體。

【注釋】❶胡長文　（西元一一二七—一一八九年），名元質，長洲（治所在今江蘇吳縣）人。紹興十八年（西元一一四八年）進士高第。曾任給事中。淳熙元年（西元一一七四年）五月以朝散大夫充龍圖閣待制知建康府。❷折紅梅　舞曲名。❸錫帶之寵　賜金帶的榮寵。宋制：凡各路撫帥之政績突出者，皇帝多遣中使賜金帶以褒獎。❹金陵帝王州　用南朝謝朓〈入朝曲〉詩句：「江南佳麗地，金陵帝王州。」金陵，今江蘇南京，為南朝都城。❺想今年燕子三句　意謂今年燕子猶能在胡長文身上見識到當年王、謝的風度才情。化用劉禹錫〈烏衣巷〉詩句：「舊時王謝堂前燕，飛入尋常百姓家。」《景定建康志》卷十六〈疆域志二・街巷〉：「烏衣巷，在秦淮南，晉南渡，王、謝諸名族居此。」王謝，指南朝望族王導、謝安兩家。此借指胡長文。❻尊俎　古時盛酒肉的器皿。❼彈壓萬貔貅　意謂駕馭萬千勇士。彈壓，控制。貔貅，猛獸名，此喻勇猛之士。❽鈞天夢　夢入天宮聽樂。此喻入朝。《史記・趙世家》載趙簡子病重，不省人事，數日後醒來，云：「我之帝所，甚樂，與百神游於鈞天廣樂，九奏萬舞。」❾玉殿東頭　指朝廷。〈柳梢青・和范先之席上賦牡丹〉：「今夜簪花，他年第一，玉殿東頭。」❿看取　看著。取，助詞。⓫香陣　指舞女陣容。⓬畫堂　本為漢未央宮中殿堂名，有畫飾，故稱。後借指華麗的廳堂。⓭八千秋　八千年。此用《莊子・逍遙遊》語：「上古有大椿者，以八千歲為春，八千歲為秋。」

【語　譯】為健康府帥胡長文給事祝壽。當時正觀賞〈折紅梅〉舞曲，且接到皇上御賜金帶之褒獎。

君所掌管的金陵，江山美麗，帝王之都。今年的燕子，想必依然見識到曾經的王、謝風度。把杯換盞一如平常，千軍萬馬如控在掌。如今又將奉詔入京，身登朝堂。　看您身佩御賜金帶，明年定將封侯拜相。〈紅梅〉舞曲飛揚，成排列隊的舞女，溫柔婀娜，彌漫芳香。華麗的廳堂上，我們通宵歡醉，祝您長壽八千歲。可知道：城裡百姓為您祝壽的香火，直到夜半才停熄。

【研　析】這首詞作於淳熙元年（西元一一七四年）。稼軒時年三十五，任江東安撫司參議官。《景定建康志》卷十四載胡長文淳熙元年之行事：五月十一日，以朝散大夫充龍圖閣待制知建康府，六月四日奉詔赴行在奏事，七月除敷文閣直學士回府，十二月十一日召赴行在。詞作上片關合胡氏知建康府及赴行在奏事，筆調極盡讚譽：「王謝風流」、「彈壓萬貔貅」見出將相風度才華，暗用謝安指揮淝水之戰典故，亦與下片「是明年准擬，丞相封侯」相照應；「把江山」兩句及「依舊」兩句，見出朝廷所重，自然又與胡氏才華有關。

詞作下片轉寫詞題所言「時方閱〈折紅梅〉之舞，且有錫帶之寵」。從「錫帶之寵」入筆，並進而料定胡氏明年封侯拜相，有預祝之意。前為實筆，後為虛筆，而作為結構上的過片，又與上片表達的頌讚旨趣相貫通。「有〈紅梅〉」四句描繪眼前的壽宴場景，歌舞歡醉之中傳達著祝壽宏願。結尾三句出以跌宕之筆，意趣仍歸於對胡氏政績的頌揚。

筆多讚譽是壽詞的慣常寫法，由此帶來的虛情過譽也是壽詞的常見弊端。本詞雖多讚美之言，卻並無矯情虛飾之嫌，這有兩方面的因素：其一，胡長文品性才能值得稱道。據范成大《吳郡志》卷二十七載，胡氏在朝任職，「帝眷特厚，為書王褒〈聖主得賢臣頌〉及親制論以賜，曰：『得天下之常才易，得天下之大才難。』」「出守當塗、建業、成都，皆有政績」。又謂其「平居未嘗疾言厲色加人，或評人短長。及告以人之傾己，輒俛首欲寐。每自謂於人無怨惡，其心休休。然好善樂施」。其二，筆調曲多直少。如知建康府、奉詔入朝、御賜金帶等借朝廷之看重見出其才華之高，邦人祝壽則借百姓之愛戴見出其政績之佳，均為曲筆。直筆讚詞只有「王謝風流」、「彈壓萬貔貅」二語，參照胡氏平生功績，此譽或不甚切當，但一則王、謝與金陵相關，亦屬題中之意，再則此譽實透露出稼軒自己的抗金復國情懷和期盼，別具深意，如李清照所歎：「南渡衣冠少王導！」

八聲甘州

夜讀〈李廣傳〉❶，不能寐，因念晁楚老、楊民瞻約同居山間❷，戲用李廣事，賦以寄之。

故將軍飲罷夜歸來，長亭解雕鞍。恨灞陵醉尉，匆匆未識，桃李無言❸。射虎山橫一騎，裂石響驚弦❹。落魄封侯事，歲晚田園❺。

誰向桑麻杜曲，要短衣匹馬，移住南山。看風流慷慨，譚笑過殘年❻。漢開邊、功名萬里，甚當時、健者也曾閒❼。紗窗外、斜風細雨，一陣輕寒。

【注　釋】❶李廣傳　指《史記·李將軍列傳》。李廣，西漢隴西成紀（今甘肅秦安）人。平生以抗擊匈奴聞名，有「飛將軍」之稱。❷因念晁楚老句　晁楚老、楊民瞻，均名籍無考，寓居帶湖。韓淲〈和民瞻所寄〉云：「園居好在帶湖水，冰雪春須積漸消。」❸故將軍飲罷夜歸來五句　用李廣典故。故將軍，前任將軍。此指李廣。長亭，指霸陵亭（今陝西西安東）。灞陵，本為漢文帝陵墓，亦作霸陵，後置縣，治所在今陝西長安。桃李無言，喻李廣不善言辭而名顯於世。《史記·李將軍列傳》載驍騎將軍李廣罷職，「家居數歲。廣家與故潁陰侯孫屏野居藍田南山中，射獵，嘗夜從一騎出，從人田間飲，還至霸陵亭。霸陵尉醉，呵止廣。廣騎曰：『故李將軍。』尉曰：『今將軍尚不得夜行，何乃故也！』止廣宿亭下。……太史公曰：『余睹李將軍，悛悛如鄙人，口不能道辭。及死之日，天下知與不知，皆為盡哀。彼其忠實心誠，信于士大夫也。諺曰：『桃李不言，下自成蹊。』此言雖小，可以喻大也。」❹射虎山橫一騎二句　用李廣射虎穿石之事。《史記·李將軍列傳》載李廣曾出外射獵，將草中巨石誤為猛虎，張弓勁射，箭沒石中。❺落魄封侯事二句　言李廣失意困頓，無封侯之賞，終年閒居田園。歲晚，歲暮。《史記·李將軍列傳》載李廣曾對王朔說：「自漢擊匈奴而廣未嘗不在其中，而諸部校尉以下，才能不及中人，然以擊胡軍功取侯者數十人，而廣不為後人，然無尺寸之功以得封邑者，何也？」❻誰向桑麻杜曲五句　借漢李廣閒居南山之典事、杜甫詩意，相約晁、楊二友同居山林。杜甫〈曲江〉詩：「自斷此生休問天，杜曲幸有桑麻田，故將移住南山邊。短衣匹馬隨李廣，看射猛虎終殘年。」杜曲，在今陝西長安東。南山，即終南山，在今陝西藍田西南。❼漢開邊功名萬里二句　言漢代開邊拓疆，英雄志士當立功萬里沙場，何以閒居無事。開邊，擴展疆土。健者，勇武之士。此指李廣。

【語　譯】夜讀《史記·李將軍列傳》，不能入睡，因而想起晁楚老、楊民瞻相約退居山間，戲用李廣故事填詞相寄。

罷職將軍李廣夜飲歸來，霸陵亭下被迫駐馬卸鞍。可恨那灞陵縣尉醉意醺醺，恍惚間未認出聞名於時的飛將軍。橫馬射虎，張弓鳴弦，誤將巨石射穿。失意困頓，封侯未成，終年閒居田園。　何人退隱杜曲園田，移居南山，短衣跨馬。慷慨豪邁，暢懷談笑中度過晚年。漢朝開邊拓疆，功名盡在萬里沙場。為何當年英雄李廣也退居賦閒。紗窗外，斜風細雨，飄來陣陣輕寒。

【研　析】這首詞作年不詳。詞序云「因念晁楚老、楊民瞻約同居山間」，似尚未罷職閒居時語調。又按〈昭君怨·送晁楚老游荊門〉（夜雨剪殘春韭）中「試看如今白髮，卻為中年離別」，與淳熙己亥（西元一一七九年）自湖北移官湖南時所作〈水調歌頭〉（折盡武昌柳）「離別中年堪恨，憔悴鬢成霜絲」語意相同，當為大略同時之作。據此，稼軒官兩湖、江西期間與晁氏有交遊，且時有退隱之念，開始營建帶湖新居，本詞或亦為此期所作。

詞因讀史感懷而作。上片用史事。夜宿灞陵亭為李廣罷職閒居藍田南山時所歷之事，稼軒以此事起筆，照應詞序所云「晁楚老、楊民瞻約同居山間」。再者，李廣平生身經百戰、威震疆埸，但運命不濟，即詞中所謂「落魄封侯事，歲晚田園」，罷居南山或可視為其平生境遇的先兆或縮影。稼軒之「恨」，一則怨恨灞陵醉尉沒能認出李廣；二則恐怕也為灞陵尉因此事招致殺身之禍而歎恨（李廣復職後斬灞陵尉）。司馬遷以「桃李無言，下自成蹊」譬喻李廣一生不善言辭而享譽天下。稼軒截取「桃李無言」，上承「匆匆未識」，「未識」或因「無言」，則言語間含有對灞陵尉的些許同情。同時，「桃李無言」所喻示的威名盛譽則引出下文射虎裂石典故。此為李廣任右北平太守時的經歷，《史記》本傳載「匈奴聞之，號曰『漢之飛將軍』，避之，數歲不敢入右北平」，詞中「射虎」二句的生動描述再現出李廣當年威震匈奴之勢。如此威武神勇之名將，卻落得困頓失意，閒居田園，令後人感慨不盡！稼軒「夜讀〈李廣傳〉，不能寐」，原由主要在此。

下片借用杜甫詩句轉言友人相約退居山間。「桑麻杜曲」與上片結句「田園」相應，「短衣匹馬」、「南山」、「風流慷慨」等語詞則映現出李廣閒居南山之情形，其中也寄寓著稼軒設想中的山中閒居生活。然而稼軒對這種報國無門處境下的閒居，內心深處存有難以言表的無奈和落寞，「漢開邊」以下數句即透出此種情懷。前兩句因李廣「歲晚田園」而發問，而稼軒的真正寓意在借漢言宋，為其抗金復國壯志難酬而感慨怨憤。夜深人靜，窗外斜風細雨，那襲上心頭的「一陣輕寒」，何嘗沒有英雄失路的悲涼之感。

卜算子

齒落

剛者不堅牢，柔底難摧挫。不信張開口角看，舌在牙先墮❶。已闕兩邊廂❷，又豁中間個❸。說與兒曹❹莫笑翁，狗竇從君過❺。

【詞牌】卜算子

萬樹《詞律》卷三謂「取義似今賣卜算命之人也」。又名〈卜算子令〉、〈百尺樓〉、〈眉峰碧〉、〈缺月掛疏桐〉、〈楚天遙〉等。此調正體雙調四十四字，上、下片各四句二仄韻。稼軒此詞下片三仄韻。

【注釋】❶剛者不堅牢四句　劉向《說苑》卷十〈敬慎〉：「常摐有疾，老子往問焉。……（常摐）張其口而示老子曰：『吾舌存乎？』老子曰：『然。』『吾齒存乎？』老子曰：『亡。』常摐曰：『子知之乎？』老子曰：『夫舌之存也，豈非以其柔耶？齒之亡也，豈非以其剛耶？』」❷兩邊廂　指兩邊的牙齒，如房屋中的廂房，故稱。❸中間個　指門牙。❹兒曹　兒輩。❺狗竇從君過　《世說新語・排調》：「張吳興年八歲，虧齒。先達知其不常，故戲之曰：『君口中何為開狗竇？』張應聲答曰：『正使君輩從此中出入。』」狗竇，狗洞。

【語譯】剛強者並不堅固，柔軟者卻難以摧挫。不信我張口請你看，舌頭猶在而牙齒已脫落。　兩邊的牙齒已掉光，中間的門牙又缺落。告訴兒輩莫要嘲笑你阿翁，我這狗洞任由你們進出。

【研析】這首詞作年不詳，參照〈水調歌頭〉（頭白齒牙缺）有「四十九年前事」，疑作於稼軒五十歲前後，即淳熙十六年（西元一一八九年）左右。

牙齒脫落為衰老的跡象，稼軒並未因此生發人生遲暮、人生短暫之類感慨，而是想起了老子的舌存齒亡之喻理，體現出豁達風趣的情懷。詞作起筆突兀，撇開齒落事體而直攝其中理趣。剛者，指牙齒，又非僅指牙齒；柔底，指舌頭，又非僅指舌頭。起二句所言為通理，「不信」二句則由通理言及事體，以事證理，關合詞題「齒落」。

上片論理說事，理為通理，事亦為人人之事。下片具體言及稼軒自身的落齒，末以諧趣作結。整首詞脈絡井然，筆調輕鬆詼諧。

卜算子❶

欲行且起行，欲坐重來坐。坐坐行行有倦時，更枕閒書臥。　病是近來身，懶是從前我。靜掃瓢泉❷竹樹陰，且恁隨緣過。

【注　釋】❶卜算子　此詞原有題「聞李正之茶馬訃音」，與詞意不合，茲從四卷本。❷瓢泉　在鉛山縣（今屬江西）東，原名周氏泉，辛棄疾改名「瓢泉」。《江西通志》卷十一：「（鉛山縣）縣東二十五里，瓢泉，形如瓢，宋辛棄疾得而名之。」

【語　譯】想走走便起身走走，想坐坐就再坐坐。坐坐走走疲倦時，幾卷閒書枕頭臥。　近來疾病纏身，懶散成習，一如故我。瓢泉竹林中掃出一片陰涼，就這麼順其自然地過活。

【研　析】這首詞作於瓢泉閒居期間（西元一一九七—一二〇二年）。稼軒時年約六十。

紹熙五年（西元一一九四年），稼軒於福建安撫使任上遭彈劾，罷職歸上饒帶湖。慶元二年（西元一一九六年）居宅失火，遷居鉛山瓢泉。詞作展現出瓢泉閒居期間一段時間的生活場景和心境。上片敘寫日常行事，或行或坐或臥，幾卷閒書相伴。過片點明近來多病，精神慵懶，可謂對上片所述情形的歸結。結末二句直抒任運隨緣情懷。

詞作用語淺白。句式調配上，上、下片前兩句結構相同，後兩句長短錯落之間以虛字「更」、「且恁」調度，上片前三句「行」、「坐」二字循環相疊，這一切形成筆脈節奏上的緩急自如，輕快流轉，其情韻則不無自嘲自歎之味，一位矢志抗金復國的文武雄才，年近花甲，志業無成，罷職閒居，終日「坐坐行行」、「更枕閒書臥」、「竹樹陰」下「隨緣過」，其幽憤之情不難想見。

卜算子

尋春作❶

修竹翠羅寒，遲日江山暮❷。幽徑無人獨自芳❸，此恨知無數❹。只共梅花語❺，懶逐遊絲❻去。著意尋春不肯香，香在無尋處❼。

【注　釋】❶尋春作　原無題，茲從四印齋本。❷修竹翠羅寒二句　以佳人喻梅花。杜甫〈佳人〉：「天寒翠袖薄，日暮倚修竹。」〈絕句〉：「遲日江山麗，春風花草香。」❸幽徑無人獨自芳　謂梅花幽居，孤芳自賞。朱熹〈次劉正之芙蓉韻〉：「凌波直欲渡橫塘，卻愛無人獨自芳。」❹此恨知無數　謂梅花幽恨無限。秦觀〈踏莎行〉（霧失樓臺）：「砌成此恨無重數。」❺只共梅花語　意謂只有梅花相知，堪訴心語。陸游〈攜癭尊醉梅花下〉：「山房寂寞久不飲，作意欲就梅花語。」❻遊絲　飄浮的蛛絲。劉禹錫〈春日書懷〉：「野草芳菲紅錦地，遊絲撩亂碧羅天。」❼著意尋春不肯香二句　意謂梅花不求聞達，只願默無人知間吐露芳香。

【語　譯】江山秀麗，日暮天寒，如翠羅佳人依竹而立。寂靜無人的小路傍，孤芳自賞，無盡的幽恨悵惘。只願與梅花互訴心語，不願隨遊絲飄浮追逐。不為尋春之人吐露芬芳，幽香飄拂，尋之無處。

【研　析】這首詞作年不詳。

詞題「尋春作」，實為詠梅，蓋尋春偶見竹邊梅花，觸景感懷，寄寓幽潔孤芳之情。上片情境有如杜甫〈佳人〉詩句「天寒翠袖薄，日暮倚修竹」，又似陸游〈卜算子・咏梅〉詞句「寂寞開無主。已是黃昏獨自愁」，芳潔、寂靜、幽恨之情韻蕩漾於字裡行間。

過片點出梅花。筆調與上片之擬人手法相貫，引梅花為知音，謂不願追逐遊絲，只願與梅花互訴心語，末二句所展示的幽韻孤芳品性，便是與梅花的「共語」，是人格、梅品的融合。陸游〈卜算子・咏梅〉云：「無意苦爭春，一任羣芳妬。零落成泥碾作塵，只有香如故。」讚賞梅花不求名利，不惜生命，但留芳香在人間。筆調率直決絕。稼軒題詠的梅花不求聞達，幽香飄拂，尋之無跡。筆調則較婉轉而富情韻。

卜算子　飲酒敗德❶

盜跖❷倘名丘，孔子還名跖。跖聖丘愚直到今，美惡無真實❸。

簡策寫虛名，螻蟻侵枯骨。千古光陰一霎時❹，且進杯中物❺。

【注釋】❶飲酒敗德　意謂醉酒敗壞禮儀。西晉劉伶〈酒德頌〉謂「大人先生」「唯酒是務」，「貴介公子、搢紳處士」聞而「奮袂攘衿，怒目切齒，陳說禮法，是非鋒起」。❷盜跖　亦作「盜蹠」，傳說為春秋末大盜。《莊子・盜跖》：「孔子與柳下季為友。柳下季之弟名曰盜跖。盜跖從卒九千人，橫行天下，侵暴諸侯，穴室樞戶，驅人牛馬，取人婦女，貪得忘親，不顧父母兄弟，不祭先祖。所過之邑，大國守城，小國入保，萬民苦之。」❸美惡無真實　言美惡乃虛名而非真實。《老子》第二章：「天下皆知美之為美，斯惡已；皆知善之為善，斯不善已。故有無相生，難易相成，長短相形，高下相傾，音聲相和，前後相隨。」蘇轍《老子解》卷上云：「天下以形名言美惡，其所謂美且善者，豈真美且善哉？彼不知有無、難易、高下、聲音、前後之相生相奪，皆非其正也。」❹千古光陰一霎時　意謂歲月遷轉，千年光陰，轉瞬即逝。劉伶〈酒德頌〉：「天地為一朝，萬期為須臾。」❺且進杯中物　陶潛〈責子〉：「天運苟如此，且進杯中物。」杯中物，指酒。

【語譯】盜跖若名丘，孔子而名跖。古往今來，盜跖為聖孔丘愚，美惡非真實。　史冊載虛名，螻蟻蝕，屍骨朽。千古光陰轉瞬間，且飲杯中酒。

【研析】這首詞作年不詳。

《莊子・盜跖》載盜跖與孔子辯論：「今子修文武之道，掌天下之辯，以教後世。縫衣淺帶，矯言偽行，以迷惑天下之主而欲求富貴焉。盜莫大於子！天下何故不謂子為盜丘，而乃謂我為盜跖？」稼軒本詞起意或有感於盜跖所言，上片歎世間名實相背，謂世人所稱美惡、聖愚，並非真實，乃為虛名而已。下片也從「虛名」二字申發，其旨趣即西晉張翰所言：「使我有身後名，不如即時一杯酒。」《世說新語・任誕》

稼軒以文為詞，以詞議論，而不失詞體特性，其關鍵在於理語間蘊含情懷感慨，本詞即為一例。詞題「飲酒敗德」，似與劉伶〈酒德頌〉題意相反，其實稼軒此所謂「德」，即無真實之虛名，並非劉伶所稱頌的自然曠達之性情，因而詞中所言脫棄虛名、任性暢飲又與劉伶文意相合。細品全詞，「美惡無真實」一語寓有世事感慨，當與稼軒屢遭彈劾、蒙冤受誣之身世相關，正如劉辰翁〈辛稼軒詞序〉所言：「斯人北來，喑嗚鷙悍，欲何為者！而讒擯銷沮，白髮橫生，亦如劉越石。陷絕失望，花時中酒，託之陶寫，淋漓慷慨。」

上西平

會稽秋風亭觀雪

九衢❶中，杯逐馬，帶隨車❷。問誰解、愛惜瓊華？何如竹外，靜聽窣窣蟹行沙。自憐是，海山頭、種玉人家❸。

紛如鬥，嬌如舞，才整整，又斜斜❹。要圖畫還我漁蓑❺。凍吟應笑❻，羔兒無分謾煎茶❼。起來極目，向彌茫數盡歸鴉❽。

【詞牌】上西平 又名〈金人捧露盤〉。此調正體雙調七十九字，上片八句五平韻，下片九句四平韻。稼軒此詞雙調七十八字，上片八句四平韻，下片九句四平韻。

【注釋】❶九衢 繁華街市。此指會稽城。❷杯逐馬二句 言雪花隨車飄飛如帶，馬踏雪地，蹄印如杯。韓愈〈詠雪贈張籍〉：「隨車翻縞帶，逐馬散銀杯。」❸海山頭種玉人家 言山頭積雪如玉。《搜神記》卷十一載洛陽楊伯庸「性篤孝。父母亡，葬無終山，遂家焉」。三年後，有一人「以一斗石子與之，使至高平好地有石處種之，云：『玉當生其中。』」❹才整整二句　言雪飛紛亂。黃庭堅〈詠雪奉呈廣平公〉：「夜聽疏疏還密密，曉看整整復斜斜。」❺要圖畫還我漁蓑　意謂還我一身漁蓑，便可描繪出一幅江雪獨釣圖景。此透露出詞人退歸林泉之念。柳宗元〈江雪〉：「孤舟蓑笠翁，獨釣寒江雪。」蘇軾〈謝人見和前篇〉：「漁蓑句好應須畫，柳絮才高不道鹽。」❻凍吟應笑　自嘲忍凍吟詩。蘇軾〈謝人見和前篇〉：「書生事業真堪笑，忍凍孤吟筆退尖。」❼羔兒無分謾煎茶　沒有享用羊羔沽酒的福分，姑且煮茶以代酒。蘇軾〈趙成伯家有姝麗僕忝鄉人不肯開樽徒吟春雪謹依元韻以當一笑〉「何如低唱兩三杯」句自注：「世傳陶穀學士買得党太尉家故妓，遇雪，陶取雪水烹團茶，謂妓曰：『党家應不識此。』妓曰：『彼麤人，安有此景，但能於銷金煖帳下淺斟低唱，喫羊羔兒酒耳。』陶默然媿其言。」❽起來極目二句　極目，放眼遠望。朱弁〈獨坐〉：「階陰雪不掃，獨坐數歸鴻。」

【語　譯】城中街道，馬馳蹄印如銀杯，雪花隨車似帶飄。誰知愛惜冰晶玉潔的雪花？怎如置身竹林之外，靜聽林中雪落，窣窣如沙上蟹爬，欣然自覺為海邊山頭的種玉人家。

落雪紛紛如爭鬥，飛雪嬌柔似曼舞，忽而齊齊整整，忽而歪歪斜斜。描畫雪景，還我一身漁蓑。寒吟賦雪，自笑無福享受羊羔佐酒，聊且煎煮團茶。起身仰望迷茫天空，一一數盡歸飛的寒鴉。

【研　析】這首詞作於嘉泰三年（西元一二〇三年）冬。稼軒時年六十四，知紹興府兼浙東安撫使。

秋風亭在府廨，即在城中，起三句狀「九衢中」之雪景，為近觀。車馬雪中馳行，匆匆奔忙，全然不知賞覽美妙雪景。稼軒見此遂歎問：「問誰解愛惜瓊華？」此下即轉入「愛惜瓊華」。「何如」四句，靜聽雪灑竹林，聲如沙中蟹行。玉樹瓊枝般的竹林中傳出簌簌聲響，又令稼軒想到種玉傳說，彷彿是種下的玉在成長。欣然自稱為「種玉人家」，其獨賞自得之情溢於言表。

過片仍承「愛惜瓊華」，筆調則轉到飛雪曼妙之態。前此靜聽其聲，此則細觀其態。「如鬥」、「如舞」、「整整」、「斜斜」數語，雪花之飛舞交織、嬌柔多姿盡在言中。美景堪畫，稼軒想到的畫境是雪中垂釣，故云「還我漁蓑」，流露出歸退之念。「凍吟」四句為側筆。前二句言雪中吟詠，自嘲清寒；末二句言雪中歸鴉，再次流露出歸退之情。

詞題「觀雪」，題中之意不外乎所觀雪景和觀雪所感。詞作正筆扣題，觀雪、觀感交替展開，「問誰解」句、「自憐是」二句、「要圖畫」句，均為觀雪所感。末四句側筆補足觀雪之感，透露出退歸自守清寒之情。

千年調

蔗菴❶小閣名曰卮言❷，作此詞以嘲之

卮酒向人時，和氣先傾倒。最要然然可可❸，萬事稱好❹。滑稽坐上，更對鴟夷笑❺。寒與熱，總隨人，甘國老❻。

少年使酒，出口人嫌拗❼。此個和合❽道理，近日方曉。學人言語，未會十分巧。看他們，得人憐，秦吉了❾。

【詞牌】**千年調**　即〈相思會〉。曹組詞有「剛作千年調」句，稼軒據以改名。此調正體雙調七十五字，上、下片各九句四仄韻。稼軒此詞為正體。

【注釋】❶蔗菴　即鄭汝諧，字舜舉，號東谷居士，處州（治所在今浙江麗水市）人。知信州時居上饒，宅名「蔗菴」，亦以自號。❷卮言　指隨聲附和、沒有主見的話語。按：《莊子·寓言》：「卮言日出，和以天倪。」卮，一種酒器，滿酒時前傾，酒空時後仰。❸然然可可　指迎合附和聲。此語化用《莊子·寓言》：「惡乎然？然於然。惡乎不然？不然於不然。惡乎可？可於可。惡乎不可？不可於不可。物固有所然，物固有所可。無物不然，無物不可。」❹萬事稱好　用漢末隱士司馬徽典故。《世說新語·言語》「南郡龐士元聞司馬德操在潁川」條注引《司馬徽別傳》載徽善品鑑人物，居荊州為全身遠害，口不議時人。「有以人物問徽者，初不辨其高下，每輒言佳」。❺滑稽坐上二句　言滑稽、鴟夷相對笑和。滑稽、鴟夷，均為注酒器。❻寒與熱三句　言甘草總能順應人的寒症熱病，調和治療。甘國老，即甘草。《本草·草部》上品之上：「甘草，國老，味甘平，無毒，主五臟六腑寒熱邪氣。」古以治病喻治國，甘草能調和眾藥之功效，故號國老。❼少年使酒二句　謂年少時豪飲使性，人嫌其說話執拗。《史記・魏其武安侯列傳》：「灌夫為人剛直使酒，不好面諛。」❽和合　調和融洽。❾秦吉了　鳥名，又名鷯哥，善學人語。白居易〈秦吉了〉：「秦吉了，出南中。彩毛青黑花頸紅。耳聰心慧舌端巧，鳥語人言無不通。」

【語　譯】盛滿的酒杯，見人即滿臉和氣，點頭哈腰。最重要的是逢迎附和，萬事稱好。筵席上的各種酒壺，相互稱道嬉笑。號稱中藥「國老」的甘草，總能隨應病人的寒熱變化調和治療。　少年時好酒使性，說出的話惹人氣惱。奉承附和的道理，近來才知曉。學說些順時應酬的話，學不到十分的機巧。看他們討人喜愛，就像善學人語的秦吉了。

【研　析】這首詞與〈水調歌頭・和信守鄭舜舉蔗菴韻〉（萬事到白髮）大略作於同時，即淳熙十二年（西元一一八五年）前後。稼軒時年約四十六，閒居帶湖。

詞借鄭舜舉名蔗菴小閣曰「卮言」，嘲諷阿諛奉承之人。「卮言」出自《莊子・寓言》：「卮言日出，和以天倪。」其本義乃謂言語順應人事物情之自然本性，不主故常，不執己見。此因萬物皆有其天然之分際（即天倪），故不可執一守故，所謂「有自也而可，有自也而不可。有自也而然，有自也而不然。惡乎然？然於然。惡乎不然？不然於不然。惡乎可？可於可。惡乎不可？不可於不可。物固有所然，物固有所可。無物不然，無物不可。非卮言日出，和以天倪，孰得其久」？郭象注曰：「夫卮滿則傾，空則仰，非持故也。況之於言，因物隨變，唯彼之從。」「夫唯言隨物制而任其天然之分者，能無夭落。」鄭舜舉取以名閣，蓋寓其寄情山水，順任自然，無我無慾之心境。稼軒則別作新解，寓莊於諧，借卮言譏嘲那些阿諛奉承、隨聲附和、世故圓滑之徒，同時寄託著對自身遭際的感慨怨憤之情。

詞作上片緊扣題意，以擬人手法，於諧趣之中寄寓辛辣的諷刺意味。下片自述身世遭際，少年時豪爽任性，直言招怨。近來方知和合之理，然本性難移，學而未能巧，遂不能如秦吉了那般得人愛憐。這種略帶自嘲意味的自我剖析中，不難見出落職歸退後的稼軒，內心對官場逢迎風氣的針砭和譏刺。

小重山

席上和人韻送李子永提幹❶

旋製離歌唱未成❷。陽關先畫出、柳邊亭❸。中年懷抱管弦聲❹。難忘處、風月此時情。

夜雨共誰聽❺？儘教清夢去、兩三程❻。商量詩價重連城❼。相如老、漢殿舊知名❽。

【詞牌】小重山

始見於韋莊詞。又名〈小沖山〉、〈玉京山〉、〈柳色新〉、〈枕屏風〉、〈群玉軒〉、〈碧月堂〉等。此調正體雙調五十八字，上、下片各四句四平韻。稼軒此詞為正體。

【注釋】❶李子永提幹　指提舉坑冶司幹辦公事李泳，字子永，揚州人。❷旋製離歌唱未成　言剛填製的別曲未唱完。旋，剛剛。❸陽關先畫出柳邊亭　陽關圖已畫出了垂柳離亭。陽關，蓋指王維〈送元二使安西〉詩意圖，因詩有「西出陽關無故人」句而名「陽關圖」。北宋李公麟（字伯時）有「陽關圖」，蘇軾有詩〈書林次中所得李伯時歸去來陽關二圖後〉云：「龍眠獨識殷勤處，畫出陽關意外聲。」❹中年懷抱管弦聲　謂人到中年，感慨多情，陶寫懷抱，託諸管絃。用《世說新語・言語》所載謝安、王羲之語意：「謝太傅語王右軍曰：『中年傷於哀樂，與親友別，輒作數日惡。』王曰：『年在桑榆，自然至此，正賴絲竹陶寫。恆恐兒輩覺，損欣樂之趣。』」❺夜雨共誰聽　白居易〈雨中招張司業宿〉：「能來同宿否，聽雨對牀眠。」蘇軾〈辛丑十一月十九日既與子由別於鄭州西門之外馬上賦詩一篇寄之〉：「寒燈相對記疇昔，夜雨何時聽蕭瑟。」❻儘教清夢去兩三程　任由夢中的我送你兩三程。程，古時指驛站之間隔路程。歐陽脩〈與尹師魯〉：「沿汴絕淮，泛大江，凡五千里，用一百一十程，纔至荊南。」❼商量詩價重連城　言李子永詩作價值連城。商量，估量。連城，喻珍貴之物。《史記・廉頗藺相如列傳》載戰國時，趙惠文王得和氏璧，秦昭王願以十五城換之。按：李泳當時頗有詩名，趙蕃譽為「今代謫仙」（〈次韻李子永〉），范成大稱其「清詩穿月脇」（〈次韻李子永見訪〉）。❽相如老漢殿舊知名　借漢代司馬相如典故喻李子永奉詔歸京。《史記・司馬相如列傳》載相如以賦大獲武帝賞悅，後因病退居茂陵，武帝曰：「司馬相如病甚，可往從悉取其書。若不然，後失之矣。」據《建炎以來繫年要錄》卷一百六十三，李泳紹興末即在朝任比部員外郎。

【語　譯】 剛填製的別曲未唱完。陽關圖已畫出了垂柳離亭。管絃聲聲，寄寓著中年的感慨多情。怎能忘懷此時此刻的月朗風清。　他日風雨之夜，誰能和我共聽？任由夢中的我送您兩三程。您的清詩麗句，估量當價值連城。年邁的司馬相如，漢代朝廷上早已久負盛名。

【研　析】 這首詞作於淳熙九、十年（西元一一八二、一一八三年）間。稼軒時年四十三或四十四，閒居帶湖。詞題曰「送李子永提幹」，詞中有云「漢殿舊知名」，知為李泳坑冶司幹任滿返京而作。據《弋陽縣志》，李泳淳熙六年為坑冶司幹官，次年至弋陽。稼軒淳熙八年末始居帶湖。由此推斷，本詞當作於淳熙九年或十年。

歐陽脩的一首別詞云「離歌且莫翻新闋，一曲能教腸寸結」（〈玉樓春〉「尊前擬把歸期說」），稼軒稱「旋製離歌唱未成」，即新翻離歌，別情鬱結，不忍卒唱。一起筆即「唱未成」，聲情凝滯；接後便轉筆入畫，以離亭垂柳的畫面融注依依別情。一曲一畫，一急一緩，一沉滯一疏淡，相得益彰。「中年懷抱管弦聲」，則是「離歌唱未成」的注腳，如謝安所說：「中年傷於哀樂，與親友別，輒作數日惡。」（《世說新語・言語》）如此一場感慨傷懷而又充滿詩情畫意的離別，怎不令人難以忘懷！

離別時總是留戀相處的時光，對床聽夜雨，並不一定是曾經有過的情景，更多是艱難人生中溫情和詩意的象徵，令人難忘！令人期盼！如今送別友人，不禁感歎：「夜雨共誰聽？」此問料想到別後夜雨獨聽以及對友人的思念。由思念而入夢，遂有夢中相送兩三程之想像。

詞筆至此，送別題中之意蓋已寫足，末以稱譽李氏作結。李氏仕宦不顯，然而詩名頗盛，故韓元吉〈李子永惠道中詩卷〉云：「塵埃鞅掌君休恨，自有詩輕萬戶侯。」稼軒稱其「詩價重連城」，亦有「詩輕萬戶侯」之意。以司馬相如擬比李氏，因相如以辭賦知名，與李氏以詩顯聞相類，而「漢殿」一語則暗示李氏任滿返京，關合送別題旨。

小重山　三山與客泛西湖❶

綠漲連雲翠拂空。十分風月處、著衰翁。垂楊影斷岸西東。君恩重、教且種芙蓉❷。

十里水晶宮❸，有時騎馬去、笑兒童❹。殷勤卻謝打頭風❺。船兒住、且醉浪花中。

【注釋】❶三山與客泛西湖　四卷本題作「與客游西湖」。三山，指福州（今屬福建），因城中有九仙山、閩山、越王山三山，故稱。西湖，在福州城西。原湖周回十餘里，蓄水灌溉，民享其利。後填淤殆盡。淳熙九年（西元一一八二年），趙汝愚知福州兼福建安撫使，疏浚西湖，民復得其利。❷君恩重教且種芙蓉　化用陳與義詠湖州荷花詞句，關合趙汝愚奏論疏通西湖之事。姜夔〈惜紅衣〉（簟枕邀涼）序云：「吳興號水晶宮，荷花盛麗，陳簡齋云：『今年何以報君恩，一路荷花相送到青墩。』亦可見矣。」陳與義（號簡齋）〈虞美人〉（扁舟三日秋塘路）序云：「予甲寅歲自春官出守湖州，秋杪，道中荷花無復存者。乙卯歲，自瑣闥以病得請奉祠，卜居青墩鎮。立秋後三日，行舟之前後如朝霞相映，望之不斷也。」詞云：「去年長恨拏舟晚，空見殘荷滿。今年何以報君恩，一路繁花相送到青墩。」❸十里水晶宮　指西湖環岸十數里建築。《淳熙三山志》卷四：「西湖，舊記在州西三里。偽閩時，湖周回十數里，築室其上，號水晶宮。」❹有時騎馬去笑兒童　謂有時騎馬醉歸，兒童見而哄笑。用西晉山簡鎮荊州典故。《世說新語．任誕》載山簡鎮荊州時，常暢飲酣醉，襄陽兒童為之歌曰：「山公時一醉，徑造高陽池。日莫倒載歸，酩酊無所知。」李白〈襄陽歌〉：「襄陽小兒齊拍手，攔街爭唱白銅鞮。旁人借問笑何事，笑殺山公醉似泥。」稼軒〈烏夜啼〉（江頭醉倒山公）：「記得昨宵歸路笑兒童。」❺打頭風　又稱頂頭風，即逆風。鄭谷〈江上阻風〉：「聞道漁家酒初熟，夜來翻喜打頭風。」

【語譯】碧波雲影蕩漾，翠綠瀰漫長空。一派風月美景，一位衰朽老翁。東岸西岸，垂柳倒映湖中。皇恩深重，湖面種芙蓉。　十里綿延水晶宮，有時騎馬歸去，兒童笑醉翁。深謝湖面頂頭風。船兒停泊，暢飲歡醉浪花中。

【研析】這首詞作於紹熙五年（西元一一九四年）。稼軒時年五十五，知福州兼福建安撫使。

詞作扣題而入，上片前三句描繪泛舟西湖情景。雲水相融，綠漲翠浮，垂楊倒映，荷風飄香。置身其境，稼軒盡享其美，所謂「十分風月處、著衰翁」，同時又想到十餘年前，閩帥趙汝愚上疏申明朝廷，疏浚西湖之事。詞中「君恩重、教且種芙蓉」即謂此，但於詞境則略嫌不諧。

過片總攝岸邊亭樓全景。蓋因逆風受阻，遊船被迫靠岸停泊，詞筆遂轉到岸邊樓臺。「水晶宮」雖用舊事，實亦時景，令人想見樓閣亭臺在湖中的倒影。泛湖為風浪所阻，猶可於岸邊樓上把酒觀賞湖光，便又想起平日歡醉而歸引來兒童笑樂場景。「有時」句為跳蕩之筆，末二句回到眼前浪花聲中暢飲歡醉。想到此番美妙情景當歸功於「打頭風」，感激之情油然而生，殷勤致謝。筆調戲謔，情懷瀟灑，可以料想醉罷而歸，又將是「騎馬去、笑兒童」。

山鬼謠

雨巖有石，狀怪甚，取《離騷・九歌》❶，名曰山鬼，因賦〈摸魚兒〉，改今名。

問何年、此山來此？西風落日無語。看君似是羲皇上❷，直作太初❸名汝。溪上路，算只有、紅塵❹不到今猶古。一杯誰舉？笑我醉呼君，崔嵬❺未起，山鳥覆杯去。

須記取，昨夜龍湫❻風雨。門前石浪❼掀舞。四更山鬼吹燈嘯❽，驚倒世間兒女。依約處，還問我、清遊杖屨公良苦❾。神交心許。待萬里攜君，鞭笞鸞鳳❿，誦我〈遠遊〉⓫賦。

【詞牌】山鬼謠

即〈摸魚兒〉，一名〈摸魚子〉。唐教坊曲名。又名〈安慶摸〉、〈陂塘柳〉、〈買陂塘〉、〈雙蕖怨〉、〈雙蓮〉等。此調正體雙調一百十六字，上片十句六仄韻，下片十一句七仄韻。稼軒此詞下片十一句八仄韻。

【注釋】❶離騷九歌　指《楚辭・九歌》，屈原所作，凡十一篇，第九篇為〈山鬼〉，有「石磊磊兮葛蔓蔓」、「飲石泉兮蔭松柏」等詩句。❷羲皇上　即羲皇上人，指傳說中三皇之一的伏羲氏以前的人。❸太初　指遠古時期。❹紅塵　指人跡。❺崔嵬　本指石土山。這裡指怪石。❻龍湫　龍潭。❼石浪　原注：「石浪，庵外巨石也，長三十餘丈。」❽四更山鬼吹燈嘯　言山鬼深夜呼嘯而來，吹滅燈光。杜甫〈移居公安山館〉：「山鬼吹燈滅，廚人語夜闌。」❾良苦　很辛苦。❿鞭笞鸞鳳　指乘鸞駕鳳仙遊。韓愈〈酬盧給事曲江荷花行見寄〉：「上界真人足官府，豈如散仙鞭笞鸞鳳終日相追陪。」⓫遠遊　本為《楚辭》篇名，或謂屈原所作。這裡借指稼軒自己的詞作。

【語譯】雨巖有大石，形狀很怪，據《楚辭・九歌》取名「山鬼」，為之填製〈摸魚兒〉，改名為〈山鬼謠〉。

問雨巖何年飛降此地？西風落日默無答語。看你似比羲皇更早，我且稱你為「太初」。溪邊之路那般荒古，想來只因人跡罕至。誰來與我舉杯同飲？可笑我醉醺醺把你召喚，你那龐然身軀安臥未起，山鳥撞翻了我的酒杯，匆匆飛去。　難忘昨夜龍潭狂風暴雨，門前石浪在波濤中翻舞。深夜山鬼呼嘯吹滅燈火，嚇壞了世間兒女。我依稀記得你的問候：杖履清遊，你太辛苦。你我神交心許。我將借你驅鸞駕鳳，遨遊萬里長空，放懷高歌〈遠遊〉賦。

【研析】據蔡義江、蔡國黃《辛棄疾年譜》，這首詞作於淳熙十三年（西元一一八六年）前後。稼軒時年約四十七，閒居帶湖。

這首題賦雨巖怪石的〈摸魚兒〉詞作易名〈山鬼謠〉，因石之狀怪異如山鬼。鬼乃怪而無定形，無法言狀，稼軒對石之怪狀未作正面描繪，而是通過環境鋪墊、氛圍渲染，呈現山、石之神態氣勢，通過人與山、人與石對語交流的擬人手法表現相互間的「神交心許」。

詞作起筆以設問追溯雨巖來歷，接以「西風落日無語」，則稼軒似對西風落日發問。「無語」，見此問無從回答，稼軒只能自作揣度，故有「看君似是」云云。「羲皇」、「太初」語，令人思接遠古，「溪上路」又貫通古今，「紅塵不到」，有超塵脫俗境界。從俗世官場退出的稼軒置身此境，不禁興發邀雨巖舉杯共醉之念，透露出對雨巖神秘古樸、崔嵬安閒之態的心理依歸。

上片寫雨巖的靜態，下片展現雨巖的動態，筆調上僅「昨夜」二句寫實，其餘皆為虛幻想像之境。「山鬼吹燈嘯」，寫出雨巖風雨之夜的恐怖氣氛。世間兒女被驚倒，但稼軒卻能處之不驚，且與其主宰者「神交心許」，期待與之驅鸞駕鳳同遊萬里長空。如果說靜處的雨巖，映襯出稼軒脫離官場之後的安適心態，那麼雨巖風雨浪舞，則激發起稼軒的壯志雄心，又因壯志難酬，轉而生發出乘鸞遠舉之心。而〈遠遊〉及此前「山鬼」之名，均與屈原相關，則令讀者隱約感觸到，遭彈劾罷官的稼軒對屈原忠而被謗的深切體悟。

六幺令

用陸氏事❶，送玉山❷令陸德隆❸侍親歸吳中❹

酒群花隊❺，攀得短轅折❻。誰憐故山歸夢，千里蓴羹滑❼。便整松江一棹，點檢能言鴨❽。故人歡接。醉懷雙橘，墮地金圓醒時覺❾。長喜劉郎馬上，肯聽詩書說❿。誰對叔子風流，直把曹劉壓⓫。更看君侯事業，不負平生學⓬。離觴愁怯。送君歸後，細寫《茶經》煮香雪⓭。

【詞牌】六幺令

幺亦作「么」，唐教坊曲名。或云此曲拍無過六字者，故曰六幺。又名〈綠腰〉、〈錄要〉、〈樂世〉、〈宛溪柳〉等。此調正體雙調九十四字，上、下片各九句五仄韻。稼軒此詞為正體。

【注釋】❶陸氏事　指陸姓古人典故。❷玉山　縣名，今屬江西省。❸陸德隆　不詳。鄧廣銘《稼軒詞編年箋注》疑為陸翼言。曾豐〈別陸德隆黃叔萬〉序云：「歲在辛丑（西元一一八一年）始識陸德隆、黃叔萬於江西帥辛大坐上，握手論交而去。戊申（西元一一八八年）又會於中都，德隆得倅夔，叔萬得宰公安。言別次課贈之。」詩云：「辛丑隨浮梗，鍾陵得盍簪。潛藩門若市，斂板客如林。氣宇黃陂闊，詞源陸海深。二豪談正劇，一座口俱瘖。」可見陸氏性情與稼軒投合。❹吳中　今江蘇吳縣一帶。❺酒群花隊　指歌舞餞別的人群。花隊，指歌舞隊列。吳文英〈暗香·送魏勻濱宰吳縣解組分韻得闔字〉（縣花誰葺）：「香宴果，花隊簇。」❻攀得短轅折　《藝文類聚》卷七十一引《東觀漢記》載第五倫為會稽守，離任時，「百姓攀轅扣馬，呼曰：『捨我何之！』」短轅，指牛車或馬車。轅，車前駕牲口的直木。❼千里蓴羹滑　用西晉陸機典故，言陸德隆家鄉吳中盛產蓴菜，其羹味美爽滑。《世說新語·言語》載：「陸機詣王武子。武子前置數斛羊酪，指以示陸曰：『卿江東何以敵此？』陸云：『有千里蓴羹，但未下鹽豉耳。』」蓴菜，為吳中名產，又作「蒓菜」。❽便整松江一棹二句　用唐代陸龜蒙典故，言陸德隆歸鄉後，蕩舟松江，養鴨相伴相嬉。胡仔《苕溪漁隱叢話》後集卷二十七：「苕溪漁隱曰：〈題吳江三賢堂內陸龜蒙〉詩云：『千首文章二頃田，囊中未有一錢看。卻因養得能言鴨，驚破王孫金彈丸。』《談苑》云：陸龜蒙居笠澤。有內養自長安使杭州，舟經舍下，彈綠頭鴨。龜蒙遽從舍出，大呼云：『此綠鴨有異，善人言，適將獻天子。今將此死鴨以詣官。』內養少長宮禁，信然，厚以金帛遺之。因徐問龜蒙曰：『此鴨何言？』龜蒙曰：『常自呼其名。』內養憤且笑。龜蒙還其金，曰：『吾戲耳。』」松江，即今吳淞江，源自太湖，至上海合黃浦江入海。點檢，清點。❾故人歡接三句　用三國時陸績典故，言陸德隆歸鄉後，在朋友為其接風的宴席上，不忘孝敬父母。《三國志·吳書·陸績傳》載績六歲時見袁術，「術出橘。績懷三枚去，拜辭，墮地。術謂曰：『陸郎作賓客而懷橘乎？』績跪答曰：『欲歸遺母。』術大奇之。」❿長喜劉郎馬上二句　用西漢陸賈典故，稱譽陸德隆有文治之才略。《史記·酈生陸賈列傳》載賈為大中大夫，時常在高祖劉邦前說詩書，「高帝罵之曰：『迺公居馬上而得之，安事詩書？』陸生曰：『居馬上得之，寧可以馬上治之乎？』」列述歷代帝王之事為證。「高帝不懌而有慚色，迺謂陸生曰：『試為我著秦所以失天下吾所以得之者。』」⓫誰對叔子風流二句　用西晉羊祜（字叔子）、吳將陸抗典故。陸抗（西元二二六—二七四年），字幼節。三國時東吳名將，以鎮軍將軍都督西陵時，與西晉車騎將軍、都督荊州諸軍事羊祜對陣，「使命交通。抗稱祜之德量，雖樂毅、諸葛孔明不能過也。抗嘗病，祜饋之藥，抗服之無疑心。……抗每告其戍曰：『彼專為德，我專為暴，是不戰而自服也。各保分界而已，無求細利。』」羊祜（西元二二一—二七八年），字叔子。「博學能屬文，身長七尺三寸，美鬚眉，善談論。」都督荊州諸軍事，「開設庠序，綏懷遠近，甚得江漢之心。與吳人開布大信，降者欲去皆聽之。……（祜）在軍，常輕裘緩帶，身不被甲。……每與吳人交兵，剋日方戰，不為掩襲之計。將帥有欲進譎詐之策者，輒飲以醇酒，使不得言。……樂山水，每風景必造峴山，置酒言詠，終日不倦。」（《晉書・羊祜傳》）曹劉，指魏、蜀。孫吳後魏、蜀而亡，陸抗功不可沒，時人有所謂「陸抗存則吳存，抗亡則吳亡」（《晉書・何充傳》）。⑫更看君侯事業二句　用唐代陸贄典故。陸贄（西元七五九—八一八年），字載之，天水略陽（治所在今甘肅秦安）人。有《翰苑集》，權德輿序云：「公以少年入侍內殿，特蒙知遇，不可與眾浮沈，苟且自愛。事有不可，必諍之。上察物太精，躬臨庶政，失其大體，動與公違。姦諛從而間之，屢至不悅。親友或規之，公曰：『吾上不負天子，下不負吾所學，不恤其他。』」⑬細寫茶經煮香雪　用唐代陸羽典故。陸羽（西元七三三—八〇四年），字鴻漸，竟陵（治所在今湖北天門）人。精於茶道，著《茶經》三卷，時稱「言茶之原之法之具尤備，天下益知飲茶矣。時鬻茶者至陶羽形置煬突間，祀為茶神」（《新唐書・陸羽傳》）。煮香雪，煮茶。陸龜蒙〈煮茶〉：「閒來松間坐，看煮松上雪。時於浪花裏，併下藍英末。」

【語譯】歌舞餞別的人群，幾乎把車轅攀折。誰將返歸心戀夢縈的千里故鄉，家鄉的蓴菜羹那般美味爽滑。松江上蕩一葉小舟照看通靈能言的群鴨。故友的接風宴上暢飲歡醉。懷中孝敬老母的雙橘落地，酒醒之後才發覺。

常常欣賞劉邦馬上得天下，又能傾聽陸賈談論詩書。誰堪媲美羊叔子的才華風度，全然壓過曹、劉。再看陸宣公的豐功偉業，不負平生所學。與君把酒辭別，愁懷鬱結。送君歸鄉之後，煮茶飄香，把《茶經》細心抄寫。

【研析】據鄧廣銘《稼軒詞編年箋注》，這首詞作於淳熙九年（西元一一八二年）。稼軒時年四十三，閒居帶湖，遊玉山。

詞為送別友人歸鄉侍親而作，筆調可謂亦莊亦諧，擇取七位陸姓古人之典故，喻示友人陸德隆文武才略及情性風度：陸機典故見其文才，如曾豐所云「詞源陸海深」；陸抗典故見其武略；陸賈、陸贄典故見其經國濟世之謀；陸績典故見其孝敬之心；陸羽、陸龜蒙典故見其雅趣閒情。

詞作用典雖多，卻無滯澀堆砌之弊。一則章法結構上，詞作首尾關合送別情事，且上片緊扣「侍親歸吳中」而作，如陸機「千里蓴羹」語、陸龜蒙松江養鴨，貼合「歸吳中」；陸績懷橘墮地，貼合「侍親」。二則詞句間善於提轉調度，如「誰憐」、「便」、「長喜」、「誰對」、「直把」、「更看」等語，使全詞語勢承轉貫通。

六幺令

再用前韻❶

倒冠❷一笑，華髮玉簪折❸。〈陽關〉❹自來淒斷，卻怪歌聲滑。放浪兒童歸舍，莫惱比鄰鴨❺。水連山接。看君歸興，如醉中醒、夢中覺。

江上吳儂❻問我，一一煩君說。坐客尊酒頻空❼，剩欠真珠壓❽。手把漁竿未穩，長向滄浪❾學。問愁誰怯？可堪楊柳，先作東風滿城雪。

【注釋】❶前韻　指〈六幺令〉（酒群花隊）詞韻。❷倒冠　放浪不檢的樣子。杜牧〈晚晴賦〉：「倒冠落珮兮，與世疏闊。」歐陽脩〈借觀五老詩次韻為謝〉：「脫遺軒冕就安閒，笑傲丘園縱倒冠。」❸玉簪折　喻別離。白居易〈井底引銀瓶〉：「井底引銀瓶，銀瓶欲上絲繩絕。石上磨玉簪，玉簪欲成中央折。瓶沉簪折知奈何，似妾今朝與君別。」❹陽關　即〈陽關三疊〉，又稱〈渭城曲〉，為唐宋時著名別曲，因原辭王維〈送元二使安西〉首句「渭城朝雨浥清塵」、末句「西出陽關無故人」而得名。此處泛指別離之曲。❺放浪兒童歸舍二句　意謂兒童嬉鬧而歸，鄰家鵝鴨聒耳，莫要為之惱怒。杜甫〈將赴成都草堂途中有作先寄嚴鄭公〉詩句：「休怪兒童延俗客，不教鵝鴨惱比鄰。」《淵鑑類函》卷四百二十六〈鳥部·鵝四〉「惱比鄰」條注：「魏陸勗見童驅鵞鴨出，輒問曰：『不曾使鄰人惱否？』故杜詩曰：『不教鵞鴨惱比鄰。』」❻吳儂　吳人。儂，泛指一般人。韋莊〈漢州〉：「北儂初到漢州城，郭邑樓臺觸目驚。」❼坐客尊酒頻空　反用東漢孔融語。《後漢書・孔融傳》載融退居後，賓客盈門，常歎曰：「坐上客恆滿，尊中酒不空，吾無憂矣。」❽剩欠真珠壓　意謂更缺乏釀酒。剩，更。稼軒〈水調歌頭〉（十里深窈窕）：「方是閒中風月，剩費酒邊詩。」真珠，喻酒。李賀〈將進酒〉：「琉璃鍾，琥珀濃。小槽酒滴真珠紅。」❾滄浪　古代水名，一說即漢水。此代指漁父。《楚辭・漁父》：「漁父莞爾而笑，鼓枻而去，歌曰：『滄浪之水清兮，可以濯吾纓；滄浪之水濁兮，可以濯吾足。』」

【語　譯】自笑倒著冠巾，鬢髮斑白送君歸。離歌別曲從來淒楚斷腸，卻怪今日離曲那般流暢柔美。玩耍的兒童嬉鬧而歸，鄰家的鴨群啼叫聒耳，且莫為此煩惱。山一程，水一程。料想您的歸途興味，定然似醉似醒，若夢若覺。　吳中友人若相問，煩勞您一一轉告。席上賓客酒杯常空，又無法多備美酒。把竿垂釣心不安，常和漁夫結師友。離愁何所懼？怎堪春風拂柳，滿城飛絮似雪飄。

【研　析】據鄧廣銘《稼軒詞編年箋注》，這首詞作於淳熙九年（西元一一八二年）。稼軒時年四十三，閒居帶湖，遊玉山。

這首詞與前一首〈六幺令〉（酒群花隊）為同一事而作，且為同調同韻之作，則須相避相讓。前者取亦莊亦諧之筆，用陸氏典故稱譽友人，可謂送別詞之別格；此則敘寫別曲、話別、別景，可謂送別詞之正體。

起筆入題，言分別，但沒有離愁別怨，而呈現出不拘檢束的閒散情態，為離別場景定下輕鬆灑脫的情調。下文言離歌別曲暢滑柔美，勸慰友人莫為鄉間兒童嬉鬧、雞鴨嘈雜而煩惱，料想友人歸途山水清景相伴之陶醉愜意，皆與起筆情調相承。

下片擬吳中友人之問，託陸氏相告，見出稼軒與吳中友人間的相互惦念之情，亦借此自述近況。「坐客」四句，言對客久飲，尊酒頻空，但恨美酒無多；把竿垂釣，心神未寧，常拜漁父為師。結末三句以「問愁誰怯」提轉而闔合送別，以反詰筆調超脫離愁別怨，意謂離愁何懼？「可堪」二句情調則急轉直下，春風楊柳，滿城飛絮，別情悠悠，令人想到賀鑄的言愁名句：「若問閒愁都幾許？一川煙草，滿城風絮，梅子黃時雨。」（〈青玉案〉）

六州歌頭

屬得疾，暴甚，醫者莫曉其狀。小愈，困臥無聊，戲作以自釋。

晨來問疾，有鶴止庭隅❶。吾語汝❷：「只三事，太愁予❸。病難扶，手種青松樹，礙梅塢❹，妨花徑，才數尺，如人立，卻須鋤。秋水堂❺前，曲沼明於鏡，可燭眉鬚❻。被山頭急雨，耕壟灌泥塗。誰使吾廬，映污渠❼！歎青山好，簷外竹。遮欲盡，有還無。刪竹去？吾乍可，食無魚❽。愛扶疏❾，又欲為山計，千百慮，累吾軀。凡病此，吾過矣❿。子奚如？」口不能言臆對⓫：「雖盧扁藥石難除。有要言妙道⓬，事見〈七發〉。往問北山愚⓭，庶有瘳乎⓮。」

【詞牌】六州歌頭

程大昌《演繁露》卷十六云：「〈六州歌頭〉，本鼓吹曲也。近世好事者倚其聲為弔古詞，如『秦亡草昧，劉項起吞併』者是也，音調悲壯。」此調正體雙調一百四十三字，平仄韻互押，上片十九句八平韻八仄韻，下片二十句八平韻十仄韻。稼軒此詞上片十九句八平韻四仄韻，下片十九句八平韻三仄韻。

【注釋】❶有鶴止庭隅　賈誼〈鵩鳥賦〉序：「有鵩鳥飛入誼舍，止于坐隅。」蘇軾〈鶴歎〉：「園中有鶴馴可呼，我欲呼之立坐隅。」庭隅，庭院一角。❷吾語汝　《論語・陽貨》：「子曰：『由汝聞六言六蔽矣乎？』對曰：『未也。』曰：『居，吾語汝。』」❸愁予　《楚辭・九歌・湘夫人》：「帝子降兮北渚，目眇眇兮愁予。」❹梅塢　梅園。黃庭堅〈王才元惠梅花三種皆妙絕戲答三首〉其二：「舍人梅塢無關鎖，攜酒俗人來未曾。」❺秋水堂　在稼軒瓢泉居所。❻曲沼明於鏡二句　謂池水清澈如鏡，可映照眉鬚。劉禹錫〈奉和中書崔舍人八月十五日夜翫月二十韻〉：「曲沼疑瑤鏡，通衢若象筵。」

蘇軾〈荊門惠泉〉：「縈回成曲沼，清澈見肝膈。」燭，照見。❼映污渠　倒映在汙濁的渠水中。韓愈〈符讀書城南〉：「二十漸乖張，清溝映污渠。」❽刪竹去三句　意謂與其砍去竹子，寧可不吃魚。乍可，寧可。蘇軾〈於潛僧綠筠軒〉：「可使食無肉，不可居無竹。無肉令人瘦，無竹令人俗。」《戰國策・齊策四》載馮諼寄食孟嘗君門下，不為所重，彈劍作歌曰：「長鋏歸來乎！食無魚。」❾扶疏　枝葉茂盛分披的樣子。王績〈薛記室收過莊見尋率題古意以贈〉：「梅李夾兩岸，花枝何扶疏。」❿吾過矣　《禮記・檀弓》：「子夏投其杖而拜曰：『吾過矣！吾過矣！吾離羣而索居亦已久矣。』」⓫口不能言臆對　臆對，以胸臆為對。賈誼〈鵩鳥賦〉：「鵩迺歎息，舉首奮翼，口不能言，請對以臆。」⓬雖盧扁藥石難除二句　盧扁，即扁鵲，戰國時名醫。原名秦越人，家於盧國（今山東長清南），故又稱盧扁。枚乘〈七發〉：「客曰：『今太子之病，可無藥石針刺灸療而已，可以要言妙道說而去也。』」⓭北山愚　疑指孔稚珪〈北山移文〉中北山之鶴。文中稱周顒由隱而仕，「蕙帳空兮夜鶴怨，山人去兮曉猿驚。」⓮庶有瘳乎　《莊子・人間世》：「庶幾其國有瘳乎。」瘳，治；救。

【語譯】新近得病，很嚴重，醫者不明症狀。病情稍癒，久臥鬱悶，戲作此詞以釋懷。

清晨，有鶴來探病，飛落在庭院之角。我告訴你白鶴：「只有三件事，令我病重愁苦。親手種植的松樹，遮擋了梅園和花徑，數尺之松如人佇立，卻要被剪除。秋水堂前，一灣溪水清澈如鏡，可以照見眉鬚。被攤捲耕地泥土的山洪沖渾。使我屋舍映入汙濁的水渠！　可惜美麗的青山，被屋簷外的竹林遮擋，若有若無。砍去竹林？我寧可食無魚。喜愛竹林枝葉茂密垂拂，又願青山無遮掩。千思百慮，身心疲倦。這一切煩憂，都是我的過錯，你有何高見？」白鶴口不能言而默傳胸臆：「即使扁鵲的藥石也難祛除。但有要言妙道能為你解憂，去請教北山之鶴，你的病愁可望治癒。」

【研析】這首詞作年難以確考，詞中「手種青松樹」，「才數尺，如人立」及「秋水堂」等語句，可與〈沁園春〉（疊嶂西馳）「檢校長身十萬松」及〈哨遍・秋水觀〉詞互證，大概作於慶元五年（西元一一九九年）前後。稼軒時年約六十，閒居瓢泉。

病重小癒，作詞自釋，筆含諧趣。鶴止庭隅，稼軒謂其「來問疾」，遂對其傾訴心中之疾。全詞主體由此導出。所言犯愁之三事，皆屋舍林泉之事：手種青松擋住了梅園花徑，要賞花觀梅則須砍除松樹；堂前清溪被山洪沖渾；簷外竹林遮擋了青山，不願砍伐竹林，又想觀賞青山。三件事糾結心懷，使稍有好轉的病體疲憊不堪。然以常理論，諸事何足煩心？稼軒亦心知其理，故曰：「凡病此，吾過矣。」此過乃在心境，稼軒鬱憤煩心處蓋仍在壯志未酬，無奈閒居，此非神醫藥石可治，須要言妙道疏解開釋。鶴之臆對即為此意。所謂「北山愚」之「要言妙道」，蓋指隱居林泉、物我相融之道，如孔稚珪〈北山移文〉中猿、鶴等自得自適於山林之趣。

詞取與鶴對話體，構思上或有賈誼〈鵩鳥賦〉之影響，亦稼軒以文為詞之一例。

太常引

建康中秋夜為呂叔潛❶賦

一輪秋影轉金波❷。飛鏡又重磨❸。把酒問姮娥❹：被白髮、欺人❺奈何？

乘風好去，長空萬里，直下看山河。斫去桂婆娑，人道是、清光更多❻。

【詞牌】**太常引**

又名〈臘前梅〉。此調正體雙調四十九字，上片四句四平韻，下片五句三平韻。稼軒此詞為正體。

【注釋】❶呂叔潛　鄧廣銘《稼軒詞編年箋注》考定其名大虬，為呂祖謙諸父。❷一輪秋影轉金波　言一輪秋月灑下金色的光輝。秋影，秋月。❸飛鏡又重磨　謂中秋圓月如重新磨光銅鏡飛上天空。李白〈把酒問月〉：「皎如飛鏡臨丹闕，綠煙滅盡清輝發。」❹姮娥　即嫦娥。神話傳說中的月宮仙女。《淮南子‧覽冥》：「羿請不死之藥於西王母，姮娥竊以奔月。」高誘注：「姮娥，羿妻。羿請不死之藥於西王母，未及服之。姮娥盜食之，得仙，奔入月中，為月精。」按：嫦娥，本作「恆娥」，俗作「姮娥」，後因避漢文帝劉恆諱，改稱「常娥」，俗作「嫦娥」。❺白髮欺人　意謂人無力阻止白髮生長，只能受其欺淩。薛能〈春日使府寓懷〉：「青春背我堂堂去，白髮欺人故故生。」按：「白髮欺人」，宋人詩詞中屢見，如黃庭堅〈再贈陳季張拒霜花〉：「歡娛盡屬少年事，白髮欺人作老翁。」王之道〈減字木蘭花〉（鰲頭龜手）：「白髮欺人，甚矣吾衰懶是真。」張鎡〈八聲甘州〉（對黃花猶自滿庭開）：「白髮欺人早，多似清霜。」❻斫去桂婆娑二句　化用杜甫〈一百五日夜對月〉詩句：「斫卻月中桂，清光應更多。」神話傳說月宮有桂樹，仙人吳剛被天帝罰砍月宮桂樹，樹隨砍隨合。斫，砍伐。婆娑，搖曳飄舞的樣子。

【語　譯】一輪秋月行空，灑下清輝金光。像飛掛天幕的銅鏡，又被重新磨亮。舉杯請教嫦娥：遭受白髮欺侮又能如何？　乘著夜風，正好遨遊萬里長空，俯瞰大地山河。人們說，砍去搖曳飄拂的月宮桂枝，月光會清亮很多。

【研　析】這首詞疑作於淳熙元年（西元一一七四年）。稼軒時年三十五，任江東安撫司參議官。

詞中「飛鏡」句、「把酒」句、「乘風」句、「斫去」二句等，令人想到李白、杜甫、蘇軾等名家的詠月詩詞。稼軒在構思及字句上或許受到了諸家名作的導向，但所寄寓的情懷則不同。李白的〈把酒問月〉，一番充滿詩意的宇宙探詢之後歸結於美好的人生祝願，蘇軾的〈水調歌頭〉（明月幾時有）與此異曲同工；杜甫的〈一百五日夜對月〉則是離亂現實中的對月懷人之作。辛棄疾此詞抒發的是年華虛度、壯志難酬之情懷。中秋之夜，仰望天空一輪明月，稼軒或許不自覺地想起「詩仙」李白的詠月名句「皎如飛鏡臨丹闕」，卻在「飛鏡」後吟出「又重磨」三字，透露出稼軒內心對歲月流逝的感歎！因而他把酒問月，問的不是「青天有月來幾時」、「明月幾時有」之類充溢著超妙理趣的宇宙之謎，而是要請教長生不老的月宮仙女嫦娥：怎樣面對頭上越來越多的白髮？「問姮娥」自然不可能獲得解答，卻激盪著稼軒壓抑憤懣而悵然無奈的心緒衷曲！

過片從沉鬱的情緒中跳出，展開想像，乘風遨遊長空，俯瞰破碎的山河。這一番皓月長風下的激情翱翔，正映現出稼軒抗金復國的凌雲壯志，而「直下看山河」則又將飛翔的心志拉回到現實，感慨恢復之事前路黯淡，希望清除恢復大業的障礙，給抗金復國鋪展出光明之路。這就是詞作結末「斫去桂婆娑，人道是、清光更多」兩句的寓意。

整首詞可謂句句詠月而又字字言情，且又非前人詩詞中常見的明月相思之情，而是蘊含沉雄之勢的壯志難酬之慨。這一方面體現為詞情脈絡上的轉折跌宕，如「又重磨」及過片「乘風好去」三句，明顯為情調的轉折；一方面則體現為詞境上的比興寄託，如下片所描寫的乘風遨遊長空之境，實為稼軒從壓抑中騰飛的心境之外化，其中「直下看山河」、「斫去桂婆娑」、「清光更多」等詞句的現實寓意不難體味，但詞句上並無刻意寄託之跡。「斫去」二句承「看山河」而來，因在月夜，置身萬里長空，難以看清山河，所以想到「斫去桂婆娑」，使「清光更多」，合情合理。細品其情其境，聯想到稼軒的恢復之志，其言外之意則深切可感。

木蘭花慢

滁州送范倅❶

老來情味減，對別酒，怯流年❷。況屈指中秋，十分好月，不照人圓。無情水都不管，共西風只管送歸船。秋晚蓴鱸江上，夜深兒女燈前❸。征衫便好去朝天，玉殿正思賢❹。想夜半承明❺，留教視草❻，卻遣籌邊❼。長安故人❽問我，道愁腸殢酒❾只依然。目斷秋霄落雁，醉來時響空弦❿。

【詞牌】**木蘭花慢**

始見柳永詞。又名〈千秋歲〉。此調正體雙調一百一字，上片十句五平韻，下片十句七平韻。稼軒此詞平仄互押，上片十句四平韻三仄韻，下片九句五平韻。

【注釋】❶范倅　指滁州通判范昂。倅，為通判的簡稱。當時范昂任滿返京。❷對別酒二句　面對送別的酒筵，害怕時光流逝。怯，《花庵詞選》作「惜」。❸秋晚蓴鱸江上二句　用西晉張翰因思鄉而棄官南歸典故，寫范昂返鄉後的天倫之樂。《世說新語・識鑒》載張翰在洛陽為官，「見秋風起，因思吳中菰菜羹鱸魚膾，曰：『人生貴得適意爾，何能羈宦數千里以要名爵？』

遂命駕便歸。」❹征衫便好去朝天二句　言朝廷正在渴求賢才，望范昂抵達京城儘快朝見皇上。征衫，征途上所穿衣衫。朝天，朝見皇帝。玉殿，指朝廷。❺承明　北宋初朝廷有承明殿，為皇帝詔見朝臣之所，後改名端明殿。如《宋史》卷三百十〈王曾傳〉：「帝（真宗）嘗晚坐承明殿，詔對久之。」又卷一百六十二〈職官志二〉載：「明道二年（西元一〇三三年），改承明殿為端明殿，復置端明殿學士。」❻視草　討論草擬詔書。❼籌邊　籌劃邊境事務。❽長安故人　京城老友。長安，借指京城臨安。❾愁腸殢酒　四卷本作「尋常泥酒」。殢酒，沉溺於酒。❿目斷秋霄落雁二句　仰望秋空大雁墜地，醉裡不時聽見弓弦空響。此二句用戰國時更羸空弦落雁典故。見《戰國策・楚策四》。目斷，望極；目盡。

【語　譯】老來情趣寥落，把酒餞別，害怕似水流年。何況屈指算來中秋將至，那美好的月色下面，人兒卻不能團圓。無情的流水，全然不顧人間離別哀怨，只管和西風一同催送歸船。晚秋時節，你回歸盛產蓴菜鱸魚的家鄉，深夜燈下與家人相依相伴。　征衫未脫便可朝見君主，朝廷正渴求賢良。料想皇上將深夜把你召入承明殿，命你草擬詔書，再遣你籌劃邊防。京城老友問起我，就說我依舊痛飲惆悵。醉意中仰望雲霄，不時張弓虛發，秋雁應聲而墜亡。

【研　析】這首詞作於乾道八年（西元一一七二年）秋。稼軒時年三十三，知滁州。

詞為送別滁州通判范昂任滿返京而作，起筆卻自抒情懷，謂「老來情味減」，而稼軒當時年僅三十三，自覺「老」，指心境而言，即「情味減」。如此心境承受離別的愁情，感受時光的流逝，內心陣陣惶恐！三十三歲之豪邁英傑面對仕宦中一次普通的離別，似不當如此傷感，再說稼軒治理滁州，政績顯著，數月間通過寬徵薄賦等措施，使凋敝破敗的滁州呈現出「人情愉愉，上下綏泰，樂生興事，民用富庶」氣象，乃建奠枕樓，「使民登臨而歌舞之」（崔敦禮〈代嚴子文滁州奠枕樓記〉）。然而稼軒的志向並不止於一州之治，其深切關注的是恢復大業。自隆興元年（西元一一六三年）宋軍符離慘敗、宋金和議以來，稼軒先後向君相上呈《美芹十論》、《九議》等，詳陳恢復大略；知滁州，仍實施教民兵、議屯田，並有奏議論宋金事，乾道九年又上疏乞將滁州作極邊推賞（參見鄧廣銘《辛稼軒年譜》）。滁州的邊防地位、范昂離任返朝，令稼軒想到抗金復國之事，而數年來的和議時局又令其憂慮忡忡，因而有壯年歎老之情。

上片「況屈指」句以下數句均為「送別」題中之意：時近佳節，月將圓，人相別，美景襯愁情；流水無情，西風勁吹，景中寓情。「歸船」二字過渡到下文所描寫的友人歸家之樂，為想像之詞，也是對友人離愁的慰藉。

下片言友人返朝，對友人的勸勉期望之中也寄託著稼軒自己的壯志未酬之情，故「長安故人問我」一筆轉入自表情懷，與詞作起首相照應，但情調則於沉鬱之中激盪著雄武氣魄。

全詞將送別、感懷、撫時融為一體，情調則由上片的沉鬱低婉轉為下片的激揚沉雄，稼軒的心緒變化即展露於字裡行間。

木蘭花慢

席上送張仲固❶帥興元

漢中開漢業❷，問此地，是耶非？想劍指三秦，君王得意，一戰東歸❸。追亡事❹今不見，但山川滿目淚沾衣❺。落日胡塵未斷❻，西風塞馬空肥❼。一編書是帝王師❽，小試去征西。更草草離筵，匆匆去路，愁滿旌旗。君思我回首處，正江涵秋影雁初飛❾。安得車輪四角❿，不堪帶減腰圍⓫。

【注釋】❶張仲固　張堅，字仲固，京口（今江蘇鎮江市）人。紹興甲戌（西元一一五四年）進士及第，歷御史臺簿、江西轉運判官，淳熙六、七年間轉帥興元（治所在今陝西漢中）。❷漢中開漢業　漢中為漢高祖開創帝業之地。按：《史記・高祖本紀》載，項羽、劉邦滅秦之後，項羽自立為西楚霸王，立劉邦為漢王，據有巴、蜀、漢中，都南鄭（漢中郡治所，今陝西漢中）。❸想劍指三秦三句　追想劉邦統一三秦，得意東歸之事。三秦，指關中（相當於今陝西省），項羽曾三分關中封秦降將章邯、司馬欣、董翳，故稱。《史記・高祖本紀》載漢王劉邦拜韓信為大將，敗章邯，司馬欣、董翳降，遂定關中。❹追

亡事　指蕭何追韓信之事。《史記・淮陰侯列傳》載韓信有帥才，為漢丞相蕭何所賞識，初不為漢王劉邦所用，憤然離去。蕭何急追之。有人稟報劉邦說：「丞相何亡。」劉邦大怒。一兩天後，蕭何追回韓信。劉邦又怒又喜，責備蕭何：「若亡何也？」蕭何說：「臣不敢亡也，臣追亡者。」因蕭何力薦，韓信被拜為大將軍，輔佐劉邦成就漢業。❺但山川滿目淚沾衣　用唐李嶠〈汾陰行〉詩句：「山川滿目淚沾衣，富貴榮華能幾時。」❻胡塵未斷　言金兵飛馬揚塵，不時騷擾。❼塞馬空肥　指朝廷和戎，邊塞守將不敢還擊。陸游〈關山月〉：「和戎詔下十五年，將軍不戰空臨邊。朱門沉沉按歌舞，廄馬肥死弓斷弦。」❽一編書是帝王師　用圯上老人贈張良《太公兵法》典故。《史記・留侯世家》載張良嘗閒步於下邳橋上，「有一老父出一編書，曰：『讀此，則為王者師矣。』旦日，視其書，乃《太公兵法》也。」❾正江涵秋影雁初飛　意謂江映秋色，北雁開始南飛。此句用杜牧〈九日齊山登高〉詩句：「江涵秋影雁初飛，與客攜壺上翠微。」❿安得車輪四角　以車輪生角之想像，間接抒發依依惜別之情。此句化用唐陸龜蒙〈古意〉詩句：「願得雙車輪，一夜生四角。」⓫帶減腰圍　意謂思念瘦損，衣帶日寬。沈約〈與徐勉書〉云：「老病，百日數旬，革帶嘗應移孔，以手握臂，率計月小半分。」杜甫〈傷秋〉：「懶慢頭時櫛，艱難帶減圍。」

【語　譯】劉邦開創帝業的漢中，可是如今的興元之地？想當年漢王劉邦一戰定關中，如願東歸。蕭何追韓信之事如今不見蹤跡，放眼山川依舊，感慨淚落沾衣。西風落日下的邊塞，金兵馳馬塵土飛揚，宋軍戰馬徒自膘壯體肥。

一部《太公兵法》，使張良終成帝王之師。你西行接任興元府帥，略可展現雄才遠識。餞行的酒筵簡簡單單，你匆匆離席上路，離愁彌漫飄拂的旌旗。你念我，回頭望，秋水秋色相映，波光蕩漾，北雁南歸。如何令車輪生角阻止你的離去，不堪愁思苦念而消瘦憔悴。

【研　析】這首詞作於淳熙八年（西元一一八一年）秋。稼軒時年四十二，知隆興府兼江西安撫使。

僚友張仲固自江西轉運判官轉帥興元府，稼軒賦詞送別。興元府為南宋西北邊防重鎮，又為當年漢王劉邦開創帝業之基地。這必然令志在抗金復國的稼軒生發撫今追昔之慨，詞作起筆即思接千載，想起劉邦當年以漢中為根基創立漢代帝業之事。「問此地」二句，意脈上貫通古今，而疑問語氣則增添跌宕緩衝之韻味。「想劍指三秦」三句，追懷劉邦立足漢中，揮兵定關中之偉業。其首功當歸韓信，《漢書・高帝紀上》載：「（韓信）因陳（項）羽可圖，三秦易并之計。漢王大說，遂聽信策，部署諸將。」此前韓信曾因不受重用而離去，被丞相蕭何追回，向劉邦力薦，遂得拜為大將軍，輔佐劉邦定關中，成漢業。稼軒因劉邦「劍指三秦」想到韓信，想到蕭何追韓信。詞中「追亡事」即言此，而「今不見」二句，懷古思今，放眼山河破碎，國土淪陷，而自身懷才不遇，壯志難酬，不禁感慨落淚。「落日」二句言今日邊塞情形，亦切合興元之地。「胡塵未斷」與「塞馬空肥」相對比，見出和戎之策所隱伏的危機。這也是令稼軒「淚沾衣」之處。

上片因興元府之地而觸發感慨，下片轉到題中「送張仲固」之意。過片借張仲固之同姓漢代開國功臣張良作過渡，同時勉勵友人赴任建新功，下啟「小試去征西」，詞筆落到張氏轉知興元府。「更草草」句以下抒發別離情懷。前六句詞筆落在離別者，言其草草離席，匆匆啟程，旌旗飄搖，離愁彌漫；料想其別後思友，回首遙望，秋雁南飛。結末二句，詞筆落到稼軒自身，上句言臨別挽留之情，承前「更草草」三句；下句料想別後思念之苦，承前「君思我」三句。「安得」、「不堪」二語，以虛詞調度情調，沉鬱跌宕，韻味悠長。

木蘭花慢

中秋飲酒將旦，客謂前人詩詞有賦待月，無送月者，因用〈天問〉❶體賦。

可憐今夕月，向何處，去悠悠？是別有人間，那邊才見，光影東頭？是天外空汗漫❷，但長風浩浩送中秋❸？飛鏡❹無根誰繫？嫦娥❺不嫁誰留？

謂經海底問無由，恍惚使人愁。怕萬里長鯨，縱橫觸破，玉殿瓊樓❻。蝦蟆❼故堪浴水，問云何玉兔❽解沉浮？若道都齊無恙，云何漸漸如鉤？

【注釋】❶天問　指《楚辭・天問》，屈原所作，對天地自然以及相關的神話傳說、歷史故事等提出疑問，如問月：「夜光何德，死則又育？厥利維何，而顧菟在腹？」❷汗漫　漫無邊際。❸但長風浩浩送中秋　李白〈宣州謝朓樓餞別校書叔雲〉：「長風萬里送秋雁。」❹飛鏡　喻月。李白〈把酒問月〉：「皎如飛鏡臨丹闕。」❺嫦娥　傳說為月中女神。《淮南子・覽冥》載后羿請不死之藥於西王母，恆娥盜食之，得仙，奔入月中。「恆娥」，俗作「姮娥」，後避漢文帝劉恆名諱，改稱「常娥」，俗作「嫦娥」。❻玉殿瓊樓　指月宮。晉王嘉《拾遺記》：「翟乾祐於江上玩月。或問：『此中何有？』翟笑曰：『可隨我觀之。』俄見月規半天，瓊樓玉宇爛然。」❼蝦蟆　又稱「蟾蜍」，傳說姮娥奔月成為蟾蜍。《淮南子・精神》：「日中有踆烏，而月中有蟾蜍。」❽玉兔　即月兔。《楚辭・天問》：「厥利維何，而顧菟在腹。」王逸章句：「言月中有菟。」菟，同「兔」。傅咸〈擬天問〉：「月中何有？白兔擣藥。」

【語譯】中秋暢飲，通宵達旦，友人謂前人詩詞有待月之作，沒有送月之作。我因此用〈天問〉筆調為賦此詞。

今夜月亮這般姣美，悠悠然要去向何方？是天那邊的人間，此時才見東方漸露的月光？是浩蕩秋風，要把中秋之月吹送到茫茫天外廣域？月如明鏡飛空，無根無本誰能把它繫縛？嫦娥不嫁，誰能把她留住？聽說月經海底，無由探詢，迷離的水光月色令人心憂。害怕縱橫翻騰的萬里巨鯨，撞破月宮的玉殿瓊樓。蝦蟆固然善泳，玉兔怎能潛水浮游？若說一切都安然無恙，為何月亮會漸漸缺損如鉤？

【研析】這首詞作年不詳。

詞作以問詢兼戲謔之筆，抒寫中秋送月之意趣，在眾多的中秋詠月詩詞中別具一格。上片全為問句，首問月將去向何方？次問月是否要去照亮天那邊的人間？此二問，意脈相承，「別有人間」云云，想像之中，充滿人情生趣，且與後世天文學理暗合，王國維《人間詞話》評曰：「稼軒想像，直悟月輪繞地之理，與科學家密合，可謂神悟。」「是天外」以下三問，轉就月何以離去而發問，其筆調思路又有不同：長風送中秋，乃揣度探詢月離去之由；飛鏡無根、嫦娥不嫁，乃揣度探詢月何以不停留。

下片筆調落到月之別後旅途，抒寫送月之情。「海上生明月」（張九齡〈望月懷遠〉）、「明月出海底」（李白〈古風〉），「謂經海底」，即循此世間常言，而「問無由」三字及「恍惚」句，則顯露出對月入海中情形的關切，引發下文種種擔憂：擔憂巨鯨撞破月宮的瓊樓玉宇，擔憂月兔不善潛浮。末二句以缺月如鉤，坐實上述擔憂的原由，也令讀者意會到稼軒構思詞作下片，即立足於月出海底和圓月漸缺。

詞作上片問月，下片送月，想像中不乏諧趣，乃為遊戲之作，其問詢筆調以及章法脈絡分明，則頗能體現出以文為詞的特點。

水調歌頭

壽趙漕介菴❶

千里渥洼種❷，名動帝王家。金鑾當日奏草，落筆萬龍蛇❸。帶得無邊春下，等待江山都老，教看鬢方鴉❹。莫管錢流地❺，且擬醉黃花❻。喚雙成，歌弄玉，舞綠華❼。一觴為飲千歲，江海吸流霞❽。聞道清都帝所❾，要挽銀河仙浪，西北洗胡沙❿。回首日邊去，雲裏認飛車⓫。

【詞牌】水調歌頭

又名〈元會曲〉、〈凱歌〉、〈臺城遊〉、〈花犯念奴〉等。《詞譜》卷二十三云：「〈水調〉，乃唐人大曲。凡大曲有歌頭。此必裁截其歌頭，另倚新聲也。」此調正體雙調九十五字，上片九句四平韻，下片十句四平韻。稼軒此詞為正體。

【注釋】❶趙漕介菴　指江南東路轉運副使趙彥端（西元一一二一—一一七五年），字德莊，號介菴，為趙宋宗室。漕，宋轉運司之別稱，職掌一路的轉運。❷千里渥洼種　借產於渥洼水中的天馬比喻趙介菴。《史記．孝武本紀》載，元鼎四年（西元前一一三年）秋，得馬於渥洼（今甘肅安西境內）水中。武帝視為天馬，作〈天馬〉之歌。❸金鑾當日奏草二句　當年金鑾殿上起草奏章，揮毫走筆如龍蛇群舞。金鑾，金鑾殿，本唐宮殿名，後借指皇帝正殿。❹帶得無邊春下三句　言趙氏任職漕司帶來無邊春色，待到秋來江山風物全都衰落，試看漕司鬢髮依然烏黑如鴉。❺錢流地　指漕司政務。《新唐書．劉晏傳》載劉晏善理財政，「能權萬貨重輕，使天下無甚貴賤而物常平，自言如見錢流地上。」❻且擬醉黃花　只應暢飲菊花酒。❼喚

雙成三句　指召來仙女般的歌伎舞女。雙成，仙女董雙成，傳說為西王母的侍女，善吹笙簫。弄玉，相傳為秦穆公女，從蕭史學吹簫，聲如鳳鳴，後乘鳳升天而去。綠華，傳說中的仙女萼綠華。❽一觴為飲千歲二句　言舉杯祝壽，開懷暢飲。觴，酒杯。流霞，仙酒。《論衡・道虛》載河東項曼斯棄家求仙，三年而返，自述隨仙人升天，居月宮旁。「口饑欲食，輒飲我流霞一杯。每飲一杯，數月不饑」。❾清都帝所　借傳說中的天帝居處指南宋朝廷。《列子・周穆王》：「清都紫微，鈞天廣樂，帝之所居。」❿要挽銀河仙浪二句　言準備起兵北伐，收復失土。此化用杜甫〈洗兵馬〉詩句：「安得壯士挽天河，淨洗甲兵長不用。」胡沙，指金兵占領區。⓫回首日邊去二句　言趙氏即將飛速返回朝廷。日邊，指京城。劉義慶《世說新語・夙慧》載晉明帝司馬昭幼時，其父元帝問之：「長安何如日遠？」明帝答曰：「日遠。不聞人從日邊來。」次日又曰：「日近。」謂「舉目見日，不見長安」。飛車，傳說中的飛行工具。《帝王世紀》：「汽肱氏能為飛車，從風遠行。」

【語　譯】像那一日千里的渥洼天馬，您的才名傳揚帝王之家。當年金鑾殿上起草奏章，揮毫萬字如飛龍舞蛇。您帶來無邊的春色，待到江山風物凋盡，再看您那鬢髮尚烏黑如鴉。莫要談論漕運之事，暫且把酒賞菊花。

歌兒舞女，妙如雙成、弄玉和綠華。舉杯祝您長壽千年，暢飲美酒如海吸江川。聽說那天帝要導引天河浪濤，洗淨那西北的胡寇塵沙。您就要返身回到帝都，我將目送您騰雲飛駕。

【研　析】這首詞作於乾道四年（西元一一六八年）九月。稼軒時年二十九，任建康通判。趙彥端任江南東路轉運副使。

壽詞以賀壽誇讚為正筆。張端義《貴耳集》卷上稱趙介菴為「宗室之秀，能作文」，賦西湖詞作〈謁金門〉名句「波底夕陽紅濕」，為宋孝宗所歎賞：「我家裏人也會作此等語！」本詞上片前四句所讚即「宗室之秀，能作文」之意，而筆調飛動雄健。讀者在「千里」、「名動帝王家」、「萬龍蛇」等用語所展現出的雄奇豪放氣勢中強烈感受到介菴的身價之高貴和才華之超邁。接下「帶得」句則筆調和緩，言介菴將無盡的皇恩帶到人間。「等待」二句為賀壽，世俗之言當謂江山不老人易老，此則以「江山都老」對比「鬢方鴉」，可謂反常為妙。「莫管」二句關合介菴官職、壽宴以及節序，「錢流地」一語隱含對介菴政績的頌揚，也與前面「帶得」一句照應。「莫管」、「且擬」二語，一反一正，抑揚相承，言語間又透露出幾許灑脫。

下片前五句承上片結句而來，鼓點般的三個短句傳達出急歌曼舞情形，而放懷暢飲中噴發出沖天豪興。「江海吸流霞」一句甚妙，「流霞」喻仙酒，而其字面上亦指流動的彩霞，則此句言豪飲，同時又呈現出一幅仙境般的壯麗圖景，令人歎賞，為下文渲染出了濃厚的氛圍。「聞道」以下五句轉為全詞正旨，也是稼軒心中最為強烈深摯的志向，即收復中原，所謂「西北洗胡沙」。設喻奇妙，氣象壯闊，寄託著對介菴及朝廷的深切期望，也映襯出稼軒內心勃發的報國熱情。

全詞章法結構上也頗見經營之功，前面大段筆墨所寫均為壽詞題中之意，頌讚介菴為宗室之傑、風華正茂，渲染壽宴之急歌曼舞、意興豪爽，皆為下文所抒發的抗金復國旨趣作鋪墊。

水調歌頭

落日古城角，把酒勸君留。長安路遠，何事風雪敝貂裘？散盡黃金身世❶，不管秦樓人❷怨，歸計狎沙鷗❸。明夜扁舟去，和月載離愁。

功名事，身未老，幾時休？詩書萬卷，致身須到古伊周❹。莫學班超投筆，縱得封侯萬里，憔悴老邊州❺。何處依劉客，寂寞賦登樓❻。

【注釋】❶何事風雪敝貂裘二句　意謂何故在風雪中奔波，貂裘破敗，黃金耗盡。此用戰國時蘇秦典故，《戰國策・秦策一》載蘇秦以連橫之策說秦惠王，「書十上而說不行，黑貂之裘敝，黃金百斤盡」。❷秦樓人　借指歌伎。舊題劉向《列仙傳》卷上載蕭史善吹簫，秦穆公女弄玉愛之，結為夫妻。蕭史教弄玉吹簫，作鳳鳴。穆公為建鳳臺。蕭史夫婦居鳳臺數年，後隨鳳凰飛去。❸狎沙鷗　與沙洲鷗鷺親近嬉戲。《列子・黃帝》載：「海上之人有好鷗鳥者，每旦之海上，從鷗鳥遊。鷗鳥之至者百數而不止。」❹伊周　伊尹、周公旦，分別為商、周開國賢臣。❺莫學班超投筆三句　意謂不要學東漢班超投筆誓取功名，雖然獲得封侯萬里，卻身老邊關。《後漢書・班超傳》載超「家貧，常為官傭書。嘗輟業投筆歎曰：『大丈夫無他志略，猶當效傅介子、張騫，立功異域，以取封侯，安能久事筆硯間乎？』」後從征匈奴，出使西域，屢立功勳，於漢和帝永元七年（西元九五年）封定遠侯，時年六十四歲。久在西域，年老思鄉，永元十二年上疏乞歸，有云：「臣不敢望到酒泉郡，但願生入玉門關。」留西域三十餘年，於永元十四年（西元一〇二年）八月歸至洛陽，九月卒。❻何處依劉客二句　意謂當年投靠劉表而寂寞懷鄉的王粲登樓作賦之地，今在何處。據《文選》卷十一王粲〈登樓賦〉五臣注，漢末「董卓作亂，仲宣（王粲）避難荊州，依劉表，遂登江陵城樓，因懷歸而有此作，述其進退危懼之情也」。

【語譯】夕陽掛在那古城之角，我手舉酒杯把君挽留。京城路漫漫，為何要不惜貂裘破敗，在風雪中苦苦追求？散盡你的錢財，別顧及歌兒舞女的思念別怨，歸來和那沙鷗歡遊嬉戲。你卻在這明朗的夜晚，和著月色，帶著別愁，乘一葉扁舟離去。　建功立名，人生未老，何時才能罷休？胸中萬卷詩書，終身功名要追配古之伊尹和周公。且莫學那班超投筆立誓，即使封侯萬里，也得戍邊到老態龍鍾。王粲當年依劉表，寂寞思歸，何處登樓賦憂愁。

【研析】這首詞作年難以確考。鄧廣銘《稼軒詞編年箋注》據詞意揣度為淳熙元年（西元一一七四年）冬所作，云：「據『依劉客』語，疑是任江東安撫司參議官時。蓋此後稼軒所任多為方面大吏，似不得再以此自稱矣。」

此為臨別勸留詞作，即「把酒勸君留」，起筆「落日古城」，透出滄桑寥落氣韻，為「勸留」定下一種人生世事感慨的色調。「長安路遠」二句，用蘇秦典故，勸友人不要入京求取功名；「散盡」三句，勸友人放棄金錢財富、聲色之娛，歸隱林泉。此兩層勸諭，一反一正，並將蘇秦典故分作兩端進行活用。然而，友人並未聽取稼軒的勸留，仍決意告別入京。稼軒只有目送友人乘船離去，和著月色，載著離愁。

勸留而未成，稼軒進而對友人所追求的人生功名抒發感慨：人生若志在功名，身未老則不會停止，其腹中萬卷詩書，為的是要在功業上追配伊尹、周公。這也許就是友人的志向，而稼軒仍以班超典故勸友人儘早退歸，末則以王粲登樓懷鄉自況，同時也透露出稼軒的失志情懷。由此回看全詞，則稼軒勸友人放棄功名、歸隱林泉，似乎也蘊含著自我身世之慨。在結構上，「寂寞賦登樓」與起首「落日古城角」相呼應，情韻契合。

水調歌頭

和馬叔度❶游月波樓❷

客子❸久不到，好景為君留。西樓著意吟賞，何必問更籌❹。喚起一天明月，照我滿懷冰雪，浩蕩百川流。鯨飲未吞海❺，劍氣已橫秋❻。

野光浮，天宇迥，物華幽。中州遺恨❼，不知今夜幾人愁。誰念英雄老矣，不道功名蕞爾❽，決策尚悠悠。此事費分說，來日且扶頭❾。

【注釋】❶馬叔度　不詳。喻良能〈賢良馬叔度和周內翰送予倅越詩見貽次韻奉酬〉云：「筆底珠璣誰得似，胸中雲夢復何求。談餘正始人加勝，詩比黃初語更遒。」❷月波樓　在湖北黃州（治所今屬湖北黃岡）。王禹偁〈黃州新建小竹樓記〉：「子城西北隅，雉堞圮毀，榛莽荒穢，因作小樓二間，與月波樓通。遠吞山光，平挹江瀨，幽闃遼夐，不可具狀。」《方輿勝覽》卷五十〈黃州〉：「月波樓，在郡廳後。」❸客子　客居他鄉之人。此為稼軒自稱。❹更籌　古時夜間報更所用計時竹簽，借指時間。❺鯨飲未吞海　謂飲酒未酣。此反用杜甫〈飲中八仙歌〉詩句：「飲如長鯨吸百川。」❻劍氣已橫秋　謂豪氣橫溢。❼中州遺恨　指中原淪陷之恨。❽不道功名蕞爾　意謂不堪功名無成。不道，不堪。蕞爾，微小。陸雲〈與兄平原〉：「蕞爾弱才，沈耀玄渚。」❾扶頭　指飲酒。姚合〈答友人招遊〉：「賭棋招敵手，沽酒自扶頭。」

【語譯】客居已很久不登此樓，好景留待君來共賞。月波樓上盡情歡吟，何必顧及時間久長。邀來漫天明月，映照襟懷，皎潔如冰雪，百川浩蕩東流。暢飲未酣，豪氣橫貫秋霄。　月光浮蕩，天地遼闊，物色幽邈。悵恨中原淪陷，不知今夜幾人心憂。誰能想到英雄已老，不堪功名無成，恢復之策悠悠無期。此事甚難倡言論說，從今後且以醉飲度日。

【研　析】這首詞作於淳熙四年（西元一一七七年）。稼軒時年三十八，知江陵府兼湖北安撫使。

北宋王禹偁〈月波樓詠懷〉有云：「好景不遇人，安得名存留。」好景尚待妙才佳句吟詠方能揚名世間。稼軒本詞亦從此意攝題而入。其〈鷓鴣天〉（聚散匆匆不偶然）云：「二年歷遍楚山川。」宦遊楚地，何以久而不登此樓？「好景為君留。」「好景」二字切題「游月波樓」，筆意下貫「著意吟賞」、「一天明月」、「浩蕩百川流」以及「野光浮」三句。「喚起」五句，借景抒懷。仰望明月，俯視川流，情懷浩蕩，豪氣衝霄。

過片「野光浮」三句為遠望之景，浮光迷蒙，物色幽邈。黃州靠近宋金邊境，稼軒志在抗金、收復中原，置身此地此景，心中不禁生發中原淪陷之恨。「中州」句以下遂轉入感時傷世。「不知」句，感歎當世憂心恢復大業者寥寥。「誰念」三句，慨歎時光流逝，功名無成，恢復之決策悠悠無期。「英雄老矣」為自歎，其翌年所作〈滿江紅〉（過眼溪山）有云：「旌旗未捲頭先白。」稼軒時年未及四十而歎老，實則流露出恢復大業成功無期的急切幽憤之情。稼軒南歸十五年來，隆興元年（西元一一六三年）張浚北伐失敗，宋金議和，乾道間虞允文數年籌備恢復無果而終，淳熙間又頻頻爆發民眾起義，朝政轉向內治，抗金恢復之事擱置無問。詞中「中州遺恨，不知今夜幾人愁」、「決策尚悠悠」，即為時局之感慨。恢復之事，如今難以倡言申說，爾後只有沉醉虛度。結末二句，悵然無奈之情溢於言外。

水調歌頭

淳熙丁酉❶，自江陵移帥隆興❷，到官之三月❸，被召。司馬監、趙卿、王漕餞別❹。司馬賦〈水調歌頭〉。席間次韻❺。時王公明樞密薨❻，坐客終夕為興門戶之歎❼，故前章❽及之。

我飲不須勸，正怕酒尊空。別離亦復何恨，此別恨匆匆。頭上貂蟬❾貴客，苑外麒麟高塚❿，人世竟誰雄！一笑出門去，千里落花風。

孫劉輩，能使我，不為公⓫。余髮種種如是⓬，此事付渠儂⓭。但覺平生湖海，除了醉吟風月，此外百無功⓮。毫髮皆帝力⓯，更乞鑑湖東⓰。

【注　釋】❶淳熙丁酉　淳熙四年，即西元一一七七年。❷自江陵移帥隆興　從江陵知府調任隆興知府兼江西安撫使。江陵，府名，荊湖北路治所，今湖北江陵。移，改調。帥，擔任帥守（兼任本路安撫使的知府、知州）。隆興，府名，江南西路治所，今江西南昌。❸三月　四卷本作「二月」。❹司馬監句　司馬監，指司馬倬，字漢章，時任江西、京西、湖北總領。監，總領之別稱。趙卿，未詳。王漕，指王希呂，字仲衡，時任江西轉運副使。❺次韻　依原詞韻腳及其次序和作。❻王公明樞密薨　指王炎去世。王公明樞密，即王炎，字公明。曾任樞密使，與虞允文不合。淳熙二年知潭州任上，被虞允文同黨湯邦彥彈劾，落職，袁州（治所在今江西宜春）居住。薨，周代諸侯之死、唐代以後三品以上官員之死稱「薨」。❼門戶之歎　感歎政壇門戶爭鬥。此指王炎生前遭虞允文同黨排擠。《宋宰輔編年錄》卷十七載淳熙三年七月，宋孝宗即感到湯邦彥彈劾王炎不實，謂「王炎似無大過」，禮部侍郎龔茂良等則直謂「邦彥所論王炎事多非其實，人皆能言之」。❽前章　指本詞上片。❾貂蟬　指貂蟬冠，以附蟬、貂尾為飾，始於漢代侍中、中常侍。宋代稱貂蟬籠巾七梁冠，宰相、親王、使相、三師、三公所戴。❿苑外麒麟高塚　化用杜甫〈曲江〉詩句：「苑邊高塚臥麒麟。」麒麟高塚，立有石麒麟的高大墳墓。麒麟，傳說中的一種仁獸。《西京雜記》卷三載，秦始皇酈山墓上有石麒麟。⓫孫劉輩三句　用三國時魏國辛毗典故，意謂不願攀附權貴以求高官。《三國志・魏書・辛毗傳》載，中書監劉放、中書令孫資掌權時，大臣多附之，唯辛毗不與往來，自謂：「吾之立身，自有本末，就與孫、劉不平，不過令吾不作三公而已。」⓬余髮種種如是　意謂我已衰老。《左傳》昭公三年：盧蒲嫳對齊侯說：「余髮如此種種，余奚能為？」杜預注：「種種，短也。自言衰老，不能復為害。」陳師道〈送孝忠落解南歸〉：「短髮我今能種種，曉妝他日看娟娟。」⓭渠儂　他們。此指「孫劉輩」。⓮除了醉吟風月二句　化用蘇軾〈秀州報本禪院鄉僧文長老方丈〉詩句：「我除搜句百無功。」百無功，百事無成。⓯毫髮皆帝力　意謂一切都是皇上的功勞。《漢書・張耳陳餘傳》載張耳之子張敖嗣立為趙王，漢高祖過趙，輕慢趙王，趙相貫高欲殺高祖。趙王不允，謂趙之得以復國，「秋毫皆帝力也。」⓰更乞鑑湖東　意謂只求皇上許我退隱。鑑湖，又名鏡湖，在今浙江紹興。此代指退隱之地。《新唐書・隱逸傳》載賀知章晚年請歸隱鄉里，「有詔賜鏡湖剡川一曲」。

【語　譯】淳熙丁酉年，我從江陵知府調任隆興知府。到任後三個月奉詔離去，司馬監、趙卿、王漕為我餞行。司馬賦詞作

〈水調歌頭〉，我即席次韻。當時王公明樞密去世，席間客人整日為此感歎門戶爭鬥之事，所以我在詞作上片言及此事。

我飲酒，不必勸，只怕酒壺被倒空。離別何須愁怨，悵恨的是此別太匆匆。貴客頭戴貂蟬冠，林苑之外，石麒麟守護高大的墳塚，人世間終究誰是英雄！泰然一笑出門去，茫茫千里，落花紛紛飄零在春風中。孫資、劉放之輩，能使我成不了重臣名公。我體衰髮短，政壇任由他們去擺弄。深感平生漂泊江湖，除去飲酒賦詩，吟風弄月，此外百事無功。一切都仗帝王之力，我只求歸隱鑑湖之東。

【研　析】這首詞作於淳熙五年（西元一一七八年）春。稼軒時年三十九，自隆興知府被召入朝。

淳熙四年冬，稼軒由知江陵府兼湖北安撫使調任江西安撫使，到任僅三月即奉詔入京，故有「此別恨匆匆」之歎。同時，僚友因前樞密使王炎之死而興發的「門戶之歎」，則令稼軒對自身的仕宦經歷頗有感慨，因而詞作雖亦言及別恨，但筆調間更多的是因宦海漂泊、功業無成而生發的退隱之情。

詞作起四句言別恨，開懷痛飲之中寄託仕宦匆匆之別情。「頭上」三句轉到官場爭鬥，而出以超然洞達之懷：世間達官貴戚，終歸於「麒麟高塚」，功名爭雄豈不可歎可笑！「一笑」二句，人世名利爭鬥，付諸一笑，「千里落花風」中瀟灑前行，展現出稼軒的超然灑脫情懷，既是對政壇門戶之爭的超脫，也是對此次別恨的超脫。

上片言及政壇門戶爭鬥，是一種超然而寬泛的人生審視，下片則落筆到自身。「孫劉輩」五句，雖然「余髮」句借用春秋時齊人盧蒲嫳之語，但意脈上五句連貫，化用三國時辛毗典事，表明決不趨炎附勢的傲岸氣節和對富貴名位的不屑。稼軒時年不及四十，而歎言「余髮種種如是」，則見出對仕宦的倦怠心境。宦海漂泊，百事無功，便是此種心境的來由。末二句自然歸結到退隱之念。字面上意謂一切都靠帝王之力，我一無所能，只願歸隱山水。然而筆調間除了對宋孝宗的頌讚和期盼之外，又隱含不便明言的情緒，即懷才不遇、壯志難酬之憂怨。

本詞應該是稼軒較早流露出退隱之心的作品。這與其南渡十餘年來的仕宦經歷及政壇局勢有關。乾道年間，宋孝宗尚有志恢復，起用主戰派，稼軒積極獻計獻策，先後進呈《美芹十論》、《九議》，詳述恢復大計，甚至向當政者宣稱：「苟從其說而不勝，與不從其說而勝，其請就誅殛，以謝天下之妄言者。」（《九議》）可見其對所陳恢復大計的自信，但並未得到重視，恢復之業也未見成效。稼軒本人則輾轉外任，雖卓有政績，亦時遭非議，如淳熙初奉命進擊平定曾重創官軍、驚動朝堂的湖北茶商軍，孝宗有評：「辛棄疾捕寇有方，雖不無過當，然可謂有勞，宜優加旌賞。」（《宋會要輯稿・兵》一九之二六）其「不無過當」語則透露出朝臣中有非議者。又如本詞序中所言「自江陵移帥隆興」之事，周必大〈龍圖閣學士宣奉大夫贈特進程公大昌神道碑〉中有記載：「（淳熙）四年八月，兼給事中。江陵統制官率逢原縱部曲毆百姓，守帥辛棄疾謂曲在軍人，坐徙豫章。公極論不可。」給事中程大昌「極論不可」而稼軒未能避免「坐徙豫章」，原因在於率逢原朝中有重臣相助，樓鑰〈寶謨閣待制贈通議大夫陳公神道碑〉稱其「恃有奧援，所至兇橫」。這些經歷令稼軒親身感受到官場勢力爭鬥兇險，而恢復之業更難以實現，遂萌生辭官退隱之念。

水調歌頭

舟次揚州，和楊濟翁、周顯先韻❶

落日塞塵起❷，胡騎獵清秋❸。漢家組練❹十萬，列艦聳層樓。誰道投鞭飛渡❺，憶昔鳴髇血污❻，風雨佛狸愁❼。季子正年少，匹馬黑貂裘❽。

今老矣，搔白首，過揚州。倦游欲去江上，手種橘千頭❾。二客東南名勝❿，萬卷詩書事業，嘗試與君謀。莫射南山虎⓫，直覓富民侯⓬。

【注釋】❶和楊濟翁周顯先韻　用原韻和二人詩詞。楊濟翁，名炎正，吉水（今屬江西）人。周顯先，不詳。和韻，用原韻和他人詩詞。❷塞塵起　指邊塞發生戰事。❸胡騎獵清秋　指宋高宗紹興三十一年（西元一一六一年）金兵南侵之事。胡騎，指金兵。獵，打獵，借指發動戰爭。古時北方遊牧民族常於秋天馬肥糧足之際借打獵之名出兵南侵。❹漢家組練　指宋朝軍隊。組練，組甲、被練，為將士衣甲，後代指軍隊。❺投鞭飛渡　借前秦苻堅舉兵南侵東晉之事喻指金主完顏亮犯宋。據《晉書・苻堅載記》，苻堅領兵南下，號稱九十萬大軍，說：「以吾之眾，投鞭于江，足斷其流。」❻鳴髇血污　借漢代匈奴太子冒頓造響箭殺其父頭曼單于，喻指金主完顏亮在揚州為部將所殺。鳴髇，即鳴鏑，響箭。❼風雨佛狸愁　借北魏太武帝拓跋燾曾率師南侵受挫，指金主完顏亮為宋軍所敗，喪師內亂。佛狸，拓跋燾小名。❽季子正年少二句　以戰國時蘇秦（字季子）遊說六國合縱抗秦，自喻早年抗金義舉。《戰國策・趙策》載李兌贈蘇秦明月珠、和氏璧、黑貂裘等。按：紹興三十一年金兵南侵，二十二歲的辛棄疾聚眾二千隸屬耿京義軍，任掌書記，力勸耿京歸宋，並遊說僧義端所部千餘人歸附耿京。後義端叛逃，棄疾追殺之。次年，奉耿京之命攜表南歸。張安國殺耿京降金。棄疾北還，闖金營，擒安國，攜部歸宋。❾手種橘千頭　用三國時丹陽太守李衡種橘典故言退隱之心。《襄陽耆舊傳》載丹陽太守李衡派人在武陵龍陽泛洲（在今湖南漢壽）建宅，種橘樹千株，以便身後留給兒子享用。❿名勝　名流。⓫莫射南山虎　言莫學李廣閒居南山，射虎為戲。《史記・李將軍列傳》載李廣閒居藍田南山中射獵為戲。⓬直覓富民侯　言但求太平宰相之位。《漢書・西域傳》載漢武帝晚年後悔多年征戰致使「海內虛耗」，乃「不復出軍，而封丞相車千秋為富民侯，以明休息，恩養富民也。」

【語　譯】夕陽斜照，邊塞戰塵紛紜。清秋時節，北寇舉兵南侵。我宋十萬雄師嚴陣以待，列陣戰船高聳入雲。誰說投鞭斷流的北寇能臨江飛渡，憶當年金兵潰敗勢如風雨，完顏亮愁苦無措，慘死於部將之手。那時我正像年輕的蘇秦，跨駿馬身披貂裘。　如今我漸老朽，搔首白髮，重過揚州。心已倦於宦遊，只想歸隱江湖，親手種下千棵橘樹。二位乃東南名流，滿腹經綸求功名，且許我為你們籌謀。莫學南山射虎的李廣，只應追慕太平丞相車千秋。

【研　析】這首詞作於淳熙五年（西元一一七八年）。稼軒時年三十九，自大理寺少卿出任湖北轉運副使，途經揚州。

詞因揚州之地而追憶近二十年前的金兵南侵。紹興三十一年（西元一一六一年）秋，金主完顏亮大舉侵宋，十月渡淮河，攻占揚州。十一月，金兵自采石渡江，為宋將虞允文所敗。完顏亮為部將所殺。當年稼軒年二十二，在家鄉聚眾二千人起義抗金，參加耿京領導的山東忠義軍，任掌書記。詞作上片即憶想揚州曾經的此番烽火塵煙以及稼軒自身歷經的抗金生涯。筆調激壯，展現出對抗金復國的期望和豪情。

下片跳出追憶，回到今日重過揚州，鬢髮斑白，神情遲暮，仕宦倦怠，意欲退歸江湖。此與上片形成今昔反襯，南渡之後宦海沉浮、壯志難酬的失意幽憤之情蘊於其中。「二客」句以下關合題中楊濟翁、周顯先，筆調一反自身心老神倦、無意仕進之情懷，而為楊、周二人籌劃功名前程，勸其莫學抗擊匈奴之飛將軍李廣，而應學太平丞相富民侯車千秋。李廣平生與匈奴七十餘戰，名震疆場，但未得封侯，曾落職家居，射虎南山。稼軒志圖抗金，詞中多次言及李廣，深為悲慨。此處以李廣與富平侯相對，揚此抑彼，實為牢騷語，隱含對宋廷和戎、不思抗金的譏諷。

詞作撫今追昔，宋廷昔時之主戰與今日之和戎對襯，自身昔時之奮勇抗金與今日之歎老思歸對襯，寄寓稼軒對抗金復國的期望和對朝廷主和、不思恢復的譏刺。

水調歌頭

淳熙己亥❶，自湖北漕❷移湖南，周總領❸、王漕❹、趙守❺置酒南樓❻，席上留別。

折盡武昌柳❼，掛席上瀟湘。二年魚鳥江上，笑我往來忙❽。富貴何時❾休問，離別中年堪恨，憔悴鬢成霜。絲竹陶寫耳❿，急羽且飛觴⓫。

序〈蘭亭〉⓬，歌赤壁⓭，繡衣⓮香。使君千騎鼓吹，風采漢侯王⓯。莫把離歌頻唱。可惜南樓佳處⓰，風月已淒涼。在家貧亦好⓱，此語試平章⓲。

【注　釋】❶淳熙己亥　宋孝宗淳熙六年，即西元一一七九年。❷湖北漕　湖北轉運副使。漕，漕司。宋於各道置轉運使，主賦稅、上供、漕運等事，南宋稱「漕司」。❸周總領　周嗣武，字功甫，浦城（今屬福建）人。時為湖廣總領。總領，官名。宋前後置淮東、淮西、湖廣、四川總領，分掌各路上供財賦、諸軍錢糧等。❹王漕　王正己，字正之。時接任湖北轉運副使。❺趙守　趙善括，字無咎。時為鄂州知府。❻南樓　在鄂州郡治正南黃鶴山頂。❼武昌柳　《晉書・陶侃傳》載侃為荊州刺史，令諸營種柳。都尉夏施盜武昌西門前柳植於自己門前。❽二年魚鳥江上二句　用蘇軾詩句：「二年魚鳥渾相識。」（〈常潤道中有懷錢塘寄述古〉）「推擠不去已三年，魚鳥依然笑我頑。」（〈與毛令方尉遊西菩提寺〉）「二年飲泉水，魚鳥亦相親。」（〈留別雩泉〉）稼軒淳熙四年二月自京西轉運判官移知江陵府兼湖北安撫使，冬轉知隆興府兼江西安撫使。五年三月奉詔入京為大理少卿，夏出任湖北轉運副使。六年春調任湖南轉運副使。兩年間多次遷轉來往於江上。❾富貴何時　漢楊惲〈報孫會宗書〉：「人生行樂耳，須富貴何時。」❿離別中年堪恨三句　用《世說新語・言語》所載謝安、王羲之語意：「謝太傅語王右軍曰：『中年傷於哀樂，與親友別，輒作數日惡。』王曰：『年在桑榆，自然至此，正賴絲竹陶寫。恆恐兒輩覺，損欣樂之趣。』」絲竹陶寫，奏樂抒懷。⓫急羽且飛觴　言舉杯暢飲。羽，羽觴，古代一種雀形酒杯。《漢書・外戚列傳下》：「顧左右兮和顏，酌羽觴兮銷憂。」注引孟康曰：「羽觴，爵也。作生爵形，有頭尾羽翼。」⓬序蘭亭　指晉王羲之〈蘭亭集序〉。據《晉書・王羲之傳》，晉穆帝永和九年（西元三五三年）上巳日（三月三日），羲之與謝安、孫綽、李充、許詢等宴集於會稽山陰之蘭亭（在今浙江紹興），「羲之自為之序以申其志」。⓭歌赤壁　指蘇軾詞作〈念奴嬌・赤壁懷古〉。按：宋神宗元豐年間，蘇軾謫居黃州（治所在今湖北黃岡），屢遊黃州赤鼻磯（傳為周瑜破曹之赤壁），感懷古跡而賦此詞，另有前、後〈赤壁賦〉。⓮繡衣　原指漢武帝所置繡衣直指使，穿繡衣，持斧，分部討奸治獄。此借指稼軒所任轉運副使。岑參〈送許員外江外置常平倉〉：「還家錦服貴，出使繡衣香。」⓯使君千騎鼓吹二句　借漢代州郡刺史及侯王儀仗聲勢，喻指周總領等僚友送別場面。使君，漢時州郡刺史又稱「使君」，此借指周總領等人。千騎鼓吹，狀州郡長官之聲勢，漢樂府〈陌上桑〉：「東方千餘騎，夫壻居上頭。……四十專城居。」⓰南樓佳處　用晉庾亮秋夜與僚佐南樓賞月典故。《世說新語・容止》載庾亮在武昌，秋夜登南樓，對佐吏殷浩等說：「老子於此處興復不淺！」與浩等談詠暢懷。⓱在家貧亦好　意謂在家安守貧窮，勝過異鄉漂泊。唐戎昱〈中秋感懷〉云：「遠客歸去來，在家貧亦好。」⓲平章　品評。

【語　譯】宋孝宗淳熙己亥年，我由湖北轉運副使調遷湖南，總領周嗣武、新任轉運副使王正己、鄂州知府趙善括，在南樓為我設宴送別，我於席上賦詞留別。

諸君為我折柳送別，我就要揚帆前往瀟湘。兩年來江上的魚鳥，笑我來往匆忙。不要問何時能富貴，悵恨的是中年離別，身心憔悴，鬢髮如霜。管絃聲中陶寫情懷，舉杯共飲，傾訴衷腸。　王羲之作〈蘭亭集序〉，蘇東坡赤壁高唱，今我調任湖南漕臣。諸位僚友率眾鼓樂相送，聲勢有如漢代侯王。不要反覆唱那離歌別曲，可歎當年的南樓美景，如今已是風月淒涼。「在家貧亦好」，此話諸君有何感想。

【研　析】 這首詞作於淳熙六年（西元一一七九年）年春。稼軒時年四十，自湖北轉運副使調任湖南轉運副使。詞作切題而入，起筆二句點明「自湖北漕移湖南」之意。筆調上，首句筆力遒勁，次句境界闊遠，抑揚相應，沉鬱恢張，一反折柳贈別之依依綿婉情調。「二年」兩句，承「掛席」句而來，借江上魚鳥自嘲宦海漂泊無定，流露出仕宦倦意，接下「富貴」句遂落筆到功名之事。赴任告別，僚友不免有仕途祝願之語，稼軒對以「休問」二字，欲說又休，仕宦失意之情蘊於其中。不談功名，唯表離別之懷。身心憔悴，鬢髮如霜，中年別離之恨，託諸絲竹杯酒。身世際遇之悲溢於言表。

下片大段筆墨均落在別宴場景。「序蘭亭」二句，承上片「絲竹」二句，借用典故概寫別宴賦詠情形。王羲之〈蘭亭集序〉云：「雖無絲竹管絃之盛，一觴一詠，亦足以暢敘幽情。」今之南樓餞別，「絲竹陶寫」、「急羽飛觴」，聲勢更盛，可與下文「千騎鼓吹，風采漢侯王」相呼應。東坡「歌赤壁」則為本地風光，其〈念奴嬌・赤壁懷古〉所展現的雄奇壯闊景象以及周瑜之「雄姿英發」，不免令稼軒意興昂然。「繡衣香」三句，言自赴新任及僚友送別盛況，擬比漢之繡衣直指及使君侯王，筆調間透出豪興。此番情境自不宜頻唱離歌，倒令人想起當年庾亮南樓暢懷歎賞：「老子於此處興復不淺！」而稼軒更為追懷的恐怕是庾亮的謀復中原之舉，其「風月淒涼」之歎，寄寓神州淪陷、山河破碎之悲恨。但宋廷和戎，稼軒抗金復國壯志難酬，數年來遊宦於江西兩湖之間，努力有所作為卻時遭非議，其稍後湖南漕臣任上所作〈論盜賊劄子〉云：「臣生平剛拙自信，年來不為眾人所容，顧恐言未脫口而禍不旋踵。」官場境遇如此，自不免心生歸念，詞作結末二句即顯露此念。

轉赴新任，留別僚友，起筆切題而入，中間回想仕宦漂泊，悵歎身心憔悴，暢懷於絲竹鼓吹、急羽飛觴間，追念古之豪雄偉業，感慨今之淒涼風月，末以歸念作結，可謂反題而出。詞境深切展露出稼軒的豪邁、失意、悵然、無奈等複雜情懷。

水調歌頭

和趙景明❶知縣韻

官事未易了❷，且向酒邊來。君如無我，問君懷抱向誰開？但放平生丘壑❸，莫管旁人嘲罵，深蟄要驚雷❹。白髮還自笑，何地置衰頹。五車書❺，千石飲，百篇才❻。新詞未到，瓊瑰先夢滿吾懷❼。已過西風重九❽，且要黃花入手，詩興未闌梅❾。君要花滿縣，桃李趁時栽❿。

【注釋】❶趙景明　字奇暐。與呂祖謙、葉適、丘崇等交善。淳熙六、七年間知江陵縣。葉適〈送趙景明知江陵縣〉：「吾友趙景明，材絕世不近。疏通無流連，豪俊有細謹。尤精人間事，照見肝膈隱。」❷官事未易了　意謂官府之事不易了結。此用西晉楊濟〈與傅咸書〉中語：「生子癡，了官事，官事未易了也。」（《晉書・傅咸傳》）❸丘壑　指山水隱居之樂。《太平御覽》卷七十九引《符子》曰：「黃帝將適昆虞之丘……謂容成子曰：吾將釣於一壑，棲於一丘。」《漢書・敘傳》：「漁釣於一壑，則萬物不奸其志；棲遲於一丘，則天下不易其樂。」❹深蟄要驚雷　意謂蟄伏深潛者待雷霆而驚動。《莊子・天運》：「蟄蟲始作，吾驚之以雷霆。」蟄，冬眠；隱伏。❺五車書　喻博學。《莊子・天下》：「惠施多方，其書五車。」❻千石飲二句　喻文才高超。此化用杜甫〈飲中八仙歌〉詩句：「李白一斗詩百篇。」石，古代容量詞，一石為十斗。❼瓊瑰先夢滿吾懷　言先已夢中欣賞友人珠玉般的新詞。《左傳》成公十七年：「初，聲伯夢涉洹，或與己瓊瑰，食之，泣而為瓊瑰，盈其懷。從而歌之曰：濟洹之水，贈我以瓊瑰。歸乎歸乎，瓊瑰盈吾懷乎！」瓊瑰，珠玉。後世借喻美妙詩文。白居易〈看夢得題答李侍郎詩〉：「看題錦繡報瓊瑰，俱是人天第一才。」❽重九　即重陽節，在農曆九月九日，故又名重九。❾詩興未關梅　謂吟詩的興致與梅花無關。杜甫〈和裴迪登蜀州東亭送客逢早梅相憶見寄〉：「東閣官梅動詩興。」此反用其意。❿君要花滿縣二句　用潘岳知河陽縣遍種桃李典故。《白孔六帖》卷七十七「縣令」：「潘岳為河陽令，樹桃李花，人號曰河陽一縣花。」

【語　譯】官府之事辦不完，暫且來把杯暢飲。若沒有我這位朋友，請問你能向誰敞開胸襟？但將平生寄託於山水之間，莫管他人冷嘲熱諷，深潛蟄伏者只因春雷而驚動。自笑蒼顏鶴髮，何處能安置我這個衰翁。學富五車，豪飲千鍾，揮毫百篇。新作尚未寄到，那珠玉般美妙的詞句已入我夢間。重陽節隨秋風而去，要把美麗的菊花留在詞中，盎然詩興與梅花無關。你若要滿城遍地花，適時把桃李種下。

【研　析】這首詞作於淳熙七年（西元一一八〇年）秋。稼軒時年四十一，知潭州兼湖南安撫使。趙景明知江陵縣。

詞作起筆即邀請摯友來聚談暢飲，但據稼軒一年後在江西所作〈沁園春〉云「佇立瀟湘，黃鵠高飛，望君未來」，則二人期盼相聚而未成，只是互寄詞作傾心交流。本詞即為稼軒一首和答之作，在相邀來訪之後，便就友人原詞中所展開的懷抱作答，勸其盡情遊樂於山水之間，不要介意世人的譏嘲責罵，蟄伏隱居之人待到風起雷動時必有驚世之舉，如葉適〈送趙景明知江陵縣〉所云「夜光倘無因，早晦行自引」。

下片頌讚友人博學高才，既以「一斗詩百篇」的李白相比擬，又借因「東閣官梅」而激發詩興的杜甫相媲美，可謂譽之極矣！稱其美妙詞句先已入夢盈懷，固屬虛語，而對友人詞作的激賞之情則是真切的。

趙氏詞中當詠及菊花，稼軒遂想到杜甫「東閣官梅動詩興」之句，又因花事及趙氏知縣一職想到潘岳知河陽縣遍種桃李典故，以此結束全詞。史載潘岳才名冠世，「出為河陽令，負其才，鬱鬱不得志」（《晉書・潘岳傳》）稼軒用此典故，自然含有為友人的屈才而抱不平，但筆調專注於潘岳遍種桃李一點，並奉勸友人效仿，語調輕鬆豁達。

整首詞的筆墨幾乎全落在友人身上，然而自述情懷也應是知友間唱和詞作的題中之義。詞中上片結尾「白髮還自笑」兩句即為自嘲身世，自歎衰頹！當時剛逾四十的稼軒自稱白髮衰翁，其中難以細說的仕宦感慨也只有知心好友能夠體味。

水調歌頭　盟鷗

帶湖吾甚愛，千丈翠奩❶開。先生杖屨❷無事，一日走千回。凡我同盟鷗鷺，今日既盟之後，來往莫相猜❸。白鶴在何處，嘗試❹與偕來。破青萍，排翠藻，立蒼苔。窺魚笑汝癡計，不解❺舉吾杯。廢沼荒丘疇昔❻，明月清風此夜，人世幾歡哀❼。東岸綠陰少，楊柳更須栽❽。

【注釋】❶翠奩　綠色的鏡匣。❷杖屨　手杖、麻鞋。這裡用作動詞，指拄著手杖，穿著麻鞋。❸凡我同盟鷗鷺三句　意謂所有和我盟約的鷗鷺，今日結成盟約之後，來往自便，不要猜疑。鷗鷺，四卷本作「鷗鳥」。按：此三句戲用古代外交結盟辭令，《左傳》僖公九年：「齊侯盟諸侯于葵丘，曰：『凡我同盟之人，既盟之後，言歸於好。』」❹嘗試　爭取；盡力。❺不解　不知道；不懂。❻疇昔　往昔。❼人世幾歡哀　意謂人生有限，能經歷多少悲歡變換。潘岳〈哀永逝文〉：「匪外物兮或改，固歡哀兮情換。」陳造〈次韻嚴上舍讀書目昏〉：「聲利營營閱蜚電，人生悲歡更幾遍。」❽東岸綠陰少二句　謂帶湖東岸樹蔭少，還須種些楊柳。此化用杜甫〈舍弟占歸草堂檢校聊示此詩〉詩句：「東林竹影薄，臘月更須栽。」

【語譯】帶湖，我所深愛之湖，千丈湖面像龐大的綠色鏡匣被展開。拄手杖，穿麻鞋，我每日悠閒地走上千百回。所有和我盟約的鷗鷺，今日交好之後，當來往無猜。白鶴在何處？邀請牠們一起前來。　劃開翠綠的浮萍水草，你們亭亭棲立在青苔岸邊。可笑你們一顆癡心，只知窺視水中的游魚，不知與我舉杯同歡。昔日是一片廢沼荒丘，今夜是一湖清風明月，人生一世能經歷多少悲喜變幻。湖東岸的綠蔭稀少，還得多種些楊柳。

【研　析】這首詞作於淳熙九年（西元一一八二年）春。稼軒時年四十三，初居帶湖。

淳熙八年十二月，稼軒因臺臣王藺彈劾而罷任，崔敦詩〈辛棄疾落職罷新任制〉云：「肆厥貪求，指公財為囊橐；敢於誅艾，視赤子猶草菅；憑陵上司，締結同類；憤形中外之士，怨積江湖之民。」（《西垣類稿》卷二）不難想見稼軒退居帶湖之初那種脫離仕宦險境、置身山水之間的放曠自由心態。詞題曰「盟鷗」，詞云：「來往莫相猜。」詞中呈現的就是這種毫無官場險詐猜忌的自然清境以及置身其中的天真雅趣。

上片言喜愛帶湖美景，流連不已，又盟鷗鷺，約白鶴，蓋欲與鷗鷺、白鶴以誠相待，共享山水佳境。這當是稼軒歷經仕宦險詐之後的心靈寄託，擬人化的言語中見出真誠坦蕩的人生情懷。

下片「破」、「排」、「立」、「窺」四個動詞極其生動簡練地勾畫出鷗鷺覓食的情景。稼軒靜觀其狀，暗笑其忙於生計而不知杯酒清賞之妙趣。「廢沼」三句則進而由清賞之景引發人生感慨，昔日之荒丘廢沼，令人哀歎；今夜之清風明月，令人歡悅。然而，人生一世又能歷經幾次悲歡遞變！稼軒脫身險惡官場而置身山水清境，正是由悲而轉歡，怎能不珍惜！結尾二句跳出略顯沉重的感慨情境，敘寫眼前景致，隨意涉筆，情趣悠然。陳廷焯《白雨齋詞話》卷六評曰：「信手拈來，便成絕唱，後人亦不能學步。」

最後值得一提的是，詞中直接敘寫「盟鷗」的「凡我同盟鷗鷺」五句，筆法如同散文，情致灑落，頗有「以文為詞」之味。

水調歌頭

嚴子文同傅安道和前韻，因再和謝之❶

寄我五雲字❷，恰向酒邊開。東風過盡歸雁，不見客星❸回。聞道瑣窗❹風月，更著詩翁杖屨，合作雪堂❺猜。歲旱莫留客，霖雨要渠來❻。短燈檠❼，長劍鋏❽，欲生苔。雕弓掛壁無用，照影落清杯❾。多病關心藥裹❿，小摘親鉏菜甲⓫，老子正須哀⓬。夜雨北窗竹⓭，更倩野人⓮栽。

【注釋】❶嚴子文二句　四卷本題作「嚴子文同傅安道和盟鷗韻，和以謝之」。嚴子文，名煥，常熟縣（今屬江蘇）人。紹興十二年（西元一一四二年）進士及第。歷官徽州、臨安教官、建康通判、太常丞、福建市舶等，終朝奉大夫。傅安道（西元一一一六—一一八三年），名自得，泉州（今屬福建）人。歷官福建轉運副使、浙東提點刑獄等，淳熙五年（西元一一七八年）罷官閒居。李心傳《建炎以來朝野雜記》乙集卷八「傅安道不見曾覿」條稱其「喜吏事，工文章，而性復高簡」。❷五雲字　書信之美稱。此指嚴、傅二人和詞及書信。《新唐書・韋陟傳》載陟「常以五采箋為書記，使侍妾主之，其裁答受意而已，皆有楷法。陟唯署名，自謂所書『陟』字若五朵雲。時人慕之，號『郇公五雲體』。」❸客星　借東漢嚴光（子陵）指嚴子文。《後漢書・嚴光傳》載其與光武帝劉秀「共偃臥。光以足加帝腹上。明日，太史奏：『客星犯御座甚急。』帝笑曰：『朕故人嚴子陵共臥耳。』」❹瑣窗　刻有連瑣圖案的窗櫺。❺雪堂　蘇軾謫居黃州（今湖北黃岡）期間所築堂名。此借指嚴子文所建雪齋。按：作者原注：「子文作雪齋，寄書云：『近以旱，無以延客。』」❻歲旱莫留客二句　借傳說指傅安道。霖雨，連綿大雨。渠，他。《尚書・說命上》載殷高宗武丁任傅說為相，命之曰：「若歲大旱，命汝作霖雨。」❼短燈檠　喻寒素之境況。檠，燈架。韓愈〈短燈檠歌〉：「一朝富貴還自恣，長檠高張照珠翠。籲嗟世事無不然，牆角君看短檠棄。」蘇軾〈侄安節遠來夜坐三首〉其一：「嗟予潦倒無歸日，令汝蹉跎已半生。免使韓公悲世事，白頭還對短燈檠。」❽長劍鋏　喻懷才不遇。鋏，劍把。《戰國策・齊策》載孟嘗君門客馮諼未獲重視而屢屢彈鋏詠懷。❾雕弓掛壁無用二句　應劭《風俗通義》卷九〈怪神〉「世間多有見怪驚怖以自傷者」條載汲縣主簿杜宣在縣令應郴家飲酒，壁上弓弩倒映於杯中，宣誤以為蛇，飲後腹痛，醫治無效。後知為壁上弓影，遂愈。蘇轍〈書廬山劉顗宮苑屋壁三絕〉其二：「雕弓掛壁恥言勳，出入樵漁便作群。」❿多病關心藥裹　言身體多病，關心的是湯藥之事。化用杜甫〈酬郭十五判官〉詩句：「才微歲晚尚虛名，臥病江湖春復生。藥裹關心詩總廢，花枝照眼句還成。」⓫小摘親鉏菜甲　謂採摘些自種的蔬菜。此化用杜甫〈有客〉詩句：「自鋤稀菜甲，小摘為情親。」⑫老子正須哀　用東漢隴西太守馬援語。老子，自稱，猶老夫。哀，憐愛。《後漢書・馬援傳》載其守隴西，「任吏以職，但總大體而已。賓客故人日滿其門。諸曹時白外事，援輒曰：『此丞掾之任，何足相煩，頗哀老子，使得遨遊。若大姓侵小民，黠羌欲旅距，此乃太守事耳。』」⑬夜雨北窗竹　李白〈潯陽紫極宮感秋作〉：「何處聞秋聲，翛翛北窗竹。」陸游〈雨聲〉：「清風吹急雨，集我北窗竹。」⑭野人　鄉野之人。

【語譯】寄來的和詞書信，我正把酒展讀。東風吹送，北歸的大雁飛盡，卻不見嚴公歸來。聽說雪齋窗前風和月明，詩翁杖履行吟，堪比蘇東坡之雪堂雅興。大旱之年莫留客，邀請傅翁為求霖雨解旱情。　一盞矮小的油燈，一把長長的利劍，劍柄長青苔。雕弓掛牆壁，倒影落清杯。多病之人心念湯藥，摘些自種的蔬菜。老夫境況實堪哀。夜晚想聽聽北窗下的竹林雨聲，還得請鄉親把竹子栽。

【研析】這首詞大概作於淳熙九年（西元一一八二年）春夏之際。稼軒時年約四十三，閒居帶湖。

此詞頗似以詞代書，體現出以文為詞的特點。上片言來信及和詞收到了，而期待的相聚仍未到來。嚴子文為常熟人，時任福建市舶，駐泉州，其回朝或回鄉均可途經稼軒閒居的上饒，故云「不見客星回」。「聞道」三句，詞筆落到嚴煥所建雪齋。大概嚴、傅二人和詞以雪齋詩酒雅興酬答稼軒帶湖盟鷗清趣，故云「聞道」。「歲旱」二句關合嚴煥書中所云「近以旱，無以延客」。嚴子文邀請「喜吏事，工文章」、曾任福建轉運副使、如今閒居泉州的傅安道來雪齋相聚，吟風詠月之外，更要商討解除旱情之策，故云「霖雨要渠來」，而這也是嚴子文尚不能來帶湖的原因。

嚴、傅二人均長稼軒二十餘歲，為忘年知交。詞作下片便是向前輩知友傾吐心聲。嚴氏眼中「有文武材」的「偉人」（見崔敦禮〈代嚴子文滁州奠枕樓記〉），如今罷官閒居，藥伴病體，劍鋏生苔，雕弓掛壁，怎不令人怨憤哀憐！

如果說〈水調歌頭・盟鷗〉一詞見出脫身險惡官場而置身山水清境的灑落，本詞則又透出懷才不遇、壯志難酬的英雄悲慨。兩首詞作展現出稼軒罷官閒居的複雜心境。

水調歌頭

題張晉英提舉玉峰樓❶

木末❷翠樓出，詩眼巧安排❸。天公一夜，削出四面玉崔嵬❹。疇昔此山安在？應為先生見晚❺，萬馬一時來❻。白鳥飛不盡，卻帶夕陽回❼。

勸公飲，左手蟹，右手杯❽。人間萬事變滅，今古幾池臺❾。君看莊生達者，猶對山林皋壤，哀樂未忘懷❿。我老尚能賦，風月試追陪。

【注釋】❶題張晉英提舉玉峰樓　張晉英，名濤，武進（今屬江蘇）人。紹熙間任福建提舉常平茶鹽公事。玉峰樓，《福建通志》卷六十三：「玉峯樓，在宋提舉司後城壕之北。舊有多美樓、悠然堂，皆提舉王秬所作。紹熙四年，提舉張濤合而一之，作玉峯樓。」❷木末　樹梢。杜甫〈北征〉：「我行已水濱，我僕猶木末。」❸詩眼巧安排　謂以詩人眼光巧妙安排。蘇軾〈僧清順新作垂雲亭〉：「天功爭向背，詩眼巧增損。」詩眼，詩人眼光。❹削出四面玉崔嵬　言玉峰四面峭立如削。王安石〈次韻和甫詠雪〉：「奔走風雲四面來，坐看山壟玉崔嵬。」❺疇昔此山安在二句　《史記・平津侯主父列傳》載漢武帝召見主父偃、徐樂、嚴安三人，曰：「公等皆安在？何相見之晚也？」疇昔，往昔。❻萬馬一時來　喻連綿峰巒。稼軒〈菩薩蠻〉：「青山欲共高人語，聯翩萬馬來無數。」❼白鳥飛不盡二句　陶淵明〈飲酒二十首〉其五：「山氣日夕佳，飛鳥相與還。」黃滔〈別友人〉：「鳥帶夕陽投遠樹。」❽左手蟹二句　用《世說新語・任誕》中畢茂世語：「一手持蟹螯，一手持酒杯，拍浮酒池中，便足了此生。」❾人間萬事變滅二句　蘇軾〈法惠寺橫翠閣〉：「百年興廢更堪哀，懸知草莽化池臺。」池臺，猶言陵谷變遷。❿君看莊生達者三句　《莊子・知北遊》：「山林與，皋壤與，使我欣欣然而樂與！樂未畢也，哀又繼之。哀樂之來，吾不能禦；其去，弗能止。悲夫！世人直為物逆旅耳。」皋壤，湖澤窪地。

【語譯】翠樓聳立於樹梢外，詩人慧眼巧安排。似天公一夜之間，雕出這座四面碧翠聳立的高樓玉臺。此山原在何處？定然是和先生相見恨晚，一時間如萬馬奔馳而來。夕陽輝映，白鳥紛紛飛歸山間。 願您盡情暢飲，持蟹把杯。人世間萬事更變興滅，古往今來，深池高臺遷轉多少回。您看達觀如莊生者，置身山林湖澤，尚不能超然於哀樂之外。老朽我尚能吟詩賦詞，清風明月還願去追賞奉陪。

【研　析】這首詞作於紹熙四年（西元一一九三年）秋。稼軒時年五十四，赴任福建安撫使途經建安。

稼軒自臨安赴任福建安撫使，至建安，適值福建提舉張濤建成玉峰樓，遂賦詞為記。詞筆切題而入，起四句描寫玉峰樓。綠樹梢頭，翠樓聳出，境界如詩如畫，故云「詩眼巧安排」。巧在林木掩映，樓閣碧翠如玉，自然如天成，即詞中所云「天公一夜，削出四面玉崔嵬」。「疇昔」三句，筆調擴展，寫玉峰樓所在之山巒，由群山綿延如萬馬奔馳之勢，想像出此山原不在此地，你張濤的到來，才令群山相見恨晚，奔赴而至。奇思妙想，寫出了山之動態，山之情懷，人、山相知之趣。此山之「為先生見晚」，蓋為玉峰樓之巧如天公之作。「白鳥」二句，補足山林之生趣，山林無歸鳥，則情趣頓減。此二句又令人想到陶淵明「山氣日夕佳，飛鳥相與還」（〈飲酒〉），隱約透出退居山林之情。

玉峰樓乃就原多美樓、悠然堂改建而成，他年亦將破敗坍塌，新舊更替，池臺遷轉，令稼軒生發世事變滅、人情哀樂之感慨。此即下片「人間」五句之意：古今世事，滄桑變幻，曠達如莊生，置身於「山林皋壤」，猶未免哀樂相生。何以能面對「萬事變滅」而忘懷哀樂？把杯暢飲，吟風詠月，不失為一種灑脫豪爽之舉。詞作過片「勸公飲」三句與結末「我老尚能賦」二句相呼應，即展現出這種情懷。章法上，「勸公飲」承上片所寫樓臺山林之美，登樓賞覽，正堪暢飲遣興。醉賞之餘，又導引出下文之池臺遷變之慨。末尾風月賦詠照應過片，也關合全詞。

水調歌頭

湯朝美司諫❶見和，用韻為謝

白日射金闕❷，虎豹九關❸開。見君諫疏頻上，談笑挽天回❹。千古忠肝義膽，萬里蠻煙瘴雨❺，往事莫驚猜。政恐不免耳❻，消息日邊❼來。　笑吾廬，門掩草，徑封苔。未應兩手無用，要把蟹螯杯❽。說劍論詩餘事，醉舞狂歌欲倒，老子頗堪哀❾。白髮寧有種？一一醒時栽❿。

【注釋】❶湯朝美司諫　即湯邦彥（西元一一三五—一一八七年），字朝美，號頤堂，金壇（今屬江蘇）人。乾道八年（西元一一七二年）博學宏詞科及第。歷樞密院編修、秘書丞、起居舍人兼中書舍人、左司諫兼侍讀等。司諫，官名。宋端拱元年（西元九八八年）改左右補闕為左右司諫，掌規諫諷喻。淳熙十五年（西元一一八八年）復稱左右補闕。❷金闕　指朝廷宮殿。❸虎豹九關　指戒備森嚴的重重宮門。《楚辭・招魂》：「魂兮歸來，君無上天些。虎豹九關，啄害下民些。」❹見君諫疏頻上二句　指湯朝美頻頻上疏進諫，談笑之間使皇上回心轉意。湯朝美任左司諫兼侍讀，議論風發，為孝宗所賞。劉宰〈頤堂集序〉稱其「登諫垣，演綸鳳閣，勸講金華，君臣之間，氣合道同，言聽諫行。」《京口耆舊傳》卷八〈湯鵬舉傳〉附傳載：「孝宗銳意遠略。邦彥自負功名，論議英發。上心傾向之。」❺千古忠肝義膽二句　言湯朝美為千古忠臣義士，卻被遠謫蠻荒之地。《京口耆舊傳》卷八〈湯邦彥傳〉載孝宗曾手書稱其「以身許國，志若金石，協濟大計，始終不移」。又，《宋會要輯稿・職官》五一之二六載，淳熙三年（西元一一七六年）四月，湯朝美因出使金國之事而為臣僚所指控，謫送新州（治所在今廣東新會）編管。❻政恐不免耳　只怕免不了要出任官職。政，通「正」。此句借用東晉謝安語，《世說新語・排調》載謝安出仕之前，兄弟中有富貴者，傾動鄉里。夫人劉氏戲言：「大丈夫不當如此乎？」謝安不屑地說：「但恐不免耳。」❼日邊　指京城。《世說新語・夙慧》載司馬昭（晉明帝）幼時，元帝問之：「長安何如日遠？」答曰：「日遠。不聞人從日邊來。」後世遂以「日邊」借指京城。❽未應兩手無用二句　言不應讓兩手閒著，而要持蟹把杯，開懷痛飲。此二句用《世說新語・任誕》中畢茂世語：「一手持蟹螯，一手持酒杯，拍浮酒池中，便足了此生。」❾老子頗堪哀　老夫身世頗堪哀歎。此用東漢隴西太守馬援語。《後漢書・馬援傳》載其守隴西，「任吏以職，但總大體而已。賓客故人日滿其門。諸曹時白外事，援輒曰：『此丞掾之任，何足相煩。頗哀老子，使得遨遊。若大姓侵小民，黠羌欲旅距，此乃太守事耳』」。❿白髮寧有種二

句　意謂白髮難道有種子嗎。一根根都是清醒時的愁苦心情造成的。此句反用黃庭堅〈次韻裴仲謀同年〉詩句：「白髮齊生如有種，青山好去坐無錢。」

【語　譯】陽光照射金碧輝煌的宮殿，重重宮門依次打開。你頻頻上疏進諫，談笑間勸服皇上意轉心回。千古忠臣義士，曾遠謫萬里瘴蠻之地。往事已過去，莫要因之心生驚疑。你不免要再受重用，消息已從京城傳來。

可笑我這屋舍簡陋，門前雜草叢生，庭院布滿青苔。雙手不應一無所事，當持蟹把酒暢飲百杯。說劍論詩之餘，放聲狂歌，騰身醉舞，老夫我頗感悲哀。白髮何曾有種子萌生？一根根都源自清醒時的愁苦情懷。

【研　析】這首詞作於淳熙九年（西元一一八二年）。稼軒時年四十三，閒居帶湖。

湯朝美於淳熙三年貶謫新州，幾年後移居信州（治所在今江西上饒），不久即還金壇。當時與稼軒同居上饒的韓元吉有詩〈送湯朝美還金壇〉云：「湯公涉南荒，歲月猶轉轂。幾年臥新州，寧肯事雞卜。身安一瓢飲，志大五車讀。揭來靈山隈，跫然慰虛谷。……胸中經濟略，欲語動驚俗。誰知天意回，歸棹如許速。」湯氏胸懷經濟大略，「志銳而氣剛」、「雅欲以動業自見」（劉宰〈頤堂集序〉），均與稼軒志趣投合。如今湯氏有望被重用，罷官閒居的稼軒在詞作中抒寫出較為複雜的心情。

湯氏仕宦經歷中有過朝堂上的「忠肝義膽」、論事風生、君臣氣合道同境遇，又有剛剛結束的新州謫居生涯。湯氏此次奉詔回朝，稼軒對其前景充滿期望，「政恐不免耳」一語即有所流露，因而詞作上片重筆彰顯湯氏任朝官時「自負功名，論議英發，上心傾向之」（《京口耆舊傳》卷八〈湯邦彥傳〉），而對其遠謫蠻荒的遭遇，不迴避也不拘執，「往事莫驚猜」一語即勸其不要為此心存芥蒂。

詞作下片轉寫自己帶湖閒居情形，自嘲自歎、失落無奈、憤激愁悶交集於懷。筆調由緩而急，身居幽靜之所，心緒則難以平靜，持蟹把杯、說劍論詩、醉舞狂歌，狂放豪蕩中蘊含深切的英雄失路之悲愁，「老子頗堪哀」三句即為此種情懷的吐露。

詞作上、下片，友人與自己、出仕與退居，兩相對比之中透露出稼軒等志圖恢復、剛直磊落者的進退兩難之境：出仕有遷謫、罷免之憂，退居有壯志難酬之悲。

水調歌頭

九日遊雲洞❶，和韓南澗尚書韻❷

今日復何日❸，黃菊為誰開？淵明謾愛重九❹，胸次正崔嵬❺。酒亦關人何事，政自不能不爾❻，誰遣白衣來❼。醉把西風扇，隨處障塵埃❽。

為公飲，須一日，三百杯❾。此山高處東望，雲氣見蓬萊❿。翳鳳驂鸞⓫公去，落佩倒冠⓬吾事，抱病且登臺⓭。歸路踏明月，人影共徘徊⓮。

【注　釋】❶雲洞　在信州（治所在今江西上饒西北）。《方輿勝覽》卷十八〈信州・山川〉：「雲洞，去州二十餘里。」❷韓南澗尚書韻　指韓元吉詞作〈水調歌頭・雲洞〉（今日我重九）。❸今日復何日　《詩・唐風・綢繆》：「今夕何夕，見此良人。」《說苑》卷十一載楚譯越人歌：「今日何日兮，得與王子同舟。」蘇軾〈和陶詩・和郭主簿二首〉其一：「今日復何日，高槐布初陰。」❹淵明謾愛重九　陶淵明〈九日閑居〉序：「余閒居，愛重九之名。秋菊盈園，而持醪靡由，空服九華，寄懷於言。」謾，通「漫」。徒然。重九，指農曆九月九日重陽節。❺崔嵬　猶塊壘，指鬱積不平之氣。黃庭堅〈次韻子瞻武昌西山〉：「平生四海蘇太史，酒澆不下胸崔嵬。」❻政自不能不爾　只是不能不如此。政，通「正」。《晉書・謝安傳》載：簡文帝駕崩，征西大將軍桓溫，陳兵新亭，圖謀篡國，欲加害謝安，招安赴宴。「安從容就席，坐定，謂溫曰：『安聞諸侯有道，守在四鄰。明公何須壁後置人邪？』溫笑曰：『正自不能不爾耳。』遂笑語移日」。❼誰遣白衣來　用東晉王弘重九遣白衣使者給陶淵明送酒典故。《藝文類聚》卷四引《續晉陽秋》：「陶潛嘗九月九日無酒，宅邊菊叢中摘菊盈把，坐其側，久望，見白衣至，乃王弘送酒也。即便就酌，醉而後歸。」❽醉把西風扇二句　謂醉中持扇隨處遮擋西風吹拂的塵埃。用東晉王導典故，《晉書・謝安傳》載晉成帝之舅庾亮（字元規），「雖居外鎮而執朝廷之權，既據上流，擁強兵，趣向者多歸之。（王）

導內不能平，常遇西風塵起，舉扇自蔽，徐曰：『元規塵污人。』」❾須一日二句　用李白〈襄陽歌〉詩句：「百年三萬六千日，一日須傾三百杯。」❿蓬萊　傳說為海上三神山之一。《史記・封禪書》載蓬萊、方丈、瀛洲三神山，「其傳在勃海中，……未至，望之如雲」按：韓元吉原詞自注：「洞有仙骨巖。」⓫翳鳳驂鸞　乘鳳駕鸞。指登仙。張孝祥〈水調歌頭〉（江山自雄麗）：「揮手從此去，翳鳳更驂鸞。」⓬落佩倒冠　衣冠不整。指灑落不拘的樣子。杜牧〈晚晴賦〉：「倒冠落珮兮，與世疎闊。」⓭抱病且登臺　化用杜甫〈九日〉詩句：「重陽獨酌杯中酒，抱病起登江上臺。」⓮歸路踏明月二句　謂踏月歸來，形影相伴。此化用李白〈月下獨酌〉詩意：「我歌月徘徊，我舞影凌亂。」

【語　譯】今天又是什麼良辰佳日，菊花為誰而綻開？淵明喜愛重九也是枉然，心中的塊壘正鬱結難解。酒與人事不相干，只是不得不這般借酒澆愁，不知誰遣白衣使者給淵明送來美酒。但見他醉飄飄手持羽扇，不時遮擋西風吹來的塵埃。　為您開懷暢飲，一日當盡三百杯。佇立頂峰東望，雲霧飄渺似仙山蓬萊。您請駕鸞乘鳳，登仙而去，我將無拘無束，抱病登臺。踏月而歸，一路形影徘徊。

【研　析】這首詞大略作於淳熙九年（西元一一八二年）。稼軒時年約四十三，閒居帶湖。

和韻之作與原唱除了形式上的同韻之外，在立意上也有一定的關聯。韓氏原唱起筆「今日我重九，莫負菊花開」二句即為全詞定下了豪曠灑落的情調，言登高（「試尋高處攜手，躡跂上崔嵬」）縱目（「放目藏崖千仞」），賞覽古寺修竹、飛檻絕塵，笑談之中把酒迎風，指點雲海，頓覺「隨處是蓬萊」。其結末云「落日平原西望，鼓角秋深悲壯，戲馬但荒臺。細把茱萸看，一醉且徘徊」，則又因落日而觸景生情，不無世事滄桑之感。稼軒和詞即承此情調起筆，突兀而出兩問，或問而無需答，或問而無以答，似無理之問，卻傳達出難以言表的深深感慨。下文即借重九詩詞中常見的淵明典故，既曲筆寄寓內心鬱結的怨憤之情，又在解讀淵明的同時作自我釋懷。淵明〈九日閒居〉序云：「余閒居，愛重九之名。秋菊盈園，而持醪靡由，空服九華，寄懷於言。」詩云：「酒能祛百慮，菊為制頹齡。如何蓬廬士，空視時運傾。塵爵恥虛罍，寒華徒自榮。斂襟獨閒謠，緬焉起深情。」《續晉陽秋》亦載淵明「九日無酒」則「悵然久之」。可見淵明愛重九之名，其實則在酒與菊，只因「酒能祛百慮，菊為制頹齡」，而酒尤不可少，故有「持醪靡由，空服九華」、「塵爵恥虛罍，寒華徒自榮」之歎。稼軒之「黃菊為誰開」，亦即「寒華徒自榮」之意；謂「淵明謾愛重九」，即謂重九而無酒以解胸次之崔嵬，其愛亦為徒然。可冷靜想來，酒與人事何干？以酒消愁，無奈之舉也。

上述乃解析淵明之愛重九，「誰遣白衣來」三句則想像出當年淵明重九之情形：江州刺史王弘派遣白衣使者送來美酒，淵明暢飲而醉，飄飄然手持羽扇，不時遮擋秋風吹來的塵埃。「白衣來」有典故依據，同時也可能兼有寫實之意。「醉把西風扇」云云，則純屬想像之詞，寄託著一種超脫塵汙俗世的高潔情懷，既貼合淵明，也是稼軒罷職閒居後的精神自適。詞作下片遂氣象開朗，暢懷豪飲，東望蓬萊，雲氣縹緲，令人發升仙之想。詞筆於此一轉，言韓氏「翳鳳驂鸞」，呼應韓詞「隨處是蓬萊」語，與稼軒之落佩倒冠、抱病登臺、踏月而歸，形成對比。稼軒的自我描畫，令人想到重陽獨酌、抱病登臺的杜甫（〈九日〉）和「把酒邀明月，對影成三人」的李白（〈月下獨酌〉），疏放不拘之舉中透露出稼軒內心的幽憤、孤獨和無奈。

水調歌頭

再用韻呈南澗

千古老蟾口❶，雲洞插天開。漲痕當日何事，洶湧到崔嵬。攫土摶沙兒戲，翠谷蒼崖幾變❷，風雨化人來❸。萬里須臾耳❹，野馬驟空埃❺。

笑年來，蕉鹿夢❻，畫蛇杯❼。黃花憔悴❽風露，野碧漲荒萊❾。此會明年誰健❿，後日猶今視昔⓫，歌舞只空臺⓬。愛酒陶元亮⓭，無酒正徘徊⓮。

【注釋】❶老蟾口　喻雲洞。❷攫土摶沙兒戲二句　謂天地造化如同兒戲般玩弄沙土使使峻崖、峽谷不斷變遷。此化用蘇軾〈同正輔表兄遊白水山〉詩句：「偉哉造物真豪縱，攫土摶沙為此弄。」攫，抓。摶，捏成團。《詩・小雅・十月之交》：

「高岸為谷，深谷為陵。」❸風雨化人來　《列子．周穆王》：「周穆王時，西極之國有化人來。入水火，貫金石，反山川，移城邑，乘虛不墜，觸實不硋。千變萬化，不可窮極。……化人之宮，構以金銀，絡以珠玉，出雲雨之上，而不知下之據，望之若屯雲焉。……窮數達變，因形移易者，謂之化，謂之幻。」蘇軾〈同正輔表兄遊白水山〉：「截破奔流作潭洞，因隨化人履巨跡。」化人，指神人。❹萬里須臾耳　謂片刻間即行越萬里。❺野馬驟空埃　形容空中雲氣遊走的樣子。《莊子．逍遙遊》：「野馬也，塵埃也，生物之以息相吹也。」焦竑《莊子翼》：「野馬，天地間氣如野馬馳也。塵埃，氣蓊鬱似塵埃。」❻蕉鹿夢　喻夢覺難辨。《列子．周穆王》載鄭國一樵夫打死一鹿，怕人發現，把鹿藏了起來。因過於興奮而忘了藏於何處，便以為是做夢，不斷唸叨此事。有傍人偷聽到樵夫的話，找到了那隻鹿，回家後對妻子說：「向薪者夢得鹿而不知其處，吾今得之。彼直真夢者矣。」其妻說：「若將是夢見薪者之得鹿邪？詎有薪者邪？今真得鹿，是若之夢真邪。」樵夫當晚夢到藏鹿之處和得鹿之人，次日找到得鹿者，爭執不下，訟於士師（執法官）。士師說：「若初真得鹿，妄謂之夢；真夢得鹿，妄謂之實。彼真取若鹿而與若爭鹿，室人又謂夢認人鹿，無人得鹿。今據有此鹿，請二分之。」國君聽說此事，說：「嘻，士師將復夢分人鹿乎！」徵詢國相。國相說：「夢與不夢，臣所不能辨也。欲辨覺夢，唯黃帝、孔丘。今亡黃帝、孔丘，孰辨之哉？且恂士師之言可也。」❼畫蛇杯　喻虛幻、現實難辨。應劭《風俗通義》卷九〈怪神〉「世間多有見怪驚怖以自傷者」條載汲縣主簿杜宣在縣令應郴家飲酒，壁上弓弩倒映於杯中，宣誤以為蛇，飲後腹痛，醫治無效。後知為壁上弓影，遂愈。❽黃花憔悴　李清照〈聲聲慢〉（冷冷清清）：「滿地黃花堆積。憔悴損，如今有誰堪摘！」❾野碧漲荒萊　指草地翠綠彌漫，如洪适〈秋懷〉所云「平野碧滋長」。漲，彌漫；充滿。❿此會明年誰健　意謂明年重九聚會，不知誰尚健在。此用杜甫〈九日藍田崔氏莊〉詩句：「明年此會知誰健，醉把茱萸仔細看。」宋黃希、黃鶴《補註杜詩》卷十九：「蘇曰：阮瞻元日會親友，曰：『人生如風中燭，樽酒何必拒其滿。不知明年今日再開此會，誰是強健。』」⓫後日猶今視昔　言後人亦如今人一樣撫今追昔。此用王羲之〈蘭亭集序〉語：「後之視今，亦猶今之視昔，悲夫！」⓬歌舞只空臺　言歌舞之地終將只留下空寂的樓臺。薛瓊〈賦荊門〉：「渚宮歌舞地，輕霧鎖樓臺。」⓭愛酒陶元亮　蘇軾〈乘舟過賈收水閣〉、黃庭堅〈次韻德孺五丈感興〉詩作均有此句。元亮，陶淵明字；一說名潛，字淵明。⓮無酒正徘徊　即陶淵明〈九日閑居〉詩意：「塵爵恥虛罍，寒華徒自榮。斂襟獨閒謠，緬焉起深情。」《宋書．隱逸傳》載其「嘗九月九日無酒，出宅邊菊叢中坐久。」

【語　譯】雲洞聳入雲霄，像千年蟾蜍張口朝天。當年的洪水何故湧上高峻的山崖，留下清晰的漲痕。造物主兒戲似的抓揑玩弄泥沙，便使得陵谷幾番遷轉變換。呼風喚雨的神人降臨，瞬間飛越萬里，雲霧如野馬奔馳。可笑我近來生活如夢如幻。菊花在秋風寒露中枯萎，荒野草地蒼翠彌漫。明年的重九聚會不知誰能健在，後來人亦將撫今追昔，往日的歌舞勝地只留下空寂的樓臺。酷愛飲酒的陶淵明，無酒而悵望徘徊。

【研　析】這首詞大略作於淳熙九年（西元一一八二年）。稼軒時年約四十三，閒居帶湖。

本詞與〈水調歌頭〉（今日復何日）為同調同韻同題同時之作，而其意趣則不可同。「今日復何日」一闋借淵明說事，為南澗祝酒，末處落筆自身；本詞則純屬登臨感懷之作。

詞作起筆形象生動地勾畫出雲洞的整體外貌，以「千古老蟾口」為喻，形似之外更傳達出一種世事變幻的歷史滄桑色彩，下文即承此發抒感慨。高峻蒼崖上的漲痕，令人推想到曾經的波濤洶湧景象。滄海桑田之鉅變，在自然造化手中如同兒戲。稼軒望著眼前的雲霧縹緲，驚異慨歎之餘不禁想像出神人呼風喚雨、騰雲駕霧、瞬息萬里之情形。

因雲洞自然景觀而觸發出對宇宙萬物遷轉變幻的驚歎和想像，以此心境反觀人生及人世，稼軒感受到人生的虛實、真幻莫辨和人世興衰之無奈，顯露出超然灑脫而又不無感慨的複雜情懷。「笑年來」三句，以夢和影自喻人生，自嘲中寓有豁達；「黃花」二句，一枯一榮，見自然景物之盛衰；「此會」三句，言人世之興衰。自我、自然、人世，便是人生在世的全部，在瞬息萬變的宇宙中不可避免的歸宿於變幻不居。末以因無酒而徘徊悵望的陶淵明形象作結，頗有意味：愛酒因「酒能祛百慮」（陶淵明〈九日閑居〉），無酒則難祛百慮，故徘徊悵望。然而若能放眼宇宙萬物之遷轉變幻，那麼因人生得失榮辱而鬱積的憂慮則無酒亦自消釋。稼軒視人生如夢如影，便是對此種憂慮的超脫。人生因宇宙遷變、世事盛衰而觸發感慨，則有酒亦難釋懷，詞中「黃花憔悴」云云，即難掩無奈之歎。此亦稼軒〈水調歌頭〉（今日復何日）所云：「酒亦關人何事？」對於人生的超然和感歎見於字裡行間。

水調歌頭

再用韻答李子永提幹❶

君莫賦幽憤❷，一語試相開❸。長安車馬道上，平地起崔嵬❹。我愧淵明久矣❺，猶借此翁湔洗❻，素壁寫〈歸來〉❼。斜日透虛隙，一線萬飛埃❽。

斷❾吾生，左持蟹，右持杯。買山自種雲樹，山下劚煙萊❿。百煉都成繞指⓫，萬事直須稱好⓬，人世幾輿臺⓭。劉郎更堪笑，剛賦看花回⓮。

【注釋】❶李子永提幹　指提舉坑冶司幹辦公事李泳，字子永，揚州人。❷幽憤　原指西晉嵇康獄中所作〈幽憤詩〉，這裡借指幽怨之作。❸一語試相開　用蘇軾〈減字木蘭花〉（玉觴無味）詞句：「一語相開，匹似當初本不來。」相開，開導。❹平地起崔嵬　喻仕途多風險。崔嵬，指高山。❺我愧淵明久矣　意謂自己久居官場，終被彈劾，罷職退居，未能如陶淵明主動辭官歸隱田園。❻湔洗　洗滌。❼歸來　指陶淵明〈歸去來兮辭〉。《宋書・隱逸傳》載淵明任彭澤令，自稱「不能為五斗米折腰向鄉里小兒」，解印辭官，賦〈歸去來〉。❽斜日透虛隙二句　謂透過空隙斜照的一線陽光中，萬千塵埃紛擾。化用《景德傳燈錄》卷十三圭峰〈禪源諸詮序〉中語：「虛隙日光，纖埃擾擾。」❾斷　了；盡。❿買山自種雲樹二句　意謂買山隱居，開荒種樹。劚煙萊，鋤去雜草。這裡暗用東晉名僧支道林買山隱居典故（見《世說新語・排調》）。⓫百煉都成繞指　意謂喻剛直堅強的性格都變得柔順婉曲。此句化用劉琨〈贈盧諶〉詩句：「何意百煉鋼，化作繞指柔。」⓬萬事直須稱好　意謂凡事只該附和稱好。按：漢末隱士司馬徽，善品鑑人物，居荊州為全身遠害，口不議時人。「有以人物問徽者，初不辨其高下，每輒言佳」（《世說新語・言語》「南郡龐士元聞司馬德操在潁川」條注引《司馬徽別傳》）黃庭堅〈次韻任道食荔支有感〉：「一線不值程衛尉，萬事稱好司馬公。」⓭人世幾輿臺　意謂人生一世能經受得了幾次貶謫黜退。輿臺，指地位低下者。按：古時分人為十等，輿、臺分別為第六等、第十等（見《左傳》昭公七年）。⓮劉郎更堪笑二句　《舊唐書・劉禹錫傳》載其謫居浪州（治所在今湖南常德）十年後返京，遊玄都觀，賦詩〈戲贈看花君子〉云：「紫陌紅塵拂面來，無人不道看花回。玄都觀裏桃千樹，盡是劉郎去後栽。」被指為「語涉譏刺」，再貶連州（治所在今廣東連縣）。

【語譯】您莫要發洩心中的幽憤，請聽我來為您開導。車馬穿行的長安大道上，平地也會突起高山峻嶺。我久仰淵明風度而自愧不及，仍然憑藉他的情操來陶冶襟懷，在素淨的牆壁上書寫他的〈歸去來〉。斜穿縫隙的一縷陽光中，飛舞著數以萬計的塵埃。窮盡餘生，我將左手持蟹，右手舉杯。買塊山地植樹造林，在山下墾荒鏟除草萊。百煉之鋼都會變得柔軟繞指，事事只應附和稱好，人生一世怎能承受久居下僚。更可歎那劉禹錫，剛寫完〈戲贈看花諸君子〉，又獲罪謫遷偏遠之地。

【研析】這首詞大略作於淳熙九年（西元一一八二年）。稼軒時年約四十三，閒居帶湖。

詞題「答李子永提幹」，但李泳（字子永）原唱不存，據本詞「君莫賦幽憤」語，知李氏詞作頗多怨憤之情，韓元吉〈送李子永赴調改秩〉謂其「向來官況誠留滯」，趙蕃〈挽李子永〉亦歎其「半世作官纔六考」。（此「六考」指縣令。李泳官終溧水令。《宋史・職官志》：「自留守府判官至縣令理六考。」）又可知李氏幽憤源自仕宦失意，沉淪下僚。稼軒的酬答勸其「莫賦幽憤」，且要「一語試相開」，即從其幽憤之源切入，以形象而精當的比喻點明仕宦險惡之實。長安，代指京城，為仕宦之要津，其車水馬龍之景象便是紛繁官場的縮影，風波兇險難以預料，如平地上忽起高山。因而最好的避險途徑，亦即消解仕宦幽憤的根本方法，就是退出官場。然而稼軒並未直勸李氏退隱，而是自述由仕宦而歸隱的體驗感受，筆調婉轉而情感坦誠，給對方以真摯的寬慰。

稼軒宦海奔忙二十年，終遭彈劾而罷職，被迫歸隱，固有「愧淵明」之感，愧而自勵，便以淵明詩文陶治情懷。「猶借此翁湔洗」四句，見出稼軒沉浸於淵明境界之中、靜觀紛紜世事的超然心態，與「左持蟹」四句所展現的灑落自適舉止，一靜一動，內外映襯，呈現出閒居中的稼軒風度，想必李氏亦能受其感染，化解心中的幽憤。

說完自己閒居，稼軒則想到李氏仍在官場，便又建言一種官場避險之法，即「萬事稱好」。這也是稼軒的親身體驗，本為「以氣節自負，以功業自許」的「一世之豪」，終落得「斂藏其用以事清曠」（范開〈稼軒詞序〉），正所謂「百煉都成繞指」。否則的話，則如唐代劉禹錫，歷經遷謫，傲骨未改，返京後賦詩譏嘲新貴，重遭貶謫。

整首詞由「一語試相開」統攝，結構井然，筆調上情、理相容，均顯示出以文為詞的特點。

水調歌頭

和信守鄭舜舉❶蔗菴❷韻

萬事到白髮，日月幾西東❸。羊腸九折歧路❹，老我慣經從。竹樹前溪風月，雞酒東家父老，一笑偶相逢❺。此樂竟誰覺，天外有冥鴻❻。味平生，公與我，定無同。玉堂金馬❼，自有佳處著詩翁。「好鎖雲煙窗戶，怕入丹青圖畫，飛去了無蹤❽」。此語更癡絕，真有虎頭風❾。

【注釋】❶信守鄭舜舉　指信州（治所在今江西上饒）太守鄭汝諧（字舜舉）。❷蔗菴　鄭氏宅第。韓元吉〈題鄭舜舉蔗菴〉云：「吾州富佳山，脩竹連峻嶺。……豈知刺史宅，跬步閟清景。古木盤城隅，石徑幽且迴。」❸萬事到白髮二句　言世事紛繁，時光流逝，人已漸老。王安石〈愁臺〉：「萬事因循今白髮，一年容易即黃花。」❹羊腸九折歧路　曲折多歧的小路。羊腸，原指山西太行山羊腸阪，曲如羊腸，故稱。後借喻狹窄曲折的小路。曹操〈苦寒行〉：「北上太行山，艱哉何巍巍。羊腸坂詰屈，車輪為之摧。」梅堯臣〈送薛公期比部歸絳州展墓〉：「嗣子千里駒，羊腸九折坂。」❺一笑偶相逢　意謂偶然相逢，會心一笑。歐陽脩〈奉答子履學士見贈之作〉：「誰言潁水似瀟湘，一笑相逢樂未央。」❻冥鴻　高飛的鴻雁。揚雄《法言・問明》：「鴻飛冥冥，弋人何篡焉？」冥冥，高遠的樣子。❼玉堂金馬　指朝殿。玉堂，漢宮殿名，又為官署名。宋之後稱翰林院為玉堂。金馬，即金馬門，漢代宮門名，傍有銅馬，故名。為學士待詔之處。揚雄〈解嘲〉：「與羣賢同行，歷金門，上玉堂。」❽好鎖雲煙窗戶三句　此當為鄭舜舉之語。❾此語更癡絕二句　用顧愷之典故。顧愷之，字長康，小字虎頭，晉陵無錫（今江蘇無錫）人。東晉著名畫家，世稱其有三絕：才絕，畫絕，癡絕。《世說新語・巧藝》引《續晉陽秋》：「愷之尤好丹青，妙絕於時。曾以一廚畫寄桓玄，皆其絕者，深所珍惜，悉糊題其前。桓乃發廚後取之，好加理復。愷之見封題如初而畫並不存，直云：『妙畫通靈，變化而去，如人之登仙矣。』」

【語　譯】日出日落，月圓月缺，歷經世間萬事，我已是白髮蒼蒼。曲折多歧的羊腸小道上，老夫我常常悠然徜徉。綠樹翠竹，清風明月，潺潺溪流。偶與東鄰父老笑相逢，殺雞又備酒。個中樂趣誰能知曉，鴻雁高飛在雲霄。

回味平生，您與我，定然不同。翰林院裡，自有佳處安置您這位詩翁。「鎖好這段窗含雲煙美景，怕被丹青妙手繪成畫卷，通靈飛去，了無影蹤」。此話更癡絕，真有虎頭顧愷之的遺風。

【研　析】鄭汝諧（字舜舉）淳熙十二年（西元一一八五年）知信州，趙蕃《章泉稿》卷五〈重修廣信郡學記〉有「淳熙十二年，知州事鄭汝諧」云云。本詞疑作於同年。稼軒時年約四十六，閒居帶湖。

韓元吉〈題鄭舜舉蔗菴〉云：「鄭公閑閤暇，獨步毘盧頂。曰此氣象殊，逍遙步方永。喚客倒清樽，燃薰煮奇茗。庭空無一事，賓吏絕干請。佳處由漸入，斯語煩記省。」知鄭氏居宅名「蔗菴」，乃取顧愷之倒食甘蔗，漸入佳境之意，其自題詞中「好鎖雲煙窗戶，怕入丹青圖畫，飛去了無蹤」數語，亦用顧氏典故。鄭氏原詞雖不存，然據韓元吉題記，其旨趣為自賞蔗菴佳境。稼軒和詞亦自述閒居之樂，與鄭詞相應；同時，詞以「萬事到白髮」之「老我」已能於曲折多歧之路上行走從容，悠然寄懷於山水清景、父老真情之中，此即歷經風霜歲月而漸入佳境，亦與「蔗菴」寓意相通，正如明人吳寬〈蔗菴記〉云：「至晉顧長康每食必自末至本，有漸入佳境之語。後世遂以人晚節儗之。」

上片自述「老我」之樂而暗合「蔗菴」之意，下片則轉到鄭氏及其原詞。稼軒另有「送信守鄭舜舉被召」之〈滿江紅〉云：「聞道是、君王著意，太平長策。此老自當兵十萬，長安正在天西北。便鳳凰飛詔下天來，催歸急。」鄭氏此後於淳熙十四年十二月以朝散郎兩浙轉運判官兼知會稽，十五年正月除直秘閣，知會稽（見施宿等《會稽志》卷二），十六年知贛州（周必大有〈贛守鄭舜舉寄詩酒於答書中就附四句〉），紹熙間轉吏部侍郎。此正應合本詞「玉堂」二句。鄭氏有詩名，上引周必大詩稱其「詩中有畫今摩詰」，則其自題蔗菴美景自然會想起顧愷之評畫癡語，且化癡為真，雅趣盎然，遂為稼軒所稱賞，謂之「更癡絕」。

水調歌頭

送鄭厚卿❶赴衡州

寒食不小住❷，千騎❸擁春衫。衡陽石鼓城下，記我舊停驂❹。襟以瀟湘桂嶺，帶以洞庭青草❺，紫蓋❻屹東南。文字起〈騷〉〈雅〉❼，刀劍化耕蠶❽。看使君，於此事，定不凡❾。奮髯抵几堂上❿，尊俎自高談⓫。莫信君門萬里，但使民歌五袴⓬，歸詔鳳凰銜⓭。君去我誰飲？明月影成三⓮。

【注釋】❶鄭厚卿　名如崈。官朝散郎。淳熙十五年（西元一一八八年）四月到衡州（今湖南衡陽）任，淳熙十六年十二月二十六日罷職（參見鄧廣銘《稼軒詞編年箋注》）。❷寒食不小住　反用顏真卿〈寒食帖〉語意：「寒食近，且住為佳爾。」寒食，節令名，在清明節前一天或兩天。❸千騎　指鄭厚卿車馬隨從眾多。一人一馬為一騎。漢樂府〈陌上桑〉中羅敷稱其婿「四十專城居」，「東方千餘騎，夫婿居上頭」後以「千騎」指州牧郡守或其車馬隨從。❹衡陽石鼓城下二句　記得我曾駐馬衡陽城石鼓山下。石鼓，山名，在衡州城東三里。驂，本指駕車時位於兩邊的馬，這裡代指車馬。按：稼軒曾於淳熙六年任湖南轉運副使，繼改湖南安撫使。❺襟以瀟湘桂嶺二句　言衡州以瀟湘、桂嶺為衣襟，以洞庭湖、青草湖為衣帶。桂嶺，又名香花嶺，在今湖南臨武北。洞庭青草，洞庭湖南北二湖名，張舜民《南遷錄》：「岳州洞庭湖，南名青草，北名洞庭，所謂重湖也。」按：襟以、帶以，四卷本作「襟似」、「帶似」。❻紫蓋　衡山最高峰。❼文字起騷雅　言儒家教化興盛。騷雅，指〈離騷〉和《詩經．大雅》〈小雅〉。❽刀劍化耕蠶　言百姓銷毀刀劍而勤務農桑。❾看使君三句　用謝安語「使君于此不凡」（《晉書・桓伊傳》），稱頌鄭厚卿治政才幹。使君，漢以後對州郡長官的尊稱。❿奮髯抵几堂上　在官署堂上嚴格整頓吏俗。奮髯抵几，振鬚擊案。《漢書・朱博傳》載博遷琅琊太守，「右曹掾史皆移病臥。博奮髯抵几曰：『觀齊兒欲以此為俗耶！』」罷斥諸病吏。⓫尊俎自高談　言公事之餘宴賞高談。尊俎，酒肉器皿。⓬民歌五袴　指政績為民所稱頌。《後漢書・廉范傳》載，署郡「舊制禁民夜作以防火災」。廉范（字叔度）任太守時，廢舊制，嚴令儲水以防火，「百姓為便，乃歌之曰：『廉叔度，來何暮。不禁火，民安作。平生無襦今五袴。』」袴，同「褲」。⓭歸詔鳳凰銜　言傳來召歸朝廷的詔書。晉陸翽《鄴中記》載後趙國主石虎曾以木製鳳凰傳詔書，後世遂稱皇帝詔書為「鳳凰詔」或「鳳詔」。⓮明月影成三　用李白〈月下獨酌〉詩句：「舉杯邀明月，對影成三人。」

【語　譯】時逢寒食，不能稍作停留，千騎簇擁，初換春衫。衡陽城裡，記得我曾駐馬於石鼓山。瀟湘桂嶺如衣襟飄曳，洞庭青草似衣帶橫束，衡山紫蓋峰屹立東南。教化儒雅，刀劍銷毀，勤務農耕桑蠶。　試看鄭使君，興教化，勸農耕，定然超群不凡。官署堂上，嚴整吏俗，振鬚拍案。公事之餘，樽酒宴賞，吟詠高談。莫信朝廷遙隔萬里，只要政績贏得百姓稱頌，歸朝的詔書將飛臨身邊。鄭君一去，誰能與我共飲？明月、孤影與我相伴。

【研　析】這首詞作於淳熙十五年（西元一一八八年）。稼軒時年四十九，閒居帶湖。

送友人赴任，題中之意，一是送別之情，一是與友人赴任相關的情事。詞作首尾相應，抒寫離別之情，中間大段筆墨因友人赴任而發。

起筆二句點明友人寒食時節啟程赴任。首句反用顏真卿〈寒食帖〉語「寒食近，且住為佳爾」，則寄託了依依別情；「千騎」句描繪出友人赴任之盛勢，過渡到赴任之地。因友人即將到任的衡州正好是稼軒數年前任湖南安撫使時所轄之地，便以較多筆墨追述衡陽的地理、人文環境之美，在情感上拉近了友人與衡陽的關係，也是對友人異地為官的心理安慰。

下片預想也是期待友人到任後的不凡政績和美好聲譽，任滿奉詔歸朝。最後歸結到送別，設想別後情形，用李白「對影成三人」詩句，於豪邁飄逸中見出惜別之情，同時也切合稼軒的閒居之身。詞作對送別友人外任之題旨，堪稱抒寫周備，筆端流露出對友人的誠摯情誼。

水調歌頭

元日投宿博山寺❶，見者驚歎其老

頭白齒牙缺，君勿笑衰翁。無窮天地今古，人在四之中❷。臭腐神奇俱盡，貴賤賢愚等耳❸，造物也兒童❹。老佛更堪笑，談妙說虛空❺。坐堆豗❻，行答颯❼，立龍鍾❽。有時三盞兩盞，淡酒醉蒙鴻❾。四十九年前事，一百八盤狹路❿，拄杖倚牆東⓫。老境何所似，只與少年同。

【注　釋】❶博山寺　故址在今江西廣豐西南，原名能仁寺，五代時天台韶國師開山，南宋紹興年間悟本禪師奉詔開堂，稼軒為記。❷人在四之中　意謂人在天、地、古、今四者之中。❸臭腐神奇俱盡二句　意謂世間萬物無別，同歸於消亡。《莊子・知北遊》：「故萬物一也。是其所美者為神奇，其所惡者為臭腐。臭腐復化為神奇，神奇復化為臭腐，故曰：通天下一氣耳。」白居易〈浩歌行〉：「賢愚貴賤同歸盡，北邙冢墓高嵯峨。」❹造物也兒童　意謂神奇萬能的造物主與天真幼稚的兒童等同。此句化用杜審言「造化小兒」語（見《新唐書・杜審言傳》）。❺談妙說虛空　佛教有妙法、妙理、妙心、妙悟、虛空界、虛空法身等稱說。妙有深妙、微妙、殊妙、不可言說、不可思議之義。虛空，無形無礙。虛空界，謂眼所見之大空。虛空法身，謂如來法身，通融三世，包括大千，一性圓明，遠離諸染。❻堆豗　困頓的樣子。歐陽脩〈清明前一日韓子華以靖節斜川詩見招遊李園〉：「三日不出門，堆豗類寒鴉。」❼答颯　懶散不振的樣子。《南史・鄭鮮之傳》載范泰責備鮮之曰：「卿與傅、謝俱從聖主有功關洛。卿乃居僚首。今日答颯，去人遼遠，何不肖之甚！」文同〈寄宇文公南〉：「懶對俗人常答颯，厭聞時事但盧胡。」❽龍鍾　老邁衰疲的樣子。❾有時三盞兩盞二句　李清照〈聲聲慢〉（尋尋覓覓）：「三杯兩盞淡酒，怎敵他、晚來風急。」蒙鴻，迷糊的樣子。❿一百八盤狹路　巫峽南陵山上路名。黃庭堅〈竹枝詞〉：「浮雲一百八盤縈，落日四十八渡明。」附跋云：「古樂府有『巴東三峽巫峽長，猿鳴三聲淚霑裳。』……予自荊州上峽入黔中，備嘗山川險阻，因作二疊，傳與巴娘，令以〈竹枝〉歌之。」陸游《入蜀記》：「二十四日早抵巫山縣。……隔江南陵山極高大，有路如線，盤屈至絕頂，謂之一百八盤。」⓫牆東　喻指退隱處。《後漢書・逢明傳》載王君公於亂世，「儈牛自隱」，時人稱之「避世牆東王君公。」庾信〈和樂儀同苦熱〉：「寂寥人事屏，還得隱墻東。」

【語　譯】鬢髮蒼白，牙齒脫落，您別笑我這個衰朽老翁。天地古今無窮盡，人居其中。神奇與臭腐，賢貴和愚賤，終歸消亡無不同，萬能的造物主，也如天真無知的兒童。佛祖更可笑，談說的都是玄妙虛空。　困頓枯坐，懶散漫步，老態龍鍾。有時三兩杯淡酒飲罷，昏醉迷蒙。過去的四十九年經歷，猶如一百八盤羊腸小路，而今拄杖退隱牆東。老年心境如何，正與年少時相同。

【研　析】這首詞作於淳熙十六年（西元一一八九年）。稼軒時年五十，閒居帶湖。

詞因「見者驚歎其老」，有感而作。起筆扣題而入，「頭白齒牙缺」，即令「見者驚歎」的老態，下句「衰翁」承前，「君勿笑」轉而啟後。「無窮」句以下，對古往今來，天地之間人的生存命運進行達觀的審視，一切的神奇、賢貴，抑或臭腐、愚賤，其命運同歸於消亡，造物亦如兒童天真幼稚的遊戲。如此說來，則佛教所謂妙法、妙理、妙悟、虛空界、虛空法身等，有故弄玄虛之嫌，未免可笑。

上片所言為稼軒的人生觀，體現出對於人之生命價值境遇的洞達和超然襟懷。下片轉言自身近況。「坐堆阤」三句，自述坐行立所顯示的衰老之態。身體衰老是無可奈何的自然規律，稼軒不以為懷，心境灑脫，不時喝上幾杯淡酒，享受其飄忽迷蒙的醉意。過去的人生歷程，猶如曲折盤繞的高山狹路，如今退居山間，拄杖回首，一種歷盡風雨之後的淡定平靜，有如少年時未歷人生風雨的無憂無慮，所謂「老境」「只與少年同」也。其實，人生老、少兩種境界，形似而神異，稼軒此言，見其超脫達觀，也不無戲謔自嘲的意味。詞以「衰翁」起筆，而以「少年」結筆，返老還童，諧趣中寄寓理趣。

水調歌頭

送楊民瞻❶

日月如磨蟻❷，萬事且浮休❸。君看簷外江水，滾滾自東流。風雨瓢泉❹夜半，花草雪樓❺春到，老子已菟裘❻。歲晚問無恙❼，歸計橘千頭❽。　夢連環❾，歌彈鋏❿，賦〈登樓〉⓫。黃雞白酒，君去村社一番秋⓬。長劍倚天誰問⓭，夷甫諸人堪笑⓮，西北有神州。此事君自了，千古一扁舟⓯。

【注釋】❶楊民瞻　名籍無考，寓居帶湖。韓淲〈和民瞻所寄〉云：「園居好在帶湖水，冰雪春須積漸消。」❷日月如磨蟻　言空中日月如磨盤上的螞蟻隨磨而轉。《晉書・天文志》引《周髀》云：「日月東行而天牽之以西沒，譬之蟻行磨石之上，磨左旋而蟻右去，磨急而蟻遲，故不得不隨磨以左旋焉。」❸萬事且浮休　言世間萬物自然生滅。且，本；自。《莊子・刻意》：「其生若浮，其死若休。」❹瓢泉　在鉛山縣（今屬江西）東，原名周氏泉，辛棄疾改名「瓢泉」。《江西通志》卷十一：「（鉛山縣）縣東二十五里，瓢泉，形如瓢，宋辛棄疾得而名之。」❺雪樓　疑為稼軒對其居所的自稱，借蘇軾東坡雪堂之名。此指瓢泉居所。❻老子已菟裘　言老夫已經隱退。菟裘，本春秋時魯國邑名，故址在今山東泗水縣。魯隱公曾在此營建宅第以便晚年退居（見《左傳》隱公十一年），後世遂借指告老退隱之所。❼歲晚問無恙　意謂若問我晚年是否安好。歲晚，年歲晚暮。恙，疾病。❽歸計橘千頭　用三國時丹陽太守李衡種橘典故言退隱之心。《襄陽耆舊傳》載丹陽太守李衡派人在武陵龍陽泛洲（在今湖南漢壽）建宅，種橘樹千株，以便身後留給兒子享用。❾夢連環　指夢還家。韓愈〈送張道士〉：「昨宵夢倚門，手取連環持。」魏懷忠《五百家注昌黎文集》卷二十一引孫汝聽曰：「持連環以示還意。」蓋連環、憐還，諧音雙關。❿歌彈鋏　戰國時齊國孟嘗君門客馮諼，初不為用，屢次彈鋏作歌曰「長鋏歸來乎！」（見《戰國策・齊策四》）⓫賦登樓　用漢末王粲〈登樓賦〉典故，言懷歸之意。《文選》五臣注曰：漢末時局動亂，王粲「避難荊州依劉表，遂登江陵城樓，因懷歸而有此作，述其進退危懼之情也」。賦中有云：「情眷眷而懷歸兮，孰憂思而可任。」⓬黃雞白酒二句　言楊民瞻歸去正逢山村秋社，酒熟雞肥。李白〈南陵別兒童入京〉：「白酒新熟山中歸，黃雞啄黍秋正肥。」⓭長劍倚天誰問　意謂無人關心抗金復國之事。宋玉〈大言賦〉：「方地為車，圓天為蓋，長劍耿耿倚天外。」⓮夷甫諸人堪笑　用西晉王衍等人清談誤國典故。王衍，字夷甫，琅邪臨沂（今屬山東）人，官至宰輔，不務國事，崇尚清談。《晉書・桓溫傳》載桓溫北伐，眺望中原，慨然曰：「遂使神州陸沉，百年丘墟，王夷甫諸人不得不任其責。」⓯千古一扁舟　用范蠡功成身退，泛舟五湖典故。史載范蠡輔佐越王句踐滅了吳國之後，攜帶珠玉財寶，泛海離去（見《史記・越王句踐世家》）。

【語　譯】日月旋轉，如磨盤上的螞蟻，萬物隨之生長消亡。你請看那門外江水，東流不息浩浩蕩蕩。夜半瓢泉如風雨瀟瀟，春來雪樓花草環抱，這是老夫我隱居的地方。若問我晚年是否安好，歸隱後只求把家小撫養。

你夢回故鄉，如馮諼懷歸而歌長鋏，似王粲思鄉而賦〈登樓〉。你的歸去，山村秋社，雞肥酒熟。仗劍報國無人問，清談似王衍等人太可笑，西北還有淪陷的神州。你自能成就恢復大業，功成之後如千古范蠡五湖泛舟。

【研　析】這首詞作於淳熙十六年或紹熙元年（西元一一八九或一一九〇年）。稼軒時年約五十，閒居帶湖。

稼軒閒居帶湖期間有九首詞作涉及楊民瞻，二人交遊多年，情誼深厚。本詞為送別楊民瞻返鄉之作。二人此次分別蓋後會難期，稼軒起筆語調遂頗為感慨。日月流轉，世事興衰，人間聚散自屬必然。筆意間寓有對離愁別怨的寬解。「君看」二句意脈承前，滾滾江流蕩盡別離愁緒，令人情懷激越，寄託對友人的期望和勉勵。「風雨」數句自述閒居生活。瓢泉之瀟瀟夜雨，雪樓之花草春芳，寄身其間，自得自樂。年歲晚暮，退歸山中，別無所求，只願家小生活無憂。此番言語既是對友人的臨別述懷，也是對友人惜別之情的寬慰，言外之意似謂「不必以我為念」。

上片所寫雖與送別情事關涉，但並未明示。過片點出友人返鄉，「彈鋏」、「登樓」二典故於思歸之情中蘊含懷才不遇之怨。「黃雞」二句點明離別時節，似亦暗示出友人歸家時親友歡聚情形。然而稼軒對友人別後另有期待，即望其仗劍報國，收復神州。因而詞筆轉到時局，譏刺朝臣反戰主和，不思恢復，勉勵友人立志抗金復國，成就大業。結束用范蠡功成身退典故，又補足前文言及歸家而未及盡言的家人天倫之樂。在稼軒看來，楊民瞻雄才遠略，身當神州淪陷之時，自應志圖恢復，待到功成身退，再盡享天倫。

詞為送別而作，卻不見離愁別怨，自述閒居情懷，自足自樂。別友贈言，多所勉勵。或謂楊民瞻為稼軒閒居帶湖時之得意門生（見辛更儒《辛棄疾研究》）。從本詞筆調看，楊為晚生後輩當無可置疑。

水調歌頭

送施樞密聖與❶帥江西。信之讖云：「水打烏龜石，方人也大奇。」❷「方人也」實「施」字❸。

相公倦台鼎❹，要伴赤松❺遊。高牙❻千里東下，笳鼓萬貔貅❼。試問東山風月，更著中年絲竹，留得謝公不❽？孺子宅邊水，雲影自悠悠❾。占古語，方人也，正黑頭❿。穹龜突兀⓫，千丈石打玉溪⓬流。金印沙堤時節⓭，畫棟珠簾雲雨⓮，一醉早歸休。賤子⓯親再拜，西北有神州。

【注釋】❶施樞密聖與　即施師點（西元一一二四—一一九二年），字聖與，上饒（今屬江西）人。淳熙十四年（西元一一八七年）除知樞密院事。紹熙二年（西元一一九一年）除知隆興府兼任江西安撫使。❷信之讖云三句　信州烏龜石的預言。信，信州（治所在今江西上饒）。讖，預言。烏龜石，《廣信府志》：「烏龜山，在上饒西南五里，一名五桂山。諺云：『水打烏龜石，信州出狀元。』」❸方人也實施字　「實施字」前原無「方人也」三字，茲從四卷本。❹相公倦台鼎　韓愈〈送鄭十校理〉：「相公倦台鼎，分正新邑洛。」古稱三公為台鼎，如星有三台，鼎有三足。❺赤松　指赤松子，傳說中的仙人。《史記・留侯世家》：「願棄人間事，欲從赤松子游耳。」❻高牙　大旗。❼貔貅　本指兩種猛獸，此喻猛士。徐珂《清稗類鈔・動物》：「貔貅，形似虎，或曰似熊，毛色灰白，遼東人謂之白熊。雄者曰貔，雌者曰貅，故古人多連舉之。」❽試問東山風月三句　謝安，字安石，陽夏（今河南太康）人，東晉名相。《晉書・謝安傳》載謝安出仕前寓居會稽，高臥東山（今浙江上虞西南）。又據《晉書・桓伊傳》，東晉孝武帝末年，謝安因功名盛極而遭好利陰險之徒諂害。孝武帝曾召桓伊宴飲，謝安侍坐。桓伊「撫箏而歌怨詩曰：『為君既不易，為臣良獨難。忠信事不顯，乃有見疑患。……』」謝安聽後「泣下沾衿」。中年絲竹，用《世說新語・言語》所載謝安、王羲之語意：「謝太傅語王右軍曰：『中年傷於哀樂，與親友別，輒作數日惡。』王曰：『年在桑榆，自然至此，正賴絲竹陶寫。恆恐兒輩覺，損欣樂之趣。』」絲竹陶寫，指奏樂抒懷。❾孺子宅邊水二句　王勃〈滕王閣詩序〉：「人傑地靈，徐孺下陳蕃之榻。」詩云：「閒雲潭影日悠悠，物換星移幾度秋。」徐穉，字孺子，東漢南昌（今屬江西）人。《世說新語・德行》「陳仲舉言為士則」條劉孝標注引謝承《後漢書》曰：「徐穉，字孺子，豫章南昌人。清妙高峙，超世絕俗。」又引袁宏《漢紀》曰：「蕃在豫章，為穉獨設一榻，去則懸之。」《太平寰宇記》卷一百六〈江南西道・洪州〉：「徐孺子宅在州東北三里。按《洞仙傳》云：孺子少有高節，追美梅福之德，仍於福宅東立宅。」❿正黑頭　用黑頭公典故，謂頭未白而位至公卿。晉臨沂令諸葛道明年輕而才識超群，丞相王導稱其「當為黑頭公」（見《世說新語・識鑒》）。⓫穹龜突兀　言烏龜山屹然矗立。⓬玉溪　指信江，源出懷玉山，故稱。⓭金印沙堤時節　指施氏知樞密院事。金印，指公卿官印。沙堤，唐代專為宰相通行車馬所鋪築的沙路。李肇《唐國史補》卷下：「凡拜相，禮絕班行，府縣載沙填路，自私第至子城東街，名曰沙堤。」⓮畫棟珠簾雲雨　言施氏赴任之地名勝滕王閣上所見雲飛雨飄景象。此截用王勃〈滕王閣〉詩句：「畫棟朝飛南浦雲，朱簾暮捲西山雨。」⓯賤子　自謙之稱。《漢書・遊俠傳・樓護》：「成都侯商，子邑，為大司空，貴重。商故人皆敬事邑，唯護自安如舊節。邑亦父事之，不敢有闕。時請召賓客，邑居樽下，稱賤子上壽。」顏師古注：「言以父禮事。」杜甫〈奉贈韋左丞丈二十二韻〉：「丈人試靜聽，賤子請具陳。」

【語譯】送施樞密聖與赴任江西安撫使。信州有讖言云：「水打烏龜石，方人也大奇。」「方人也」實為「施」字。

施公久居相位意倦怠，要伴赤松子飄然仙遊。大旗招展，千里東下，笳鼓齊鳴，千軍護守。試問東山的風月美景，更有慰藉中年易感情懷的絲竹之聲，能否把謝公挽留？徐孺子故居邊的江水中，雲影悠悠。古之讖語「方人也」，正顯宦而年壯。烏龜山矗立千丈，玉溪激流沖蕩。身佩金印，車馬專道，畫棟珠簾，雲飛雨飄，痛飲歡醉早歸休。我願再拜贈別言，西北是淪陷的神州。

【研析】這首詞作於紹熙二年（西元一一九一年）。稼軒時年五十二，閒居帶湖。

據葉適〈施師點神道碑〉、《宋史・施師點傳》，施氏淳熙十年（西元一一八三年）除端明殿學士、簽書樞密院事。十三年，權提舉國史院。十四年，除知樞密院事。十五年春，以資政殿大學士知泉州（今屬福建），除提舉臨安府洞霄宮，奉祠歸上饒。本詞即從施氏歸上饒起筆。「要伴赤松遊」，指提舉洞霄宮。「高牙」二句，言其出知泉州。「試問」三句言其奉祠歸上饒，不久又奉詔轉官。「留得謝公不」一問轉到送別題意。「孺子」二句用隆興往賢徐孺子典故，關合施氏赴任江西安撫使兼知隆興府，同時寄寓對其新任政績的美好祝願。

下片前六句皆從信州讖語申發。「方人也」二句言施氏年壯而貴顯。「穹龜」二句言送別之地，亦即「水打烏龜石」之景象，氣勢雄奇，預示「方人也大奇」，「金印沙堤」則堪為印證。此番筆墨暗示施氏當建立豐功偉業。然而接下呈現的畫棟珠簾、歡醉歸休場景，則與「方人也大奇」不甚相諧。稼軒有「施樞密聖與席上賦」〈定風波〉云：「神仙隊裏相公行。翠玉相挨呼小字，須記，笑簪花底是飛瓊。」可見施氏頗好聲色娛樂，此次前往滕王閣所在地任職，歡遊醉賞當可預見。時值神州淪陷，國恥未雪，施氏身當年壯位顯，自應以收復神州為志，而不可沉溺於宴遊歡醉。稼軒遂於詞作結末直言勸勉：不要忘記淪陷的西北神州。可謂曲終奏雅。

水調歌頭

題永豐❶楊少游提點❷一枝堂❸

萬事幾時足，日月自西東。無窮宇宙，人是一粟太倉中❹。一葛一裘經歲❺，一鉢一瓶終日，老子舊家風❻。更著一杯酒，夢覺大槐宮❼。

記當年，嚇腐鼠❽，歎冥鴻❾。衣冠神武門外，驚倒幾兒童❿。休說須彌芥子⓫，看取鵾鵬斥鴳，小大若為同⓬。君欲論齊物⓭，須訪一枝翁⓮。

【注　釋】❶永豐　縣名，治所在今江西廣豐。❷楊少游提點　楊少游，生歷不詳。提點，官名，疑指提點倉場司。宋各路設有提點刑獄公事，掌司法、刑獄等事務，簡稱提刑；又有提點倉場司，掌糧倉、草場等事務。❸一枝堂　當為楊氏所建堂名。據稼軒詞意，此名當取自《莊子・逍遙遊》語：「鷦鷯巢於深林，不過一枝。」❹無窮宇宙二句　言人在茫茫無際的宇宙間，猶如大糧倉中一粒粟。王勃〈滕王閣詩序〉：「天高地迥，覺宇宙之無窮。」《莊子・秋水》：「計四海之在天地之間也，不似礨空之在大澤乎？計中國之在海內，不似稊米之在太倉乎？號物之數謂之萬，人處一焉。人卒九州穀食之所生，舟車之所通，人處一焉。此其比萬物也，不似毫末之在於馬體乎？」❺一葛一裘經歲　言夏葛冬裘，生活簡樸而任真自然。張九成〈謫居賦〉：「夏葛冬裘兮何用美，飢食渴飲兮無求備。」朱熹〈答范伯崇〉：「夏葛冬裘，飢食渴飲，豈有一毫人為加乎其間哉？隨時而已。」❻一鉢一瓶終日二句　借佛家語自喻清貧閒居生涯。《五燈會元》卷八〈保福展禪師法嗣〉：「問如何是和尚家風？師曰：一缾兼一鉢，到處是生涯。」❼更著一杯酒二句　用南柯一夢典故，言人間富貴如夢。唐李公佐〈南柯太守傳〉載淳于棼醉於大槐樹下，夢至大槐安國，被招為駙馬，擢任南柯郡太守，居官三十年，享盡榮華富貴。後為檀蘿國所敗，公主病卒，失寵被奪官遣還故里。夢醒，見大槐樹下有大蟻穴，南枝上有一穴，分別為夢中槐安國都及南柯郡。❽嚇腐鼠　喻官場名利爭奪。《莊子・秋水》：「夫鵷鶵發於南海而飛於北海，非梧桐不止，非練實不食，非醴泉不飲。於是鴟得腐鼠，鵷鶵過之，仰而視之曰：『嚇！』」❾冥鴻　高飛的鴻雁。揚雄《法言・問明》：「鴻飛冥冥，弋人何篡焉？」吳祕注：「樂聖高邁，小人安能制之？」❿衣冠神武門外二句　言掛冠退歸，兒輩驚倒。神武門，《南史・陶弘景傳》載弘景少年即為諸王侍讀，身居顯貴。「永明十年，脫朝服挂神武門，上表辭祿，詔許之」。稼軒〈菩薩蠻〉：「稼軒日向兒童說：帶湖買得新風月。頭白早歸來。」⓫須彌芥子　喻世間萬物，小大相容，圓通無別。《維摩詰所說經・不思議品》：「菩薩信是解脫者，以須彌之高廣，內芥子中，無所增減。」須彌，佛教傳說之須彌山。⓬看取鵾鵬斥鷃二句　意謂物之大、小，齊同在於各適其性。《莊子・逍遙遊》：「窮髮之北，有冥海者，天池也。有魚焉，其廣數千里，未有知其修者，其名為鯤。有鳥焉，其名為鵬，背若泰山，翼若垂天之雲，摶扶搖羊角而上者九萬里，絕雲氣，負青天，然後圖南，且適南冥也。斥鴳笑之曰：『彼且奚適也？我騰躍而上，不過數仞而下，翱翔蓬蒿之間，此亦飛之至也。而彼且奚適也？』此小大之辨也。」若為，若何；如何。⓭齊物　萬物齊一。《莊子・齊物論》闡述此說。⓮一枝翁　指一枝堂主楊少游。

【語　譯】世事變幻不止，日月西落東升自往復。人在無窮宇宙，有如大糧倉中一粒粟。夏葛冬裘年復年，清茶淡飯日繼日，老夫家風依舊。杯酒更相伴，富貴榮華皆大槐樹下醉夢遊。　當年身處名利爭鬥之官場，歎賞鴻雁高飛入雲。掛冠歸來，兒輩驚疑難信。別說須彌與芥子，且看大鵬和鷃雀，小大之間如何齊同。君欲論辯萬物一齊，當去拜訪一枝翁。

【研析】這首詞疑作於紹熙二年（西元一一九一年）。稼軒時年約五十二，閒居帶湖間遊永豐。

《莊子．逍遙遊》謂「堯讓天下於許由」，許由拒之，云：「鷦鷯巢於深林，不過一枝；偃鼠飲河，不過滿腹。歸休乎君，予無所用天下為。」郭象注曰：「性各有極，苟足其極，則餘天下之財也。」楊少游堂名「一枝」，稼軒為之題詞，立意即在任性自足、安時處順。起筆四句言世事無盡，時空無限，人居其間，如太倉之一粟。此為概觀人處世間之情形背景，而太倉之一粟，喻意亦如深林之一枝，暗合「一枝堂」之題意。「一葛」句以下自述「舊家風」，即退居帶湖十年來之生活風貌，展現出安貧而自足、任性而灑脫情懷，杯酒醉遊，視富貴如夢幻浮雲。其一葛一裘、一鉢一瓶，同樣印合「一枝」之意。

過片回顧退歸之前仕宦情景。「嚇腐鼠」二句，寓託當年身處官場名利爭鬥之中，期盼能如鴻雁自由高飛。「衣冠」二句言掛冠而歸情形，承「歎冥鴻」，即擺脫官場爭鬥、追求任性自適之舉。「休說」以下以佛、道旨趣寄託對人生世事的洞達情懷。北宋晁迥《法藏碎金錄》卷三云：「予詳《華嚴經》，大意明法性圓通，無所不至。如教中說須彌納芥子，芥子納須彌之義，蓋言大無不包，細無不入者也。嘗試論之，譬如含識之靈，流轉受生，先為鯤鵬，非隨其形而增大，後為蟭螟，非隨其形而減小，本性元一不變，易而分洪纖也。」此從佛家所言「法性」而論，亦可與莊子「齊物」說相通，所謂「萬物一齊」、「道通為一」。稼軒故以莊子鵾鵬、斥鷃之寓言與佛家須彌芥子之喻相提並論。末二句「論齊物」三字歸結一枝堂之寓意，「一枝翁」三字關合詞題，收束切當。

水調歌頭

王子❶三山被召，陳端仁❷給事❸飲餞席上作

長恨復長恨，裁作〈短歌行〉❹。何人為我楚舞，聽我楚狂聲❺。余既滋蘭九畹，又樹蕙之百畝，秋菊更餐英❻。門外滄浪水，可以濯吾纓❼。一杯酒，問何似，身後名❽。人間萬事，毫髮常重泰山輕❾。悲莫悲生離別，樂莫樂新相識，兒女古今情❿。富貴非吾事，歸與白鷗盟⓫。

【注釋】❶王子　即紹熙三年（西元一一九二年）。❷陳端仁　名峴，閩縣（治所在今福建閩侯）人。紹興二十七年（西元一一五七年）進士及第。❸給事　給事中之省稱，宋建炎後為門下後省長官，掌審讀詔旨制敕。陳峴淳熙年間曾任其職。陳傅良《止齋集》卷十三〈正議大夫充顯謨閣待制提舉江州太平興國宮陳峴磨勘轉正奉大夫〉有云「以夕郎之官，踐更於州組」，「夕郎之官」指給事中。《宋史・張說傳》載說淳熙七年卒，「帝猶念之，詔復承宣使。給事中陳峴繳之，乃止」。❹長恨復長恨二句　鮑照〈東門行〉：「長歌欲自慰，彌起長恨端。」短歌行，漢樂府相和曲名，此借指本詞。❺何人為我楚舞二句　意謂欲放懷狂歌而無人傾聽。此借用漢高祖對戚夫人語：「為我楚舞，吾為若楚歌。」（《史記・留侯世家》）楚狂聲，《論語・微子》：「楚狂接輿歌而過孔子，曰：『鳳兮鳳兮，何德之衰！往者不可諫，來者猶可追。已而已而，今之從政者殆而。』」皇甫謐《高士傳》卷上：「陸通，字接輿。楚人也。好養性，躬耕以為食。楚昭王時，通見楚政無常，乃佯狂不仕，故時人謂之楚狂。」❻余既滋蘭九畹三句　意謂已準備好退歸林泉。此用屈原〈離騷〉語：「余既滋蘭之九畹兮，又樹蕙之百畝」、「朝飲木蘭之墜露兮，夕餐秋菊之落英」。九畹，泛言其多。畹，十二畝。❼門外滄浪水二句　喻山林閒居生涯。《孟子・離婁上》：「孺子歌曰：『滄浪之水清兮，可以濯我纓。滄浪之水濁兮，可以濯我足。』」滄浪，原指漢水，此指清澈的水流。纓，冠帶。❽一杯酒三句　意謂追求身後美名佳譽，不如生前暢飲歡醉。此用西晉張翰語：「使我有身後名，不如即時一杯

酒。」（《世說新語・任誕》）❾人間萬事二句　意謂世俗處事，輕重顛倒。此用《莊子・齊物論》語意：「天下莫大於秋毫之末，而太山為小。」❿悲莫悲生離別三句　借兒女深情喻知友情誼。《楚辭・九歌・少司命》：「悲莫悲兮生別離，樂莫樂兮新相知。」王逸章句：「人居世間，悲哀莫痛與妻子生別離。……言天下之樂，莫樂於男女始相知之時也。」⓫富貴非吾事二句　意謂富貴與我無關，歸隱山林才是我的願望。陶淵明〈歸去來兮辭〉：「富貴非吾願。」黃庭堅〈登快閣〉：「萬里歸船弄長笛，此心吾與白鷗盟。」稼軒有〈水調歌頭・盟鷗〉云：「凡我同盟鷗鷺，今日既盟之後，來往莫相猜。」

【語　譯】心中無盡的憂憤悵恨，吟成〈短歌行〉一曲。何人能聽我放懷狂歌，為我翩然起舞。我已栽下大片的澤蘭，又種上大量的零陵香，秋菊花瓣更是我的美餐。門前溪流清澈，我的冠帶可在清水中洗浣。試問身後的聲名，怎能和生前的痛飲醉歡相比。人間萬事，毫髮常顯重大，泰山卻變得輕微。最令人悲哀的事，莫過於和妻子的別離，最快樂的事，莫過於男女初次相識。這是古今永恆的兒女真情。富貴不是我的志向，願歸山林與白鷗交盟。

【研　析】這首詞作於紹熙三年（西元一一九二年）冬。稼軒時年五十三，在福建提刑任上被召入朝。

稼軒是年春離開閒居十年的帶湖，出任福建提刑。在任議讞決獄從厚，馭吏以嚴，頗有佳績。但因安撫使林枅對提刑司多所干預，二人不睦。八月，林病卒，稼軒兼任安撫使。以資歷才能而論，稼軒可名正言順接任此職，但兼任數月後，被召入朝，明年秋，再以集英殿修撰出知福州兼福建安撫使。此番曲折，令人揣度稼軒此前福建任職行事或招致某些朝臣非議，令其重又感受到官場之艱險，雖有作為，遂再生歸念。本詞為留別友人，實可謂借友人餞別之酒自澆塊壘。

陳峴時罷職家居多年，與稼軒此前帶湖閒居相類，詞作落筆四句即在知音相惜之情態中抒發內心鬱積的怨憤，「楚狂聲」三字總攝全詞。然而「長恨」之緣由卻難以言表，其「楚狂聲」所言不在此，而在以狂放灑落之舉擺脫心中「長恨」。回歸帶湖，滋蘭樹蕙，餐菊濯纓，寄情山水清境，即可擺脫「長恨」。

下片所言即謂身後名不如杯酒盡興，人世真情為重而功名富貴為輕，而俗世之念常輕重顛倒，「毫髮常重泰山輕」。此番言論堪作上片所謂「滋蘭九畹」云云之注腳，「悲莫悲」三句關合留別友人之情。末二句歸結全詞旨趣，照應上片所述回歸帶湖之願。

全詞格調可以「楚狂聲」為評，其筆法上尤堪稱道的是，整首詞幾乎全由前人成句故實聯綴熔鑄而成，卻略無拘泥之態，旨趣鮮明，意脈流貫，足見稼軒之詞筆確如劉辰翁所言：「橫豎爛漫，乃如禪宗棒喝，頭頭皆是。」（〈辛稼軒詞序〉）

水調歌頭

三山❶用趙丞相❷韻，答帥幕王君❸，且有感於中秋近事❹，並見之末章

說與西湖❺客，觀水更觀山。淡粧濃抹西子❻，喚起一時觀。種柳人今天上❼，對酒歌翻〈水調〉，醉墨捲秋瀾❽。老子興不淺，歌舞莫教閑❾。看尊前，輕聚散，少悲歡。城頭無限今古，落日曉霜寒。誰唱黃雞白酒❿，猶記紅旗清夜，千騎月臨關⓫。莫說西州路⓬，且盡一杯看⓭。

【注釋】❶三山　指福州（今屬福建），因城中有九仙山、閩山、越王山三山，故稱。❷趙丞相　指趙汝愚（西元一一四〇—一一九六年），字子直，饒州餘干（今屬江西）人。紹熙二年（西元一一九一年）召為吏部尚書，四年遷知樞密院事，五年拜右丞相。❸帥幕王君　不詳。帥幕，帥府幕僚。❹中秋近事　據詞作下片（詞題所云「末章」）推斷，蓋指被彈劾罷任之事。《宋會要輯稿》七三之五八：「紹熙五年七月二十九日，知福州辛棄疾放罷，以臣僚言其殘酷貪饕，姦贓狼藉。」《淳熙三山志》卷二十二〈郡守〉載：紹熙五年，「八月辛棄疾罷。」❺西湖　在福州城西。《淳熙三山志》卷四：「西湖，舊記在州西三里。偽閩時湖周回十數里，築室其上，號水晶宮。其後盡為民田。淳熙十年，待制趙公汝愚奏請興復開濬，而朝廷從之。今盡復舊制。」❻淡粧濃抹西子　借用蘇軾詠杭州西湖句：「欲將西湖比西子，淡粧濃抹總相宜。」（〈飲湖上初晴後雨〉）西子，春秋時越國美女西施。❼種柳人今天上　意謂趙汝愚如今在朝廷任職。種柳人，指趙汝愚。劉光祖〈宋丞相忠定趙公

墓誌銘〉載趙汝愚帥福建時「濬西湖使與南湖通，築長堤，植杉柳，創六閘堰，以時瀦泄，遂為一方永久之利。」林淳〈水調歌頭‧次趙帥開西湖韻〉：「疏水遶城郭，農利遍三山。」「楊柳繞堤綠暗，幽鳥語間關。」❽對酒歌翻水調二句　自述用趙汝愚詞韻，揮毫醉賦〈水調歌頭〉。翻，依曲譜製新詞。❾老子興不淺二句　意謂老夫我興致不淺，歌舞莫要停息。此處用東晉庾亮夜登南樓典故。《世說新語‧容止》載庾亮守武昌時，「秋夜氣佳景清」，殷浩、王胡之等佐吏登南樓吟賞，見庾亮至，欲避去。亮曰：「諸君少住，老子於此處興復不淺。」與諸人吟詠談笑。❿黃雞白酒　代指隱居山中。李白〈南陵別兒童入京〉：「白酒新熟山中歸，黃雞啄黍秋正肥。」⓫猶記紅旗清夜二句　指去年秋以朝散大夫集英殿修撰知福州兼福建安撫使。紅旗、千騎，指州府帥守儀仗。漢樂府〈陌上桑〉中羅敷稱其婿「四十專城居」，「東方千餘騎，夫婿居上頭」稼軒〈好事近〉〈綵勝鬥華燈〉有云：「喚取雪中明月，伴使君行樂」、「紅旗鐵馬響春冰」。⓬西州路　用謝安入西州門感慨歸隱未遂典故。《晉書‧謝安傳》載謝安雖見重於朝而退隱之心不渝。出鎮廣陵之步丘，病重還都，「聞當輿入西州門，自以本志不遂，深自慨失」。西州，故址在今江蘇南京朝天宮西。⓭看　語氣助詞，有嘗試之義。柳永〈滿江紅〉（萬恨千愁）：「待到頭、終久問伊看，如何是。」

【語　譯】告訴那些西湖遊客，觀賞完清麗的湖水，再遊賞那蒼翠的群山。如淡妝、濃抹兩西施，招來供遊人一時觀覽。種柳人如今在京城，把酒賦〈水調〉，揮灑翰墨似秋瀾翻騰。老夫我興致昂然，歡歌曼舞莫停斷。且重眼前杯酒，看淡離合聚散，莫要憂喜悲歡。城頭歷經無限滄桑，落日西下，曉霜侵寒。誰唱黃雞白酒，依然記得那清風朗月之夜，紅旗招展，千騎臨關。不必談論仕歸隨心與否，姑且把杯暢飲盡歡。

【研　析】這首詞作於紹熙五年（西元一一九四年）秋。稼軒時年五十五，知福州任上被彈劾罷官，將離任而歸。

淳熙十年（西元一一八三年），福州知州趙汝愚奏請疏濬西湖，功成賦詞〈水調歌頭〉，林淳有〈水調歌頭‧次趙帥開西湖韻三首〉。淳熙十二年，趙氏移鎮成都，蔡戡賦〈水調歌頭‧送趙帥鎮成都〉用其韻。可見興復西湖為趙氏知福州之標誌性政績，功成作樂，其題詠西湖之詞遂傳誦一時。十年後，稼軒再用其韻作〈水調歌頭〉答「帥幕王君」，起筆即向遊客推賞西湖山光水色，可以媲美蘇軾筆下的杭州西湖：「欲將西湖比西子，淡粧濃抹總相宜。」蘇軾知杭州時也曾疏濬西湖，造福百姓。因而兩相媲美，寄寓對趙氏的讚譽，下句「種柳人」即顯露此意，「天上」則切合趙氏新任右丞相。「對酒」四句，自述西湖之上揮毫賦詠，歌舞歡賞。林淳次韻詞作云「化出玉壺境界，揮灑錦囊詞翰，筆下湧波瀾」、「養花天氣，雲柔烟膩護朝寒」，知趙汝愚原詞作於春季，稼軒詞云「捲秋瀾」，非指趙氏當年題詠西湖，而是自言今日醉賞揮毫之意興，但情形相仿，筆墨間依然透露出對趙氏當年政績的讚賞。

下片抒發人生世事之感，即因「中秋近事」而發。過片「看尊前」句承上啟下，與「輕聚散」二句意脈相貫，以杯酒之樂消融人生悲歡離合。「城頭」二句，洞達古往今來，物換星移，世事遷轉無盡。由此反觀人生聚散離合、仕隱進退，實不必為之心生悲歡憂樂。一年前的奉命赴任情景記憶猶新，如今罷職將重歸山中。回想此番出山或不免有謝安「入西州門，自以本志不遂」之慨歎，好在事已結束，即將歸退，自不必如謝安因歸隱未遂而悵歎。且世事變幻，出處行藏實難自主，隨心抑或違意，亦不必多說，所當珍重的是眼前的杯酒盡歡，即詞作結末所云：「莫說西州路，且盡一杯看。」

全詞情調略無仕宦失意之感，見出稼軒洞達仕宦沉浮的瀟落豁達情懷。

水調歌頭

將遷新居❶不成，有感❷，戲作。時以病止酒，且遣去歌者，末章❸及之。

我亦卜居者，歲晚望三閭❹。昂昂千里，泛泛不作水中鳧❺。好在書攜一束❻，莫問家徒四壁❼，往日置錐無❽？借車載家具，家具少於車❾。

舞烏有，歌亡是，飲子虛❿。二三子者⓫愛我，此外故人疏⓬。幽事⓭欲論誰共？白鶴飛來似可，忽去復何如？眾鳥欣有託，吾亦愛吾廬⓮。

【注　釋】❶新居　指瓢泉新居。〈南歌子・瓢泉偶作〉有云「新葺茅簷次第成」、「病怯杯盤甘止酒」。❷有感　原無，茲從四卷本。❸末章　指詞作下片。❹我亦卜居者二句　《楚辭・卜居》王逸章句：「〈卜居〉者，屈原之所作也。……卜已居世，何所宜行，冀聞異策以定嫌疑，故曰卜居也。」三閭，指楚國三閭大夫（掌王族三姓昭、屈、景）屈原。❺昂昂千里二句　《楚辭・卜居》：「寧昂昂若千里之駒乎？將氾氾若水中之鳧乎？與波上下，偷以全吾軀乎？」王逸章句：昂昂，「志行高也」。氾氾，「普愛眾也」，即從眾隨俗。氾氾，同「泛泛」。鳧，野鴨。❻好在書攜一束　意謂有書相伴，堪為幸事。韓愈〈示兒〉：「始我來京師，止攜一束書。」一束，一包。❼家徒四壁　喻家境貧寒。《史記・司馬相如列傳》：「文君夜亡奔相如。相如乃與馳歸，家居徒四壁立。」❽往日置錐無　意謂往日無立錐之地。《史記・滑稽列傳》載楚相孫叔敖死後，「其子無立錐之地，貧困負薪以自飲食。」❾借車載家具二句　意謂家具甚少，此用孟郊〈借車〉詩句：「借車載家具，家具少於車。」❿舞烏有三句　烏有、亡是、子虛，原為司馬相如〈子虛賦〉中虛構的人物，後借指虛無。《史記・司馬相如列傳》云：「相如以子虛，虛言也，為楚稱。烏有先生者，烏有此事也，為齊難。無是公者，無是人也，明天子之義。故空藉此三人為辭，以推天子諸侯之苑囿，其卒章歸之於節儉，因以風諫。」⓫二三子者　指二三親友，《論語・述而》：「吾無行而不與二三子者，是丘也。」⓬故人疏　孟浩然〈歲暮歸南山〉：「不才明主棄，多病故人疏。」⓭幽事　指山水清幽之趣。杜甫〈北征〉：「青雲動高興，幽事亦可悅。」⓮眾鳥欣有託二句　此用陶潛〈讀山海經〉詩句：「眾鳥欣有託，吾亦愛吾廬。」

【語　譯】將要遷入新居而未成，頗有感觸，戲筆賦詞。近日因病戒酒，並且遣走了歌伎，詞末言及。

我也是問卜處世之人，歲暮遙想楚國的三閭大夫。志行高遠如千里駿馬，不學水中野鴨，隨眾從俗。好在攜有書卷相伴，不用過問往日曾否家徒四壁，有無立錐之地？借來車輛運載家具，家具甚少而車輛多餘。歌兒舞女不再有，杯酒也成虛。兩三個身邊人關愛我，此外的朋友漸生疏。山水林泉之趣，誰來相談共賞？白鶴飛來，似乎可與相敘同享，可為何又突然離去？群鳥欣喜，身有所託，我也喜愛我的新居。

【研　析】此詞作於慶元二年（西元一一九六年）。稼軒時年五十七，閒居帶湖。

稼軒瓢泉新居，從卜築到落成，都有詞作。其「再到期思卜築」所作〈沁園春〉云：「平章了，待十分佳處，著個茅亭。」〈浣溪沙・瓢泉偶作〉云：「新葺茅簷次第成，青山恰對小窗橫。」〈蘭陵王〉云：「一丘壑，老子風流占卻。茅簷上，松月桂雲，脈脈石泉逗山腳。」言語間見出稼軒對新居山水林泉之趣的喜愛。如今「將遷新居不成」，自不免心生遺憾，然早晚必將遷入新居，則此憾實無必要，故詞序云「有感，戲作」。

稼軒感觸從卜居、遷居生發，因卜居瓢泉而借《楚辭・卜居》自喻高遠脫俗情志；因遷居而自嘲家貧。韓愈〈示兒〉云：「始我來京師，止攜一束書。辛勤三十年，以有此屋廬。……嗟我不修飾，事與庸人俱。安能坐如此，比肩於朝儒。詩以示兒曹，其無迷厥初。」意在教誨兒曹不要忘本，辛勤努力才能出人頭地。稼軒反其意而謂「好在書攜一束」，又以「莫問」引出家徒四壁、置錐無地、家具少於車之貧窮家境，筆調語氣中充溢著安貧樂道的超然灑脫情懷。

遣去歌兒舞女，或許也因家貧。〈浣溪沙・瓢泉偶作〉云：「夜來依舊管弦聲。」如今則是「舞烏有，歌亡是」。貧病纏身，罷歌戒酒，故人疏遠，白鶴飛來復去，林泉清幽之趣無與共享，心中或不免悵然若失，然而眾鳥欣然棲身於林間，似乎令稼軒頓然感悟到陶淵明的田園閒居之樂，情調重又歸結於安貧樂道。

詞作起筆明志，以「昂昂千里」之高遠情懷統攝全詞，面對客觀處境上的貧病、孤寂而呈現出灑脫欣然，更見出稼軒窮而彌堅的清雅高潔。

水調歌頭

趙昌父[1]七月望日[2]用東坡韻[3]敘太白、東坡事見寄，過相褒借[4]，且有秋水[5]之約。八月十四日，余臥病博山寺中[6]，因用韻為謝，兼寄吳子似[7]。

我志在寥闊，疇昔夢登天[8]。摩挲素月，人世俛仰已千年[9]。有客驂鸞並鳳[10]，云遇青山赤壁[11]，相約上高寒[12]。酌酒援北斗[13]，我亦蝨其間[14]。

少歌[15]曰：「神甚放，形則眠。鴻鵠一再高舉，天地睹方圓[16]。」欲重歌兮夢覺，推枕惘然獨念[17]：人事底虧全[18]？有美人可語，秋水隔娟娟[19]。

【注　釋】❶趙昌父　名蕃（西元一一四三—一二二九年），號章泉，鄭州（今屬河南）人，南渡居信州玉山（今屬江西上饒）。有詩名，與韓淲（號澗泉）並稱「上饒二泉」。❷望日　舊曆指每月十五日。❸東坡韻　指蘇軾〈水調歌頭〉（明月幾時有）詞韻。❹褒借　褒獎。❺秋水　稼軒瓢泉居所一堂名。❻余臥病博山寺中　原無「余」字，茲從四卷本。博山寺，故址在今江西廣豐西南，原名能仁寺，五代時天台韶國師開山，南宋紹興年間悟本禪師奉詔開堂，稼軒為記。❼吳子似　子似又作子嗣，名紹古，鄱陽（治所在今江西鄱陽）人。慶元四年（西元一一九八年）始任鉛山縣尉。❽我志在寥闊二句　寥闊，指高遠的天空。疇昔，往昔。《楚辭・九章・惜誦》：「昔余夢登天兮，魂中道而無杭。」❾摩挲素月二句　言撫摸明月，俯仰之間，人世已歷千年。❿驂鸞並鳳　乘鸞駕鳳。並，依傍。李白〈夢遊天姥吟留別〉：「虎鼓瑟兮鸞回車，仙之人兮列如麻。」⓫青山赤壁　指李白、蘇軾。李白墓在當塗（今屬安徽）青山。蘇軾謫居黃州（治所在今湖北黃岡）時，曾於七月既望（十六日），與客夜遊赤壁，作〈赤壁賦〉。⓬高寒　指月宮。蘇軾〈水調歌頭〉（明月幾時有）：「又恐瓊樓玉宇，高處不勝寒。」⓭酌酒援北斗　拿北斗星斟酒。《楚辭・九歌・東君》：「援北斗兮酌桂漿。」⓮蝨其間　言附隨其中。韓愈〈瀧吏〉：「得無蝨其間，不武亦不文。」⓯少歌　小唱低吟。《楚辭・九歌・抽思》有「少歌曰」，王逸章句：「小唫謳謠以樂志也。」⓰鴻鵠一再高舉二句　言鴻鵠再次高飛，視野籠罩天地。賈誼〈惜誓〉：「黃鵠之一舉兮，知山川之紆曲；再舉兮，睹天地之圜方。」⓱欲重歌兮夢覺二句　意謂想再唱一遍時夢醒了，推開枕頭，悵然沉思。蘇軾〈水龍吟〉（小舟橫截春江）：「推枕惘然不見，但空江月明千里。」⓲人事底虧全　言人間之事為何圓滿殘缺。蘇軾〈水調歌頭〉（明月幾時有）：「人有悲歡離合，月有陰晴圓缺，此事古難全。」⓳有美人可語二句　美人，喻趙昌父。娟娟，姿態柔美的樣子。原作「嬋娟」，茲從四卷本。杜甫〈寄韓諫議〉：「美人娟娟隔秋水，濯足洞庭望八荒。」

【語　譯】趙昌父七月十五日用蘇軾〈水調歌頭〉（明月幾時有）詞韻，取李白、蘇軾事跡賦詞相贈，褒獎過分，並相約秋水堂相聚。八月十四日，我臥病於博山寺，因和其韻作詞酬謝，兼寄吳子似。

我志向高遠，往昔曾夢飛九天。撫摸明月，俯仰之間人世已過千年。仙人乘鸞駕鳳，說遇到太白、東坡，相約入月宮。手持北斗酌美酒，我也叨陪其中。　低唱道：「神魂飛翔，形體酣眠。鴻鵠再次高飛，覽盡地方天圓。」意欲重唱而夢醒，推枕悵然獨思量：人生何故有缺殘？曼妙佳人可相敘，卻被秋水阻斷。

【研　析】這首詞大略作於慶元五年（西元一一九九年）。稼軒時年約六十，閒居瓢泉。

據詞序所述，趙昌父贈詞蓋以太白、東坡相稱譽，稼軒遂謂其「過相褒借」，但這首和答詞作顯然有太白、東坡之風調，令人想到李白夢遊「勢拔五嶽掩赤城」的天姥山而遇「虎鼓瑟兮鸞回車，仙之人兮列如麻」（〈夢遊天姥吟留別〉），「西上蓮花山，迢迢見明星。素手把芙蓉，虛步躡太清。霓裳曳廣帶，飄拂昇天行。邀我登雲臺，高揖衛叔卿。恍恍與之去，駕鴻凌紫冥」（〈古風〉十九），以及蘇軾中秋之夜神飛月宮：「不知天上宮闕，今夕是何年？我欲乘風歸去，又恐瓊樓玉宇，高處不勝寒」（〈水調歌頭〉）。稼軒此類詞筆並不多見，蓋亦迎合昌父贈詞而有意為之。

詞作主體為記夢，即描述「疇昔夢登天」之情形。起筆「我志在寥闊」一句，豪情超邁，或因昌父之詞勾起對當年「壯歲旌旗擁萬夫」（〈鷓鴣天〉）的回憶，進而重溫往昔登天之夢：撫明月，遇仙客，隨太白、東坡同入月宮，北斗為觴，歡醉低唱。所歌「神甚放」四句，堪稱對此登天之夢的總括，亦標示夢之結束。夢中醒來，推枕悵然，亦如李白夢遊天姥，「忽魂悸以魄動，怳驚起而長嗟。惟覺時之枕席，失向來之烟霞。」李白嗟歎之後感悟到「古來萬事東流水」（〈夢遊天姥吟留別〉）；稼軒則對人生圓缺之由感到疑惑不解，不及東坡「人有悲歡離合，月有陰晴圓缺，此事古難全」之豁達。這依然透露出其壯志未酬白髮生的怨憤之情。如此情懷，正合知友相聚傾談，然自身臥病博山寺，未能踐赴秋水堂之約。結末「有美人」二句即言此意，而其妙用杜甫詩句，雖不無雅謔之趣，卻亦表現出對「秋水之約」的神往以及因病不能踐約的遺憾之情，其筆調情韻又與前述夢境相協調，堪稱精當而有妙趣。

水調歌頭

題趙晉臣敷文❶真得歸❷、方是閑❸二堂

十里深窈窕❹，萬瓦碧參差❺。青山屋上，流水屋下綠橫溪。真得歸來笑語，方是閑中風月，剩費酒邊詩。點檢笙歌了，琴罷更圍棋。

王家竹❻，陶家柳❼，

謝家池❽。知君動業未了，不是枕流❾時。莫向癡兒說夢❿，且作山人索價⓫，頗怪鶴書⓬遲。一事定嗔我，已辦〈北山移〉⓭。

【注　釋】❶趙晉臣敷文　即趙不迂，字晉臣。趙宋宗室。紹興二十四年（西元一一五四年）進士。中奉大夫，直敷文閣學士。❷真得歸　黃庭堅〈題歸去來圖〉：「日日言歸真得歸，迎門兒女笑牽衣。」❸方是閑　《苕溪漁隱叢話》前集卷三十九引《遯齋閒覽》：「予嘗於驛壁見人題兩句云：『謀生待足何時足，未老得閒方是閒。』」吳芾有詩題云：「僕平日聞有『此生待足何時足，未老得閒方是閒』之句，每嘆服之，恨不知作者姓名。一日與魯漕話次，方聞此詩乃福唐余倅所作。」《湖山集》卷七）❹窈窕　深遠的樣子。❺萬瓦碧參差　言屋頂碧瓦錯落鋪展。謝朓〈晚登三山還望京邑〉：「白日麗飛甍，參差皆可見。」韓愈〈即席〉：「曲沼溶溶泮盡澌，暖烟籠瓦碧參差。」❻王家竹　東晉王徽之（字子猷）性愛竹，《世說新語・任誕》載其「嘗暫寄人空宅住，便令種竹。或問：『暫住何煩爾？』王嘯詠良久，直指竹曰：『何可一日無此君。』」❼陶家柳　陶淵明自號五柳，作〈五柳先生傳〉云：「先生不知何許人也，亦不詳其姓字。宅邊有五柳樹，因以為號焉。」❽謝家池　謂謝靈運樓前池塘。謝靈運〈登池上樓〉有名句：「池塘生春草，園柳變鳴禽。」❾枕流　指閒居林泉。《世說新語・排調》：「孫子荊年少時欲隱，語王武子『當枕石漱流』，誤曰『漱石枕流』。王曰：『流可枕，石可漱乎？』孫曰：『所以枕流，欲洗其耳；所以漱石，欲礪其齒。』」❿莫向癡兒說夢　意謂別有寓意之言不要對癡愚之人陳說。對癡人說夢，宋時習用諺語。黃庭堅〈書陶淵明責子詩後〉：「觀淵明之詩，想見其人豈弟慈祥，戲謔可觀也。俗人便謂淵明諸子皆不肖，而淵明愁歎見於詩。可謂癡人前不得說夢也。」程大昌《雍錄》卷七有云「是諺語謂『對癡人說夢』者也」。⓫山人索價　意謂隱居而待機出仕。唐李渤刻志於學，隱居少室山，元和年間先後兩次拒絕左拾遺之詔命，後因韓愈致書相勸，出居洛陽，始入仕途。韓愈〈寄盧仝〉云：「少室山人索價高，兩以諫官徵不起。」⓬鶴書　又名鶴頭書，指皇帝徵聘之詔書。《文選》卷四十三孔稚珪〈北山移文〉：「及其鳴騶入谷，鶴書赴隴；形馳魄散，志變神動。」李善注引蕭子良《古今篆隸文體》曰：「鶴頭書與偃波書，俱詔板所用，在漢則謂之尺一簡，髣髴鵠頭，故有其稱。」⓭北山移　指孔稚珪〈北山移文〉。此文譏刺周顒身隱北山而「纓情於好爵」，應詔出仕。

【語譯】樓閣幽深綿延十里，碧瓦縱橫參差。樓堂之上青山映秀，樓堂之下綠溪穿流。真得歸堂笑語飛揚，方是閑樓清風明月，把酒吟詩盡歡暢。歌罷琴息，欣然對弈。 王子猷居家鄰竹，陶淵明宅邊種柳，謝靈運樓臨春池。未了功業之願，知你無心隱居林泉。不用對癡兒說夢，你且隱居以待價而沽，只怨徵聘之詔書遲遲未聞。有一事定然惹你嗔怒，我已寫出另一篇〈北山移文〉。

【研析】這首詞大略作於慶元六年（西元一二〇〇年）。稼軒時年六十一，閒居瓢泉。

趙氏以「真得歸」、「方是閑」名堂，蓋分別取自黃庭堅詩句「日日言歸真得歸」（〈題歸去來圖〉）和時行名句「未老得閑方是閑」，似乎寄寓未老歸隱之閒適意趣。稼軒題詞上片即從此意展筆。前四句勾畫出樓堂形貌及其環境。十里樓閣，碧瓦參差，青山依傍，綠水橫遶。樓閣主人之富麗雅趣隱含其中，而在後五句中展現其狀：臨風賞月，笑語跳躍，詩酒暢懷，笙歌佐歡，琴棋相娛。

過片連用三則古人愛賞自然之典故，與上片所呈現的歸隱情形若即若離，靜躁不同。「知君」二句轉筆，則一反上片之意，謂趙氏志在勳業，此志未酬，不會退居林泉。建堂名「真得歸」、「方是閑」，談笑歡賞，詩酒唱和，歌舞飛揚等等，均非趙氏心志所在，稼軒故曰「莫向癡兒說夢」。「且作山人索價」，等待機遇出山成就功業，才是趙氏的志趣所向，無奈時機未到，只得暫居山林，風月歡賞。結末二句是朋友間的戲謔之筆，亦見出兩人間的相知無間。

詞作章法筆意上先正後反，上片就題面正寫，下片反筆揭出題旨。前後相反相成，見出構思上的經營。

水調歌頭 醉吟

四座且勿語，聽我醉中吟❶。池塘春草未歇，高樹變鳴禽❷。鴻雁初飛江上❸，蟋蟀還來牀下❹，時序百年心❺。誰要卿料理，山水有清音❻。

歡多少，歌長

短，酒淺深。而今已不如昔，後定不如今❼。閑處直須行樂，良夜更教秉燭，高會惜分陰❽。白髮短如許，黃菊倩誰簪❾？

【注　釋】❶四座且勿語二句　《玉臺新詠》卷一〈古詩八首〉其六：「四坐且莫諠，願聽歌一言。」李白〈將進酒〉：「岑夫子，丹丘生。將進酒，杯莫停。與君歌一曲，請君為我側耳聽。」❷池塘春草未歇二句　謝靈運〈登池上樓〉：「池塘生春草，園柳變鳴禽。」❸鴻雁初飛江上　杜牧〈九日齊山登高〉：「江涵秋影鴈初飛，與客攜壺上翠微。」❹蟋蟀還來牀下　《詩・豳風・七月》：「十月蟋蟀，入我牀下。」❺時序百年心　言時序觸發人生感慨。杜甫〈春日江村五首〉其一：「乾坤萬里眼，時序百年心。」❻誰要卿料理二句　言不用蟋蟀多事，山水間自有清音可聽。《世說新語・簡傲》：「王子猷作桓車騎參軍。桓謂王曰：『卿在府久，比當相料理。』初不答，直高視，以手版拄頰云：『西山朝來，致有爽氣。』」左思〈招隱〉：「非必絲與竹，山水有清音。」❼而今已不如昔二句　白居易〈東城尋春〉：「今已不如昔，後定不如今。」❽閑處直須行樂三句　〈古詩十九首・生年不滿百〉：「晝短苦夜長，何不秉燭遊。」蘇軾〈和陶詩・和飲酒〉：「行樂當及時，綠髮不可恃。」❾白髮短如許二句　杜甫〈春望〉：「白頭搔更短，渾欲不勝簪。」

【語　譯】在座諸君暫且安靜，請聽我醉中歌吟。池塘春草尚未枯萎，高樹上已變換了鳴禽。大雁開始掠江南飛，蟋蟀又來到床下吟唱。時序更變，人生遇此，觸景情傷。誰要你蟋蟀來多事，山水間自有妙音清響。多少歡娛，長歌短吟，歡醉微醺。今已不如昔，往後定然不如當今。閒居只當行樂，美妙之夜更應秉燭歡遊，高朋雅聚，珍惜寸寸光陰。白髮甚短，請誰來為我把菊花簪？

【研　析】這首詞作年不詳，據「山水有清音」、「白髮短如許」等詞句，蓋亦慶元中瓢泉閒居期間所作。

詞為友朋酒筵上醉吟之作，起筆二句總貫全詞。上片描述初秋景象，著筆於節物風光之變，「變鳴禽」、「鴻雁初飛」、「蟋蟀還來牀下」等，均為入秋之物候。「時序」句，用杜詩成句，點明節序遷移令人多傷嗟，然接後「誰要」二句即跳出感物傷世，以戲謔蟋蟀之筆調，寄情於山水清音。此一情感跌宕，則透露出稼軒內心實難超脫。

下片筆調轉到眼前友朋歡宴，暢言及時行樂。然仔細品味，字裡行間實則蘊含深切的身世感慨。如「而今」二句意謂時光令人老，今不如昔，後不如今。據此而謂「閑處直須行樂」云云，則絕非「以氣節自負，以功業自許」者（范開〈稼軒詞序〉）之心聲，其「閑處」二字透出個中幽憤。抗金復國之志未酬而被迫退居閑處，其所言「直須行樂」、秉燭夜遊，該有多少難以言表的怨憤之情蘊於其中！結末二句化用杜詩，筆調似輕鬆戲謔，其情韻實與杜詩相通，寓託感時傷世之懷。

水龍吟

登建康賞心亭❶

楚天千里清秋，水隨天去秋無際。遙岑遠目，獻愁供恨，玉簪螺髻❷。落日樓頭，斷鴻❸聲裏，江南遊子。把吳鉤❹看了，欄干拍遍，無人會、登臨意❺。

休說鱸魚堪鱠，盡西風、季鷹歸未❻？求田問舍，怕應羞見，劉郎才氣❼。可惜流年，憂愁風雨，樹猶如此❽。倩❾何人、喚取紅巾翠袖❿，搵⓫英雄淚。

【詞　牌】水龍吟

又名〈水龍吟令〉、〈水龍吟慢〉、〈龍吟曲〉、〈豐年瑞〉、〈鼓笛慢〉、〈小樓連苑〉、〈莊椿歲〉、〈海天闊處〉等。此調正體雙調一百二字，上片十一句四仄韻，下片十一句五仄韻。稼軒此詞下片十句。

【注　釋】❶建康賞心亭　在建康（今江蘇南京）城下水門城樓上，下臨秦淮河。北宋丁謂所建。❷遙岑遠目三句　遙望遠山，狀似玉簪螺髻，心中頓生許多愁怨。岑，山峰。遠目，縱目遠望。四卷本作「遠日」。❸斷鴻　失伴的鴻雁。❹吳鉤　春秋時吳國製造的一種兵器，似劍而曲。這裡泛指寶刀利劍。❺無人會登臨意　沒有人明白我登高臨遠的情懷。會，領會。❻休說鱸魚堪鱠二句　反用張翰（字季鷹）辭官歸鄉典故。《世說新語・識鑒》載張翰在洛陽為官，「見秋風起，因思吳中菰菜羹鱸魚膾，曰：『人生貴得適意爾，何能羈宦數千里以要名爵？』遂命駕便歸」。鱠，細切為魚片。盡，任由。❼求田問舍三句　購置田地房宅，恐怕定會羞於和雄才遠志的劉備見面。劉郎，指劉備。《三國志・魏書・陳登傳》載許汜見陳登（字元龍），陳登不理他，讓他睡下面小床，自己睡上面大床。後來許汜將此事告訴劉備。劉備指責他說：「君有國士之名，今天下大亂，帝王失所，望君憂國忘家，有救世之意。而君求田問舍，言無可采，是元龍所諱也，何緣當與君語？如小人，欲臥百尺樓上，臥君于地，何但上下床之間耶！」❽樹猶如此　用晉朝桓溫語感歎年華易逝。《世說新語・言語》載東晉桓溫北征途中見到自己往年種植的柳樹都長得很粗大，「慨然曰：『木猶如此，人何以堪！』攀枝執條，泫然流淚。」❾倩　請。❿紅巾翠袖　代指美人。紅巾，四卷本作「盈盈」。⓫揾　擦拭。

【語　譯】江南清秋浩渺千里，水天相接，茫茫無際。縱目遠望，峰巒疊嶂如玉簪螺髻，幾多愁恨湧蕩心間。樓頭夕陽斜照，空中孤雁哀鳴，他鄉之人宦遊江南。把寶劍細細端詳，把欄杆節節拍遍，何人知我登高望遠之感。　別說鱸魚肥美正堪烹食，西風肆意吹拂，張翰是否南歸？購置田地房舍，怕要無顏面對英才劉備。慨歎悄然流逝的時光，風雨之中憂愁度日，樹木猶不堪歲月風霜。請何人喚來紅袖佳人，抹去那英雄悲慨的淚痕。

【研　析】這首詞作於淳熙元年（西元一一七四年）。稼軒時年三十五，任江東安撫司參議官。

南渡十年來，稼軒心懷抗金復國大志而難以施展。隆興元年（西元一一六三年）宋師符離（今屬安徽宿縣）潰敗，次年主戰派領袖張浚罷官而卒，宋金議和。乾道六年（西元一一七〇年），虞允文執政，孝宗銳意恢復。稼軒應詔作〈應問〉三篇，暢論抗金之策，又撰《九議》上虞允文。「以講和方定，議不行」（《宋史・辛棄疾傳》）。隨後，稼軒出知滁州，淳熙元年春遷江東安撫司參議官。二月，虞允文卒，恢復大業之前景更為黯淡。是年秋某日，稼軒登上建康賞心亭，感慨萬千。

詞作起筆融情於景，「千里清秋」、「秋無際」，筆意重複，透露出稼軒內心縈繞層疊的無盡悲慨：祖國遼闊的大好河山已破碎！眺望中想到中原百姓、家鄉父老正承受著淪陷之苦，離鄉南渡十年來壯志難酬，其憂慮激憤之情在眼前無際的清秋裡彌漫，「玉簪螺髻」般的遠山在「獻愁供恨」！加之日落樓頭，斷鴻哀鳴，情何以堪！這便逼出「把吳鉤看了」數句：細看吳鉤，抗金殺敵之激情暗湧心頭！拍遍欄干，報國無門之激憤充溢於舉止間！這一切都無人理會，英雄豪傑的孤獨溢於言表，確有陳子昂「念天地之悠悠，獨愴然而涕下」之感（〈登幽州臺歌〉）。

上片真切展露出稼軒登臨所見所感，似乎「登建康賞心亭」題中之意已經寫足。然而細細品味，上片所寫主要是觸景直感，只有「無人會」二句透露出主觀思慮之意，下片即轉入議論性的抒情，手法上主要借典故寄託情志。張季鷹一典故反用，一則稼軒家鄉尚未收復，客觀上無法效仿季鷹秋風起而思鄉辭歸；二則恢復大業未成，稼軒主觀上未肯學季鷹，下文用許汜、劉備典故正補足此意。但這只是稼軒的主觀意願，客觀情形則令人感傷，「可惜」三句借桓溫之語表達出世事悲慨，情調低沉。結尾「倩何人」三句曲終頓挫，出以沉雄之筆，悲壯而有韻致。

登臨抒懷，感慨激盪而沉鬱，筆法豪宕而壓抑，誠如譚獻《譚評詞辨》所云：「裂竹之聲，何嘗不潛氣內轉。」

水龍吟

甲辰歲❶壽韓南澗尚書❷

渡江天馬南來❸，幾人真是經綸❹手？長安父老，新亭風景，可憐依舊❺。夷甫諸人，神州沉陸❻，幾曾回首❼！算平戎萬里，功名本是、真儒事❽，公知否？

況有文章山斗❾，對桐陰滿庭清晝❿。當年墮地，而今試看，風雲奔走⓫。綠野風煙，平泉草木，東山歌酒⓬。待他年、整頓乾坤事了⓭，為先生壽。

【注釋】❶甲辰歲　指宋孝宗淳熙十一年（西元一一八四年）。❷韓南澗尚書　即韓元吉（西元一一一八—一一八七年），字無咎，開封雍丘（今河南杞縣）人，移家信州（今江西上饒），居廣信溪南，因號南澗。歷官禮部尚書、吏部侍郎、吏部尚書。❸渡江天馬南來　借司馬睿渡江建立東晉，喻指宋室南渡。按：《晉書・元帝紀》載，西晉末年有童謠云：「五馬浮渡江，一馬化為龍。」後西晉淪亡，司馬睿與西陽、汝南、南頓、彭城四王渡江，建立東晉。楊冠卿〈水龍吟・金陵作〉：「渡江天馬龍飛，翠華小駐興王地。」❹經綸　籌劃治理國家大事。❺長安父老三句　借東晉喻南宋，意謂中原父老期盼官軍北伐，江南士人觸景傷時。新亭，故址在今江蘇南京南。可憐，可歎。《晉書・桓溫傳》載桓溫北伐，至霸上（今陝西長安東），居人「持牛酒迎溫于路者十八九，耆老感泣曰：『不圖今日復見官軍！』」又，《世說新語・言語》載東晉初年，士大夫常聚會新亭，周顗感歎：「風景不殊，正自有山河之異。」眾人聽後相對流淚。丞相王導憤然說道：「當共戮力王室，克復神州，何至作楚囚相對。」❻夷甫諸人二句　言西晉王衍等人清談導致中原淪陷。夷甫，即王衍，字夷甫，琅邪臨沂（今屬山東）人，官至宰輔，不務國事，崇尚清談。《晉書・桓溫傳》載桓溫北伐，眺望中原，慨然曰：「遂使神州陸沉，百年丘墟，王夷甫諸人不得不任其責。」❼幾曾句　意謂今人不曾從歷史中吸取教訓。幾曾，何曾。❽算平戎萬里二句　意謂萬里疆場平敵寇、建功名，本就是真正儒者的責任。此用唐柳渾事。《新唐書・柳渾傳》載唐代宗與吐蕃和盟，柳渾諫曰：「夫夷狄人面獸心，易以兵制，難以信結。」代宗曰：「渾儒生，未達邊事。」夜半，邠寧節度使韓游環飛奏吐蕃劫盟。代宗大驚，次日對柳渾說：「卿儒士，乃知軍戎萬里情乎！」❾況有文章山斗　譽韓無咎文才如韓愈。況，正。山斗，指泰山、北斗。《新唐書・韓愈傳》贊曰：「自愈沒，其言大行，學者仰之如泰山、北斗云。」《宋史翼・韓元吉傳》引周必大《玉堂類稿》稱其「詞章典麗，議論通明，為故家翹楚」。黃昇《中興以來絕妙詞選》卷三稱其「文獻、政事、文章為一代冠冕」。❿對桐陰滿庭清晝　言韓無咎家世昌盛。按：韓無咎屬潁川韓氏，其京城府第門前多種桐木，世稱「桐木韓家」，無咎著有《桐陰舊話》，陳振孫《直齋書錄解題》卷七云：「記其家世舊事，以京師第門有桐木，故云。」⓫當年墮地三句　言韓無咎天生卓異，看如今風雲際會，大展雄才。《後漢書・劉玄劉盆子傳》贊曰：「聖公靡聞，假我風雲。」李賢注：「聖公初起無所聞知，借我中興風雲之便。」傅玄〈豫章行苦相篇〉：「男兒當門戶，墮地自生神。雄心志四海，萬里望風塵。」⓬綠野風煙三句　言韓無咎以宰輔之才退隱閒居。綠野，指綠野堂，在洛陽，唐宰相裴度別墅，「沼石林叢，岑繚幽勝。」（《新唐書・裴度傳》）平泉，指平泉莊，唐宰相李德裕別墅，在洛陽城外，「卉木台榭，若造仙府」（《劇談錄》卷下）。東山，今浙江上虞西南。史載東晉名相謝安出仕前隱居東山，放情林壑，「然每遊賞，必以妓女從。」性好音樂，官居相位，「又于土山營墅，樓館林竹甚盛，每攜中外子侄往來游集」（《晉書・謝安傳》）。⑬整頓乾坤事了 指完成抗金復國大業之後。杜甫〈洗兵馬〉：「二三豪俊為時出，整頓乾坤濟時了。」

【語譯】晉室南渡之後，幾人堪稱經世能手？中原故國，父老期盼匡復，江南新亭，朝士對景傷愁。王衍等人清談失神州，今人何曾回首！想來萬里征戰平敵寇，建功立業乃真正儒家之事，先生您可知否？ 況且您文才超絕，為人所仰如泰山北斗，出身桐木掩映的名門貴胄。您天生卓異，值此風雲際會，正可大顯身手。風景幽美如裴度之綠野堂，草木繁茂似李德裕之平泉莊，歌酒歡賞堪比東山謝安。待到恢復大業成功之日，再來祝您壽比南山。

【研析】這首詞作於淳熙十一年（西元一一八四年）五月。稼軒時年四十五，閒居帶湖。

題曰「壽韓南澗尚書」，是一首祝壽詞，時韓元吉年六十七，生辰為五月十二日；稼軒年四十五。二人均閒居信州，且志同道合，皆以抗金復國為懷，慶壽亦不忘共圖恢復。詞從感慨時局入筆，手法上則借古喻今。上片前七句字面上全說晉室，其寓意則在以史為鑑，期望南宋士人不要重蹈王衍等人清談誤國之覆轍，當共圖抗金復國大業。然而朝廷久行和戎之策，無人回想歷史引以為戒。詞中「幾曾回首」即謂此。《晉書・王衍傳》載其臨死前說：「吾曹雖不如古人，向若不祖尚浮虛，勠力以匡天下，猶可不至今日。」此即回首而深自悔悟，則「幾曾回首」一語當非指王衍，而是對和戎時局的怨憤。稼軒雖罷職閒居，卻心繫國事，面臨如此政局，抗金復國鬥志湧上心頭：「平戎萬里，功名本是，真儒事。」這也是與韓元吉的同心共勉之詞，故有「公知否」一句。此句同時關合題中「韓南澗尚書」語，也在結構上自然過渡到下片對韓元吉的頌賀仰盼之詞。

韓元吉為北宋宰相韓維四世孫，乃名門之後，文獻世家，力主抗金，乾道九年（西元一一七三年）以禮部尚書使金賀生辰，還奏當養精蓄銳，待機圖金。詞作下片「況有文章山斗」五句，言其才華之高、家世之貴、政績之著，既是敬賀之詞，也有希冀之意。「綠野」三句即以裴度、李德裕、謝安比擬韓元吉，既切合元吉閒居南澗情趣，也有盼其完成恢復大業之意，所以結尾云：「待他年、整頓乾坤事了，為先生壽。」期許之意溢於言表，誠如沈際飛《草堂詩餘正集》卷五所評：「壽今日反言壽他年，蓋欲其豎功立名，與夫功成名遂身退，又寓規諷。」而氣勢有類岳飛語：「直抵黃龍府，與諸君痛飲爾！」（《宋史・岳飛傳》）

本詞雖為壽詞，但沒有空虛俗套之語，確如黃蘇《蓼園詞選》所評：「幼安忠義之氣，由山東間道歸來，見有同心者，即鼓其義勇，辭似頌美，實句句是規勵，豈可以尋常壽詞例之！」

水龍吟

次年❶，南澗用前韻為僕壽❷。僕與公生日相去一日❸，再和以壽南澗。

玉皇殿閣微涼，看公重試薰風手❹。高門畫戟❺，桐陰閣道❻，青青如舊。蘭佩空芳，蛾眉誰妒❼？無言搔首❽。甚年年卻有，呼韓塞上，人爭問、公安否❾？

金印明年如斗❿，向中州、錦衣行晝⓫。依然盛事，貂蟬⓬前後，鳳麟⓭飛走。富貴浮雲⓮，我評軒冕，不如杯酒⓯。待從公、痛飲八千餘歲，伴莊椿壽⓰。

【注　釋】❶次年　此處指淳熙十二年（西元一一八五年）。❷南澗用前韻為僕壽　韓元吉〈水龍吟〉（南風五月江波）一詞。前韻，指稼軒〈水龍吟・甲辰歲壽韓南澗尚書〉（渡江天馬南來）一詞之韻。韓詞題云「壽辛侍郎」，鄧廣銘先生云：「當係後來所追改者，稼軒晚年方除兵部侍郎，其時南澗謝世已二十年矣。」（《稼軒詞編年箋注》卷二）❸僕與公生日句　韓元吉〈水龍吟〉（南風五月江波）末注：「僕賤生後一日。」知稼軒生辰比韓元吉早一日。據鄧廣銘先生《辛稼軒年譜》，稼軒生辰為五月十一日，則元吉生辰當為五月十二日。❹玉皇殿閣微涼二句　化用唐柳公權聯句：「薰風自南來，殿閣生微涼。」

《新唐書・柳公權傳》)《孔子家語・辯樂解》：「昔者舜彈五弦之琴，造〈南風〉之詩，其詩曰：『南風之薰兮，可以解吾民之慍兮。南風之時兮，可以阜吾民之財兮。』」玉皇殿閣，天宮。道教稱天帝為玉皇。此處喻指南宋朝廷。薰風，指春風，因飄散著花草芳香，故稱。喻指澤惠。❺高門畫戟　意謂韓氏門第顯貴。唐制，三品已上官員私第列戟。《宋史・輿服志》：「門戟，木為之而無刃，門設架而列之，謂之棨戟。……私門則府第恩賜者許之。」❻桐陰閣道　言韓元吉家世昌盛。閣道，樓閣間的複道。閣，原作「聞」，今從四卷本。元吉係潁川韓氏，其京城府第門前多種桐木，世稱「桐木韓家」。陳振孫《直齋書錄解題》卷七云：「《桐陰舊話》十卷，吏部尚書潁川韓元吉無咎撰。記其家世舊事，以京師第門有桐木，故云。」❼蘭佩空芳二句　意謂韓氏退居林泉，雄才未展，如蘭佩徒有芬芳而無人品賞，如蛾眉徒有其美而無人妒羨。屈原〈離騷〉：「紉秋蘭以為佩。」「眾女嫉余之蛾眉兮。」❽搔首　抓頭撓髮，憂愁思慮的樣子。趙長卿〈雨中花令〉（綠鎖窗紗梧葉底）：「搔首無言，闌干十二，倚了又還重倚。」❾甚年年卻有三句　意謂金人敬畏韓氏聲望，年年探問韓氏消息。呼韓，本漢時匈奴單于名號呼韓邪，此指金國。《澠水燕談錄》卷二〈名臣〉載韓琦「元勳舊德，夷夏具瞻」，為遼人尊畏。每遼使至，必問：「侍中（指韓琦）安否？」按：韓元吉曾於乾道九年（西元一一七三年）以禮部尚書出使金國賀金主生辰。❿金印明年如斗　意謂將建立豐功偉績，獲得高官貴爵。金印，秦漢魏晉時位在二品以上者用金印紫綬。按：此借用東晉周顗語：「今年殺諸賊奴，當取金印如斗大繫肘後。」（《世說新語・尤悔》）⓫向中州錦衣行書　意謂收復中原，衣錦還鄉。中州，指今河南一帶，屬古豫州，為九州中間。按：韓元吉本開封雍丘（今河南杞縣）人，南渡後寓居上饒。錦衣行書，喻富貴而還鄉。《漢書・項籍傳》載項籍語：「富貴不歸故鄉，如衣錦夜行。」韓琦有晝錦堂，自題詩曰：「古人之富貴，貴歸本郡縣。譬若衣錦遊，白晝自光絢。不則如夜行，雖麗胡由見。」⓬貂蟬　指貂蟬冠，始於漢代武官，冠上有蟬羽、貂尾狀飾物，故稱。後世亦代指達官顯貴。據《宋史・輿服志》，宋時朝服有進賢冠、貂蟬冠、獬豸冠。「貂蟬冠，一名籠巾，織藤漆之，形正方，如平巾幘，飾以銀。前有銀花，上綴玳瑁蟬，左右為三小蟬，銜玉鼻，左插貂尾。三公、親王侍祠大朝會，則加於進賢冠而服之」。⓭鳳麟　鳳凰麒麟，皆為祥瑞之物，喻指英才。蘇軾〈祭韓忠獻公文〉：「我與弟轍，來自峨岷。公罔羅之，若獲鳳麟。」⓮富貴浮雲　意謂富貴若浮雲。此用《論語・述而》語：「不義而富且貴，於我如浮雲。」⓯我評軒冕二句　意謂高官厚祿不如杯酒自適。此用晉張翰語：「使我有身後名，不如即時一杯酒。」（《世說新語・任誕》）軒冕，公卿大夫的軒車、冕服，代指官位爵祿。⓰痛飲八千餘歲二句　意即把酒祝願自己和韓元吉，壽比莊周筆下的大椿。《莊子・逍遙遊》：「上古有大椿者，以八千歲為春，八千歲為秋。」歲，年。

【語　譯】第二年，南澗步我〈水龍吟〉（渡江天馬南來）詞韻，為我賦詞祝壽。我的生日和他相差一天。我再和其韻填製一闋為他祝壽。

朝堂殿閣欲清涼，須待您再試春風妙手。韓氏高門畫戟羅列，蒼翠桐木，樓閣複道，掩映依舊。身佩蘭花徒自芬芳，美麗容顏何人妒羨？默默搔首悵然。何以名望卻令金人敬畏，年年探問您是否平安？　願您來年功高爵顯，收復中原衣錦還鄉。名宦英才相繼輩出，韓家昌盛一如既往。富貴如浮雲飄然易逝，高官厚祿不如杯酒在手。我欲和您暢飲八千餘年，與那莊周筆下的大椿同壽。

【研　析】這首詞寫於淳熙十二年（西元一一八五年）五月。稼軒時年四十六，閒居帶湖。

韓元吉有詞〈水龍吟〉（南風五月江波）為稼軒祝壽，即本詞序所謂「南澗用前韻為僕壽」。詞中以恢復大業勉勵稼軒：「南風五月江波，使君莫袖平戎手。燕然未勒，渡瀘聲在，宸衷懷舊。」燕然句，意謂中原尚未收復。東漢竇憲曾打敗北單于，登燕然山（今杭愛山），刻石明功。渡瀘，指北伐抗金。諸葛亮曾渡瀘（今雅礱江下游）南征，七擒孟獲，平定其亂，〈出師表〉云：「五月渡瀘，深入不毛。」宸衷，指帝王之心。

稼軒本詞乃和答兼祝壽之作，同以恢復大業相期，起筆「玉皇」二句即表露出熱切的期盼之意：「玉皇」三句或隱喻當時朝廷風向有利於抗金；「重試熏風手」見出韓氏具有完成恢復大業的能力和經驗。「高門」三句頌讚韓氏顯貴門第，則是從家世上顯示南澗當為國建功立業。「蘭佩」三句為一轉筆，寫南澗退居情狀；「甚年年」三句又一轉，寫金人敬畏南澗聲望，時時探問。至此，皆為南澗出山主持抗金復國大業作鋪墊。過片即預想南澗來年收復中原，立大功，獲顯爵，衣錦還鄉，韓門榮貴依舊。「富貴浮雲」以下則筆調突轉，勸其功成名就則當身退，杯酒自適，樂享天年。結末二句兼有為自己祝壽之意，乃因兩人生日只相差一天。

辛、韓二人同主抗金復國，本詞將這一志趣融入祝壽之中，筆調多轉折而又不離南澗，最後以功成身退相期，以康健長壽相賀，與上一年壽南澗詞〈水龍吟〉結尾「待他年、整頓乾坤事了，為先生壽」，同一旨趣。

水龍吟

用瓢泉韻❶戲陳仁和❷，兼簡諸葛元亮❸，且督和詞

被公驚倒瓢泉，倒流三峽詞源瀉❹。長安紙貴，流傳一字，千金爭舍❺。割肉懷歸，先生自笑，又何廉也❻。但銜杯莫問，人間豈有，如孺子，長貧者❼？

誰識稼軒心事，似風乎舞雩之下❽。回頭落日，蒼茫萬里，塵埃野馬❾。更想隆中，臥龍千尺，高吟纔罷❿。倩何人與問：雷鳴瓦釜，甚黃鐘啞⓫？

【注釋】❶瓢泉韻　指〈水龍吟・瓢泉〉（稼軒何必貧）詞韻。❷陳仁和　即陳德明，字光宗，寧德（今屬福建）人。隆興元年（西元一一六三年）進士及第。曾官仁和（今屬浙江杭州）知縣。淳熙十三年冬十月坐法「刺面配信州」（《皇宋中興兩朝聖政》卷六十三）。❸諸葛元亮　不詳。稼軒另有詞作〈臨江仙・諸葛元亮席上見和再用韻〉（夜雨南堂新瓦響）。❹倒流三峽詞源瀉　喻文辭富贍，筆力壯健。此用杜甫〈醉歌行〉詩句：「詞源倒流三峽水。」黃希、黃鶴《補注杜詩》卷一錄王洙注：「倒流三峽水，謂詞源壯健，可以衝激三峽之水使之倒流也。」❺長安紙貴三句　合用左思〈三都賦〉及呂不韋懸賞增損《呂氏春秋》典故。《晉書・左思傳》載思十年寫成〈三都賦〉，「司空張華見而歎曰：『班、張之流也，使讀之者盡而有餘，久而更新。』於是豪貴之家競相傳寫，洛陽為之紙貴」。《史記・呂不韋列傳》載呂及其門客著《呂氏春秋》，「布咸陽市門，懸千金其上，延諸侯游士賓客，有能增損一字者，予千金」。❻割肉懷歸三句　四卷本有注云：「渠坐事失官。」此用東方朔割肉早歸典故，戲謔陳德明坐贓失官之事。《漢書・東方朔傳》載漢武帝伏日賜肉，朔謂伏日當早歸，不待下詔而割肉歸。武帝命其自責，朔曰：「朔來朔來，受賜不待詔，何無禮也！拔劍割肉，壹何壯也！割之不多，又何廉也！歸遺細君，又何仁也！」❼人間豈有三句　用漢陳平（字孺子）典故，意謂陳德明才華富美，不可能久居貧賤。《史記・陳丞相世家》載富人張負欲以孫女嫁陳平，其子張仲云：「平貧不事事，一縣中盡笑其所為，獨奈何予女乎？」負曰：「人固有好美如陳平而長

貧賤者乎？」❽似風乎舞雩之下　意謂沐浴春風悠然閒適。《論語・先進》載曾點言其志：「莫春者，春服既成，冠者五六人，童子六七人，浴乎沂，風乎舞雩，詠而歸。」風，吹風納涼。舞雩，古時祭天求雨之處。❾塵埃野馬　形容空中雲氣遊走的樣子。《莊子・逍遙遊》：「野馬也，塵埃也，生物之以息相吹也。」焦竑《莊子翼》：「野馬，天地間氣如野馬馳也。塵埃，氣蓊鬱似塵埃。」❿更想隆中三句　追慕諸葛亮閒居隆中，高吟自賞氣象。《三國志・蜀書・諸葛亮傳》載亮「躬耕隴畝，好為〈梁父吟〉。身長八尺，每自比於管仲、樂毅」。友人徐庶曰：「諸葛孔明者，臥龍也。」裴松之注引《漢晉春秋》曰：「亮家于南陽之鄧縣，在襄陽城西二十里，號曰隆中。」隆中，山名，在今湖北襄陽西。⓫雷鳴瓦釜二句　意謂瓦釜鳴聲如雷，黃鐘何以了無聲息。《楚辭・卜居》：「黃鐘毀棄，瓦釜雷鳴。」瓦釜，陶製炊具，又可作簡陋的樂器。

【語譯】你的才華激盪奔湧，驚倒瓢泉，三峽江水遇之而倒流。你的詩文盛名廣傳，堪稱長安紙貴，一字千金難求。先生罷退，猶如東方朔割肉早歸，自嘲何其清廉。把杯暢飲莫疑問，人世間才高如陳平者，怎會久居貧賤？　誰知我稼軒之心願，似曾點舞雩臺下沐浴春風。回望落日，萬里茫茫，雲氣浮騰。更想念隆中千尺臥龍，高聲唱罷〈梁父吟〉。請何人相問：瓦釜鳴聲如雷，黃鐘怎能啞然無音？

【研析】這首詞作於淳熙十三年（西元一一八六年）。稼軒時年四十七，閒居帶湖。《皇宋中興兩朝聖政》卷六十三載淳熙十三年冬十月，仁和知縣陳德明坐法「刺面配信州」。本詞四卷本「又何廉也」句下自注「渠坐事失官」，即作於陳德明抵信州之初。

陳德明坐法罷官，稼軒賦詞寬慰。起筆即言陳氏，而筆調突兀，疊用誇飾、典故讚其才華，為下文烘托氣勢。高才蓋世，詩文「流傳一字，千金爭舍」，卻坐贓罷退，確屬可笑之事。稼軒用東方朔割肉懷歸典故，隱含為友人鳴冤之意。繼而借同姓之陳平典故予以安慰，寄託對友人前程的美好祝願。

與陳德明相似，稼軒退居帶湖亦因數年前坐法落職，故詞中過片自言情懷，其自身的超然閒適風度，對友人的慰藉則更顯親切。此為承前。同時，春風拂襟，靜觀日出日落、雲氣變幻，則有若隆中臥龍氣象。此為啟後，「更想」便引出諸葛孔明典故，又切合詞題「兼簡諸葛元亮」。結末「瓦釜」、「黃鐘」語典，本喻愚庸者受重用，賢智者被棄置。稼軒則活用此典，以「瓦釜」自喻，以「黃鐘」譽友人，筆調自謙戲謔，關合詞題「且督和詞」。

水龍吟

題雨巖❶。巖類今所畫觀音補陀❷。巖中有泉飛出，如風雨聲。

補陀大士虛空，翠巖誰記飛來處❸？蜂房萬點，似穿如礙，玲瓏窗戶。石髓❹千年，已垂未落，嶙峋❺冰柱。有怒濤聲遠，落花香在，人疑是、桃源路❻。又說春雷鼻息，是臥龍、彎環如許❼。不然應是，洞庭張樂❽，湘靈❾來去。我意長松，倒生陰壑❿，細吟風雨。竟茫茫未曉，只應白髮，是開山祖⓫。

【注　釋】❶雨巖　在信州永豐縣（今江西廣豐）博山隈。❷觀音補陀　觀世音菩薩說法的補陀落伽山。觀音，即觀世音菩薩，又稱觀自在菩薩。唐時避太宗李世民諱而簡稱觀音。補陀，補陀落伽山，即普陀山，在今浙江普陀，傳說為觀世音菩薩說法處。❸補陀大士虛空二句　意謂觀世音凌空降臨，有誰知道雨巖從何處飛來。補陀大士，指觀世音菩薩。虛空，凌空。❹石髓　指石鐘乳。❺嶙峋　峻峭林立。❻桃源路　通往桃花源的路。陶淵明〈桃花源記〉載武陵漁人「緣溪行，忘路之遠近。忽逢桃花林，夾岸數百步，中無雜樹，芳草鮮美，落英繽紛。」❼又說春雷鼻息二句　意謂春雷般的聲響是盤臥的巨龍的鼾聲。彎環，盤踞。如許，如此。❽洞庭張樂　指黃帝在天地間演奏樂曲。洞庭，廣庭。張，演奏。《莊子・天運》載黃帝「張〈咸池〉之樂於洞庭之野」，「其聲能短能長，能柔能剛，變化齊一，不主故常」，「行流散徙，不主常聲」。❾湘靈　湘水女神。傳說舜帝南巡，二妃娥皇、女英從征，溺於湘江。百姓奉為湘水之神。《楚辭・遠遊》：「使湘靈鼓瑟兮，令海若舞馮夷。」❿陰壑　背陰的山溝。⓫開山祖　本指佛教寺觀的始創僧人，後泛指創始人。

【語　譯】題寫雨巖。雨巖類似今天繪畫中的觀世音之補陀落伽山。巖中有山泉噴湧而出，聲勢如瀟瀟風雨。

彷彿觀世音凌空而降，誰能知曉雨巖從何處飛來？巖穴無數似蜂窩萬點，若開若合如精巧之門窗。巖頂垂掛千年石乳，猶如峻峭林立之冰柱。似有怒濤從遠處傳來，落花飄香，令人恍如身在桃花源之溪路。也許是臥龍盤踞泉底，發出春雷般的鼻息。抑或是黃帝在廣庭演奏樂曲，湘江神女翩翩起舞。我想是山澗深處盤旋橫臥的巨松，在風雨中低吟微嘯。一切終究令人茫然莫測，只有我這白髮老翁，堪當此山遊覽之先導。

【研　析】 據蔡義江、蔡國黃《辛棄疾年譜》，這首詞作於淳熙十三年（西元一一八六年）前後。稼軒時年約四十七，閒居帶湖。

詞作上片以繪形為主。起筆因雨巖形似觀世音所降臨的補陀落伽山而生發想像，呈現出觀世音駕雲降臨、雨巖神奇飛來的奇幻景象，為下文描寫雨巖的奇異景象作渲染。「蜂房」三句狀巖穴之玲瓏密集，「石髓」三句言石鐘乳似冰柱垂掛，均為工筆細描其形。「有怒濤」四句轉寫飛泉，聞其聲如遠聽怒濤，因泉聲從幽深曲折的巖中傳出；近觀泉流，水漂落花之香，又令人作桃源之想。怒濤、桃源，情境迥異，見出雨巖帶給遊人的奇妙感受。

下片全在繪聲，借神話傳說及自然景象描寫無形的泉聲。春雷、盤龍鼻息，言泉聲之沉雄震蕩；洞庭張樂、湘靈曼舞，狀泉聲之悠揚飄忽；陰壑長松、細吟風雨，擬泉聲之幽怨恐怖。堪稱博喻的一連串譬擬足以傳達出雨巖泉聲的神奇變幻，然而稼軒仍感到難以言狀，故云「竟茫茫未曉」，又給讀者留下無盡的想像空間。末二句歸結雨巖之遊，自稱「開山祖」，即雨巖勝景的發現者。此結筆猶如遊記之末署遊者之名，別具一格，有「以文為詞」之跡。

水龍吟

題瓢泉❶

稼軒何必長貧，放泉簷外瓊珠瀉。樂天知命❷，古來誰會，行藏用舍❸？人不堪憂，一瓢自樂，賢哉回也❹。料當年曾問，飯蔬飲水❺，何為是，棲棲者❻？

且對浮雲山上，莫匆匆、去流山下。蒼顏照影，故應零落，輕裘肥馬❼。遶齒冰霜，滿懷芳乳，先生飲罷。笑掛瓢風樹，一鳴渠碎，問何如啞❽？

【注釋】❶瓢泉　在鉛山縣（今屬江西）東，原名周氏泉，辛棄疾改名「瓢泉」。《江西通志》卷十一：「（鉛山縣）縣東二十五里，瓢泉，形如瓢，宋辛棄疾得而名之。」❷樂天知命　樂從天命。《易・繫辭》：「旁行而不流，樂天知命，故不憂。」❸行藏用舍　指出仕與退隱。《論語・述而》：「子謂顏淵曰：用之則行，舍之則藏，唯我與爾有是夫。」❹人不堪憂三句　意謂常人因貧窮而憂愁不堪，顏回則安貧樂道。《論語・雍也》：「子曰：賢哉，回也。一簞食，一瓢飲，在陋巷，人不堪其憂，回也不改其樂。賢哉，回也。」❺飯蔬飲水　意即粗茶淡飯。《論語・述而》：「子曰：飯蔬食，飲水，曲肱而枕之，樂亦在其中矣。」飯，吃。❻何為是二句　意謂何以如此奔忙？《論語・憲問》中微生畝語：「丘何為是棲棲者與？無乃為佞乎？」孔子答曰：「非敢為佞也，疾固也。」棲棲，奔忙而不能安居。❼輕裘肥馬　喻富貴錢財。《論語・雍也》：「子曰：赤之適齊也，乘肥馬，衣輕裘。吾聞之也，君子周急不繼富。」《論語・公冶長》：「顏淵、季路侍，子曰：盍各言爾志？子路曰：願車馬，衣輕裘，與朋友共，敝之而無憾。」❽笑掛瓢風樹三句　意謂鳴而招禍，何如啞而遠害。王維〈與魏居士書〉：「古之高者曰：許由掛瓢于樹，風吹瓢，惡而去之。」《韻府群玉》卷五「掛瓢」條引《逸士傳》：「許由手捧水飲，人遺一瓢，飲訖，掛瓢木上，風吹瀝瀝有聲。由以為煩，去之。」

【語譯】稼軒閒居未必久貧，簷外泉流如珠玉飛瀉。樂從天命，古來幾人懂得行藏用舍？他人處貧而憂愁不堪，顏回簞食瓢飲卻自得其樂，真乃聖賢。料他當年也曾請問其師，粗茶淡飯樂知足，何故如此奔走忙碌？姑且與山上浮雲相伴，莫要匆匆奔流下山。蒼蒼容顏臨泉映照，輕裘肥馬終歸凋敗。先生飲罷甘泉，猶如冰霜遶齒，又似乳香滿懷。可笑那水瓢掛樹枝，風吹樹搖，瓢響身碎。試問：何如默無聲息？

【研析】這首詞大概作於淳熙十三年（西元一一八六年）。稼軒時年約四十七，閒居帶湖。

韓淲〈瓢泉〉云：「鑿石為瓢意若何，泉聲流出又風波。」方志記載亦稱「瓢泉，形如瓢」（《江西通志》卷十一）。稼軒本詞則申發「瓢泉」之寓意。《論語・雍也》云：「子曰：賢哉，回也。一簞食，一瓢飲，在陋巷，人不堪其憂，回也不改其樂。賢哉，回也。」其中「一瓢飲」切合「瓢泉」之名，而其旨趣在於聖賢處貧而自得其樂，詞中用到的孔子另一段話亦然：「飯蔬食，飲水，曲肱而枕之，樂亦在其中矣。」《論語・述而》詞作起筆質疑「長貧」，又以簷外飛泉如瓊珠作字面上的駁證，「瓊珠」自非貧賤之物，而略帶戲謔的筆調中流露出稼軒閒居山水林泉中的精神富足。下文的「樂天」數句則又進而表明，精神樂趣的根源其實不在山水林泉，而在於襟懷心境上的「樂天知命」，能夠自然豁達地面對仕宦和退隱。對於孔子為行道而奔走求仕之舉，則假借顏回之口，表達內心的不解和疑惑。

上片扣住「瓢」字，引發瓢飲自樂之感觸。下片言泉，以泉為樂：邀泉相伴，共賞山中浮雲。臨泉照影，華髮蒼顏，生命尚且衰歇，人間富貴又怎能不零落？甘泉飲罷，冰霜遶齒，芳乳滿懷，有澡雪精神、情懷超然之感，則世間功名富貴均不足掛懷，故而稼軒想到屢避功名富貴的箕山高隱許由，且其掛瓢典故正與詞題「瓢」字切合，用以歸結全詞，又就典故中瓢鳴而被棄生發理趣，鳴而不如啞，笑謔中寄寓世事感慨，透露出稼軒內心深處的幽怨，可謂言盡而意不盡。

水龍吟

用些語再韻瓢泉❶，歌以飲客。聲語甚諧，客皆為之釂❷。

聽兮清珮瓊瑤些❸。明兮鏡秋毫些❹。君無去此，流昏漲膩❺，生蓬蒿些。虎豹甘人❻，渴而飲汝，寧猿猱些？大而流江海，覆舟如芥❼，君無助，狂濤些。路險兮山高些。塊予獨處無聊些❽。冬槽春盎❾，歸來為我，製松醪❿些。其外芳芬，團龍片鳳，煮雲膏些⓫。古人兮既往，嗟余之樂，樂簞瓢些⓬。

【注　釋】❶用些語再韻瓢泉　用「些」字句再賦瓢泉。些，句末語氣詞，古代楚地方言。《楚辭・招魂》句尾用「些」字。沈括《夢溪筆談》卷三：「《楚詞・招魂》尾句皆曰『些』，今夔峽湖湘及南北江獠人，凡禁呪句尾皆稱『些』，此乃楚人舊俗。」❷釂　乾杯。《禮記・曲禮上》：「長者舉未釂，少者不敢飲。」鄭玄注：「盡爵曰釂。」❸聽兮清珮瓊瑤些　言泉聲如玉鳴。稼軒〈水龍吟・瓢泉〉(稼軒何必長貧)：「放泉簷外瓊珠瀉。」瓊瑤，美玉。柳宗元〈至小丘西石潭記〉：「聞水聲，如鳴珮環。」❹明兮鏡秋毫些　《孟子・梁惠王上》：「明足以察秋毫之末。」秋毫，原指禽鳥秋季更生的細毛，借喻細微之物。❺流昏漲膩　意謂泉流渾濁汙膩。杜甫〈佳人〉：「在山泉水清，出山泉水濁。」杜牧〈阿房宮賦〉：「渭流漲膩，棄脂水也。」❻虎豹甘人　意謂虎豹以食人為美。《楚辭・招魂》：「虎豹九關，……豺狼從目，……土伯九約，……此皆甘人。」王逸章句：「言此物食人以為甘美。」❼覆舟如芥　意謂船如小草一樣被翻覆。《莊子・逍遙遊》：「且夫水之積也不厚，則負大舟也無力。覆杯水於坳堂之上，則芥為之舟，置杯焉則膠，水淺而舟大也。」❽塊予獨處無聊些　塊予，四卷本作「愧余」。《莊子・大宗師》：「塊然獨以其形立。」《史記・滑稽列傳》：「今世之處士，時雖不用，崛然獨立，塊然獨處。」❾冬槽春盎　槽、盎，皆釀酒器具。❿松醪　用松膏釀造的酒。此泛指酒。劉禹錫〈送王師魯協律赴湖南使幕〉：「橘樹沙洲暗，松醪酒肆香。」蘇軾〈中山松醪賦〉：「收薄用於桑榆，製中山之松醪。」⓫團龍片鳳二句　謂煮茶。團龍、片鳳、雲膏，均指名茶。歐陽脩〈送龍茶與許道人〉：「我有龍團古蒼壁，九龍泉聲一百尺。」周紫芝〈茶奩銘〉：「震雷發矞，雲膏谷簾，香春睡鑿。」張舜民《畫墁錄》：「有唐茶品以易羨為上供，建溪北苑未著也。貞元中，常袞為建州刺史，始蒸焙而研之，謂研膏茶。……迨至本朝，建溪獨盛，採焙製作，前世所未有也。士大夫珍尚鑒別，亦過古先。丁晉公為福建轉運使，始製為鳳團，後又為龍團。……天聖中，又為小團，其品迥加於大團。……熙寧末，神宗有旨，建州製密雲龍，其品又加於小團矣。」⓬樂簞瓢些　意即安貧樂道。《論語・雍也》：「子曰：賢哉回也！一簞食，一瓢飲，在陋巷。人不堪其憂，回也不改其樂。」

【語　譯】用「些」字句再賦瓢泉，合樂歌唱，為賓客佐酒。聲詞相配很諧調，賓客都為之盡情暢飲。

泉聲清脆圓潤似佩玉齊鳴。泉水清澈透亮如明鏡映照秋毫。瓢泉你不要離開此地，莫使泉流藏汙納垢，雜生蓬蒿。食人的虎豹以山泉解渴，飲泉者豈止猿猱？山泉匯入江海，舟船如同草芥被沖蕩顛覆，瓢泉你莫去助長駭浪狂濤。

路險山高。我子然獨處甚無聊。春天酒入盎，冬天酒入槽，瓢泉你請歸來，為我釀造美酒松醪。茶香芬芳彌漫，瓢泉為我煎煮龍團雲膏。古人已逝去，我的樂趣啊，唯在簞瓢。

【研　析】 詞序稱「再韻瓢泉」，作於〈水龍吟・題瓢泉〉（稼軒何必長貧）之後，但具體作年難以確考。再題瓢泉，自當與前作有所避讓。前者主旨在申發「瓢泉」一名寄託的樂天知命、安貧樂道之意趣，本詞則以和瓢泉對話的筆調，奉勸瓢泉留居山間相伴相助，「此」字句表現的即為勸阻、招邀語氣。詞作上片勸阻瓢泉離去，起筆亮出瓢泉聲如玉鳴、清如明鏡的美妙品性。然而「在山泉水清，出山泉水濁」（杜甫〈佳人〉），「君無去此」三句勸阻之語即從此意引發。下文又進而從受害（虎豹猿猱渴而飲之）、為害（助江海狂濤顛覆舟楫）兩端承應「君無去此」勸語。

上片勸阻，落筆於瓢泉；下片勸留，詞筆轉向自身。過片承上啟下，山高路險，則出山艱難，宜於留居。「獨處無聊」，故招邀瓢泉相伴。泉可釀酒，泉可煮茗，泉可瓢飲，林泉之樂寓於其中。此令稼軒想到古之林泉隱士，不禁神往，然而古人不可見，只能簞瓢自樂，則更不願瓢泉離去。

全詞意脈清晰。究其寓意，稼軒大體要表達其閒居林泉，自樂簞瓢，自守高潔之志，而不願出山受汙受害，陷入宦海傾軋之中。鄧廣銘《稼軒詞編年箋注》謂「稼軒自閩中罷歸，實出於當政者之排擠，至歸後猶屢受讒彈。則此詞當作於歸自閩後不久」，即慶元初所作。此乃依據詞作寓意及稼軒遭際所作的揣度之說，可備參考。

水龍吟

盤園任帥子嚴掛冠得請，取執政書中語，以「高風」名其堂，來索詞，為賦〈水龍吟〉。鄰林，侍郎向公告老所居，高宗皇帝御書所賜名也，與盤園相並云❶。

斷崖千丈孤松，掛冠更在松高處。平生袖手，故應休矣，功名良苦。笑指兒曹❷，人間醉夢，莫嗔驚汝。問黃金餘幾，旁人欲說，田園計，君推去❸。

歎息薌林舊隱，對先生、竹窗松戶。一花一草，一觴一詠❹，風流杖屨❺。野馬塵埃，扶搖下視，蒼然如許❻。恨當年、九老圖❼中，忘卻畫、盤園路。

【注釋】❶盤園任帥子嚴九句　原作「盤園任子嚴安撫掛冠得請，客以高風名其堂。書來索詞，為賦」，茲從四卷本。盤園，任詔（？—西元一一九三年，字子嚴）宅園，在臨江軍（治所在今江西樟樹）。掛冠得請，指辭官獲准。《後漢紀・光武帝紀五》載逢萌在王莽攝政時，「解衣冠，掛東都城門，將家屬客於遼東」。後遂以「掛冠」指辭官、棄官。執政，即宰執。江少虞《事實類苑》卷二十五「官職儀制」：「今官制復古，而樞密之職舊與三省長官同，通謂之執政官矣。」薌林，與盤園鄰近，向子諲（西元一〇八五—一一五二年，字伯恭。官戶部侍郎）宅園。相並，相鄰。❷兒曹　兒輩。❸問黃金餘幾四句　用漢疏廣典故，意謂盤算家中剩餘錢財，旁人相勸置辦田宅，則推辭不從。《漢書・疏廣傳》載廣致仕，獲賜黃金甚多，歸鄉里，日日設酒食宴請親舊賓客，「數問其家金餘尚有幾所，趣賣以共具」。子孫託人勸其購置田宅，廣曰：「吾豈老誖不念子孫哉？顧自有舊田廬，令子孫勤力其中，足以共衣食，與凡人齊。今復增益之以為贏餘，但教子孫怠墮耳。賢而多財則損其志，愚而多財則益其過。且夫富者，眾之怨也。吾既亡以教化子孫，不欲益其過而生怨。又此金者，聖主所以惠養老臣也，故樂與鄉黨宗族共饗其賜，以盡吾餘日，不亦可乎？」❹一觴一詠　指飲酒賦詩。王羲之〈蘭亭集序〉：「一觴一詠，亦足以暢敘幽情。」❺杖屨　手杖麻鞋。此指拄杖遊覽。杜甫〈祠南夕望〉：「興來猶杖屨，目斷更雲沙。」❻野馬塵埃三句　謂自高空俯視，雲氣飄遊，蒼翠迷茫。野馬，指野外雲氣。扶搖，直上的旋風。《莊子・逍遙遊》：「鵬之徙於南冥也，水擊三千里，摶扶搖而上者九萬里，去以六月息者也。野馬也，塵埃也，生物之以息相吹也。天之蒼蒼，其正色耶？其遠而無所至極耶？其視下也若是則已矣。」❼九老圖　指白居易等九老宴集圖。《新唐書・白居易傳》載其晚居洛陽，「所居履道里，疏沼種樹，構石樓香山，鑿八節灘，自號醉吟先生，為之傳。……嘗與胡杲、吉旼、鄭據、劉真、盧真、張渾、狄兼謨、盧貞燕集，皆高年不事者，人慕之，繪為九老圖。」

【語譯】盤園任子嚴辭官獲准，截取宰執書中語詞，以「高風」命名所建樓堂，來信向我索求詞作。我為他寫了這首〈水龍吟〉。薌林是戶部侍郎向伯恭告老後所居宅園，高宗皇帝御筆賜名，與盤園相鄰近。

孤松傲立於千丈斷崖之上，官帽更掛在孤松的最高處。平生性好悠閒，本來就該休息，追求功名確實辛苦。對兒孫晚輩坦然笑言，「人生猶如一場醉夢，你們不要驚怪嗔怒」。盤算享用完剩餘的錢財，他人相勸購置田宅，您推辭不予理睬。

令人感慨，向伯恭的故居薌林，與您松竹掩映的門窗相望。一花一草，把酒題詠，拄杖遊賞。雲氣繚繞，高空俯瞰，蒼翠茫茫。令人遺憾，當年白居易等九老宴遊圖中，忘卻畫下盤園風光。

【研　析】這首詞作於淳熙十六年（西元一一八九年）。稼軒時年五十，閒居帶湖。

任詔（字子嚴）致仕退居盤園，建高風堂，章穎（字茂獻）作記，稼軒賦詞。周必大〈跋臨江軍任盤園高風堂記〉云：任氏「數上書致仕。予頃在榻前，明言其才，願勿聽所請。……後二年竟伸其志，是可貴也。郡人南安太守章君茂獻嘗作〈高風堂記〉」，末署「紹熙改元二月既望」，即西元一一九〇年，則章記及辛詞均為此前所作。考周必大淳熙十四年二月為右丞相，十月高宗病，孝宗侍疾，「自來日不視朝，宰執奏事內殿」（《宋史・孝宗紀》）。周跋所謂「頃在榻前」指此。任詔致仕在「後二年」，即淳熙十六年，章記、辛詞作於當年，周跋作於次年，故云章「嘗作〈高風堂記〉」。

詞作從「掛冠」、「高風」二語入筆，奇特的想像形成突兀之勢，同時兼具戲謔之趣，輕鬆諧趣的筆調中透出任氏「掛冠得請」後的超然解脫情懷。周必大〈跋臨江軍任盤園高風堂記〉稱其「才高志大，不肯少下人，以是屢起屢仆，在官之日少，閒居之日多。斂藏智略，盡力斯園」，「數上書致仕」。這可作為詞中「平生袖手」三句的注腳，屢屢請求致仕，即因「功名良苦」。此三句為稼軒對任氏掛冠之前人生的概評，下文「笑指兒曹」云云及「問黃金餘幾」數句，則借任氏致仕後的言行，直筆展示其摒棄功名富貴的灑脫襟懷，而這也許正是其「高風」堂命名的寓意所在，照應詞首，亦莊亦諧。

過片一聲歎息引出盤園相鄰的薌林。周必大〈跋記〉云「清江，江西一支郡耳，而士大夫未至者必問向氏薌林如何，任氏盤園如何。其至則未有不朝薌林而夕盤園也」。稼軒題盤園高風堂，自然要言及薌林。向子譴因忤秦檜而退隱鄉林十五年，享譽士林。任詔始營盤園時，向氏尚健在（參見范成大《驂鸞錄》），如今向氏辭世已三十餘年，物是人非，令人感慨。把杯閒詠，杖屨遊賞，花草怡情，是盤園主人，也是當年鄉林主人閒適的退隱生活，鄉林引發的感慨在盤園景象中得到慰藉。雲氣遊走，塵埃浮動，蒼翠輝映，是高空俯瞰盤園的圖景。前者入其中，呈現出景中人的悠然自適情態；後者出其外，對盤園作空中遠景式攝像，也透露出稼軒對人世間的超然眼光。結末以唐代白居易等九老宴集擬比任氏盤園閒居。周必大〈跋記〉稱其「自少年已負雋聲，下筆輒數百言」，又在〈任漕子嚴詔挽詞〉謂其「勝墅棊高無敵手，奪袍句好有新篇」，則稼軒此筆雖不無諧趣，卻也蘊含對任氏詩才的讚譽。

全詞上片言致仕，突出表現任氏的袖手平生、澹泊名利；下片題盤園，虛實結合（「野馬」句以下均為虛筆），情境交融，充分展現盤園主人掛冠退居的閒雅情狀。從情調品味上看，上下片都與「高風」堂名相切合。

水龍吟

過南劍❶雙溪樓

舉頭西北浮雲，倚天萬里須長劍❷。人言此地，夜深長見，斗牛光焰❸。我覺山高，潭空水冷❹，月明星淡。待燃犀下看，憑闌卻怕，風雷怒，魚龍慘❺。

峽束蒼江對起❻，過危樓、欲飛還斂。元龍老矣，不妨高臥，冰壺涼簟❼。千古興亡，百年悲笑❽，一時登覽。問何人又卸，片帆沙岸，繫斜陽纜。

【注釋】❶南劍　宋代州名，治所在劍浦（今福建南平）。❷舉頭西北浮雲二句　謂西北浮雲，須待倚天長劍拂掠驅散。《莊子．說劍》：「此劍直之無前，舉之無上，案之無下，運之無旁，上抉浮雲，下絕地紀。此劍一用，匡諸侯，天下服矣。

此天子之劍也。」宋玉〈大言賦〉：「方地為車，圓天為蓋，長劍耿耿倚天外。」曹丕〈雜詩〉：「西北有浮雲，亭亭如車蓋。」❸人言此地三句 《晉書．張華傳》載斗、牛間常有紫氣，張華邀雷煥登樓仰觀。雷煥謂「寶劍之精上徹於天」所致，並在豫章豐城掘得雙劍，一曰龍泉，一曰太阿，「其夕，斗、牛間氣不復見焉」。雷煥以一劍贈張華，一劍自佩。後張華被殺，其劍下落不明。雷煥卒後，其子雷華「持劍行經延平津，劍忽於腰間躍出墮水。使人沒水取之，不見劍，但見兩龍，各長數丈，蟠縈有文章。沒者懼而反。須臾，光彩照水，波浪驚沸，於是失劍」。斗牛，二十八宿中的斗宿、牛宿。❹潭空水冷 指龍潭。《太平寰宇記》卷一百〈江南東道．南劍州〉：「今理劍浦縣。按《晉書》云延平津，昔寶劍化龍之地。」《輿地紀勝．南劍州》：劍溪、樵川「二水交流，匯為龍潭，是為寶劍化龍之津」。❺待燃犀下看四句 意謂想點燃犀角察看，又怕風雷震怒，魚龍殘暴。《晉書．溫嶠傳》載嶠「至牛渚磯，水深不可測。世云其下多怪物。嶠遂燃犀角而照之。須臾，見水族覆火，奇形異狀，或乘馬車著赤衣者」。❻峽束蒼江對起 杜甫〈秋日夔府詠懷〉：「峽束滄江起，巖排古樹圓。」❼元龍老矣三句 此用三國時陳登典事，寄寓英雄遲暮之慨。《三國志．魏書》：「陳登者，字元龍。在廣陵，有威名。……後許汜與劉備並在荊州牧劉表坐。表與備共論天下人。汜曰：『陳元龍，湖海之士，豪氣不除。……昔遭亂，過下邳，見元龍。元龍無客主之意，久不相與語，自上大牀臥，使客臥下牀。』」❽百年悲笑 指人生悲歡。〈古詩十九首〉：「生年不滿百，常懷千歲憂。」

【語　譯】遙望西北浮雲，須以萬里長劍倚天拂掠。傳說此地，深夜常見斗、牛間光焰照射。我覺山巒高聳，潭水清澈凜冽，明月皎潔，星光暗淡。擬待點燃犀角，憑欄察看，卻害怕風雷震怒，魚龍兇殘。　劍溪、樵川之水穿過山峽束迫，高樓下浪翻濤湧，急流騰飛又還收束回旋。陳元龍老矣，不妨閒臥，杯酒竹席相伴。登樓眺望，古今興亡，人生悲歡，一時感慨萬端。夕陽之下，何人又卸風帆，繫舟於白沙岸邊。

【研　析】據蔡義江、蔡國黃《辛棄疾年譜》，這首詞作於紹熙三年（西元一一九二年）歲末。稼軒時年五十三，自福建提刑被召入京，途經南劍。詞作起筆即用莊子「天子之劍」典故，與入朝見帝相應。

稼軒登樓抒懷，其內心壯志難酬的怨憤之情，因「劍」字而激發，起筆暗用莊子所謂「上抉浮雲」的「天子之劍」，一展稼軒抗金復國的豪邁胸襟，同時也表明恢復大業的完成須用「天子之劍」，即期望當朝皇上決意抗戰。然而這只是稼軒的主觀願望，朝政時局則令其感到冷寂憂懼，「人言此地」以下數句在敷衍當地「寶劍化龍」傳說中即透露出這種情調。筆法上，「人言」三句及「待燃犀下看」四句均為虛筆，「我覺山高」三句為實筆，「斗牛光焰」與「月明星淡」，「潭空水冷」與「風雷怒，魚龍慘」，虛實相映，令讀者感到稼軒身處沉寂無奈之中的內心激憤之情。

詞作上片扣住題中「南劍」二字，下片則轉就「雙溪樓」而發。過片氣勢與上片結處相呼應，「蒼江對起」即切合「雙溪」。「過危樓」一句筆兼溪、樓，氣勢由飛騰轉歸收斂，為下文抒發感慨蓄勢。「元龍老矣」三句，化用陳登典故，悠然灑脫的筆調中蘊含無奈的身世之悲，「千古」二句由自身境遇之慨，擴展到對千古世事、百年人生的浩歎。結末帶著歷史盛衰、人生悲歡的感慨餘韻，回到眼前夕陽下卸帆繫舟的現實畫面之中，令讀者感受到稼軒倚樓眺望中的憂憤和悵惘。

詞作筆力雄奇，虛實相發，山水之奇景、傳說之異事、現實之感慨融為一體，境界壯麗而情調沉雄。

水龍吟

老來曾識淵明，夢中一見參差是❶。覺來幽恨，停觴不御❷，欲歌還止。白髮西風，折腰五斗，不應堪此❸。問北窗高臥，東籬自醉❹，應別有，歸來意。

須信此翁未死，到如今、凜然生氣❺。吾儕心事，古今長在，高山流水❻。富貴他年，直饒未免，也應無味❼。甚東山何事，當時也道，為蒼生起❽？

【注釋】❶參差是　大略是。參差，差不多；幾乎。白居易〈長恨歌〉：「中有一人字太真，雪膚花貌參差是。」❷停觴不御　停杯不飲。御，食飲。王維〈春中田園作〉：「臨觴忽不御，惆悵遠行客。」❸折腰五斗二句　意謂不能忍受為了官俸而折節屈己。《宋書・隱逸傳》載潛為彭澤令，「郡遣督郵至，縣吏白應束帶見之。潛嘆曰：『我不能為五斗米折腰向鄉里小人！』即日解印綬去職，賦〈歸去來〉」。❹問北窗高臥二句　陶潛〈與子儼等疏〉：「常言五六月中，北窗下臥，遇涼風暫至，自謂是羲皇上人。」其〈飲酒二十首〉其五：「採菊東籬下，悠然見南山。」《藝文類聚》卷四引《續晉陽秋》：「陶潛嘗九月九日無酒，宅邊菊叢中摘菊盈把，坐其側，久望，見白衣至，乃王弘送酒也。即便就酌，醉而後歸。」❺須信此翁未死二句　意謂淵明那令人敬畏的風度至今活現於詩文中，彷彿其人猶在。《世說新語・品藻》載庾和語：「廉頗、藺相如雖千載上死人，懔懔恆如有生氣。」❻吾儕心事三句　意謂古今陶潛及稼軒等人心志長在高山流水間。吾儕，我輩。此兼指陶潛。《呂氏春秋・本味》：「伯牙鼓琴，鍾子期聽之。方鼓琴而志在太山，鍾子期曰：『善哉乎鼓琴！巍巍乎若太山。』少選之間而志在流水，鍾子期又曰：『善哉乎鼓琴！湯湯乎若流水。』」❼富貴他年三句　意謂即使他年富貴降臨，也一定覺得沒有意味。直饒，即使。《世說新語・排調》：「初，謝安在東山居布衣時，兄弟已有富貴者，翕集家門，傾動人物。劉夫人戲謂安曰：『大丈夫不當如此乎？』謝乃捉鼻曰：『但恐不免耳。』」❽甚東山何事三句　《世說新語・排調》載謝安屢違朝旨，隱居不仕，後出任桓溫司馬。朝臣送行，高崧戲曰：「卿屢違朝旨，高臥東山。諸人每相與言：『安石不肯出，將如蒼生何？』今亦蒼生將如卿何？」蒼生，百姓。

【語　譯】老來曾於夢中相識淵明，情形猶如真事。醒來深感悵然，停杯不飲，欲歌又止。白髮臨風，不堪為五斗米折腰屈己。試問北窗下高臥，東籬邊自醉，當別有一番歸隱之意趣。　當相信陶翁未曾離世，到如今生氣凜然可畏。古今如我輩之人，志趣都在高山流水。即便他年富貴及身，也定覺毫無意味。謝安當年高臥東山，何故又稱為天下百姓而出仕？

【研　析】這首詞具體作年無考，據詞意，大略作於慶元末、嘉泰初（西元一二〇〇年前後）。稼軒時年約六十，閒居瓢泉。

稼軒罷職閒居所作詞中屢屢言及淵明，欽慕之情溢於筆端，如「我愧淵明久矣，猶借此翁湔洗，素壁寫〈歸來〉」（〈水調歌頭〉「君莫賦幽憤」）、「便此地結吾廬，待學淵明，更手種、門前五柳」（〈洞仙歌〉「飛流萬壑」）、「一尊遐想，剩有淵明趣。山上有停雲，看山下、濛濛細雨」（〈蓦山溪〉「小橋流水」），以淵明詩文湔洗仕宦幽憤，結廬建堂追慕淵明之趣，心中念念，故而夢見其人。夢醒時分，其難以言表的無限悵然之情，「停觴」二句足以見出。片刻靜默之後，夢中淵明風度再現於稼軒腦際，「白髮西風」，不為五斗米折腰，「北窗高臥，東籬自醉」。這正是稼軒對淵明的傾慕之處：骨氣傲然，清真脫俗，率性自適，即所謂「別有歸來意」。

過片數句承上片之夢境，夢見如真，遂有「須信此翁未死」云云。「吾儕心事」三句，攬淵明為同道而直陳志在山水，其「高山流水」一語，既含「志在高山」、「志在流水」之意，又寓有同道相知之意。「富貴他年」三句為反襯筆調，即使富貴亦覺無味，更顯山水志趣深入其性，不可移易。同時，此三句用謝安典故，意脈貫通末三句。「吾儕」志在「高山流水」，自然對當年高臥東山的謝安起而入仕感到不解。謝安居東山時對富貴之事甚為不屑，其出山入仕亦令人不解。

詞因夢見淵明而作，構思章法上，首二句中「參差是」三字引領上片，為夢醒後對夢境的依依重溫；下片就夢境而生發感慨，逐次蕩開。「須信」二句乃直從夢境而發；「吾儕」三句展開一筆，陳述古今淵明同調（包括稼軒本人）之心志；「富貴」六句用謝東山典故，筆調再次展開，而意脈連貫。疑問筆調作結，意蘊含蓄跌宕。

永遇樂

檢校停雲❶新種杉松，戲作。時欲作親舊報書，紙筆偶為大風吹去，末章❷因及之

投老空山，萬松手種❸，政爾堪歎❹！何日成陰？吾年有幾❺？似見兒孫晚❻。古來池館，雲煙草棘，長使後人悽斷。想當年良辰已恨，夜闌酒空人散。停雲高處，誰知老子，萬事不關心眼❼。夢覺東窗，聊復爾耳❽，起欲題書簡。霎時風怒，倒翻筆硯，天也只教吾懶。又何事、催詩雨急，片雲斗暗❾？

【詞牌】永遇樂

又名〈消息〉。此調有平韻、仄韻兩體。仄韻者始自北宋柳永，平韻者始自南宋陳允平。正體雙調一百四字，上、下各十一句四仄韻。稼軒此詞為正體。

【注釋】❶停雲　稼軒瓢泉所建堂名。❷末章　指詞作下片。❸投老空山二句　投老，臨老。蘇軾〈寄題刁景純藏春塢〉：「白首歸來種萬松，待看千尺舞霜風。」❹政爾堪歎　確實可歎。政，通「正」。❺何日成陰二句　謂松樹何日能成林布蔭。我還能活多少年。白居易〈栽松〉：「栽植我年晚，長成君性遲。……得見成陰否？人生七十稀。」❻似見兒孫晚　意謂如晚年得兒孫，難見其成人。❼萬事不關心眼　王維〈酬張少府〉：「晚年惟好靜，萬事不關心。」張綱〈菩薩蠻〉（南山只與溪橋隔）：「功成投老去，判作林塘主。萬事不關心，酒杯紅浪深。」❽聊復爾耳　姑且如此而已。《世說新語・任誕》載阮咸七月七日，依俗曬衣，「以竿掛大布犢鼻褌於中庭。人或怪之，答曰：『未能免俗，聊復爾耳』」。蘇軾〈觀棋〉：「優哉游哉，聊復爾耳。」❾催詩雨急二句　意謂烏雲驟起，大雨將至，似催我賦詩。杜甫〈陪諸貴公子丈八溝攜妓納涼晚際遇雨〉：「片雲頭上黑，應是雨催詩。」斗，陡然。

【語　譯】察看停雲堂旁新植杉松，賦詞為戲。當時想給親友寫信，紙筆被突來的大風捲走，詞作末尾遂有提及。

歸老山中，親手種下松樹千萬，真堪嗟歎！何日能長成茂林？我生餘年有多少？好似晚年始得兒孫。古來池閣樓臺，終歸草棘如煙，常令後人感慨悽然。料想當年良辰嘉會之時，已悵恨夜深酒罷人散。　高臥停雲堂上，誰知老夫我，超然不問世事紛紜。東窗夢醒悠然，起床欲作書簡。霎時間狂風怒起，吹翻筆墨紙硯。上天也教我閒懶，為何又降急雨催我賦詩，陡然間烏雲蔽天？

【研　析】這首詞當作於移居瓢泉之初，即慶元三年（西元一一九七年）前後。稼軒時年約五十八，閒居瓢泉。

上片因「停雲新種杉松」而生發感觸。稼軒罷官退歸山中，種下青松千萬，蓋亦為其精神寄託，如白居易〈栽松〉詩中所云：「愛君抱晚節，憐君含直文。欲得朝朝見，階前故種君。」然而想到自身臨老，難見小松成蔭，遂心生感慨。「古來」五句即由此引發的世事盛衰之感。池館樓臺，良辰歡宴，終將歸於「雲煙草棘」，令後人撫今追昔，感慨不盡。此層滄桑感，前人詩文中常見，稼軒的獨到感觸在於，不僅後人感慨淒然，

料想當年古人宴罷人散之時即已悵然。此意令人想到李商隱的詩句：「此情可待成追憶，只是當時已惘然。」（〈錦瑟〉）

下片筆調跳出古今盛衰感慨，自述悠然超然心境，並關合題中「時欲作親舊報書」云云。停雲堂上高臥，萬事不管，有如蘇軾〈觀棋〉詩所言：「優哉游哉，聊復爾耳。」東窗夢醒，起床欲給親友作書，卻被驟起的狂風吹翻了筆硯，突然間烏雲密布，急雨打窗。對此場景，稼軒向天公質疑：「天也只教吾懶。又何事、催詩雨急，片雲斗暗？」筆調中透出諧趣。

詞作情調從「政爾堪歎」，轉歸「萬事不關心眼」、「聊復爾耳」，見出稼軒「投老空山」的日常情懷。

永遇樂

賦梅雪

怪底❶寒梅，一枝雪裏，直恁愁絕❷。問訊無言，依稀似妒，天上飛英白。江山一夜，瓊瑤萬頃，此段❸如何妒得！細看來、風流添得，自家越樣標格❹。

曉來❺樓上，對花臨鏡❻，學作半粧宮額❼。著意爭妍，那知卻有，人妒花顏色。無情休問，許多般事❽，且自訪梅踏雪。待行過、溪橋夜半，更邀素月。

【注釋】❶怪底　驚疑。杜甫〈奉先劉少府新畫山水障歌〉：「堂上不合生楓樹，怪底江山起烟霧。」❷直恁愁絕　這般愁苦。愁絕，深愁。李白〈灞陵行送別〉：「正當今夕斷腸處，黃鸝愁絕不忍聽。」❸此段　這些；這般。蔡伸〈念奴嬌〉（輕雷驟雨）：「五湖當日，未應此段奇絕。」❹越樣標格　別樣風度。越樣，出眾。趙長卿〈水調歌頭〉（今夕知何夕）：「姮娥此際底事，越樣好精神。」❺曉來　原作「晚來」，玆從四卷本。❻對花臨鏡　溫庭筠〈菩薩蠻〉（小山重疊金明滅）：「對花前後鏡，花面交相映。」❼半粧宮額　指半面妝、梅花妝。《南史・后妃傳》載梁元帝徐妃「無容質，不見禮。帝三二年一人房，妃以帝眇一目，每知帝將至，必為半面粧以俟。帝見則大怒而出」。宋祁〈落花〉：「將飛更作回風舞，已落猶成半面粧。」宮額，即梅花妝。原脫「宮」字，茲從四卷本。《太平御覽》卷九百七十引《宋書》載宋武帝女壽陽公主人日（正月初七）臥於含章殿簷下。梅花落其額上，拂之不去，遂成梅花妝。❽無情休問二句　意謂不必過問梅雪及佳人間許多無情相妒之事。

【語　譯】一枝寒梅在雪裡綻放，這般惆悵。問它卻沉默不語，彷彿在嫉妒天上的白雪如花飛揚。一夜間，江山變成萬頃美玉，這般奇景怎忍嫉妒！細心觀賞，雪景中寒梅更添別樣風度。　清晨樓上佳人對花臨鏡，學畫半面妝，額描梅花樣。寒梅一心與雪爭奇鬥豔，怎知卻有佳人羨慕它的美顏。不必過問這諸多無情相妒之事，還是去踏雪訪梅尋芳。待到夜半漫步溪橋，再邀明月同賞。

【研　析】這首詞疑作於閒居期間，但具體作年不詳。

詞題「賦梅雪」，起筆即扣題意：一枝寒梅，雪裡綻放。同時，梅花「愁絕」而又「無言」，令人疑怪揣度，導引出梅之妒雪情事。「江山」三句，意謂怎忍以妒嫉之心面對潔白無瑕如美玉般的雪景！此筆推倒梅之妒雪。「細看來」二句更進一層，謂美妙雪景使梅花增添別樣風韻，則梅花更不應妒雪。

過片引出樓上佳人對鏡描畫梅花妝。筆調仍在賦梅，但轉到人與梅花之情事。佳人仿梅梳妝，愛梅抑或妒梅，實難揣度，也許既愛賞又妒羨。詞中謂「人妒花顏色」，乃承上片梅花妒雪而別生意趣。梅花妒雪，佳人妒梅。詞筆至此，可謂從一「妒」字展現梅、雪之美，構思頗為奇妙。

「無情」二句，筆調有些突兀，乃將梅、雪、佳人間無情相妒之事一筆掃空，澄心淨慮進入踏雪訪梅、溪橋邀月之美妙境界。此境令人想到林逋詠梅名句：「疏影橫斜水清淺，暗香浮動月黃昏。」（〈山園小梅〉）不過詞筆不是直描景色，而是以人為主，敘述人之踏雪過溪橋、邀月賞梅花，梅花、雪景、溪水、明月融和輝映之境隱含於字句間。「且」、「待」、「更」等領字調度，令筆調靈動流轉。結句「更邀素月」，言盡而意蘊不盡。

賦詠兩種物象，自當有主次之分。本詞筆調章法上，以梅花貫穿全篇，從梅花妒雪角度展開，巧妙呈現出梅、雪爭妍而輝映之境，「人妒花顏色」以及「訪梅踏雪」、溪橋邀月，則由此境之美引發而出。物象景色之美、人心愛賞之情，相融相蕩於詞境之中。

永遇樂

戲賦辛字，送茂嘉❶十二弟赴調

烈日秋霜❷，忠肝義膽，千載家譜。得姓何年，細參辛字，一笑君聽取。艱辛做就，悲辛滋味，總是辛酸辛苦❸。更十分、向人辛辣，椒桂搗殘堪吐❹。

世間應有，芳甘濃美，不到吾家門戶。比著兒曹，纍纍卻有，金印光垂組❺。付君此事，從今直上，休憶對床風雨❻。但贏得、鞾紋縐面❼，記余戲語。

【注釋】❶茂嘉　稼軒族弟，行第十二。生平不詳。❷烈日秋霜　喻氣節凜然，令人敬畏。《新唐書．段秀實顏真卿傳》：「其英烈言言，如嚴霜烈日，可畏而仰哉！」蘇軾〈王元之畫像贊〉：「耿然如秋霜夏日，不可狎玩。」❸艱辛做就三句　言「辛」字意謂艱辛勞作，嘗盡悲辛，時刻伴隨辛酸辛苦。❹更十分向人辛辣二句　言「辛」字更意謂十分辛辣，如搗碎的胡椒肉桂，令人食之欲吐。蘇軾〈再和二首〉其一：「最後數篇君莫厭，搗殘椒桂有餘辛。」❺比著兒曹三句　意謂相比之下，別家子弟累世官位顯赫。組，官印綬帶。《漢書．石顯傳》：「顯與中書僕射牢梁、少府五鹿充宗結為黨友，諸附倚者皆得寵位。民歌之曰：『牢邪石邪，五鹿客邪！印何纍纍，綬若若邪！』言其兼官據勢也。」顏師古注：「纍纍，重積也。若若，長貌。」❻休憶對床風雨　意謂不要留念兄弟情誼。韋應物〈示全真元常〉：「寧知風雪夜，復此對床眠。」蘇轍〈逍遙堂會宿〉序云：「轍幼從子瞻讀書，未嘗一日相舍。既壯，將游宦四方，讀韋蘇州詩至『安知風雨夜，復此對床眠』，惻然感之，乃相約早退為閑居之樂。」❼但贏得鞾紋縐面　意謂滿臉皺紋。歐陽脩《歸田錄》卷下載田元均任三司使，權貴家子弟親友請託者甚多。田不能從其請託，又不便嚴辭拒絕，「每溫顏強笑以遣之，嘗謂人曰：『作三司使數年，強笑多矣，直笑得面似靴皮。』士大夫聞者傳以為笑」。韡，同「靴」。

【語　譯】辛氏千年家世，忠義耿耿如秋霜烈日。辛氏一姓始於何年，我來對辛字作番細究，你且權當玩笑來聽取。艱難辛勞，嘗盡悲辛，時刻伴隨辛酸辛苦。辛辣異常，如搗碎的胡椒肉桂，令人食之欲吐。世間自有芳香甘美，卻到不了我們辛家門戶。比看別家，兒孫世居高官厚祿。功名之事交付與你，願你從今仕途順達，不要留戀兄弟歡聚。待到官場笑臉逢迎，落得面如靴皮，當記起我的玩笑話語。

【研　析】這首詞與〈賀新郎・別茂嘉十二弟〉大略作於同時，亦為嘉泰四年（西元一二〇四年）暮春所作。稼軒時年六十五，知鎮江府。

茂嘉此次赴調，劉過亦有詞相送，其〈沁園春・送辛幼安弟赴桂林官〉云：「猛士雲飛，狂胡灰滅，機會之來人共知。何為者，望桂林西去，一騎星馳。」「入幕來南，籌邊如北，翻覆手高來去棋。」時當北伐用人之際，茂嘉亦曾「籌邊如北」，如今卻被調往偏遠之地桂林（南宋靜江府，治所在今廣西桂林），當為仕途之厄，故劉詞有「離筵不用多悲」之寬慰語。稼軒為詞相送，則以戲筆賦「辛」字，身世感慨中寄託兄弟間的深情寬解和勉勵。

起筆亮出辛氏家族千年傳承的忠義氣節。這當是辛氏子弟的處世立身之本，也是稼軒、茂嘉坦然面對仕宦挫折的精神支柱，言語間透出家族自豪感，也是兄弟間的共勉。此為莊嚴正筆。「得姓何年」以下轉入亦莊亦諧筆調。「何年」一問，答案已在上句「千載家譜」之中，稼軒遂轉而「細參辛字」，從字義上對辛氏作別開生面的溯源。「艱辛」三句，言「辛」字所含艱辛悲苦之意，寄寓辛氏子弟處世艱辛；「更十分」二句，言「辛」含辛辣之意，寄寓辛氏子弟性情耿直，不為世所容。稼軒南渡以來屢遭彈劾罷官，其對「辛」字內涵的推究，實為感慨身世，寓莊於諧。

處世艱辛，不為世容，自然無福享受世間之「芳甘濃美」。過片數句即為此意，「芳甘濃美」對上片「辛辣」而言，其喻意實指高官厚祿。接下「比著兒曹」三句即言他家子弟世代富貴。「吾家門戶」與他家「兒曹」的相比對言，自然寓有對茂嘉的同情和不平。但有了上片對辛氏家族忠義精神的高揚、對辛氏子弟艱辛身世的戲筆解析，稼軒終歸於平和面對兄弟的遠別外任，祝願其仕宦順達，望其不要繫念兄弟情意而耽誤前程。這話語自然是真誠的，而仕宦順達背後的艱辛逢迎，稼軒也很清楚，末二句即以此意作結。「鞾紋縐面」，顯示出官場逢迎之辛苦，這又應合了「辛」字含義，故云「記余戲語」。在整體章法上，此句關合「戲賦辛字」題旨，收束全詞。

永遇樂

京口❶北固亭❷懷古

千古江山，英雄無覓，孫仲謀處❸。舞榭歌臺，風流總被，雨打風吹去。斜陽草樹，尋常巷陌❹，人道寄奴❺曾住。想當年、金戈鐵馬，氣吞萬里如虎❻。

元嘉草草，封狼居胥，贏得倉皇北顧❼。四十三年❽，望中猶記，烽火揚州路❾。可堪回首，佛狸祠下，一片神鴉社鼓❿。憑誰問，廉頗老矣，尚能飯否⓫？

【注　釋】❶京口　宋鎮江府，六朝時稱京口城，今江蘇鎮江市。❷北固亭　又稱北固樓，在鎮江府北固山上，晉蔡謨創建。❸千古江山三句　言江山千古依舊，而孫仲謀似的英雄人物則無處尋覓。孫權（西元一八二—二五二年），字仲謀，吳郡富春（今屬浙江）人。三國時吳國創建者。❹斜陽草樹二句　周邦彥〈西河・金陵懷古〉：「燕子不知何世，向尋常巷陌人家相對，如說興亡斜陽裏。」❺寄奴　劉裕（西元三六三—四二二年），字德輿，小字寄奴。南朝宋創建者，卒諡武皇帝。彭城（今江蘇徐州）人，世居京口。家貧，以種地、漁樵、賣履為業。❻想當年金戈鐵馬二句　言劉裕當年率軍征南燕、平西蜀、滅後秦，氣勢如虎。❼元嘉草草三句　指南朝宋文帝劉義隆元嘉二十七年（西元四五〇年）命王玄謨伐魏，草率貪功，落得大敗而歸。封狼居胥，西漢驃騎將軍霍去病追擊匈奴至狼居胥（山名，今內蒙古自治區五原），封山而還。《宋書・王玄謨傳》載文帝語：「聞王玄謨陳說，使人有封狼居意。」倉皇北顧，《南史・宋文帝紀》載王玄謨北伐大敗，北魏太武帝拓跋燾率軍追至瓜步（今江蘇六合東南），欲渡長江。宋文帝「登烽火樓極望，不悅」。《宋書・索虜傳》載元嘉八年，宋文帝因滑臺（今河南滑縣東）失守，作詩有云：「惆悵懼遷逝，北顧涕交流。」❽四十三年　指稼軒紹興三十二年（西元一一六二年）南渡以來四十三年。❾烽火揚州路　指紹興三十一年金兵大舉南侵，隆興二年（西元一一六四年）渡淮河，攻至揚州。❿佛狸祠下二句　言瓜步山拓跋燾祠下，一片熱鬧祭祀景象。北魏太武帝拓跋燾（西元四〇八—四五二年），小字佛狸。瓜步山有其廟，陸游《入蜀記》卷二：「過瓜步山。山蜿蜒蟠伏，臨江起小峰，頗巉峻。絕頂有元魏太武廟。廟前大木，可三百年。一井已眢，傳以為太武所鑿，不可知也。太武以宋文帝元嘉二十七年南侵至瓜步，建康戒嚴。太武鑿瓜步山為蟠道，於其上設氈廬，大會羣臣，疑即此地。」神鴉，吃祭食的烏鴉。⓫憑誰問三句　用廉頗典故寄託老當益壯之情。廉頗，戰國時趙之名將，悼襄王時獲罪奔魏。後趙屢為秦兵所困，趙王欲復用廉頗，遣使者探望廉頗是否可用。廉頗亦望復用，見趙使者，「為之一飯斗米，肉十斤，被甲上馬，以示尚可用」。然使者收受廉頗仇人郭開賄賂，在趙王面前謊稱：「廉將軍雖老，尚善飯，然與臣坐，頃之三遺矢矣。」

【語　譯】千古江山，一世英豪孫仲謀無處尋覓。歌舞樓臺，風情流韻，都在風吹雨打中消逝。斜陽輝映芳草樹林，尋常街巷，據說曾是劉裕的住處。想當年劉裕揮師征戰，氣吞萬里，勢如猛虎。　宋文帝元嘉年間，草率北伐，落得倉皇敗退。南渡四十三年過去，北望依然記得，金兵攻占揚州，戰火紛飛。怎堪回首，如今佛狸祠下，神鴉飛集，一片社鼓。有誰來問詢：老廉頗身體尚健否？

【研　析】這首詞作於開禧元年（西元一二〇五年）春社時。稼軒時年六十六，知鎮江府。

稼軒志圖恢復，然對韓侂胄北伐用兵之策失去信心，此前所作如〈瑞鷓鴣〉（暮年不賦長短詞）、〈瑞鷓鴣〉（膠膠擾擾幾時休）等顯露出失望歸退之情。是年春，韓侂胄等未能準備充分而以北伐易成，授意守邊宋軍先行對金挑釁，張揚用兵之勢。稼軒反對草率用兵，卻又無力阻止，深為憂慮，本詞即借懷古抒發對時局的憂憤之情。

上片懷想與京口有關的兩位古代英雄人物，既是期盼英雄之重現，主導今日之北伐，更是感歎當今英雄無覓。詞作落筆豪曠，感慨蒼茫。正如蘇軾〈念奴嬌・赤壁懷古〉所云：「江山如畫，一時多少豪傑！」稼軒放眼千古江山，同樣想到千古豪傑，但其心中憂慮的是今日之北伐，懷古而傷今，慨歎今日難覓英雄如孫仲謀者。詞中「無覓」一語，意謂孫仲謀之英風壯采，如今無處尋覓。其言外之意則謂當今之孫仲謀無處覓得，感歎北伐無豪傑。「舞榭」三句，筆脈承「無覓」之意，情調低落。孫仲謀稱雄江南，抗衡曹、劉，但無北伐之舉，而世居京口、出身貧民的南朝宋武帝劉裕當年曾北伐關中，滅後秦。此尤令稼軒興奮，詞情遂轉為激壯。「金戈鐵馬，氣吞萬里如虎」之情勢，又令人想到稼軒「壯歲旌旗擁萬夫，錦襜突騎渡江初」（〈鷓鴣天〉）之抗金生涯，則其言語間也隱含自身之壯志豪情，此可與結末以廉頗自喻相呼應。

過片承前劉裕典故而來，筆調落到劉裕之子劉義隆元嘉北伐大敗。草率用兵，好大喜功，是其敗因。借古喻今，其用意顯然是對當今韓侂胄等人主持北伐的擔憂和勸諫，言在元嘉北伐，而意在開禧北伐。「四十三年」一句，字面上似覺跳轉突兀，實則意脈相通：北伐抗金，是稼軒南歸四十三年來念念不忘的志向。如今放眼北望，依然記得四十多年前金兵南侵攻占揚州時的烽火紛飛，一切怎堪回首！時至今日，恢復無成，遙望中想到江北佛狸祠，那是「元嘉草草」之歷史見證，本當為後世引以為鑑，如今反成了當地祭神之所，「一片神鴉社鼓」呈現出苟安無事氣象，遂令志在恢復的稼軒深為憂慮，北伐抗金之情激盪心懷，卻又報國無門。結末自喻廉頗，慨歎聲中充溢深深的幽憤之情。

《鶴林玉露》卷四謂稼軒此詞乃寄丘宗卿（名崇，時守建康）之作，岳珂《桯史》卷三又載稼軒作此詞後，「特置酒，召數客，使妓迭歌」，可以見出稼軒自述情懷的同時，更期望詞作流傳開去，對北伐主持者有所警醒。

玉樓春

寄題文山鄭元英巢經樓❶

悠悠莫向文山去，要把襟裾牛馬汝❷。遙知書帶草❸邊行，正在雀羅門❹裏住。平生插架昌黎句❺，不似拾柴東野苦❻。侵天且擬鳳凰巢❼，掃地從他〈鸜鵒舞〉❽。

【詞牌】玉樓春

又名〈上樓春〉、〈玉堂春〉、〈春曉曲〉、〈惜春容〉、〈西湖曲〉、〈夢相親〉、〈歸朝歡令〉、〈轉調木蘭花〉等。此調正體雙調五十六字，上、下片各四句三仄韻。稼軒此詞為正體。

【注釋】❶寄題文山句　文山，在福州（今屬福建）。鄭元英，福州人。稼軒另有〈歸朝歡‧寄題三山鄭元英巢經樓〉云：「萬里康成西走蜀。」知鄭氏曾遊宦蜀川，餘不詳。巢經樓，鄭元英之藏書樓。「巢經」取自孟郊〈忽不貧喜盧仝書船歸洛〉詩句：「巢經於空虛。」❷要把襟裾牛馬汝　意謂才學淺薄而被視為衣冠牛馬。韓愈〈符讀書城南〉：「人不通古今，馬牛而襟裾。」❸書帶草　用東漢鄭玄（字康成）典故，代指山居讀書之處。《太平廣記》卷四百八錄〈三齊記〉：鄭康成「居不其城南山中教授。……所居山下草如薤，葉長尺餘許，堅韌異常。時人名作康成書帶」。❹雀羅門　喻門庭冷落。《史記‧汲鄭列傳》：「夫以汲黯之賢，有勢則賓客十倍，無勢則否。況眾人乎！下邽翟公有言：始翟公為廷尉，賓客闐門。及廢，門外可設雀羅。」❺平生插架昌黎句　意謂平生藏書甚多。韓愈〈送諸葛覺往隨州讀書〉：「鄴侯家多書，插架三萬軸。」韓愈自謂郡望昌黎，世稱韓昌黎。❻不似拾柴東野苦　意謂不像孟郊那般清苦。孟郊〈忽不貧喜盧仝書船歸洛〉：「我願拾遺柴，巢經於空虛。」孟郊，字東野。一生困窮苦吟，其詩〈贈崔純亮〉云：「食薺腸亦苦，強歌聲無歡。」❼侵天且擬鳳凰巢　謂書樓高聳入雲，可比鳳凰高棲之巢。韓愈〈南山有高樹行贈李宗閔〉：「南山有高樹，花葉何蓑蓑。上有鳳凰巢，鳳凰乳且棲。」❽鸜鵒舞　樂舞名。鸜鵒，鳥名，俗稱八哥。《世說新語‧任誕》：「謝便起舞，神意甚暇。」劉孝標注引《語林》：「謝鎮西（尚）酒後，於槃案間，為洛市肆工鴝鵒舞，甚佳。」《晉書・謝尚傳》載王導辟謝尚為掾，「導以其有勝會，謂曰：『聞君能作〈鴝鵒舞〉。一坐傾想，寧有此理不？』尚曰：『佳。』便著衣幘而舞。導令坐者撫掌擊節。尚俯仰在中，傍若無人。」杜審言〈贈崔融〉：「興酣〈鴝鵒舞〉，言洽鳳凰翔。」鸜，同「鴝」。

【語譯】文山悠悠，莫要前去，腹笥空乏如牛馬襟裾。遙知你終日讀書問學，居宅門可羅雀。你平生藏書之多，堪比韓愈所稱鄴侯「插架三萬軸」，非如孟郊「拾遺柴」之清苦。樓身摩天書樓如鳳凰高巢，任他鸜鵒飛舞競逐。

【研析】據鄧廣銘《稼軒詞編年箋注》，這首詞作於淳熙十六年（西元一一八九年）前後。稼軒時年約五十，閒居瓢泉。

稼軒為鄭元英巢經樓寄題二詞，另有〈歸朝歡〉云：「萬里康成西走蜀，藥市船歸書滿屋。」知鄭氏遊蜀購書甚多，歸而建巢經樓以藏之。稼軒身在鉛山，遙想鄭氏書樓，當因不能前往親睹而感到遺憾，寄題詞作以此意起筆甚合情理，稼軒卻由此憾意轉而出以戲謔自謙筆調，意謂自覺譾陋，自戒莫去文山書樓，以免落得如韓愈所言「人不通古今，馬牛而襟裾」（〈符讀書城南〉）。「悠悠」二字則透出稼軒的神往之情以及巢經樓蘊藏的書山學海境界，導引下文。「遙知」二句，料想書樓主人終日詩書相伴的清靜生涯。以東漢大學者鄭玄相譬擬，自是用同姓典故，也見出鄭氏的博學。

下片筆調落到書樓。前二句言鄭氏書多。「巢經」之名取自孟郊〈忽不貧喜盧仝書船歸洛〉詩句：「我願拾遺柴，巢經於空虛。」詩意蓋謂願出微薄之力助建藏書樓。稼軒轉從孟郊之貧而變其意，言鄭氏平生藏書之多堪比韓愈所稱鄴侯家「插架三萬軸」（〈送諸葛覺往隨州讀書〉），非如自稱「拾遺柴」的東野無力購書藏書。書多則需藏書樓，「侵天」即言巢經樓，化用孟郊詩句「巢經於空虛」，以「鳳凰巢」擬比書樓，與下句「鸜鵒舞」相對。〈鸜鵒舞〉，為樂舞名。鸜鵒，俗稱八哥。稼軒之寓意蓋在鳳凰之於鸜鵒，意謂鄭氏樓身書樓，神遊古今，任他世間眾生名利爭逐，猶如鳳凰巢高樹，任他眾鳥飛舞競逐。如此結筆，章法上亦關合鄭元英及其巢經樓，歸宿題旨。

玉樓春

隱湖❶戲作

客來底事❷逢迎晚？竹裏鳴禽尋未見。日高猶苦聖賢❸中，門外誰酣蠻觸戰❹？多方為渴泉尋遍，何日成陰松種滿❺？不辭長向水雲❻來，只怕頻頻魚鳥倦。

【注　釋】❶隱湖　即隱湖山，在鉛山縣（今屬江西）東。❷底事　何故。蘇軾〈滿庭芳〉（歸去來兮）：「人生底事，來往如梭？」❸聖賢　指酒。《三國志・魏書・徐邈傳》載鮮于輔語：「平日醉客謂酒清者為聖人，濁者為賢人。」❹蠻觸戰　《莊子・則陽》：「有國於蝸之左角者，曰觸氏，有國於蝸之右角者，曰蠻氏。時相與爭地而戰，伏尸數萬，逐北，旬有五日而後反。」❺何日成陰松種滿　稼軒〈永遇樂〉（投老空山）：「萬松手種」、「何日成陰」。❻水雲　指溪泉雲林。

【語　譯】有客遊山，何故迎接來晚？竹林間禽鳥歡鳴，尋而未見。日高猶在酣醉中，聞聽門外蝸角觸蠻激戰。口渴遍尋山泉，松樹植遍，成林布蔭不知何年？我願常來林泉遊賞，只怕頻頻打擾，魚鳥會心生厭倦。

【研　析】詞中「何日成陰松種滿」，與〈永遇樂〉（投老空山）中「萬松手種」、「何日成陰」同義，當亦為慶元三年（西元一一九七年）前後之作。稼軒時年約五十八，閒居瓢泉。

據詞意揣度，稼軒蓋日高猶酣醉未醒，時有客來訪，未能逢迎。後酒醒，與客同遊隱湖山，戲作此詞。起筆「底事逢迎晚」一問，意脈上當與「日高」二句連貫，中間「竹裏鳴禽尋未見」一句描繪出林泉幽趣，為來客遊訪、主人酣醉，渲染出超然脫塵的場景氛圍。門外觸蠻酣戰，則於醉意幻覺中寄託對俗世名利爭鬥的不屑和超脫。筆致意趣與「竹裏」句相通。

過片為渴尋泉，與上片酣醉相承，蓋因酒醉而口舌乾渴，「松種滿」當指瓢泉停雲堂之松（稼軒有「檢校停雲新種杉松戲作」之〈永遇樂〉）。瓢泉、隱湖山相鄰，均在鉛山縣東約二十里。詞稱「多方尋遍」，則隱湖當在其中，故下文言「不辭長來」，又恐常來打擾魚鳥，令其生厭。此為戲筆，又見出稼軒對林泉清幽脫俗之境的傾心，對魚鳥自樂之情的認同和愛惜。

玉樓春

乙丑❶京口奉祠西歸❷，將至仙人磯❸

江頭一帶斜陽樹，總是六朝❹人住處。悠悠興廢不關心，惟有沙洲雙白鷺❺。
仙人磯下多風雨，好卸征帆留不住。直須抖擻盡塵埃❻，卻趁新涼秋水❼去。

【注　釋】❶乙丑　即開禧元年（西元一二〇五年）。❷奉祠西歸　指提舉沖佑觀，西歸鉛山。❸仙人磯　在建康（今江蘇南京）西南長江邊。《江西通志》卷九十五〈武備志・江防〉「江寧縣界汛」有「仙人磯」。❹六朝　指吳、東晉、宋、齊、梁、陳，均建都建康。❺悠悠興廢不關心二句　言不關心人世興廢盛衰，只關心沙洲白鷺。蘇軾〈再和潛師〉：「惟有飛來雙白鷺，玉羽瓊枝鬥清好。」❻直須抖擻盡塵埃　言只當抖盡仕途塵埃。白居易〈答州民〉：「宦情抖擻隨塵去，鄉思磨銷逐日無。」❼秋水　指秋江，兼指稼軒瓢泉秋水堂。

【語　譯】江岸斜陽映樹，都曾是六朝人的住處。世事悠悠，盛衰興廢，全不關心，只有沙洲上成雙嬉戲的白鷺。
仙人磯下風雨頻繁，意欲卸帆卻征棹難駐。只當抖盡身上的仕途塵埃，趁新秋天涼，扁舟回到我的秋水堂去。

【研　析】這首詞作於開禧元年（西元一二〇五年）秋。稼軒時年六十六，自鎮江奉祠歸鉛山。
時年三月，稼軒因所薦之人違法，坐繆舉降官。六月移知隆興府（治所在今江西南昌），未及赴任，七月遭臣僚論劾，落職。秋，奉祠歸鉛山，將至建康西南江邊仙人磯，感而賦此詞。上片從建康入筆，由眼前斜陽下的江岸樹叢想到六朝，觸景生情，卻又以「不關心」三字頓住，筆調跳轉到沙洲上自由閒適的白鷺。「悠悠」二句，既可理解為稼軒不關心「悠悠興廢」，只傾心「沙洲雙白鷺」，也可理解為只有沙洲白鷺不關心「悠悠興廢」。兩種解讀，前者為直言情懷，後者為託物（白鷺）言志，均表露出稼軒的達觀瀟脫心境。

詞作下片落筆到仙人磯。詞題言「將至仙人磯」，則未至也，謂「仙人磯下多風雨」，乃料想之言，或許當地有此俗傳。原想在仙人磯卸帆稍駐，但聽說此地風雨頻繁，不便停留，則當抖盡一身塵埃，秋江歸舟，回到心所繫念的瓢泉居所。

世事悠悠全不管，風雨之地莫停留，輕舟歸去，鷗鷺為友。這便是本詞展現的情懷。然而稼軒此番年逾花甲再次出山，為的是成就恢復大業，兩年來為之獻計獻策，卻不為所用。如今宋廷已詔令備戰（《宋史・寧宗紀》載，開禧元年六月五日，「詔內外諸軍密為行軍之計」，十二日，「命諸路安撫司教閱禁軍」），稼軒則遭彈劾落職，史載臣僚言其「好色貪財，淫刑聚斂」（《宋會要輯稿・職官》七五之三七），但更重要的原因恐怕與其不贊同韓侂胄的北伐策略有關。稼軒深明個中原由，也深知恢復無望，平生志向注定無法實現，無可奈何中重歸林泉，詞作情調雖顯得輕鬆超然，但「悠悠興廢」、「多風雨」、「留不住」等言語依然隱含對時局的感慨。

玉蝴蝶

追別杜叔高❶

古道行人來去，香紅滿樹，風雨殘花❷。望斷青山，高處都被雲遮。客重來、風流觴詠，春已去、光景桑麻❸。苦無多。一條垂柳，兩個啼鴉。人家。疏疏翠竹，陰陰綠樹，淺淺寒沙。醉兀籃輿❹，夜來豪飲太狂些。到如今、都齊醒卻，只依舊、無奈愁何。試聽呵，寒食近也，且住為佳❺。

【詞　牌】玉蝴蝶

有令、慢之分，又名〈玉蝴蝶令〉、〈玉蝴蝶慢〉。令詞始見於溫庭筠詞，正體雙調四十一字，上片四句四平韻，下片四句三平韻。慢詞始見於柳永詞，正體雙調九十九字，上片十句五平韻，下片十一句六平韻。稼軒此詞為慢詞正體。

【注　釋】❶叔高　原作「仲高」，茲從四卷本。❷香紅滿樹二句　言滿樹紅花在風雨中凋零。顧況〈春懷〉：「園鶯啼已倦，樹樹隕香紅。」❸春已去光景桑麻　言春已歸去，風光盡在桑麻。王安石〈出郊〉：「川原一片綠交加，深樹冥冥不見花。風日有情無處著，初回光景到桑麻。」❹醉兀籃輿　醉兀，沉醉的樣子。白居易〈對酒〉：「所以劉阮輩，終年醉兀兀。」蘇軾〈自雷適廉宿于興廉村淨行院〉：「晨登一葉舟，醉兀十里溪。」籃輿，古時類似轎子的交通工具。❺寒食近也二句　言寒食節臨近，暫且多住幾天為佳。此化用顏真卿〈寒食帖〉語：「天氣殊未佳，汝定成行否？寒食近，且住為佳爾。」寒食，節令名，在清明節前一天或兩天。

【語　譯】古道之上，行人來來往往，風雨之中，滿樹落紅飄香。遙望青山，高處雲遮霧掩。好友重聚，詩酒宴歡雅賞，春已歸去，桑麻獨占風光。只恨風景已無多。一枝垂柳，兩隻啼鴉。　鄉村人家。翠竹疏落，綠樹繁茂，寒沙淺浪。醉醺醺乘坐籃輿歸來，昨夜裡暢飲太狂放。到此時全然酒醒神清，只有愁情依舊難消。請聽我說，寒食臨近，還是再住幾天為好。

【研　析】這首詞作於慶元六年（西元一二〇〇年）春末。稼軒時年六十一，閒居瓢泉。

詞題「追別」，則杜氏已啟程，稼軒追及相別而賦此詞。途中贈別，遂從古道起筆，路上行人來去匆匆，路旁枝頭落紅飄香，路斷青山，山頭雲霧繚繞。情境如畫，深沉的離愁別怨蘊於其中。「客重來」句，筆調跳出別離情境，重溫剛剛過去的聚歡場景；「春已去」句又回到眼前的殘春送別；「苦無多」，一聲歎惋，既惋惜春殘光景無多，也悵歎好友相聚匆匆。「一條垂柳，兩個啼鴉」，似一幅花鳥小品，垂柳啼鴉渲染出哀怨的別離氛圍，其意脈與「苦無多」相貫通。

過片筆調移到村落人家，與上片結末畫面亦相承，由點及面，由近及遠，筆墨輕快灑落，構圖造境清雅優美，盡顯江南山鄉水村的風景情韻。置身其境，相知好友重聚，歡洽之情自難言表，而短暫歡聚便要分別，其憂傷之情則難以盡言。以稼軒之豪放，其別夜狂飲，大醉而歸，自在情理之中。酒醒過後，惆悵依舊，追別友人，深情挽留：「寒食快到了，再多住幾天吧！」此番情景，令人深切感受到兩人間的真摯交情和惜別情懷。

全詞以描述追別場景、抒寫追別情懷為主，對重聚之歡、別夜之狂的簡括追述，則是必要的襯托，情感脈絡貫通自然。筆法上，稼軒較多採取融情於景的描繪手法，畫面層出，情景相映，令讀者如臨其境。

玉蝴蝶

叔高❶書來戒酒，用韻❷

貴賤偶然渾似，隨風簾幕，籬落飛花❸。空使兒曹，馬上羞面頻遮❹。向空江、誰捐玉佩❺？寄離恨、應折疏麻❻。暮雲多。佳人何處❼？數盡歸鴉。

儂家。生涯蠟屐❽，功名破甑❾，交友摶沙❿。往日曾論，淵明似勝臥龍些⓫。算從來、人生行樂⓬，休更說、日飲亡何⓭。快斟呵，裁詩未穩，得酒良佳。

【注釋】❶叔高　原作「仲高」，茲從四卷本。❷用韻　指用〈玉蝴蝶〉（古道行人來去）詞韻。❸貴賤偶然渾似三句　意謂人之貴賤，如風吹落花，或傍簾幕，或落籬牆，純屬偶然。渾似，完全如同。《南史・范縝傳》：竟陵王蕭子良信佛，范縝稱無佛，「良問曰：『君不信因果，何得富貴貧賤？』縝答曰：『人生如樹花同發，隨風而墮，自有拂簾幌墜於茵席之上，自有關籬牆落於糞溷之中。墜茵席者殿下是也，落糞溷者下官是也。貴賤雖復殊途，因果竟在何處？』」❹空使兒曹二句　意謂只有讓兒輩們馬上取功名，自覺羞愧。《南齊書・劉祥傳》：「祥少好文學，性韻剛疎，輕言肆行，不避高下。司徒褚淵入朝，以腰扇鄣日。祥從側過，曰：『作如此舉止，羞面見人，扇鄣何益！』」❺向空江誰捐玉佩　意謂江上空無一人，誰留玉佩。《楚辭・九歌・湘君》：「捐余玦兮江中，遺余佩兮澧浦。」王逸章句：「玦，玉佩也。」洪興祖補注：「捐玦遺佩以詒湘君。」❻寄離恨應折疏麻　自言託物寄別恨。《楚辭・九歌・大司命》：「折疏麻兮瑤華，將以遺兮離居。」王逸章句：「疏麻，神麻也。」朱熹集注：「此以神既去而思之。」❼暮雲多二句　意謂天色漸暗，思念的人不知何處。佳人，喻知友。江淹〈休上人怨別〉：「日暮碧雲合，佳人殊未來。」❽生涯蠟屐　意謂虛度生涯，無所建樹。《世說新語・雅量》載阮孚嗜好木屐，「自吹火蠟屐，因歎曰：『未知一生當著幾量屐。』神色閒暢。」量，通「緉」。一雙。屐，木屐，底部有齒。❾功名破甑　言棄功名如破甑。《後漢書・郭太傳》：「郭太，字林宗。太原界休人也。……孟敏，字叔達。鉅鹿楊氏人也。客居太原，荷甑墮地，不顧而去。林宗見而問其意，對曰：『甑已破矣，視之何益。』」蘇軾〈與周長官李秀才遊徑山〉：「功名一破甑，棄置何用顧。」❿交友摶沙　言友人聚而復散。摶沙，捏沙成團。蘇軾〈二公再和亦再答之〉：「親友如摶沙，放手還復散。」⓫淵明似勝臥龍些　意謂陶淵明蕭散灑落似勝於諸葛亮。⓬算從來人生行樂　意謂人生行樂，從來如此。《漢書・楊惲傳》載惲詩曰：「人生行樂耳，須富貴何時。」⓭休更說日飲亡何　意謂別再說整日飲酒無事。《漢書・爰盎傳》載盎（字絲）徙為吳相，其侄種曰：「吳王驕日久，國多姦。……南方卑溼，絲能日飲亡何，說王毋反而已。如此幸得脫。」顏師古注：「無何，言更無餘事。」亡何，即無何。

【語譯】人生或貴或賤全屬偶然，如風中飛花，或飄落於簾幕，或凋零於籬邊。只有讓兒輩們馬上取功名，自覺慚愧，頻遮羞顏。誰向空蕩的江邊留下玉佩？寄託離恨當折取疏麻。暮雲瀰漫。所思在何方？數盡歸林之鴉。

　我這人啊。平生就像阮孚蠟屐，功名視如破甑，交友好似摶沙。往日曾說，淵明風度勝過臥龍諸葛。人生從來就該行樂，不用說終日醉飲無所事。快快斟滿酒杯，詩未寫成，有酒甚美。

【研析】這首詞作於慶元六年（西元一二〇〇年），在〈玉蝴蝶・追別杜叔高〉之後。稼軒時年六十一，閒居瓢泉。

稼軒在叔高臨別之夜狂飲大醉，醒後追別叔高（見〈玉蝴蝶・追別杜叔高〉）。叔高歸家後寄書稼軒，勸其戒酒。其實，稼軒曾因病戒酒，如慶元二年所作〈水調歌頭〉（我亦卜居者）詞序云「時以病止酒」、〈浣溪沙・瓢泉偶作〉云「病怯杯盤甘止酒」。如今年已花甲，更當少飲。出於對好友的關愛，杜叔高遂不失時機地勸稼軒戒酒。不難推斷，稼軒醉醒後追別時，叔高必曾相勸，歸家後再以書信相勸，其深摯之友愛可以想見。「叔高書來戒酒」，如何相勸，不得而知。稼軒讀後，感而賦詞，旨趣即楊惲所言「人生行樂耳，須富貴何時」。大概叔高書信中言及人生功名貴賤之事，稼軒此詞一起筆即感慨「貴賤偶然」，如花之隨風飄落，歸宿何處，不可自主。這自然也是稼軒對自身遭際的解悟，罷職退居，無可奈何，所謂功名只有付諸兒輩，即「空使兒曹馬上」。此意與其〈念奴嬌〉（我來弔古）「兒輩功名都付與」、〈朝中措〉（年年黃菊灩秋風）「尊前要看，兒輩平戎」相通。然而稼軒本「以功業自許」（范開〈稼軒詞序〉），兒曹談論功名，令其有「功名逼人之感（〈鷓鴣天〉「髮底青青無限春」）；「有客慨然談功名」，令其追念曾經的「壯歲旌旗擁萬夫」（〈鷓鴣天〉）；如今未酬之志只能付與兒輩，其內心則感愧難平，「羞面頻遮」。

一番人生感慨之後，詞筆跳轉到對友人的思念，化用《楚辭・九歌》語句寄託離情別恨。其筆調先抑後揚，置疑捐玉佩於空江，謂寄託離恨當折取疏麻。此蓋切合自身閒居林泉而言。折疏麻而贈所思，然暮雲漸合，歸鴉數盡，仍不見所思之人。其佇望悵然之神情浮現於言語間。

下片又從相思別恨中跳出，筆意則遙承開篇「貴賤偶然」之慨。人生貴賤，無可自主，則超然於功名貴賤之外，任性自適，詩酒自樂，不失為一種自由灑脫的處世風度。稼軒以知友間傾心交談的筆調自述此種情懷，「儂家」一語導引，敘說對人生、功名、友情無所拘執的豁達心態。所論「淵明似勝臥龍些」，用意大概也在此，蓋謂諸葛亮終為功名所縛，不及淵明之任性自由。結末「算從來」數句所言詩酒自樂，亦可謂淵明之風度，同時關合詞題「叔高書來戒酒」之意。

這首詞作可視為稼軒對叔高來書的應答，雖未接受好友戒酒之勸，其感慨人生世事、寄託念友深情、暢敘處世心態之真率坦誠，則見出二人交情之深摯。

生查子

和夏中玉❶

一天霜月明，幾處砧聲起❷。客夢已難成，秋色無邊際。

旦夕❸是重陽，菊有黃花蘂❹。只怕又登高，未飲心先醉。

【詞牌】生查子

唐教坊曲名。又名〈陌上郎〉、〈美少年〉、〈綠羅裙〉、〈愁風月〉、〈楚雲深〉、〈梅和柳〉、〈梅溪渡〉、〈晴色入青山〉等。此體正體雙調四十字，上、下片各四句兩仄韻。稼軒此詞為正體。

【注釋】❶夏中玉　揚州人。餘不詳。楊冠卿〈水調歌頭・贈維揚夏中玉〉有云：「氣吞虹，才倚馬，爛銀鉤。功名年少餘事，鵰鶚幾橫秋。……落筆驚風雨，潤色煥皇猷。」❷一天霜月明二句　謂秋夜月色皎潔，傳來幾處擣衣聲。李白〈子夜吳歌〉：「長安一片月，萬戶擣衣聲。」砧聲，即擣衣聲。❸旦夕　喻時間短暫。❹菊有黃花蘂　《禮記・月令》：「季秋之月，……鞠（菊）有黃華。」

【語譯】霜天月明，幾處砧聲響起。遊子無眠，秋色茫茫無際。　重陽就在眼前，菊花吐黃蘂。又是登高時節，只怕酒尚未飲，心愁先已如醉。

【研析】這首詞作年不詳。鄧廣銘《稼軒詞編年箋注》疑為南歸初所作。

詞作抒寫異鄉秋夜情思。上片言客居異鄉，置身於漫天霜月、砧聲飄蕩、秋色茫茫之中，愁思無眠。起筆二句自然令人想到李白的詩句「長安一片月，萬戶擣衣聲」（〈子夜吳歌〉），滿天秋月之境相同，但「幾處砧聲」則不同於「萬戶擣衣聲」，與「一天霜月」形成反差對襯，清冷無際的月空下，稀疏零落的砧聲飄拂，異鄉之人身臨此境，自難入眠，深感秋色無邊，秋思無盡！

下片料想即將到來的重陽節。賞菊、登高為重陽之習俗。「菊有黃花蘂」，乃節候景物之寫實筆調，略無賞菊之情。結末二句抒情，預料登高之憂愁如醉，情調頗似范仲淹〈蘇幕遮〉（碧雲天）所云「明月樓高休獨倚。酒入愁腸，化作相思淚」，但筆調不同：范詞所言即「舉杯消愁愁復愁」，稼軒之「未飲心先醉」，可謂逆筆成趣，曲筆寫深情。

詞作上片寫眼前實景為主，「客夢」句言情，夢難成遂浮想聯翩，便引出下片對重陽登高情懷的預想，亦見章法筆脈之相貫通。

生查子

山行，寄楊民瞻❶

昨宵醉裏行，山吐三更月❷。不見可憐人，一夜頭如雪。　今宵醉裏歸，明月關山笛❸。收拾錦囊詩❹，要寄揚雄宅❺。

【注　釋】❶楊民瞻　不詳。韓淲〈和民瞻所寄〉云：「園居好在帶湖水，冰雪春須積漸消。」〈聞民瞻久歸一詩寄之〉云：「眼前帶湖歌舞空，耳畔茶山陸子宅。知君纔自天竺歸，那得緇塵染客衣。」疑即鄧椿《畫繼》卷五所載楊大明，「字民瞻，號至樂子。關中將家，棄廕走方外。」❷山吐三更月　杜甫〈月〉：「四更山吐月，殘夜水明樓。」蘇軾〈江月五首〉起句分別為「一更山吐月」、「二更山吐月」、「三更山吐月」、「四更山吐月」、「五更山吐月」。❸明月關山笛　化用古笛曲名〈關山月〉。關山，關隘山嶺。王昌齡〈從軍行〉：「更吹橫笛〈關山月〉，誰解金閨萬里愁。」❹收拾錦囊詩　意謂整理詩作。此用李賀典故。《新唐書・李賀傳》載賀「每旦日出，騎弱馬，從小奚奴，背古錦囊。遇所得，書投囊中。未始先立題，然後為詩，如它人牽合程課者。及暮歸，足成之」。❺揚雄宅　借指楊民瞻居所。揚雄，字子雲，西漢蜀郡成都（今四川郫縣）人。《漢書・揚雄傳》載雄先祖「遡江上處岷山之陽，曰郫，有田一廛，有宅一區。……（雄）少耆欲，不汲汲於富貴，不戚戚於貧賤」。左思〈詠史〉：「寂寂揚子宅，門無卿相輿。」

【語　譯】昨夜三更，醉裡漫步，山頭掛明月。見不到想念的人兒，一夜間黑髮白成了雪。　今夜踏著醉意歸來，月照關山，笛聲悠悠。收拾起寫好的詩作，我要寄請楊君賜教。

【研　析】韓淲〈和民瞻所寄〉有云「園居好在帶湖水」，知楊民瞻亦居帶湖，稼軒這首詞當作於帶湖閒居期間，又見於四卷本甲集，則為淳熙九年到十四年（西元一一八二—一一八七年）間所作。

夜深人靜，月色下笛聲悠悠，稼軒踏著醉意，獨自行走在山間小路上，心中興起對友人的深切思念。這就是本詞展現的情境。所謂「昨宵」、「今宵」，並非確指，而是泛指，言常常深夜才帶著醉意踏月歸來。上片抒寫對友人的思念之苦；下片的月下笛曲、賦詩寄詩，則是思友情懷的寄託和排遣，情感脈絡貫通自然。

楊民瞻本為將家子弟，拋棄功名而雲遊方外，與軍人出身而閒居帶湖的稼軒，志趣投合，兩人多有唱和。本詞云「不見可憐人，一夜頭如雪」，結末以「不汲汲於富貴，不戚戚於貧賤」的揚雄擬比楊氏，均透露出兩人相交相知之深情。

生查子

民瞻見和，復用前韻❶

誰傾滄海珠，簸弄千明月❷。喚取酒邊來，軟語裁春雪❸。　人間無鳳凰，空費穿雲笛❹。醉倒卻歸來，松菊陶潛宅❺。

【注　釋】❶民瞻見和二句　原作「民瞻見和，再用韻」，茲從四卷本。民瞻，指楊民瞻。前韻，指〈生查子〉（昨宵醉裏行）詞韻。❷誰傾滄海珠二句　以月下明珠喻民瞻和詞。韓愈〈別趙子〉：「心平而行高，兩通詩與書。婆娑海水南，簸弄明月珠。」李商隱〈錦瑟〉：「滄海月明珠有淚。」簸弄，玩弄。❸軟語裁春雪　謂歌女柔聲吟唱民瞻和詞。裁，創作。此指吟唱。春雪，指古名曲〈陽春〉、〈白雪〉。此喻民瞻和詞。❹人間無鳳凰二句　借秦穆公之女弄玉從蕭史學吹簫引來鳳凰典故（見

《列仙傳・蕭史》，喻笛聲之美妙。穿雲笛，蘇軾〈李委吹笛〉序云：「既奏新曲，又快作數弄，嘹然有穿雲裂石之聲。」❺松菊陶潛宅　此借陶淵明自喻。陶潛〈歸去來兮辭〉言其宅居：「三逕就荒，松菊猶存。」

【語　譯】是誰灑下滄海明珠，在千里月光下玩弄嬉戲。酒筵邊喚來歌女，婉轉吟唱你美妙的和詞。人世間沒有鳳凰鳥，枉費了穿雲裂石之笛曲。暢飲歡醉而歸，松菊環繞的屋舍，猶如陶潛的宅居。

【研　析】這首詞作於淳熙九年到十四年（西元一一八二—一一八七年）間，具體作年不詳。

稼軒作〈生查子〉（昨宵醉裏行）寄楊民瞻，楊和之，稼軒用同韻再作此詞，旨趣全在讚賞民瞻和詞。上片，以明月珠玉輝映為喻，言楊氏和詞字字珠玉，〈陽春〉、〈白雪〉則言其情調高雅。過片反用蕭史教弄玉吹簫引來鳳凰典故，既讚美楊氏和詞高妙如穿雲之笛曲，又暗承前「春雪」語所蘊含的曲高和寡之意，兼有稼軒自謙意味。末二句，笙歌散盡，歡醉而歸，松菊相迎，彷彿重現當年陶淵明的園田歸隱情境。此情此境，與酒宴上的歡賞相映襯，詩酒歌舞中釋放豪興，松菊依伴中怡情悅性，令稼軒恬適欣慰。這也是稼軒要傳達給知友的內心感觸。

生查子

獨遊雨巖❶

溪邊照影行，天在清溪底。天上有行雲，人在行雲裏。

高歌誰和余❷，空谷清音起。非鬼亦非仙❸，一曲桃花水❹。

【注　釋】❶雨巖　在信州永豐縣（今江西廣豐）博山隈。❷和余　與我唱和。❸非鬼亦非仙　意謂此境非神鬼仙人所致。蘇軾〈夜泛西湖〉：「湖光非鬼亦非仙，風恬浪靜光滿川。」❹桃花水　指桃花掩映的溪流。

【語　譯】相伴水中的身影在溪邊獨行，浩渺天宇倒映在清澈的溪水。白雲在天空飄浮，人影行走在白雲裡。

放聲高歌誰應和，空谷傳來清脆的音曲。不是山神亦非仙女，桃花掩映一溪流水。

【研　析】這首詞作於閒居帶湖期間，具體作年不詳。

獨遊雨巖，傍溪而行，清澈的溪水倒映著藍天白雲，水中身影在飄浮的雲中悠然蕩漾。如此清幽而飄逸的情境，令稼軒不禁放懷高歌。歌聲和著山谷中清脆的溪流聲，在桃花的芬芳裡飄蕩，恍如人間仙境，亦如稼軒〈水龍吟‧題雨巖〉所云：「落花香在，人疑是、桃源路。」

詞作上片，稼軒沉浸在靜無聲息的清妙幽韻之中，清溪、人影、行雲，相融相映，彷彿一曲無聲而美妙的山水清遊樂章；下片稼軒高歌與空谷清音相應相和，則為上片無聲孕育之後的盡情歡唱，「一曲桃花水」便成了稼軒放情山水的絕妙寫照。

生查子　獨遊西巖❶

青山非不佳，未解留儂住❷。赤腳踏層冰❸，為愛清溪故。

朝來山鳥啼，勸上山高處。我意不關渠❹，自要尋蘭❺去。

【注　釋】❶獨遊西巖　原無題，茲從四卷本。西巖，在上饒縣（治所在今江西上饒）。《上饒縣志‧山川門》：「西巖在縣南六十里，巖石拔起，中空如洞，內有懸石如螺，滴水垂下，味甘冷。」《江西通志》卷十一〈山川廣信府〉：「西巖在府城南八十里。巖有石如鐘覆地，內有懸石如螺，滴水。宋洪芻有詩。」❷青山非不佳二句　謂青山並非不美，但不能留住我。此化用李德裕〈登崖州城樓〉詩句：「青山似欲留人住，百匝千遭繞郡城。」儂，吳地方言中的自稱。❸赤腳踏層冰　層冰，四卷本作「滄浪」。杜甫〈早秋苦熱堆案相仍〉詩句：「南望青松架短壑，安得赤腳踏層冰。」❹我意不關渠　意謂我的心意與山鳥無關。我意，原作「裁意」，茲從四卷本。渠，牠，指山鳥。❺自要尋蘭　原作「自在尋詩」，茲從四卷本。

【語　譯】青山非不美，但不能留住我的腳步。我赤腳踏冰前行，因為喜愛清溪的緣故。　早晨山鳥啼鳴，勸我登上高高的山頂。我的意趣不在高山，我要去清溪尋蘭。

【研　析】這首詞作於閒居帶湖期間，具體作年不詳。

西巖有青山，有清溪。稼軒遊西巖，偏愛清溪。詞作上片所言即為此意。筆法上以青山作鋪墊，謂青山非不美，我不能為之駐足，只因我更愛清溪。下片前三句借山鳥勸我上山遊賞，再言我意不在青山。山鳥之啼勸，似亦在稱道青山之美，與首句「青山非不佳」照應；「我意不關渠」則與「未解留儂住」呼應。依上片詞意，興趣不在青山，而在清溪，但末句謂「自要尋蘭去」，則其愛清溪乃因溪中有蘭，其赤腳踏冰，即緣溪尋蘭。《楚辭．離騷》云：「紛吾既有此內美兮，又重之以修能。扈江離與辟芷兮，紉秋蘭以為佩。」〈九歌．湘夫人〉云：「沅有芷兮澧有蘭。」稼軒另一首「獨遊西巖」之〈生查子〉有「讀〈離騷〉」語，則其愛蘭亦如司馬遷所評屈原「其志潔，故其稱物芳」（《史記．屈原賈生列傳》）。

詞題紀遊，青山秀美，山溪清澈，山鳥有情，均見於詞中，但又非「獨遊西巖」之旨趣所在，而全為結末「尋蘭」作鋪墊。曲終明志，託清溪幽蘭寄寓孤芳高潔情懷。

生查子

獨遊西巖❶

青山招不來，偃蹇誰憐汝❷！歲晚太寒生❸，喚我溪邊住。　山頭明月來，本在高高處。夜夜入清溪，聽讀〈離騷〉❹去。

【注　釋】❶獨遊西巖　原無題，茲從四卷本。❷青山招不來二句　意謂青山高傲不受招邀，誰會喜愛。偃蹇，高傲的樣子。蘇軾〈越州張中舍壽樂堂〉：「青山偃蹇如高人，常時不肯入官府。」❸太寒生　太寒冷。生，語助詞。❹離騷　戰國時楚國詩人屈原（名平）詩作。《史記·屈原賈生列傳》稱：「屈平正道直行，竭忠盡智以事其君，讒人間之，可謂窮矣。信而見疑，忠而被謗，能無怨乎？屈平之作〈離騷〉，蓋自怨生也。」

【語　譯】青山啊，你不願應邀前來，如此高傲誰會喜愛！歲暮地冷天寒，喚我到溪邊與你相伴。　明月從山頂升起，高高在天宇。夜夜潛入清溪，聽我誦讀〈離騷〉後離去。

【研　析】這首詞作於閒居帶湖期間，具體作年不詳。

詞題「獨遊西巖」，以擬人筆調寫出與西巖青山、清溪、明月間的心靈默語。上片與青山交心對語。起筆二句謂青山高傲不應邀請，無人喜愛。而「誰憐汝」三字語氣中透露出「只有我賞識你」之意，此乃兩顆孤高心靈間的深刻默契，所以才會冒天寒地凍相招伴住。

下片承「青山」、「溪邊」之語，再引來明月相伴相知。明月從山頂升上高空，又潛入清溪，靜聽稼軒誦讀〈離騷〉。夜讀〈離騷〉抒發孤芳幽憤情懷，靜靜相伴傾聽的青山、清溪、明月皆為知音。

本詞章法與前一首同題之作相類，曲終明志。此前紀遊寫景皆為夜讀〈離騷〉作鋪墊，創設背景氛圍，令人如臨其境。

生查子

有覓詞者，為賦

去年燕子來，繡戶❶深深處。花徑得泥歸，都把琴書污❷。　今年燕子來，誰聽呢喃語？不見捲簾人，一陣黃昏雨❸。

【注　釋】❶繡戶　指女子閨門。孫光憲〈更漏子〉（聽寒更）：「半夜蕭孃深院。扃繡戶，下珠簾。滿庭噴玉蟾。」❷花徑得泥歸二句　花徑，花間小路。杜甫〈漫興〉：「熟知茅齋絕低小，江上燕子故來頻。銜泥點污琴書內，更接飛蟲打著人。」

❸不見捲簾人二句　歐陽脩〈采桑子〉（群芳過後西湖好）：「垂下簾櫳，雙燕歸來細雨中。」李清照〈如夢令〉（昨夜雨疏風驟）：「試問捲簾人，卻道海棠依舊。」

【語　譯】去年燕子飛來，棲息在閨閣幽深之處。花徑銜泥而歸，泥點汙損琴書。　今年燕子飛來，誰聽呢喃燕語？簾幕重重寂無人，窗外一陣黃昏雨。

【研　析】這首詞作年不詳。

詞作以「去年燕子來」、「今年燕子來」兩種情境對比，抒寫懷人之情。上片言去年春日之歡洽情形，繡戶深處，一對有情人彈琴誦書，相伴相悅。燕子穿花掠柳歸來，銜泥點汙琴書。「繡戶」句言人之相悅，筆調含蓄，情韻無盡。「花徑」二句寫燕之歸來，筆調直率，別生意趣。「都把琴書汙」之語調中略含嗔怨，呈現出燕子與人之間的嬉戲情味。

下片言今年春日之人去樓空。燕子飛來，如同去年，然而物是人非，呢喃燕語無人聽。「誰聽」句，見出樓空無人，而燕子似為此而呢喃自語，疑惑不解。末二句境界有似歐陽脩〈采桑子〉（群芳過後西湖好）：「垂下簾櫳，雙燕歸來細雨中。」人生美好情事消逝後的空寂悵惘蘊於其中。

歐陽脩〈生查子〉云：「去年元夜時，花市燈如畫。月到柳梢頭，人約黃昏後。　今年元夜時，月與燈依舊。不見去年人，淚滿春衫袖。」稼軒本詞構思或受其影響，而以銜泥汙琴書、細語呢喃的燕子見證去年之歡悅、今年之傷愁，更具生活情趣。

好事近

西湖

日日過西湖，冷浸一天寒玉❶。山色雖言如畫，想畫時難邈❷。　前弦後管夾歌鍾❸，才斷又重續。相次❹藕花開也，幾蘭舟飛逐。

【詞牌】好事近

又名〈倚秋韆〉、〈釣船笛〉、〈翠園枝〉等。此調正體雙調四十五字，上、下片各四句兩仄韻。稼軒此詞為正體。

【注釋】❶冷浸一天寒玉　言碧天倒映在湖中。寒玉，指秋月。李賀〈江南弄〉：「吳歈越吟未終曲，江上團團帖寒玉。」❷邈　通「貌」。描狀。❸歌鍾　指樂歌聲。李白〈魏郡別蘇明府因北遊〉：「青樓夾兩岸，萬室喧歌鐘。」❹相次　逐次。

【語譯】日日漫步西湖，湖水清冷，漫天秋月倒映如玉。人言山光美如畫，我料美景畫筆難描。絲竹伴奏歌聲飛，彌漫不絕，此斷彼續。湖面荷花競放，幾隻遊船飛逐。

【研析】這首詞作年不詳。稼軒詞集諸刊本均未收，鄧廣銘《稼軒詞編年箋注》輯自《永樂大典》。

詞作描寫秋夜西湖遊樂景象。上片寫景，首兩句寫水光，湖水與秋月相溶相蕩，氤氳冷清；後兩句寫山色，句法上先抑後揚，由通常的美景如畫之喻推進一層，意謂美景難畫。下片寫西湖遊樂，前兩句言笙歌飛揚，綿延不絕；後兩句寫湖面荷花綻放，遊船競逐。

全詞色調上前後冷暖相襯，境界上動靜互補。上片為冷色調的靜態圖景，下片為暖色調的遊樂動態場景。這種對比描寫中隱約寄託著靜觀者的憂慮，詞作起筆兩句就透露出這層旨趣，「日日」點出西湖的笙歌遊樂日復一日，與當時的偏安局勢極不相稱。「冷浸一天寒玉」，景語中透出蕭瑟淒涼意味，令人想到姜夔〈揚州慢〉中名句：「波心蕩、冷月無聲。」在題旨上，稼軒此詞與同時人林升的詩作〈題臨安邸〉相類：「山外青山樓外樓，西湖歌舞幾時休。暖風熏得遊人醉，直把杭州作汴州。」不同的是稼軒詞所寫為秋景，林詩所寫為春景。

好事近

中秋席上和王路鈐❶

明月到今宵，長是不如人約。想見廣寒宮殿❷，正雲梳風掠。

夜深休更喚笙歌，簷頭雨聲惡。不是小山❸詞就，這一場寥索。

【注釋】❶王路鈐　不詳。路鈐，即路分兵馬鈐轄，軍職名，掌一路兵馬。❷廣寒宮殿　指月宮。《龍城錄》卷上：「開元六年，上皇與申天師、道士鴻都客八月望日夜，因天師作術，三人同在雲上遊月中，過一大門，在玉光中飛浮，宮殿往來無定，寒氣逼人，露濡衣袖皆濕。頃見一大宮府，榜曰：廣寒清虛之府。」韓淲〈雨中〉：「雲梳煙未止，風急雨爭飛。」❸小山　指淮南小山。此借指王路鈐。《楚辭．招隱士》王逸章句：「〈招隱士〉者，淮南小山之所作也。昔淮南王安博雅好古，招懷天下俊偉之士。自八公之徒咸慕其德而歸其仁，各竭才智，著作篇章，分造辭賦，以類相從，故或稱小山，或稱大山。」稼軒〈鷓鴣天〉（秋水長廊水石間）有云：「分我詩名大小山。」

【語譯】中秋明月，常常與人失約。料想廣寒宮中，此刻正風起雲湧。　夜已深，莫要再聽笙歌，簷外風雨瀟瀟。若非你妙筆賦清詞，何以消融這般惆悵寂寥。

【研析】這首詞作年不詳。鄧廣銘《稼軒詞編年箋注》推斷為閒居帶湖期間所作。

詞作賦詠中秋雨夜，卻從明月起筆，以擬人手法謂明月每到中秋之夜常與人失約。筆意即言中秋無月，筆調則別具情趣。今宵明月爽約未來，不無遺憾，但轉而又想其未能赴約，當因廣寒宮中「雲梳風掠」。此番料想自因眼前風雨而引發，同時也透露出對明月「不如人約」的諒解和同情，其埋怨之情則轉向風雨。

上片筆調落在中秋雨夜的月宮，下片轉到人間。夜深沉，歌舞罷，窗外風雨瀟瀟，如此中秋之夜，淒楚何堪！怨恨「雨聲惡」，與上片意脈暗通，顯露出寂寥難耐之情。此情何以消解？惟有席間詩詞唱和。末二句即言此意，關合詞題。

好事近

席上和王道夫❶賦元夕立春

綵勝❷鬥華燈，平地❸東風吹卻。喚取雪中明月，伴使君❹行樂。紅旗鐵馬響春冰❺，老去此情薄❻。惟有前村梅在，倩一枝隨著❼。

【注釋】❶王道夫　名自中，東陽（今屬浙江）人。時任信州知州。❷綵勝　又稱幡勝，指立春日用彩色紙或絹剪成以示迎春的小幡旗等飾物。❸平地　突然。❹使君　漢代以後對州郡長官的敬稱。此指信州知州王道夫。❺紅旗鐵馬響春冰　指王道夫元夕遊賞情形。蘇軾〈上元夜〉：「牙旗穿夜市，鐵馬響春冰。」❻老去此情薄　意謂老來遊賞的興致淡薄。曹勛〈山中雜詩〉：「老去情懷懶，脩然只此翁。」❼惟有前村梅在二句　陶岳《五代史補》卷三「僧齊己」條載齊己攜詩謁鄭谷，有〈早梅〉詩曰：「前村深雪裏，昨夜數枝開。」谷笑謂曰：「數枝非早，不若一枝則佳。」士林以鄭谷為齊己一字之師。

【語譯】華燈照耀綵勝，爭輝鬥豔，被東風突來吹滅。邀來明月輝映白雪，伴使君遊賞行樂。紅旗招展，馬踏春冰，老來遊興疏淡。只有前村梅花綻放，我願摘一枝隨身相伴。

【研析】這首詞作於紹熙三年（西元一一九二年）元夕。稼軒時年五十三，閒居帶湖。

起筆切合題中「元夕立春」，綵勝為立春之景，華燈為元夕之景，兩相輝映，爭奇鬥豔，展現出雙節重合的絢麗場景。一陣春風吹滅了華燈，吹飛了綵勝，遂邀來明月映照白雪，頓生一派光潔的銀色世界。置身其境，明月相伴，何其美妙！

過片承「使君行樂」，狀其聲勢：紅旗飄揚，鐵馬踏冰前行。其筆意似當導引出行樂之盛況，然而下句「老去此情薄」，情勢頓落，言自身遊興淡薄。末二句情調復又振起，以雪中梅花之幽韻冷香歸結全詞，與上片「雪中明月」之境相融一體。

詞作構思別出一格，題「賦元夕立春」，卻借「平地東風」將元夕、立春之標誌性景象拂去，轉而落筆於白雪、明月、寒梅，呈現出明澈芳潔之境，而非元夕立春所特有的情景，其用意當在寄託清幽脫俗之情懷。

江神子

和陳仁和❶韻

玉簫聲遠憶驂鸞❷。幾悲歡，帶羅寬❸。且對花前、痛飲莫留殘。歸去小窗明月在，雲一縷，玉千竿❹。

吳霜應點鬢雲斑❺。綺窗閑，夢連環❻。說與東風、歸與❼有無間。芳草姑蘇臺❽下路，和淚看，小屏山。

【詞牌】江神子

即〈江城子〉，又名〈水晶簾〉、〈村意遠〉。此調有單調、雙調。正體三十五字，七句五平韻。雙調正體七十字，上、下片各七句五平韻。稼軒詞為雙調正體。

【注釋】❶陳仁和　即陳德明，字光宗，寧德（今屬福建）人。隆興元年（西元一一六三年）進士及第。曾官仁和（今屬浙江杭州）知縣。淳熙十三年冬十月坐法「刺面配信州」（《皇宋中興兩朝聖政》卷六十三）。❷玉簫聲遠憶驂鸞　用蕭史、弄玉典故喻夫妻別離。《列仙傳》卷上載蕭史教秦穆公之女弄玉吹簫，結為夫妻。簫聲似鳳鳴，鳳凰棲其屋。穆公為作鳳臺。夫婦居其上，數年後隨鳳凰飛去。江淹〈別賦〉：「駕鶴上漢，驂鸞騰天。」❸帶羅寬　傷懷消瘦而使衣帶寬鬆。《梁書・沈約傳》載約〈與徐勉書〉云：「百日數旬，革帶常應移孔。以手握臂，率計月小半分。」❹雲一縷二句　謂窗下一縷香霧，窗外千竿翠竹。王安石〈金陵報恩大師西堂方丈〉：「蕭蕭出屋千竿玉，靄靄當窗一炷雲。」玉千竿，指竹千竿。❺吳霜應點鬢雲斑　言鬢髮當已斑白。李賀〈還自會稽歌〉：「吳霜點歸鬢，身與塘蒲晚。」周邦彥〈玲瓏四犯〉（穠李夭桃）：「顦顇鬢點吳霜。」吳霜，指白髮。❻夢連環　指夢還家。蓋連環、憐還，諧音雙關。韓愈〈送張道士〉：「昨宵夢倚門，手取連環持。」黃庭堅〈次韻斌老冬至書懷示子舟篇末見及之作因以贈子真歸〉：「昨宵連環夢，秣馬待明發。」❼歸興　歸去之興致。杜甫〈官定戲贈〉：「故山歸興盡，回首向風飈。」❽姑蘇臺　臺名，傳說為春秋時吳王闔閭所建，故址在今江蘇吳縣姑蘇山上。

【語　譯】簫聲遠去，空思念駕雲騰飛的驂鸞。幾多悲傷，憔悴瘦損衣帶寬。姑且把酒對花，痛飲強歡。歸去明月臨窗，香霧一縷，翠竹千竿。　佳人或已雲鬢斑白，綺窗之下，夢見夫君歸來。向春風傾訴，夫君歸家之意興若有若無。姑蘇臺下路，芳草淒迷，淚眼凝望，屏風相依。

【研　析】稼軒〈永遇樂〉（紫陌長安）題云：「送陳仁和自便東歸。陳至上饒之一年，得子，甚喜。」袁說友〈吳下同年會〉詩序（《八瓊室金石補正》卷一百十六）載其「同年之在吳門者」，「以紹熙改元之五日會于姑蘇臺」，「期不至者」有「陳光宗」，所附陳仁和詩署「三山陳德明」。知陳德明淳熙十三年冬謫居上饒，次年得子，東歸吳中。本詞有「姑蘇臺」語，當亦為送陳氏東歸，即作於淳熙十四年（西元一一八七年）。稼軒時年四十八，閒居帶湖。

詞作起筆用蕭史、弄玉吹簫登仙之傳說，喻示出恩愛夫妻的別後相思之苦。傷離怨別，憔悴瘦損，花下痛飲，借酒澆愁，猶如馮延巳〈鵲踏枝〉（誰道閒情拋擲久）所云：「日日花前常病酒，不辭鏡裏朱顏瘦。」別離中的淒苦思念，蘊含對相聚的期盼，則歸去自然令人欣喜。「歸去」三句，料想友人歸去後的溫馨歡聚情境：明月映窗，倚窗香霧悠悠，窗外翠竹婆娑，情韻悠揚。

下片筆調承上片結句「歸去」語，極言吳中家人之思念。吳霜點鬢雲，當指鬢髮斑白，而其情境又令人想到杜甫〈月夜〉中的「香霧雲鬟濕，清輝玉臂寒」，深切的惦念和體貼之情溢於言表。「綺窗」三句，深婉細膩地展現出相思入夢、若有若無、將信將疑的思婦心態，其中「說與東風、歸興有無間」句，真切生動地刻畫出相思入癡情態，有「淚眼問花」意蘊。春夢難以憑信，不知所思念的人能否真的歸來，憂傷而無助的思婦，只有依傍屏風，淚眼凝望那芳草淒迷的姑蘇臺下路。

詞為和韻之作，詞意當為贈別，筆調卻不言友人間的離情別緒，而全落在友人與妻室間的相思怨別之情。這或許與陳氏原作情調有關，筆墨間似不無諧趣，但仍能見出對友人及其家人的關切之情。

江神子

和陳仁和韻❶

寶釵飛鳳鬢驚鸞❷。望重歡，水雲寬。腸斷新來、翠被粉香殘。待得來時春盡也，梅著子❸，筍成竿。

湘筠簾捲淚痕斑❹。珮聲閑，玉垂環。個裏❺溫柔、容我老其間。卻笑將軍三羽箭，何日去，定天山❻？

【注釋】❶和陳仁和韻　原無題，茲從四卷本。❷寶釵飛鳳鬢驚鸞　言釵橫鬢亂。薛逢〈貧女吟〉：「雲鬢懶梳愁拆鳳，翠蛾羞照恐驚鸞。」❸待得來時春盡也二句　杜牧〈歎花〉：「自恨尋芳到已遲，往年曾見未開時。如今風擺花狼籍，綠葉成陰子滿枝。」梅著子，原作「梅結子」，茲從四卷本。❹湘筠簾捲淚痕斑　張華《博物志》卷八：「堯之二女，舜之二妃，曰湘夫人。舜崩，二妃啼，以涕揮竹，竹盡斑。」湘筠，即湘竹。❺個裏　此中；這裡。❻卻笑將軍三羽箭三句　將軍，原作「平生」，茲從四卷本。此借唐代薛仁貴三箭定天山典事，寄寓抗金恢復志向。《舊唐書．薛仁貴傳》載薛「領兵擊九姓突厥於天山，……時九姓有眾十餘萬，令驍健數十人逆來挑戰。仁貴發三矢，射殺三人。自餘一時下馬請降。……軍中歌曰：『將軍三箭定天山，戰士長歌入漢關。』九姓自此衰弱，不復更為邊患。」

【語譯】鳳釵斜墜，鬢髮零亂，驚飛鏡中鸞鳥。期盼重逢歡聚，水波雲影浩渺。近來愁斷肝腸，翠被殘留粉香。待到歸來春已盡，梅枝結青梅，竹筍成竹林。　捲上湘竹簾，淚痕斑斑。珮聲琮琮，垂玉掛環。這般溫柔之地，且讓我終老其間。但笑問：薛將軍三羽箭，何日能去平定天山？

【研析】這首詞與〈江神子〉（玉簫聲遠憶驂鸞）同調同題，當同為淳熙十四年（西元一一八七年）所作。稼軒時年四十八，閒居帶湖。

詞作上片展現一位相思女子「望重歡」情懷。女為悅己者容，獨守空閨則無心梳洗，釵墜鬢亂，鏡鸞為之驚飛。懶散萎靡的情態反襯出內心對歡聚的渴望，然而想到水雲遙隔，佳期渺茫，青春易逝，不禁斷盡愁腸！「翠被」句，筆調香豔而淒怨。

過片字面上用湘夫人淚灑竹斑典故，承前相思腸斷之情，「珮聲」二句亦恍如湘夫人之風韻。然而讀到「個裏溫柔」句，則知下片實寫歡聚之美，「湘筠」三句筆調可謂亦真亦幻，虛實交融，相思之人久別重歡的夢幻情韻溢於言外。結末筆調突轉，從兒女溫柔情境中跳出，借薛仁貴三箭定天山之典故，寄託稼軒的抗金復國志向。曲終明志，可謂將此前兒女情長全盤推倒，令人幡然醒悟。

江神子

博山❶道中書王氏❷壁

一川松竹任橫斜。有人家，被雲遮❸。雪後疏梅、時見兩三花。比著桃源溪上路❹，風景好，不爭多❺。

旗亭❻有酒徑須賒。晚寒些，怎禁他。醉裏匆匆❼、歸騎自隨車。白髮蒼顏吾老矣，只此地，是生涯。

【注釋】❶博山　在今江西廣豐。❷王氏　不詳。❸有人家二句　杜牧〈山行〉：「遠上寒山石徑斜，白雲深處有人家。」❹桃源溪上路　陶淵明〈桃花源記〉：「晉太元中，武陵人捕魚為業。緣溪行，忘路之遠近，忽逢桃花林，夾岸數百步，中無雜樹，芳草鮮美，落英繽紛。」❺不爭多　差不多。❻旗亭　酒樓。晏幾道〈浣溪沙〉：「家近旗亭酒易沽，花時常得醉工夫。」❼匆匆　恍惚的樣子。

【語　譯】大片松竹橫斜錯落，山居人家在雲霧中隱沒。兩三朵梅花，疏疏落落在雪後開放。風景之美妙，和桃源溪路相仿。　只管去酒樓賒酒。晚來天寒，怎能承受。醉後恍恍惚惚，信馬隨車歸去。我已是白髮蒼顏，只有此山此水，纔是我的人生寄寓。

【研　析】這首詞見於四卷本甲集，當作於淳熙十五年（西元一一八八年）正月之前帶湖閒居期間，具體作年不詳。

閒居帶湖，放眼四周，松樹竹林自由自在地生長，山居人家在雲霧中或隱或現，還有雪後的梅花在零星綻放，令人有置身桃源溪路之感。詞作上片的繪景流露出稼軒的讚賞之情，但偏於冷靜的筆調中又暗示出內心的隔膜。

下片的寄懷杯酒、歎老嗟生，便是稼軒面對山水美景卻心生隔膜而未能融情寄懷的原由。一位懷抱抗金復國大志的豪傑，竟落得旗亭賒酒，醉醺醺信馬而歸，怎不令人感慨！詞末三句即於無奈的嗟歎中隱含無限悲憤！而節奏上的前緩後急，傳達出稼軒內心壯志未酬的不甘，餘韻迴蕩。

全詞從賞覽山間美景到自述杯酒遣懷，再歸結到歎老嗟生，筆調由輕快舒緩漸趨跌宕沉鬱，真切地透露出稼軒罷居山中的抑鬱情懷。

江神子

和人韻

剩雲殘日弄陰晴，晚山明❶，小溪橫。枝上綿蠻❷、休作斷腸聲。但是青山山下路，春到處，總堪行。

當年彩筆賦〈蕪城〉❸。憶平生，若為情！試取靈槎、歸路問君平❹。花底夜深寒色重，須拚卻❺，玉山傾❻。

【注　釋】❶剩雲殘日弄陰晴二句　意謂傍晚浮雲繞日，或陰或晴，山光明麗。蘇軾〈南柯子〉(雨暗初疑夜)：「淡雲斜照著山明。」剩，殘留。❷綿蠻　鳥鳴聲。《詩・小雅・緜蠻》：「緜蠻黃鳥，止於丘阿。」❸蕪城　指南朝鮑照〈蕪城賦〉。鮑照，字明遠，東海(治所在今山東郯城)人。蕪城，指廣陵(今江蘇揚州)故城。《文選》五臣注：「宋孝武帝時，臨海王子頊鎮荊州，明遠為其下參軍。隨至廣陵，子頊叛逆。照見廣陵故城荒蕪，乃漢吳王濞所都。濞亦叛逆，為漢所滅。照以子頊事同於濞，遂感為此賦以諷之。」❹試取靈槎句　借靈槎通天河典故寄託思鄉之情。《藝文類聚》卷八引《博物志》載：「天河與海通。近世有居海渚者，年年八月有浮槎來過，甚大，往反不失期。此人乃多齎糧，乘槎去，忽忽不覺晝夜，奄至一處，有城郭屋舍。望室中，多見織婦，見一丈夫牽牛渚次飲之。此人問此為何處，答曰：問嚴君平。此人還，問君平。君平曰：某年某月，有客星犯牛斗，即此人乎。」❺拚卻　捨棄不顧。卻，語助詞。❻玉山傾　喻醉倒。《世說新語・容止》載山濤稱讚嵇康：「嵇叔夜之為人也，巖巖若孤松之獨立；其醉也，傀俄若玉山之將崩。」

【語　譯】微雲落日相戲弄，天色或陰或晴，傍晚山光明麗，小溪靜靜穿行。枝頭小鳥，莫要那般哀怨啼鳴。只要是傍依青山之路，春天所到之處，都值得去遊賞漫步。　當年鮑照妙筆生花，寫出〈蕪城〉名篇。如今我追憶平生，情何以堪！試想搭乘靈槎歸去，請嚴君平為我指點迷途。夜深天寒，花色濃重，只當痛飲醉歡。

【研　析】這首詞見錄於四卷本甲集，當作於淳熙十五年(西元一一八八年)正月之前帶湖閒居期間，具體作年不詳。

春天的傍晚，閒步於山間小路。天上微雲飄浮，落日或隱或現，夕陽下山光明麗，溪流靜靜地流淌，林中小鳥的啼鳴卻令人斷腸。這就是詞作上片描繪的春山斜日圖景。「剩雲殘日」、鳥鳴斷腸，透出幾許哀怨，但「休作」一語、「春到處」二句，則見出景中人寄情山水的坦然知足。

過片筆調轉到鮑照〈蕪城賦〉，有些突兀，或許與所和之作有關。蕪城，即揚州，與下文「憶平生，若為情」二句貫通理解，則此三句乃追憶早年抗金生涯，感慨揚州經戰火而荒蕪！此即稼軒〈永遇樂〉(千古江山)所云「望中猶記，烽火揚州路。可堪回首」。回首平生，因金兵入侵而離鄉背井，如今抗金復國前途未卜，故土邈茫，不禁想到傳說中的靈槎，希望能有嚴君平這樣的高人指點歸途。然而這幾乎是幻想，面對現實，只能夜深天寒時分，花間痛飲，一醉方休。

上片筆調較明快，略有跌宕，但首句寫景透出衰颯悲涼情韻。下片筆致若斷若續，無限悲鬱無奈之情隱含其中，情調上則與首句相應。

江神子

賦梅寄余叔良❶

暗香橫路雪垂垂❷，晚風吹，曉風吹。花意爭春、先出歲寒枝❸。畢竟一年春事了，緣太早，卻成遲❹。　未應全是雪霜姿❺，欲開時，未開時。粉面朱脣、一半點胭脂。醉裏謗花❻花莫恨，渾冷澹，有誰知？

【注　釋】❶余叔良　不詳。據稼軒〈沁園春・答余叔良〉云「我試評君，君定何如？玉川似之」「相君高節崔嵬，是此處耕巖與釣溪」。余氏蓋亦閒居信州，能詩詞。❷暗香橫路雪垂垂　言盛開的白梅如積雪壓得枝條下垂，橫斜路旁，芳香飄溢。暗香，指梅花的芳香。林逋〈山園小梅〉：「疏影橫斜水清淺，暗香浮動月黃昏。」垂垂，下垂的樣子。❸花意爭春句　言梅花意欲爭得來年之春，在歲末寒冬搶先在枝頭綻放。❹畢竟一年春事了三句　意謂一年的花事畢竟已結束，梅花因過早想爭得來年的春事，卻成了當年最遲的花。❺未應全是雪霜姿　言梅花不一定都是潔白如霜雪。蘇軾〈紅梅〉：「故作小紅桃杏色，尚餘孤瘦雪霜姿。」❻謗花　戲謔梅花。蘇軾〈西江月〉（怪此花枝怨泣）：「點筆袖沾醉墨，謗花面有慚紅。」

【語　譯】梅花盛如積雪，枝條橫路低垂，暗香飄浮，寒風終日吹拂。梅欲爭報來年春訊，搶先在歲末寒冬綻放花枝。當年春事終究已過去，只因過早想爭得來年之春，梅花卻成了當年最晚的花事。　梅花芳姿未必全如霜雪，欲開未開之狀，如女子朱唇粉面，胭脂點抹一半。梅花你莫怨我醉語相謔，你若全然冷澹雅潔，有誰能知曉賞悅？

【研析】這首詞作於帶湖閒居期間，具體作年不詳。

詞題「賦梅」，為詩詞中常見的題材，很容易落入俗套。稼軒此作則別具一格。起筆三句為正面「賦梅」，寫出梅花的香色和動態，呈現出一片芳潔靈動的畫境：寒風吹拂，淡淡的芳香飄蕩，梅枝低亞，橫斜搖曳。然而整首詞作描寫梅花的筆墨只有起筆三句十三個字，這十三個字也的確寫足了感官所能感受到的梅花。但這並沒有超脫前人詠梅的境界，本詞的特色在於能透過景象而體味出某種理趣。「花意爭春」句，即世人常說的寒梅報春。對梅花此舉，稼軒別生意趣，謂梅花歲寒綻放，爭報來年春訊，卻錯過了所在當年之春事，「緣太早，卻成遲」。

上片對梅花之「爭春」抒發感觸，下片則對梅花之「雪霜姿」生發感想。梅花以其如霜似雪之芳姿為世人稱賞，稼軒卻不以為然，謂其欲開未開之狀，如女子點抹了一半胭脂。以「粉面朱唇」之女子，譬喻冷香幽韻之梅花，或有戲謔之味，但有其寓意：「渾冷澹，有誰知？」梅花若全然冷澹雅潔，則無人賞悅。

詞作賦梅，就梅花「爭春」及「雪霜姿」兩大特色展開筆墨，寄託人生世事感悟。構思立意，獨闢蹊徑。

江神子

送元濟之❶歸豫章❷

亂雲擾擾❸水潺潺。笑溪山，幾時閑？更覺桃源、人去隔仙凡❹。萬壑千巖❺樓外雪，瓊作樹，玉為欄。

倦遊回首且加餐❻。短篷寒，畫圖間。見說嬌顰、擁髻待君看❼。二月東湖❽湖上路，官柳嫩，野梅殘❾。

【注釋】❶元濟之　稼軒另有同題詞作〈鷓鴣天〉（敧枕婆娑兩鬢霜），鄧廣銘《稼軒詞編年箋注》引《歷代名臣奏議》卷一百四十七載吏部尚書趙汝愚〈奏薦張漢卿元汝楫狀〉，謂「『楫』與『濟』義甚相屬，疑汝楫即濟之之名」。據趙氏薦狀，元汝楫曾以承節郎監復州（治所在今湖北沔陽），後歸耕二十餘年。❷豫章　即宋隆興府，治所在今江西南昌。❸亂雲擾擾　杜牧〈阿房宮賦〉：「綠雲擾擾，梳曉鬟也。」擾擾，紛亂的樣子。❹更覺桃源句　原注：「桃源乃王氏酒壚，與濟之作別處。」《太平御覽》卷四十一引《幽明錄》載東漢明帝時，剡縣劉晨、阮肇入天台山，迷不得返，見一大桃樹，飢而食桃，飲於溪，復遇二仙女，留住半年而返，凡間已逾數世。❺萬壑千巖　《世說新語．言語》載顧愷之稱會稽山川：「千巖競秀，萬壑爭流。」❻加餐　意謂保重身體。〈古詩十九首〉其一：「思君令人老，歲月忽已晚。棄捐勿復道，努力加餐飯。」❼擁髻待君看　蘇軾〈九日舟中望見有美堂上魯少卿飲處以詩戲之〉：「遙知通德淒涼甚，擁髻無言怨未歸。」擁髻，捧持髮髻。❽東湖　在豫章（今江西南昌）東隅，風景優美。楊億〈致政李殿丞豫章東湖所居涵虛閣記〉：「茲郡之勝，實惟東湖。」❾官柳嫩二句　杜甫〈西郊〉：「市橋官柳細，江路野梅香。」官柳，原指官府種植的柳樹，後亦泛指大道旁的柳樹。

【語　譯】亂雲紛紛，流水潺潺。笑問溪水青山，幾時才得清閒？更覺桃源離去，便隔絕仙凡。樓外萬壑千巖，白雪茫茫，瓊樹玉欄。　宦遊倦怠，歸去多保重。小船寒江，猶在畫圖中。聽說佳人蹙顰擁髻，期待郎君歸去。二月東湖畔，嫩柳搖曳，野梅凋殘。

【研　析】這首詞具體作年不詳。鄧廣銘《稼軒詞編年箋注》推斷為慶元初年（西元一一九五年）所作。稼軒時年約五十六，閒居瓢泉。

雲飄水流，正是稼軒同題之作〈鷓鴣天〉中的「水雲鄉」之美景，然而送別之人無心賞覽，倒嫌其紛擾喧鬧，故以戲謔之筆笑問山水何時能得清閒安靜。一「笑」字則又顯示出輕鬆心態，遂能借酒壚之名「桃源」而生發別趣。桃源為作別之處，則「人去」指友人離去，「隔仙凡」當喻別後情境。以「仙凡」為喻，桃源則又成了傳說中的仙境，友人別桃源而歸豫章，豈非離仙境而入凡世？言語間含有對友人的調謔，也緩解了離別情緒。接下「萬壑千巖」三句描寫山中雪景，瓊樹玉欄，恍如仙境。筆意承「仙」字，又與起筆所寫景致形成動靜對襯。

下片為臨別相囑，目送歸舟，料想友人妻妾矚盼怨望及其相聚後東湖春遊的情景。筆調伴隨友人歸去，其中雖有戲謔之處，如「見說嬌顰」句，但字裡行間流露出真摯深切的友情。稼軒曾兩知隆興府，詞末言及東湖早春景象，則又非純屬想像，而帶有追憶之情，更增添了與友人間的親切情誼。

江神子

聞蟬蛙戲作

簟鋪湘竹帳籠紗❶。醉眠些，夢天涯。一枕驚回、水底沸鳴蛙❷。借問喧天成鼓吹❸，良自苦，為官哪❹？

心空喧靜不爭多❺。病維摩，意云何？掃地燒香、且看散天花❻。斜日綠陰枝上噪，還又問，是蟬麼？

【注釋】❶簟鋪湘竹帳籠紗　竹席紗帳。籠紗，四卷本作「垂紗」。❷水底沸鳴蛙　言水中蛙聲喧噪。蘇軾〈贈王子直秀才〉：「水底笙歌蛙兩部，山中奴婢橘千頭。」❸喧天成鼓吹　謂蛙鳴喧天如鼓。《南齊書‧孔稚珪傳》：「稚珪風韻清疏，好文詠。……不樂世務。居宅盛營山水。憑几獨酌，傍無雜事。門庭之內，草萊不剪，中有蛙鳴。或問之曰：『欲為陳蕃乎？』稚珪笑曰：『我以此當兩部鼓吹，何必期效仲舉？』」❹為官哪　《晉書‧惠帝紀》：「帝又嘗在華林園聞蝦蟆聲，謂左右曰：『此鳴者，為官乎私乎？』或對曰：『在官地為官，在私地為私。』」❺心空喧靜不爭多　意謂心境超然，不為外物所動，喧鬧與安靜無差別。不爭多，差不多。稼軒〈昭君怨〉（長記瀟湘秋晚）：「今日西山南浦，畫棟朱簾雲雨。風景不爭多，奈愁何！」❻病維摩三句　意謂維摩說法，寓意就在天女散花。《維摩詰所說經‧觀眾生品第七》：「維摩詰以身疾，廣為說法。佛告文殊師利：『汝詣問疾。』」時維摩室有一天女，見諸大人，聞所說法，便見其身，即以天花散諸菩薩大弟子上。花至諸菩薩即皆墮落，至大弟子便著身不墮。天女曰：『結習未盡，故花著身。』」云何，如何。《維摩詰所說經》中常用此語發問，如「云何觀於眾生」、「云何菩薩入不二法門」等。李商隱〈酬崔八早梅有贈兼示之作〉：「維摩一室雖多病，亦要天花作道場。」

【語　譯】竹席紗帳，醉眠夢天涯。枕上驚醒，水中蛙聲沸騰。試問蛙鳴如喧鼓震天，這般辛苦，可是官府之蛙？　心性空淨則喧靜無別。維摩詰病中說法其意如何？掃地燒香，且看天女散花。夕陽下，綠陰枝上喧噪，還請問：那可是蟬鳴麼？

【研　析】這首詞作年不詳。據詞意，當為閒居期間所作。

夏日醉眠，為蛙鳴蟬噪驚醒，戲筆賦詞。上片寫蛙鳴。起筆三句自述醉眠夢遊，見出閒居生活的自由瀟灑。「一枕」句，承前「醉眠」，啟後「鳴蛙」。「水底」句描繪蛙聲爭鳴之狀，「沸」字甚為切當，既展現出鳴聲喧騰之勢，又應合「水底」二字。稼軒自身賦閒，悠然醉夢，聽蛙如此辛苦鼓吹，想到鳴蛙或屬官府，身不由己，遂發問：「良自苦，為官哪？」三句化用兩個相關典故，意脈自然貫通，筆含諧趣。

下片前四句承上片聞蛙而抒寫心靈感悟。心境超然空靜，則不為外物所動，喧亦如靜，所謂「喧靜不爭多」也。稼軒所謂「心空」，乃與病摩詰室中天女散花之寓意相通。病摩詰掃地燒香，與諸菩薩論法，室中天女現身散花，「花至諸菩薩即皆墮落，至大弟子便著身不墮」。天女云：「結習未盡，故花著身。結習盡者，花不著身。」病摩詰之「意」即寓於「散天花」。所云「結習盡」，亦即稼軒所言「心空」。詞末三句轉到聽蟬，關合詞題，意脈承前貫通。心無結習，物之來也，心不動，念不起。枝上噪鳴傳來，無心辨識，遂有「是蟬麼」之問。蟬聲一聽便知，此問不合常理，實則寓託「心空」之理趣。

行香子

三山❶作

好雨當春❷，要趁歸耕。況而今、已是清明。小窗坐地❸，側聽簷聲❹。恨夜來風，夜來月，夜來雲。

花絮飄零，鶯燕丁寧❺，怕妨儂❻、湖上閒行。天心❼肯後，費甚心情。放霎時陰❽，霎時雨，霎時晴。

【詞　牌】行香子

又名〈蓺心香〉、〈讀書引〉。此調正體雙調六十六字，上片八句四平韻，下片八句三平韻。稼軒此詞上片八句四平韻，下片八句五平韻。

【注　釋】❶三山　指福州。有九仙山、閩山、越王山，故稱。❷好雨當春　意謂正當需要雨水滋潤萬物的春季，天下雨了。此用杜甫〈春夜喜雨〉詩句：「好雨知時節，當春乃發生。」❸小窗坐地　坐於窗下。❹側聽簷聲　謂側耳傾聽屋簷雨聲。周邦彥〈大酺・春雨〉：「郵亭無人處，聽簷聲不斷，困眠初熟。」❺鶯燕丁寧　杜甫〈絕句漫興九首〉：「即遣花開深造次，便教鶯語太丁寧。」❻儂　我。呂本中〈虞美人〉：「平生臭味如君少，自是君難老，似儂憔悴更誰知。」❼天心　上天心意。《尚書・咸有一德》：「克享天心，受天明命。」❽放霎時陰　放，教；使。霎時，片刻。

【語　譯】春種時節下了一場好雨，該趁時歸田農耕，更何況如今已到清明。身坐小窗下，傾聽屋簷風雨聲。惱恨一夜間又是風，又是月，又是雲。　落花飄絮，黃鶯春燕細語叮嚀，擔心會妨礙我湖畔閒行。上天已允諾，還用費何心情。任它時而陰暗，時而飄雨，時而放晴。

【研　析】稼軒紹熙三年初赴任福建提刑，冬被召入朝。四年初，遷太府卿，夏秋間赴任福建安撫使，知福州。五年秋罷職。本詞題「三山作」，又云「歸耕」、「已是清明」，當作於紹熙五年（西元一一九四年）清明前後。稼軒時年五十五，知福州。

帶湖閒居十年後，起赴閩憲，離開瓢泉時，稼軒賦詞〈浣溪沙〉自嘲云：「而今堪誦〈北山移〉。」到任後，恪盡職守，政績甚佳，「讞議從厚，閩人戶知之」（樓鑰〈太府卿辛棄疾集英殿修撰知福州敕〉），然其建言不為所重，如紹熙三年兼攝閩帥時上疏論經界、鈔鹽二事，為朝論所阻。年底被召入朝，賦詞〈水調歌頭〉（〈長恨復長恨〉）有云：「富貴非吾事，歸與白鷗盟。」紹熙四年初，至臨安，奏論荊襄上流為東南重地，亦不為所重。夏秋間，出知福州兼福建安撫使，陳傅良〈送辛卿幼安帥閩〉云：「長才自昔恨平時，三入修門兩鬢絲。」對稼軒年華漸老、雄才難展深表歎惋。半年之間，奉詔入朝，又復原職，心情恐難舒暢，故項安世〈包山送辛大卿知福州〉云：「杜陵戀闕心應苦，楚客思君淚合傾。」再任閩帥，稼軒鑑於「福州前枕大海，為賊之淵。上四郡民，頑獷易亂」（《宋史・辛棄疾傳》），為積蓄財力以備緩急，差遣官吏出售搞賞庫回易鹽以營利，然紹熙五年三月，又遭朝臣彈劾，被迫停罷。此事難免令稼軒心灰意冷，而出山兩年來的仕宦經歷也令其感到難有作為，遂重起歸耕之念。此即本詞之創作心境。

「好雨知時節，當春乃發生。隨風潛入夜，潤物細無聲」（杜甫〈春夜喜雨〉），稼軒身當仕宦不順，對此便頓生急起歸耕之情：「好雨當春，要趁歸耕。」然窗外夜風吹拂，浮雲遮月，又令其情懷悵然。過片「花絮飄零」承「夜來風」。落花飛絮，鶯歌燕語，置身其境，怕是難以在湖邊悠然閒行。何以如此？蓋心有顧慮。一旦天心許我「湖上閑行」，便心境超然，無憂無慮，全然不介意或陰、或雨、或晴。

細品詞情，不難見出其意欲歸耕而又惆悵憂慮。其實，夜風、夜月、夜雲，何至於令其生「恨」！「花絮飄零，鶯燕丁寧」，於其「湖上閑行」又有何妨？其根源在於心境未能超然。詞中「天心」一句，堪稱點醒全詞。此「天心」當喻指聖意。皇上未許我退歸，則身在宦海便有種種憂慮，詞中「夜來風」云云，便有所喻託。皇上若准我歸去，則脫身名利之場，風雨陰晴於我何干？梁啟超《辛稼軒先生年譜》謂「此告歸未得請時作也」，並釋「小窗坐地」五句「謂受讒謗迫擾，不能堪忍也」，「花絮飄零」三句乃「尚慮有種種牽制，不得自由歸去也」，均為中肯之論。

行香子

歸去來兮，行樂休遲。命由天、富貴何時❶。百年光景，七十者稀❷。奈一番愁，一番病，一番衰。

名利奔馳，寵辱驚疑❸，舊家時❹、都有些兒。而今老矣，識破關機❺。算不如閑，不如醉，不如癡。

【注　釋】❶行樂休遲二句　意謂人生當及時行樂，命運天定，富貴不可期待。楊惲〈報孫會宗書〉：「人生行樂耳，須富貴何時。」《論語・顏淵》：「死生有命，富貴在天。」❷百年光景二句　意謂人之一生，能活七十歲的人很少。古諺：「人生百歲，七十者稀。」杜甫〈曲江二首〉其二：「酒債尋常行處有，人生七十古來稀。」❸寵辱驚疑　《老子》第十三章：「寵辱若驚，貴大患若身。」❹舊家時　過去。李清照〈南歌子〉（天上星河轉）：「只有情懷，不似舊家時。」❺識破關機　言看破了世道機詐。

【語　譯】歸去吧，行樂要及時。命運由天定，富貴不可知。人生一世，能活七十年就算稀奇。怎奈一番憂愁，一番病困，一番衰頹。

為名利而奔忙，因榮辱而心驚悵惘，過去我都曾有所經歷。如今老了，已看破世道玄機。不如享受清閒，不如暢飲歡醉，不如清心如癡。

【研　析】鄧廣銘《稼軒詞編年箋注》據「歸去」各句，斷為「慶元元、二年之作」，即自福州知州罷歸之初，西元一一九五或一一九六年所作，此說可信。詞云「而今老矣」，則不太可能為四十二歲初歸帶湖之作。

再度被彈劾而罷職，離開官場，退歸山林，稼軒未免有一番思考和感慨。「歸去來兮」，罷官而歸，其情形雖不同於陶淵明辭官而歸，其心態則認同於淵明〈歸去來兮辭〉所云「樂夫天命復奚疑」，「行樂休遲」二句為全詞旨趣所在。「百年光景」數句順承前意，其中「七十者稀」、「一番愁，一番病，一番衰」云云，出自年近六旬的稼軒之口，其無奈的人生感慨意味溢於言表。

下片先轉筆言過去為名利所擾，反襯而今「識破關機」，超脫名利，寵辱不驚，盡享清閒歡醉。其情懷亦如陶淵明〈歸去來兮辭〉中所言「悟已往之不諫」、「覺今是而昨非」。結末「不如閑」三句，筆調回到「行樂」之意，語氣中則透露出罷歸帶來的失落情緒。

行香子　山居客至

白露❶園蔬，碧水溪魚，笑先生、釣罷還鋤。小窗高臥，風展殘書。看〈北山移〉❷，〈盤谷序〉❸，〈輞川圖〉❹。

白飯青芻❺，赤腳長鬚❻，客來時、酒盡重沽。聽風聽雨，吾愛吾廬❼。笑本無心，剛自瘦，此君疏❽。

【注釋】❶白露　指初秋。《禮記．月令》：「孟秋之月，……涼風至，白露降。」❷北山移　指孔稚珪〈北山移文〉。此文譏刺周顒身隱北山而「纓情於好爵」，應詔出仕。❸盤谷序　指韓愈〈送李愿歸盤谷序〉。李愿落第歸盤谷（在今河南濟源北），韓愈作此文送之，述李愿之言有云：「窮居而野處，升高而望遠。坐茂樹以終日，濯清泉以自潔。採於山，美可茹；釣於水，鮮可食。起居無時，惟適之安。」❹輞川圖　指王維「輞川圖」。輞川，王維所居處，在藍田（今屬陝西）。朱景玄《唐朝名畫錄》載王維「畫『輞川圖』，山谷鬱鬱盤盤，雲水飛動，意出塵外，怪生筆端。」❺白飯青芻　意謂生活清貧。杜甫〈入奏行〉：「為君酣酒滿眼酤，與奴白飯馬青芻。」芻，飼草。❻赤腳長鬚　謂僕人或赤腳或長鬚。此用韓愈〈寄盧仝〉詩語：「一奴長鬚不裹頭，一婢赤腳老無齒。」❼吾愛吾廬　陶潛〈讀山海經〉其一：「眾鳥欣有託，吾亦愛吾廬。」❽笑本無心三句　言所居有竹，剛毅枯瘦，不切實用。大徐本《說文解字》竹部「笑」字下引李陽冰勘定《說文》「从竹从夭」義云：「竹得風，其體夭屈，如人之笑。」蘇軾〈石室先生畫竹贊〉：「笑笑之餘，以竹發妙。竹亦得風，夭然而笑。」晁補之〈禮部移竹次韻李員外文叔〉：「東南之美者，見伐以直幹。豈如此君疏，猶作此郎玩。」

【語譯】白露時節，滿園蔬果，碧溪游魚，笑先生垂釣歸來，還要去菜園鋤草鬆土。小窗高臥，清風中翻開破損的書冊，閱讀〈北山移文〉、〈盤谷序〉和〈輞川圖〉。　粗茶淡飯，青草餵馬，一僕赤腳，一僕長鬚。客人到來，沒酒再去買一壺。聽風聽雨，我甚愛我的小屋。風中之竹本無心機，剛正枯瘦，疏闊一無用處。

【研析】這首詞具體作年無考，只可斷為閒居期間所作。

詞題「山居客至」，上片言山居情形。或碧溪垂釣，或菜園鋤草，或小窗高臥，臨風展書，神遊於古人筆下山水清境。山居之人的悠然自樂情韻充溢於字裡行間。

下片言客至。有客來訪，沒有美酒佳餚，沒有歌兒舞女，然而一片誠心相待，老僕伺候，粗茶淡飯，酒喝完了再買。屋內可以聽風聽雨，屋外瘦竹在風雨中搖曳，剛毅不屈。

上片自處，下片待客，全詞情境清雅脫俗，誠樸自然。

西江月

江行采石❶岸，戲作漁父詞❷

千丈懸崖削翠，一川落日鎔金❸。白鷗來往本無心，選甚風波一任❹。

別浦魚肥堪膾❺，前村酒美重斟。千年往事已沉沉，閑管興亡則甚❻。

【詞牌】西江月

唐教坊曲名。又名〈白蘋香〉、〈步虛詞〉、〈西江美人〉、〈江月令〉、〈晚春時候〉、〈玉鑪三澗雪〉、〈壺天曉〉、〈醉高歌〉、〈雙錦瑟〉、〈蘋香〉等。此調正體雙調五十字，上、下片各四句兩平韻一仄韻。稼軒此詞為正體。

【注釋】❶采石　即采石磯，在今安徽當塗西北長江岸邊。❷漁父詞　漁父歌詠及歌詠漁父之詞。《楚辭・漁父》載屈原流放江潭，漁父見之，鼓枻而歌。唐代張志和有〈漁父〉歌詠漁父生活。❸一川落日鎔金　言落日映照下的火紅江水彷彿能把金屬熔化。廖世美〈好事近〉：「落日水鎔金，天淡暮煙凝碧。」李清照〈永遇樂〉：「落日鎔金，暮雲合碧。」❹選甚風波一任　意謂一任風波變幻。選甚，不論什麼。❺別浦魚肥堪膾　意謂浦口的魚兒肥大味美。別浦，分別的浦口。❻閑管興亡則甚　意謂徒然管那些世事興亡做什麼。沈瀛〈水調歌頭〉(門外可羅雀)：「枉了閑煩閑惱，莫管閑非閑是，說甚古和今。」

【語　譯】千丈青崖峭壁如削，落日映照，一川江水如烈火鎔金。白鷗來往飛翔無心機，任他風波變幻頻頻。浦口魚肥可作佳餚，前村美酒堪暢飲。千年往事已沉寂無痕，管那世事興亡做甚。

【研　析】這首詞疑作於淳熙五年（西元一一七八年）。稼軒時年約三十九，赴任湖北轉運副使途經采石磯。采石磯為名勝古跡，地勢險要，見證了歷代諸多南北戰事，蘊含深深的歷史興亡意味。紹興三十一年（西元一一六一年），宋軍曾在采石之戰中擊退金兵。作為一個身處國土南北分裂之際而胸懷報國壯志的愛國志士，稼軒親歷此地怎能不感慨萬千？然而又不願或無法道盡，故「戲作漁父詞」，即超然於世事興亡之外，如那江上的白鷗任意翱翔，聽憑那江面風波起伏變幻。

上片寫實景，壯麗的境界中點出空中隨意翱翔的白鷗，一幅頗有寓意的畫面，那千丈懸崖峭壁、落日映照下翻滾的浪濤，令人眼前幻出此地曾經的紛紛戰火（如東坡赤壁所感），那白鷗正是世間漁父的化身。下片言盡情享受眼前的美酒佳餚，暢飲宴歡，不必去感慨什麼滄桑興亡！

詞作故為漁父超然世外、不管興亡之情懷，然而「千丈懸崖」、「落日鎔金」之壯闊景象以及「選甚」句、「閑管」句之反詰筆調，則透露出對時局的無奈和怨激之情。

西江月

夜行黃沙❶道中

明月別枝驚鵲❷，清風半夜鳴蟬。稻花香裏說豐年，聽取蛙聲一片❸。

七八個星天外❹，兩三點雨山前。舊時茅店社林邊，路轉溪橋忽見❺。

【注　釋】❶黃沙　指黃沙嶺，在上饒縣境內。《上饒縣志》：「黃沙嶺在縣西四十里乾元鄉，高約十五丈。」❷明月別枝

驚鵲 意謂夜鵲為明月所驚，飛離樹枝。蘇軾〈杭州牡丹〉：「天靜傷鴻猶戢翼，月明驚鵲未安枝。」❸稻花香裏說豐年二句 意謂聽那青蛙聲一片，像在稻花飄香的田野裡談論著豐收的年成。❹七八個星天外 何光遠《鑒戒錄》卷五引盧延讓〈松門寺〉詩句：「兩三條電欲為雨，七八個星猶在天。」❺舊時茅店社林邊二句 意謂轉過溪橋，忽然看見社林邊那家茅草蓋的老酒店。社，土地廟。

【語譯】皎潔的月光驚飛枝頭棲鵲，夜半蟬聲在清風中飛揚。稻花飄香，聽那蛙聲一片，像在談論今年的豐收景象。

七八顆星星掛天邊，兩三滴雨點飄灑在山前。轉過溪上的那座小橋，忽然看見土地廟的樹林邊，就是那家往日來過的茅屋酒店。

【研析】這首詞大概寫於帶湖閒居期間，具體作年不詳。

詞作寫的是稼軒一次親歷田家初夏月夜的見聞和感受。上片是所見所聞：皎潔的月光下，枝頭的夜鵲驚飛，清風吹拂，蟬鳴飄蕩，稻花飄香，蛙聲歡唱，一派令人心神陶醉的景象！稼軒當情不自禁的駐足賞悅。下片寫的是江南初夏常見的一種氣候現象，即過雲雨。天上突然飄來幾朵烏雲，幾顆疏淡的星星掛在烏雲後面，烏雲裡灑落下幾點雨，稼軒這纔急急地想找個避雨的場所，記起附近有家茅屋酒店，快步轉過溪橋，忽然看見那酒店在眼前，稼軒該又是多麼的驚喜！

詞為遊記，寫景為主，景中融情，遊歷見於言外。筆調清新，自然靈動，完美展現出山村初夏月夜的獨特情韻。

西江月

癸丑正月四日自三山被召，經從建安，席上和陳安行舍人韻❶

風月亭危致爽，管弦聲脆休催❷。主人只是舊情懷，錦瑟旁邊須醉❸。

玉殿何須儂去❹？沙堤❺正要公來。看看紅藥又翻階❻，趁取❼西湖春會。

【注　釋】❶癸丑正月四日三句　四卷本作「正月四日和建寧陳安行舍人，時被召」。癸丑，紹熙四年，即西元一一九三年。建安，建寧府治所，在今福建建甌。陳安行（西元一一二九—一一九七年），名居仁，興化軍莆田（今屬福建）人。紹興二十一年（西元一一五一年）進士及第。歷官樞密院檢詳、朝議大夫、起居郎、中書舍人等，紹熙三年十月知建寧府。舍人，此指中書舍人，中書省屬官，掌詔誥。❷管弦聲脆休催　意謂清脆急切的管弦聲不要催我起行。劉禹錫〈令狐相公俯贈篇章斐然仰謝〉：「飲和心自醉，何必管絃催。」❸錦瑟旁邊須醉　意謂錦瑟沽酒，當暢飲歡醉。杜甫〈曲江值雨〉：「何時詔此金錢會，暫醉佳人錦瑟傍。」❹玉殿何須儂去　玉殿，指朝廷。稼軒〈木蘭花慢〉（老來情味減）：「征衫便好去朝天，玉殿正思賢。」儂，我。稼軒〈生查子〉：「青山非不佳，未解留儂住。」❺沙堤　唐代宰相車馬專道。《唐國史補》卷下：「凡拜相，禮絕班行，府縣載沙填路，自私第至子城東街，名曰沙堤。」❻看看紅藥又翻階　看看，轉眼間。周紫芝〈憶秦娥〉〈東風歇〉：「看看又是，黃昏時節。」稼軒〈千秋歲〉（塞垣秋草）：「莫惜金尊倒，鳳詔看看到。」紅藥，即芍藥。謝朓〈直中書省〉：「紅藥當階翻，蒼苔依砌上。」❼趁取　趁著；趕在。葉夢得〈驀山溪〉（一年春事）：「趁取未殘時，醉花前、春應相許。」

【語　譯】高高的風月亭上氣爽宜人，清脆的管絃聲莫要急催。主人只是舊情難捨，錦瑟旁依，但願歡醉。

朝廷何須我去？相府正待您來。眼看芍藥花又將映階綻放，莫要錯過西湖的春日歡會。

【研　析】這首詞作於紹熙四年（西元一一九三年）正月。

稼軒紹熙三年歲末被召，在友人餞別席上賦〈水調歌頭〉云：「長恨復長恨，裁作〈短歌行〉。何人為我楚舞，聽我楚狂聲。」「富貴非吾事，歸與白鷗盟。」鬱憤之情溢於言表。本詞即作於入朝途經建安時，心情不暢。「玉殿何須儂去」？語調中透露出稼軒的怨憤心境。

上片言風月亭上暢飲聽曲情懷。因途經建安，朝命在身，欲留而不能，聽管絃聲切如在催促起行，興致頓失，心情煩亂，遂有「休催」之喝止聲。然而催行實因朝命不可違，稼軒遂又自為解釋，意謂只因友人盛情難卻，歌宴餞行，自當盡情，並非有意拖延入朝。

上片將自身「被召」之事隱於言外，過片明言此事，然一句掃卻，筆調急轉到友人陳安行。陳氏時年六十五，曾任中書舍人，故稼軒謂「沙堤正要公來」，亦讚其才具。末二句願陳氏儘快入朝效國，而以「趁取西湖春會」喻指入朝，雖切合時令，但也暗含對朝臣苟安不思恢復的嘲諷之意。這或許也是稼軒不願入朝為官的緣由之一。

西江月

遣興

醉裏且貪歡笑，要愁那得工夫。近來始覺古人書，信著全無是處❶。

昨夜松邊醉倒，問松：我醉何如？只疑松動要來扶，以手推松曰：去❷！

【注釋】❶近來始覺古人書二句　意謂近來感到古人書中所言全然不可信。此二句取孟子「盡信書則不如無書」語意（《孟子・盡心下》），寄託憤世嫉俗之懷。❷只疑松動要來扶三句　戲用漢代龔勝、夏侯常之事。《漢書・龔勝傳》載漢哀帝時，丞相王嘉被彈劾，眾臣奉旨議定其罪輕重。左將軍公孫祿與光祿大夫龔勝意見不和，博士夏侯常「起至勝前，謂曰：『宜如奏所言。』勝以手推常曰：『去。』」

【語譯】醉裡盡情歡笑，哪有工夫愁思憂心。近來覺得古人書中之言，全不可信。　昨夜醉倒松樹旁，戲問松樹：我的醉態何如？疑心松樹要來攙扶，推開松枝喝道：去！

【研析】鄧廣銘《稼軒詞編年箋注》據廣信書院本編次，推斷此詞為慶元中所作，大體可信。詞中松樹即瓢泉之松，其〈沁園春〉（疊嶂西馳）云：「檢校長身十萬松。」〈六州歌頭〉（晨來問疾）云：「手種青松樹。」稼軒時年約六十，閒居瓢泉。

詞題「遣興」，乃有感而發，猶遣懷、感興、即事。此類詩詞大多為感觸世事之作，本詞亦然。起筆二句言醉裡貪歡，無暇憂愁，實則以醉遣愁。「近來」二句即噴發出內心的鬱憤，謂古人書中所言全不可信，乃憤世嫉俗之語，憤慨世俗官場行事全然不合古聖賢之言。然而對此，罷職閒居的稼軒只能發發牢騷而已，此外便是醉飲遣懷。

下片筆調轉回到醉裡情懷。醉中與青松相謔，情態活現，折射出稼軒內心無處傾訴、無法排遣的幽憤。其〈沁園春〉（疊嶂西馳）有云「天教多事，檢校長身十萬松」，日夜相伴的青松，蓋已成為稼軒的知音，見稼軒醉倒，便欲攙扶，又能理解和承受稼軒的揮斥。此情此境，令人深切感受到英雄落寞的不屈和悲憤。

西江月

春晚

剩欲讀書已懶❶，只因多病長閒。聽風聽雨小窗眠❷，過了春光太半。

往事如尋去鳥❸，清愁難解連環❹。流鶯不肯入西園❺，去喚畫梁飛燕。

【注　釋】❶剩欲讀書已懶　意謂想讀書而精力不支。剩欲，頗想。❷聽風聽雨小窗眠　曾幾〈發宜興〉：「觀水觀山都廢食，聽風聽雨不妨眠。」❸往事如尋去鳥　言往事如飛鳥無跡可尋。江淹〈報袁叔明書〉：「飛鳥無迹。」❹清愁難解連環　言愁緒紛紜難解。《戰國策・齊策六》載秦昭王派使者送給君王后玉連環，「羣臣不知解，君王后引椎椎破之。」❺西園　原指漢末曹操所建園林，為曹魏君臣遊宴之所，在鄴都（今河北臨漳）。後為園林之雅稱。

【語　譯】頗想讀書，身體已覺慵懶，只因多病，時日多閒。窗下臥聽風雨，春天已過去大半。　往事如飛鳥無跡可尋，愁緒紛紜難解如連環。飛鶯不肯來西園，而去召喚畫梁棲息的春燕。

【研　析】鄧廣銘《稼軒詞編年箋注》據廣信書院本編次，推斷此詞為慶元中所作，大體可信。此期所作如〈清平樂〉（雲煙草樹）序云「時僕以病止酒」、〈水調歌頭〉（我志在寥闊）序云「臥病博山寺中」等，可與本詞「多病」語相參證。稼軒時年約六十，閒居瓢泉。

詞題「春晚」，抒寫病中春感。因病多閒暇，欲讀書而體力不支，只能窗下臥聽風雨，春光在風雨聲中逝去大半。此上片詞意，筆調平平述來，至結句「過了春光太半」則語調加重，嗟歎春光流逝，也透露出內心的身世感慨。

過片「往事」二句，承上片隱伏的感懷意脈，言往事不可追尋，清愁抑鬱難解。然而詞筆抒懷就此而止，隨即轉言流鶯飛燕交語啼喚，筆調輕快戲謔。稼軒似欲借鶯燕嬉戲之歡情，驅遣或暫時忘懷心中的愁緒，實則更見出其情懷的憂憤和無奈。

西江月

示兒曹，以家事付之

萬事雲煙忽過，百年蒲柳先衰❶。而今何事最相宜？宜醉宜遊宜睡。早趁催科了納❷，更量出入收支。乃翁依舊管些兒，管竹管山管水。

【注釋】❶百年蒲柳先衰　言身體早衰。百年，四卷本作「一身」。《世說新語·言語》東晉顧悅與簡文帝同年而髮早白。「簡文曰：『卿何以先白？』對曰：『蒲柳之姿，望秋而落；松柏之質，經霜彌茂。』」❷早趁催科了納　言趁早催收租稅，完納賦稅。

【語譯】萬事如雲煙飄忽而過，人生似蒲柳望秋先衰。而今何事於我最適宜？暢飲歡遊和飽睡。你們趁早收租納賦稅，計算好出入收支。老父我依舊還管些事，管管竹林，管管山水。

【研析】這首詞大概作於晚年閒居瓢泉期間，即慶元年間或嘉泰初，稼軒時年約六十。

稼軒本為一世之豪，胸懷天下，志圖恢復，然平生仕途坎坷，屢遭彈劾落職，賦閒中荒廢時光。想其閒居期間，可以操心的也只有家事，然以家事為懷又豈是稼軒之志！報國無門，事家而心有不甘，聊以慰藉情懷的便是醉飲暢遊、山水遣賞。如今身老心倦，兒輩已成人，稼軒便以家事交付兒輩，意欲超然一身，暢飲酣睡，寄情竹林山水之間。本詞即向兒輩明示此意。

上片感慨身世，自言人老體衰，只宜於醉飲歡遊酣睡。過片二句向兒輩交待家事，末二句回到自身，與上片末句相輔相成，描述出超然於世事之外的人生境界。詞作筆調親切平易中不失輕鬆諧謔，不止是對兒輩的囑託，更是向親人展露其灑脫的人生老境情懷。

西河

送錢仲耕自江西漕移守婺州❶

西江❷水，道似西江人淚❸。無情卻解送行人，月明千里。從今日日倚高樓，傷心煙樹如薺❹。

會君難，別君易❺。草草❻不如人意。十年著破繡衣茸，種成桃李❼。問君可是厭承明❽，東方鼓吹千騎❾。

對梅花、更消一醉。看明年、調鼎風味❿。老病自憐憔悴。過吾廬、定有幽人相問⓫，歲晚淵明歸來⓬未？

【詞　牌】西河

又名〈西河慢〉、〈西湖〉。此調正體三疊一百五字，前段六句四仄韻，中段七句四仄韻，後段六句四仄韻。稼軒此詞第三疊五句四仄韻。

【注　釋】❶送錢仲耕句　錢仲耕，名佃。紹興十五年（西元一一四五年）進士及第。淳熙八年（西元一一八一年），由江西轉運使移守婺州（治所在今浙江金華）。移守婺州，四卷本作「赴婺州」。❷西江　指贛水（今贛江），由西南流經江南西路治所（今南昌）入鄱陽湖，故稱西江。❸道似西江人淚　四卷本作「道是西風人淚」。❹煙樹如薺　《顏氏家訓・勉學》引〈羅浮山記〉：「望平地，樹如薺。」薺，薺菜。❺會君難二句　《顏氏家訓・風操》：「別易會難，古人所重。」❻草草　倉促的樣子。杜甫〈送長孫九侍御赴武威判官〉：「問君適萬里，取別何草草。」❼十年著破繡衣茸二句　謂錢氏在江西等地任轉運使近十年，多所提攜。繡衣，本指漢武帝所置繡衣直指，身穿繡衣，掌出討奸猾監郡、督運、監軍等。此借指轉運使。按：錢仲耕淳熙初任江西轉運副使，繼使福建，後再使江西。種成桃李，喻提攜薦舉人才。《資治通鑑》卷二百七載唐狄仁傑所薦張柬之等五人，「率為名臣，或謂仁傑曰：天下桃李悉在公門矣。」李絢〈和杜祁公致仕〉詩云：「收得桑榆歸物外，種成桃李滿人間。」❽厭承明　指厭倦朝堂侍臣之任。《漢書・嚴助傳》載助為武帝所重，擢中大夫，侍燕從容。自願為會稽太守，然數年無善聲。武帝賜書有云：「君厭承明之廬，勞侍從之事。懷故土，出為郡吏。」❾東方鼓吹千騎　指錢氏移守婺州。漢樂府〈陌上桑〉中羅敷稱其夫婿「四十專城居」，「東方千餘騎，夫婿居上頭」。❿調鼎風味　喻拜相。據《尚書・說命下》，商王武丁立傅說為相，云：「若作和羹，爾惟鹽梅。」欲其輔佐協調王政，如鹽、梅之調味。鼎，古時一種烹飪之具，多為三足兩耳。⓫過吾廬句　言經過我居所時，一定有隱者相問。吾廬，指稼軒上饒帶湖新居。稼軒淳熙六年（西元一一七九年）所作〈新居上梁文〉云：「望物外逍遙之趣，吾亦愛吾廬。」幽人，指隱士。⓬淵明歸來　東晉陶淵明棄官歸隱，作〈歸去來兮辭〉。此處稼軒自比淵明。

【語　譯】西江的流水，好似西江人的眼淚。明月無情，卻知送人千里。從今後日日佇倚高樓，傷懷遠望，滿目煙樹如薺。　與您相會艱難，相別容易。行色匆匆不如意。身任漕臣近十年，您提攜薦舉賢能無數。您可是厭倦朝堂為官，自願出守州府。　把酒賞梅，更堪一醉。料想明年，您將遷居卿相，歎我身老多病憔悴。您赴任途經我的新居，定有隱者相問：歲暮已臨，稼軒是否退歸？

【研　析】這首詞作於淳熙八年（西元一一八一年）。稼軒時年四十二，任江西安撫使。

詞贈別僚友轉官而作，從別情起筆，先以江水喻淚，與稼軒〈菩薩蠻〉「鬱孤臺下清江水，中間多少行人淚」同一手法，極狀離別之傷悲，且由一己情懷推及「西江人」，則見出錢仲耕為官深得民心；再託明月寄情，明月非人，故曰「無情」，卻能千里相送，更襯托出送別者的惜別深情。如此則別後之日日倚樓眺望自在情理中。

「會君難」三句亦言離別，筆調上承前作結，啟下為轉，此後言錢氏政績宦情。「十年」二句言其久任轉運使，政績顯著。按理當升遷入朝為官，何以仍移守州郡？稼軒故有「可是厭承明」之問，同時依然相信錢氏不久將榮升卿相，所謂「調鼎風味」。

離情別緒之中飽含對友人政績的頌讚，預祝友人官運亨通等，均屬僚友間仕宦遷轉贈別詞作的題中之義。結末言及自身，筆法頗為巧妙，因錢氏移守婺州必經上饒，故謂「過吾廬、定有幽人相問」，既間接抒寫出自己的歸隱之情，又未脫離送別錢氏之題。

杏花天

病來自是於春懶❶。但別院、笙歌一片❷。蛛絲網遍❸玻璃盞，更問❹舞裙歌扇！

有多少、鶯愁蝶怨，甚❺夢裏、春歸不管。楊花也笑人情淺，故故沾衣撲面❻。

【詞牌】杏花天

又名〈杏花風〉、〈於中好〉。此調正體雙調五十四字，上、下片各四句四仄韻。稼軒此詞為正體。

【注釋】❶病來自是於春懶　呂本中〈虞美人〉：「梅花自是於春嬾，不是春來晚。」❷但別院笙歌一片　白居易〈宴散〉：「笙歌歸院落，燈火下樓臺。」秦觀〈海棠春〉：「宿酲未解宮娥報，道別院笙歌宴早。」❸蛛絲網遍　呂本中〈畜犬雪童黠甚勝人王戌夏暴死作詩傷之〉：「蛛絲網遍常行處，猶道奔逃未肯歸。」❹更問　豈可問。❺甚　為何。❻楊花也笑人情淺二句　此似反用晏殊〈踏莎行〉〈細草愁煙〉「垂楊只解惹春風，何曾繫得行人住」詞意。晏詞怨垂楊不解人間離情，此則謂楊花笑人情淺。故故，故意。

【語　譯】病體逢春，心情慵懶。別院卻是笙歌一片。蜘蛛網布滿酒杯，還提什麼舞裙歌扇！　鶯蝶愁怨知多少，為何春天如夢歸去，置之不管。楊花也嘲笑離人情薄，刻意沾人衣撲人面。

【研　析】這首詞見於四卷本甲集，可斷定作於淳熙十五年（西元一一八八年）之前，具體作年不詳。

詞作抒寫傷春怨別之情。春天本是令人興致勃發、情懷怡蕩的季節，而詞中人卻心情慵懶，自然與其病體有關，但更主要的恐怕是其難以釋懷的離愁別緒，別院的笙歌歡宴場景更令其追憶起曾經的觥籌交錯、歌舞歡娛，眼前的蛛網遍結、了無生氣，令其倍感惆悵落寞。

上片正筆寫盡傷春別怨之情，下片轉換筆調，借「鶯愁蝶怨」寓託人世怨春之情，借楊花飛沾人衣寓託人間怨別之情。傷春乃因春歸之無情，春天如夢一般短暫，如夢一般歸去無跡，全然不管鶯蝶之傷愁。人間惜春傷春不可阻止春之無情歸去，惜別怨別亦無法避免離別之無情來臨。在見慣了人間別離而又不明個中緣由的楊花眼中，人世間如此多的離別，只能歸結出人情淺淡。楊花「笑人情淺」，見出人間別離之無情無奈；楊花之「沾衣撲面」，寄寓人間之多情惜別。此情此境有似杜牧〈贈別〉詩意：「多情卻似總無情，唯覺尊前笑不成。蠟燭有心還惜別，替人垂淚到天明。」

傷春怨別之詞，格調多婉媚，本詞則不然，其筆調上以虛字調度（如「自是」、「但」、「更」、「甚」、「也」等）、重筆點綴（如「一片」、「網遍」、「多少」、「不管」、「故故」等），造就節奏的流轉頓挫，婉轉之中見出筆力。

沁園春

送趙景明知縣❶東歸，再用前韻

佇立瀟湘❷，黃鵠高飛，望君未來❸。被東風吹墮，西江❹對語，急呼斗酒，旋拂征埃。卻怪英姿，有如君者，猶欠封侯萬里哉❺。空贏得，道江南佳句，只有方回❻。錦帆畫舫行齋❼，悵雪浪黏天江影開。記我行南浦，送君折柳；君逢驛使，為我攀梅❽。落帽山❾前，呼鷹臺❿下，人道花須滿縣栽⓫。都休問，看雲霄高處，鵬翼徘徊⓬。

【詞牌】沁園春

又名〈大聖樂〉、〈千春詞〉、〈念離群〉、〈東仙〉、〈洞庭春色〉、〈壽星明〉等。此調正體雙調一百十四字，上片十三句四平韻，下片十二句五平韻。稼軒此詞為正體。

【注釋】❶趙景明知縣　四卷本作「趙江陵」。趙景明，字奇暐。時任江陵知縣。❷佇立瀟湘　指淳熙六、七年稼軒知潭州期間，時趙景明宰江陵。❸望君未來　意謂期望趙景明到來而未能如願。此用《楚辭・九歌・湘君》語：「望夫君兮未來。」❹西江　指江西。❺卻怪英姿三句　意謂君有如此英姿而尚未顯貴發達，令人感到奇怪。《後漢書・班超傳》載相面者稱超「生燕頷虎頸，飛而食肉，此萬里侯相也」，「當封侯萬里之外」。❻道江南佳句二句　謂趙景明以詩詠江南而聞名。此用黃庭堅〈寄賀方回〉詩句：「解作江南斷腸句，只今惟有賀方回。」賀方回，名鑄，北宋詞人。❼錦帆畫舫行齋　華美的遊船。行齋，行進的船。❽君逢驛使二句　用南朝陸凱給友人范曄寄梅典故。南朝盛弘之《荊州記》載陸凱在江南，寄給長安好友范曄一枝梅花，並贈詩云：「折梅逢驛使，寄與隴頭人。江南無所有，聊贈一枝春。」❾落帽山　即龍山，在今湖北江陵城西。《晉書・孟嘉傳》載嘉為征西大將軍桓溫參軍，一次九月九日於龍山宴集，帽子被風吹落而不自覺，風度依然。❿呼鷹臺　故址在今湖北襄樊襄陽城東。《水經注》卷二十八「沔水」條載漢末劉表治襄陽時建景升臺。「表性好鷹，嘗登此臺，歌〈野鷹來〉曲」。「呼鷹臺」一名由此而來。⓫人道花須滿縣栽　用西晉潘岳治河陽縣典故。庾信〈春賦〉：「河陽一縣並是花。」《白孔六帖》卷七十七「縣令」：「潘岳為河陽令，樹桃李花，人號曰河陽一縣花。」⓬看雲霄高處二句　此以大鵬徘徊於雲霄，喻趙景明仕途受挫。《莊子・逍遙遊》：「化而為鳥，其名為鵬。鵬之背，不知其幾千里也。怒而飛，其翼若垂天之雲。」

【語譯】瀟湘之濱，鴻鵠翱翔，我曾佇立遙望，你卻未能前往。如今東風把你吹到江西，與我互訴衷腸，快快擺酒設宴，為你接風洗塵埃。我甚覺奇怪，你一表英才，竟未能成就豐功偉業。只贏得善吟江南佳句之美名，如山谷稱道賀方回。

華美的遊船待發，悵望浩浩江面，白浪滔天。今朝我為你折柳送行來江邊；你別後逢驛使，莫忘寄梅把音信傳。江陵落帽山前，呼鷹臺下，是你剛離任的地方。人說滿縣當遍種花草，如當年潘岳在河陽。一切都不必說，請看那九霄雲端，大鵬盤旋彷徨。

【研　析】 這首詞作於淳熙八年（西元一一八一年）。稼軒時年四十二，任江西安撫使。

江陵知縣趙景明離任東歸，途經江西，與稼軒短聚而別。本詞為送別趙氏而作，卻從相聚入筆，且追述一兩年前瀟湘邊「望君未來」之情形，襯托出友人今日造訪既在期盼之中又出意料之外。「被東風吹墮」，恰似今人俗語：是什麼風把你吹來了！「急呼」、「旋拂」云云，意外驚喜之情溢於言表。驚喜之後，自然是傾心暢談，為友人的懷才不遇深感歎惋憤慨！

下片寫送別。錦帆畫舫即將載友銜開滔天白浪遠去，怎不令人惆悵！「送君南浦，傷如之何」（江淹〈別賦〉）只願別後相互惦念，多通音信。通常的贈別之言至此便已說盡，然而稼軒難以釋懷的仍是友人的屈才境遇，臨別時又不禁要說些慰藉的話：人們都說你出任江陵知縣，就像當年才名冠世的潘岳「出為河陽令，負其才，鬱鬱不得志」（《晉書・潘岳傳》）。這一切都不必去說了，看那展翅沖天的大鵬也有徘徊不前之時。言外之意，大鵬雖難免一時的彷徨，但終究要在長空翱翔。趙氏雖暫時受屈，將來定能雄才大展。

全詞情調上突出的一點是為友人抱屈，首尾的鴻鵠、大鵬形象映襯出友人的高才絕世。淳熙二、三年間為撫州太守，政績甚佳，頗得民心，陸九淵〈與楊守〉云：「某自省事以來五十年矣，不知幾易太守，其賢而可稱者，唯張安國、趙景明、陳時中、錢伯同四人，殆如晨星之相望，可謂難得矣。」數年後卻降為江陵知縣，葉適〈送趙景明知江陵縣〉云：「吾友趙景明，材絕世不近。疏通無流連，豪俊有細謹。尤精人間事，照見肝膈隱。」可見其性情豪爽磊落，無怪乎稼軒在〈水調歌頭・和趙景明知縣韻〉（官事未易了）云：「君如無我，問君懷抱向誰開？」兩人此次短暫的「西江對話」，英雄相契相惜之狀是可以想見的，而稼軒為摯友嗚不平而又盡力寬慰，也是可以理解的。

沁園春

帶湖❶新居將成

三徑初成❷，鶴怨猿驚，稼軒未來❸。甚雲山自許，平生意氣，衣冠人笑，抵死塵埃❹。意倦須還，身閑貴早，豈為蓴羹鱸鱠哉❺。秋江上，看驚弦雁避，駭浪船回❻。

東岡更葺茅齋❼，好都把軒窗臨水開。要小舟行釣，先應種柳；疏籬護竹，莫礙觀梅。秋菊堪餐，春蘭可佩❽，留待先生手自栽。沉吟久，怕君恩未許❾，此意徘徊。

【注　釋】❶帶湖　在信州（治所在今江西上饒）城北靈山下。洪邁〈稼軒記〉云：「郡治之北可里所，故有曠土存，三面傅城，前枕澄湖如寶帶。」❷三徑初成　指隱居之宅院剛建成。蘇軾〈次韻周邠〉：「南遷欲舉力田科，三徑初成樂事多。」三徑，指歸隱之處。漢趙岐《三輔決錄・逃名》載西漢末年兗州刺史蔣詡辭歸鄉里，在宅院中闢出三條小路，只和好友求仲、羊仲來往。❸鶴怨猿驚二句　意謂山猿林鶴因稼軒未退隱山林而驚啼怨鳴。孔稚珪〈北山移文〉：「蕙帳空兮夜鶴怨，山人去兮曉猿驚。」稼軒，稼軒帶湖宅室名及其自號。洪邁〈稼軒記〉云：「意它日釋位而歸，必躬耕於是。故憑高作屋下臨之，是為稼軒。」《宋史・辛棄疾傳》云：「嘗謂人生在勤，當以力田為先。北方之人養生之具不求於人，是以無甚富甚貧之家。南方多末作以病農，而兼併之患興，貧富斯不侔矣。故以稼名軒。」❹甚雲山自許四句　意謂何故平生山林相許，意氣自負，而總是官場潦倒，為人所笑。甚，為甚；為何。抵死，終究；總是。❺豈為蓴羹鱸鱠哉　為的豈是美味的蓴菜鱸魚。《世說新語・識鑒》載西晉張翰在洛陽為官，「見秋風起，因思吳中菰菜羹鱸魚膾，曰：『人生貴得適意爾，何能羈宦數千里以要名爵？』遂命駕便歸。」❻驚弦雁避二句　喻全身遠害，急流勇退。❼葺茅齋　修蓋茅屋。❽秋菊堪餐二句　用屈原〈離騷〉詩句：

「夕餐秋菊之落英」、「紉秋蘭以為佩」。❾君恩未許　謂皇上未能恩准。

【語　譯】退居的宅院剛剛建好，山猿林鶴怨鳴驚啼，因稼軒居士尚未來到。為何自許平生志趣在山林，卻總是官場潦倒為人所笑。心神倦怠當歸隱，身退賦閒要趁早，難道只為蓴菜鱸魚之美味佳餚。看看那秋江之上，大雁躲避飛箭，船兒迴避惡浪驚濤。　東邊山岡上再蓋一所茅齋，門窗最好都臨水而開。要能搖蕩小船垂釣，先得種上楊柳；編上疏籬保護叢竹，但莫要妨礙賞梅。秋菊可以食用，春蘭可以佩帶，都留待我親手栽。沉思許久，怕皇上不能恩准我的退歸，心情為之猶豫徘徊。

【研　析】這首詞作於淳熙八年（西元一一八一年）秋。稼軒時年四十二，任江西安撫使。黃昇《中興以來絕妙詞選》卷三錄此詞題作「退閑」，非也。

志圖恢復、諳曉兵事的辛棄疾南渡近二十年來，屢受主和派忌恨，仕宦遷轉，頗不得志，如詞中所云：「衣冠人笑，抵死塵埃。」淳熙六年（西元一一七九年）在湖南轉運副使任上所作〈論盜賊劄子〉有云：「臣生平剛拙自信，年來不為眾人所容，顧恐言未脫口而禍不旋踵。」次年於帶湖開始營建稼軒新居，「意他日釋位而歸，必躬耕於是」（洪邁〈稼軒記〉），自撰〈新居上梁文〉云：「君子常有靜退之心。久矣倦遊，茲焉卜築。」此舉即透露出退隱之心。一年後，新居初成，稼軒寫下本詞，其「驚弦雁避，駭浪船回」更是顯露出官場險惡、退避保身的心願。然而官職在身，「怕君恩未許」，所以徘徊沉吟。詞作即抒發退隱與用世間的矛盾情懷。

起筆切題而入，「三徑初成」而「稼軒未來」，見出稼軒欲退隱而未能如願，「鶴怨猿驚」則借鶴猿之情間接表露其未能脫身官場的憂怨心情，下文即以抒寫退隱之情為主。上片言平生意趣以雲山自許，卻落得宦海漂泊，為人所笑。如今身心倦怠，欲求身閒。這些似是而非的退歸託詞中，隱含難以言表的苦衷，即「驚弦雁避」二句所喻示的避險保身之理。

下片詞筆跳到稼軒新居，呼應起句「三徑初成」，敘寫新居的環境安排：修蓋茅齋要臨水開窗，湖邊種柳以便「小舟行釣」，設籬護竹不可妨礙賞梅，秋菊春蘭待我親手栽種。具體瑣細的筆觸中充溢著稼軒對山林退隱生活的嚮往之情。結末「沉吟久」三句則從這種遐想情緒中跳轉到現實，字面上謂擔心皇帝未能准許其辭官退隱，實則透露出稼軒內心深處並非甘願退隱，如其學生范開〈稼軒詞序〉所云：「公一世之豪，以氣節自負，以功業自許。」恢復之業未成，稼軒自當心有未甘。因而，稼軒不久因臺臣王藺彈劾罷官後，閒居帶湖十年間所作多有怨憤之情。

沁園春

戊申歲，奏邸忽騰報謂余以病掛冠，因賦此❶

老子平生，笑盡人間，兒女怨恩❷。況白頭能幾，定應獨往❸，青雲得意，見說長存❹。抖擻衣冠，憐渠無恙，合掛當年神武門❺。都如夢，算能爭幾許，雞曉鐘昏。

此心無有親冤❻，況抱甕年來自灌園❼。但淒涼顧影❽，頻悲往事；殷勤對佛，欲問前因❾。卻怕青山，也妨賢路❿，休鬥尊前見在身⓫。山中友，試高吟楚些，重與招魂⓬。

【注釋】❶戊申歲三句　戊申歲，宋孝宗淳熙十五年（西元一一八八年）。奏邸，指進奏院。宋朝於京城設諸道進奏院，掌承轉詔敕與三省、樞密院命令及有關各部門文件給諸路，摘錄各州章奏事由報告門下省，投遞各州文書給有關部門。門下省逐日將朝廷已行之命令、已定之差除黜罷編為定本，經宰執審閱後報行各地，稱為邸報，又名朝報。南宋又有小報，與邸報間雜流布，多有不實。按：稼軒於淳熙八年（西元一一八一年）被劾罷官後即閒居信州。戊申歲所傳以病掛冠之事，或為小報妄傳。❷老子平生三句　意謂我平生對人間是非恩怨，一笑置之，毫無芥蒂。老子，老夫。稼軒自稱。❸況白頭能幾二

句　意謂白髮蒼蒼還能活多久，自當獨自退居山中。白居易〈九年十一月二十一日感事而作〉：「當君白首同歸日，是我青山獨往時。」❹青雲得意二句　意謂仕途得意，聽說能久居高位。青雲，喻高官顯位。《史記・范雎蔡澤列傳》：「須賈頓首言死罪，曰：『賈不意君能自致于青雲之上。』」❺抖擻衣冠三句　抖抖官服，愛它完好無損，應當及早掛冠歸去。梁啟超《稼軒年譜》云：「言早當勇退，不必待劾也。」憐渠無恙，用杜甫〈得家書〉詩句：「熊兒幸無恙，驥子定憐渠。」神武門，《南史・陶弘景傳》載弘景少年即為諸王侍讀，身居顯貴。「永明十年，脫朝服掛神武門，上表辭祿，詔許之」。❻此心無有親冤　心境超然，一無親冤之別。辛棄疾〈丙寅九月二十八日作明年將告老〉：「此心自擬終成佛，許事從今只任真。有我故應還起滅，無求何自別冤親。」❼況抱甕年來自灌園　何況近年來退居田園親事農務。《莊子・天地》載子貢過漢陰，「見一丈人，方將為圃畦，鑿隧而入井，抱甕而出灌。」❽淒涼顧影　蘇軾〈永遇樂〉（長憶別時）：「卷珠簾、淒然顧影，共伊到明無寐。」❾殷懃對佛二句　誠心向佛，想探問生平遭遇的原因。按：佛家因果之理，果必有因，善因有善果，惡因招惡果。❿卻怕青山二句　還擔心隱居山林也會妨礙賢人升達之路。梁啟超《稼軒年譜》云：「極言憂讒畏譏，恐雖山居猶不免物議也。」⓫休門尊前見在身　不要盡情暢飲，歡賞今生。此意謂怕「妨賢路」而不能放懷盡歡。見在，現今存在。見，同「現」。此句反用牛僧孺〈贈葉夢得〉詩意：「休論世上升沉事，且門尊前見在身。」⓬試高吟楚些二句　請高吟《楚辭・招魂》，重新招我歸隱。梁啟超《稼軒年譜》云：「言本已罷官，奏邸又為我再罷一次，山友不妨再賦招隱也。」楚些，指《楚辭・招魂》，「些」為此篇句末語氣詞。

【語　譯】老夫我平生，笑對人間是非恩怨。何況髮已斑白，還能活上幾年，自應獨自退隱山間。人說仕途騰達之人，可久居高位。我當抖卻官服，愛它完好無損，如當年陶弘景掛冠神武門，及早退歸。一切如夢，多爭幾年仕宦，又能多聽幾回報曉雞鳴和黃昏鐘聲。　心中超然無親冤，何況近年來，躬親料理田園。只是淒然對孤影，頻頻為往事而悲感；誠心向佛，希望尋得個中因緣。隱居山林，也怕妨礙賢能騰達升遷，我不能痛飲盡歡。山中好友，請高吟《楚辭・招魂》，重新招我歸隱青山。

【研　析】這首詞作於淳熙十五年（西元一一八八年）。稼軒時年四十九，閒居帶湖。

稼軒因被彈劾而罷居七年，或已暫時忘懷仕宦得失，習慣於山林田園，如詞中所云「笑盡人間，兒女怨恩」、「此心無有親冤，況抱甕年來自灌園」，而奏邸的誤傳則重又在其心中引發諸多感慨。邸報既將其退歸時間延後了七年，又將其被劾罷歸誤作「以病掛冠」。這種近乎荒謬的誤傳出自「奏邸騰報」，不能不令稼軒置之一笑的同時，不禁多想一下其中的原由，詞中「青雲得意，見說長存」、「卻怕青山，也妨賢路」，即透露出傳聞背後的政治因素。但詞作整體呈現出稼軒對誤傳事件的超然灑脫。

詞作起筆三句，概述平生對人間是非恩怨的超然襟懷，對奏邸誤傳之事自不甚介意，下文遂不作辯正，反而順其所傳「以病掛冠」之意申說，自謂髮已斑白，餘生能幾！自當獨往山中歸隱，此其一；人說青雲直上者可久居官場，我則仕宦坎坷，自當掛冠歸去，此其二。然而罷居七年後，「奏邸忽騰報謂余以病掛冠」，確如夢幻！轉而又想一切皆如夢，七年前之落職閒居，抑或今日之「以病掛冠」，是非真假何必計較，正如梁啟超《稼軒年譜》所釋：「言奏邸竟為我延長若干年做官生涯，然所差能幾，不足較也。」

上片結末筆意轉歸事實，下片則自述罷歸數年來的情懷，淡泊平靜之中又心存憂慮不安。這憂慮不安之中，有對往日仕途坎坷及被劾罷退的悲歎和尋思，也有對今日山居或仍遭賢能嫉怨的擔憂，故而難以暢懷盡歡。奏邸騰報之事也證實了稼軒的憂慮及其閒居的難以寧靜。末尾則從思慮中跳出，以詼諧之筆關合奏邸誤傳之事，就算我今日「以病掛冠」，且請山中好友重新招我歸隱吧。此結筆在諧趣中表明對誤傳之事的超然心態，與起筆「笑盡人間，兒女怨恩」旨趣相貫通。

沁園春

期思舊呼奇獅，或云碁獅，皆非也。余考之荀卿書云：孫叔敖，期思之鄙人也❶。期思屬弋陽郡，此地舊屬弋陽縣。雖古之弋陽、期思，見之圖記者不同，然有弋陽則有期思也。橋壞復成，父老請余賦，作〈沁園春〉以證之。

有美人兮，玉佩瓊琚❷，吾夢見之。問斜陽猶照，漁樵故里，長橋誰記，今古期思。物化❸蒼茫，神遊❹彷彿，春與猿吟秋鶴飛❺。還驚笑，向晴波忽見，千丈虹霓。覺來西望崔嵬❻，更上有青楓下有溪❼。待空山自薦，寒泉秋菊❽，中流卻送，桂棹蘭旗❾。萬事長嗟，百年雙鬢❿，吾非斯人誰與歸⓫！憑闌久，正清愁未了，醉墨休題。

【注　釋】❶余考之荀卿書云三句　《荀子・非相》：「楚之孫叔敖，期思之鄙人也。」唐楊倞注引西晉杜預云：「期思，楚邑名。今弋陽期思縣。鄙人，郊野之人也。」魏晉時弋陽郡，宋時名光州，治所在今河南潢川縣。稼軒誤解為信州弋陽縣（治所在今江西弋陽）。孫叔敖，春秋時楚國人，《史記・循吏列傳》載其為楚相，「施教導民，上下和合，世俗盛美，政緩禁止，吏無姦邪，盜賊不起。……三得相而不喜，知其材自得之也；三去相而不悔，知非己之罪也。」❷有美人兮二句　美人，指孫叔敖。司馬相如〈美人賦〉：「女乃歌曰：『獨處室兮廓無依，有美人兮來何遲！』」瓊琚，精美的玉佩。《詩・鄭風・有女同車》：「有女同車，顏如舜華。將翺將翔，佩玉瓊琚。」❸物化　萬物變化。《莊子・齊物論》：「昔者莊周夢為胡蝶，栩栩然胡蝶也，自喻適志與，不知周也。俄然覺，則蘧蘧然周也。不知周之夢為胡蝶與？胡蝶之夢為周與？周與胡蝶則必有分矣，此之謂物化。」❹神遊　指孫叔敖神遊故里，猶如蘇軾〈念奴嬌・赤壁懷古〉「故國神遊」謂周瑜神遊故地。❺春與猿吟秋鶴飛　意謂終年與猿鶴共遊。韓愈〈柳州羅池廟碑〉：「侯朝出游兮暮來歸，春與猿吟兮秋鶴與飛。」❻崔嵬　高聳的樣子。❼更上有青楓下有溪　《楚辭・招魂》：「湛湛江水兮上有楓，目極千里兮傷春心。」❽待空山自薦二句　意謂山中泉流旁秋菊綻放。蘇軾〈書林逋詩後〉：「我笑吳人不好事，好作祠堂傍修竹。不然配食水仙王，一盞寒泉薦秋菊。」❾桂棹蘭旗　舟船之美稱。《楚辭・九歌・湘君》：「蓀橈兮蘭旌。……桂櫂兮蘭枻。」蘇軾〈赤壁賦〉：「桂棹兮蘭槳，擊空明兮泝流光。渺渺兮予懷，望美人兮天一方。」❿百年雙鬢　謂年華老去，鬢髮斑白。杜甫〈戲題寄上漢中王〉：「百年雙白鬢，一別五秋螢。」⓫吾非斯人誰與歸　意謂孫叔敖已成古人，我能與誰同歸。《國語・晉語》：「趙文子與叔向游于九京，曰：『死者若可作也，吾誰與歸？』」白居易〈動靜交相養賦〉：「非二君子，吾誰與歸。」范仲淹〈岳陽樓記〉：「微斯人，吾誰與歸。」

【語　譯】期思，舊稱奇獅，或名碁獅，都錯了。我查考《荀子》云：孫叔敖，期思之鄙人也。期思屬弋陽郡，此地舊屬弋陽縣。雖然古時弋陽、期思，圖記所載不同，但有弋陽則有期思。壞橋修復，父老請我賦詞，作〈沁園春〉辯正其事。

有一俊美賢士，身佩瓊玉，來到我夢裡。問夕陽依舊映照，當年捕魚打柴的故里，曾有的那座長橋，誰還能記起？期思之古今，蒼茫物事。神遊飄忽，與春猿共吟，伴秋鶴同飛。望晴光波面，驚喜長橋橫架，如千丈虹霓。　醒來西望，峰巒聳立，山上有翠楓，山下有清溪。空山欲獻寒泉與秋菊，桂舟蘭旗卻隨溪流離去。世事堪嗟，人生遲暮，斯人往矣，我能與誰同歸！倚欄久立，清愁未盡，休要揮毫醉題。

【研析】詞序云「期思舊呼奇獅」，稼軒淳熙十二年（西元一一八五年）所作〈洞仙歌〉（飛流萬壑）即題「訪泉於奇師，有周氏泉」。紹熙五年（西元一一九四年）秋自閩帥罷歸後，次年春到期思卜居，作〈沁園春・再到期思卜築〉。本詞序考證「奇獅」或「碁獅」應名「期思」，當作於二詞之間。詞中「向晴波忽見，千丈虹霓」及同時之作〈沁園春・答余叔良〉「白髮重來」句，與〈沁園春・再到期思卜築〉之「千丈晴虹」、「重來杜老」、「白髮歸耕」數句所言情事相同，二詞有「秋菊」、「秋水」、「西風」語，疑作於紹熙五年（西元一一九四年）秋。稼軒時年五十五，自閩帥罷歸重遊瓢泉。稼軒紹熙三年春「赴閩憲，別瓢泉」，作有〈浣溪沙〉（細聽春山杜宇啼）。兩年後罷歸蓋亦途經瓢泉，本詞或即當時所作。

詞序據《荀子・非相》載「楚之孫叔敖，期思之鄙人也」，考證「奇獅」或稱「碁獅」當名「期思」，不確。然而詞作乃依序中提及的期思古賢孫叔敖及「橋壞復成」構思成章。上片假託夢見孫叔敖神遊故里，證實「期思」之名，即序中所言「作〈沁園春〉以證之」。司馬相如〈美人賦〉：「女乃歌曰：『獨處室兮廓無依，有美人兮來何遲！』」「美人」指司馬相如。本詞起句「美人」指孫叔敖。《史記・滑稽列傳》載「孫叔敖之為楚相，盡忠為廉以治楚，楚王得以霸」。死後，「其子無立錐之地，貧困負薪以自飲食」。樂人優孟裝扮成孫叔敖向楚莊王祝壽，尋機進諫。「莊王大驚，以為孫叔敖復生也」。稼軒或因此典故而構想出孫叔敖身佩美玉來入夢中。「問斜陽猶照」以下，言夢中之孫叔敖感慨期思古今滄桑變幻，「物化」二句為關紐。夕陽依舊映照當年的漁樵故地，而曾有的長橋如今無人能記起，此即「物化蒼茫」；神遊故里，春之猿吟，秋鶴與飛，依稀如故，此即「神遊彷彿」。放眼晴光波面，忽見長橋如虹霓橫架，遂不禁驚喜。

下片走出夢境，觸景感懷。「覺來」二字轉筆，下文之「上有青楓下有溪」，景致如同《楚辭・招魂》「湛湛江水兮上有楓」；「待空山」二句，寓意如同蘇軾〈書林逋詩後〉中「一盞寒泉薦秋菊」；「中流」二句，情境有似《楚辭・九歌・湘君》：「蓀橈兮蘭旌。望涔陽兮極浦，橫大江兮揚靈。」山水清境中寄寓對所歷夢境及夢中「美人」的追念情懷。「萬事」三句則直筆抒寫，嗟歎世事，感慨人生，神交古賢。然而古賢往矣，憑欄凝思，清愁無盡，痛飲酣醉，詞筆亦就此作結。「休題」二字，與「清愁未了」相承應，斷然止筆而情味悠長。

沁園春

答余叔良❶

我試評君，君定何如？玉川❷似之。記李花初發，乘雲共語，梅花開後，對月相思❸。白髮重來❹，畫橋一望，秋水長天孤鶩飛❺。同吟處，看珮搖明月，衣捲青霓❻。

相君高節崔嵬，是此處耕巖與釣溪❼。被西風吹盡，村簫社鼓，青山留得，松蓋雲旗❽。弔古愁濃，懷人日暮❾，一片心從天外歸❿。新詞好，似淒涼楚些⓫，字字堪題。

【注釋】❶余叔良　不詳。❷玉川　唐詩人盧仝（約西元七九五—八三五年），自號玉川子，祖籍范陽（今河北涿州）。居洛陽，韓愈為河南令，愛其詩。❸記李花初發四句　用韓愈、盧仝賞花唱和之事，喻往日與余叔良酬唱情形。韓愈〈寒食日出遊〉：「李花初發君始病，我往看君花轉盛。」〈李花〉：「誰將平地萬堆雪，剪刻作此連天花。日光赤色照未好，明月暫入都交加。夜領張徹投盧仝，乘雲共至玉皇家。」〈寄盧仝〉：「買羊沽酒謝不敏，偶逢明月曜桃李。」盧仝〈有所思〉：「相思一夜梅花發，忽到窗前疑是君。」❹白髮重來　蘇軾〈次韻王忠玉遊虎丘〉：「白髮重來故人盡。」❺秋水長天孤鶩飛　王勃〈滕王閣詩序〉：「落霞與孤鶩齊飛，秋水共長天一色。」❻看珮搖明月二句　謂玉珮輝映明月，仙衣捲拂雲霞。《楚辭・九章・涉江》：「被明月兮珮寶璐。」《楚辭・九歌・東君》：「青雲衣兮白霓裳。」杜甫〈詠懷古跡〉其三：「畫圖省識春風面，環珮空歸月夜魂。」❼相君高節崔嵬二句　言春秋時楚相孫叔敖襟懷高潔，耕釣於此。《荀子・非相》：「楚之孫叔敖，期思之鄙人也。」唐楊倞注引西晉杜預云：「期思，楚邑名。今弋陽期思縣。」魏晉時弋陽郡，宋時名光州，治所在今河南潢川縣。稼軒誤解為信州弋陽縣。❽松蓋雲旗　言山中隱居，松為蓋，雲為旗。《楚辭・離騷》：「載雲旗之委蛇。」❾懷人日暮　江淹〈休上人怨別〉：「日暮碧雲合，佳人殊未來。」❿一片心從天外歸　謂思念之心漫飛天外而歸來。《詩話總龜》卷十「雅什門」引《郡閣雅談》云：「劉禹昭，字休明，婺州人。少師林寬，為詩刻苦，不憚風雪。詩云：『句向夜深得，心從天外歸。』」⓫楚些　指楚辭。

【語　譯】我對您試作評價，您的才情到底如何？唐代詩人盧仝似可媲美。記得李花初開時，相聚共賞花如雲，梅花綻放，對月寄相思。重來髮已白，放眼畫橋，秋水長天一色，孤鶩高飛。同遊共吟，似見仙人搖珮披月，羽衣拂捲雲霓。　楚相高情超然，曾居此地耕巖釣溪。西風吹盡村社簫聲鼓鳴，青山松似車蓋，浮雲如旗。悵然追懷古賢，日暮思念親友，心從天外來歸。新詞精妙，情韻淒涼似楚辭，字字珠璣。

【研　析】這首詞與〈沁園春〉（有美人兮）同調同韻，又都用及孫叔敖居期思典故，當為同時之作，疑作於紹熙五年（西元一一九四年）秋。稼軒時年五十五，自閩帥罷歸重遊瓢泉。

詞為酬答之作，起筆三句，從余氏原詞引發對其才情的評賞。首句自述，接下二句自問自答，筆致跌宕。「記李花」四句追憶往日歡聚共語和別後相思情形，字面上化用與盧仝相關的詩句，呼應上文「玉川」二字。「白髮」六句落筆到今日重遊情境。前三句言所見秋日水天一色、孤鶩高飛景象。「畫橋」，當即〈沁園春〉（有美人兮）詞序所謂「橋壞復成」。後三句言共吟歡賞，明月彩雲輝映，美妙如幻之境，似有佩玉仙靈，披月拂雲，飄然而降。其情境有似杜甫詩句「環珮空歸月夜魂」（〈詠懷古跡〉），透露出對當地古賢楚相孫叔敖的懷思，導引下片弔古之情。

過片想像春秋時楚相孫叔敖期思退居耕釣情形。「高節崔嵬」，與上片結末「珮搖明月，衣捲青霓」情韻相承。「被西風」四句展現山林清幽脫俗境界，當為寫實筆調，然而此景又令稼軒遙想當年孫叔敖的耕釣場景，心飛天外，弔古、懷人之深情溢於襟懷。結筆三句落到友人原詞，與起筆「評君」呼應，「淒涼楚些」則與「弔古」二句情調相通，酬答而共鳴。

沁園春

再到期思卜築❶

一水西來，千丈晴虹❷，十里翠屏。喜草堂經歲，重來杜老❸，斜川好景，不負淵明❹。老鶴高飛❺，一枝投宿❻，長笑蝸牛戴屋❼行。平章❽了，待十分佳處，著個茅亭。

青山意氣崢嶸❾，似為我歸來嫵媚生❿。解頻教花鳥，前歌後舞⓫，更催雲水，暮送朝迎。酒聖詩豪⓬，可能無勢？我乃而今駕馭卿⓭。清溪上，被山靈卻笑，白髮歸耕⓮。

【注釋】❶再到期思卜築　原題無「再到」二字，茲從四卷本。期思，在鉛山縣（今屬江西）。原名「奇獅」或「碁獅」，稼軒改名「期思」，見其〈沁園春〉（有美人兮）序。卜築，擇地建房。❷千丈晴虹　言飛流映日如千丈虹霓。稼軒〈沁園春〉（有美人兮）題期思亦云：「向晴波忽見，千丈虹霓。」❸喜草堂經歲二句　杜甫寓居成都浣花草堂期間，曾因避亂離開草堂，經年返歸，作〈草堂〉詩云：「昔我去草堂，蠻夷塞成都。今我歸草堂，成都適無虞。……舊犬喜我歸，低徊入衣裾。鄰舍喜我歸，沽酒攜胡蘆。大官喜我來，遣騎問所須。城郭喜我來，賓客隘村墟。」經歲，歷經一年或數年。❹斜川好景二

句　陶潛〈遊斜川〉詩序云：「辛丑正月五日，天氣澄和，風物閒美。與二三鄰曲同遊斜川，臨長流，望曾城。魴鯉躍鱗於將夕，水鷗乘和以翻飛。彼南阜者，名實舊矣，不復乃為嗟歎。若夫曾城，傍無依接，獨秀中皋。遙想靈山，有愛嘉名。欣對不足，率爾賦詩。」斜川，在今江西星子縣。❺老鶴高飛　李白〈蜀道難〉：「黃鶴之飛，尚不得過。」❻一枝投宿　《莊子・逍遙遊》：「鷦鷯巢於深林，不過一枝。」❼蝸牛戴屋　崔豹《古今注》卷中：「野人結圓舍如蝸牛之殼，故曰蝸舍，亦曰蝸牛之舍也。」❽平章　品評；相度。❾意氣崢嶸　精神煥發。趙鼎臣〈送宋宏甫出守邠州〉：「今年別我西入關，意氣崢嶸喜動顏。」❿嫵媚生　李白〈清平樂令〉：「一笑皆生百媚。」白居易〈長恨歌〉：「回眸一笑百媚生。」稼軒〈南鄉子〉（隔戶語春鶯）：「隨笑隨顰百媚生。」⓫解頻教花鳥二句　蘇軾〈再用前韻〉：「鳥能歌舞花能言。」⓬酒聖詩豪　《三國志・魏書・徐邈傳》載邈為尚書郎，時禁酒。「邈私飲至於沉醉。校事趙達問以曹事。邈曰：『中聖人。』達白之太祖。太祖甚怒。度遼將軍鮮于輔進曰：『平日醉客謂酒清者為聖人，濁者為賢人。邈性修慎，偶醉言耳。』」李白〈月下獨酌〉其四：「所以知酒聖，酒酣心自開。」黃庭堅〈和舍弟中秋月〉：「少年氣與節物競，詩豪酒聖難爭鋒。」⓭可能無勢二句　意謂閒居林泉，暢飲賦詩，可以駕馭山水美景，亦是一種權勢。陶淵明〈晉故征西大將軍長史孟府君傳〉：孟嘉為征西大將軍長史，「嘗會神情獨得，便超然命駕，逕之龍山，顧景酣宴，造夕乃歸。溫從容謂君曰：『人不可無勢，我乃能駕御卿。』」可能，怎能。黃庭堅〈玉樓春〉（新年何許春光漏）：「得開眉處且開眉，人世可能金石壽？」⓮被山靈卻笑二句　借用南齊孔稚珪〈北山移文〉嘲周顒事以自嘲。周顒身隱北山（指鍾山，今江蘇南京東紫金山）而「纓情於好爵」，應詔出仕，「於是南嶽獻嘲，北隴騰笑，列壑爭譏，攢峯竦誚」。後周顒返京路過北山，稚珪乃作此文假託山靈嘲之，拒絕其入山。

【語　譯】一灣溪水向東流，飛瀑映日似千丈彩虹，青山秀麗如十里翠屏。欣喜之情，猶如老杜經年重回草堂，又似淵明遊賞斜川美景。老鶴高飛，一枝棲息，常笑那蝸牛頭戴屋舍爬行。觀覽考察已畢，待我選定完美之地，搭間茅亭。　　青山意氣煥發，彷彿因我歸來而嫵媚頓生。頻頻讓山花山鳥，前歌後舞，又催促浮雲流水，暮送朝迎。酒聖詩豪，豈無威勢？如今我乃要駕馭這山水美景。漫步清溪之上，卻被山神嘲笑頭白才知歸耕。

【研　析】這首詞作於慶元元年（西元一一九五年）。稼軒時年五十六，自閩帥罷歸帶湖。

稼軒於淳熙十二年（西元一一八五年）訪鉛山期思得周氏泉，改名「瓢泉」，賦詞〈洞仙歌〉（飛流萬壑）有云：「便此地，結吾廬，待學淵明，更手種、門前五柳。」其〈水調歌頭〉（日月如磨蟻）云：「風雨瓢泉夜半，花草雪樓春到。」所言「雪樓」，當為瓢泉居宅，故本詞以杜甫歸草堂自喻。而今再來卜築，「待十分佳處，著個茅亭」，尤見稼軒鍾情於瓢泉。詞作起筆三句即濃墨描繪山水之美。「喜草堂」四句，借杜甫重歸草堂、淵明遊覽斜川，抒發欣喜閒適情懷。「老鶴高飛」以下數句落到題中「卜築」之意，顯露出寄情山水，隨遇而安的灑脫超然情志。

上片已將「再到期思卜築」題中之意寫盡，再到期思所見所感以及擇地築亭之念，均已逐次寫出，但筆觸限於稼軒觀賞山水一面。下片筆觸則轉到稼軒與自然山水的情感交流。前六句，以擬人手法描述瓢泉山水花鳥喜迎稼軒的歸來，激盪出稼軒內心的自由豪放之情，因而有下文的「酒聖詩豪」、「我乃而今駕馭卿」之豪邁飛揚筆致。「清溪上」三句，以自嘲作結，情勢急轉直下。詞情的漲落突變中，迴蕩著稼軒對自我身世境遇的悲慨。

沁園春

靈山齊菴賦，時築偃湖未成❶

疊嶂西馳，萬馬迴旋，眾山欲東❷。正驚湍直下，跳珠倒濺，小橋橫截，缺月初弓。老合投閑❸，天教多事，檢校長身十萬松❹。吾廬小，在龍蛇影外，風雨聲中❺。

爭先見面重重，看爽氣朝來三數峰❻。似謝家子弟，衣冠磊落❼，相如庭戶，車騎雍容❽。我覺其間，雄深雅健，如對文章太史公❾。新堤路，問偃湖何日，煙水濛濛？

【注　釋】❶靈山齊菴賦二句　靈山，在信州府（治所在今江西上饒）城西北。齊菴，稼軒靈山屋舍。偃湖，在靈山下。❷疊嶂西馳三句　以萬馬奔馳喻眾山綿延。蘇軾〈游徑山〉：「眾峰來自天目山，勢若駿馬奔平川。中塗勒破千里足，金鞭玉鐙相迴旋。」❸老合投閑　人老應當賦閒。❹檢校長身十萬松　意謂管理十萬棵一人高的青松。檢校，巡視；管理。稼軒〈永遇樂〉（投老空山）云：「萬松手種，政爾堪歎。何日成陰？吾年有幾？似見兒孫晚。」❺在龍蛇影外二句　龍蛇影、風雨聲，狀松林。《宋詩紀事》卷十錄石延年〈古松〉：「影搖千尺龍蛇動，聲撼半天風雨寒。」❻看爽氣朝來三數峰　謂清晨群峰顯露，神清氣爽。用東晉王徽之語：「西山朝來，致有爽氣。」（《世說新語・簡傲》）❼似謝家子弟二句　言眾山風貌，如東晉謝家子弟，儀態俊偉灑脫。《世說新語・言語》載謝安問諸子侄：「子弟亦何預人事，而正欲使其佳。」謝玄答曰：「譬如芝蘭玉樹，欲使其生於階庭耳。」❽相如庭戶二句　言眾山神態，如西漢司馬相如之車馬隨從，閒雅從容。《史記・司馬相如列傳》：「相如之臨邛，從車騎雍容閒雅甚都。」❾雄深雅健二句　言眾山格調，如司馬遷之文風，深沉雅致，雄邁健朗。

【語　譯】重巒疊嶂，群山綿延，猶如萬馬西馳，又欲迴旋往東。激流沖瀉，水花飛濺似跳珠，小橋橫跨，宛若缺月彎弓。年老本該賦閒休息，上天卻要我管事，巡檢這十萬棵一人高的青松。我那間小屋，就在龍蛇飛舞似的松林之外，隱沒於如風吼雨嘯的瀑流松濤聲中。

朝陽下群峰紛紛現身，神清氣爽。如謝家子弟，儀態俊偉瀟灑，又似相如門庭，車馬成行，從容閒雅。置身其中，我頓感雄深雅健，如誦讀太史公之妙文佳篇。堤路新修好，試問偃湖何時能築成？何時能觀賞煙水濛濛？

【研　析】稼軒〈歸朝歡〉（山下千林花太俗）題詠「靈山齊菴菖蒲港」之野櫻花，序署「丙辰歲三月三日」。本詞蓋亦丙辰歲（西元一一九六年）或稍前所作。稼軒時年約五十七，閒居帶湖。

詞題「靈山齊菴賦」，詞作從靈山落筆，逐次繪出激流、小橋、松林作背景，然後點出吾廬齊菴。描繪群山，重筆揮舞騰挪，化靜為動，呈現出峰巒簇擁馳騁之勢態。瀑流飛瀉如珠跳玉濺，彎彎的小橋如新月如彎弓，動靜相襯。松林迎風而動，影如龍蛇。此景與勢如萬馬奔馳的群山相呼應，透露出稼軒曾經的烽火沙場生涯及其深切的抗金報國心志。檢校松林，實即賦閒無事，然詞筆搖蕩，故生轉折，且以「檢校」一語顯示鄭重其事，言語間蘊含對罷官賦閒的怨憤之情。「吾廬小」三句點出罷退之後的棲身之所，其境界似乎映照出稼軒置身官場之外而又繫心世事之中的特殊心境。

上片從群山寫到吾廬齊菴，下片以齊菴為視點，用擬人筆法特寫群山之風神儀態。豪爽清雅的群山爭先從晨霧中湧出，與稼軒見面，其俊偉瀟脫之風度，雍容閒雅之神態，令稼軒想到東晉謝家子弟，想到西漢司馬相如一行入臨邛之情形；其神韻格調更令稼軒生發誦讀司馬遷文章之感。比擬新奇而切當，前二喻寫出山之生命情態，後一喻寫出山之骨氣品格。如此神清氣爽、高雅健朗的群山相伴，對稼軒報國無門的怨憤情懷，當是莫大的慰藉，更何況還有修築中的偃湖。那湖山相映的美妙境界令稼軒期待，不禁問道：「偃湖何日，煙水濛濛？」這一問在章法上關合詞題中的「築偃湖未成」。

沁園春

將止酒，戒酒杯使勿近

杯汝來前，老子今朝，點檢形骸❶。甚長年抱渴❷，咽如焦釜，於今喜睡，氣似奔雷。汝說劉伶，古今達者，醉後何妨死便埋❸。渾如此❹，歎汝於知己，真少恩哉！

更憑歌舞為媒，算合作人間鴆毒猜❺。況怨無大小❻，生於所愛，物無美惡，過則為災❼。與汝成言❽，勿留亟退，吾力猶能肆汝杯❾。杯再拜，道麾之即去，招則須來❿。

【注釋】❶點檢形骸　言省察身體。韓愈〈贈劉師服〉：「丈夫命存百無害，誰能點檢形骸外。」❷甚長年抱渴　言多年來嗜酒醉飲。《世說新語・任誕》：「劉伶病酒，渴甚。」❸汝說劉伶三句　《世說新語・文學》：「劉伶著〈酒德頌〉，意氣所寄。」劉孝標注引《名士傳》載劉伶「肆意放蕩，以宇宙為狹，常乘鹿車，攜一壺酒，使人荷鍤隨之，云：『死便掘地以埋。』土木形骸，遨遊一世」。❹渾如此　竟如此。❺更憑歌舞為媒二句　意謂酒借助於歌舞而誘人醉飲，想來當被視作人間鴆毒。猜，看待。《楚辭・離騷》：「吾令鴆為媒兮，鴆告余以不好。」《後漢書・霍諝傳》：「豈有觸冒死禍以解細微？譬猶療饑于附子，止渴于酖毒，未入腸胃，已絕咽喉，豈可為哉？」❻大小　原作「小大」，茲從四卷本。❼過則為災　《左傳》昭公元年：「六氣曰陰、陽、風、雨、晦、明也。分為四時，序為五節，過則為菑。」❽成言　說定。《楚辭・離騷》：「初既與余成言兮，後悔遁而有他初。」❾吾力猶能肆汝杯　言我尚有摔擲酒杯之力。《論語・憲問》載子服景伯語：「吾力猶能肆諸市朝。」❿麾之即去二句　《漢書・汲黯傳》載嚴助稱汲黯「輔少主，守城深堅，招之不來，麾之不去」。麾，揮手使去。則須，原作「亦須」，茲從四卷本。

【語譯】酒杯，你過來，老夫今天要來巡檢我的形骸。長年以來嗜酒痛飲，咽喉如燒焦的蒸鍋，如今貪睡，鼾聲如滾滾驚雷。你說劉伶堪稱古今放達之人，醉死何妨就地掩埋。你竟如此說話，對知己真是寡情少恩！令我感慨！　你還憑仗歌舞來誘人歡醉，按理該被當作人間鴆毒來對待。況且怨恨無論大小，都萌生於貪愛，事物沒有好壞，過度便成禍害。今日和你約定，你不要滯留，趕緊告退，我尚有力砸碎你酒杯。酒杯再拜，說道：你揮手，我即離開；你招手，我就趕來。

【研析】稼軒慶元二年（西元一一九六年）所作〈水調歌頭〉（我亦卜居者）詞序云「時以病止酒」、〈浣溪沙・瓢泉偶作〉云「病怯杯盤甘止酒」。本詞題云「將止酒」，大略為同年之作。稼軒時年五十七，閒居瓢泉。

詞以與酒杯談論的戲謔筆調，敘寫因病止酒之事。稼軒從「點檢形骸」引入，自述長年嗜酒之傷身，如今止酒之養生。酒杯則針對病酒傷身之說，借魏晉名士劉伶「醉後何妨死便埋」之放達言行進行辯駁。稼軒聞聽此言，感歎酒杯之於己寡情少恩！「知己」一語，見出視酒為無言的知音，如今因病而止酒卻未能得到酒杯的理解同情，故深為慨歎。

酒杯之少恩，不僅令稼軒感慨，更令稼軒憤然，過片即指責酒之以歌舞為媒，誘人迷醉，堪稱人間鴆毒！

「況怨無大小」四句，筆調轉為平緩說理，語句簡潔，理致深切。斥責、說理之後，便以斷然語氣命酒杯「勿留亟退」，否則將「肆汝杯」。酒杯拜服從命，所言「麾之即去」，應從「勿留亟退」，而「招則須來」，則透露出稼軒自知恐難絕對止酒，他日或有近杯之時。

詞作筆調充滿諧趣，而所述視酒為知己，長年嗜酒，傷身致病，被迫戒酒，則令人透過諧趣感受到稼軒人生失意的怨憤和無奈情懷。

阮郎歸

耒陽道中為張處父推官賦❶

山前燈火❷欲黃昏，山頭來去雲。鷓鴣聲裏數家村，瀟湘逢故人❸。揮羽扇，整綸巾。少年鞍馬塵❹。如今憔悴賦〈招魂〉❺，儒冠多誤身❻。

【詞　牌】**阮郎歸** 又名〈好溪山〉、〈醉桃源〉、〈宴桃源〉、〈碧桃春〉、〈碧雲春〉、〈濯纓曲〉等。此調正體雙調四十七字，上片四句四平韻，下片五句四平韻。稼軒此詞為正體。

【注　釋】❶耒陽道中句　耒陽，縣名，治所在今湖南耒陽。張處父推官，不詳。推官，州府助理官員。❷燈火　四卷本作「風雨」。❸瀟湘逢故人　用南朝柳惲〈江南曲〉詩句：「洞庭有歸客，瀟湘逢故人。」❹揮羽扇三句　回憶張處父少年風流儒雅、馳馬疆場情形。綸巾，用青絲帶編的頭巾，又稱諸葛巾，相傳為諸葛亮所創。❺招魂　《楚辭》篇名。王逸《楚辭章句》云：「〈招魂〉者，宋玉之所作也。……宋玉憐哀屈原忠而斥棄，愁懣山澤，魂魄放佚，厥命將落。故作〈招魂〉，欲以復其精神，延其年壽。」❻儒冠多誤身　言書生多自誤其身。此句用杜甫〈贈韋左丞丈〉詩句：「紈綺不餓死，儒冠多誤身。」

【語　譯】時近黃昏，山前燈火閃爍，山頭雲彩飄遊。鷓鴣聲聲，山村人家寥寥，瀟湘喜逢故友。　青年時手搖羽扇，頭裹綸巾。飛馬征戰絕塵。如今身心憔悴，吟誦宋玉〈招魂〉，悵歎書生大多身世困頓。

【研 析】這首詞作於淳熙六年（西元一一七九年）。稼軒時年四十，任湖南轉運副使。

淳熙六年正月，湖南郴州宜章縣農民陳峒，率眾反抗官府強徵糧米。三月聲勢大振，朝廷命湖南安撫使王佐領軍鎮壓，稼軒奉詔自湖北改任湖南轉運副使，當是負責糧餉供應，協助王佐救平亂事，臨行前賦〈摸魚兒〉（更能消幾番風雨）贈別湖北僚友，於傷春怨別中寄託對時局國運的深切憂慮，及其壯志未酬而仕宦艱險的憂憤之情，也見出對此番改調的無奈和抑鬱情懷，與本詞結末「儒冠多誤身」情調相呼應。

詞題「耒陽道中」，又言及「鷓鴣聲」。耒陽在宜章北約二百里，稼軒大概於四、五月間赴宜章軍前途經耒陽時逢故友張處父，感慨賦詞。上片前三句描述耒陽道景象：山村幾家燈火在黃昏中閃爍，幾抹浮雲在山頭飄遊，鷓鴣聲在降臨的夜色中回蕩。遊宦之人置身其境不禁倍感漂泊淒涼，此時與故友相逢，驚喜之外當有無限話語堪訴。「瀟湘」句敘事中帶出詞中人，他鄉遇故友之情則蓄而待發。

下片承前意脈，抒寫故友相逢之感慨。二人異鄉重逢，撫今追昔。「揮羽扇」三句，據題中「為張處父推官賦」，當為追憶張氏少年時疆場颯爽風度，同時也兼及稼軒自身早年抗金生涯，二人或許都曾有過抗金經歷，當時正身臨鎮壓農民起事之戰事，遂有此感觸。然而，稼軒志在抗金復國，奉命助剿並非所願，其稍後所奏〈淳熙己亥論盜賊劄子〉云：「姑以湖南一路言之，自臣到任之初，見百姓遮道，自言嗷嗷困苦之狀。臣以謂斯民無所愬，不去為盜，將安之乎？……民者，國之根本，而貪濁之吏迫使為盜。今年剿除，明年掃蕩。譬之木焉，日刻月削，不損則折。臣不勝憂國之心，實有私憂過計者。欲望陛下深思致盜之由，講求弭盜之術，無恃其有平盜之兵也。」可以想到稼軒當時的憂切之情。在鎮壓進程中，轉運司與帥臣王佐亦有分歧。陸游〈尚書王公墓誌銘〉追述農民為官所逼，退歸宜章，「轉運司聞之，即移諸州，以為賊已窮蹙，自守巢穴，毋以備禦妨農」。王佐不以為然，仍驅重兵進剿，最終「誅獲無遺」。稼軒時任轉運副使，可知其對王佐窮追屠戮起事農民有所不滿，但又無可奈何。所任非所願，壯志難酬，憂國憂民而無能為力，遂令年僅四十的稼軒有身心憔悴之感，慨歎「儒冠多誤身」！而身處瀟湘，便又想到懷才不遇、忠而見謗的屈原，所言「賦〈招魂〉」，既是借宋玉〈招魂〉寄託對屈原的懷念，也是對自身際遇困頓的悵歎。

夜遊宮

苦俗客

幾個相知可喜。才廝見❶、說山說水。顛倒爛熟只這是。怎奈向❷，一回說，一回美。

有個尖新底❸，說底話、非名即利。說得口乾罪過你❹。且不罪，俺略起，去洗耳❺。

【詞牌】夜遊宮

又名〈新念別〉、〈念彩雲〉。此調正體雙調五十七字，上、下片各六句四仄韻。稼軒此詞為正體。

【注釋】❶才廝見　才相見。周邦彥〈風流子〉（新綠小池塘）：「天便教人，霎時廝見何妨！」❷怎奈向　怎奈何。秦觀〈八六子〉（倚危亭）：「怎奈向，歡娛漸隨流水。」❸尖新底　新奇。晏殊〈鳳銜杯〉（柳條花纇惱青春）：「端的自家心下眼中人，到處覺尖新。」❹說得口乾罪過你　意謂說得口乾舌燥，你咎由自取。❺洗耳　清除所聞。晉皇甫謐《高士傳》卷上載堯帝欲讓位給隱士許由，由「遁耕於中嶽潁水之陽，箕山之下。……堯又召為九州長。由不欲聞之，洗耳於潁水濱。」

【語譯】幾個相知好友稱心可喜，一相見便說山說水。橫說豎說都是這山山水水。無奈每一次說起都覺得美。

有個另類之人，說的話不是名就是利。說得口乾舌燥，咎由自取。暫且不去怪罪，我要起身片刻，去清洗我的雙耳。

【研析】這首詞作年不詳。鄧廣銘《稼軒詞編年箋注》據詞意疑為慶元六年（西元一二〇〇年）所作。

稼軒罷職退居山中，屢言志在丘壑。本詞上片所言亦即此趣。幾個知友，每次相聚，說的都是山水，不厭其煩，反覺「一回說，一回美」，其原由一在山水之美無窮無盡；一在談山談水者鄙棄名利，志在山水。醉心名利之徒自然不識山水之美，所言非名即利，令志在山水者不堪其俗，起身洗耳。這便是詞作下片所述情形。

詞題「苦俗客」，上片從俗之反面作鋪墊，下片直扣題意。說者口乾舌燥，聽者起身洗耳，極具諷刺意味的對比場景，凸顯出稼軒對名利俗客的鄙視。在語詞上，稼軒大概應合「俗客」之俗，有意多用俗語，也寓有其譏諷之意。

定風波

暮春漫興❶

少日❷春懷似酒濃，插花走馬醉千鍾❸。老去逢春如病酒❹，唯有：茶甌香篆小簾櫳❺。

捲盡殘花風未定，休恨。花開元自❻要春風。試問春歸誰得見？飛燕。來時相遇夕陽中。

【詞牌】定風波

唐教坊曲名。又名〈定風流〉、〈定風波令〉、〈捲春空〉、〈轉調定風波〉等。此調正體雙調六十二字，上片五句三平韻兩仄韻，下片六句四仄韻兩平韻。稼軒此詞為正體。

【注釋】❶暮春漫興　原無題，茲從四卷本。漫興，興來隨意之作。❷少日　少年時。❸千鍾　千杯。❹病酒　酒醉如病。❺茶甌香篆小簾櫳　指在小簾窗下焚香品茶。茶甌，陶製茶罐。香篆，香炷燃煙繚繞如篆字，故稱。櫳，窗櫺；窗戶。❻元自　原本。

【語譯】少年時賞春情懷似酒濃，戴花跑馬，一醉千鍾。老來逢春如醉酒，只有焚香品茶，坐對窗牖。殘花落盡，春風吹拂不定，莫怨恨。花開原本就歸功於春風。試問誰能見到春的歸去？只有飛舞的春燕，歸來途中和春天在夕陽下相逢。

【研析】這首詞抒寫暮春閒居感觸，見於四卷本甲集，當作於淳熙九年（西元一一八二年）至十四年之間。稼軒時年四十餘，閒居帶湖。

詞云「老去逢春」，實則稼軒當時年未五旬，而其歎老情懷透露出壯志未酬而無奈退居的幽憤和不甘，現實和未來都令人失望，只有曾經的少年豪情尚能帶來些許心靈慰藉。詞作便由此入筆，以「少日春懷」之豪興張揚，反襯今日「老去逢春」的慵倦淡漠。漲落變化，暗示出稼軒所歷經的坎坷不平生涯。如今窗下焚香品茗，過去的一切飄然逝去，心境趨於淡定超然。

詞作下片轉到對春風落花的感觸。春花在春風中飄零，常常引人傷感，但稼軒卻語氣斷然地說：「休恨。」其透過眼前的風捲殘花，想到的是春花在春風中欣然綻放的景象，因而謂不該怨恨春風。「花開」一句，蘊含花開花落、春來春歸的自然理趣。花落春歸，終究惹人傷懷，但春去燕來，則又令人欣慰。詞以春、燕在夕陽下相遇的情境作結，意蘊有如晏殊〈浣溪沙〉中「無可奈何花落去，似曾相識燕歸來」。

定風波

席上送范廓之❶游建康❷

聽我尊❸前醉後歌，人生無奈別離何。但使情親千里近❹，須信：無情對面是山河。

寄語石頭城❺下水：居士❻，而今渾不怕風波❼。借使未成鷗鳥伴❽，經慣❾，也應學得老漁蓑❿。

【注　釋】❶范廓之　即范開，字廓之，祖籍洛陽（今屬河南），宋室南渡後遷居衢州（今屬浙江）。自淳熙九年（西元一一八二年）從學於稼軒。廓之原作「先之」，乃避宋寧宗趙擴名諱而改，今從四卷本。❷建康　今江蘇南京。原作「建鄴」，今從四卷本。❸尊　同「樽」。酒杯。❹但使情親千里近　意謂只要情真意切，相隔千里亦如近在身邊。曹植〈贈白馬王彪〉：「恩愛苟不虧，在遠分日親。」王勃〈送杜少府之任蜀川〉：「海內存知己，天涯若比鄰。」❺石頭城　故址在今江蘇南京。❻居士　指未做官的士人，這裡為稼軒自稱。❼而今渾不怕風波　言如今全然不害怕人世風波。渾，全。❽借使未成鷗鳥伴　假如沒能和鷗鳥結成友伴。未成鷗鳥伴，四卷本作「未如鷗鳥慣」。❾經慣　經久而習慣。四卷本作「相伴」。❿老漁蓑　柳宗元〈江雪〉：「孤舟蓑笠翁，獨釣寒江雪。」

【語　譯】開懷痛飲之餘，請聽我為你高歌，人生離別無可奈何。只要知心情深，千里相隔似近鄰，當相信：沒有情義，面對面也如山河阻隔。　寄語石頭城下江水：我稼軒居士，如今全然不怕人世風波。即使沒能成為鷗鳥的友伴，經久習慣，也定能學得漁翁戴笠披蓑。

【研　析】據鄧廣銘《稼軒詞編年箋注》，這首詞作於淳熙十六年（西元一一八九年）。稼軒時年五十，閒居帶湖。

是年，范開赴京謀官，稼軒作〈醉翁操〉敘別，序云：「廓之與予遊八年，日從事詩酒間，意相得歡甚。」本詞雖題曰「送范廓之游建康」，但其意趣與師生八年相得、一朝分別且後會不定之情形相稱，而不太可能作於八年期間。又，范開淳熙十五年正月編定稼軒詞（四卷本甲集）未錄本詞，則很可能為其後所作，而現存稼軒詞中涉及范開之十一首，大都可斷定為閒居帶湖期間所作，即稼軒紹熙三年（西元一一九二年）初赴任閩憲之前。合此種種，本詞大概亦作於淳熙十六年，蓋范開入京求仕，同時又準備遊金陵。

隨侍八年，「相得歡甚」的弟子告別，且別後相見難期，不禁悵然，把杯醉歌：「人生無奈別離何！」然而稼軒並非兒女情長之人，且弟子此別乃為功名前程，故詞筆轉而相慰：真情在心，千里若鄰。此亦「海內存知己，天涯若比鄰」之意。「無情」一句反筆申發，譬喻精到，相反相成。

下片扣合范開遊建康。稼軒此前曾兩度任職建康，登臨弔古，撫時感慨，賦詠高歌，壯懷豪情，奏論恢復，想必都在記憶中。如今弟子將遊建康，可以想到其內心的無盡追憶和感慨，然以閒居林泉多年之心態，便只願寄語「石頭城下水」，猶如向真誠不變的故友傾訴現時情懷：盟鷗友魚，瀟灑超然於人生風波之外。

詞作稱題構章，上片贈別，醉歌相慰；下片寄語建康山水，自述閒居情懷。詞筆以跳脫離愁別怨為法，傾向於瀟脫曠放，尤其是下片，更無絲毫別離之愁。

定風波

三山送盧國華❶提刑❷，約上元❸重來

少日猶堪話別離，老來怕作送行詩❹。極目南雲無過雁❺，君看：梅花也解寄相思❻。

無限江山行未了。父老❼，不須和淚看旌旗。後會丁寧何日是❽？須記，春風十里放燈時❾。

【注釋】❶盧國華　名彥德，麗水（今屬浙江）人。紹興二十四年（西元一一五四年）進士及第。紹熙間任福建提刑、轉運判官。❷提刑　官名，提點刑獄公事之簡稱，掌本路司法刑獄和監察。❸上元　農曆正月十五日。❹少日猶堪話別離二句　意謂年少時猶能輕鬆話別，老來則傷離怨別，害怕賦詩送行。化用東晉謝安語意：「中年傷於哀樂，與親友別，輒作數日惡。」（《世說新語・言語》）❺過雁　原作「雁過」，茲從四卷本。❻梅花也解寄相思　用南朝陸凱寄梅典故。《太平御覽》卷十九引《荊州記》載陸凱在江南，給長安友人范曄寄贈梅花一枝，並附詩云：「折梅逢驛使，寄與隴頭人。江南無所有，聊贈一枝春。」❼父老　原作「父母」，茲從四卷本。❽後會丁寧何日是　柳永〈夜半樂〉（凍雲黯淡天氣）：「後約丁寧竟何據？」❾春風十里放燈時　十里，四卷本作「十日」。杜牧〈贈別〉：「春風十里揚州路。」放燈，元宵節張點花燈之俗。趙德麟《侯鯖錄》卷四：「京師元夕放燈三夜。」

【語譯】年少時尚能贈言話別，年老則害怕賦詩送行。放眼南望，雲天茫茫無飛雁，請看梅花綻放，也能寄託離人的相思之情。江山浩渺無際，行跡遷轉不定。父老鄉親，不必和淚目送車馬前行。相約重聚在何日？切記就在春風蕩漾的放燈之時。

【研 析】這首詞作於紹熙四年（西元一一九三年）。稼軒時年五十四，知福州兼福建安撫使。

稼軒〈滿江紅〉（宿酒醒時）序云「盧國華由閩憲移漕建安」，「閩憲」即福建提刑，本詞當亦為此而作。起筆二句直入送別題旨，起句言年少尚能話別，次句言老來送別，感傷無盡。前句為虛筆，後句為實筆，以虛襯實。「極目」三句預想別後相思之情。「極目」句言無雁傳書。建安在福州之北，傳書當託南雁北飛，而梅花綻放時節，自是「南雲無過雁」。「梅花」句言有梅寄情。筆法上以無雁反襯有梅，先抑後揚，筆意中流露出對友人別情的寬解。

下片敘述送行留步，臨別相囑。過片言友人旅途茫茫，送行則不可能相伴終盡。筆調中寄寓對友人行途的關心，也蘊含「送君千里，終有一別」之理。臨別之際，詞筆又轉到父老「和淚看旌旗」，見出盧氏之為官得民心，而勸止語「不須」，既承前句所含之理，又提引下文之相約重聚，不久就會重聚，遂勸父老今日送別不必太憂傷。結末叮嚀友人切記重聚之約，關合題中「約上元重來」。筆法上的一問一答則有加強語調之效。

念奴嬌

登建康賞心亭❶呈史留守致道❷

我來弔古，上危樓、贏得閒愁千斛❸。虎踞龍蟠❹何處是？只有興亡滿目。
柳外斜陽，水邊歸鳥，隴上吹喬木。片帆西去，一聲誰噴霜竹❺？　卻憶安石
風流，東山歲晚，淚落哀箏曲❻。兒輩功名都付與，長日惟消棋局❼。寶鏡難尋❽，
碧雲將暮❾，誰勸杯中綠❿？江頭風怒，朝來波浪翻屋⓫。

【詞 牌】念奴嬌

又名〈大江東去〉、〈酹江月〉、〈赤壁詞〉、〈乳燕飛〉、〈壺中天慢〉、〈大江西上曲〉、〈太平歡〉、〈壽南枝〉、〈古梅曲〉、〈湘月〉、〈淮甸春〉、〈白雪詞〉、〈百字令〉、〈無俗念〉、〈千秋歲〉、〈慶長春〉、〈杏花天〉等。此調有平韻、仄韻二體。仄韻正體雙調一百字，上、下片各十句四仄韻。平韻正體雙調一百字，上、下片各十句四平韻。稼軒此詞為仄韻體，雙調一百字，上片九句四仄韻，下片十句四仄韻。

【注 釋】❶建康賞心亭　在建康（今江蘇南京）城下水門城樓上，下臨秦淮河。北宋丁謂所建。❷史留守致道　建康留守史正志，字致道，揚州人。紹興二十一年（西元一一五一年）進士。乾道三年（西元一一六七年）至六年間知建康府，兼建康行宮留守。留守，官名，即行宮留守。宋高宗南渡曾駐蹕建康，後遷都臨安（今浙江杭州），在建康置行宮留守。❸斛　度量容器。宋時五斗為一斛。❹虎踞龍蟠　形容地勢雄壯險要。踞，蹲；坐。蟠，盤伏。相傳諸葛亮曾對孫權說：「秣陵地形，鍾山龍蟠，石頭虎踞，此帝王之宅。」（《太平御覽》卷一百五十六引晉張勃《吳錄》）秣陵，即建康。鍾山、石頭，建康地名。❺噴霜竹　吹奏竹笛。黃庭堅〈念奴嬌〉（斷虹霽雨）：「老子平生，江南江北，最愛臨風笛。孫郎微笑，坐來聲噴霜竹。」❻卻憶安石風流三句　想起謝安英才蓋世，風流倜儻，晚年聞箏曲而落淚。謝安，字安石，陽夏（今河南太康）人，東晉名相。《晉書・謝安傳》載謝安出仕前寓居會稽，高臥東山（今浙江上虞西南）。又據《晉書・桓伊傳》，東晉孝武帝末年，謝安因功名盛極而遭好利陰險之徒諂害。孝武帝曾召桓伊宴飲，謝安侍坐。桓伊「撫箏而歌怨詩曰：『為君既不易，為臣良獨難。忠信事不顯，乃有見疑患。……』」謝安聽後「泣下沾衿」。❼兒輩功名都付與二句　功名事業全交給了兒輩，整日只以下棋來消遣。《晉書・謝安傳》載，太元八年（西元三八三年），前秦苻堅大軍南侵，謝安派弟謝石、侄謝玄迎戰於淝水，大敗秦軍。捷報傳來，謝安正與客下棋。看過捷報，了無喜色，下棋如故。客問之，和緩地答道：「小兒輩遂已破賊。」又，晚唐李遠有詩云：「長日唯銷一局棋。」（張固《幽閒鼓吹》）❽寶鏡難尋　如寶鏡洞照肺腑般的知心人難以覓得。唐李濬《松窗雜錄》載，曾有漁人在秦淮河得到一枚古銅鏡，能照見人的肺腑。後不慎墜水中，遍尋水底而不得。❾碧雲將暮　江淹〈擬休上人怨別詩〉：「日暮碧雲合，佳人殊未來。」❿誰勸杯中綠　白居易〈和夢遊春詩一百韻〉：「行看須間白，誰勸杯中綠。」杯中綠，杯中酒。⓫朝來波浪翻屋　杜甫〈觀李固請司馬弟山水圖〉：「高浪垂翻屋。」張耒〈送劉季孫赴浙東〉：「三江太湖浪翻屋。」

【語　譯】我登上高樓憑弔古跡，心中湧起萬千愁緒。虎踞龍盤氣象在何處？只見滄桑滿目。柳林外夕陽西斜，水池邊鳥雀歸飛，丘壟上風吹喬木。一片孤帆西去，是誰在吹奏笛曲？　想起謝安英才俊賞，晚年聽桓伊箏曲而落淚。整日下棋消遣，功名事業全付與兒輩。寶鏡般的知心人難以尋覓，暮雲將臨，誰為我勸酒舉杯？江上風怒，明朝必將浪湧翻屋。

【研　析】這首詞大概作於乾道四、五年（西元一一六八、一一六九年）間。稼軒時年約三十，通判建康府。史致道為行宮留守。

詞為登臨懷古之作，起筆直入登樓弔古，頓生千斛閒愁：昔日之虎踞龍蟠之地，如今惟有滿目滄桑之跡。「柳外斜陽，水邊歸鳥」、「片帆西去」，一幅恬靜而邈遠的圖景背後不知隱含多少人世間的興亡之事！那喬木林中的風濤聲，那曠遠寒冽的竹笛聲，又似乎在打破靜默，傳達某種歷史的聲曲。

上片主要寫登樓所見之景，情融景中。下片前五句追懷與建康相關的古人——東晉名相謝安。《晉書・謝安傳》載其年四十餘始出仕，初為征西大將軍桓溫司馬，歷侍中、吏部尚書、中護軍、尚書僕射等，後拜衛將軍，開府儀同三司，加征討都督，與苻堅戰於淝水，「指揮將帥，各當其任。玄等既破堅，有驛書至。安方對客圍棋，看書既竟，便攝放床上，了無喜色，棋如故。客問之，徐答云：『小兒輩遂已破賊。』既罷，還內，過戶限，心喜甚，不覺屐齒之折。其矯情鎮物如此。以總統功，進拜太保」。可見淝水之戰，謝安實為之總督運籌，而稼軒詞云：「兒輩功名都付與，長日惟消棋局。」似乎謝安因遭諂忌而淡出功名。此乃活用典故，上承「淚落哀箏曲」之意，下啟知音難覓之怨，「寶鏡」三句所言即衷曲無處傾訴，情調抑鬱怨憤。結尾「江頭」二句，因眼前江風怒吼，料想明朝浪濤翻湧之勢，映襯出稼軒的激憤之情，餘韻深長。

詞作以情語起筆，總攝全詞情調，感慨滄桑興亡，感歎英傑遭諂，自歎壯志難酬，層轉明晰。末以景語結篇，與起首之「上危樓」相呼應，登樓弔古，在江風呼嘯中結束，意猶未盡。全詞章法結構頗具匠心。

念奴嬌

西湖和人韻

晚風吹雨，戰新荷、聲亂明珠蒼璧❶。誰把香奩收寶鏡？雲錦周遭紅碧❷。飛鳥翻空，游魚吹浪，慣趁笙歌席❸。坐中豪氣，看君一飲千石❹。

遙想處士❺風流，鶴隨人去，已作飛仙伯❻。茅舍疏籬今在否？松竹已非疇昔❼。欲說當年，望湖樓下，水與雲寬窄❽。醉中休問，斷腸桃葉❾消息。

【注　釋】❶明珠蒼璧　喻荷葉雨珠。❷誰把香奩收寶鏡二句　意謂湖面被盛開的荷花覆蓋。香奩，喻荷花盛開的西湖。寶鏡，喻湖面。雲錦，喻湖面荷花盛開。文同〈守居園池雜題三十首〉之〈橫湖〉：「一望見荷花，天機織雲錦。」周遭紅碧，四卷本作「紅涵湖碧」。周遭，四周。❸慣趁笙歌席　慣於追隨笙歌筵席趁熱鬧。❹一飲千石　指開懷暢飲。❺處士　有才德而不入仕者。此指林逋（西元九六八－一〇二八年），字君復，杭州錢塘（今浙江杭州）人。隱居西湖孤山二十年，號西湖處士，種梅養鶴。❻飛仙伯　《十洲記》載蓬萊山四周環海，「無風而洪波百丈，不可得往來。……唯飛仙乃能到其處耳」。❼疇昔　往昔。❽欲說當年三句　意謂望湖樓下雲水相溶，今昔相比，寬窄若何。望湖樓，又名看經樓，在錢塘門外一里，乾德五年（西元九六七年）錢俶所建。蘇軾〈六月二十七日望湖樓醉書五首〉之一云：「黑雲翻墨未遮山，白雨跳珠亂入船。捲地風來忽吹散，望湖樓下水如天。」❾桃葉　本東晉王獻之愛妾，後借指侍妾。建康（今江蘇南京）有桃葉渡，傳為桃葉渡江處，王獻之作歌送之（參見郭茂倩《樂府詩集》卷四十五〈清商曲辭・桃葉歌〉）。按：稼軒任司農主簿前即為建康通判，「桃葉消息」或有所指。

【語　譯】晚風吹雨，雨打新荷，嘈嘈如明珠灑落翠璧。誰把如鏡的湖面收入香奩？紅花綠葉瀰望輝映，宛如彩雲錦緞。飛鳥在空中翻舞，游魚在水面吹浪，為歌筵酒席而縱情盡歡。席間諸君豪氣壯懷，一飲千杯。

遙想西湖處士林逋，飄然駕鶴歸去，今已成為神山飛仙。茅舍疏籬如今可在？松樹竹林已非舊觀。望湖樓下雲水相溶，試問相比當年，何窄何寬。暢飲歡醉，莫提令人斷腸的兒女思念。

【研　析】這首詞見於四卷本甲集，當作於淳熙十五年正月結集之前。鄧廣銘《稼軒詞編年箋注》據稼軒此前仕宦經歷，推測為乾道六、七年（西元一一七〇、一一七一年）間所作。稼軒時年三十一、二，任司農寺主簿。

詞為一次西湖宴遊間的唱和之作。上片從湖面景象寫到席間豪氣，「慣趁笙歌席」一句為轉折，層次分明。寫景比喻貼切，色澤清麗，「戰」、「翻」、「吹」、「慣趁」等語詞頗為傳神達情。其中有兩處似可作深層品味，一是「戰」字，既傳達出風吹雨打之下新荷的傲然不屈之神，又隱含著稼軒曾經的沙場經歷及其抗金壯志所孕育的人生情趣；一是寫魚、鳥「慣趁笙歌席」，見出都城士人沉溺於歌舞遊賞，無心恢復，隱含稼軒對時局的憂慮憤激之情，下文「坐中豪氣」二句正是這種情緒的噴發。

過片轉寫西湖人物，言宋初西湖處士林逋風流曠達一生，今已駕鶴仙去。此感慨人已非，「茅舍」二句繼而感慨物亦非，則較通常的「物是人非」之感更深一層，其間寄託著對兩宋時局劇變的悵歎之情。接下「欲說當年」三句亦是撫今追昔之意，關鍵在「寬窄」二字：望湖樓下雲水相溶，本無所謂「寬窄」，然而宋室南渡之後，志圖恢復者登樓臨望，觸景感懷，抑憤不平，自不同於北宋時蘇軾所謂「望湖樓下水如天」，故有「寬窄」之別。結末二句大概是回應友人原唱詞作，用「桃葉」典故，或許與稼軒此前任建康通判時的某種情事有關，「休問」乃強作解脫語氣，其中卻有著難以言盡的韻味。

全詞格調由上片的氣勢豪宕轉入下片的感慨深永，頗能令人感悟出歷史以及人生中的類似境界，頓生無限回味。

念奴嬌

書東流❶村壁

野棠❷花落，又匆匆、過了清明❸時節。剗地❹東風欺客夢，一夜雲屏寒怯❺。曲岸持觴，垂楊繫馬，此地曾輕別。樓空人去，舊游飛燕能說❻。

聞道綺陌❼東頭，行人曾見，簾底纖纖月❽。舊恨春江流不斷，新恨雲山千疊❾。料得明朝，尊前重見，鏡裏花難折❿。也應驚問：近來多少華髮！

【注釋】❶東流　縣名，屬池州，治所在今安徽東至。❷野棠　野生棠梨，春初開花，色白。❸清明　節氣名，在陽曆四月五日或六日。❹剗地　無端地。❺一夜雲屏寒怯　言終夜無眠，雲屏相伴，陣陣寒意令人心怯。寒怯，即怯寒，怕冷。❻樓空人去二句　言人去樓空，只有樓中飛燕能敘說往日歡遊情事。此二句用唐歌妓盼盼故事。據白居易〈燕子樓〉詩序，盼盼為徐州刺史張愔愛妓，善歌舞。張愔去世後，盼盼獨居張愔徐州舊第燕子樓十餘年。按：蘇軾〈永遇樂〉（明月如霜）即題詠燕子樓，有云：「燕子樓空，佳人何在，空鎖樓中燕。」❼綺陌　熱鬧繁華的街道。❽纖纖月　喻美人足。劉過〈沁園春．美人足〉：「似一鉤新月，淺碧籠雲。」❾舊恨春江流不斷二句　言舊恨新愁如東流不盡的春江水，似雲霧繚繞的層巒疊嶂。此二句化用秦觀〈江城子〉（西城楊柳弄春柔）詞句：「便做春江都是淚，流不盡，許多愁。」、蘇軾〈書王定國所藏煙江疊嶂圖〉詩句：「江上愁心千疊山，浮空積翠如雲煙。」不斷，《花庵詞選》作「不盡」。❿鏡裏花難折　喻女子另有所歡，不得相親近。黃庭堅〈沁園春〉（把我身心）：「鏡裏拈花，水中捉月，覷著無由得近伊。」

【語譯】野棠花紛紛凋謝，光陰匆匆又過了清明時節。春風無端驚破行客之夢，終夜獨守雲屏，寒侵心怯。把酒臨江，柳下繫馬，曾於此地輕易分別。如今樓空人去，昔日的歡遊聽飛燕敘說。聽說那繁華的街道東頭，行人曾見到，簾底佳人足如新月。舊愁如春水東流不盡，新怨似雲山霧巒層疊。料想明日酒筵重逢，你像那鏡中之花難以攀折，見到我也一定會驚問：近些年怎長出這麼多白髮！

【研 析】這首詞見四卷本甲集，當作於淳熙十五年正月結集之前。鄧廣銘《稼軒詞編年箋注》據稼軒此期宦遊蹤跡，參證詞中時地，斷為淳熙五年（西元一一七八年）所作，可以憑信。稼軒時年三十九，自隆興知府兼江西安撫使奉詔入京，途經東流縣。

詞為重經故地追昔懷人之作。起筆三句點明暮春時節，「又匆匆過了」一句，語氣筆調中流露出歎惋追惜情懷，既歎惋光陰匆匆流逝，又隱約透出對某種情事的追惜。「剗地」句筆勢突兀，見出東風之無禮無情，顯露出因東風驚夢而生發的怨憤之情。夢後無眠，獨守雲屏，夜寒心怯，縈繞襟懷的當即所夢之情事，亦即心中所追惜的情事。詞筆至此全為鋪墊，心中情事隱而不發。「曲岸」數句，則敞開心扉，直述故地重遊之憶昔歎今情懷。當年的別離情形如在眼前，如今想來歎其「輕別」。此二字有追悔之意，見出當年歡遊之情深以及別後相念之情切。重來舊地，人去樓空，飛燕呢喃，似在敘說樓中昔日之歡遊，而當事人無盡的憂思追憶可以想見。

上片情調悵惘，下片筆調一轉，由「聞道」帶出一番虛想，情調則呈現出似喜還悲之波蕩。聽說所念之人如今尚在，心中不禁欣喜，轉而想到其人在繁華遊樂之所，或已另有所歡，遂有「舊恨」、「新恨」之嗟歎。昔日歡遊而輕別，釀成相思之苦酒，此為舊恨；今日重來，人雖在而情已非，此為新恨。「料得」數句，承「新恨」而發，想像重見場景：一人如鏡中之花，可望不可及；一人則青春不再，鬢髮斑白。揣想中的「也應驚問」，將二人情感貫通，關合憶昔懷人之情事，而結筆之驚問慨歎聲中蘊含詞人近年來仕宦飄泊所鬱積的身世感慨，餘味不盡。

詞作融兒女情長與人生感慨為一體，情調深婉跌宕，當為稼軒婉約類詞作中的佳構。

念奴嬌

和韓南澗❶載酒見過雪樓❷觀雪

兔園舊賞❸，悵遺蹤、飛鳥千山都絕❹。縞帶銀杯❺江上路，惟有南枝❻香別。萬事新奇，青山一夜，對我頭先白❼。倚巖千樹，玉龍❽飛上瓊闕。

莫惜霧鬢雲鬟❾，試教騎鶴❿，去約尊前月。自與詩翁磨凍硯，看掃幽蘭新闋⓫。便擬明年，人間揮汗，留取層冰潔⓬。此君⓭何事，晚來曾為腰折。

【注釋】❶韓南澗　即韓元吉（西元一一一八—一一八七年），字無咎，開封雍丘（治所在今河南杞縣）人，移家信州（治所在今江西上饒），居廣信溪南，因號南澗。歷官禮部尚書、吏部侍郎、吏部尚書。❷雪樓　疑為稼軒對其居所的自稱，借蘇軾東坡雪堂之名。此指帶湖居宅。❸兔園舊賞　用漢梁孝王雪中遊兔園典故。謝惠連〈雪賦〉：「歲將暮，時既昏，寒風積，愁雲繁。梁王不悅，遊于兔園。迺置旨酒，命賓友。……俄而微霰零，密雪下。」兔園，梁孝王所建苑囿。❹悵遺蹤句　謂大雪封地，路無人跡山無飛鳥，令人悵然。化用柳宗元〈江雪〉：「千山鳥飛絕，萬徑人蹤滅。孤舟蓑笠翁，獨釣寒江雪。」❺縞帶銀杯　喻車馬經過雪地掀起的雪花和留下的馬蹄印跡。韓愈〈詠雪贈張籍〉：「隨車翻縞帶，逐馬散銀杯。」縞帶，白色生絹帶。此喻雪。❻南枝　指梅花。李嶠〈詠梅〉：「大庾斂寒光，南枝獨早芳。雪含朝暝色，風引去來香。」《白孔六帖》卷九十九「梅」南枝注：「大庾嶺上梅，南枝落，北枝開。」❼青山一夜二句　化用劉禹錫〈蘇州白舍人寄新詩有歎早白無兒之句因以贈之〉詩句「雪裏高山頭白早」。❽玉龍　喻積雪之樹木。❾霧鬢雲鬟　周邦彥〈減字木蘭花〉：「風鬟霧鬢，便覺蓬萊三島近。」❿騎鶴　本指仙家道士乘鶴雲遊。此借指冒雪遊賞。⓫看掃幽蘭新闋　謂看詩翁揮毫寫就詠雪新詞。幽蘭，指古琴曲〈幽蘭白雪〉。此借指詠雪詞。謝惠連〈雪賦〉：「楚謠以幽蘭儷曲。」宋玉〈諷賦〉：「乃更於蘭房芝室，止臣其中。中有鳴琴焉，臣援而鼓之，為〈幽蘭白雪〉之曲。」⓬便擬明年三句　擬將層冰留待明年解暑。《楚辭・招魂》：「增

（層）冰峨峨，飛雪千里些。」⓭此君　指竹。《世說新語・任誕》：「王子猷嘗暫寄人空宅住，便令種竹。或問：『暫住何煩爾？』王嘯詠良久，直指竹曰：『何可一日無此君。』」

【語　譯】恍如當年梁孝王賞雪的兔園，只遺憾杳無人跡、千山飛鳥也了無蹤影。似縞帶翻飛，銀杯散落，車馬如在江面馳行，梅花獨自飄送芳香。萬物新奇異樣，一夜之間，青山在我之先變得白髮蒼蒼。千樹依附峭巖，似玉龍飛向玉宇瓊殿。　別怕被風雪弄得霧鬢雲鬟，還請乘鶴去邀明月來樽前。我為您在結冰的硯臺裡磨墨，看您揮毫寫出美妙的詠雪詩篇。擬將玉潔之冰山，留待明年為人間消解酷暑。翠竹傲岸，為何歲晚卻為積雪折腰屈服。

【研　析】這首詞作年難以確考。詞為「和韓南澗」之作，知作於稼軒始居帶湖之淳熙九年（西元一一八二年）至十四年韓元吉去世之間。稼軒時年四十餘，閒居帶湖。

據詞題，賦雪當為主題，而韓南澗載酒見過及其原作亦當提及。詞作起筆及下片「莫惜」五句言南澗載酒見過並賦雪詞，其餘筆墨皆為詠雪。上片描繪山中雪景，峰巒頭白，飛鳥絕跡，梅花飄香，峭崖上的樹木就像玉龍騰飛。車馬如在江上馳行，濺起的雪花如縞帶翻飛，留下的足印似銀杯散地。冰清玉潔的世界中蕩漾著幽韻冷香，令人心動神往！

下片言賞雪，承上片所寫神奇雪景而來。霧鬢雲鬟、騎鶴，貼合雪中遊賞情態；月下尊前，吟詩賦詞，充溢著文人賞雪雅趣。詞筆至此已寫盡題中之意。下文「便擬明年」三句，想到明年的酷暑而擬將層冰留待來年；「此君何事」二句，見大雪壓彎的竹子，歎其一向傲然挺拔而晚年卻輕易折腰。此數句與上文看似不連貫，實亦未離詠雪之題，而筆調別開新意，略帶諧趣，深一層解讀則可見出稼軒對艱辛人世的關切以及對人格晚節的看重。

念奴嬌

賦白牡丹，和范廓之❶韻

對花何似？似吳宮、初教翠圍紅陣❷。欲笑還愁羞不語❸，惟有傾城嬌韻。翠蓋風流❹，牙籤名字❺，舊賞那堪省❻。天香染露，曉來衣潤誰整❼。

最愛弄玉團酥❽，就中一朵，曾入揚州詠❾。華屋金盤❿人未醒，燕子飛來春盡。最憶當年，沉香亭北，無限春風恨⓫。醉中休問，夜深花睡香冷⓬。

【注釋】❶范廓之　名開，洛陽（今屬河南）人，南渡後居上饒（今屬江西）。淳熙八、九年間始從稼軒遊。廓之，原作「先之」，茲從四卷本。❷似吳宮句　用孫武以兵法訓練吳國宮女典故。《史記・孫子吳起列傳》載孫武以兵法見吳王闔廬，以百八十位宮女試訓。「孫子分為二隊，以王之寵姬二人各為隊長，皆令持戟。……婦人左右前後跪起皆中規矩繩墨，無敢出聲。」❸欲笑還愁羞不語　化用唐玄宗稱楊貴妃為「解語花」典故（見《開元天寶遺事》）。❹翠蓋風流　指貴族雅士觀賞牡丹之風尚。翠蓋，飾以翠羽的車蓋，代指華美的車輛。按：唐宋時甚重牡丹，如白居易〈買花〉：「帝城春欲暮，喧喧車馬度。共道牡丹時，相隨買花去。」劉禹錫〈賞牡丹〉：「唯有牡丹真國色，花開時節動京城。」❺牙籤名字　指記載牡丹品種的譜記類書籍。歐陽脩有《洛陽牡丹記》、陸游有《天彭牡丹譜》。牙籤，牙骨等製成的書籍籤牌，亦代指書籍。❻舊賞那堪省　意謂前人讚賞牡丹的詩文等哪能遍覽。省，閱覽。❼天香染露二句　意謂牡丹夜間沐浴露水，衣衫濕潤，清曉誰為護理。此化用唐李正封〈牡丹〉詩句：「國色朝酣酒，天香夜染衣。」（李濬《松窗雜錄》）天香，指牡丹花。❽弄玉團酥　喻白牡丹之潔白玉潤。團酥，猶凝脂。溫庭筠〈南歌子〉：「似帶如絲柳，團酥握雪花。」❾就中一朵二句　謂牡丹曾入前人題詠揚州的詩篇。此用唐代崔涯〈贈揚州歌妓李端端〉詩句：「覓得黃騮被繡鞍，善和坊裏取端端。揚州近日渾成差，一朵能行白牡丹。」（范攄《雲谿友議》卷中「辭雍氏」條）❿華屋金盤　指富貴人家。蘇軾〈寓居定惠院之東雜花滿山有海棠一株土人不知貴也〉：「自然富貴出天姿，不待金盤薦華屋。」⓫最憶當年三句　用唐玄宗與楊貴妃沉香亭賞牡丹典故。唐李濬《松窗雜錄》載開元中，唐玄宗於興慶池東沉香亭前植牡丹，曾與楊貴妃月夜賞牡丹。李白奉命賦〈清平調三首〉，有云：「解釋春風無限恨，沉香亭北倚闌干。」⓬醉中休問二句　陳景沂《全芳備祖》前集卷七引《楊妃外傳》：「唐明皇曾召太真妃。妃被酒新起。帝曰：『此乃海棠花睡未足耳。』」蘇軾〈海棠〉：「只恐夜深花睡去，更燒銀燭照紅妝。」

【語　譯】綻放的牡丹盛勢如何？頗似孫武試訓吳宮美女，紅綠輝映，環繞列陣。似笑似愁，嬌羞不語，傾城美貌透出嬌媚風韻。名流雅士雲集遊賞，書籍文獻詳記名目，前賢賦詠佳章怎能遍覽。如佳人沐浴芳露，清晨衣衫濕潤誰來照管。　最愛那一朵潔白柔潤如玉似酥，曾入題詠揚州歌妓的名詩佳句。富家金盤養護，如佳人慵睡未醒，燕子飛來春歸去。最難忘當年沉香亭前綻放，春風蕩漾消融無限愁緒。夜深花容如醉，睡夢中冷香飄浮。

【研　析】這首詞見於四卷本甲集，當作於淳熙十五年（西元一一八八年）正月結集之前。范開於淳熙九年始從稼軒遊，知本詞作於淳熙九年至十四年之間。稼軒時年四十餘，閒居帶湖。

詞作題詠白牡丹，上片泛詠各色牡丹盛開之美作鋪墊。起筆以問句引入對牡丹的描狀，擬比孫武試訓宮女之場景，「翠圍紅陣」，見出各色牡丹綻放之盛勢，而宮女之喻則隱含神情，「欲笑」二句即其神情的表露，無限美妙盡在「傾城嬌韻」四字之中。傾城之貌、嬌媚之韻，引來風流雅士雲集賞悅、文人墨客紛紛題詠作記，自是情理中之事。雖說前人讚賞紛紜難盡，但尤令稼軒稱賞的是夜露滋潤、曉風輕拂中牡丹花的楚楚可人風韻。「衣潤誰整」，憐惜關切之情溢於筆端。

詞作下片筆觸轉到白牡丹，由「最愛」二字過渡。「弄玉團酥」，描寫白牡丹之色澤，視覺與觸覺兼備。下文均以美人為喻，有揚州歌妓李端端，有豪門佳人，更有君王寵妃楊玉環。如果說揚州歌妓喻示出白牡丹的風流多情，豪門佳人喻示出白牡丹的富貴華美，君王寵妃楊玉環則喻示出白牡丹高貴中有寂寞，嬌媚中有憂愁。不同品味的美人映照出白牡丹的多姿多彩、風情萬種。

詠花以美人為喻，自是常見手法，本詞妙在以不同風韻情態的美人擬比牡丹，人、花相融，神形兼備。

念奴嬌

賦雨巖❶，效朱希真❷體

近來何處，有吾愁、何處還知吾樂。一點淒涼千古意，獨倚西風寥廓。並❸竹尋泉，和雲種樹，喚做真閑客。此心閑處，未應長藉丘壑。

休說往事皆非，而今云是❹，且把清尊酌。醉裏不知誰是我，非月非雲非鶴。露冷松梢，風高桂子❺，醉了還醒卻❻。北窗高臥❼，莫教啼鳥驚著。

【注釋】❶雨巖　在信州永豐縣（治所在今江西廣豐）博山隈。❷朱希真　名敦儒（西元一〇八七—一一五九年），洛陽（今屬河南）人。志行高潔，工詩詞，有詞集《樵歌》傳世，風格清麗曠逸，語言多直白。黃昇《中興以來絕妙詞選》卷一稱其「博物洽聞，東都名士。南渡初以詞章擅名。天資曠遠，有神仙風致」。❸並　通「傍」。❹休說往事皆非二句　意謂不要說往事全錯而如今都對。此反用陶淵明〈歸去來兮辭〉中語：「實迷途其未遠，覺今是而昨非。」❺露冷松梢二句　四卷本作「露冷風高，松梢桂子」。❻醒卻　醒來。卻，助詞，用於動詞之後，表示完成。❼北窗高臥　陶淵明〈與子儼等疏〉：「北窗下臥，遇涼風暫至，自謂是羲皇上人。」

【語譯】近來不知愁在何處，樂趣又在何處。獨立西風中，感慨千古，幾許淒涼散入寥廓天宇。竹林旁尋訪山泉，雲霧裡栽種綠樹，稱得上是真正的清閒之客。心境的閒適，未必總要借助於山林丘壑。　別說往事全錯而今都對，只管把酒細酌。醉意朦朧中不知我是誰，不是明月，不是浮雲，也不是仙鶴。松梢灑下清冷的露珠，桂花在秋風中飄香，我醉復醒。高臥北窗下，莫讓啼鳥驚擾我的寧靜。

【研　析】這首詞見於四卷本甲集，知作於淳熙十五年正月結集之前。稼軒淳熙九年始居帶湖，本詞當作於此後四、五年間，具體作年不詳。

詞題曰「效朱希真體」，按朱敦儒〈鷓鴣天・自述〉云：「我是清都山水郎。天教分付與疏狂。曾批給雨支風券，屢上留雲借月章。詩萬首，酒千觴。幾曾著眼看侯王。玉樓金闕慵歸去，且插梅花醉洛陽。」其〈念奴嬌〉詠月云：「插天翠柳，被何人、推上一輪明月。照我藤床涼似水，飛入瑤臺銀闕。」均為時人所稱道（參見《苕溪漁隱叢話》後集卷三十九、《二老堂詩話》）。詞作以直白狂放之筆調抒發閒逸情懷。稼軒本詞所效即在此。

詞作旨趣在抒寫「真閑客」的「此心閑處」，用語直白，然用筆則多跌宕曲折。起筆迭用兩個「何處」，欲揚先抑，似疑問，似反思，又似反問，細讀不難品味出其中超然於憂樂之心境，接下「一點」五句即呈露此種情懷，以「真閑客」作結。其中「一點」二句為情緒上的轉折，「一點淒涼」在「西風寥廓」中飄散而去，林泉清賞，何等閒逸！「此心」二句，意脈又一轉：心境閒逸不一定依賴於林泉丘壑。這透露出作者對人生心態的深層反思：心之閒逸在於對人生是非利害的超脫。過片反用陶淵明「覺今是而昨非」語，即表達出此層意思：今昔是非置之不論。把杯暢飲，醉意朦朧中與明月、浮雲、仙鶴融洽無間，物我莫辨；醉而復醒，露冷風高，桂子飄香，高臥北窗，悠閒自得，超然於是非得失之外，真如陶淵明所言「自謂是羲皇上人」。

詞云「此心閑處，未應長藉丘壑」，故詞題雖曰「賦雨巖」，而詞筆並不在雨巖之景致，而在抒寫一種超然閒適的人生感悟。這是本詞構思立意上的獨到之處。

念奴嬌

瓢泉❶酒酣，和東坡韻❷

倘來軒冕，問還是、今古人間何物❸？舊日重城愁萬里，風月而今堅壁❹。

休歎藥籠功名❺，酒壚身世❻，可惜蒙頭雪❼。浩歌一曲，坐中人物三傑❽。黃菊凋零，孤標❾應也有，梅花爭發。醉裏重揩西望眼，惟有孤鴻明滅。萬事從教❿，浮雲來去，枉了衝冠髮⓫。故人何在？長庚⓬應伴殘月。

【注釋】❶瓢泉　在鉛山縣（今屬江西）東，原名周氏泉，辛棄疾改名「瓢泉」。❷和東坡韻　指用蘇軾〈念奴嬌〉（大江東去）詞韻。四卷本題作「用東坡赤壁韻」。❸倘來軒冕二句　意謂人世間古往今來，富貴功名偶然不定，究竟為何物。倘來，偶然而來。軒冕，本指卿大夫的軒車、冕服，後借指高官厚祿。《莊子・繕性》：「古之所謂得志者，非軒冕之謂也，謂其無以益其樂而已矣。今之所謂得志者，軒冕之謂也。軒冕在身，非性命也，物之倘來，寄者也。寄之，其來不可圉，其去不可止。」❹舊日重城愁萬里二句　意謂往昔積鬱的憂愁沉重無邊，如今無心吟風賞月。❺藥籠功名　言懷才求取功名。《新唐書・元行沖傳》載行沖及進士第，為狄仁傑所器重，對狄仁傑說：「門下充旨味者多矣，願以小人備一藥石可乎？」仁傑笑曰：「君正吾藥籠中物，不可一日無也。」❻酒壚身世　言身世窮困。《史記・司馬相如列傳》載司馬相如與卓文君相愛而家貧，賣車馬，置酒舍。文君當壚賣酒，相如洗滌酒具。❼可惜蒙頭雪　可歎白髮滿頭。蘇軾〈行宿泗間見徐州張天驥〉：「更欲河邊幾來往，只今霜雪已蒙頭。」❽坐中人物三傑　指當時瓢泉同飲的三位友人。稼軒另有〈念奴嬌〉（論心論相）題作「三友同飲，用赤壁韻」，詞中有云：「聖時同見三傑。」三傑，《史記・高祖本紀》載漢高祖謂張良、韓信、蕭何三人「皆人傑也」，後世因借指傑出人物。❾孤標　孤傲的格調。崔道融〈梅花〉：「數萼初含雪，孤標畫本難。」❿從教　任憑。晁補之〈八六子〉（喜秋晴）：「從教綠酒深傾。醉休醒，醒來舊愁旋生。」⓫枉了衝冠髮　徒然枉費我滿腔抗金復國的激憤之情。衝冠髮，形容極度憤怒。《史記・廉頗藺相如列傳》載趙王得和氏璧，秦王願以十五座城邑換取和氏璧。趙相藺相如奉璧入秦，見秦王無意給趙國城邑，「因持璧卻立，倚柱，怒髮上衝冠」。⓬長庚　即金星，俗稱啟明星。蘇軾〈送張軒民寺丞赴省試〉：「人競春蘭笑秋菊，天教明月伴長庚。」四卷本作「長歌」。

【語譯】試問古往今來，人世間偶然如寄的高官厚祿，究竟為何物？往日鬱積的憂愁如重城萬里，而今面臨清風朗月，心情黯然似深藏堅壁。懷才求取功名，落得窮困潦倒，可歎滿頭白髮如雪。放聲高歌吧，在座的三位英雄豪傑。　不用歎惜菊花凋零枯黃，一定也有孤高傲立的梅花競放。抱醉拭目西望，只有孤雁在空中隱約飛翔。世間萬事如浮雲，任其往來飄蕩，怒髮衝冠我空悲悵。知心好友今在何方？啟明星定然與殘月遙相守望。

【研　析】這首詞作於紹熙二年（西元一一九一年）。稼軒時年五十二，遊瓢泉。

稼軒〈念奴嬌〉（道人元是）題云「再用前韻，和洪莘之通判〈丹桂詞〉」，「前韻」指本詞之韻，知二詞為同時之作。〈念奴嬌〉（道人元是）云「十郎手種，看明年花發」，預言洪莘之明年應舉及第，其〈瑞鶴仙〉（黃金堆到斗）題云：「壽上饒倅洪莘之，時攝郡事，且將赴漕舉。」詞有云：「爭說道、明年時候，被姮娥做了慇懃，仙桂一枝入手。」洪邁《夷堅志》載：「紹熙三年秋，信州解試，揭牓畢，當作鹿鳴宴以享隨計之士。……時大兒通判州事。」洪莘之將赴明年，即紹熙三年漕舉，知此數詞作於紹熙二年。

詞作題云「和東坡韻」，又以感慨今古功名富貴起筆，當由蘇軾〈念奴嬌・赤壁懷古〉「大江東去，浪淘盡、千古風流人物」而引發，筆調則變豪放為沉鬱，以問句出之。此一問乃根源於稼軒的身世體驗，接下即自述心中愁情如重城堅壁，懷才不遇，年華虛度。「可惜」者，自我歎惋；「浩歌」者，暢懷放歌。一抑一揚，鬱悶而憤激之情，動人心魄！

前人詩詞中多有感歎秋菊凋零，如鄭谷〈十日菊〉云：「節去蜂愁蝶不知，曉庭還繞折殘枝。」蘇軾〈南鄉子・重九涵輝樓呈徐君猷〉云：「明日黃花蝶也愁。」（又見其〈九日次韻王鞏〉詩）李清照〈聲聲慢〉：「滿地黃花堆積。憔悴損，如今有誰堪摘。」稼軒則反其意而抒寫孤傲進取之志，情勢筆調與上片結句相承。稼軒志在抗金復國，故不禁「重揩西望眼」，然而空中若隱若現的孤鴻令其重又跌入悵惘無奈之中，只能感歎世事漂浮，壯志難酬！末了憑藉志同道合的故友之情聊以自慰，然而長庚、殘月遙相守望的景象之中，又不知蘊含著多少志士失路之悲！

念奴嬌

再用前韻，和洪莘之通判〈丹桂詞〉❶

道人❷元是，道家風、來作煙霞中物❸。翠幰裁犀遮不定，紅透玲瓏油壁❹。借得春工，惹將秋露，薰做江梅雪。我評花譜，便應推此為傑。

憔悴何處芳枝，十郎手種，看明年花發❺。坐斷虛空香色界❻，不怕西風起滅。別駕❼風流，多情更要，簪滿常娥❽髮。等閒折盡，玉斧重倩修月❾。

【注釋】❶再用前韻二句　前韻，指〈念奴嬌〉（倘來軒冕）詞韻。和信州通判洪莘之〈丹桂詞〉。洪莘之，即洪梓，字莘之，饒州鄱陽（今江西鄱陽）人，洪邁長子，紹熙初通判信州。丹桂，花為紅色的木犀。❷道人　借傳說中的仙人桂父指丹桂。《列仙傳》卷上載桂父「常服桂及葵」。❸煙霞中物　意謂丹桂在霞光雲霧中滋育生長。❹翠幰裁犀遮不定二句　意謂翠綠的枝葉遮不住紅透的桂花。翠幰，翠綠的車幔。油壁，指油壁車，車壁以油塗飾，為女子所乘之車。翠幰、油壁，均喻枝葉茂綠的桂樹。犀，木犀。翠幰裁犀，喻桂花綻開。賀知章〈詠柳〉：「不知細葉誰裁出，二月春風似剪刀。」❺十郎手種二句　用宋初竇禹鈞五子登科之事，預祝洪莘之明年應舉中第。稼軒〈瑞鶴仙〉題云：「壽上饒倅洪莘之，時攝郡事，且將赴漕舉。」曾慥《類說》卷十五引《先公談錄》：「諫議大夫竇禹鈞子五人，俱進士及第，馮道詩云：『燕山竇十郎，教子有義方。靈椿一株老，丹桂五枝芳。』時號竇氏五龍。」❻坐斷虛空香色界　意謂丹桂在自然界花草凋謝之後獨飄芳香。坐斷，坐定。❼別駕　漢置官名，為州刺史佐吏，出行與刺史別乘車駕，故稱。此指通判洪莘之。❽常娥　傳說中的月宮仙女。❾玉斧重倩修月　傳說月亮由七種寶石合成，常有八萬二千名工匠持玉斧修磨（見段成式《酉陽雜俎・天咫》）。

【語譯】丹桂就像仙人桂父，原本有著仙家風韻，來到人間沐浴霞光雲霧。茂綠如車幔的枝葉間丹桂閃耀，似紅透玲瓏的油壁車。借來三春之天工，汲取秋天之雨露，芳香薰染出江梅似雪。我來品評百花之譜，就該推舉丹桂為花中英傑。　萬物凋零憔悴，何處花枝芬芳，十郎親手栽種，待看明年桂花綻放。花草凋盡，丹桂獨自飄香，不怕秋風蕭瑟。通判大人風流多情，又將桂花簪滿常娥鬢髮。輕易間把丹桂折盡，再請神匠玉斧修磨明月。

【研　析】這首詞作於紹熙二年（西元一一九一年）秋。稼軒時年五十二，閒居帶湖。

詞作題詠丹桂，從桂之道風仙韻入筆，以仙人桂父下凡為喻。「翠幰」五句描寫丹桂。前兩句直筆描形繪色：枝葉繁茂翠綠，丹桂紅透閃耀，如玲瓏剔透的油壁車。後三句，別開思路。丹桂之沐浴秋露自是常理，而言其「借得春工」、「薰做江梅雪」，即謂其形色美如春花之得春工，其馨香薰育出如雪之江梅，則想像新穎，別生意趣。「春工」二字又與「翠幰裁犀」相承，令人想到賀知章〈詠柳〉名句：「不知細葉誰裁出，二月春風似剪刀。」得春神之工巧、秋露之滋潤，孕育冬梅之芳潔，丹桂自當為百花之傑。

下片承推桂為傑之意，百花凋零空寂，丹桂獨呈芳枝，不畏秋風蕭瑟，不愧為花中之傑。詞中此意又蘊含對洪莘之明年赴漕舉的祝願。莘之父洪邁及伯父洪適均與稼軒交善，且其兄弟二人皆中博學宏詞科，才學卓著，此與宋初「燕山竇十郎」竇禹鈞與兄禹錫以詞學名世，可謂相類。今洪邁長子將應舉，稼軒遂借竇禹鈞五子登科為喻，兼譽其父子，擬比甚為貼合。然而字面仍在言丹桂，筆法隱而非顯，「別駕」句才明確落筆到洪莘之。此後數句蓋因其〈丹桂詞〉而申發，關合題中「和洪莘之通判〈丹桂詞〉」，嫦娥、玉斧修月等神話傳說則與起首之「道人」、「道家風」相呼應。

全詞筆調句句未離丹桂，又能寄寓對洪氏父子的讚譽，應和洪莘之〈丹桂詞〉，自然而無牽合之跡，頗見構思章法之妙。

念奴嬌

和信守王道夫❶席上韻

風狂雨橫，是邀勒、園林幾多桃李❷。待上層樓無氣力❸，塵滿欄干誰倚。就火添衣，移香傍枕，莫捲珠簾起。元宵過也，春寒猶自如此。為問幾日新晴，鳩鳴屋上，鵲報簷前喜❹。揩拭老來詩句眼，要看拍堤春水❺。月下憑肩，花邊繫馬，此興今休矣。溪南酒賤，光陰只在彈指❻。

【注　釋】❶王道夫　名自中，東陽（今屬浙江）人。淳熙五年（西元一一七八年）進士及第。紹熙二年（西元一一九一年）知信州。❷風狂雨橫二句　言狂風急雨摧損園林桃李。歐陽脩〈蝶戀花〉（庭院深深幾許）：「雨橫風狂三月暮。」邀勒，強迫。李山甫〈牡丹〉：「邀勒春風不蚤開，眾芳飄後上樓臺。」❸待上層樓無氣力　稼軒〈鷓鴣天〉（枕簟溪堂冷欲秋）：「不知筋力衰多少，但覺新來懶上樓。」❹為問幾日新晴三句　歐陽脩〈感春雜言〉：「鳴鳩兮屋上，雀噪兮簷間。」陸佃《埤雅》卷七「鶻鳩」：「鵓鳩，灰色，無繡項。陰則屏逐其匹，晴則呼之。」卷六「鵲」：「鵲知人喜。」❺拍堤春水　劉禹錫〈竹枝詞〉：「山桃紅花滿上頭，蜀江春水拍山流。」歐陽脩〈浣溪沙〉：「堤上遊人逐畫船，拍堤春水四垂天。」❻彈指　極言時間之短。本佛教時間概念，《翻譯名義集・時分》：「二十念為一瞬，二十瞬名一彈指。」蘇軾〈西江月〉：「三過平山堂下，半生彈指聲中。」

【語　譯】狂風驟雨，摧損多少園林桃李。欲上高樓無氣力，塵滿欄干無人依。添衣近火，香爐傍枕，莫把簾幕捲起。元宵已過，依然春寒料峭如此。

試問幾日後天放新晴，鵓鳩在屋上呼喚，靈鵲在簷前報喜。擦亮尋詩老眼，要細看拍堤春水。月下攜手相依，繫馬花間柳邊，今已無此風情興致。溪南酒價低賤，時光流逝只在彈指間。

【研　析】這首詞作於紹熙三年（西元一一九二年）。稼軒時年五十三，閒居帶湖。

春寒料峭，狂風急雨，摧損桃李。身臨此境，情懷自難舒暢，詞作起筆即以情馭景，「狂」、「橫」、「是邀勒」、「幾多」等言詞顯露出對無情風雨的怨憤。如此情懷，如此景象，自無雅興登樓觀覽，只在簾下就火取暖，傍香臥眠。懶上層樓，不捲珠簾，見出其精神之慵倦、興致之低落，「元宵」二句怨歎春寒不退，與「就火添衣」等舉止相照應。

上片言風雨、春寒，下片轉盼新晴，因鳩鳴鵲啼而觸發，欣然而動，要拭眼吟賞春光下的綠水芳堤、春波蕩漾。欣喜之中，稼軒或許追憶起年少時的賞春興致：攜手賞月，繫馬花間，盡情遊賞人間春色。如今年逾五旬，已無此番意興，不禁把酒感慨：「光陰只在彈指。」此結句既感歎春光之易逝，也感歎人生之倏忽，就稼軒本人際遇而言，則此一聲歎惋蘊含無盡的身世之感。

念奴嬌

韻梅❶

疏疏淡淡，問阿誰、堪比天真❷顏色。笑殺東君虛占斷❸，多少朱朱白白❹。雪裏溫柔，水邊明秀，不借春工力。骨清春嫩，迥然天與奇絕。

嘗記寶籞❺寒輕，瑣窗❻人睡起，玉纖輕摘❼。漂泊天涯空瘦損，猶有當年標格❽。萬里風煙，一溪霜月，未怕欺他得。不如歸去，閬風❾有個人惜。

【注釋】❶韻梅　即詠梅。❷天真　原作「太真」，茲從四卷本。❸笑殺東君虛占斷　笑殺，亦作笑煞，可笑。東君，司春之神。占斷，占盡。晏殊〈望漢月〉：「千縷萬條堪結，占斷好風良月。」❹朱朱白白　形容春花爛漫多彩。韓愈〈感春〉：「晨遊百花林，朱朱兼白白。」❺寶籞　名園。籞，苑囿之牆垣。沈約〈聽蟬鳴應詔〉：「輕生宅園籞，復得棲嘉樹。」❻瑣窗　刻有連瑣圖案的窗櫺。❼玉纖輕摘　孔武仲〈水龍吟〉（數枝淩雪乘冰）：「玉人纖手，殷勤攀贈。」❽漂泊天涯空瘦損二句　蘇軾〈許州西湖〉：「惟有落殘梅，標格苦矜爽。」標格，風神。❾閬風　閬風之苑。《太平廣記》卷五十六〈女仙・西王母〉：「女子之登仙者，得道者，咸所隸焉。所居宮闕，……崑崙之圃，閬風之苑，金城千重，玉樓十二。」《梅苑》卷四錄無名氏〈洞仙歌〉（蓬萊宮殿）：「又只恐、東風破寒來，伴神女同歸，閬峰仙苑。」

【語　譯】疏落淡雅，試問誰能媲美其天然真色。可笑那春神，徒然占盡多少紅紅白白。雪中顯溫柔，水邊映明秀，不借助春之工力。骨清香淡，天生就風神奇絕。　曾記得名園輕寒，瑣窗佳人睡起，纖纖玉手，輕輕攀摘。天涯漂泊，徒然憔悴瘦損，依舊擁有當年的神韻清格。萬里風霜，一溪煙月，不怕將梅花傷折。不如歸去，仙苑有個人兒相惜。

【研　析】這首詞作年難以確考，鄧廣銘《稼軒詞編年箋注》據詞意推斷為稼軒官福建時所作，即紹熙三年（西元一一九二年）或四年冬所作。稼軒時年五十三、四。

梅為詠物詩詞中的常見題材，其幽香冷韻、傲骨清格，騷人墨客多有題賞。稼軒此詞同樣賞「骨清春嫩」，更展示其「天真顏色」及「溫柔」、「明秀」之情韻。起筆即攝取梅花之形、神，「疏疏淡淡」，言其形，「天真」乃其神韻。此番風韻，天地間無可媲美。對比之下，春花之「朱朱白白」則令人可笑，其姹紫嫣紅之景象全仗「春工力」。梅花「雪裏溫柔，水邊明秀」之情韻，非春花所能企及，而又「不借春工力」，其超絕之風骨幽韻全本天然。

上片為詠梅正筆，下片轉以側筆，借人世間漂泊相思之情映襯梅花之情思。「嘗記」三句，虛筆追憶伴玉人園林折梅情形，情韻頗似姜夔〈暗香〉（舊時月色）所述：「喚起玉人，不管清寒與攀摘。」從溫馨的記憶中回到眼下天涯漂泊，自不勝悵然傷懷。「漂泊」句以下所言，亦人亦梅，人品梅韻融為一體。以詠梅言之，稼軒乃視梅為仙子下凡，如柳永〈江梅引〉（年年江上見寒梅）所謂「疑是月宮仙子下瑤臺」，漂泊人間，憔悴瘦損而孤高脫俗之本性不移，飽受風霜煙月之欺凌，遂勸其回歸仙鄉。以寓意言之，此數句則令人感到稼軒抗金復國之初衷不渝，然漂泊宦海，歷盡艱辛，壯志難酬，無奈之中心生歸念。稼軒閩中為官二三年間所作屢有歸退之意，如〈臨江仙〉（記取年年為壽客）云：「海山問我幾時歸？」〈水調歌頭〉（長恨復長恨）云：「富貴非吾事，歸與白鷗盟。」〈瑞鶴仙〉（片帆何太急）云：「到而今、撲面黃塵，欲歸未得。」〈最高樓〉

（吾衰矣）題云：「吾擬乞歸。」〈賀新郎〉（覓句如東野）云：「問先生：帶湖春漲，幾時歸也？」此類詞句似亦可參證本詞為閩中所作。

念奴嬌

重九席上

龍山❶何處？記當年、高會重陽佳節。誰與老兵供一笑？落帽參軍華髮。莫倚忘懷，西風也解，點檢尊前客❷。淒涼今古，眼中三兩飛蝶。須信採菊東籬，高情千載，只有陶彭澤❸。愛說琴中如得趣，弦上何勞聲切❹。試把空杯，翁還肯道：何必杯中物。臨風一笑，請翁同醉今夕。

【注釋】❶龍山　在今湖北江陵西北。❷記當年六句　用西晉孟嘉重陽節龍山落帽典故。《晉書・孟嘉傳》載嘉為征西桓溫參軍，「九月九日，溫燕龍山，寮佐畢集。時佐吏並著戎服，有風至，吹嘉帽墮落。嘉不之覺。溫使左右勿言，欲觀其舉止。嘉良久如廁，溫令取還之，命孫盛作文嘲嘉，著嘉坐處。嘉還見，即答之，其文甚美，四坐嗟歎」。高會，盛會。老兵，指桓溫。《晉書・謝奕傳》載奕與桓溫交善，「嘗逼溫飲，溫走入南康主門避之。……奕遂攜酒就聽事，引溫一兵帥共飲，曰：『失一老兵，得一老兵，亦何所怪。』溫不之責」。忘懷，灑脫無拘檢。❸須信採菊東籬三句　意謂重九無酒，採菊東籬，情懷超然，須信千百年來只有陶潛。陶潛〈飲酒二十首〉其五：「採菊東籬下，悠然見南山。」其〈九日閑居〉序云：「余閑居，愛重九之名。秋菊盈園，而持醪靡由，空服九華，寄懷於言。」《藝文類聚》卷四引《續晉陽秋》：「陶潛嘗九月九日無酒，宅邊菊叢中摘菊盈把，坐其側，久望，見白衣至，乃王弘送酒也。即便就酌，醉而後歸。」陶彭澤，指陶潛，曾任彭澤（治所在今江西湖口）令。❹愛說琴中如得趣二句　《晉書・陶潛傳》載潛「性不解音，而畜素琴一張，絃徽不具。每朋酒之會，則撫而和之，曰：『但識琴中趣，何勞絃上聲。』」

【語　譯】龍山在何處？想當年重陽佳節歡聚。誰供老將軍桓溫取樂？孟參軍落帽露白髮。莫要自任灑脫，秋風也會巡檢尊前飲客。古今世事淒涼，眼前三三兩兩蝴蝶飛舞。　當信東籬採菊，高情遠致，千百年來只有陶彭澤。愛說如能悟得琴中妙趣，何必奏出絃聲切切。若手持空杯，陶翁是否還會說：杯中何必有酒。笑臨西風，請翁與我同醉今宵。

【研　析】據鄧廣銘《稼軒詞編年箋注》，這首詞作於慶元、嘉泰間，即西元一二〇〇或一二〇一年。稼軒時年六十一、二，閒居瓢泉。

稼軒這首重九詞所用孟嘉落帽、淵明採菊，是此類詩詞中常用的兩則典故，卻能以故為新。上片用孟嘉之事，以「龍山何處」一問引入，其語氣似欲追尋與龍山相關的某重要情事，「記當年」句點明此事即當年那次重陽盛會，其語調又似欲重現近千年之前的盛會場景，然下文並未據史料作平實的描述，而是以一問一答總括其事，故事之兩位主角及其關係、故事之場景氛圍，均納入兩句十三字之中，同時字裡行間又透露出稼軒的感慨情懷，試想孟嘉這樣一位清譽雅望之士，卻以華髮之身供上司及僚友笑樂，怎不令人嗟歎！「莫倚」三句遂對享譽後世的落帽之事別出新解，「忘懷」是後世對孟嘉落帽的稱譽，稼軒則不以為然，謂西風落帽乃是「點檢尊前客」，此「點檢」一語有巡檢之意，吹落孟嘉之帽，則當有其寓意。南宋羅大經說：「嘉亦一時之望，乃肯從溫，何也？溫嘗從容謂曰：『人不可無勢，我乃能駕馭卿。』亦頗有相靳之意。」稱稼軒此詞「意謂嘉不當從溫，故西風落其帽以貶之，若免冠然」（《鶴林玉露》甲編卷一）。此說不無見地，稼軒筆調中確實流露出對孟嘉從溫的歎惋，末了遂有「淒涼今古」之悵然慨歎，悠悠傷世之情隨眼前蝴蝶翩翩飄飛。

下片轉到重陽佳節的另一個著名故事，即淵明東籬採菊。筆脈上，飛蝶與菊花亦可相接。然而其筆調語氣則與上片用孟嘉落帽之事不同，過片「須信」三句對淵明「採菊東籬」之高情遠致極為稱賞。大概在稼軒看來，孟嘉附從桓溫乃屈志違心，淵明則與之相反，不願屈志違心而辭去彭澤令，退歸田園，採菊東籬。淵明之高情在於任性守真，在於寄情於物而不滯心於物，故云：「但識琴中趣，何勞絃上聲。」稼軒對此欽服之餘，又打趣道：若手持空杯，陶翁是否還會說「何必杯中物」？結末邀陶翁臨風同醉，超邁古今，亦堪稱千古高情。此與上片結處「淒涼今古」形成對比，亦見出稼軒對孟嘉、淵明的不同情懷。

武陵春

春興

桃李風前多嫵媚，楊柳更溫柔。喚取笙歌爛漫❶遊，且莫管閒愁。

好趁晴時連夜賞，雨便一春休。草草杯盤❷不要收，纔曉又扶頭❸。

【詞牌】 武陵春

又名〈武林春〉、〈花想容〉。此調正體雙調四十八字，上、下片各四句三平韻。稼軒此詞為正體。

【注釋】 ❶爛漫　放浪不拘形跡。李白〈江南春懷〉：「身世殊爛漫，田園久蕪沒。」❷草草杯盤　指簡單的酒菜。韓愈〈送劉師服〉：「草草具盤饌，不待酒獻酬。」王安石〈示長安君〉：「草草杯盤供笑語，昏昏燈火話平生。」❸扶頭　指飲酒。姚合〈答友人招遊〉：「賭棋招敵手，沽酒自扶頭。」

【語譯】 春風吹拂，桃李搖曳太嫵媚，楊柳飄舞更溫柔。喚來笙歌盡情歡遊，暫且別管人生閒愁。　趁春日晴和，晝夜好好遊賞，風雨一來春便歸休。杯盤不要收拾，天亮還得喝酒。

【研析】 這首詞作年不詳。鄧廣銘《稼軒詞編年箋注》據詞意，參證慶元六年（西元一二〇〇年）春與杜叔高相聚相別諸詞，推斷為同時之作。稼軒時年約六十，閒居瓢泉。

春天美好而短暫，當於春日晴好之時盡情宴遊，晝夜笙歌。此即本詞旨趣。章法上，上片言春天之柔美，桃李嫵媚，楊柳溫柔，正與笙歌曼舞情韻相融，盡情歡賞，可消閒愁，亦不負春光；下片言春天之短暫，風雨一來便告結束，須珍惜晴和之時晝夜宴歡。

筆調上，全詞僅起筆二句寫景，餘筆均言歌酒宴歡，語氣直率果決，如「喚取」、「且莫管」、「好趁」、「不要」等語詞，真切表達出因春之美而興發的宴遊激情。其中「且莫管閒愁」又透露出稼軒心中有愁，則其「爛漫遊」、「連夜賞」，便有刻意避愁之意，待到風雨送春歸，其愁懷不知將何以安置！

武陵春

走去走來三百里，五日以為期。六日歸時已是疑❶，應是望多時。　鞭個馬兒歸去也，心急馬行遲❷。不免相煩喜鵲兒，先報那人知。

【注　釋】❶五日以為期二句　意謂約定五天即歸，到第六天歸去，家人便已擔憂。《詩・小雅・采綠》：「五日為期，六日不詹。」朱熹集傳：「五日為期，去時之約也；六日不詹，過期而不見也。」❷鞭個馬兒歸去也二句　白居易〈初授贊善大夫早朝寄李二十助教〉：「瘦馬行遲苦費鞭。」

【語　譯】徒步往返三百里，相約五天以為期。若到第六天歸去，家人便生憂慮，如今一定盼望多時。　揮鞭躍馬而去，歸心急切馬行遲緩。不免要煩勞喜鵲，先去向那人把歸信傳。

【研　析】據鄧廣銘《稼軒詞編年箋注》，這首詞為慶元六年（西元一二〇〇年）春送別杜叔高之作。稼軒時年六十一，閒居瓢泉。

是年春，杜氏來訪，二人相聚甚歡，別時依依，稼軒連賦數詞傾訴離情別緒。此詞別具一格，轉從杜氏家人盼歸角度抒寫，輕鬆而略帶戲謔的筆調中體現出對知友及其家人的關切之情。

上片言杜氏來訪往返三百里，與家人約定五天返回，如今已逾期多日，家人一定憂慮期盼很久。平緩的語調、質樸的言辭，見出對友人的細心關切。杜氏不辭辛苦，從家鄉金華步行百數十里來到鉛山看望稼軒，其交情之深摯令人感動！稼軒的感激之情不言而喻，看似平淡的「走去走來三百里」一句敘述，蘊含無限真情厚意。接後數句為揣度推斷語，當亦為杜氏心中所想，二人知心之交寓於其中。

下片承上片家人「應是望多時」之意，快馬加鞭歸去，然而歸心太急，猶覺馬行遲緩，無奈之下只有請喜鵲先去報歸音。「歸去也」三字流露出稼軒的惜別深情，其餘全從友人思歸及其家人盼歸角度落筆，更見出對摯友的深切情意。

青玉案

元夕❶

東風夜放花千樹。更吹落、星如雨❷。寶馬雕車香滿路。鳳簫❸聲動，玉壺❹光轉，一夜魚龍❺舞。

蛾兒雪柳黃金縷❻，笑語盈盈❼暗香去。眾裏尋他千百度❽，驀然❾回首，那人卻在，燈火闌珊❿處。

【詞牌】青玉案

調名取自張衡〈四愁詩〉「美人贈我錦繡段，何以報之青玉案」。又名〈橫塘路〉、〈西湖路〉。此調正體雙調六十七字，上、下片各六句五仄韻。稼軒此詞雙調六十七字，上下片各六句四仄韻。

【注釋】❶元夕　元宵節夜晚。❷東風夜放花千樹二句　喻元宵節夜晚彩燈炫耀閃爍。吳自牧《夢粱錄》卷一「元宵」：「諸營班院於法不得與夜遊，各以竹竿出燈球於半空，遠睹若飛星。」❸鳳簫　竹簫。傳說春秋時蕭史娶秦穆公女弄玉，皆善吹簫，作鳳鳴，後雙雙乘鳳升仙（見《太平廣記》卷四「蕭史」條）。❹玉壺　喻燈。周密《武林舊事》卷二「元日」條載：「燈之品極多，……福州所進則純用白玉，晃耀奪目，如清冰玉壺，爽徹心目。」❺魚龍　指彩燈競舞。漢有魚龍之戲。《漢書・西域傳》贊「漫衍魚龍」，師古注：「漫衍者，即張衡〈西京賦〉所云『巨獸百尋，是為漫延』者也。魚龍者，為含利之獸，先戲于庭極，畢乃入殿前，激水化成比目魚，跳躍漱水，作霧障日，畢，化成黃龍八丈，出水敖戲於庭，炫耀日光。」夏竦〈和上元觀燈〉：「魚龍漫衍六街呈，金鎖通宵啟玉京。」❻蛾兒雪柳黃金縷　指元宵節日婦女所戴用金線裝飾的各種絹紙頭飾。《武林舊事》卷二「元夕」條：「元夕節物，婦人皆帶珠翠、鬧蛾、玉梅、雪柳……。」朱淑真〈憶秦娥〉（彎彎曲）：「鬧蛾雪柳添妝束，燭龍火樹爭馳逐。」雪柳黃金縷，即李清照〈永遇樂〉（落日熔金）詞中所謂「撚金雪柳」，用金線裝飾的絹紙花。❼盈盈　儀態美好的樣子。❽千百度　千百次。❾驀然　突然。❿燈火闌珊　燈火稀落暗淡。闌珊，零落將盡。

【語　譯】如一夜春風吹開萬樹繁花，又吹得繁星灑落如雨。寶馬雕車在街道馳行，芳香滿路。簫聲迴盪，月光流轉，通夜彩燈競舞。　美人穿金戴銀相輝映，笑語盈盈翩翩過，幽香飄然而去。人群中千百次尋覓，偶然間轉回頭，那人正站在燈火暗淡之處。

【研　析】這首詞見於四卷本甲集，知作於淳熙十五年（西元一一八八年）正月結集之前，具體作年難以確考。鄧廣銘《稼軒詞編年箋注》疑作於乾道六、七年（西元一一七〇、一一七一年）間首次臨安為官時。

詞題作「元夕」，描寫元宵節夜晚觀燈。上片以飛舞的筆觸展現出滿城燈火、車水馬龍、遊人如雲、笙歌飛揚、彩燈競舞的熱鬧場景，想像奇幻，色彩絢麗。起筆兩個比喻，極為形象生動。前者當化用岑參詩句「忽如一夜春風來，千樹萬樹梨花開」（〈白雪歌送武判官歸京〉），後者則想出天外，更為美妙！如果說「花千樹」為潑墨渲染，「星如雨」則為濃墨點綴。兩相襯托，動態的景象中有了層次感。

開篇兩句渲染背景，「寶馬」以下四句則寫人們觀燈遊樂情景，但筆調仍著重於整體氛圍的描寫：燈光月色輝映下行進的寶馬雕車、魚龍般飛舞的彩燈，簫聲悠揚，芳香飄蕩。下片則將筆觸聚焦於觀燈人群中的一位女子。「蛾兒」句寫其妝飾之美，「笑語」句寫其神態之美。其妝飾之美與眾女子無異，而其神情風姿則透出難以言表的魅力。目睹其飄然而去，猶如賀鑄〈青玉案〉詞作所描寫的「但目送、芳塵去」，心中無限惆悵，因而情不自禁地「眾裏尋他千百度」。然而千百次的尋覓，千百次的失望！「驀然回首」句筆調突轉：偶然間回頭，卻在那燈火暗淡的角落發現了她。情感也由失望轉為驚喜。然而「燈火闌珊處」的她是在孤芳自賞還是在獨自傷神，抑或是約會城隅，均不得而知。同樣，尋覓者在驚喜之後是欣慰還是愛憐，抑或是悵惘，也頗耐人回味。這一切都是詞筆戛然而止所留下的餘韻。

譚獻評此詞曰：「起二句，賦色瑰異，收處和婉。」（《譚評詞辨》卷二）其實，詞作上片的格調都可稱為瑰異，下片則跌宕和婉。就創作旨趣看，稼軒是以上片之熱鬧瑰異背景反襯下片之深永幽約情致。結末數句尤為含蓄，彭孫遹稱為「周（邦彥）、秦（觀）之佳境」（《金粟詞話》），蓋視為別無寄託的婉麗詞作。梁啟超則讀出了「自憐幽獨，傷心人別有懷抱」之味（梁令嫻《藝蘅館詞選》卷二引），王國維則從中悟出了「古今成大事業、大學問者」歷經艱難求索後的頓悟境界（《人間詞話》）。此詞是純紀實之作還是別有寓意，詞中「燈火闌珊處」的女子是否即稼軒或其知音的化身，恐難確斷，姑且以若即若離視之，詞中所寫乃稼軒元夕所見所感，所見為紀實，所感則難免自我身世之慨。

詞作上下片之色澤格調雖有差別，但氣脈貫穿，正如陳廷焯所云「其氣勢雄勁飛舞」（《雲韶集》卷五），上片於勁直筆致中顯雄健之氣，下片在轉折筆致中含雄健之氣，這也就是毛晉所說的「絕不作妮子態」（〈跋六十家詞本稼軒詞〉）。

南鄉子

舟行❶記夢

欹枕艣聲邊，貪聽咿啞聒醉眠❷。夢裏笙歌花底去，依然，翠袖盈盈❸在眼前。

別後兩眉尖❹。欲說還休夢已闌❺。只記埋冤❻前夜月，相看，不管人愁獨自圓。

唐教坊曲名。有單調、雙調。單調正體二十七字，五句兩平韻三仄韻。雙調正體五十六字，上、下片各五句四平韻。稼軒此詞為雙調正體。

【注釋】❶舟行　四卷本作「舟中」。❷攲枕艫聲邊二句　意謂酒醉之後倚枕斜躺在船櫓邊，在咿啞的櫓聲中漸漸入眠。攲，斜倚。艫，同「櫓」。聒，嘈雜喧擾。❸翠袖盈盈　美女儀態曼妙。❹兩眉尖　雙眉緊皺的樣子。❺闌　盡。❻埋冤　同「埋怨」。

【語譯】醉後倚枕斜躺船頭，倦聽櫓聲咿啞漸漸入眠。睡夢裡來到笙歌飄飛的花叢中，美人風姿曼妙依然，在眼前起舞翩翩。　別後愁眉不展。夢裡相逢欲說還休，好夢卻已驚斷。只記得前日分別之夜，怨那明月相望，不顧及離人愁苦，獨自圓圓滿滿。

【研析】這首詞見於四卷本甲集，知作於淳熙十五年（西元一一八八年）正月結集之前，又據詞題及詞情，當作於淳熙八年罷歸帶湖之前，但具體作年難以確考。

詞題「舟行記夢」，乃借夢抒寫別後相思之深情。起筆二句言「舟行」，櫓聲咿啞，倚枕醉聽而入眠。「夢裏」句至下片「欲說」句，為夢境。花下笙歌飄飛，眼前翠袖盈盈，為夢中情形，也是已成記憶的歡遊情境，故云「依然」。「別後」句，言分別之後相思愁苦；「欲說」句，言夢中相聚而未及互訴衷情便已夢醒。「欲說還休」，見出滿腹心語而不知何言之狀，則夢醒之後更增悵惘和思念之情，分別之夜的情景遂重現於眼前：月圓人別離，圓月臨照，別離之人不禁埋怨月之不近人情。詞言「前夜月」，指昨夜或前天夜晚之月，則今夜之月依然如此。舟中夢醒，望月懷人，愁思綿綿，情韻悠悠，令讀者如臨其境，黯然神傷。

南鄉子

登京口❶北固亭❷有懷

何處望神州❸？滿眼風光北固樓。千古興亡多少事，悠悠。不盡長江滾滾流❹。

年少萬兜鍪，坐斷東南戰未休❺。天下英雄誰敵手？曹劉❻。生子當如孫仲謀❼。

【注　釋】❶京口　宋鎮江府，六朝時稱京口城，今江蘇鎮江市。❷北固亭　又稱北固樓，在鎮江府北固山上，晉蔡謨創建。《資治通鑑》卷一百五十八：梁武帝大同十年（西元五四四年）三月「幸京口城北固樓，更名北顧」。胡注：「《鎮江府圖經》曰：京口城因山為壘，緣江為境。《爾雅》：丘絕高曰京。故曰京口。又府治東五里有京峴山，京口得名以此。北固山在府北一里，迴嶺下臨長江，即府治所據及甘泉寺基。〈蕭正義傳〉曰：京城之西有別嶺入江，高數十丈，三面臨水，號曰北固。蔡謨起樓其上以置軍實。帝登望久之，曰：此嶺下足須固守，然於京口實乃壯觀，於是改曰北顧。」❸神州　指中原等北方淪陷區。❹不盡長江滾滾流　杜甫〈登高〉：「無邊落木蕭蕭下，不盡長江滾滾來。」❺年少萬兜鍪二句　言孫權年少承父兄遺業，稱雄東南。兜鍪，頭盔，代指軍隊。坐斷，占據。❻天下英雄誰敵手二句　言天下英雄只有曹操、劉備堪為孫權敵手。《三國志・蜀書・先主備傳》載曹操曾對劉備說：「今天下英雄，惟使君與操耳。」❼生子當如孫仲謀　孫權（西元一八二—二五二年），字仲謀，吳郡富陽（今屬浙江）人。孫堅子，孫策弟。三國時吳國創建者。《三國志・吳書・吳主權傳》載建安十八年正月，曹操攻濡須（今安徽無為東北），與孫權相拒月餘。「望權軍，歎其齊肅，乃退」。裴松之注引《吳歷》載曹操見孫權「舟船器仗，軍伍整肅，喟然歎曰：『生子當如孫仲謀。劉景升兒子若豚犬耳。』」

【語　譯】北固樓上放眼望，無限風光，何處是神州？古今多少興亡滄桑，世事悠悠。浩浩長江水，滾滾東流。

青春年少，麾下千軍萬馬，雄居東南，奮戰不休。天下英雄誰堪抗衡？只有曹、劉。子孫就當成為孫仲謀。

【研　析】這首詞作於嘉泰四年（西元一二〇四年）。稼軒時年六十五，知鎮江府。

詞作切題而起，「滿眼風光」為登北固樓所見，「望神州」為放眼遙望，更是心中所望所懷，是稼軒平生心志所向，故落筆直抒情懷，一無鋪墊，筆勢突兀。乾道五年（西元一一六九年）鎮江守臣陳天麟〈重建北固樓記〉云：「茲地控吳負楚，襟山帶江，登高北望，使人有焚龍廷、空漠北之志。」一世之豪的稼軒登樓北望，收復中原之情志激盪於胸襟，然而時局又令其憂慮，故而發出蒼茫幽憤之一問。北固樓、北固山、長江水，不知見證過多少世間盛衰興亡。登樓撫今懷古，思緒亦如滾滾江水，追憶那千古興亡中的蓋世英豪壯舉。

上片攝題包舉，壯闊浩茫。下片從「千古興亡多少事」中擇取三國時的吳主孫權，重筆張揚。孫權十九歲即承繼父兄基業，鎮撫征討，雄霸東南。二十七歲與劉備聯軍大敗曹操於赤壁，天下遂成曹、劉、孫鼎立之勢。京口城為當年東吳重鎮，留有相關遺跡傳說，如甘露寺之狠石，蘇軾〈甘露寺〉詩序云：「寺有石如羊，相傳謂之狠石，云諸葛孔明坐其上與孫仲謀論曹公也。」稼軒想起孫權，自然與此有關，而其自身也有過「莊歲旌旗擁萬夫」的抗金生涯，因而對當年指揮千軍萬馬征戰不休的孫權深為欽佩。詞筆章法上，「年少」二句，總言孫權稱雄東南之勢，筆力雄健激壯；「天下」二句，言其鼎立之勢，一問一答，筆勢跌宕；末句言其承繼恢張父兄之基業，筆意歎賞。筆脈流貫，雖化用或襲用曹操語，然一無痕跡，如從己出。就其語意而言，稼軒身任南宋前沿重鎮守臣，時當宋廷籌劃北伐之際，對孫權英雄壯舉的稱賞，也是對當今抗金領袖人才的期盼。

全詞境界恢宏，情調雄渾激昂，映襯出稼軒壯心不已之情懷，確如劉過所稱「精神此老健于虎」（〈呈稼軒〉）。

南歌子

新開池，戲作

散髮披襟處❶，浮瓜沉李杯❷。涓涓流水細侵階。鑿個池兒、喚個月兒來。

畫棟頻搖動，紅蕖❸盡倒開。鬬勻紅粉照香腮。有個人人、把做鏡兒猜❹。

【詞牌】南歌子

唐教坊曲名。此詞有單調、雙調。單調正體二十三字，五句三平韻。又名〈春宵曲〉、〈水晶簾〉、〈碧窗夢〉、〈十愛詞〉等。雙調者又名〈南柯子〉、〈望秦川〉、〈風蝶令〉、〈宴齊雲〉、〈斷腸聲〉、〈醉厭厭〉等。有平韻、仄韻兩體。平韻雙調五十二字，上、下片各四句三平韻；仄韻正體雙調五十二字，上、下片各四句三仄韻。稼軒此詞為平韻正體。

【注釋】❶散髮披襟處　指可以無拘無束盡情歡遊之地。柳永〈過澗歇〉（淮楚）：「水邊石上，幸有散髮披襟處。」❷浮瓜沉李杯　曹丕〈與朝歌令吳質書〉：「每念昔日南皮之遊，……浮甘瓜於清泉，沉朱李於寒水。白日既匿，繼以朗月。」❸蕖　芙蕖，即荷花。❹鬬勻紅粉照香腮二句　言有個人兒把池水疑作梳妝鏡，對著塗抹脂粉。鬬勻，面對著塗抹。猜，看待。

【語譯】可以散髮披襟之地，有浮瓜沉李流觴之清泉，涓涓細流侵潤臺階。挖個池塘，把那月兒招來。畫棟倒影隨波蕩漾，紅紅的荷花，全在水底倒映盛開。有個人兒以池為鏡，臨水塗抹脂粉，映照香腮。

【研析】這首詞作年難以確考。鄧廣銘《稼軒詞編年箋注》謂「築偃湖與新開池當均為自閩中初歸時事」，即謂此詞作於慶元元年（西元一一九五年）或二年（西元一一九六年）。稼軒時年五十六、七，閒居帶湖。

詞以輕鬆戲謔的筆調題詠新開鑿的池塘。上片點明開池之地及開池之情趣，筆觸凸顯其地之清幽閒適，泉流涓涓，散髮披襟，浮瓜沉李，盡享山水清韻，鑿個水池，映照月輝，又添無限意趣。「喚個月兒來」一語趣味盎然，似邀月同遊共賞，又似借月增色添趣。

下片承前「鑿個池兒」，寫新池之趣。畫棟倒映，水波蕩漾，荷花倒開，清澈的池水中別有境界。境中更有一個人兒，濃妝淡抹，彷彿在和池中倒開的荷花比美，趣味盎然。

南歌子

山中夜坐❶

世事從頭減❷，秋懷徹底清。夜深猶送枕邊聲，試問清溪底事未能平❸？

月到愁邊白❹，雞先遠處鳴。是中無有利和名，因甚山前未曉有人行？

【注釋】❶山中夜坐　原無題，茲據四印齋本補。❷世事從頭減　意謂減去世事煩擾。❸試問清溪句　意謂溪流潺潺，似心有不平。韓愈〈送孟東野序〉：「大凡物不得其平則鳴。……水之無聲，風蕩之鳴。」底事，何故。❹月到愁邊白　言月色因愁而更白。黃庭堅〈減字木蘭花〉（舉頭無語）：「想見牽衣，月到愁邊總未知。」

【語譯】世事煩擾從頭刪減，秋日情懷透徹清明。深夜猶有水聲傳到枕邊，試問清溪：為何不能平靜？月色遇愁而更白，遠處雞鳴先聞。山中無名無利，為何天未破曉，山前就有行人？

【研析】詞作抒寫秋夜山中獨坐之見聞感觸，具體作年不詳，只能據詞情推斷為閒居期間所作。

秋夜獨自靜坐山中，摒棄世間煩擾，以清澈的襟懷感受山夜見聞。山溪的潺潺水聲打破了秋夜的寧靜，聽來似不平而鳴，遂問其「底事不能平」？秋月如霜，令人平添愁情；遠處傳來的雞鳴聲中，靜夜即將告退，紛紛擾擾的白日即將來臨，山前的匆匆趕路人，令人想到世間的名利追逐，然而山中無名無利，為何仍有人雞鳴未曉而急急早行？這一連串的感觸思慮，呈現出稼軒以「秋懷徹底清」之心境，對世間的不平、世間的愁苦、世俗的名利所進行的反思和超脫。上、下片筆法均取先平述而以問句振起便戛然而止，問而無答，餘韻迴盪。

昭君怨　豫章寄張守定叟❶

長記瀟湘❷秋晚，歌舞橘洲❸人散。走馬月明中，折芙蓉。

今日西山南

浦，畫棟珠簾雲雨❹。風景不爭多❺，奈愁何！

【詞牌】昭君怨

又名〈洛妃怨〉、〈宴西園〉。此調正體雙調四十字，上、下片各四句兩仄韻、兩平韻。稼軒此詞為正體。

【注釋】❶張守定叟　張杓，字定叟，漢州綿竹（今屬四川）人，父張浚紹興末遷居潭州（今湖南長沙）。淳熙七年（西元一一八〇年）二月，兄張栻卒，時杓知衢州，辭官回潭州治喪。❷瀟湘　本指瀟水、湘江，多代指湖南。❸橘洲　在今湖南長沙西湘江中。❹今日西山南浦二句　言滕王閣登覽景象。此化用唐王勃〈滕王閣〉詩句：「畫棟朝飛南浦雲，珠簾暮捲西山雨。」❺不爭多　差不多。

【語譯】常常想起瀟湘的秋夜，橘洲歌盡舞罷遊人歸。你我走馬踏月，共賞芙蓉美。　如今西山雨霧濛濛，南浦雲霞倒映，滕王閣畫棟珠簾。風景堪比瀟湘，無奈愁懷難遣！

【研析】這首詞寫於淳熙八年（西元一一八一年）。稼軒時年四十二，任江西安撫使。

淳熙七年二月，張杓因兄張栻卒而子未成年，遂辭官回潭州（今湖南長沙）營葬。稼軒時知潭州兼湖南安撫使，二人得以相聚交遊。詞作上片即回想當年秋夜，二人在橘洲歌舞散後走馬踏月同賞芙蓉的美好情景。「長記」既是對瀟湘秋夜的留戀，更是對友人的思念，同時也暗示出今日情懷已非當時。下片便言今日，雖風景不差，然愁緒不斷，徒喚奈何！

從詞作情調上看，上片對瀟湘秋夜的美好回憶，下片對今日山水樓閣美景的描述，均可視作末句「奈愁何」的襯托。此句陡轉而結，令人揣度：愁自何來？當不盡來自對友人的思念，或許與其近年來的宦情有關。兩年前，即淳熙六年夏，稼軒任湖南轉運副使時上孝宗〈論盜賊劄子〉中自述仕宦境遇云：「臣生平剛拙自信，年來不為眾人所容，顧恐言未脫口而禍不旋踵。」（《歷代名臣奏議》卷三百十九〈弭盜〉）後改知潭州，兼湖南安撫使。七年冬，轉知隆興府，兼江西安撫使。八年冬，改除浙西提刑，旋以臺臣王藺彈劾而落職，

《宋會要輯稿・職官》七二之三二載此事云：「以棄疾奸貪凶暴，帥湖南日虐害田里，至是言者論列，故有是命。」可見稼軒落職退居上饒之前兩三年間頗受譏議。本詞即落職前數月所作，其結末徒喚奈何之悵歎，思友之愁中蘊含深沉的仕宦鬱憤之情。

昭君怨

人面不如花面，花到開時重見❶。獨倚小闌干，許多山。

落葉西風時候，人共青山都瘦。說道夢陽臺，幾曾來❷？

【注　釋】❶人面不如花面二句　意謂人別易會難，不像花謝之後，待到花開又重見。此用唐代崔護〈題城南莊〉詩意：「去年今日此門中，人面桃花相映紅。人面不知何處去，桃花依舊笑春風。」（《本事詩・情感》）❷說道夢陽臺二句　用楚懷王夢巫山神女典故，抒寫男女思念之情。《文選》錄宋玉〈高唐賦序〉載楚懷王遊高唐觀而晝寢，夢一婦人自稱：「妾在巫山之陽，高丘之阻。旦為朝雲，暮為行雨。朝朝暮暮，陽臺之下。」李善注：「山南曰陽，土高曰丘。」此即「陽臺」之義。

【語　譯】人不如花，花謝待到開時能重見。欄杆獨倚，眼前群山蜿蜒。　秋風瑟瑟，落葉紛紛，人和青山同樣瘦損。說起楚王夢見巫山神女，我思念的人何曾來到我夢裡？

【研　析】這首詞作年不詳。

詞為懷人之作。起筆用崔護詩意，託春花綻放寄寓相思情懷，感歎「人面不如花面」，春花凋謝，待到來年開時又能重見，人間離別卻相見無期！「獨倚」二句點出憑欄懷遠之人，眺望的視線被群山阻隔，更添無盡的思念。

上片所寫春花並非實景，為虛筆，下片轉寫秋風落葉中的相思情懷，為實筆。山因葉落而瘦，楊萬里〈題黃才叔看山亭〉云：「春山華潤秋山瘦，雨山黯黯晴山秀。」陸游〈秋郊有懷〉：「秋山瘦益奇，秋水淺可涉。」稼軒則云：「人共青山都瘦。」乃兼言人因思念而瘦損。相思相念而不得相見，遂期盼夢相逢以緩相思，詞筆因此引入楚王夢巫山神女傳說，「幾曾來」一語則以我意驅遣典故，反詰語調中表明夢亦未成，思念無以消解，悠悠不盡。

柳梢青

三山❶歸途，代白鷗見嘲

白鳥相迎，相憐相笑，滿面塵埃。華髮蒼顏，去時曾勸，聞早❷歸來。而今豈是高懷？為千里、蓴羹計哉❸？好把〈移文〉❹，從今日日，讀取千回。

【詞　牌】柳梢青

又名〈雲淡秋空〉、〈雨洗元宵〉、〈玉水明沙〉、〈早春怨〉等；仄韻者又名〈隴頭月〉。此調有平韻、仄韻兩體。平韻正體雙調四十九字，上片六句三平韻，下片五句三平韻。仄韻正體雙調四十九字，上片六句三仄韻，下片五句兩仄韻。稼軒此詞雙調四十九字，上片六句兩平韻，下片五句三平韻。

【注　釋】❶三山　指福州，有九仙山、閩山、越王山，故稱。❷聞早　趁早。黃庭堅〈減字木蘭花〉（終宵忘寐）：「記取盟言，聞早回程卻再圓。」❸為千里蓴羹計哉　用西晉張翰辭官歸鄉典故。《世說新語．識鑒》載張翰在洛陽為官，「見秋風起，因思吳中菰菜羹鱸魚膾，曰：『人生貴得適意爾，何能羈宦數千里以要名爵？』遂命駕便歸」。❹移文　檄文，一種曉諭、聲討性文體。此指南齊孔稚珪〈北山移文〉。孔稚珪與周顒同隱北山（指鍾山，今江蘇南京東紫金山），後周顒應詔出仕，返京路過北山，稚珪乃作此文假託山靈諷刺周顒，拒絕其入山。

【語　譯】白鷗迎接我，憐憫嘲笑我滿臉塵埃。鬢髮斑白，容顏蒼老，離開時就曾勸我趁早歸來。如今歸來，難道是為遠致高懷？還是為千里之外的蓴羹魚膾？從今往後，好好把〈北山移文〉，每天誦讀千百回。

【研　析】這首詞作於紹熙五年（西元一一九四年）秋。稼軒時年五十五，自閩帥罷歸。

紹熙三年春，稼軒離開瓢泉赴任福建提刑時賦詞〈浣溪沙〉有云「朝來白鳥背人飛」、「而今堪誦〈北山移〉」。本詞「代白鷗見嘲」，云「白鳥相迎，相憐相笑」、「好把〈移文〉，從今日日，讀取千回」，即為呼應之作。詞作從白鷗的態度起筆，「相迎」、「相憐相笑」，與前者「背人飛」相照應，見出白鳥為其出仕而怨怒，因其歸來而欣喜，欣喜之外又憐其「滿面塵埃」、「華髮蒼顏」，嘲其未聽奉勸而落得被彈劾罷職而歸。

過片筆法上承上片結句「歸來」而發，追問而今為何歸來。然「高懷」、「蓴羹」，均非此次歸來的原因，反詰語調中實含譏嘲，故筆意上呼應上片「相笑」二字。結末三句轉作勸語，而〈北山移文〉本為譏諷之作，故語意仍未脫嘲諷。全詞託白鷗見嘲，實為自嘲，諧謔之中深含悲慨。

洞仙歌

開南溪初成賦❶

婆娑❷欲舞，怪青山歡喜，分得清溪半篙水❸。記平沙鷗鷺，落日漁樵，湘江上，風景依然如此。

東籬多種菊，待學淵明，酒興詩情不相似❹。十里漲春波，一棹歸來，只做個、五湖范蠡。是則是、一般弄扁舟，爭知道、他家有個西子❺。

【詞　牌】**洞仙歌**　唐教坊曲名。此調有令、慢二體。今詞又名〈洞仙歌令〉、〈羽仙歌〉、〈洞仙詞〉、〈洞中仙〉等。正體雙調八十三字，上片六句三仄韻，下片七句三仄韻。慢詞又名〈洞仙歌慢〉。正體雙調一百十八字，上片十句五仄韻，下片十四句九仄韻。稼軒此詞為令詞正體。

【注　釋】❶開南溪初成賦　四卷本題作「所居伎山為仙人舞袖形」。❷婆娑　翩然起舞的樣子。據洪邁〈稼軒記〉，稼軒有「婆娑室」。❸半篙水　指水深半篙。僧惠洪〈余在制勘院晝臥念故山經行處用空山無人水流花開為韻寄山中道友〉：「舍南一曲溪，春漲半篙水。」❹東籬多種菊三句　意謂願學陶淵明東籬種菊，但沒有他那種詩情酒趣。按：陶淵明〈飲酒〉有詩句：「採菊東籬下，悠然見南山。」❺一棹歸來四句　用范蠡攜西施泛舟五湖典故。世傳春秋時越國相國范蠡佐越王句踐復仇滅吳後，攜西施泛舟五湖。

【語　譯】難怪青山倒影，欣欣然翩翩欲舞，原來是新闢的南溪，引來半篙深的清澈流水。記得湘江沙洲上的白鷗鷺鷥，夕陽下的漁父樵夫，風景如同今日的南溪。　想要效仿淵明，在東籬下多多種菊，可那份詩酒興致難以企及。十里春溪碧波蕩漾，一葉扁舟相伴歸隱，只願做個泛遊五湖的范蠡。僅僅是和他一樣搖蕩小舟，可知道他還攜有美麗的西施。

【研　析】詞題云「開南溪初成」，大概作於稼軒居帶湖初年，即淳熙九（西元一一八二年）、十年間，時去湖南離任僅二、三年，故詞中稱「湘江上，風景依然如此」。稼軒時年四十餘，閒居帶湖。

稼軒經營帶湖居宅，開溪立圃，建亭造樓，植柳種菊，寄寓對山水自然的賞悅，而仕宦失意更增強了對歸田生活的傾心。南溪開鑿初成，清澈的溪水歡快地流淌，青山倒影婆娑，翩然欲舞。此景必然令稼軒詩興盎然，起筆三句即攝取青山溪流同歡共樂之趣，筆致亦如流水般暢快！眼前的景象又勾起心中那印象深刻的湘江風光。仕宦生涯中留下美好回憶的卻是自然閒適的漁樵生活圖景，則見出其仕宦之失意情懷。

上片寫景，下片則言歸隱之情。學淵明，雖能效仿其東籬種菊，但無法達到其詩情酒興中的自然灑落境界；學范蠡，雖能和他一樣泛舟江湖，但無法如他擁有西施相伴。實則，稼軒自知其罷職閒居，與淵明辭官歸田、范蠡功成身退，難相比擬。終生懷抱抗金大志的稼軒自難享有淵明之「酒興詩情」，而其功未成而被迫身退亦愧比范蠡。所謂「他家有個西子」，並非羨其有美女伴遊，而是慕其有西施相助得以成就大業。

洞仙歌

訪泉於奇師村❶，得周氏泉❷，為賦

飛流萬壑，共千巖爭秀❸，孤負平生弄泉❹手。歎輕衫短帽❺，幾許紅塵！還自喜，濯髮滄浪❻依舊。

人生行樂耳❼，身後虛名，何似生前一杯酒❽！便此地結吾廬❾，待學淵明，更手種、門前五柳❿。且歸去、父老約重來，問：如此青山，定⓫重來否？

【注釋】❶奇師村　原作「期思村」，茲從四卷本。亦作奇獅村、碁獅村，在鉛山縣（今屬江西）。稼軒更名「期思」，其〈沁園春〉（有美人兮）序云：「期思舊呼奇獅，或云碁獅，皆非也。余考之荀卿書云：孫叔敖，期思之鄙人也。期思屬弋陽郡。此地舊屬弋陽縣。雖古之弋陽、期思，見之圖記者不同，然有弋陽則有期思也。」❷周氏泉　在鉛山縣（今屬江西），稼軒得而更名「瓢泉」。《江西通志》卷十一：「（鉛山縣）縣東二十五里，瓢泉，形如瓢，宋辛棄疾得而名之。」據稼軒〈水龍吟・題瓢泉〉云「一瓢自樂，賢哉回也」，則「瓢泉」之名或寓有《論語》「一瓢飲」之意。❸飛流萬壑二句　用顧愷之狀會稽山川語：「千巖競秀，萬壑爭流。」（《世說新語・言語》）❹弄泉　指山水遊賞。韋應物〈遊西山〉：「弄泉朝涉澗，采石夜歸州。」蘇軾〈留別雩泉〉：「還將弄泉手，遮日向西秦。」❺輕衫短帽　輕便衣衫小帽。陸游〈湖上〉：「寒食初過穀雨前，輕衫短帽影翩翩。」❻濯髮滄浪　指隱居林泉。濯，清洗。滄浪，水名，一說即漢水。此泛指隱居地之山溪林泉。屈原〈離騷〉：「夕歸次於窮石兮，朝濯髮乎洧盤。」王逸章句：「言宓妃體好清潔，暮即歸舍窮石之室，朝沐洧盤之水，遁世隱居而不肯仕也。」《孟子・離婁上》：「孺子歌曰：滄浪之水清兮，可以濯我纓；滄浪之水濁兮，可以濯我足。」黃庭堅〈次韻張詢齋中春晚〉：「想乘滄浪船，濯髮晞翠嶺。」❼人生行樂耳　漢楊惲〈報孫會宗書〉：「人生行樂耳，須富貴何時。」❽身後虛名二句　意謂追求身後聲名，不如生前暢飲醉歡。此用西晉張翰語：「使我有身後名，不如即時一杯酒。」《世說新語·任誕》❾結吾廬　陶潛〈飲酒〉：「結廬在人境，而無車馬喧。」❿待學淵明二句　陶潛〈五柳先生傳〉：「宅邊有五柳樹，因以為號焉。」⓫定　究竟。

【語　譯】千巖萬壑，飛流與奇峰爭秀，自歎辜負了平生林泉之癖好。這一身輕衫短帽，沾染上多少塵土！聊以自喜的是，依然在山水間逍遙閒居。　人之一生，遊樂而已，身後的虛名，怎能和生前的杯酒宴歡相比！就在此地搭建我的茅屋，效仿淵明，親手在門前種下五棵柳樹。我將返回帶湖，父老鄉親相約重遊，問我：青山如此秀麗，你究竟能再來否？

【研　析】這首詞大略作於淳熙十三年（西元一一八六年）。稼軒時年約四十七，閒居帶湖，往鉛山訪泉。詞題中「周氏泉」，稼軒得之後改名「瓢泉」，賦〈水龍吟·題瓢泉〉，又有「用瓢泉韻，戲陳仁和」之〈水龍吟〉。陳仁和，即仁和知縣陳德明，淳熙十三年冬十月坐法「刺面配信州」（《皇宋中興兩朝聖政》卷六十三）。稼軒〈永遇樂〉（紫陌長安）題云「送陳仁和自便東歸。陳至上饒之一年」，詞有「看花年少」、「尋芳較晚」語，知陳氏於淳熙十四年春末即「自便東歸」，則稼軒「戲陳仁和」之〈水龍吟〉當作於淳熙十三年冬或十四年春，「題瓢泉」之〈水龍吟〉為同期稍前所作。本詞作於「題瓢泉」之前，但相距當不久，蓋亦淳熙十三年所作。

稼軒訪泉而得泉，且千巖競秀，萬壑爭流，正是弄泉濯髮之佳境，欣然有卜居之念，賦詞見意。詞作對林泉的正面描寫僅起筆兩句，但其筆力氣勢足以統攝全詞。如此山水奇景，令稼軒有相見恨晚之感，頓覺「孤負平生弄泉手」，而罷官閒居數年，似尚未忘懷世俗，聊以自慰的是，眼下退隱林泉的生活沒有改變。此番情感跌宕，一歎一喜，透露出罷職閒居後的情懷變化。

過片承前「濯髮滄浪」而思考人生，認同人生行樂觀念。下文引及張翰、陶潛典故，可謂對此觀念的申說。《世說新語·任誕》載西晉張翰語：「使我有身後名，不如即時一杯酒。」劉孝標注引《文士傳》曰：「翰任性自適，無求當世。時人貴其曠達。」陶潛自稱「少無適俗韻，性本愛丘山」（〈歸園田居〉），其〈五柳先生傳〉自述「不慕榮利」、「忘懷得失」。張翰杯酒為樂，陶潛歸園田，號五柳，均可歸趣於任性自適、超然曠達。稼軒所認同的「人生行樂」真趣即在此。在詞作章法上，淵明典故則使詞筆轉到結廬，結末借父老相約重來補足此意。大約十年後的慶元二年（西元一一九六年），稼軒實現此願，遷居期思。

洞仙歌

丁卯❶八月病中作

賢愚相去，算其間能幾？差以毫釐繆千里❷。細思量義利，舜蹠之分，孳孳者，等是雞鳴而起❸。

味甘終易壞，歲晚還知，君子之交淡如水❹。一餉聚飛蚊，其響如雷❺，深自覺、昨非今是❻。羨安樂窩中泰和湯，更劇飲、無過半醺而已❼。

【注釋】❶丁卯　即開禧三年（西元一二〇七年）。❷差以毫釐繆千里　意謂細小的失誤會導致重大的錯誤。《大戴禮記・保傅》：「失之毫釐，差之千里，故君子慎始也。」《史記・太史公自序》：「故《易》曰：失之毫釐，差以千里。」集解：「徐廣曰：一云『差以毫釐』，一云『繆以千里』。駰案：今《易》無此語，《易緯》有之。」❸細思量義利四句　意謂舜、蹠同樣勤勉，其善、惡之分，在於一為義，一為利。《孟子・盡心上》：「孟子曰：雞鳴而起，孳孳為善者，舜之徒也。雞鳴而起，孳孳為利者，蹠之徒也。欲知舜與蹠之分，無他，利與善之間也。」孳孳，同「孜孜」。勤勉。❹味甘終易壞三句　意謂晚年才明白，利益之交如甘美的食物，容易變壞；君子之交淡如水，長流不斷。《禮記・表記》：「故君子之接如水，小人之接如醴。君子淡以成，小人甘以壞。」《莊子・達生》：「且君子之交淡若水，小人之交甘若醴。君子淡以親，小人甘以絕。彼無故以合者，則無故以離。」❺一餉聚飛蚊二句　《漢書・景十三王傳》：「夫眾煦漂山，聚蚊成雷。」韓愈〈醉贈張秘書〉：「雖得一餉樂，有如聚飛蚊。」❻深自覺昨非今是　陶淵明〈歸去來兮辭〉：「實迷途其未遠，覺今是而昨非。」❼羨安樂窩中泰和湯二句　用北宋邵雍故實。邵雍（西元一〇一一－一〇七七年），字堯夫，范陽（治所在今河北涿州）人。自號安樂先生，名所居曰「安樂窩」。其〈無名公傳〉：「性喜飲酒，嘗命之曰太和湯。所飲不多，微醺而罷，不喜過醉。……所寢之室，謂之安樂窩，不求過美，惟求冬燠夏涼，遇有睡思則就枕。」〈逍遙吟〉云：「夜入安樂窩，晨興飲太和。」

【語譯】賢愚之間，相差能幾何？差之毫釐，謬以千里。細細想來，義與利，舜與蹠之所分別，同是孜孜以求，聞雞而起。　利益之交終易失，暮年深知，君子之交淡泊如水。人生如飛蚊聚集，聲如雷鳴，片刻即逝，深感過往皆非今日是。欣羨安樂窩中杯酒相伴，盡情歡飲，微醺而止。

【研析】這首詞作於開禧三年（西元一二〇七年）八月。稼軒時年六十八，病居瓢泉。

稼軒於九月十日病逝，本詞為其人生終結前不久所作，抒寫其反思平生所得出的人生感悟。起筆言及人之賢愚，人之終生評價，透露出稼軒年暮之際對自我賢愚的思考。然而自己是賢是愚，且待他人評說，其感悟到的是賢愚之間，差之毫釐則謬以千里。「細思量義利」以下六句，承此賢愚之論而來。舜、蹠同樣孜孜以求，聞雞而起，一則為義，一則為利，遂成聖賢、盜賊之別；同是與人交往，一則求利，其味甘甜，一則求義，其味淡泊，遂成小人、君子之別。此正所謂差之毫釐而謬以千里。

對人生賢愚的一番感慨之後，稼軒的思緒回到人之一生，回到自我人生。「一餉」二句為承轉之筆，賢者抑或愚者之一生，就其客觀情形而言，均如飛蚊聚集，聲響如雷，熱鬧忙亂，片刻間便銷聲匿跡。稼軒一生仕宦起伏沉浮，年逾花甲尚為成就恢復大業應詔出山，抱憾而歸，深感人生如「一餉聚飛蚊」，回顧平生，深歎「昨非今是」，語氣中不無怨憤之情。如今罷歸病居山林，想到邵雍一生逍遙安樂，不免欣羨。然而平生以功業自許的稼軒豈真能如邵雍在安樂窩中逍遙一生？「羨安樂窩」云云，實乃英雄垂老落寞情懷的無奈自遣。

哨遍

秋水觀❶

蝸角鬥爭，左觸右蠻，一戰連千里❷。君試思、方寸此心微❸。總虛空、併包無際❹。喻此理，何言泰山毫末，從來天地一稊米❺。嗟小大相形，鳩鵬自樂，之二蟲又何知❻！記跖行仁義孔丘非❼。更殤樂長年老彭悲❽。火鼠論寒，冰蠶語熱，定誰同異❾。

噫。貴賤隨時❿。連城才換一羊皮⓫。誰與齊萬物？莊周吾夢見之。正商略遺篇，翩然顧笑，空堂夢覺題秋水。有客問洪河，百川灌雨，涇流不辨涯涘。於是焉河伯欣然喜，以天下之美盡在己。渺滄溟望洋東視，逡巡向若驚歎，謂我非逢子，大方達觀之家，未免長見，悠然笑耳。此堂之水幾何其？但清溪一曲而已⓬。

【詞牌】哨遍

又名〈稍遍〉。此調始見於蘇軾檃括陶淵明〈歸去來兮辭〉之詞。此調體式頗近散文，各家句讀平仄多不拘。蘇詞雙調二百三字，上片十七句五仄韻、四叶韻，下片二十句五叶韻、七仄韻。稼軒此詞雙調二百三字，上片十七句六仄韻、四叶韻，下片二十一句九仄韻、五叶韻。

【注釋】❶秋水觀　亦名秋水堂，在稼軒瓢泉居所，其〈六州歌頭〉(晨來問疾)：「秋水堂前，曲沼明於鏡，可燭眉鬚。」

❷蝸角鬥爭三句　喻小中有大。《莊子・則陽》：「有國於蝸之左角者，曰觸氏。有國於蝸之右角者，曰蠻氏。時相與爭地而

戰，伏尸數萬。逐北，旬有五日而後反。」❸方寸此心微　《列子・仲尼》：「吾見子之心矣，方寸之地虛矣。」❹總虛空併包無際　言方寸之心虛空而包容無限。❺何言泰山毫末二句　意謂泰山、毫末，天地、稊米無大小之別。毫末，毫毛之末端。稊米，小米。《莊子・齊物論》：「天下莫大於秋毫之末，而泰山為小。」《莊子・秋水》：「以差觀之，因其所大而大之，則萬物莫不大；因其所小而小之，則萬物莫不小。知天地之為稊米也，知毫末之為丘山也。」❻嗟小大相形三句　言大小相對較而顯形，斑鳩、大鵬自得其樂，牠們又怎知此理。《老子》第二章：「長短相形。」《莊子・逍遙遊》：「鵬之徙於南冥也，水擊三千里，摶扶搖而上者九萬里。……蜩與鷽鳩笑之曰：『我決起而飛，搶榆枋，時則不至，而控於地而已矣。奚以之九萬里而南為？』適莽蒼者，三飡而反，腹猶果然。適百里者宿舂糧，適千里者三月聚糧。之二蟲又何知？」❼記跖行仁義孔丘非　《莊子・盜跖》載盜跖怒斥孔子：「今子修文武之道，掌天下之辯，以教後世。縫衣淺帶，矯言偽行，以迷惑天下之主，而欲求富貴焉。盜莫大於子！天下何故不謂子為盜丘，而乃謂我為盜跖？」❽更殤樂長年老彭悲　言殤子自樂長壽而彭祖為死而悲。殤子，未成年而死者。老彭，即彭祖，傳說中的長壽者，享年八百歲。《莊子・齊物論》：「莫壽乎殤子，而彭祖為夭。」❾火鼠論寒三句　意謂火鼠稱寒冷，冰蠶說炎熱，冷熱之別怎定。蘇軾〈徐大正閒軒〉：「冰蠶不知寒，火鼠不知暑。」火鼠、冰蠶，均為傳說之物。《太平御覽》卷八百二十引東方朔《神異經》載南荒之外有火山中有鼠，「恆居火中，色洞赤，時時出外而色白，以水逐而沃之即死」。王嘉《拾遺記》卷十載員嶠山「有冰蠶，長七寸，黑色，有角有鱗。以霜雪覆之，然後作繭，長一尺，其色五彩。織為文錦，入水不濡，以之投火，經宿不燎」。❿貴賤隨時　言貴賤隨時機而變換。《莊子・秋水》：「以道觀之，物無貴賤；以物觀之，自貴而相賤；以俗觀之，貴賤不在己。」⓫連城才換一羊皮　言價值連城之玉，僅換得一張羊皮。連城，指和氏璧。《史記・廉頗藺相如列傳》載趙惠文王獲得和氏璧，秦昭王「願以十五城請易璧」。韓愈〈送窮文〉：「攜持琬琰，易一羊皮。」琬琰，圭玉。司馬相如〈上林賦〉：「鼂采琬琰，和氏出焉。」⓬有客問洪河十三句　用莊子筆下河伯至北海而望洋興歎之典事，落實「秋水」堂名，意謂北海、黃河、清溪雖大小不同，但物性同為水。《莊子・秋水》：「秋水時至，百川灌河，涇流之大，兩涘渚崖之間不辨牛馬。於是焉河伯欣然自喜，以天下之美為盡在己。順流而東行，至於北海，東面而視，不見水端。於是焉河伯始旋其面目，望洋向若而歎曰：『……吾非至於子之門則殆矣！吾長見笑於大方之家。』」望洋，仰視的樣子。若，海神。幾何其，即幾何。其，疑問助詞。方岳〈哨遍〉（月日不然）：「人生圓闕幾何其？且徘徊與君同醉。」

【語　譯】蝸牛角上，觸、蠻兩國爭鬥，戰火遍及千里。君試想小小方寸之心，常虛空而包容無際。明此理，則泰山與毫末有何分別，天地與稊米從來大小無異。歎大小相較而成，斑鳩大鵬自得其樂，此二鳥又怎知此理！有謂盜跖行合仁義而孔丘言行為非，殤子樂長壽而彭祖悲早逝。火鼠稱寒冷，冰蠶說炎熱，冷熱憑誰定其分異。　慨歎貴賤轉變隨時，連城之璧僅換得一張羊皮。與誰共論萬物齊一？夢中和莊周商討其遺篇〈齊物論〉，興致翩然相視而笑，醒來把筆題堂名「秋水」。有客相問：黃河匯聚百川，水勢茫茫無際。河伯於是乎欣然大喜，自以為盡有天下之美。遙望東海浩浩渺渺，對海若退讓歎服道：我非遇見您，未免要被博通之人譏笑矣。你這堂下之水如何？一曲清溪而已。

【研　析】這首詞及下一首〈哨遍〉（一壑自專）為同時之作，後者有云「試回頭五十九年非」，知二詞作於六十歲時，即慶元五年（西元一一九九年）。稼軒時閒居瓢泉。

《莊子》有〈秋水〉篇，稼軒取以名其堂觀，賦詞明其寓意。詞作幾乎全在演繹莊子齊物觀，詞句亦多櫽括《莊子》語。上片列出蝸角之於千里、方寸之於無際、泰山之於毫末、天地之於稊米等「小大相形」之例，且小可容大，大小互轉，不可衡定。萬物順其自然本性，無論形之大小，均可自得其樂，如鳩鵬二鳥。再進一層，人之言行是與非，人之壽命長與短，以及物候之寒與熱，均非絕對劃一，可齊一者仍在各適其性而安其命，故盜跖自是，殤子自樂；稱「孔丘非」者斥其「矯言偽行」，「老彭悲」緣於不安其命；火鼠稱寒，冰蠶謂熱，亦各適其性也。

上片所述種種萬物相形之差別，實難盡舉。千差萬別之齊一在物之自然本性，即老、莊所稱「道」。稼軒在詞作過片處一聲感慨之後，引出莊周論「貴賤」：「以道觀之，物無貴賤；以物觀之，自貴而相賤；以俗觀之，貴賤不在己。」（《莊子・秋水》）「貴賤隨時」云云，即「以俗觀之，貴賤不在己」之意。莊周之「齊萬物」，即「以道觀之，物無貴賤」。此論可作上文之歸結，同時又將詞筆轉到「秋水」題意。接下便以問答相承作結。「有客問」三字，其直貫語氣當與「此堂之水幾何其」相接，中間「洪河」云云，將《莊子・秋水》

中河伯遇海若故事隱括入詞，落實「秋水」題名，同時渲染氣勢，與答語「清溪一曲」形成極大反差。然回顧全詞旨趣，則結筆餘韻不盡，其「秋水」題名寓意即蘊於其中：一曲清溪與「洪河」、「渺滄溟」，不可相形而言，然「以道觀之」，三者亦無大小之別，任其自然，各適其性而已。

哨遍

用前韻❶

一壑自專❷，五柳❸笑人，晚乃歸田里。問誰知、幾者動之微❹？望飛鴻、冥冥天際❺。論妙理，濁醪正堪長醉❻。從今自釀躬耕米。嗟美惡難齊，盈虛如代，天耶何必人知❼？試回頭五十九年非❽，似夢裏歡娛覺來悲。夔乃憐蚿❾，穀亦亡羊❿，算來何異？

嘻。物諱窮時⓫。豐狐文豹罪因皮⓬。富貴非吾願，皇皇乎欲何之⓭。正萬籟都沉，月明中夜，心彌萬里清如水。卻自覺神遊，歸來坐對，依稀淮岸江涘⓮。看一時魚鳥忘情喜⓯，會我已忘機更忘己⓰。又何曾物我相視。非魚濠上遺意，要是吾非子⓱。但教河伯，休慚海若⓲，大小均為水耳。世間喜慍更何其，笑先生三仕三已⓳。

【注釋】❶前韻　指〈哨遍．秋水觀〉（蝸角鬥爭）詞韻。❷一壑自專　謂獨自閒居林泉。《莊子．秋水》：「且夫擅一壑之水，而跨跱埳井之樂，此亦至矣。」王安石〈偶書〉：「我亦暮年專一壑，每逢車馬便驚猜。」❸五柳　指五柳先生陶淵明。陶有〈五柳先生傳〉云：「先生不知何許人也，亦不詳其姓字。宅邊有五柳樹，因以為號焉。」❹幾者動之微　意謂萬物之動有其微妙先兆。《易・繫辭下》：「幾者，動之微，吉之先見者也。」幾，先兆。❺望飛鴻冥冥天際　揚雄《法言・問明》：「鴻飛冥冥，弋人何篡焉？」冥冥，高遠的樣子。❻論妙理二句　杜甫〈晦日尋崔戢李封〉：「至今阮籍等，熟醉為身謀。……濁醪有妙理，庶用慰沉浮。」妙理，精微之理。❼嗟美惡三句　意謂物之美惡難以齊同，事之盛衰交替運轉，此乃自然之理，人不必去探究。《莊子・秋水》：「一虛一滿，不位乎其形。年不可舉，時不可止。消息盈虛，終則有始。」❽試回頭五十九年非　《莊子・寓言》：「莊子謂惠子曰：孔子行年六十而六十化，始時所是，卒而非之，未知今之所謂是之非五十九年非也？」陶潛〈歸去來兮辭〉：「實迷途其未遠，覺今是而昨非。」❾夔乃憐蚿　謂一足夔羨慕萬足蚿。《莊子・秋水》：「夔憐蚿，……夔謂蚿曰：『吾以一足趻踔而行，予無如矣。今子之使萬足，獨奈何？』蚿曰：『不然。子不見夫唾者乎？噴則大者如珠，小者如霧，雜而下者不可勝數也。今予動吾天機而不知其所以然。』」夔，傳說中的一足獸。蚿，蟲名，俗名百足蟲。❿穀亦亡羊　意謂穀亦如臧，因別有他求而失其本分。《莊子・駢拇》：「臧與穀二人相與牧羊，而俱亡其羊。問臧奚事，則挾筴讀書。問穀奚事，則博塞以遊。二人者事業不同，其於亡羊均也。」⓫物諱窮時　《莊子・秋水》：「孔子曰：來，吾語女。我諱窮久矣而不免，命也；求通久矣而不得，時也。」陳師道〈五子相送至湖陵〉：「中年患別多作別，早日諱窮常得窮。」諱窮，嫌憎困厄潦倒。⓬豐狐文豹罪因皮　意謂狐豹因其皮毛而遭罪。《莊子・山木》：「夫豐狐文豹棲於山林，伏於巖穴，靜也。夜行晝居，戒也。雖飢渴隱約，猶且胥疏於江湖之上而求食焉，定也。然且不免於罔羅機辟之患，是何罪之有哉？其皮為之災也。」陶潛〈讀史述九章〉之〈韓非〉：「豐狐隱穴，以文自殘。」⓭富貴非吾願二句　陶潛〈歸去來兮辭〉：「寓形宇內復幾時？曷不委心任去留？胡為乎遑遑兮欲何之？富貴非吾願，帝鄉不可期。」皇皇，通「遑遑」。驚惶匆忙。⓮江涘　江邊。⓯看一時魚鳥忘情喜　言魚鳥忘情喜。宋庠〈重展西湖〉：「鑿開魚鳥忘情地，展盡江河極目天。」⓰會我已忘機更忘己　言正遇我心無機巧，順應天命。《莊子・天地》：「忘己之人，是之謂入於天。」⓱非魚濠上遺意二句　意謂莊子與惠子濠上爭辯的關鍵在惠子所說「我非子」，即惠子未能達到莊子物我無間之境界，遂不知魚之樂。《莊子・秋水》：「莊子與惠子遊於濠梁之上。莊子曰：『儵魚出游從容，是魚樂也。』惠子曰：『子非魚，安知魚之樂？』莊子曰：『子非我，安知我不知魚之樂？』惠子曰：『我非子，固不知子矣。子固非魚也，子之不知魚之樂全矣。』」⓲但教河伯二句　意謂河伯不必為海若的浩渺而自慚。《莊子・秋水》：「秋水時至，百川灌河，涇流之大，兩涘渚崖之間不辨牛馬。於是焉河伯欣然自喜，以天下之美為盡在己。順流而東行，至於北海，東面而視，不見水端。於是焉河伯始旋其面目，望洋向若而歎曰：「……吾非至於子之門則殆矣！吾長見笑於大方之家。』」河伯，河神。海若，海神。⓳世間喜慍更何其二句　《論語・公冶長》：「子張問曰：令尹子文三仕為令尹，無喜色；三已之，無慍色。」慍，怨恨。按：稼軒此前經歷「三仕三已」：南渡初任江陰簽判，未滿去職，漫遊吳越；乾道四年（西元一一六八年）通判建康府，歷滁州知州、江西提刑、湖北漕副、潭州知州等，淳熙八年（西元一一八一年）罷職歸帶湖；紹熙三年（西元一一九二年）赴任福建提刑，轉福建安撫使、知福州，紹熙五年，罷職歸。

【語　譯】獨享丘壑幽趣，五柳先生笑我晚年才歸田里。試問誰能預知世事變化的微妙先機？仰望鴻雁自由翱翔於浩浩天際。論及人生妙理，正當把杯痛飲長醉。從今後躬自釀酒耕種稻米。嗟歎美惡不同，盛衰運轉，此皆自然天理，人又何必去探知？回顧平生五十九年都錯，正如夢裡歡暢醒來悲。夔竟羨慕蚿，轂與臧同樣丟失羊群，想來有何差異？　歎世人嫌惡境遇困窮。豐狐文豹因其皮而受罪。富貴不是我的意願，急急遑遑又能去哪裡。夜深寂靜月明，心境浩闊萬里清如水。自覺神遊歸來，彷彿坐在江淮岸際。閒看魚鳥忘情欣喜，契合我心忘機忘己，又何曾是物我相隔對視。莊子惠子濠上「非魚」之論辯，其要義在於「我非你」。只願河伯不必對海若而自慚，大海小河均為水。世間喜怒之事何其多，可笑先生您三仕三歸。

【研　析】詞云「試回頭五十九年非」，當為六十歲時（西元一一九九年）所作。稼軒時閒居瓢泉。詞題注明用〈哨遍．秋水觀〉詞韻，詞中又用及《莊子．秋水》典故，蓋亦因題秋水觀而感慨世事平生。

罷職退歸，獨享林泉之趣，似可自慰平生仕宦失意之心，稼軒卻假託「五柳笑人」，曲筆抒寫出歸田恨晚之情。此筆亦似虛設一傾聽者，導引出下文對世事人生的感悟敘說。上片三個反問句，醒豁地表明對世事變幻的洞達和超然：「誰知」一問，言世事變幻不可預知。「嗟美惡」三句一問，言世事萬別，盛衰運轉，自然天理，人不必探知。「夔乃憐蚿」三句一問，言萬物個性不同，其自得自適則同；不守本分而別有他求，雖所求各異，其傷損本性則同。三問之意脈，前二者就萬物之變化差別而言，人不可知，亦不必知；後一問就萬物之齊一不變而言，人當任天而自適。三問之間，以自述自慨人生境況作筆勢上的調節緩衝，其意脈相貫通：飛鴻冥冥、躬耕自釀、濁醪長醉，與「一壑自專」旨趣相應；「試回頭」二句追悔之情則與「晚乃歸田里」

相通。

上片以洞達世事變幻之睿智，泰然正視罷職退歸之境遇。過片一聲慨歎而引發人生窮通之感，實亦自述退歸情懷。罷職而歸，堪稱際遇之窮，世人處窮而怨憤，稼軒則借莊子「豐狐文豹」之喻自我寬解，繼而直抒樂天知命、不求富貴之願。下文「萬籟都沉」直至「何曾物我相視」所展現的浩渺清明、忘機忘己、物我無間之襟懷，即為超脫富貴名利者所能擁有。「非魚」二句用莊子、惠子濠上論辯典故，筆意與前「看一時魚鳥忘情喜」相承。「要是吾非子」，即謂莊子、惠子之辯，根本在惠子所言「我非子」三字，惠子未能如莊子那般物我齊一無間，遂不知魚之樂，亦不信莊子能知魚之樂。這一典故寄寓的是物我間的齊一，下文河伯、海若典故則寓託物之大小間的齊一，結末二句用典，又關合自身經歷，其窮通不介於心的超然情懷，則與前二典故寓意相通，其根基在於對紛紜物事人情的洞達和齊同觀念，即莊子的齊物論。這也是全詞的理趣所在。

唐河傳

倣《花間》❶體

春水，千里，孤舟浪起❷。夢攜西子❸。覺來村巷夕陽斜。幾家，短牆紅杏花❹。

晚雲做造些兒雨。折花去，岸上誰家女。太狂顛。那邊，柳綿，被風吹上天❺。

【詞牌】唐河傳

即〈河傳〉。又名〈十二峰〉、〈怨王孫〉、〈慶同天〉、〈月照梨花〉、〈秋光滿目〉、〈紅杏枝〉等。此調正體雙調五十五字，上片七句兩仄韻五平韻，下片七句三仄韻四平韻。稼軒此詞雙調五十四字，上片七句四仄韻三平韻，下片七句三仄韻四平韻。

【注 釋】❶花間 指《花間集》，五代時後蜀趙崇祚編，錄溫庭筠、韋莊等十八位詞人五百首詞作，為現存最早的文人詞總集，題材以男女情思、傷春怨別等為主，格調婉美幽約。❷春水三句 蘇軾〈次韻王定國南遷回見寄〉：「桃花春漲孤舟起。」張耒〈村晚〉：「孤舟春水路，芳草夕陽村。」❸西子 指西施。春秋時越國美女，入吳宮助越滅吳後，隨范蠡泛舟五湖。❹短牆紅杏花 吳融〈途中見杏花〉：「一枝紅杏出牆頭，牆外人行正獨愁。」❺柳綿二句 蘇軾〈蝶戀花〉（花褪殘紅青杏小）：「枝上柳綿吹又少。」

【語 譯】千里春江，夢中攜西施，駕一葉孤舟隨波飄蕩。醒來時，夕陽斜照村巷。幾家院落，紅杏花枝探出了矮牆。

傍晚，烏雲裡灑下幾點細雨。岸上，不知是誰家姑娘，摘下一枝花翩然離去。那邊，柳絮在風中顛狂飛舞。

【研 析】這首詞作年不詳。

詞作仿傚《花間》格調，抒寫春思情懷。詞以夢境開始，夢中與西子相伴，泛舟於碧波蕩漾的千里春江之上。夢醒時分，夕陽斜照，村巷裡幾家院落的杏花在牆外綻放。傍晚微雨，一位女子摘下一枝花翩然離去，不遠處柳絮在風中飛舞。四幅畫面組合成杏花春雨江南的圖景，景中那位夢攜西施泛舟春江之人和岸邊雨後摘花的女子，寄託著青春男女間的相思，而浩蕩的春水碧波、夕陽下的杏花、雨水滋潤的鮮花、風中狂顛的柳綿，也喻示青春情思之美妙韻味。詞中的意象情事與《花間集》相類似，且脈絡清晰，令讀者如臨其境，與花間代表詞人之一的韋莊詞風相近。

浪淘沙

山寺夜半聞鐘

身世酒杯中❶，萬事皆空❷。古來三五個英雄。雨打風吹何處是？漢殿秦宮❸。

夢入少年叢，歌舞匆匆。老僧夜半誤鳴鐘❹。驚起西窗眠不得，捲地西風。

【詞　牌】**浪淘沙**　唐教坊曲名。又名〈浪淘沙令〉、〈浪淘沙近〉、〈過龍門〉、〈龍門令〉、〈賣花聲〉等。此調正體雙調五十四字，上、下片各五句四平韻。稼軒此詞為正體。

【注　釋】❶身世酒杯中　《世說新語・任誕》載西晉張翰性情曠達，曾說：「使我有身後名，不如即時一杯酒。」❷萬事皆空　佛家有「萬物皆空」之說。晁迥《法藏碎金錄》卷九：「夫一真是道，萬物皆空。……物空於外，則外無可欲。」❸古來三五個英雄三句　意趣即稼軒〈永遇樂〉所云：「千古江山，英雄無覓，孫仲謀處。舞榭歌臺，風流總被，雨打風吹去。」❹老僧夜半誤鳴鐘　張繼〈楓橋夜泊〉：「姑蘇城外寒山寺，夜半鐘聲到客船。」歐陽脩《六一詩話》：「唐人有云：『姑蘇臺下寒山寺，半夜鐘聲到客船。』說者亦云：句則佳矣，其如三更不是打鐘時。」

【語　譯】開懷暢飲中度過平生，世間萬事都將消失成空。古往今來三五位英雄。豪華富麗的漢殿秦宮，歷經世間風吹雨打，何處覓影蹤？　夢裡來到少年遊樂場，歌舞紛紛揚揚。老僧半夜誤將寺鐘敲響。西窗夢中人驚醒無眠，窗外秋風浩蕩。

【研　析】這首詞作年不詳。詞題作「山寺夜半聞鐘」，或許與「醉宿崇福寺」所作〈臨江仙〉（莫向空山吹玉笛）大略同時，疑作於淳熙十四年（西元一一八七年）之前閒居帶湖期間。

夜宿山寺，夢入少年歡遊，卻被夜半鐘聲驚醒，夢破難續，窗外風聲呼嘯，想到人世間多少英雄豪傑、盛事壯舉，都在歷史的風吹雨打中消聲匿跡，由此興感而賦詞。起筆二句蓋從醉宿山寺起興，感慨人生世事之虛幻空無。「古來」三句直承「萬事皆空」。「三五個英雄」、「漢殿秦宮」，為世間豪傑盛事，仍不免歸於沉寂，則平常人事怎能不終成空無？

詞作上片抒發感慨，先聲奪人；下片補敘感發情境背景，夜半寺鐘驚夢、窗外秋風呼嘯之境況，為上片的理趣感發一一作了情景上的鋪墊：夢境中的少年歡遊，為「身世酒杯中」作鋪墊；寺鐘破夢，為「萬事皆空」作鋪墊；「捲地西風」，為世事變遷中的「雨打風吹」作鋪墊。全詞情景理趣相融一體，內在脈理貫通。

烏夜啼

山行，約范廓之❶不至

江頭醉倒山公。月明中。記得昨宵歸路笑兒童❷。

溪欲轉。山已斷。兩三松。一段可憐❸風月欠詩翁。

【詞牌】烏夜啼

即〈相見歡〉。唐教坊曲名。又名〈秋夜月〉、〈上西樓〉、〈西樓子〉、〈憶真妃〉、〈月上瓜州〉等。此調正體雙調三十六字，上片三句三平韻，下片兩仄韻兩平韻。稼軒此詞為正體。

【注釋】❶范廓之　原作「范先之」，茲從四卷本。廣信書院本「范廓之」均作「范先之」，乃避宋寧宗趙擴諱而改。范廓之，名開，洛陽（今屬河南）人，南渡後居上饒（今屬江西）。淳熙八、九年間始從稼軒遊，淳熙十五年正月編成《稼軒詞甲集》。❷江頭醉倒山公三句　以西晉山簡自喻。《世說新語．任誕》載西晉山簡（字季倫）鎮荊州時，常暢飲酣醉。襄陽兒童為之歌曰：「山公時一醉，徑造高陽池。日莫倒載歸，酩酊無所知。」高陽池，在襄陽峴山（今峴首山）南，本為漢代習郁所造魚池，山簡常置酒遊賞，稱之高陽池，取漢酈食其自稱「高陽酒徒」之義。李白〈襄陽歌〉：「襄陽小兒齊拍手，攔街爭唱白銅鞮。旁人借問笑何事，笑殺山公醉似泥。」❸可憐　可愛。

【語譯】就像山簡醉倒江頭。記得昨夜月下歸來。醺醺然引來兒童拍手嬉笑。

溪流將轉。山脈中斷。兩三棵松樹傲立。一段風月美景，可惜沒有詩人妙筆品題。

【研析】這首詞見於四卷本甲集，知作於淳熙十五年正月結集之前閒居帶湖期間。

詞作追述「昨宵」山中踏月醉歸情景。西晉山簡鎮襄陽時，常往峴山南坡的習家園池置酒遊賞，必盡興醉歸。兒童為歌笑其醉態。稼軒借山簡自喻，因池臨漢江，故稱「江頭醉倒山公」。月下醉歸，兒童戲笑，醉者灑然無拘，笑者童趣天真，渾然交融於皎潔無瑕的月色中。

下片描繪月夜山行風景。一彎小溪曲折流淌，路轉山斷，幾樹翠松傲然挺立，皓月當空，夜風習習。如此美妙的山中月夜，觸發詩興，遺憾的是無人相與唱和，故稱「欠詩翁」，此結語又關合詞題「約范廓之不至」。

破陣子

為范南伯壽❶。時南伯為張南軒辟宰盧溪❷，南伯遲遲未行，因作此詞勉之。

擲地劉郎玉斗❸，掛帆西子扁舟❹。千古風流今在此，萬里功名莫放休！君王三百州❺。

燕雀豈知鴻鵠❻，貂蟬元出兜鍪❼。卻笑盧溪如斗大❽，肯把牛刀試手不❾？壽君雙玉甌❿。

【詞牌】**破陣子**

唐教坊曲名，一名〈十拍子〉。此調正體雙調六十二字，上、下片各五句三平韻。稼軒此詞為正體。

【注釋】❶為范南伯壽　為范南伯祝壽。范南伯（西元一一三〇—一一九六年），名如山，邢臺（今屬河北）人。辛棄疾妻兄。劉宰〈故公安范大夫及夫人張氏行述〉：「女弟歸稼軒先生辛公棄疾。辛與公皆中州之豪，相得甚。」❷時南伯句　當時南伯被張南軒徵聘為盧溪縣宰。張南軒，即張栻（西元一一三三—一一八〇年），字敬夫，號南軒，漢州綿竹（今屬四川）人。時知江陵府兼荊湖北路安撫使。宰，擔任縣令。盧溪，宋縣名，隸屬荊湖北路，治所在今湖南瀘溪縣西。劉宰〈故公安范大夫及夫人張氏行述〉：「南軒先生張公帥荊南，志在經理中原。以公北土故家，知其豪傑，熟其形勢，辟差辰州盧溪令，改攝江陵之公安，實欲引以自近。」❸擲地劉郎玉斗　用范增典故勸勉范南伯。《史記．項羽本紀》載范增輔佐項羽稱霸諸侯，被項羽尊為亞父。鴻門宴上，范增屢次示意項羽殺劉邦，項羽未從，劉邦得以逃脫。范增憤而將劉邦送的玉斗「置於地，拔劍撞而破之」。劉郎，指劉邦。玉斗，玉製酒器。❹掛帆西子扁舟　指春秋時越國大夫范蠡輔佐越王句踐滅了吳國之後，攜西施乘扁舟泛遊五湖。扁舟，小船。❺三百州　泛指宋朝疆土。范祖禹〈轉對條上四事狀〉：「臣伏以自祖宗肇造區夏，剗藩鎮，分天下為十八路，置轉運使副、提點刑獄，有州三百，州置守。」《宋史・黃裳傳》載裳語：「今天下境土，比祖宗時不能十之四，然猶跨吳蜀荊廣閩越三百州。」❻燕雀豈知鴻鵠　《史記・陳涉世家》載秦末陳涉（名勝）少時與人傭耕，胸懷遠志而被同伴嘲笑，感歎道：「燕雀安知鴻鵠之志哉！」❼貂蟬元出兜鍪　意謂公侯將相原本出於疆場功臣。《南齊書・周盤龍傳》載盤龍英勇善戰。年老還京為散騎常侍、光祿大夫，「世祖戲之曰：『卿著貂蟬，何如兜鍪？』盤龍曰：『此貂蟬從兜鍪中出耳。』」貂蟬，指貂蟬冠，以貂尾和附蟬為飾，為侍中、常侍等近臣之冠冕。兜鍪，頭盔。❽卻笑盧溪如斗大　《南史・宗慤傳》載宗慤守豫州，典籤（州府佐吏）多所違執。宗慤怒曰：「我年六十，得一州如斗大，不能復與典籤共論之。」❾肯把牛刀試手不　意謂你雄才遠識，能否試試身手。牛刀，喻雄才大器。《論語・陽貨》載孔子語：「割雞焉用牛刀！」不，通「否」。❿玉甌　玉製盆碗類器皿。

【語　譯】為范南伯祝壽。當時南伯被張南軒聘任為盧溪縣令，南伯遲遲沒有成行。因而作了這首詞勸勉他。

范增憤然擊破劉邦贈送的玉斗，范蠡功成之後攜西子揚帆蕩舟。千古風流如今傳到你，建功立業揚名萬里莫放棄！輔佐君王恢復疆域三百州。　燕雀怎知鴻鵠遠志，身披盔甲征戰疆場，必將建功立名位列公侯。只笑那盧溪縣小如斗，你能否借此試試身手？我且奉上一對玉碗為你祝壽。

【研　析】這首詞作於淳熙五年（西元一一七八年）秋。稼軒時年三十九，自大理少卿出任湖北轉運副使。是年閏六月，張栻由湖北轉運副使改知江陵府兼湖北安撫使，辟范如山為盧溪縣令。劉宰〈故公安范大夫及夫人張氏行述〉稱范「性至孝而恬於名利」，其父故世，「太夫人年高須養，復注監真州都酒務。南軒先生張公帥荊南，志在經理中原。以公北土故家，知其豪傑，熟其形勢，辟差辰州盧溪令，改攝江陵之公安，實欲引以自近。……女弟歸稼軒先生辛公棄疾。辛與公皆中州之豪，相得甚。辛詞有『萬里功名莫放休』之句，蓋以屬公」。范如山家居京口（今江蘇鎮江市），近鄰真州（今江蘇儀徵）。其遲遲未赴任，大概因盧溪太偏遠，老母「年高須養」。稼軒赴任湖北轉運副使，過揚州，有詞〈水調歌頭・舟次揚州和楊濟翁周顯先韻〉云「落日塞塵起，胡馬獵清秋」，時在秋季。真州、鎮江與揚州相鄰，均在長江邊。稼軒過訪范如山當在同時，本詞即當時所作。

對范氏「遲遲未行」之顧慮，稼軒詞中避而不談，筆意全在勉其赴任，個中原由正是上引劉宰所言，辛、范二人「皆中州之豪，相得甚」。一世豪傑，身處國難之時，自當以功業為重。上片以成就豐功偉業、風流千古的范氏同姓范蠡、范增，勉勵范如山承繼前賢英風，輔佐君王恢復失土，建立萬里功名。其情調氣勢亦如稼軒〈破陣子．為陳同父賦壯詞以寄之〉所云「了卻君王天下事，贏得生前身後名」。

上片以抗金復國之大業激勵范氏建功立名，下片「燕雀」二句亦承此意，鴻鵠之志、貂蟬出兜鍪，與「萬里功名」、「君王三百州」意脈貫通。然而此般鴻圖遠志與小小的盧溪縣令甚難相稱，詞筆要轉歸到勸勉范氏赴任此職，實為不易，「卻笑」二句承轉甚妙：「卻笑」一語，陡轉頓落之筆調中見出稼軒為范氏大材小用而抱屈，而灑落一「笑」又似在寬慰范氏不必為此介意。所用宗慤典故，字面上借其「如斗大」之喻言盧溪之小，與下句「牛刀試手」筆意相貫。其實，宗慤所言豫州非盧溪所能比，史載宗慤少時即「願乘長風破萬里浪」，後輔佐君王平叛戡亂，功名顯赫，官至豫州刺史，封洮陽侯（參見《南史．宗慤傳》）。稼軒之用意並不止於「如斗大」之字面，更在於說出此話的宗慤，寄寓對范氏前途功業的料想和祝願。雄才遠志者終將展其才、成其志，眼下屈就盧溪縣令，只能算小試牛刀而已。勸勉之意寓於婉轉探問之中，親切而誠懇。詞筆到此，主旨便已言盡，末句關合題中「為壽」之意，但在筆脈上略顯牽附。

詞作立意構思獨具匠心，可謂借「為壽」之名而行勸勉赴任之實。筆調章法上則先行大段鋪墊渲染，激發「萬里功名」之雄心壯志，應合范氏之豪傑襟懷，然後詞筆轉到勸勉范氏赴任，兩句即止，一笑言盧溪之小，一探問可否小試身手，語曲而意明。就全詞意趣而言，稼軒不止於勸范氏赴任盧溪縣令，更期待其雄才大展，輔佐君王成就恢復大業。

破陣子

為陳同父賦壯詞❶以寄之

醉裏挑燈看劍，夢回❷吹角連營。八百里分麾下炙❸，五十弦翻塞外聲❹。沙場秋點兵❺。

馬作的盧❻飛快，弓如霹靂弦驚❼。了卻君王天下事❽，贏得生前身後名。可憐白髮生。

【注釋】❶壯詞　豪放雄壯的詞作。❷夢回　夢中回到。❸八百里分麾下炙　謂宰牛犒勞部下官兵。八百里，指牛。《世說新語・汰侈》載晉王愷有牛名八百里駮。愷與王濟比試射箭，以牛為賭物。愷輸，殺牛為炙。蘇軾〈約公擇飲是日大風〉：「要當啖公八百里，豪氣一洗儒生酸。」麾下，軍旗之下，指部下官兵。❹五十弦翻塞外聲　謂演奏雄渾悲壯的瑟曲。五十弦，指瑟。《史記・封禪書》：「太帝使素女鼓五十弦瑟，悲。帝禁不止，故破其瑟為二十五弦。」翻，演奏。❺點兵　檢閱軍隊。❻的盧　一種快馬。《相馬經》：「馬白額入口齒者，名曰榆雁，一名的盧。」相傳劉備在荊州為劉表所忌，逃離時所騎的盧陷襄陽城西檀溪水中，「乃一踴三丈，遂得過」。（《三國志・蜀書・先主備傳》注引《世語》）❼弓如霹靂弦驚　彎弓射箭，驚弦聲如霹靂。《南史・曹景宗傳》載景宗稱：「我昔在鄉里，騎快馬如龍，與年少輩數十騎，拓弓弦作霹靂聲。」❽天下事　指抗金復國大業。

【語譯】醉裡挑燈細看寶劍，夢回軍營號角嘹亮。軍旗下官兵分享牛肉，軍樂在戰地飛揚。將帥檢閱士兵，在那秋天肅殺的疆場。

胯下駿馬飛奔，彎弓怒射，驚弦如霹靂震響。輔佐君王完成恢復大業，贏得生前身後好名望。可惜白髮在無情滋長。

【研析】這首詞作年難以確考，疑作於淳熙十五年（西元一一八八年）辛、陳鵝湖約會之後。稼軒時年約五十，閒居帶湖。

題曰「壯詞」，即抒發激情壯志之詞。辛、陳二人為志同道合、性情相投的摯友，其共同的人生壯志就是抗金復國，即詞中所謂「了卻君王天下事」。

辛氏二十出頭就曾是一名英勇的抗金義軍將領。那段馳騁疆場的經歷，伴隨著抗金復國的壯志豪情，在其英雄失路的抑鬱心懷不時回旋激盪。本詞即假託夢境，展開想像，生動形象地抒發其激盪心懷的抗金理想。

詞作章法別具一格，先以大段筆墨極力張揚渲染，最後點醒，一落千丈。起筆至「贏得生前身後名」句，寫夢中的抗敵戰爭場景，意脈相貫，令讀者如臨其境。「挑燈看劍」，透出激戰前的殺氣；上片「吹角連營」以下，展現出臨戰前的高漲士氣和陣勢軍威，預示戰鬥必勝。過片「馬作的盧」二句，描寫激戰場面，戰馬飛奔，弓箭雷鳴；「了卻」二句，結束戰鬥，完成收復大業。詞筆至此，題中「壯詞」意蘊寫盡，理想完美實現。然而這一切都在夢中，結尾「可憐白髮生」一筆，則以殘酷的現實將夢幻擊碎，留下無限悲涼的回味。

破陣子

贈行

少日春風滿眼，而今秋葉辭柯。便好消磨心下事❶，也憶❷尋常醉後歌。新來❸白髮多。

明日扶頭❹顛倒，倩誰伴舞婆娑？我定思君拚❺瘦損，君不思兮可奈何！天寒將息❻呵。

【注釋】❶消磨心下事　消除心中煩惱。❷也憶　四卷本作「莫憶」。❸新來　四卷本作「可憐」。❹扶頭　指酒醉。❺拚　甘願。❻將息　休息；調養。

【語譯】年少時滿眼春風，如今是秋葉凋落。正該消除心中的煩憂，想想那平日的醉飲狂歌。近來白髮漸多。

明日暢飲醉歡，誰來伴我起舞翩翩？我定會想你想得憔悴瘦損，你不想我又能如何！天寒地冷，你可要好好保重啊。

【研　析】這首詞作年無考。詞中「新來白髮多」，四卷本作「可憐白髮多」，與〈破陣子〉（醉裏挑燈看劍）中「可憐白髮生」相類，疑為大略同期之作，即淳熙十六年（西元一一八九年）前後。稼軒時年約五十，閒居帶湖。

詞題「贈行」，知為送別而作。上片自述情懷，也是臨別敘談。起筆以青春年少時的意氣風發，反襯而今如秋葉飄零般的落寞情懷。一切煩惱心事全然消逝，平日的醉後歡歌不時回蕩在心頭，便是經歷人生春、夏之後，進入人生秋季的超然灑脫。然而對於平生壯志未酬的稼軒來說，這種人生境界恐怕只是一種難以真正達到的願望，頭上漸多的白髮必然觸動其內心難以泯滅的憂憤之情。「新來白髮多」一句即透出這層心境，其情調上的轉折顯示出欲「消磨心下事」而不能如願的無奈。

下片預想別後情形，抒發離別情懷。狂醉起舞而無人相伴，「思君拚瘦損」而君不思我，令人感到的是深深的孤獨寂寞！獨醉獨舞，是孤獨；思君而君不思我，則是更沉重的孤獨。而「我定思君」二句，語調口吻甚似情人間的相思怨別，較「衣帶漸寬終不悔，為伊消得人憔悴」之癡絕，更添幾許幽怨無奈。詞或為送別佳人而作。末句為臨別時細心關愛的囑託，體貼之情溢於言表。

祝英臺近

晚春

寶釵分，桃葉渡❶，煙柳暗南浦❷。怕上層樓，十日九風雨。斷腸片片飛紅，都無人管，更誰勸❸、啼鶯❹聲住。

鬢邊覷❺，試把花卜歸期❻，才簪又重數。羅帳燈昏，哽咽❼夢中語：是他春帶愁來，春歸何處？卻不解、帶將愁去❽。

【詞牌】祝英臺近

又名〈祝英臺〉、〈祝英臺令〉、〈寶釵分〉、〈月底修簫譜〉、〈燕鶯語〉、〈寒食詞〉等。此調正體雙調七十七字，上片八句三仄韻，下片八句四仄韻。稼軒此詞上片八句四仄韻，下片八句五仄韻。

【注釋】❶寶釵分二句　言男女分別。漢時女子被黜，分釵斷帶以還夫家，如袁宏《後漢紀》卷二十三載夏侯氏被其夫黃元艾所黜，其父母曰：「婦人見去，當分釵斷帶請還之。」後世轉以分釵為女子贈別之習，如梁陸罩〈閨怨〉：「自憐斷帶日，偏恨分釵時。」桃葉渡，東晉王獻之與愛妾桃葉分別之地，相傳故址在今南京秦淮河與青溪合流處。《玉臺新詠》卷十載王獻之〈桃葉歌〉：「桃葉復桃葉，渡江不用楫。但渡無所苦，我自迎接汝。」❷南浦　指送別之地。浦，水邊。《楚辭・九歌・河伯》：「子交手兮東行，送美人兮南浦。」❸更誰勸　四卷本作「倩誰喚」。❹啼鶯　四卷本作「流鶯」。❺覷　凝視。❻試把花卜歸期　試把，原作「應把」，茲從四卷本。歸期，四卷本作「心期」。把花卜歸期，蓋以花瓣之數測算歸期。古人有燈花卜之習，如元郭鈺〈送遠曲〉：「歸期未定須寄書，誤人莫誤燈花卜。」以簪花卜歸期，或為相類習俗。❼哽咽　四卷本作「嗚咽」。❽是他春帶愁來三句　雍陶〈送春〉：「今日已從愁裏去，明年更莫共愁來。」趙彥端〈鵲橋仙〉（來時夾道）：「春愁元自逐春來，卻不肯隨春歸去。」帶將愁去，四卷本作「將愁歸去」。

【語譯】桃葉渡口，分釵贈別，水邊楊柳煙霧繚繞。害怕登上高樓，十之八九風雨瀟瀟。愁腸欲斷！落花紛紛全無人管，鶯啼聲聲更有誰勸。

凝視鬢鬢，取下簪花卜算郎君歸期，剛把花插回鬢髮又摘下重數。羅帳裡燈光昏暗，夢中人哽咽囈語：春天給我帶來憂愁，如今春歸何處？卻不能把愁情給我帶走。

【研析】這首詞見於四卷本甲集，當作於淳熙十五年（西元一一八八年）正月結集之前，具體作年難以確考，據詞意，大概作於淳熙八年罷居帶湖之前居官期間。

詞為傷春怨別之作，從追憶入筆，分釵、桃葉渡、煙柳、南浦，字字唱歎出別離傷怨之情。昔日的分別在暮春，如今又是風雨送春歸。記憶中的送別、今日的思念，因同樣的晚春時節而凝聚於孤寂的心懷：細細回想送別情景，悵然凝望眼前飛紅片片、風雨瀟瀟，靜聽林中黃鶯聲老，情何以堪！更何況一切「都無人管」，如此的無助無奈！

愁情滿懷，淒景滿目，無以排遣，尤盼郎君早日歸來以解憂思，下片遂轉寫女子「試把花卜歸期」。「試卜」及「才簪又重數」之舉動，透露出相思急切不安之心態以及對「花卜歸期」的不自信，則憂愁依然鬱結心間，難以消解。憂思入夢，夢中哽咽怨春「帶愁來」卻不「帶將愁去」。此怨無理，故託諸夢囈，筆調沉鬱跌宕，深切而無奈的愁怨之情在字句間激盪迴環，餘韻不盡。

全詞傷春、別怨交融一體，筆致細膩傳神，情韻纏綿深摯，為稼軒婉約詞之佳作。

祝英臺近

綠楊堤，青草渡，花片水流去。百舌❶聲中，喚起海棠睡❷。斷腸幾點愁紅，啼痕猶在，多應怨、夜來風雨。

別情苦。馬蹄踏遍長亭，歸期又成誤。簾捲青樓❸，回首在何處。畫梁燕子雙雙，能言能語。不解說、相思一句。

【注　釋】❶百舌　鳥名，又稱反舌。羅願《爾雅翼》卷十四：「反舌，春始鳴，至五月止。能變其舌，反易其聲，以效百鳥之鳴，故名。」杜甫〈百舌〉：「百舌來何處，重重只報春。」❷喚起海棠睡　用唐玄宗稱醉態楊貴妃為「海棠睡未足」典故。《冷齋夜話》卷一引《太真外傳》曰：「上皇登沈香亭，詔太真妃子。妃子時卯醉未醒。命力士從侍兒扶掖而至。妃子醉顏殘妝，鬢亂釵橫，不能再拜。上皇笑曰：『豈是妃子醉，真海棠睡未足耳。』」蘇軾〈海棠〉：「只恐夜深花睡去，更燒高燭照紅妝。」❸青樓　指貴家閨閣。曹植〈美女篇〉：「青樓臨大路，高門結重關。」

【語　譯】堤岸楊柳依依，渡口芳草萋萋，片片落花順流飄逝。百舌啼鳴，沉睡的海棠被喚醒。愁腸欲斷對殘花，淚痕猶在，當是怨恨昨夜風雨無情。

別離情苦，馬上數遍長亭，如今歸期又誤。回頭望，那珠簾高捲的青樓，邈然不知何處。雕梁畫棟間燕子雙棲，呢喃私語，不曾道得「相思」二字。

【研析】這首詞作年不詳，詞情與〈祝英臺近〉（寶釵分）相類，或亦為早年居官時所作。

上片，傷春怨別之情纏繞於筆端，哀怨無盡！「綠楊堤」二句，淡淡的字面背後，彷彿在悵歎：「送君南浦，傷如之何！」（江淹〈別賦〉）落花無語，流水無情，無限而無奈的傷春怨別之情，盡在不言中！百舌噪鳴，啼破沉寂，抒情筆調轉趨濃重。「斷腸」數句，令人感到隱伏的哀怨之情跌蕩而出，低回婉曲。

如果說上片怨別之情寓於傷春之中，那麼下片所言全為別情離緒。過片「別情苦」三字，承上片隱寓的怨別之情，同時一「苦」字可謂總領下片抒情之筆：「馬蹄」句，見出別離相思之綿綿不盡；「歸期」句，見出一次又一次地延誤歸期。癡想中的「簾捲青樓」，頻回首卻杳無覓處；畫梁間雙燕呢喃私語，全然不知人間的相思別怨。詞在料想閨中佳人相思情境中結筆，梁間雙燕反襯閨中人獨，雙燕親密交語反襯佳人孤寂無訴。此情此境，令人深感別情之淒苦！

祝英臺近

與客飲瓢泉❶，客以泉聲喧靜為問。余醉，未及答。或者以「蟬噪林逾靜」❷代對，意甚美矣。翌日，為賦此詞以褒之。

水縱橫，山遠近。拄杖占千頃。老眼羞明❸，水底看山影。試教水動山搖，吾生堪笑，似此個、青山無定。　一瓢飲❹。人問：翁愛飛泉，來尋個中靜。遶屋聲喧，怎做靜中境？我眠君且歸休❺，維摩方丈，待天女、散花時問❻。

【注釋】❶瓢泉　在鉛山縣（今屬江西）東，原名周氏泉，形似瓢，稼軒改名「瓢泉」。❷蟬噪林逾靜　南朝王籍〈入若耶溪〉：「蟬噪林逾靜，鳥鳴山更幽。」❸羞明　害怕強光刺眼。陳師道〈湖上晚歸寄詩友〉：「紅綠羞明眼，欹斜久病身。」❹一瓢飲　比喻生活簡樸清苦。《論語．雍也》：「子曰：賢哉，回也。一簞食，一瓢飲，在陋巷，人不堪其憂，回也不改其樂。賢哉，回也。」❺我眠君且歸休　《宋書．隱逸傳》：「貴賤造之者，有酒輒設。潛若先醉，便語客：『我醉欲眠卿可去。』其真率如此。」❻維摩方丈二句　用維摩詰室中天女散花典事，寓託喧靜取決於心境之意。《維摩詰所說經・觀眾生品第七》：「維摩詰以身疾，廣為說法。佛告文殊師利：『汝詣問疾。』時維摩室有一天女，見諸大人聞所說法，便現其身，即以天花散諸菩薩、大弟子上。花至諸菩薩即皆墮落，至大弟子便著不墮。天女曰：『結習未盡，故花著身。』」方丈，寺院住持說法之處或居室。

【語　譯】在瓢泉與客共飲，客問泉聲是鬧還是靜。我醉了，未能回答。有人以「蟬噪林逾靜」代為應對，意趣甚佳。次日，為賦此詞稱賞他。

山溪縱橫穿流，山巒遠近疊映。拄杖盡享千頃美景。老眼怕見強光，便觀賞水中的群山倒影。若使水波蕩漾，山影隨之搖蕩。可笑我平生經歷，就像這青山飄搖無定。　一瓢清泉為飲。有人問我：您老喜愛飛泉，來此地尋求清靜。泉聲遶屋喧鳴，如何獲得清靜之境？我醉欲眠，君且回去歇息，待到維摩室中天女散花時，你再來詢問。

【研　析】這首詞作年難以確考，鄧廣銘《稼軒詞編年箋注》據「吾生堪笑，似此個、青山無定」句，謂「當是作於自閩歸後，疑當在紹熙末或慶元初」。此說大體可信。詞云「遶屋聲喧」，疑在瓢泉新居初成，時在慶元元年（西元一一九五年），稼軒年五十六，故詞中稱「翁」。

「客以泉聲喧靜為問」，或以「蟬噪林逾靜」為答。稼軒稱其「意甚美」，「賦此詞以褒之」，則詞作旨趣當在稱道「蟬噪林逾靜」甚合瓢泉佳境，起筆二句即簡括勾勒出瓢泉山水之境，繼而拄杖步入其境，靜觀水中山影、水動山搖之趣，以自嘲身世結束上片，境中人之平靜心態映現其中。

過片「一瓢飲」句甚妙，用《論語》成句，蘊含稼軒閒居瓢泉之安樂情懷，其字面又切合詞序「與客飲瓢泉」之情事，引出客之疑問，「人問」五句將詞序之簡述筆調轉為場景描述。「我眠」句，即序中「余醉，未及答」。「維摩」二句，即稼軒對「蟬噪林逾靜」的禪趣解讀。南朝王籍〈入若耶溪〉中名句「蟬噪林逾靜，鳥鳴山更幽」，宋人多稱賞其動中見靜。此意與瓢泉之境自合，但稼軒用天女散花典故，則有更進一層的領悟，即天女所言：「結習未盡，故花著身。」結習盡則花不著身。靜，不在外境，而在心境，有似陶淵明之「心遠地自偏」（〈飲酒〉）。

粉蝶兒

和趙晉臣敷文❶賦落梅

昨日春如，十三女兒❷學繡。一枝枝、不教花瘦。甚無情，便下得，雨僝風僽❸。向園林，鋪作地衣紅縐。

而今春似，輕薄蕩子難久。記前時、送春歸後。把春波，都釀作，一江醇酎❹。約清愁，楊柳岸邊相候。

【詞　牌】粉蝶兒

此調始見毛滂詞，因其詞有「粉蝶兒，這回共花同活」句，取以為名。此調正體雙調七十二字，上、下片各八句四仄韻。稼軒此詞為正體。

【注　釋】❶趙晉臣敷文　指趙不迂，字晉臣。趙宋宗室。紹興二十四年（西元一一五四年）進士。官中奉大夫，直敷文閣學士。❷十三女兒　妙齡少女。杜牧〈贈別〉：「娉娉嫋嫋十三餘，荳蔻梢頭二月初。」❸雨僝風僽　風雨折磨。黃庭堅〈宴桃源〉：「天氣把人僝僽，落絮游絲時候。」❹醇酎　美酒佳釀。

【語　譯】昨日之春，如妙齡少女學刺繡，一枝枝花兒繡得豐潤豔麗。風雨為何這般無情摧損，在園林鋪展出縐紅地衣。

今日之春，似輕薄浪子難久留。記得此前送春歸後，把春江都釀成美酒。相約清愁，在楊柳岸邊等候。

【研　析】這首詞與〈歸朝歡・題趙晉臣敷文積翠巖〉大略為同期之作，即慶元六年（西元一二〇〇年）前後。稼軒時年約六十，閒居瓢泉。

詞賦落梅，而從梅花凋零前之「昨日春」起筆，春日下綻放的梅花，如少女初學刺繡時的繡花，朵朵豐腴潤澤。這般豐潤可愛的梅花，轉眼間被風吹雨打，零落遍地，怎不令人惋惜並怨恨風雨之無情！「甚無情」以下數句一氣流貫，既呈現出風雨之中梅花紛紛飄零、遍地落紅的淒豔景象，也抒發出對春風春雨的怨憤之情。

下片寫花落春歸。稼軒有詞云：「是他春帶愁來，春歸何處？卻不解、帶將愁去。」（〈祝英臺近〉「寶釵分」）送春歸去愁不去，何以消愁？稼軒想像春江都釀成美酒，楊柳岸邊開懷暢飲，或許能一解清愁。此與秦觀〈江城子〉（西城楊柳弄春柔）中「飛絮落花時候一登樓。便做春江都是淚，流不盡，許多愁」，同言春歸之愁，且均從春江構想，然格調迥異，稼軒灑落，少遊悲鬱。

花開花落都緣春，本詞詠花遂落筆於春，尤堪稱道的是上下片起筆對春的兩種譬喻。少女學繡之喻，道出春之可愛；輕薄蕩子之喻，則又見出春之無情。一喻春來，一喻春歸，均新穎而貼切。

酒泉子

流水無情，潮到空城頭盡白❶，離歌一曲怨殘陽。斷人腸。　東風官柳舞雕牆❷。三十六宮花濺淚❸，春聲何處說興亡。燕雙雙❹。

【詞牌】**酒泉子**
唐教坊曲名。又名〈憶餘杭〉、〈杏花風〉、〈春雨打窗〉等。此調正體雙調四十字，上片五句兩平韻兩仄韻，下片後段五句三仄韻一平韻。稼軒此詞雙調四十五字，上片四句兩平韻，下片四句三平韻。

【注釋】❶潮到空城頭盡白　言浪潮衝擊城頭濺起白色浪花。此句化用劉禹錫〈金陵五題・石頭城〉詩句：「山圍故國周遭在，潮打空城寂寞回。」空城，指石頭城，即金陵。❷東風官柳舞雕牆　言宮牆邊的柳樹在春風中飄拂。官柳，原指官府種的柳樹，後亦泛指大道旁的柳樹。雕牆，雕飾的宮牆。❸三十六宮花濺淚　言離宮別館裡的花草似在流淚。三十六宮，泛言宮殿之多。班固〈西都賦〉：「離宮別館，三十六所。」李賀〈金銅仙人辭漢歌〉：「三十六宮土花碧。」花濺淚，用杜甫〈春望〉詩句：「感時花濺淚，恨別鳥驚心。」❹春聲何處說興亡二句　言春燕雙雙，呢喃細語，好像在訴說世間興亡之事。此二句化用劉禹錫〈烏衣巷〉詩句：「舊時王謝堂前燕，飛入尋常百姓家。」又，周邦彥〈西河・金陵〉詞云：「燕子不知何世。入尋常、巷陌人家，相對如說興亡，斜陽裏。」

【語　譯】江水無情，江潮蕩擊空城翻白浪，殘陽斜暉，一曲離歌哀怨悠揚。令人欲斷愁腸。　多少前朝宮殿，春風拂蕩，楊柳掩映雕牆。宮中花草萋萋令人淚霑裳。何處傳來春之聲，呢喃雙燕訴說人間興亡。

【研　析】這首詞作年難以確考。鄧廣銘《稼軒詞編年箋注》疑作於第二次官金陵時，即淳熙元年（西元一一七四年）。稼軒時年三十五，任江東安撫司參議官。

詞云「離歌一曲」，當為送別之作。以「流水」興起離別情事，前人詩詞中屢見不鮮，幾成俗套。然而本詞雖從流水起筆，卻因特定的送別之地——建康，聯想起劉禹錫的名句「潮打空城寂寞回」，略改數字，以擬人手法將一時的離愁別怨昇華為深沉的世事滄桑和人生悵歎！「空城」語自屬襲用，並非寫實，寄託的是人世盛衰之慨；「頭盡白」，擬浪為人，唱歎的是失意人生的遲暮之感。如此心境面對殘陽，聽取「離歌一曲」，怎能不怨斷人腸！詞情至此已沉重之極，過片則蕩開筆調，寫春風楊柳，然而風中飄舞的楊柳，似乎在拂散沉滯的離情別緒，又似乎在渲染依依惜別的氛圍，而「雕牆」及下句「三十六宮花濺淚」關合建康，與上片「空城」呼應，情調又回到了盛衰興亡之感，自然引出春燕雙雙「說興亡」的景象。筆法跌宕，餘韻深長！

詞作將離別情懷與興亡感慨融為一體，並以抒發盛衰興亡之感為主，體現出稼軒的憂患襟懷。詞作首尾由前人題詠金陵的著名詩詞〈劉禹錫〈石頭城〉、〈烏衣巷〉和周邦彥〈西河・金陵〉〉隱括而成，渾然一體，見出稼軒以情馭辭之高妙。

婆羅門引

別杜叔高❶。叔高長於楚詞

落花時節❷，杜鵑聲裏送君歸❸。未消文字湘纍，只怕蛟龍雲雨，後會渺難期❹。更何人念我，老大傷悲❺。

已而已而❻。算此意，只君知。記取岐亭買酒，雲洞題詩❼。爭如不見，纔相見、便有別離時❽。千里月、兩地相思❾。

【詞牌】婆羅門引

唐崔令欽《教坊記》所載曲名有〈望月婆羅門〉，宋郭茂倩《樂府詩集》卷八十〈近代曲辭・婆羅門〉題解云：「樂苑曰：『〈婆羅門〉，商調曲。開元中西涼府節度楊敬述進。』《唐會要》曰：『天寶十三載，改〈婆羅門〉為〈霓裳羽衣〉。』」詞調〈婆羅門引〉蓋出於唐曲〈婆羅門〉。此調正體雙調七十六字，上片七句四平韻，下片七句五平韻。稼軒此詞為正體。

【注釋】❶杜叔高　名斿，金華蘭溪（今屬浙江）人。兄弟五人皆博學工文，人稱「金華五高」。❷落花時節　杜甫〈江南逢李龜年〉：「正是江南好風景，落花時節又逢君。」❸杜鵑聲裏送君歸　秦觀〈踏莎行〉（霧失樓臺）：「杜鵑聲裏斜陽暮。」❹未消文字湘纍三句　意謂別說文字堪比屈賦，只怕你別後如蛟龍雲雨騰飛，後會之期渺不可及。未消，不要。湘纍，指屈原。《漢書・揚雄傳》錄揚雄〈反離騷〉：「欽弔楚之湘纍。」李奇注：「諸不以罪死曰纍。……屈原赴湘死，故曰湘纍也。」❺老大傷悲　漢樂府古辭〈長歌行〉：「少壯不努力，老大徒傷悲。」❻已而已而　罷了。《論語・微子》載楚狂接輿歌云：「已而已而，今之從政者殆而。」❼岐亭買酒二句　借蘇軾謫居黃州時與陳慥岐亭相聚之事，喻指與叔高雲洞詩酒聚歡。蘇軾〈岐亭五首〉其一：「知我犯寒來，呼酒意頗急。」雲洞，在信州（治所在今江西上饒西北）。《方輿勝覽》卷十八〈信州・山川〉：「雲洞，去州二十餘里。」❽爭如不見二句　爭如，猶不如。司馬光〈西江月〉（寶髻鬆鬆綰就）：「相見爭如不見。」周邦彥〈燭影搖紅〉（芳臉勻紅）：「幾回相見，見了還休，爭如不見。」❾千里月兩地相思　謝莊〈月賦〉：「美人邁兮音塵闕，隔千里兮共明月。」

【語　譯】春花飄零時節，杜鵑聲裡送你回歸。不用說你詩文堪比屈賦，只怕別後如蛟龍雲雨騰飛，後會杳不可期。更有何人會念及我，遲暮傷悲。　罷了罷了。歎老傷悲情懷，想來只有你能明白。岐亭雲洞詩酒宴歡之樂，你當銘記。真不如不相見，才相聚便要別離。別後人各一方，千里明月寄相思。

【研　析】這首詞作於慶元六年（西元一二〇〇年）春。稼軒時年六十一，閒居瓢泉。

杜斿曾於淳熙十六年（西元一一八九年）到上饒訪稼軒，朱熹〈答杜叔高〉提及此事云：「辛丈相會，想極款曲。」辛、杜二人志趣投合，稼軒當年的送別詞作〈賀新郎〉（細把君詩說）對叔高懷才不遇深表怨憤（「自昔佳人多薄命，對古來一片傷心月」），同時又深信其雄才必將大展（「看乘空魚龍慘澹，風雲開合」）。十年過去，叔高再到鉛山相訪，二人歡聚遊賞，詩詞唱和，轉眼將別，稼軒頗為戀戀，連賦數詞，如〈錦帳春・席上和杜叔高〉云「問相見何如不見」，〈上西平・送杜叔高〉云「江南好景，落花時節又逢君。夜來風雨，春歸似欲留人」、「江天日暮，何時重與細論文」，〈玉蝴蝶・追別杜叔高〉云「試聽呵：寒食近也，且住為佳」，其依依惜別之狀，見出二人相知情深。這首送別叔高的〈婆羅門引〉詞情依然難捨難分。

起筆落花、杜鵑，點明暮春時節，更渲染出感傷的別離氛圍。「未消」句以下全為臨別心境的展露，有對後會難期的擔憂，有對自身別後無人相知的感傷，有對此次歡聚的回味留戀，有對纔相見又別離的怨激，有對別後明月寄相思的預想。種種情緒，跌宕起伏，緩急抑揚，令讀者深切感受到稼軒送別知友時的複雜情懷。

惜分飛

春思

翡翠樓❶前芳草路。寶馬墜鞭暫駐❷。最是周郎顧。尊前幾度歌聲誤❸。

望斷碧雲空日暮❹。流水桃源何處❺。聞道春歸去。更無人管飄紅雨❻。

【詞牌】惜分飛

又名〈惜雙雙〉、〈惜芳菲〉。此調正體雙調五十字，上、下片各四句四仄韻。稼軒此詞為正體。

【注釋】❶翡翠樓　指華美的女子閨樓。李商隱〈擬意〉：「妙選茱萸帳，平居翡翠樓。」❷暫駐　四卷本作「曾駐」。❸最是周郎顧二句　用周瑜典故。《三國志．吳書．周瑜傳》載：「瑜少精意於音樂，雖三爵之後，其有闕誤，瑜必知之，知之必顧。故時人謠曰：『曲有誤，周郎顧。』」尊前，原無此二字，茲從四卷本。❹望斷碧雲空日暮　意謂徒然遙望天際，直到日暮。此化用江淹〈擬休上人怨別〉詩句：「日暮碧雲合，佳人殊未來。」❺流水桃源何處　用劉晨、阮肇入天台山遇仙女典故。劉義慶《幽明錄》載東漢剡縣劉晨、阮肇入天台山採藥，迷路絕糧，啖桃為食。後於山溪邊遇二仙女，被邀至家，有群女子持桃相賀。居十年而歸，已逾七世。❻紅雨　代指桃花。李賀〈將進酒〉：「況是青春日將暮，桃花亂落如紅雨。」

【語譯】翡翠樓前，芳草迷路。投鞭下馬暫駐。周郎聽曲最精審。席上歌女幾度失誤。　佇望碧雲，空待日暮。流水潺潺，桃源仙境知何處。聽說春已歸去。更無人顧及桃花飄零如雨。

【研析】這首詞作年不詳，據詞意或為早年漂泊仕宦期間所作。

一次偶遇，一次短暫而美好的相聚，過後便是漫長而茫然的等待！詞作上片描述了一個才子佳人相遇相悅的浪漫場景。翡翠樓、寶馬，暗示出男女之不俗身分，而「芳草路」、「墜鞭暫駐」又明示漫漫行程中的短暫停留，也為別後邈然無望的等待埋下伏筆。「周郎顧」，見出才子之知音識曲；「歌聲誤」，自然亦反襯出才子之精於曲，而更深層的意味恐怕在暗示出歌者的心緒不定，透露出兩情相悅而又無法相守的失落煩亂情境。

下片寫別後相思相盼之情。「望斷碧雲」為癡情相待之狀，見出期盼之情深意切，故而「空日暮」所傳達出的失望之情尤為沉重。同時，此句之潛臺詞即「佳人殊未來」，因而聯想到劉晨、阮肇天台山遇仙女之事，可仙境難尋，又聽說春歸時節，桃源仙境也是落花如雨，一派零落景象！仙境春歸尚如此令人傷感，人世間的傷離怨別更何以堪！

清平樂

茅簷低小，溪上青青草。醉裏吳音相媚好❶，白髮誰家翁媼❷？　大兒鋤豆溪東，中兒正織雞籠。最喜小兒亡賴❸，溪頭臥剝蓮蓬❹。

【詞牌】清平樂

唐教坊曲。又名〈清平樂令〉、〈憶蘿月〉、〈醉東風〉等。此調正體雙調四十六字，上片四句四仄韻，下片四句三平韻。稼軒此詞為正體。

【注釋】❶吳音相媚好　相互操吳音親密說笑。吳音，吳地方音。四卷本作「蠻音」。❷翁媼　老翁、老婦。❸亡賴　頑皮。❹蓮蓬　即蓮房，蓮實的外苞。

【語譯】茅屋低矮窄小，溪流兩岸遍地青草。不知誰家白髮翁婆，醉意裡說著吳語親密談笑。　大兒子在小溪東畔鋤豆，二兒子在編織雞籠。頑皮的小兒子最討人喜歡，躺在溪邊戲剝蓮蓬。

【研析】這首詞見於四卷本甲集，當作於淳熙十四年（西元一一八七年）之前閒居帶湖期間。

詞作呈現出一幅情趣盎然的農家生活和勞動圖景。通觀全詞，讀者可以構想出清晰的場景：一條南北流向的小溪穿過青青草地，溪水裡生長著蓮藕。小溪西邊有一家矮小的茅屋，屋簷下一對醉意微醺的白髮老夫婦，操著本地方言在親密談笑。老人的大兒子在小溪東邊的豆苗地裡鋤草，二兒子在屋前草地上編織雞籠，最小的兒子則躺在溪邊剝著蓮蓬玩耍。水鄉村舍的人情物態，在春天的懷抱裡顯得那般溫情恬適，自然純樸。

在章法結構上，起筆兩句推出茅舍、溪流、草地，鋪設下空間背景。「醉裏」二句寫茅舍裡的「白髮翁媼」，先聞其聲，後見其人；下片以溪流、草地為背景，寫三個兒子的情形。他們靜靜的勞作或玩耍，與老夫婦在茅舍的親切談笑，映照成趣，洋溢著農家綿延不息的天倫之樂。

清平樂

博山❶道中即事

柳邊飛鞚❷，露濕❸征衣重。宿鷺窺沙孤影❹動，應有魚蝦入夢。 一川淡月❺疏星，浣紗人影娉婷❻。笑背行人歸去，門前稚子啼聲。

【注 釋】❶博山 在今江西廣豐。❷鞚 馬籠頭。此代指馬。❸露濕 四印齋本作「霧濕」。❹窺沙孤影 四卷本作「驚窺沙影」。❺淡月 原作「明月」，茲從四卷本。❻浣紗人影娉婷 言浣紗女身影綽約。娉婷，形容女子身姿柔美。

【語 譯】飛馬穿過柳林，露水灑落，衣衫濕重。沙洲上棲息的鷺鷥探頭窺視，孤影晃動，該是魚蝦游進了鷺鷥的夢中。 一川溪水，蕩漾淡月疏星。浣紗女身影綽約，笑聲裡背轉行人歸去，門前傳來童稚的哭聲。

【研 析】這首詞見於四卷本甲集，詞題「博山道中即事」，當作於淳熙十五年（西元一一八八年）正月結集之前閒居帶湖期間。

飛馬穿行柳邊，露濕征衣，令人難測其情，似乎有馳騁受阻之意，即「露重飛難進」（駱賓王〈在獄詠蟬〉）。駐馬靜觀，眼前的情景是那般的自然恬淡，清麗優美，風情純真而充滿生趣：沙洲上睡醒的水鳥窺尋夢中的魚蝦，疏星淡月倒映在清澈的溪水中，溪邊身影綽約的浣紗女嬉笑著轉身歸去，呼應著不遠處門前幼童的啼喚，洋溢著月光般純潔而溫馨的人間情韻。

詞境如同一幅美妙的鄉村月夜圖，可以想像稼軒馳騁的心志在此情境中漸趨寧靜而安詳。

清平樂

憶吳江賞木樨❶

少年痛飲，憶向吳江醒❷。明月團團高樹影❸，十里水沉煙冷❹。

大都一點宮黃❺，人間直恁❻芬芳。怕是秋天風露，染教世界都香❼。

【注釋】❶憶吳江賞木樨　四卷本題作「謝叔良惠木樨」。吳江，縣名，治所在今江蘇吳江市。木樨，桂花。❷少年痛飲二句　回憶少年時吳江痛飲醉醒的生涯。❸明月團團高樹影　化用李白〈古朗月行〉詩句：「小時不識月，呼作白玉盤。……仙人垂兩足，桂樹作團團。」傳說月中有桂樹。團團，四卷本作「團圓」。❹水沉煙冷　四卷本作「薔薇水冷」。❺大都一點宮黃　言桂花不過如女子額黃妝。大都，不過。宮黃，古時女子的額黃妝，即用黃粉塗額。此處喻指黃色的桂花。岳珂〈酹江月〉（天然靈種）：「珠幄留雲，翠綃籠雪，淺露宮黃額。」❻直恁　竟然如此。❼怕是秋天風露二句　意謂恐怕是秋風秋露把桂花的芳香傳遍整個世界。秋天，四卷本作「九天」。

【語譯】回想少年時流寓吳江，痛飲歡賞醉復醒。明月映照高高的桂樹，灑下團團樹影，十里江水沉寂煙冷。

金色的桂花，只不過如女子額頭塗點的宮黃，竟薰染得人世間如此芬芳。恐怕是秋風秋露，把桂花的芳香傳遍四方。

【研析】這首詞作年難以確考，四卷本《稼軒詞》題作「謝叔良惠木樨」，則大致和〈江神子・賦梅寄余叔良〉（暗香橫路雪垂垂）同為帶湖閒居期間所作。

上片回憶吳江賞木樨，但正筆寫木樨的只有「明月團團高樹影」一句，其餘都是側筆，寫吳江痛飲歡賞，醉而復醒的少年浪遊生涯，寫秋夜酒醒時分，沐浴著月色在風平浪靜、煙霧彌漫的十里江面上飄蕩。

過片將筆墨凝注於桂花，塗點出金黃的花朵，而詞意在寫木樨的芳香四溢，筆調則隱含問答式的說理脈絡，意謂「一點宮黃」般的細小桂花何以芳香彌漫？怕是得力於秋風秋露而香飄四方。

上、下片筆調各異，上片敘事寫景，為鋪墊；下片落到題中「賞木樨」之主旨，狀物中暗寓理趣，別具意味。

清平樂

檢校山園，書所見❶

斷崖修竹❷，竹裏藏冰玉❸。路轉清溪三百曲❹，香滿黃昏雪屋❺。

行人繫馬疏籬，折殘猶有高枝❻。留得東風數點，只緣嬌懶春遲❼。

【注釋】❶檢校山園二句　原無題，茲從四卷本。❷修竹　修長的竹子。原作「松竹」，茲從四卷本。❸冰玉　指梅花。❹路轉清溪三百曲　路隨溪流曲折伸延。路轉，四卷本作「路繞」。三百曲，指曲曲折折。蘇軾〈梅花〉：「幸有清溪三百曲，不辭相送到黃州。」❺香滿黃昏雪屋　化用林逋〈山園小梅〉詩句：「暗香浮動月黃昏。」雪屋，指稼軒瓢泉居所。其〈水調歌頭〉（日月如磨蟻）：「風雨瓢泉夜半，花草雪樓春到。」❻行人繫馬疏籬二句　暗用陸凱折梅寄友之典。《太平御覽》卷十九引《荊州記》載陸凱在江南，思念在長安的好友范曄，折梅相寄，並贈詩曰：「折梅逢驛使，寄與隴頭人。江南無所有，聊贈一枝春。」❼只緣嬌懶春遲　只因嬌懶的春天遲遲不來。嬌懶，原作「嬌嫩」，茲從四卷本。

【語譯】斷崖壁立，翠竹掩映，梅花如冰似玉。路轉溪繞千折百曲，黃昏裡，幽香彌漫雪屋。　行人繫馬疏籬邊，梅花攀折殆盡，尚有幾朵掛在高枝。殘梅數點待春風，只因嬌懶之春姍姍來遲。

【研析】這首詞見於四卷本甲集，當作於淳熙十五年（西元一一八八年）正月結集之前閒居帶湖期間。

詞作題詠梅花。上片移步換景，依次呈現出竹林裡的梅花、溪水邊的梅花、雪屋旁的梅花，各具風韻。「斷崖」二句，突出梅花的高潔品性，點綴於翠竹林中，如玉石般晶瑩閃耀；「路轉」二句則突出梅花的綽

約風姿和幽香冷韻，其境界與林逋的詠梅名句相通：「疏影橫斜水清淺，暗香浮動月黃昏。」（〈山園小梅〉）

上片所寫為梅花盛開時的風度神韻，下片筆觸則轉到高枝殘梅。過片以折梅情事承上啟下，梅花之美令人愛而欲折，梅被來往行人所折便只有高枝殘留數點。同時，折梅又是寄託思念之情的常用典故，即陸凱折梅寄范曄。稼軒虛用其事，撇開折梅寄相思，而就被折之後的高枝殘梅別出新意，在殘留的梅花中寄託新春的生趣：頑強執著的梅花，在東風裡等待著嬌懶遲疑的春天。

清平樂

獨宿博山❶王氏庵

遶床饑鼠，蝙蝠翻燈舞。屋上松風吹急雨，破紙窗間自語。

平生塞北❷江南，歸來華髮蒼顏。布被秋宵夢覺，眼前萬里江山。

【注　釋】❶博山　在今江西廣豐。❷塞北　北疆邊塞。稼軒南渡前曾兩度北抵燕山（在今北京市西南）。

【語　譯】饑餓的老鼠遶床奔跑，蝙蝠在燈光下飛旋翻舞。狂風從松林中傳來，夾帶著急雨吹打茅屋，窗間破紙沙沙作響，彷彿在自哀自語。

平生足跡遍及塞北江南，罷職歸來已是鬢髮斑白，一副蒼老容顏。寒侵布被，秋夜夢醒，眼前浮現萬里江山。

【研　析】這首詞見於四卷本甲集，當作於淳熙十五年（西元一一八八年）正月結集之前閒居帶湖期間。

全詞上片寫景，下片抒懷。狂風急雨、秋夜獨宿，特定的氛圍激盪起稼軒對平生坎坷經歷的回憶和感慨。一位曾經馳騁疆場、以抗金復國為抱負的志士豪傑，無奈地退居林泉，一個風雨交加的秋夜，獨宿於山中一菴舍，看著室內飢餓的老鼠奔忙尋食，蝙蝠在昏暗的燈光下飛舞，聽著室外的狂風暴雨吹打窗門，心中怎不感慨悲憤！那「破紙窗間自語」，分明就是稼軒的內心獨白。呼嘯的風聲、鼓點似的雨聲，令稼軒回想起曾經的戰火紛飛的疆場，對眼下的歸退生涯頓生無限怨憤！年僅四十餘而自歎「華髮蒼顏」，其中的人生悲慨不言而喻。而夢醒時眼前浮現的「萬里江山」，正是其魂牽夢縈的失土。壯志未酬便被迫閒居山林，正是其最深切的人生幽憤。

清平樂

檢校山園❶，書所見

連雲松竹，萬事從今足。拄杖東家分社肉❷，白酒床❸頭初熟。

西風梨棗山園，兒童偷把長竿。莫遣旁人驚去，老夫靜處閒看。

【注釋】❶檢校山園　遊賞宅第園林。檢校，本義為查核，這裡指巡視遊賞。山園，指帶湖宅第園林。❷分社肉　春、秋社日祭祀所供之肉，又稱福肉，祭祀後分給各戶。這裡指秋社。❸床　指糟床，榨酒器具。

【語譯】青松翠竹連綿如雲，而今萬事都已知足。拄著手杖去鄰家分領社肉，糟床剛榨出釀好的新酒。秋日山園中，梨棗果實結滿枝頭，村童偷偷舉起長長的竹篙。老夫我躲在靜處悠閒地看護，不讓旁人把他們嚇跑。

【研析】這首詞見於四卷本甲集，當作於淳熙十五年（西元一一八八年）正月結集之前閒居帶湖期間。

詞題「檢校山園，書所見」，為下片所寫情事，上片為鋪墊。起筆二句，一景一情，開啟全詞。松竹如雲，為全景式描寫；萬事知足，為總結式感觸。分領社肉，白酒初熟，為生活瑣事，語調筆意間則流露出知足情懷。

詞作下片寫梨棗山園所見，大概在酒後漫步山園之時，見農家小孩撲打山園梨棗，實則算不得偷盜行為，而是調皮天真的野性表現，也許還有飢餓的原因。稼軒深知個中情由，因而以慈愛的眼光在靜處守護著，不讓旁人去驚動。細品「靜處閑看」四字，其情趣意味難以盡言，對天真孩童的慈愛、欣羡之外，恐怕還有對自己童年童趣的回味。

清平樂　題上盧橋❶

清泉❷奔快，不管青山礙。十里盤盤平世界，更著溪山襟帶❸。

古今陵谷茫茫，市朝往往耕桑❹。此地居然形勝❺，似曾小小興亡。

【注　釋】❶上盧橋　在上饒境內。❷清泉　四卷本作「清溪」。❸十里盤盤平世界二句　意謂十里平野，泉溪盤曲流貫，山環水繞，如襟似帶。十里，四卷本作「千里」。盤盤，曲折環繞的樣子。❹古今陵谷茫茫二句　意謂古今世事變幻莫測。陵谷，喻世事變幻。《詩・小雅・十月之交》：「高岸為谷，深谷為陵。」市朝，繁華都市。❺此地居然形勝　此處顯然地勢險要。居然，顯然。形勝，地勢險要。

【語　譯】清澈的山泉歡快地奔流，不顧青山的阻礙。平野十里，泉溪盤曲穿流，山環水繞，如襟似帶。古今茫茫，陵谷變換，都市往往成桑田。此處顯然地勢險要，似曾歷經小小興亡之變。

【研　析】這首詞作年難以確考，據詞題詞意，當為帶湖閒居時所作。

上片寫景，以上盧橋為視點，以盤繞奔流的山泉帶動整體畫面，清晰地勾畫出十里平野依山傍水之圖景。下片由眼前景致興發歷史滄桑之感，觸景而思，轉換自然。前為橋上所見，後為橋上所思，而所見與所思有著內在的自然聯繫。「古今」二句因所見之景而思及世間物換星移之變，感慨渾茫，筆調恢闊。「此地」二句則回落到眼前之景，上句應合上片所狀圖景，「形勝」當指地勢險要，見出稼軒的軍事戰略眼光；下句意脈上承「古今」二句，「小小興亡」，則與天下「陵谷茫茫」、「市朝耕桑」相對而言，亦切合所處之地。

清平樂

呈趙昌甫。時僕以病止酒，昌甫日作詩數篇，末章及之❶

門前萬斛春寒❷，梅花可煞摧殘❸？使我長忘酒易，要君不作詩難。

雲煙草樹，山北山南雨。溪上行人相背去，惟有啼鴉一處。

【注　釋】❶呈趙昌甫四句　題原無「日」、「章」二字，茲從四卷本。趙昌甫（西元一一四三—一二二九年），名蕃，號章泉，鄭州（今屬河南）人，南渡居信州玉山（今屬江西上饒）。早年官太和主簿、辰州司理參軍、衡州安仁贍軍酒監。後家居三十餘年，屢召不起。有詩名，與韓淲（號澗泉）並稱「上饒二泉」。❷門前萬斛春寒　言趙蕃居處章泉。萬斛，狀泉溪之盛大。戴復古〈玉山章泉本章氏所居趙昌甫遷居于此章泉之名遂顯〉：「茲山自開闢，有此一泓泉。姓自章而立，名因趙以傳。源從番水出，地與瑞峯連。」趙蕃〈有懷竹隱之筍復用前韻〉：「我家章泉旁，生事苦不足。」❸梅花可煞摧殘　梅花是否受到摧殘。可煞，是否。趙蕃居宅有梅，其詩〈梅花〉云：「我家遶屋碧玉椽，下有獨樹爭嬋娟。平安無使信莫傳，疏枝冷蘂空淒然。」

【語　譯】寄贈趙昌甫。當時我因病戒酒，昌甫每天作詩多篇，詞作結末提及。

　草地樹林，彌漫雲霧，山南山北，綿綿春雨。溪畔行人轉身離去，只有一處寒鴉啼訴。　門前萬斛泉，蕩漾春寒，梅花是否受損凋殘？讓我長期戒酒容易，要你不賦詩則太難。

【研　析】詞題云「時僕以病止酒」，與〈水調歌頭〉（我亦卜居者）序云「時以病止酒」、〈驀山溪・趙昌父賦一丘一壑〉中「病來止酒」相應合，當亦慶元二、三年（西元一一九六、一一九七年）間所作。稼軒時年五十七、八，閒居瓢泉。

　這首知友間的寄贈詞作，意趣有如書札，筆調自然親切。趙蕃家居玉山，與稼軒為知交，有詩〈以歸來後與斯遠倡酬詩卷寄辛卿〉云：「我曹餽歲復何有？酬倡之詩十餘首。緘封寄藁玄英方，從人笑癡我自狂。狂餘更欲誰送似？咫尺知音稼軒是。……我曹所樂雖小技，歷古更今不能廢。歲云暮矣勿歎窮，梅花爛漫行春風。」其居處有梅花，頗為愛賞，喜作詩，〈十二月七日病題四首〉其三云：「桃李非不芳，梅花獨清真。是故吾黨士，愛之踰等倫。」其四云：「酒亦不難止，無以寄吾興。縱然酒可止，詩恐不受命。」故而稼軒於春雨春寒之時想到友人宅旁梅花，又提及友人喜愛作詩。詞中說及自身止酒之事，為襯托導引之筆，也見出雙方日常互通音信、彼此關心的真誠友情。

清平樂

書王德由主簿扇❶

溪回沙淺，紅杏都開徧。鸂鶒不知春水暖❷，猶傍垂楊春岸。

片帆千里輕船，行人想見欹眠。誰似先生高舉❸？一行白鷺青天❹。

【注　釋】❶書王德由主簿扇　王德由，不詳。主簿，官名，公府、寺監、郡縣所置屬官，主簿籍事務。❷鸂鶒不知春水暖　鸂鶒，水鳥名，俗稱紫鴛鴦。蘇軾〈惠崇春江晚景二首〉其一：「竹外桃花三兩枝，春江水暖鴨先知。」❸高舉　超凡脫俗。❹一行白鷺青天　杜甫〈絕句四首〉其三：「兩個黃鸝鳴翠柳，一行白鷺上青天。」

【語　譯】彎彎的溪流，淺淺的沙灘，紅紅的杏花開遍。鸂鶒不知春來水暖，還依偎在垂柳之岸。　片帆千里，輕舟蕩漾，料想船上行人在夢鄉。誰似先生超凡脫俗？一行白鷺在藍天翱翔。

【研　析】這首詞作年不詳。鄧廣銘《稼軒詞編年箋注》據廣信書院本編次斷為慶元中（西元一一九五—一二〇〇年）所作。

詞題「書扇」，結合詞意，當為題扇面繪畫之作。詞作以形象的筆調再現出畫面境界：溪水彎彎曲曲流過淺灘，遍野紅杏綻放。岸邊春風拂柳，鸂鶒依偎。遠處江面片帆飄拂，湛藍的天空上，一行白鷺翱翔。色澤明麗，濃淡相間，遠近相襯，疏密錯落，整體意境春趣盎然。此外，稼軒又間以虛筆，如「鸂鶒」句、「行人」句，均為想像揣度之語，堪稱畫外之趣，顯示出語言的表現優勢。末二句關合詞題，巧妙地將扇畫主人與畫境關聯，在雅致的稱譽中結束詞作。

摸魚兒

觀潮上葉丞相❶

望飛來、半空鷗鷺❷，須臾動地鼙鼓❸。截江組練驅山去，鏖戰未收貔虎❹。朝又暮❺。誚慣得、吳兒不怕蛟龍怒。風波平步❻。看紅旆驚飛，跳魚直上，蹙踏浪花舞❼。

憑誰問，萬里長鯨吞吐❽，人間兒戲千弩❾。滔天力倦知何事，白馬素車東去。堪恨處：人道是、子胥冤憤終千古❿。功名自誤⓫。謾教得陶朱，五湖西子，一舸弄煙雨⓬。

【詞　牌】摸魚兒

一名〈摸魚子〉，唐教坊曲名。又名〈買陂塘〉、〈陂塘柳〉、〈山鬼謠〉、〈雙蕖怨〉等。此調正體雙調一百十六字，上片十句六仄韻，下片十一句七仄韻。稼軒此詞上片十句八仄韻，下片十一句七仄韻。

【注　釋】❶葉丞相　指葉衡（西元一一二二—一一八三年），字夢錫，婺州金華（今屬浙江）人。紹興十八年（西元一一四八年）進士及第。歷任太府少卿、戶部侍郎、戶部尚書簽書樞密院事。淳熙元年十一月擢右丞相兼樞密使，二年九月，罷相，知建寧府（治所在今福建建甌）。❷望飛來半空鷗鷺　謂潮水翻湧如半空群鷗翱翔。枚乘〈七發〉：「波湧而濤起。其始起也，洪淋淋焉，若白鷺之下翔。」❸須臾動地鼙鼓　片刻間如戰鼓動地。須臾，片刻間。鼙鼓，軍鼓。❹截江組練驅山去二句　言潮湧如身穿衣甲胄的精銳兵卒橫截江面，驅逐層巒疊嶂的山峰，又如貔虎般的猛士酣戰未休。組練，指將士衣甲，後亦借指精銳部隊。鏖戰，激戰。貔虎，喻勇猛之士。貔，一種豹類猛獸。枚乘〈七發〉：「其波湧而雲亂，擾擾焉，如三軍之騰裝。」蘇軾〈催試官考較戲作〉：「八月十八潮，壯觀天下無。鵾鵬水擊三千里，組練長驅十萬夫。紅旗青蓋互明滅，黑沙白浪相吞屠。」❺朝又暮　指早潮和晚潮。白居易〈潮〉：「早潮才落晚潮來，一月周流六十回。」❻悄慣得二句　意謂吳地健兒任情放縱，不怕蛟龍發怒，風波裡騰挪如平地信步。悄，直；全然。慣得，放任。吳兒，指吳地（今江浙一帶）少年。❼看紅旆驚飛三句　看那弄潮兒像魚兒縱身騰躍，踏著浪花起舞，手中紅旗飛旋。紅旆，紅旗。躩，踩。蘇軾〈催試官考較戲作〉：「八月十八潮，壯觀天下無。……紅旗青蓋互明滅，黑沙白浪相吞屠。」周密《武林舊事》卷三「觀潮」條載：「吳兒善泅者數百，皆披髮文身，手持十幅大彩旗，爭先鼓勇，溯迎而上，出沒于鯨波萬仞中，騰身百變，而旗尾略不沾濕，以此誇能。」❽萬里長鯨吞吐　意謂狂濤起伏如萬里長鯨吞吐潮汐。相傳潮漲潮退乃鯨鯢出穴入穴所致。《金樓子・志怪篇》：「鯨鯢一名海鰍，穴居海底。鯨入穴則水溢，為潮來；鯨出穴則水入，為潮退。鯨鯢既出入有節，故潮水有期。」❾人間兒戲千弩　言人間千弩射潮如同兒戲。《宋史・河渠志》載吳越王錢鏐築堤阻擋海潮，潮水日夜沖擊，難以築就。錢鏐遂命數百士卒以強弩射潮頭，潮流為之改道。❿滔天力倦知何事四句　用伍子胥沉江典故。子胥冤，原作「屬鏤怨」，茲從四卷本。子胥，伍子胥，名員，吳國大夫，忠而見謗，被吳王夫差賜屬鏤劍自盡，沉屍江中。《太平廣記》卷二百九十一「伍子胥」條引《錢塘志》載子胥「臨終戒其子曰：『懸吾首於南門，以觀越兵來。以鮧魚皮裹吾尸，投於江中。吾當朝暮乘潮以觀吳之敗。』自是自海門山潮頭洶高數百尺，越錢塘漁浦方漸低小。朝暮再來，其聲震怒，雷奔電走百餘里，時有見子胥乘素車白馬在潮頭之中」。⓫功名自誤　言伍子胥功成而不知身退，終致被吳王賜劍自盡。⓬謾教得陶朱三句　意謂伍子胥之遭遇只讓范蠡懂得功成身退，攜西施泛舟五湖煙雨之中。伍子胥被吳王賜死，曾悲歎：「狡兔死，良犬烹。敵國破，謀臣亡。」後范蠡功成身退並勸文種離去，亦有此言。文種未聽，落得與伍子胥同等結局（見《吳越春秋》卷六）。陶朱，即陶朱公范蠡，越國大夫。《史記・越王句踐世家》載：范蠡輔佐越王句踐滅吳後，攜帶珠玉財寶，泛海離去，定居於陶（今山東定陶），自稱陶朱公。五湖，指太湖及其附近的胥湖、蠡湖、洮湖、滆湖。西子，西施，越國美女，被越王句踐獻給吳王夫差，助越滅吳（見《吳越春秋》卷五）。相傳句踐滅吳後，西施隨范蠡泛舟五湖。杜牧〈杜秋娘詩〉：「西子下姑蘇，一舸逐鴟夷。」（范蠡自號鴟夷子皮）蘇軾〈水龍吟〉（小舟橫截春江）：「五湖聞道，扁舟歸去，仍攜西子。」

【語　譯】遠望潮起似半空群集翱翔的鷗鷺，片刻間聲動天地如戰場鼙鼓。浪峰層疊奔逐似精銳甲兵橫截江面，又如貔虎般的猛士激戰未休。朝朝暮暮。豪縱的吳地健兒不懼蛟龍發怒，風波裡騰挪如平地信步。只見紅旗翻飛，如魚兒縱身騰躍，踏著浪花狂舞。　向誰請問，怒潮如萬里巨鯨吞吐，卻兒戲般降服於人間千弩。滔天潮湧不知為何力倦勢弱，如白馬素車緩緩東流而去。人們傳說是伍子胥含冤沉江，怨憤如潮終千古。建功立名而自誤其身，徒使范蠡懂得功成身退，攜西子泛舟於五湖煙雨。

【研　析】這首詞作於淳熙二年（西元一一七五年）。稼軒時年三十六，任倉部郎官。

詞題曰「觀潮上葉丞相」，詞中所寫即觀潮之所見、所感。上片展現觀潮所見景象：先寫潮起、潮湧之壯觀，如鷗鷺之翱翔蔽空、戰鼓之驚天動地、甲兵之鏖戰未休；再寫吳兒踏浪弄潮之騰躍飛舞情景。潮湧之狂勢襯托出弄潮兒的豪邁膽識和非凡能力，而奔湧的狂濤及駕浪飛舞的弄潮兒都映襯出稼軒內心的豪情壯志，筆調中融注了其曾經馳騁戰場的獨特情懷。

詞作下片抒發觀潮之感。如果說上片觀潮而想到鼓聲雷鳴的鏖戰場景是一種直感，那麼下片所發則是一種具有理性思致的感慨。「憑誰問」三句用錢王射潮典故，「滔天」四句用子胥沉江典故。兩則與錢塘江潮直接相關的典故以「滔天力倦」四字相貫通。此四字既是對江潮的寫實，又兼合千弩射潮和子胥怒潮傳說。其「憑誰問」、「兒戲」、「知何事」等用語透露對錢王射退狂潮之事的疑惑不解以及對子胥千古怨恨的深切憤慨。「功名自誤」，則是憤慨之餘的歎惋，慨歎子胥未能如其後范蠡功成身退，明哲保身。史載子胥死後，范蠡、文種輔佐越王句踐攻滅吳國。范蠡功成身退，並勸文種隱退，文種未聽，後被越王賜劍自盡，落得與子胥同等結局。由此而言，子胥、文種未能功成身退，均可謂「功名自誤」。在稼軒看來，子胥遭遇，對范蠡而言堪作前車之鑑，故謂「漫教得」。

詞題「上葉丞相」，時任右丞相的葉衡對稼軒頗為賞識，多有扶持，堪稱稼軒政壇知己。詞中觀潮感觸實則寄寓對政壇時局的疑惑和憂慮，對錢王千弩射退狂潮的戲謔、對「滔天力倦」的疑惑，隱含對宋廷抗金熱潮漸趨消沉的無奈和怨憤。宋孝宗即位之初，銳意恢復，起用張浚主持北伐，隆興元年（西元一一六三年）符離潰敗，與金再訂和約。其後朝議傾於主和，雖仍有虞允文等人謀劃恢復，但終無成效。淳熙元年（西元一一七四年），虞允文卒，宋廷抗金之聲歸於沉寂。稼軒平生志在恢復，面對宋金和議時局不免感慨悵然。詞中合用子胥、范蠡兩則堪作對比的典故，則透露出壯志難酬境遇下的進退憂慮情懷。

摸魚兒

淳熙己亥❶，自湖北漕移湖南❷，同官王正之置酒小山亭❸，為賦。

更能消、幾番風雨❹？匆匆春又歸去。惜春長怕❺花開早，何況落紅無數。春且住❻。見說道、天涯芳草無歸路❼。怨春不語。算只有殷勤，畫簷蛛網，盡日惹飛絮。

長門事❽，準擬佳期又誤❾。蛾眉曾有人妒❿。千金縱買相如賦，脈脈此情誰訴⓫？君莫舞。君不見、玉環飛燕⓬皆塵土！閑愁最苦。休去倚危樓，斜陽正在，煙柳斷腸處。

【注　釋】❶淳熙己亥　淳熙六年，即西元一一七九年。❷自湖北漕移湖南　從湖北轉運副使調任湖南轉運副使。漕，漕司，轉運使的別稱。❸同官王正之句　同僚王正之在小山亭設酒餞別。王正之，名正己，時任湖北轉運判官。小山亭，在湖北轉運副使官署內。❹更能消幾番風雨　豈能經受得了幾場風雨。❺長怕　總怕。四卷本作「長恨」。❻何況落紅無數二句　情境頗似歐陽脩〈蝶戀花〉（庭院深深深幾許）所云：「淚眼問花花不語，亂紅飛過秋千去。」❼見說道句　聽說芳草遍及天涯，歸路迷失。無歸路，四卷本作「迷歸路」。此句化用蘇軾〈蝶戀花〉（花褪殘紅青杏小）詞句「天涯何處無芳草」（襲用《楚辭・離騷》「何所獨無芳草兮」語意）、〈點絳唇〉（紅杏飄香）詞句「歸不去，鳳樓何處？芳草迷歸路」。❽長

門事　指陳皇后失寵於漢武帝，被幽禁在長門宮之事（參見《文選・長門賦序》）。❾準擬佳期又誤　擬定了佳期又被耽誤。此句化用屈原〈離騷〉詩意：「日黃昏以為期兮，羌中道而改路。」❿蛾眉曾有人妒　美貌從來遭人妒忌。此句化用屈原〈離騷〉語「眾女嫉予之蛾眉兮」。⓫千金縱買相如賦二句　意謂即使用千金求得司馬相如為賦，默默深情能向誰傾訴。脈脈，同「眽眽」。含情不語的樣子。此二句反用陳皇后千金買賦典故。《文選・長門賦序》稱陳皇后失寵後，奉黃金百斤，請司馬相如寫成〈長門賦〉。漢武帝為賦情所感動，復寵幸陳皇后。⓬玉環飛燕　指楊玉環、趙飛燕。楊玉環，即唐玄宗寵妃楊貴妃（小字玉環）。安祿山反叛，玄宗西逃至馬嵬坡，護駕六軍兵變，玄宗被迫賜楊貴妃自盡（參見《新唐書・后妃傳》）。趙飛燕，漢成帝皇后，體輕善歌舞，號飛燕，專寵十餘年。漢平帝時被廢為庶人，自殺身死（參見《漢書・外戚傳》）。

【語　譯】淳熙己亥年，從湖北轉運副使調任湖南轉運副使，同僚王正之在小山亭設酒餞行，為賦此詞。

還能經受住幾場風雨？春天又將匆匆歸去。惜春之心總怕花兒早開早謝，何況又是落花紛紛難盡數。春天請暫作停留，聽說芳草連天掩蔽了歸路。怨春天沉默不語。想來只有那畫簷上的蜘蛛網，整日深情地挽留飄飛的柳絮。

失寵的陳皇后幽居在長門宮，約定的佳期又被耽誤。美貌從來遭人嫉妒。縱然花千金求得司馬相如作賦，脈脈深情又能向誰傾訴？你們寵幸兒莫要歡舞。豈不知楊玉環、趙飛燕都歸了塵土！莫名的憂愁最為痛苦。不要去憑臨高樓，斜陽映照下的煙柳，令人惆悵淒楚。

【研　析】這首詞作於淳熙六年（西元一一七九年）暮春。稼軒時年四十，自湖北轉運副使轉任湖南轉運副使。

稼軒離開湖北赴任湖南轉運副使，同僚餞別，時逢暮春。傷春惜別自是詞中當然情事。詞作上片抒寫傷春之情。起筆兩句言春歸，先寫摧損春天的風雨，又以反問語起調，傷怨之情，力透紙背，誠如陳廷焯所評：「起處『更能消』三字，是從千回萬轉後倒折出來，真是有力如虎。」（《白雨齋詞話》卷一）「更」、「又」二字見出一場又一場無情的風雨，摧殘了一個又一個美好的春天，令人無限傷感。「惜春」以下數句寫春歸觸發的惜春、留春、怨春、歎春等種種情懷，而筆調曲折跌宕，情感之律動在「長怕」、「何況」、「且住」、「見說道」、「算只有」數語的調度中蕩漾迴旋。

張炎《詞源》「製曲」條云：「最是過片不要斷了曲意，須要承上接下。」本詞過片「長門事」，似乎有些突兀，實則似斷非斷，其意脈仍與上片相通，即由惜春別春而過渡到人間別離，且上片擬人化的筆調亦與下片相協調。其些許突兀之感則源於別離情事中寓託身世感慨。稼軒同年在湖南轉運副使任上所作〈論盜賊劄子〉有云：「臣孤危一身久矣。……臣生平剛拙自信，年來不為眾人所容，顧恐言未脫口而禍不旋踵。」詞中「長門事」數句將陳皇后失寵典故與〈離騷〉詩意融合化用，實乃稼軒自我境遇的寫照，透露出其胸懷報國之雄才大志而「不為眾人所容」的深沉憂憤和無奈；「君莫舞」兩句則是憂怨難耐中的憤激，也是「剛拙自信」真性情的靈光閃現；結尾又跌入無可奈何的悲怨之中，亦關合傷春惜別之情。

詞作將傷春惜別、身世感慨融為一體，出以沉鬱頓挫之筆，詞境渾厚沉雄。

最高樓

醉中有索四時歌者❶，為賦

長安道❷，投老❸倦遊歸。七十古來稀❹。藕花雨濕前湖夜，桂枝風澹小山時。怎消除❺？須殢酒❻，更吟詩。

也莫向、竹邊辜負雪。也莫向、柳邊辜負月。閑過了❼，總成癡。種花事業無人問，惜花情緒❽只天知。笑山中，雲出早，鳥歸遲❾。

【詞牌】**最高樓**

又名〈醉高樓〉。此調正體雙調八十一字，上片八句四平韻，下片八句兩仄韻三平韻。稼軒此詞為正體。

【注釋】❶醉中有索四時歌者　原題無「者」字，茲從四卷本。❷長安道　喻京城名利場。❸投老　垂老。王安石〈觀明州圖〉：「投老心情非復昔，當時風月故依然。」❹七十古來稀　意謂享年七十的人古來很少。杜甫〈曲江二首〉其二：「酒債尋常行處有，人生七十古來稀。」❺消除　李清照〈一剪梅〉（紅藕香殘玉簟秋）：「一種相思，兩處閒愁。此情無計可消除。」❻殢酒　醉酒。殢，沉溺。晏幾道〈少年遊〉（西溪丹杏）：「當年此處，聞歌殢酒，曾對可憐人。」❼閑過了　猶言等閒過了，不經意度過了。晁補之〈感皇恩〉（終歲憶春回）：「佳景閒過舞衣褪。」❽惜花情緒　四卷本作「對花情味」。❾笑山中三句　陶淵明〈飲酒〉其五：「山氣日夕佳，飛鳥相與還。」〈歸去來兮辭〉：「雲無心而出岫，鳥倦飛而知還。」

【語　譯】長安道上倦遊，垂老退歸。人生七十古來稀。夜雨淋灑湖面的荷花，山風飄來淡淡的桂香。心中的憂愁怎消融？只有詩酒遣賞。　莫要辜負那竹林中的雪景。莫要辜負那柳梢頭的月亮。不經意錯過，心中總在癡想。種花之事無人問津，惜花情懷惟有天知。可笑那山中浮雲飛鳥，忙忙碌碌早出晚歸。

【研　析】詞云「投老倦遊歸」，又見於四卷本甲集，疑作於罷居帶湖之初，即淳熙九年（西元一一八二年）或十年。稼軒時年四十三、四。

題云「有索四時歌者，為賦」，則詞中所賦須關涉春夏秋冬四季，頗為不易。稼軒巧妙地以閒居生活統攝四時風物，借四季景致抒寫閒居情懷。起筆三句點明退出官場，倦怠而歸。投老，當歸；倦遊，亦當歸。人生短暫，投老倦遊而歸，則餘生無多，未免嗟歎。雨潤荷花，風飄桂香，原本是夏、秋時節令人心悅神爽的情境，但在年僅四十餘而罷職退歸的稼軒眼中，或許呈現的是荷花在雨中凋零、桂香在風中消逝的敗落情景。詞中那頗顯突兀的「怎消除」一問，即隱含難以排解的煩憂。醉酒消愁，吟詩遣憂，「須」、「更」二字見出憂愁之深重。

下片承上片結末詩酒遣賞，抒寫寄情自然的瀟灑心境。雪壓竹林，月上柳梢，美景不容錯過；種花生涯，惜花情懷，人生但無他求。見山中的浮雲飛鳥早出晚歸，忙忙碌碌，稼軒那略帶戲謔譏嘲的笑聲中，透露出悠然閒適、無欲無求的任達襟懷。

詞作展現出稼軒罷職退居之初，在詩酒遣賞、風花雪月中尋求自我寬解的情懷心境。

最高樓

吾擬乞歸，犬子以田產未置止我，賦此罵之❶

吾衰矣❷，須富貴何時❸？富貴是危機❹。暫忘設醴抽身去❺，未曾得米棄官歸❻。穆先生，陶縣令，是吾師。

待葺個、園兒名佚老❼。更作個、亭兒名亦好❽，閑飲酒，醉吟詩。千年田換八百主❾，一人口插幾張匙❿。便休休⓫，更說甚，是和非。

【注　釋】❶吾擬乞歸三句　題原作「名了」，茲從四卷本。乞歸，請求歸退。犬子，謙稱己子。❷吾衰矣　《論語・述而》：「子曰：甚矣吾衰也！」❸須富貴何時　意謂富貴不可期待。此用漢楊惲〈報孫會宗書〉語：「人生行樂耳，須富貴何時。」❹富貴是危機　意謂富貴隱藏禍害。此用東晉諸葛長民語：「貧賤常思富貴，富貴必履危機。今日欲為丹徒布衣，豈可得也！」（《晉書・諸葛長民傳》）蘇軾〈宿州次韻劉涇〉：「晚覺文章真小技，早知富貴有危機。」❺暫忘設醴抽身去　意謂被人冷淡對待當抽身離去。此用西漢穆生典故。《漢書・楚元王傳》：「初，元王敬禮申公等。穆生不耆酒，元王每置酒，常為穆生設醴。及王戊即位，常設。後忘設焉。穆生退，曰：『可以逝矣。醴酒不設，王之意怠。不去，楚人將鉗我於市。』」醴，甜酒。❻未曾得米棄官歸　用陶潛辭官歸田典故，意謂沒有獲得俸祿便辭官歸去。《宋書・隱逸傳》載潛為彭澤令，「郡遣督郵至，縣吏白應束帶見之。潛歎曰：『我不能為五斗米折腰向鄉里小人！』即日解印綬去職，賦〈歸去來〉」。❼待葺個園兒名佚老　《莊子・大宗師》：「夫大塊載我以形，勞我以生，佚我以老，息我以死。」劉攽《中山詩話》：「陳文惠堯佐以使相致仕，年八十。有詩云：『青雲岐路遊將徧，白髮光陰得最多。』構亭號『佚老』。後歸政者往往多效之。」佚老，老而安逸。佚，通「逸」。❽亦好　取自唐戎昱〈中秋感懷〉詩句「在家貧亦好」。《直齋書錄解題》卷十六：「《戎昱集》五卷，……世所傳『在家貧亦好』之句，昱詩也。」宋人詩中多有引用，稼軒〈水調歌頭〉（折盡武昌柳）亦用此句。喻良能（字叔奇）

有亦好園、亦好亭，其〈題亦好亭集句〉即錄戎昱此句。楊萬里〈寄題俞叔奇國博郎中園亭二十六詠〉云：「亦好園中亦好亭，兩重好處兩重貧。客來莫道無供給，抹月批風當八珍。」❾千年田換八百主　意謂世事變遷，人不可能世代固守傳承家產。《五燈會元》卷四〈長慶安禪師法嗣〉：「韶州靈樹如敏禪師，閩人也。廣主劉氏奕世欽重，署知聖大師。僧問：佛法至理如何？師展手而已。問：如何是和尚家風？師曰：千年田，八百主。曰：如何是千年田八百主？師曰：郎當屋舍沒人修。」❿一人口插幾張匙　意謂一人吃穿所需有限。范成大〈丙午新正書懷十首〉其四：「口不兩匙休足穀，身能幾屐莫言錢。」自注：「吳諺云：一口不能著兩匙。」⓫便休休　四卷本作「休休休」。司空圖〈休休亭〉：「蓋謂其材，一宜休也；揣其分，二宜休也；且耄而聵，三宜休也。而又少而墮，長而率，老而迂，是三者皆非救時之用，又宜休也。」

【語　譯】我已衰老，何時能富貴？富貴包藏危機。偶被遺忘便抽身隱退，未獲俸祿即棄官回歸，穆先生和陶縣令是我的老師。　修個林園名「佚老」，再建個亭臺稱「亦好」，悠閒地喝喝酒，醉意間吟吟詩。千年田地，主人更換八百次，一人口中能插幾把湯匙。該歸退休息了，還說什麼是和非。

【研　析】這首詞大概作於紹熙五年（西元一一九四年）。稼軒時年五十五，知福州兼福建安撫使。

賦詞罵子，此舉有涉戲謔，其用意不在責罵其子，而在借其子所言「田產未置」引發對人生富貴的感悟。詞作扣題起筆，「吾擬乞歸」因「吾衰矣」。次句落到富貴，扣合題中「田產」。人老未富，則今生無須再待富貴，自當乞歸。此二句即已駁倒其子「田產未置」之由，同時為下文作鋪墊。「富貴是危機」一句，筆調暗藏曲折，意謂富貴即使可求，也是危機潛伏。西漢穆生退歸時云：「不去，楚人將鉗我於市。」東晉陶淵明因「不能為五斗米折腰向鄉里小人」而歸來，亦見出官場逢迎中的兇險危機。稼軒對此當有親身體驗，故謂「穆先生，陶縣令，是吾師」。合上片之意，年已衰老，無力置備田產，當告老歸休。況且，求富求貴面臨危機重重，則身未衰老，亦願辭官退歸。至此，「吾擬乞歸」之理由已寫足，兒子的勸止說辭也被駁回。

下片承「乞歸」而擬設歸後生活。園名「佚老」，寄寓老而安樂之情；亭名「亦好」，顯露安貧自得之懷。詩酒自樂，則為預想中的歸後生活情形，與佚老園、亦好亭之場景相映成趣。此外，亦好亭之名又照應題中「田產未置」之意，「千年」二句再回筆到田產之事。上句言人世遞變，田產隨易其主，則根本上無法置備占有；下句言人之生活所需不多，則何須置備田產？末三句以歸休作結，世間是是非非，全都置之度外。細品言語情調，頗覺話中有話，大概稼軒正為官場是非所擾，其乞歸之真正原由當在此，因不便明言，遂以衰老為託辭。

本詞上片思理堪稱謹嚴，下片筆致靈動照應，可謂稼軒以論入詞之佳作。

最高樓

客有敗棋者，代賦梅

花知否？花一似何郎❶，又似沈東陽❷。瘦棱棱地天然白，冷清清地許多香。笑東君，還又向，北枝忙❸。

著一陣、霎時間底雪，更一個、缺些兒底月。山下路，水邊牆。風流怕有人知處，影兒守定竹旁廂❹。且饒❺他，桃李趁，少年場。

【注　釋】❶花一似何郎　謂梅花白如何晏。何郎，指何晏（？—西元二四九年），字平叔，南陽宛（今河南南陽）人。美容顏，面白如粉。《世說新語‧容止》：「何平叔美姿儀，面至白。魏明帝疑其傅粉。正夏月，與熱湯餅，既噉，大汗出，以朱衣自拭，色轉皎然。」宋璟〈梅花賦〉：「儼如傅粉，是謂何郎。」❷又似沈東陽　謂梅花又似沈約一般清瘦。沈東陽，指沈約（西元四四一—五一三年），字休文，吳興武康（今浙江德清）人。曾官東陽太守。沈約〈與徐勉書〉自述衰弱消瘦之狀云：「百日數旬，革帶常應移孔；以手握臂，率計月小半分。」❸笑東君三句　意謂春神還得為遲開的梅花忙碌。東君，司春之神。《白孔六帖》卷九十九「梅」：「大庾嶺上梅，南枝落，北枝開。」❹旁廂　旁邊。❺饒　任憑。

【語　譯】梅花是否自知？粉白似何晏，清瘦又如沈東陽。瘦骨嶙峋天生白，冷冷清清蕩幽香。笑那春神，還得為遲開的梅花奔忙。

一陣飛雪，一彎新月。山下路旁，水邊低牆。風姿綽約怕人知，倩影兒緊附竹枝旁。任憑他桃李競逐，爭奇鬥豔在少年歡樂場。

【研　析】據鄧廣銘《稼軒詞編年箋注》，這首詞作於慶元六年（西元一二〇〇年）。稼軒時年六十一，閒居瓢泉。

詞題之意，蓋客輸棋，當罰以賦梅，稼軒代作，自屬娛賓之作。起筆問梅，由此導入對梅花色澤、風姿、幽香的描述，與物戲謔，語詞淺白。「笑東君」三句，以嬉笑之筆描述春風中早梅飄零、晚梅初放景象。過片借飛雪、新月映襯梅花之綽約風韻。路旁水邊，牆頭竹外，暗香疏影，不求聞達，任憑桃李去那少年歡樂場中爭奇鬥豔。詞筆至此，讀者隱約感到稼軒在梅花上寄寓的孤芳自賞、超塵脫俗之人格風度。

朝中措

崇福寺道中，歸寄祐之弟❶

籃輿嫋嫋破重岡❷，玉笛兩紅妝。這裏都愁酒盡，那邊正和詩忙。為誰❸醉倒，為誰歸去，都莫思量。白水❹東邊籬落，斜陽欲下牛羊❺。

【詞　牌】朝中措

又名〈照江梅〉、〈芙蓉曲〉、〈梅月圓〉等。此調正體雙調四十八字，上片四句三平韻，下片五句兩平韻。稼軒此詞為正體。

【注　釋】❶崇福寺道中二句　原作「醉歸寄祐之弟」，茲從四卷本。崇福寺，在上饒縣（治所在今江西上饒）乾元鄉。❷籃輿嫋嫋破重岡　言人乘坐搖搖蕩蕩的竹轎子穿過重重山岡。籃輿，竹轎子。嫋嫋，搖曳。古樂府〈皚如山上雪〉：「竹竿何嫋嫋，魚尾何簁簁。」❸為誰　為何。❹白水　指清澈的水流。杜甫〈新安吏〉：「白水暮東流，青山猶哭聲。」❺斜陽欲下牛羊　謂夕陽西下，牛羊歸來。此用《詩・王風・君子于役》句：「日之夕矣，羊牛下來。」

【語譯】竹轎子搖蕩穿行於重重山岡，兩位佳人吹笛，曲調悠揚。這邊擔心酒被喝光，那邊的詩詞唱和正忙。為何醉倒，為何歸去，都不用去細想。清清的流水依傍著東籬，夕陽斜照著歸圈的牛羊。

【研析】這首詞見於四卷本甲集，當作於淳熙十五年（西元一一八八年）正月結集之前閒居帶湖期間，具體作年難以確考。

詞寫崇福寺的一次宴遊。題曰「崇福寺道中」，起筆即扣題，勾畫出遊人乘坐籃輿在岡巒重疊的山道上穿行景象。前人詩句有狀鳥飛「破青山」者，如韋莊〈題吉澗盧拾遺莊〉：「怪來馬上詩情好，印破青山白鷺飛。」黃裳〈江上〉：「鷺從何處起來遲，點破青山一字飛。」李復〈登美原縣樓〉：「影行平野孤雲過，點破青山白鳥飛。」筆觸均落在色彩上的界破。此謂籃輿「破重岡」，則別具意趣，顯示出盛大的遊覽興致。此番遊興在情調上則為全詞作了鋪墊，「玉笛」三句所展現的詩酒盡興遊樂情形，亦即此番遊興所致，而筆調簡括，文人雅士宴遊應有的詩、酒、樂三者兼備，場景活現。

過片承前就詩酒遣賞情事抒發感慨，猶如對陶淵明「我醉欲眠卿可去」（《宋書・隱逸傳》）的解讀，表現出任真盡性的豁達心態。稼軒另有〈臨江仙〉詞題云：「醉宿崇福寺，寄祐之弟。祐之以僕醉先歸。」本詞「為誰醉倒」二句亦切合稼軒「醉宿」、祐之「先歸」之實。末二句描畫的流水遶東籬、斜陽牛羊歸圖景，散發出田園牧歌般的美妙情韻，足以令人忘懷一切功利得失，享受人生的真率自然。

朝中措

夜深殘月過山房❶，睡覺❷北窗涼。起遶中庭❸獨步，一天星斗文章❹。

朝來客話：「山林鐘鼎❺，那處難忘？」「君向沙頭細問，白鷗知我行藏❻。」

【注釋】❶山房　山中屋舍，後多指僧道山寺精舍。此指崇福寺。❷睡覺　睡醒。❸中庭　庭院。❹一天星斗文章　滿天星光燦爛。杜牧〈華清宮〉：「雷霆馳號令，星斗煥文章。」文章，錯雜絢爛的色彩。❺山林鐘鼎　指隱居山林和在朝為官。鐘鼎，指鐘鳴鼎食。❻行藏　指出處。《論語．述而》：「用之則行，舍之則藏。」

【語譯】夜深人靜，殘月映照山寺，睡夢中醒來，北窗下涼風習習。起來獨自漫步庭院，滿天星光熠熠。清晨有客相問：「隱居山林與官居朝堂，何處令您難忘？」「請您去那沙灘打聽，白鷗知曉我的行藏。」

【研析】這首詞與〈朝中措〉（籃輿嫋嫋破重岡）同調同韻，蓋為同時之作。

詞作描述了醉宿崇福寺，深夜醒來獨步庭院和早晨客話問答兩個場景。深夜時分，殘月輝映，從醉眠中醒來，獨自漫步於寂靜的山寺庭院中，仰望滿天的星光閃耀。寺院之靜、佛理之空、醉夢之幻以及大自然的浩渺、神奇和絢麗，必然使稼軒超脫俗世間的名利富貴而歸心於自然山水。

詞作下片與客問答，或為虛設，或為寫實，其主旨則承前深夜寺院獨步而抒發人生出處之感慨。客之問話引發稼軒對退居山林、出仕朝堂兩種人生境遇的思量。稼軒〈臨江仙．再用韻送祐之弟歸浮梁〉云：「鐘鼎山林都是夢，人間寵辱休驚。只消閑處過平生。」本詞答客問稱「白鷗知我行藏」，因稼軒〈水調歌頭．盟鷗〉有云：「凡我同盟鷗鷺，今日既盟之後，來往莫相猜。」即以鷗為知友。而白鷗所知稼軒之「行藏」，實則偏指「藏」，亦即超脫人間榮辱，退隱江湖，「閑處過平生」。

菩薩蠻

金陵賞心亭為葉丞相❶賦

青山欲共高人語，聯翩萬馬來無數❷。煙雨卻低回❸，望來終不來。

人言頭上髮，總向愁中白。拍手笑沙鷗，一身都是愁❹。

【詞牌】菩薩蠻

唐教坊曲名。又名〈重疊金〉、〈花間意〉、〈梅花句〉、〈花溪碧〉、〈晚雲烘日〉等。此調正體雙調四十四字，上、下片各四句，兩仄韻兩平韻。稼軒此詞為正體。

【注釋】❶葉丞相 指葉衡（西元一一二二—一一八三年），字夢錫，婺州金華（今屬浙江）人。紹興十八年（西元一一四八年）進士及第。歷任太府少卿、戶部侍郎、戶部尚書簽書樞密院事、右丞相兼樞密使。❷青山欲共高人語二句 言群山如萬馬馳騁，聯翩而來，想和高人聚談。此用蘇軾〈越州張中舍壽樂堂〉詩意：「青山偃蹇如高人，常時不肯入官府。高人自與山有素，不待招邀滿庭戶。」高人，超世脫俗之人，多指隱士。聯翩，連續不斷。❸煙雨卻低回 言青山煙雨瀰漫，若隱若現。❹人言頭上髮四句 意謂人說憂愁令人髮白，可笑那沙鷗全身都是愁。此化用白居易〈白鷺〉詩句：「人生四十未全衰，我為愁多白髮垂。何故水邊雙白鷺，無愁頭上也垂絲。」向，偏愛。

【語譯】青山想和高人聚談，像萬馬馳騁般簇擁趨前。又在煙雨中徘徊，意欲前來而終未到來。人說頭上的黑髮，總在憂愁中變白。我對沙鷗拍手大笑，笑牠全身都是愁。

【研析】這首詞作於淳熙二年（西元一一七五年）春。稼軒時年三十六，任江東安撫司參議官。

《宋史》辛棄疾本傳載其「辟江東安撫司參議官，留守葉衡雅重之」，又載「衡入相，力薦棄疾慷慨有大略」，稼軒因此由江東安撫司參議官遷倉部郎中。可見，葉衡對稼軒而言，不僅是上司，更是知己。本詞為葉衡而作，起筆即以擬人手法將賞心亭上所見景象與葉衡相關合，詞中「高人」即指葉衡。上片四句展現的客觀景致是：群山青翠明麗，綿延起伏，繼而煙雨彌漫，山色迷蒙。在描寫的筆調上擬人和比喻融為一體，既把連綿起伏的山勢譬為萬馬馳騁，又把青山擬作能言語的人，要來和葉衡「共語」，並生動地描述出其始則聯翩湧來、繼而在煙雨中徘徊不前、最終未能來到的變化過程，展露出一種欲說而不能的心境。此番想像情境，與稼軒自身情志和人生體驗相關。鄧廣銘先生《辛稼軒年譜》「淳熙元年」條考定周孚〈代賀葉留守啟〉乃代辛氏所作，並據此推斷「稼軒渡江初年，雖尚沉淪下僚，而已屢遭擯擠」。又按此啟有云：「佇待熒煌之坐，少陳危苦之言。」稼軒南渡後數年來的壯志難酬、知音難覓之境遇可以推知，詞中青山為煙雨所阻而未能同高人暢談之情狀，實則寄託著稼軒的自身情懷。

上片景中寓情，其情調當屬人生愁情，下片因而言愁。前兩句借「人言」（頭上髮，愁中白）引入人生之愁。後兩句以風趣之筆笑白鷗全身都是愁，字面上與前兩句順接，其內在含義則不然。正如白居易〈白鷺〉詩所云：「何故水邊雙白鷺，無愁頭上也垂絲。」沙鷗之白羽並非愁情所致，稼軒「笑沙鷗一身都是愁」，則是對「人言」的戲謔。自然，人之白髮與沙鷗之白羽不可相提並論，則稼軒由人言愁中髮白推知沙鷗全身皆愁，純屬風趣笑謔之筆。若作深一層品味，稼軒撇開愁情本身而以沙鷗為例調笑髮因愁白之常言，其構思和寫法或許來自於當時實景的觸發，但眼見沙鷗便想到愁情與白髮，正因其內心鬱積難以排解的愁情。稼軒可以笑謔「髮向愁中白」之論，而直面人生愁情恐怕就難以超然了。

菩薩蠻

書江西造口❶壁

鬱孤臺❷下清江水，中間多少行人❸淚。西北望長安，可憐無數山❹。

青山遮不住，畢竟東流去❺。江晚正愁余，山深聞鷓鴣❻。

【注釋】❶江西造口　在今江西萬安西南，有皂口溪，入贛江。造口，亦作「皂口」。❷鬱孤臺　在今江西贛縣西南，因其鬱然孤起而得名。《方輿勝覽》卷二十〈贛州〉：鬱孤臺「隆阜鬱然孤起平地數丈，冠冕一郡之形勢而襟帶千里之江山。唐李勉為虔州刺史，登臨北望，慨然曰：『余雖不及子牟，而心在魏闕一也。鬱孤豈令名乎？』改為『望闕』。」虔州，南宋紹興二十三年改名贛州。❸行人　指靖康之難後流亡南逃者。史載靖康元年（西元一一二六年）十一月，金兵攻陷開封，次年三、四月擄掠宋徽宗、欽宗及宮妃等北去，北宋滅亡。嗣後金兵渡江南侵，隆祐太后等南逃，建炎三年（西元一一二九年）十一月，「金人追至太和縣。太后乃自萬安捨舟而陸，遂幸虔州。后及潘賢妃皆以農夫肩輿。宮人死者甚眾」（《建炎以來繫年要錄》卷三十）。❹西北望長安二句　用唐虔州刺史李勉改「鬱孤」為「望闕」之事。西北望，四卷本作「東北是」。長安，借指北宋都城汴京（今河南開封）。王粲〈七哀詩〉：「南登霸陵岸，回首望長安。」杜甫〈小寒食舟中作〉：「雲白山青萬餘里，看雲直北至長安。」❺青山遮不住二句　謂江水終究穿過青山東流而去。陳師道〈送何子溫移亳州〉：「關山遮極目，汴泗只東流。」❻江晚正愁余二句　言江上的日暮景象正令我惆悵，耳邊又傳來深山裡的鷓鴣聲。愁余，使我愁。《楚辭・九歌・湘夫人》：「目眇眇兮愁予。」蘇軾〈和邵同年戲贈賈收秀才〉：「莫向洞庭歌楚曲，烟波渺渺正愁予。」鷓鴣，鳥名。漢楊孚《異物志》云：鷓鴣「其志懷南，不思北徂」。宋唐慎微《證類本草》卷十九：鷓鴣「出江南，今江西、閩、廣、蜀、夔州郡皆有之。……《南越志》云：『鷓鴣雖東西徊翔，然開翅之始必先南翥。』」此借鷓鴣聲寄寓故土之思。

【語　譯】鬱孤臺下的江水，不知流淌著多少行客傷心淚。遙望西北故都，可惜重重群山隔阻。　青山擋不住，滔滔江水終歸東流去。江天暮色令我滿懷愁情，山中又傳來鷓鴣聲聲啼鳴。

【研　析】這首詞作於淳熙二、三年（西元一一七五、一一七六年）間。稼軒時年三十六、七，任江西提刑。

詞為登鬱孤臺感時而作。起筆二句，俯視臺下江水，憶想起金兵南侵時南逃流亡者亂離之悲。「西北」二句為遙望，用唐虔州刺史李勉改「鬱孤」為「望闕」之事，寄託中原故國之深思和收復失土之宏願，而目斷重重群山之情景則流露出壯志難酬之無奈和憂憤。

上片前二句寫水，後二句寫山，筆意層次分明。下片同樣兩句一層，但兩句中一句言山，一句言水，山、水交互連貫，章法與上片略有變化。前二句以江水穿越群山滔滔東流，喻示抗金恢復之勢不可阻擋，終將成功。情調振蕩而起，後兩句復又跌落。江水滔滔東流令稼軒重振對恢復大業的信心，而江天暮色及深山鷓鴣啼鳴，又令其面對宋金和議時局，感到恢復之業前途茫茫，故土淪陷，收復難期，憂愁鬱憤之情融入暮色在江上飄浮，伴隨鷓鴣聲在山間迴蕩。情調沉鬱憂憤。

詞題「書江西造口壁」，其內容則為鬱孤臺登臨感懷。造口、鬱孤臺相距二百餘里。史載建炎三年十一月，「金人追至太和縣。太后乃自萬安捨舟而陸，遂幸虔州」（《建炎以來繫年要錄》卷三十），鬱孤臺即在虔州（後改名贛州），造口即在萬安。又有傳說「虜人追隆祐太后御舟至造口，不及而還」（羅大經《鶴林玉露》甲編卷之一）。可見造口、贛州兩地意義非凡，這大概就是稼軒將登鬱孤臺所賦詞作書於造口壁的背景原因。

菩薩蠻

西風都是行人恨，馬頭漸喜歸期近❶。試上小紅樓，飛鴻字字愁❷。闌干閑倚處，一帶山無數。不似遠山橫，秋波相共明❸。

【注　釋】❶馬頭漸喜歸期近　意謂騎馬前行，想到歸期臨近，心中漸喜。❷試上小紅樓二句　言閨中人登樓眺望，飛鴻成字，愁滿情懷。此化用秦觀〈減字木蘭花〉（天涯舊恨）詞句：「困倚危樓，過盡飛鴻字字愁。」紅樓，華麗的樓閣，多指女子閨樓。韋莊〈菩薩蠻〉：「紅樓別夜堪惆悵，香燈半捲流蘇帳。」❸不似遠山橫二句　意謂不像女子的遠山眉那般與明澈的眼波相輝映。遠山，指女子之眉。《西京雜記》載卓文君「眉色如望遠山」，後世遂有「遠山眉」之稱。秋波，喻眼波。黃庭堅〈西江月〉（斷送一生惟有）：「遠山橫黛蘸秋波。」

【語　譯】西風飄拂遊子的愁恨，騎馬前行，漸喜歸期臨近。登上小閨樓，飛鴻點點離愁。　無聊斜倚欄杆，群山如飄帶綿延。不像橫描的遠山眉，在明澈的眼波中映現。

【研　析】這首詞作年不詳。鄧廣銘《稼軒詞編年箋注》據詞意推測為「中年宦遊思歸之作」。

詞言羈旅之情。起筆兩句，愁而漸喜：西風吹拂，馬上行客滿懷愁緒，想到歸期漸近，則不禁流露出些許欣喜之情！「試上」兩句，由漸喜而轉悲：「歸期近」，則想到盼歸之人，筆調轉到紅樓上佳人的期盼，深情的眺望中，大雁群飛，愁情飄蕩！

下片起二句，依然寫佳人倚樓盼望中的景象，前者言飛鴻，此則言遠山，令人想起李白同調詞作中的名句：「寒山一帶傷心碧。」「無數」二字，更讓人想像出遠處飄帶似的群山綿延，如層層波浪向天際闊遠處飄蕩消逝，佳人期盼的目光隨之黯然失落！「不似」二句，由「山無數」聯想到佳人的遠山眉和深情期盼的目光，同時又似乎暗示出行人歸來後佳人的眉開眼笑之態。

一首抒發離情別怨的小詞，以其筆致的曲折跳轉而顯示出作者的匠心獨運，體現出令詞的深曲含蓄特色。

菩薩蠻

稼軒日向兒童說：帶湖買得新風月。頭白早歸來❶。種花花已開。　功名渾是錯。更莫思量著。見說小樓❷東。好山千萬重。

【注釋】❶頭白早歸來　意謂年老髮白，盡早退歸。此用杜甫〈不見〉詩句：「匡山讀書處，頭白好歸來。」宋人引錄或移用有作「頭白早歸來」，如蘇軾〈書李公擇白石山房〉：「若見謫仙煩寄語，匡山頭白早歸來。」姚寬《西溪叢語》卷下：「杜詩云：匡山讀書處，頭白早歸來。」❷小樓　指帶湖新居之樓。洪邁〈稼軒記〉云：「東岡西阜，北墅南麓。以青徑款竹扉，錦路行海棠。集山有樓，婆娑有堂，信步有亭。」

【語譯】稼軒居士每日對孩兒們說：我在帶湖新買下一片山水風光。頭已花白該趁早歸退，種下的花草已綻然怒放。

追求功名全是錯，再不要為之思量。聽說新居小樓的東面，是美麗的重巒疊嶂。

【研析】這首詞作於淳熙八年（西元一一八一年）帶湖新居初成。稼軒時年四十二，知隆興府兼江西安撫使。

詞作對家人兒輩吐露心聲，以親切的筆調敘說帶湖山水美景，感歎功名仕宦之誤其人生，期盼儘早歸退新居。

帶湖的新風月、好山水、花草芬芳，固然使稼軒想到歸去，但更深切的原由是多年的仕宦經歷令其感悟到「功名渾是錯」，並自我告戒：「更莫思量著。」筆調中見出對官場的失望之情！而「頭白早歸來」便是其唯一解脫之路。剛過四十而自歎「頭白」，深深的人生失意之情溢於言表。

菩薩蠻

功名飽聽兒童說，看公兩眼明如月。萬里勒燕然❶，老人書一編❷。玉階方寸地❸，好趁風雲會❹。他日赤松遊，依然萬戶侯❺。

【注釋】❶勒燕然　刻石記功於燕然山。指立功疆場。勒，刻寫。燕然，山名，即今蒙古杭愛山。《後漢書・竇憲傳》載憲大破北匈奴，「登燕然山，去塞三千餘里，刻石勒功，紀漢威德，令班固作銘」。❷老人書一編　指圯上老人贈張良《太公兵法》一書。《史記・留侯世家》載張良嘗閒步於下邳橋上，「有一老父出一編書，曰：『讀此，則為王者師矣。』旦日，視其書，乃《太公兵法》也。」❸玉階方寸地　指朝堂。《新唐書・員半千傳》載半千上書云：「陛下何惜玉陛方寸地，不使臣披露肝膽乎！」楊萬里〈答趙運使〉：「著侍臣冠而立玉階方寸地，自是國之光輝。」❹風雲會　指君臣際會。《易・乾》：「雲從龍，風從虎。聖人作而萬物覩。」吳質〈答魏太子牋〉：「臣幸得下愚之才，值風雲之會。」❺他日赤松遊二句　指功成名就，從道仙遊。《史記・留侯世家》：「留侯乃稱曰：『家世相韓。及韓滅，不愛萬金之資，為韓報讎彊秦，天下振動。今以三寸舌為帝者師，封萬戶，位列侯。此布衣之極，於良足矣。願棄人間事，欲從赤松子游耳。』乃學辟穀道引輕身。」赤松子，傳說中的神仙。

【語譯】飽聽兒輩談論功名，見您兩眼炯如月明。破敵萬里勒功名山，所賴圯上老人贈書一編。　身登殿閣朝堂，好好珍惜君臣際會時光。他日功成歸退仙遊，依然身為萬戶侯。

【研析】這首詞作年不詳。細品「玉階方寸地，好趁風雲會」二句，蓋為贈別奉詔入朝之友人而作，囑其珍惜君臣相得之機，建立功名。稼軒〈滿江紅・送信守正舜舉被召〉中「蒼髯如戟」、「聞道是、君王著意，太平長策」、「便鳳凰飛詔下天來，催歸急」、「此老自當兵十萬」，與本詞「兩眼明如月」、「風雲會」、「萬里勒燕然，老人書一編」等語句，意趣相類。本詞或亦為淳熙十三年（西元一一八六年）冬送鄭氏歸朝之作。稼軒時年四十七，閒居帶湖。

詞作因友人獲朝廷重用而寄以重望。起筆借兒童之口激發出功名壯志，「兩眼明如月」，透露出內心對建功立業的激切期盼。胸有用兵良策，定能破敵疆場，刻石銘功，則是稼軒對友人的期待和信任。

過片言及友人歸朝。「好趁風雲會」，自是臨別贈言。聞說功名而兩眼放光的友人，面臨風雲際會之良機，自然會珍惜，則立功封侯當在意料之中。功成身退，以萬戶侯之身雲遊世外，則是對友人歸宿的美好祝願。

詞作送友歸朝，鼓勵友人把握機運，成就功名，也間接表露出稼軒內心的抗金復國志向。

菩薩蠻　送祐之弟歸浮梁❶

無情最是江頭柳，長條折盡還依舊❷。木葉下平湖❸，雁來書有無？

雁無書尚可，好語憑誰和？風雨斷腸時❹，小山生桂枝❺。

【注釋】❶浮梁　縣名，治所在今江西浮梁。❷無情最是江頭柳二句　意謂江邊柳不通人情，見過無數折柳送別，依然如故。白居易〈青門柳〉：「為近都門多送別，長條折盡減春風。」韋莊〈臺城〉：「無情最是臺城柳，依舊烟籠十里堤。」❸木葉下平湖　謂秋風中樹葉飄落湖面。屈原〈九歌・湘夫人〉：「嫋嫋兮秋風，洞庭波兮木葉下。」❹風雨斷腸時　韋莊〈應天長〉（綠槐陰裏黃鸝語）：「夜夜綠窗風雨，斷腸君信否。」❺小山生桂枝　謂山中桂花綻開。《楚辭・招隱士》：「桂樹叢生兮山之幽，偃蹇連蜷兮枝相繚。……攀援桂枝兮聊淹留。」王逸章句云：「〈招隱士〉者，淮南小山之所作也。」黃庭堅〈題子瞻寺壁小山枯木〉：「卻來獻納雲臺表，小山桂枝不相忘。」

【語譯】最無情的是那江邊柳，枝條折盡依然如故。秋風掃葉飄落平湖，飛雁是否捎來家書？　雁來無書也好，妙語佳句難酬唱。風雨綿綿令人斷腸，山中桂樹花枝綻放。

【研析】這首詞當與〈臨江仙・再用韻送祐之弟歸浮梁〉為同時之作，即淳熙十五年（西元一一八八年）之前上饒閒居期間，具體作年難以確考。

詞題送別，起筆扣題，由折柳贈別想到柳本無情之物，轉而借江柳之無情反襯人間離別之愁苦。筆調突兀刻峭（如「無情最是」、「折盡」語），而情韻跌宕。別時短暫，別後的時光漫長，詞中「木葉」句以下料想別後情狀。秋風落葉，見到空中的飛雁，內心所發出的「書有無」一問，透露出對親人來信的期盼，過片卻反承其意，謂「無書尚可」，筆調跳出別情而轉到對祐之文才的稱譽，但所稱「好語」又同樣可指相思情懷的抒寫，則其內在旨趣仍在別後的思念。末二句「風雨斷腸」語歸結到相思之苦，若參讀同一題旨的〈臨江仙〉〈鐘鼎山林都是夢〉「記取小窗風雨夜，對牀燈火多情」二句，則斷腸之愁思更因眼前的寂寥風雨勾引起兄弟風雨夜話的美好回憶，一樣的風雨，別樣的心情！同時，兄弟風雨夜話又令人想到蘇軾兄弟相約早退之事（參見〈臨江仙〉「鐘鼎山林都是夢」相關注釋），因而結句「小山生桂枝」，不只照應前文「木葉下」、「雁來」等秋景，更借淮南小山〈招隱士〉語句寄寓歸隱情趣。

送別而多言別後情事，折柳送別而怨江柳無情，期盼飛雁傳書而稱「雁無書尚可」，風雨斷腸而轉歸到小山桂枝叢生之幽趣。短短令曲，筆觸跳脫逆轉，抒發出曲折跌宕的複雜情懷。

菩薩蠻

晝眠秋水[1]

葛巾自向滄浪濯，朝來漉酒那堪著[2]。高樹莫鳴蟬[3]，晚涼秋水眠。竹牀能幾尺，上有華胥國[4]。山上咽飛泉，夢中琴斷絃[5]。

【注　釋】❶秋水　指秋水堂，稼軒瓢泉所建一堂閣。❷葛巾自向滄浪濯二句　意謂早上用來過濾酒的頭巾，當在溪水中洗淨再裹頭。《宋書・隱逸傳》：「郡將候潛，值其酒熟，取頭上葛巾漉酒，畢，還復著之。」漉酒，濾酒。《孟子・離婁上》：「有孺子歌曰：『滄浪之水清兮，可以濯我纓；滄浪之水濁兮，可以濯我足。』」滄浪，泛指隱居之溪水。❸高樹莫鳴蟬　《吳越春秋》卷三：「夫秋蟬登高樹，飲清露，隨風撝撓，長吟悲鳴。」❹華胥國　指夢境。《列子・黃帝》：「(黃帝)晝寢而夢，遊於華胥氏之國。……其國無師長，自然而已。其民無嗜欲，自然而已。不知樂生，不知惡死，故無夭殤。不知親己，不知疏物，故無愛憎。不知背逆，不知向順，故無利害。」❺山上咽飛泉二句　化用伯牙破琴典故。《呂氏春秋・本味》：「伯牙鼓琴，鍾子期聽之。方鼓琴而志在太山，鍾子期曰：『善哉乎鼓琴！巍巍乎若太山。』少選之間而志在流水，鍾子期又曰：『善哉乎鼓琴！湯湯乎若流水。』鍾子期死，伯牙破琴絕絃，終身不復鼓琴，以為世無足復為鼓琴者。」章謙亨〈摸魚兒・過期思稼軒之居〉：「秋水觀，環繞滔滔瀑布。參天林木奇古。雲烟只在闌干角，生出晚霞微雨。」

【語　譯】葛巾自當在清澈的溪水中洗濯，早上濾過酒怎好再往頭上裹。高樹上蟬兒莫要鳴唱，傍晚天涼正好閒眠秋水堂。　竹床能有幾尺，上面卻有個華胥國。山上飛泉幽咽，夢中琴絃斷裂。

【研　析】這首詞具體作年不詳，題云「晝眠秋水」，又有「葛巾」「漉酒」語，與〈哨遍・秋水觀〉、〈哨遍〉(一壑自專)「從今自釀躬耕米」相應，大概亦為慶元五年(西元一一九九年)或稍後所作。稼軒時年約六十，閒居瓢泉。

早上用葛布頭巾濾酒，再到溪邊清洗頭巾，似不及陶淵明「取頭上葛巾漉酒，畢，還復著之」那般灑脫不拘，但「滄浪濯」三字則透出林泉幽隱情趣。近晚天氣涼爽，樹上蟬聲鳴唱，在秋水堂竹床上散髮閒躺，漸入夢鄉，則為林泉閒居之生活畫面。詞筆至此，情調大體閒適自得，然「那堪」、「莫」、「能」等字眼則又見出其內心某種不平靜，至結末二句遂呈現出飛泉幽咽、琴絃斷裂的悲怨情境。山上飛泉，蓋為實景，而與「夢中琴斷絃」，虛實相融，當為化用伯牙、子期知音典故，或許暗寓對某摯友的悼念之情。

賀新郎

柳暗凌波路❶。送春歸、猛風暴雨，一番新綠。千里瀟湘葡萄漲❷，人解扁舟欲去。又檣燕留人相語❸。艇子飛來生塵步❹，唾花寒、唱我新番句❺。波似箭，催鳴櫓。

黃陵祠❻下山無數。聽湘娥泠泠曲罷❼，為誰情苦？行到東吳❽春已暮，正江闊潮平穩渡。望金雀觚稜❾翔舞。前度劉郎今重到，問玄都千樹花存否❿。愁為倩，么絃訴⓫。

【詞牌】**賀新郎**

又名〈金縷曲〉、〈乳燕飛〉、〈賀新涼〉、〈風敲竹〉、〈貂裘換酒〉等。此調正體雙調一百十六字，上、下片各十句六仄韻。稼軒此詞雙調一百十七字，上、下片各十句七仄韻。

【注釋】❶凌波路　指江上堤路。凌，渡過。曹植〈洛神賦〉：「凌波微步，羅襪生塵。」凌波，四卷本作「清波」。❷千里瀟湘葡萄漲　千里瀟湘，水漲波綠。瀟湘，即湘水（今湖南湘江），瀟水為湘水上游重要支流，故稱瀟湘。葡萄，指葡萄酒，喻碧波。李白〈襄陽歌〉云：「遙看漢水鴨頭綠，恰似葡萄初醱醅。」❸又檣燕留人相語　船桅上的燕子又呢喃啼語，挽留行人。杜甫〈發潭州〉：「岸花飛送客，檣燕語留人。」檣，船桅杆。❹艇子飛來生塵步　艇子，輕便小船。生塵步，步伐輕盈飄逸。❺唾花寒唱我新番句　調歌女唱新詞。《趙飛燕外傳》載飛燕與妹婕妤坐，誤唾婕妤袖。婕妤曰：「姊唾染人紺袖，正似石上華。假令尚方為之，未必能若此衣之華。」蘇軾〈夢回文〉：「酡顏玉盌捧纖纖，亂點餘花唾碧衫。歌咽水雲凝靜院，夢驚松雪落空岩。」新番句，依舊譜填製的新詞句。番，通「翻」。❻黃陵祠　又稱二妃廟。傳說舜帝南巡，二妃娥皇、女英從征，溺於湘江。百姓奉為湘水之神，立祠於江邊黃陵山（在今湖南湘陰北）。❼聽湘娥泠泠曲罷　湘娥，湘水女神。泠泠，形容聲音清脆。❽東吳　指建康（今江蘇南京），三國時吳國都城。❾金雀觚稜　雕有金鳳的殿閣簷角。❿前度劉郎今重到二句　用唐劉禹錫遊玄都觀詩意。劉禹錫〈元和十一年自朗州承召至京戲贈看花諸君子〉：「玄都觀裏桃千樹，盡是劉郎去後栽。」又遭貶謫，十餘年後返京，作〈再遊玄都觀〉：「百畝中庭半是苔，桃花淨盡菜花開。種桃道士歸何處，前度劉郎今又來。」⓫愁為倩二句　倩，請。么絃，細絃，指琵琶第四絃。此代指琵琶。

【語　譯】楊柳掩映江上堤路。狂風暴雨送春歸去，洗出一派新綠。千里瀟湘水漲波碧，行人解開船纜即將離去。船桅上呢喃春燕勸人留步。歌女乘舟飄然而至，泠然吟唱我新翻的詞曲。波濤似箭，槳聲催促。黃陵祠下群峰簇簇。聽罷湘娥清脆的歌聲，心情為何那般淒苦？船到建康已是春暮，正值江闊浪靜船帆穩渡。遙望殿閣簷角雕鳳展翅飛舞。昔日劉郎如今重來，借問玄都觀裡千樹桃花還在否。愁懷託請琵琶絲絃來傾訴。

【研　析】詞中有「瀟湘」、「黃陵祠」語，當作於湖南為官時期。稼軒淳熙六年春暮自湖北轉運副使調任湖南轉運副使，秋知潭州，兼湖南安撫使。次年冬遷知隆興，兼江西安撫使。本詞作於暮春，當在淳熙七年（西元一一八〇年）。稼軒時年四十一。

這是一首送別友人入京之作。時值暮春，遂從送春起筆，為送人作鋪墊，渲染氣氛。「柳暗」二字為春暮之景，又暗寓送別之意，與下句「送春歸」意脈相通。狂風暴雨送春歸去，洗出滿眼新綠，浩渺瀟湘，碧波蕩漾。如此美妙的景象，消融了送春之歎惋，卻不能阻止人間之別離，則更加重了離恨別愁。「人解扁舟欲去」，即將分別，如箭在弦上。此時筆調卻作回緩，託檣上春燕呢喃細語，深情勸留；美若湘神的歌女，吟唱我新翻的歌曲，聲韻淒清。岸邊依依惜別，難捨難分；江上鳴櫓催發，急流如箭。其情形恰似柳永〈雨霖鈴〉中「方留戀處，蘭舟催發」，一緩一急，相反相成。

離舟順流遠去，詞人思緒追隨前往，想像友人將要途經的黃陵祠、東吳之地。黃陵祠令人想到娥皇、女英與舜帝的生離死別，湘娥泠泠之曲，憂傷哀怨。聞者情苦，自是為湘娥怨曲所動，然「為誰」一問而無答，似又不止於為湘娥而悲，蓋兼有自身哀怨。「行到東吳」以下五句，筆調轉而蕩開，預想友人到金陵，潮平船穩，殿閣飛簷如鳳舞相迎。入臨安，彷若當年劉禹錫重遊玄都觀。劉詩云「桃花淨盡菜花開」，則昔日之「桃千樹」已不復存在。稼軒此時尚在湖南，不知京城情形，遂出以探問之語。大概友人乃經歷貶謫之後而歸朝，故而對其入朝後之境遇有所憂慮。末二句承此意脈而以愁情作結，同時也關合送別情事。

詞作在送春背景中抒寫離別之情。臨別的依依深情，對友人別後旅途的揣想及其入朝後的關心，都透露出稼軒與友人間相知情深。

賀新郎

賦琵琶

鳳尾龍香撥❶。自開元、〈霓裳曲〉❷罷，幾番風月。最苦潯陽江頭客，畫舸亭亭待發❸。記出塞、黃雲堆雪。馬上離愁三萬里❹，望昭陽宮殿孤鴻沒❺。絃解語，恨難說❻。

遼陽驛使音塵絕❼。瑣窗寒、輕攏慢撚❽，淚珠盈睫。推手含情還卻手❾，一抹〈梁州〉哀徹❿。千古事、雲飛煙滅。賀老定場⓫無消息，想沉香亭⓬北繁華歇。彈到此，為嗚咽⓭。

【注　釋】❶鳳尾龍香撥　指琵琶。鳳尾，喻琵琶之架絃凹槽。龍香，又稱垂柏，常綠喬木，有芳香。撥，絃樂器的彈撥用具。鄭嵎〈津陽門詩〉「玉奴琵琶龍香撥」句自注：「貴妃妙彈琵琶，其樂器聞於人間者，有邏逤檀為槽，龍香柏為撥者。」蘇軾〈宋叔達家聽琵琶〉：「數絃已品龍香撥，半面猶遮鳳尾槽。」❷開元霓裳曲　指唐玄宗開元時期的琵琶曲〈霓裳羽衣曲〉。❸最苦潯陽江頭客二句　用白居易〈琵琶行〉詩意：「潯陽江頭夜送客，楓葉荻花秋瑟瑟。主人下馬客在船，舉酒欲飲無管絃。醉不成歡慘將別，別時茫茫江浸月。忽聞水上琵琶聲，主人忘歸客不發。」潯陽，唐郡名，治所在今江西九江市。

❹記出塞黃雲堆雪二句　用王昭君出塞典故。據《漢書・匈奴列傳》，漢元帝竟寧元年「以後宮良家子王嬙字昭君賜單于」。晉石崇〈王明君辭〉序云：「王明君者，本是王昭君，以觸文帝諱改之。匈奴盛請婚於漢，元帝以後宮良家子昭君配焉。昔公主嫁烏孫，令琵琶馬上作樂，以慰其道路之思。其送明君亦必爾也。其造新之曲，多哀怨之聲。」李商隱〈王昭君〉：「馬上琵琶行萬里，漢宮長有隔生春。」❺望昭陽宮殿孤鴻沒　言昭君回望，漢宮隨孤鴻而隱沒。昭陽，漢宮殿名，在未央宮。庾信〈王昭君〉：「拭啼辭戚里，回顧望昭陽。」❻絃解語二句　意謂琵琶曲難以盡訴心中別恨。此用杜甫〈詠懷古跡〉詩意：「千載琵琶作胡語，分明怨恨曲中論。」❼遼陽驛使音塵絕　言塞外征人無音信。遼陽，今屬遼寧省。沈佺期〈獨不見〉：「九月寒砧催木葉，十年征戍憶遼陽。白狼河北音書斷，丹鳳城南秋夜長。」❽瑣窗寒輕攏慢撚　言征婦在寒窗下彈奏琵琶，寄託相思。瑣窗，指鏤刻連瑣圖案的窗櫺。攏、撚，琵琶指法。白居易〈琵琶行〉：「輕攏慢撚抹復挑，初為〈霓裳〉後〈六幺〉。」❾推手含情還卻手　深情彈奏琵琶之狀。《藝文類聚》卷四十四「琵琶」條引《釋名》曰：「琵琶，本於胡中，馬上所鼓也。推手前曰琵，引卻曰琶，因以為名。」❿一抹梁州哀徹　指曲終。抹，琵琶指法。梁州，又稱〈涼州〉，琵琶曲名。徹，盡；終。⓫賀老定場　指賀懷智彈奏琵琶壓場。元稹〈連昌宮詞〉：「夜半月高絃索鳴，賀老琵琶定場屋。」蘇軾〈虞美人・琵琶〉：「定場賀老今何在？幾度新聲改。」賀老，賀懷智，唐開元、天寶間宮廷琵琶師，著有《琵琶譜》(見沈括《夢溪筆談》卷六)。定場，壓場。⓬沉香亭　在唐興慶宮圖龍池東，唐玄宗、楊貴妃常於此遊樂。李白〈清平調三首〉其三：「解釋春風無限恨，沉香亭北倚闌干。」⓭彈到此二句　白居易〈琵琶行〉：「淒淒不似向前聲，滿座重聞皆掩泣。」

【語　譯】琵琶絃上龍香撥。自開元名曲〈霓裳羽衣〉絕響後，不知歷經幾度風月。潯陽江邊送客最愁苦，江上畫船矗立待發。想起昭君出塞，黃沙茫茫捲飛雪。馬上奏琵琶，離愁相伴三萬里，回望昭陽殿與孤鴻同隱沒。琵琶絃上細語，心中離恨難訴說。

塞外遼陽音書斷絕。寒窗下懷抱琵琶靜靜彈，淚珠掛滿眉睫。絃聲聲含深情，〈梁州〉曲終哀切。千古往事雲消煙滅。當年妙技壓場的賀懷智杳無消息，沉香亭北的繁華已衰歇。彈奏到此時此境，令人傷懷嗚咽。

【研　析】這首詞作年不詳。鄧廣銘《稼軒詞編年箋注》據廣信書院本編次附於淳熙九年(西元一一八二年)諸作之後。

題詠樂器自以樂曲及相關典故為敷衍內容，稼軒這首題詠琵琶的詞作，其特色在於擇取數種琵琶曲和幾則典故調度成充滿世事感慨和人生別怨情調的琵琶新曲。起筆切入所詠之物，亮出製作精美的琵琶。龍香撥和鳳尾狀的絃槽，暗示出琵琶即將奏出樂曲，與末尾「彈到此，為嗚咽」二句相呼應，令讀者感到全詞展示的就是一部琵琶曲的演奏過程。上片可視為樂曲的兩個樂章。第一樂章由盛唐名曲〈霓裳羽衣〉終奏開始，一「罷」字蘊含白居易〈長恨歌〉中「漁陽鼙鼓動地來，驚破〈霓裳羽衣曲〉」之意。歷經安史之亂，盛唐轉衰，幾番風月，曾經「名屬教坊第一部，曲罷曾教善才伏」的京城琵琶女，流落到潯陽江上獨守空船，所彈奏的〈霓裳〉「絃絃掩抑聲聲思，似訴平生不得志」，引發「謫居臥病潯陽城」的白居易慨歎「同是天涯淪落人」，為之翻作〈琵琶行〉，重聞其曲則淚濕青衫（參見白居易〈琵琶行〉）。這便是稼軒詞所云「最苦潯陽江頭客」。第二樂章轉到昭君出塞。如果說第一樂章所表現的世事人生感慨因其江南水鄉背景而呈現出淒婉情調，那麼第二樂章則為讀者展現茫茫無際、塵沙飛揚、風雪瀰漫的塞北離愁、家國別恨，旋律哀怨悲壯。

過片開啟第三樂章，敘述征婦獨守寒窗，懷抱琵琶，含淚彈奏，傾訴相思之苦。其情事彷彿在重現沈佺期〈獨不見〉中「盧家少婦」的故事：「九月寒砧催木葉，十年征戍憶遼陽。白狼河北音書斷，丹鳳城南秋夜長。」所不同的是稼軒以細膩的筆觸勾畫出了思婦彈奏琵琶時的神情舉止，給人以如臨其境之感。

「千古事」之後為末曲，感歎世事如雲煙，人生短暫，繁華易歇！全詞展現的樂曲在嗚咽聲中結束，又令人想到〈琵琶行〉的結尾：「淒淒不似向前聲，滿座重聞皆掩泣。座中泣下誰最多，江州司馬青衫濕。」稼軒對白居易從京官貶為江州司馬的遭遇感慨尤深，也透露出其自身遭受罷職的失意心態。

賀新郎

賦海棠

著厭霓裳❶素。染胭脂、苧羅山❷下，浣沙溪❸渡。誰與流霞❹千古醞，引得東風相誤。從臾入、吳宮深處❺。鬢亂釵橫渾不醒❻，轉越江、剗地迷歸路❼。煙艇小，五湖去❽。

當時倩得春留住。就錦屏一曲，種種斷腸❾風度。才是清明三月近，須要詩人妙句。笑援筆、殷勤為賦。十樣蠻箋❿紋錯綺，粲珠璣、淵擲驚風雨⓫。重喚酒，共花語⓬。

【注　釋】❶霓裳　雲衣。傳說中的仙衣。《楚辭·九歌·東君》：「青雲衣兮白霓裳。」❷苧羅山　在今浙江諸暨南，一說在今浙江蕭山縣境。傳說為西施故鄉。❸浣沙溪　即浣江，在苧羅山下，有浣紗石，傳說為西施浣紗處。❹流霞　指美酒。王充《論衡·道虛篇》載項曼都語：「口飢欲食，仙人輒飲我以流霞一杯。每飲一杯，數月不飢。」❺從臾入吳宮深處　言西施被慫恿進入吳國深宮。從臾，慫恿。《吳越春秋·句踐陰謀外傳》載越王句踐為吳王夫差所敗，用大夫文種之謀，於苧羅山得美女西施，獻於吳王。❻鬢亂釵橫渾不醒　用楊貴妃典故。《太真外傳》載唐玄宗登沉香亭，詔太真妃子。妃子醉未醒，「醉顏殘粧，鬢亂釵橫」。玄宗笑曰：「豈是妃子醉，真海棠睡未足耳。」❼轉越江剗地迷歸路　言西施回到越國，卻迷失了歸路。越江，泛指越地江河。剗地，反而。❽煙艇小二句　傳說范蠡佐越王句踐滅吳後，攜西施泛舟五湖。五湖，指太湖及其附近胥湖、蠡湖、洮湖、滆湖四湖。❾斷腸　指海棠。秋海棠，又名斷腸花。《嫏嬛記》卷中引《采蘭雜志》載有女子念其所愛而不得見，憂傷泣涕。淚灑處生草，「其花甚媚，色如婦面，……名曰斷腸花，又名八月春，即今之秋海棠也」。❿十樣蠻箋　指蜀地所產十色紙。曾慥《類說》卷五十三引《談苑》載韓浦贈韓洎詩：「十樣蠻箋出益州，寄來新自浣溪頭。」楊慎《丹鉛續錄》卷十一引《成都古今記》載十色之目曰：深紅、粉紅、杏紅、明黃、深青、淺青、深綠、淺綠、銅綠、淺雲。⓫粲珠璣淵擲驚風雨　喻詩文美妙，文筆快捷。珠璣，珠玉，此喻美妙詩文。韓愈〈送靈師〉：「失職不把筆，珠璣為君編。」驚風雨，喻文筆迅捷。杜甫〈寄李十二白二十韻〉：「筆落驚風雨，詩成泣鬼神。」⓬共花語　曾慥《類說》卷二十一引《開元天寶遺事》載唐玄宗稱楊貴妃為「解語花」。

【語　譯】厭煩了雲衣的素淡。在苧羅山下的浣江裡，洗染出胭脂似的紅豔。誰賦予你千古玉液般的芳香，招來東風吹拂，慫恿你誤入吳宮深處。釵橫鬢亂酣醉未醒，回到越國水鄉卻迷失歸路。一葉小舟在五湖煙波中飄蕩離去。　當時曾邀來春天暫住。在美麗的曲屏上，盡展海棠花的無限風度。三月清明臨近，正待詩人題詠妙句。欣然提筆賦深情，彩箋綺紋縱橫交錯。驚風急雨般跳躍的詩句，如璀璨的珠玉在江面灑落。再次召來美酒佳釀，願伴海棠花共敘衷腸。

【研　析】這首詞作年不詳。鄧廣銘《稼軒詞編年箋注》據廣信書院本編次繫於淳熙九年（西元一一八二年）諸作之後。

題詠海棠花的詩詞盛於宋代，唐詩中不多見，故晚唐詩人薛能〈海棠詩〉序云：「蜀海棠有聞，而詩無聞。」然而唐玄宗稱「醉顏殘粧」的楊貴妃為「海棠睡未足」（見《太真外傳》），則為宋人題詠海棠的常用典故，蘇軾〈海棠〉詩「只恐夜深花睡去，更燒高燭照紅妝」，即因巧用此典而廣為傳誦。稼軒題詠海棠，必然會想到這則有名的典故，詞中「鬢亂釵橫渾不醒」顯然是直用其事，但連貫上下文，詞句所描寫的並非楊妃，而是西施。這是稼軒的創意所在。

詞作上片以西施喻海棠，幾乎是西施生平傳說的梗概，依次寫到苧羅山下浣紗、誤入吳宮及伴范蠡泛舟五湖，而其中又有貼合海棠的描狀和想像，如「霓裳素」、「染胭脂」，即海棠之色；「誰與」二句則由海棠之芳香，透過楊妃醉而聯想到仙酒，又以酒香引得春風吹送，喻西施因貌美而被迫誤入吳宮；「鬢亂」數句又將楊妃醉轉到西施身上，虛構出醉意未醒的西施因迷失歸路而無奈地隨范蠡泛舟五湖。「東風相誤」、「迷歸路」均屬想像之筆，在平添情趣的同時更透露出對西施遭遇的同情。在稼軒看來，苧羅山下浣紗女為西施的本色，離開吳宮後返歸苧羅山才是其歸宿，而入吳宮及泛五湖皆為人生之誤，其中有許多的無奈和無助，令人歎惋！

如果說上片託西施身世演繹海棠花開花謝，下片則以畫和詩展現海棠之絢爛。其精妙筆觸令讀者深切感受到，海棠花的無限風情，在錦屏上曲折延展的繪畫中盡情綻放；海棠花的青春亮麗，在蠻箋上珠光玉潤的詩句中閃爍跳蕩。海棠花如此魅力動人，令人情不自禁「重喚酒，共花語」。

賀新郎

賦水仙

雲臥衣裳冷❶。看蕭然、風前月下，水邊幽影。羅襪塵生凌波去❷，湯沐❸煙江萬頃。愛一點、嬌黃成暈。不記相逢曾解佩❹，甚多情、為我香成陣。待和淚，收殘粉。

靈均千古〈懷沙〉恨❺。記當時、匆匆❻忘把，此仙題品。煙雨淒迷僝僽❼損，翠袂搖搖誰整❽？謾寫入、瑤琴幽憤❾。絃斷招魂❿無人賦，但金杯的皪銀臺潤⓫。愁殢酒，又獨醒⓬。

【注　釋】❶雲臥衣裳冷　以雲中仙子喻水仙花。此用杜甫〈遊龍門奉先寺〉詩句：「天闕象緯逼，雲臥衣裳冷。」❷羅襪塵生凌波去　言水仙花如江上仙女在煙波中飄然而去。此用曹植〈洛神賦〉語：「體迅飛鳧，飄忽若神。凌波微步，羅襪生塵。」黃庭堅〈王充道送水仙花五十枝欣然會心為之作詠〉：「凌波仙子生塵襪，水上輕盈步微月。」❸湯沐　沐浴。陳鴻《長恨歌傳》：「浴日餘波，賜以湯沐。」❹解佩　解下佩飾相贈。《太平御覽》卷六十引《列仙傳》：「江妃二女，遊于江濱，逢鄭交甫，遂解佩與之。交甫受佩而去，數十步，懷中無佩，女亦不見。」❺靈均千古懷沙恨　謂屈原作〈懷沙〉而自沉，留下千古悲恨。《史記・屈原賈生列傳》載屈原遭上官大夫等人陷害，被頃襄王謫遷，作〈懷沙〉，懷石投汨羅江而死。王嘉《拾遺記》載屈原「被王逼逐，乃伏清冷之淵。楚人思慕，謂之水仙」。屈原，字靈均（見〈離騷〉）。❻匆匆　心神恍惚。稼軒〈八聲甘州〉（故將軍飲罷夜歸來）：「恨灞陵醉尉，匆匆未識，桃李無言。」❼僝僽　憔悴。王逐客〈浪淘沙・楊梅〉（素手水晶盤）：「色淡香消僝僽損，才到長安。」❽翠袂搖搖誰整　意謂水仙翠葉搖搖欲敗，誰為護養。稼軒〈念奴嬌・賦白牡丹和范先之韻〉（對花何似）：「天香染露，曉來衣潤誰整。」❾瑤琴幽憤　古琴曲有〈水仙操〉，傳說春秋時著名琴師伯牙「聞水聲澒洞，山林杳冥，羣鳥悲號」，援琴而作〈水仙操〉（參見曾慥《類說》卷五十一引《樂府解題》）。又，西晉嵇康善琴，有〈琴賦〉，作〈幽憤詩〉。❿招魂　《楚辭》篇目，王逸《楚辭章句》云：「宋玉憐哀屈原忠而斥棄，愁懣山澤，魂魄放佚，厥命將落，故作〈招魂〉，欲以復其精神，延其年壽。」⓫但金杯的皪銀臺潤　喻水仙花。楊萬里〈千葉水仙花〉：「世以水仙為金琖銀臺，蓋單葉者，其中真有一酒琖，深黃而金色。」李時珍《本草綱目》卷十四「水仙」：「金盞銀臺，花之狀也。……春初抽莖如蔥頭。莖頭開花數朵，大如簪頭，狀如酒杯，五尖，上承黃心，宛然盞樣。」的皪，光亮的樣子。司馬相如〈上林賦〉：「明月珠子，的皪江靡。」銀臺，指水仙之莖頭。⓬愁殢酒二句　殢酒，醉酒。秦觀〈滿庭芳〉（碧水驚秋）：「謾道愁須殢酒。酒未醒，愁已先回。」獨醒，《史記・屈原賈生列傳》載屈原對漁父說：「眾人皆醉而我獨醒。」

【語　譯】雲間高臥仙衣冷。微風淡月，水邊翩翩幽影。水霧縹緲間凌波微步，沐浴煙江萬頃。最愛那嬌嫩的花蕾，一點淡淡的暈黃。不記得相逢時曾解佩以贈，如今為我深情吐露芬芳。不久將和淚卸殘妝。　屈原賦〈懷沙〉而自沉，留下千古遺恨。想起屈子當年心神恍惚，竟忘了為此花中仙品題詠辭賦。煙雨迷濛中憔悴瘦損，翠袂搖落誰來呵護？滿腔幽憤徒然訴諸琴曲。絃斷命絕無人賦詩招魂，花蕊如金杯閃爍，花莖似銀臺溫潤。愁懷醉飲又獨醒。

【研　析】這首詞見於四卷本甲集，當作於淳熙十五年（西元一一八八年）正月結集之前，具體作年難以確考。

水仙有仙與花之別。宋之前大都指水中神仙，與江妃、河伯相類，王嘉《拾遺記》載楚人以屈原為「水仙」，陶弘景有〈水仙賦〉，杜甫〈桃竹杖引〉云「江妃水仙惜不得」，白居易〈江上吟元八絕句〉云「應有水仙潛出聽」，均指水之仙，〈水仙操〉之曲名亦與此有關。至於花之名水仙，明代李時珍釋云：「此物宜卑濕處，不可缺水，故名水仙。金盞銀臺，花之狀也。」（《本草綱目》卷十四）宋人題詠水仙花始以花喻仙，亦仙亦花，實乃對花名「水仙」的詩意解釋，正如黃庭堅詩云「借水開花自一奇，水沉為骨玉為肌」（〈次韻中玉水仙花〉）、「得水能仙天與奇」（〈劉邦直送早梅水仙花〉）。稼軒本詞「賦水仙」未脫宋人習俗，且立意上很可能受到黃庭堅〈王充道送水仙花五十枝欣然會心為之作詠〉一詩的影響。黃庭堅詩云：「凌波仙子生塵襪，水上輕盈步微月。是誰招此斷腸魂，種作寒花寄愁絕。」用到洛神、屈原典故，稼軒詞亦主要由此二典故演繹而成。上片想像出清風淡月的夜晚，一位雲中仙女飄然降臨水邊，凌波微步，沐浴在煙波蕩漾的萬頃江中。

「愛一點、嬌黃成暈」，為工筆點畫其貌，「嬌」、「暈」二字貼切傳神。「不記」四句，化用江妃解佩典故，寫其一生多情。江濱解佩，為昔日之多情。言「不記」，乃故弄筆姿以增情趣；「為我香成陣」，為今日之多情；「待和淚」二句喻花謝，寓別恨，則為他日之多情也。

下片轉用楚人稱屈原為水仙之典故，過片即重筆揭示其中的千古恨情，與上片結尾情調相承。屈原生前未曾題詠水仙，死後卻與之結緣，故云「匆匆忘把，此仙題品」。過片一句只寫屈原，此二句將屈原與水仙相聯，下文所寫則花與仙融為一體。「煙雨」二句令人想到屈子「至於江濱，被髮行吟澤畔，顏色憔悴，形容枯槁」（《史記・屈原賈生列傳》）。此即幽憤之狀，無以解憂，只能徒然寄諸瑤琴。絃斷，幽憤之極也，亦兼喻屈子自沉及水仙花凋謝。志潔行廉的屈子「厥命將落」，宋玉為之賦〈招魂〉；金光玉潤的水仙花枯萎凋敗，無人為之招魂。美麗的消逝卻無人為之惋惜，令人哀愁！而令人稱賞的是屈子、水仙的獨醒襟懷。屈子自言「眾人皆醉而我獨醒」，固不必說，水仙之「寒香寂寞動冰肌」（黃庭堅〈劉邦直送早梅水仙花〉）、「雪宮孤弄影，水殿四無人」（楊萬里〈水仙花〉），亦堪稱愁而獨醒。詠物寓懷，其中亦有稼軒自身的感慨。

賀新郎

陳同父自東陽來過余❶，留十餘日，與之同遊鵝湖❷，且會朱晦菴於紫溪❸，不至，飄然東歸。既別之明日，余意中殊戀戀，復欲追路，至鷺鷥林❹，則雪深泥滑，不得前矣。獨飲方村❺，悵然久之，頗恨挽留之不遂❻也。夜半投宿吳氏泉湖四望樓❼，聞鄰笛甚悲❽，為賦〈乳燕飛〉❾以見意。又五日，同父書來索詞，心所同然者如此，可發千里一笑。

把酒長亭說。看淵明❿、風流酷似，臥龍諸葛⓫。何處飛來林間鵲，蹙踏⓬松梢殘雪。要破帽多添華髮。剩水殘山無態度，被疏梅料理成風月⓭。兩三雁，也蕭瑟⓮。

佳人⓯重約還輕別。悵清江天寒不渡，水深冰合。路斷車輪生四角⓰，此地行人銷骨⓱。問誰使君來愁絕？鑄就而今相思錯，料當初費盡人間鐵⓲。長夜笛，莫吹裂⓳。

【注　釋】❶陳同父句　陳同父，即陳亮（西元一一四三—一一九四年），字同父（又作甫），婺州永康（今屬浙江）人。稼軒知友。東陽，縣名，治所在今浙江東陽。❷鵝湖　山名，在今江西鉛山縣。山上有湖，原名荷湖，東晉人龔氏居山養鵝，改名鵝湖。❸且會朱晦庵於紫溪　朱晦庵，即朱熹（西元一一三〇—一二〇〇年），字元晦，一字仲晦，別號晦庵，徽州婺源（今屬江西）人。紫溪，鎮名，在鉛山縣（今屬江西）南。❹鷺鷥林　疑在常山縣（今屬浙江）鷺鷥山。❺方村　疑即常山縣芳村溪。❻不遂　未成。❼吳氏泉湖四望樓　不詳。當在方村附近。❽聞鄰笛甚悲　暗用西晉向秀聞笛典故。向秀〈思舊賦序〉謂路過故友舊居，「鄰人有吹笛者，發聲寥亮。追思曩昔遊宴之好，感音而歎，故作賦云」。❾乳燕飛　〈賀新郎〉之別名，來自蘇軾〈賀新郎〉詞句「乳燕飛華屋」。❿淵明　即陶淵明。此喻陳亮。⓫臥龍諸葛　即諸葛亮（西元一八一—二三四年），字孔明，琅琊陽都（今山東沂南南）人。三國時蜀相。早年躬耕隆中（今湖北襄陽西），友人徐庶薦於劉備，稱為「臥龍」。⓬蹙踏　踐踏。⓭剩水殘山無態度二句　意謂溪流水落，山林凋殘，全無生氣，被幾枝稀疏的梅花裝點成了風月美景。⓮蕭瑟　寂寞淒涼。⓯佳人　指陳亮。⓰路斷車輪生四角　謂積雪阻斷道路，車馬難行。陸龜蒙〈古意〉：「願得雙車輪，一夜生四角。」⓱銷骨　刻骨消魂。孟郊〈答韓愈李觀因獻張徐州〉：「富別愁在顏，貧別愁銷骨。」⓲鑄就而今相思錯二句　借鑄鐵為錯刀，喻友人間情誼深厚致使別後刻骨思念。錯，有錯刀、錯誤二義。此取錯刀之意，喻刻骨相思之情。《資治通鑑》卷二百六十五載唐天祐三年（西元九〇六年），魏州節度使羅紹威因牙軍不為所制，乞援汴帥朱全忠。汴軍留魏半年，耗費無數。汴軍去後，「紹威悔之，謂人曰：『合六州四十三縣鐵不能為此錯也。』」此雙關錯刀、錯誤二義。⓳長夜笛二句　意謂夜長而笛聲不息，莫要把竹笛吹裂。此用唐開元間鏡湖獨孤生吹裂竹笛典故（見《太平廣記》卷二百四「李謨」條）。

【語　譯】陳同父從東陽來相聚，住了十多天。我與他同遊鵝湖，準備和朱晦庵在紫溪相會。晦庵沒來，同父飄然東歸。別後第二天，我心中特別戀念，又想把他追回來，追到鷺鷥林，雪深路滑，不能前行了。我在方村獨飲，惆悵很久，非常悔恨沒能把他留住。夜半時分，我投宿吳氏泉湖四望樓，聽到鄰屋傳來悲戚的笛聲，為此作〈乳燕飛〉抒發情懷。五天後，同父來信索求詞作，我倆如此心靈相通，千里之外可會心一笑。

把酒長亭話別。看你退居田園像淵明，風度才識則酷似臥龍諸葛。林間喜鵲不知從何處飛來，踏落松梢殘雪，要在我們的破帽上多添些白髮。剩水殘山全無風致，卻被疏落的梅花點綴出一片風月。空中兩三隻飛雁鳴聲蕭瑟。　同父你看重相聚又輕易離別。悵歎寒江凍結無法渡越。前路阻斷，車輪如生四角而不能轉動，行人至此愁腸寸裂。試問為何這般悲愁欲絕？鑄成今日刻骨相思之錯刀，想來當初耗費盡人間情義之鐵。漫漫長夜笛聲悠悠，莫要把那笛管吹裂。

【研　析】這首詞作於淳熙十五年（西元一一八八年）冬。稼軒時年四十九，閒居帶湖。

詞序簡明敘述了作詞事由。陳亮自東陽來到上饒，與稼軒相聚同遊十餘日。因朱熹爽約未至，陳亮「飄然東歸」。別後第二天，稼軒戀念不已而欲追回陳亮，途中為大雪所阻，悵然獨飲，夜聞鄰笛，賦詞見意。事情經過清晰明暸，其言語情調則透露出此次鵝湖之會的非同一般。辛、陳為志同道合的摯友，性情豪爽，均非兒女情長之人。此次相聚十餘日而別，亦非聚散匆匆，且二人所居相距並不遙遠，陳亮歸後「書來索詞」，僅五、六天，可見傳書、互訪均非難事，稼軒別後何以「意中殊戀戀」？何至於以帶病之身（辛氏同調和答陳亮詞有云「我病君來高歌飲」）冒雪追之？追之不及而竟至於「悵然久之，頗恨挽留之不遂也」。細品詞序，可以感到：其一，辛、陳此次相聚傾談甚歡。數年後辛氏在〈祭陳同父文〉中述及二人平生交情時難以忘懷的是「與同父憩鵝湖之清陰，酌瓢泉而共飲，長歌相答，極論世事」。「極論世事」一語及本詞譽陳亮「風流酷似臥龍諸葛」，則透露出二人鵝湖聚談蓋關涉抗金恢復之事。其二，此次相聚又留下了深深的遺憾，其原因在於朱熹的爽約。當時畏金如虎的太上皇趙構駕崩後，平生志在恢復的陳亮感到時局轉機來臨，希望其眼中的文臣、武將之翹楚朱熹、辛棄疾能合力完成恢復大業，因而精心策劃了這次辛、陳、朱三方會晤，朱熹卻沒有赴約。辛、陳二人當對此深感遺憾，別後亦難釋懷，稼軒遂「意中殊戀戀，復欲追路」。

本詞為稼軒首唱之作，從長亭話別起筆，繼而以陶淵明、諸葛亮擬比陳亮，既暗示出二人聚談關涉世事時局，也與陳氏身在田園而心繫天下的志趣才識相稱。陳氏自述早年即「慨然有經略四方之志」（〈中興五論跋〉），平生志在抗金恢復，鑑古論今，考察軍事地形，屢次上書孝宗論述抗敵策略。詞中謂其「風流酷似，臥龍諸葛」，確非虛譽，同時也見出稼軒對陳亮的知賞。

詞為別後寄懷之作，自然以別情為主旨。「看淵明」二句從相聚過渡到相別，流露出相知的歡洽，也反襯出相別的淒然和別後的悵然。上片「何處」句以下即描述相別情境，融情入景。一片殘山剩水之中，點綴的是幾枝梅花、雪松上的幾隻喜鵲和空中幾隻淒涼飛鳴的大雁，兩位壯志難酬的豪傑人物對此話別，那份悲涼是可以想見的。

下片敘述別後追之不及的情形。過片「重約」二字，見出陳亮對此次會晤的重視；「輕別」，即序中所言「飄然東歸」，則見出陳氏的躁急性情和失望心態，稼軒別後的匆匆追趕，當存有勸慰友人的意圖，同時對朱熹的赴約或許還保留一線希望，意欲追回陳亮再等些時日。然而終因天寒地凍，水陸兩絕，未能追及挽留，悵然愁絕！「行人銷骨」，乃自述情懷。「問誰使」一問跌宕情勢，筆觸轉到友人，而「問君」同時也是自問，故以相互間的深摯交情作答。末二句以夜聞鄰笛作結，上句寫實，下句言情，反用獨孤生吹裂竹笛典故，抒發聞笛之悲，句勢斬截而情韻不絕。

賀新郎

同父❶見和，再用韻答之

老大那堪說❷。似而今元龍臭味，孟公瓜葛❸。我病君來高歌飲，驚散樓頭飛雪。笑富貴千鈞如髮❹。硬語盤空❺誰來聽？記當時只有西窗月。重進酒，換鳴瑟。

事無兩樣人心別。問渠儂、神州畢竟，幾番離合❻？汗血鹽車無人顧❼，千里空收駿骨❽。正目斷、關河路絕。我最憐君中宵舞❾，道「男兒到死心如鐵」。看試手，補天裂❿。

【注　釋】❶同父　即陳亮（西元一一四三—一一九四年），字同父（又作甫），婺州永康（今屬浙江）人。稼軒知友。❷老大那堪說　意謂人老了沒什麼可說。此句承答陳亮和詞起句「老去憑誰說」。❸似而今元龍臭味二句　意謂如今只有你陳同父和我意氣相投，常有來往。元龍，指東漢陳登，字元龍，下邳（治所在今江蘇邳州）人。性格豪爽，心憂天下。臭味，意氣。孟公，指西漢陳遵，字孟公，杜陵（治所在今陝西長安）人。性好客。此以同姓故實喻指陳亮。瓜葛，交遊。❹千鈞如髮　視千鈞如毛髮。千鈞，形容重量之極大。韓愈〈與孟尚書書〉：「其危如一髮引千鈞。」❺硬語盤空　言語鏗鏘盤旋。韓愈〈薦士〉：「橫空盤硬語，妥帖力排奡。」❻問渠儂二句　請問神州大地到底有過幾次分裂。意謂自古以來，神州統一為大勢主流。渠儂，他。此為泛指。離合，偏義複詞，偏指「離」義。❼汗血鹽車無人顧　意謂千里馬被用來拉鹽車而無人關注。《戰國策・楚策四》載老駿馬拉鹽車上太行山，汗流力竭而不能上。伯樂見而哭之，馬感伯樂之知己，「仰而鳴，聲達於天，若出金石聲者」。汗血，指汗血馬，西域大宛所產天馬，汗出如血，一日千里。❽千里空收駿骨　意謂等千里馬老死後徒然收其屍骨。《戰國策・燕策一》載古有涓人（內侍官）奉君命尋求千里馬，三月而得，「馬已死，買其首五百金」。❾中宵舞　半夜起舞。此用晉祖逖、劉琨典故。《晉書・祖逖傳》載逖與劉琨交善，並有英氣，心懷時世，半夜聞雞鳴而起舞。❿補天裂　喻收復失地。《淮南子・覽冥》載：「往古之時，四極廢，九州裂，天不兼覆，地不周載。……於是女媧煉五色石以補天。」

【語　譯】人老了還有什麼可說。如今只有你和我意氣投合。我在病中迎接你的來訪，暢飲高歌震落樓頭積雪。笑談榮華富貴輕如毛髮。鏗鏘話語在空中盤旋誰來聽？記得當時只有西窗那輪明月。重斟清酒，改奏琴瑟。

事無兩樣而人心各別。試問神州大地到底有過幾次分裂？千里馬拖拉鹽車而無人憐顧，徒然在死後被人收取屍骨。放眼山河阻隔路斷絕。最令我動情的是你夜半起舞，感慨「男兒到死心如鐵」。願你親試身手，修補華夏大地的破裂殘缺。

【研　析】這首詞作於淳熙十五年（西元一一八八年）末或十六年初。稼軒時年四十九、五十，閒居帶湖。

陳亮和詞起筆即發出怨憤無處傾訴之歎：「老去憑誰說！」詞中表明恢復之事刻不容緩，慨歎報國無門而只能與稼軒互訴衷腸，但對抗金恢復大業仍信心堅定。想必辛氏讀罷，眼前頓時浮現出不久前聚談中的陳同父，故而在答詞中首先便重溫兩人相聚時極論世事的情景。上片「我病」句以下展現出高歌暢飲、高談闊論的慷慨豪邁氣勢，同時長夜默默相伴傾聽的西窗月則映襯出英雄相惜、知音恨少的悲涼。

下片應和陳亮詞作，筆觸轉到時局。過片「事無兩樣人心別」，指世人對金兵的侵占有不同想法，即抗戰和妥協兩種態度。接下「問渠儂」二句，便以分裂必歸統一的歷史事實斥責和警醒對金妥協者。「汗血」三句，回到現實，感歎妥協主和派當權，致使英雄無用武之地，終將老死而無所作為，河山依然破裂。時局令稼軒憤慨，而友人誓死不渝的抗金壯志則令其敬佩，並為之振奮，充滿信心。結末四句即抒發此情，是對友人詞作末尾堅強信念的呼應，也是與友人共勉。

賀新郎

用前韻❶送杜叔高❷

細把君詩說。悵餘音、鈞天浩蕩，洞庭膠葛❸。千丈陰崖塵不到，惟有層冰積雪❹。乍一見寒生毛髮。自昔佳人多薄命❺，對古來一片傷心月。金屋冷❻，夜調瑟。

去天尺五君家別❼。看乘空魚龍慘澹，風雲開合❽。起望衣冠神州路，白日消殘戰骨❾。歎夷甫諸人清絕❿。夜半狂歌悲風起，聽錚錚陣馬簷間鐵⓫。南共北，正分裂。

【注釋】❶前韻　指〈賀新郎〉（把酒長亭說）（老大那堪說）詞韻。❷杜叔高　即杜斿，字叔高，金華蘭溪（今屬浙江）

人。兄弟五人俱博學工文，人稱「金華五高」。❸恍餘音鈞天浩蕩二句　恍，四卷本作「悵」。鈞天，指鈞天廣樂，《史記・趙世家》載趙簡子夢遊天庭，「與百神游於鈞天，廣樂九奏八舞，不類三代之樂，其聲動心」。洞庭，廣庭。《莊子・天運》：「黃帝張〈咸池〉之樂於洞庭之野。」膠葛，曠遠的樣子。司馬相如〈上林賦〉：「張樂乎膠葛之寓。」❹千丈陰崖塵不到二句　喻詩境冷峭高潔。千丈，四卷本作「千尺」。陰崖，背陽懸崖。❺自昔佳人多薄命　佳人，喻賢能才士，此指杜斿。蘇軾〈薄命佳人〉：「自古佳人多薄命，閉門春盡楊花落。」❻金屋冷　化用漢武帝金屋藏嬌典故（見《漢武故事》）。❼去天尺五君家別　謂杜氏家世顯貴，不同一般。《辛氏三秦記》：「城南韋、杜，去天尺五。」❽看乘空魚龍慘澹二句　言魚龍慘澹經營，一旦騰空，風起雲湧。❾起望衣冠神州路二句　意謂神州禮儀之地，如今白日之下遍地殘骨，漸趨消盡。衣冠，指文明禮儀。❿歎夷甫諸人清絕　可歎權臣們似王衍只尚清談。夷甫，即王衍，字夷甫，西晉琅邪臨沂（今屬山東）人，官至宰輔，不務國事，崇尚清談。《晉書・桓溫傳》載桓溫北伐，眺望中原，慨然曰：「遂使神州陸沉，百年丘墟，王夷甫諸人不得不任其責。」⓫聽錚錚陣馬簷間鐵　聽屋簷下的風鈴錚錚如戰馬馳騁。簷間鐵，指鐵馬、簷馬。又稱風鈴、風馬兒。

【語　譯】細細品讀你的詩作。恍如茫茫天地間彌漫飄蕩的鈞天廣樂。又似千丈陰崖一塵不染，只有層冰積雪。乍一見寒氣侵襲毛髮。自古佳人命運多舛，淒涼面對傷心明月。深夜在冷寂的閨閣中撫弄琴瑟。　杜氏門第顯貴非凡。試看魚龍慘澹經營，騰空之際風雲變幻。眺望神州禮儀之地，烈日下戰骨漸漸朽爛。可歎朝堂權臣沉溺於空談。夜半狂風中放聲高歌，簷下風鈴錚錚如戰馬奔馳，南北正分裂。

【研　析】這首詞大概作於淳熙十六年（西元一一八九年）初。稼軒時年五十，閒居帶湖。

杜叔高造訪之前，陳亮來訪，別後以詞唱和，互訴情懷。杜、陳、辛三人均為志同道合的摯友。可以想到，如今的杜、辛聚談，和不久前的辛、陳聚談，話題大致相同。稼軒自然會談及陳亮來訪和相互以詞唱和之事，用與陳亮酬唱的詞調詞韻來送別杜氏，也透露出三人間相知深情。

陳亮曾稱賞杜叔高的詩作「如干戈森立，有吞虎食牛之氣」（〈復杜仲高書〉），稼軒的詞作也從評說其詩落筆。「恍餘音」二句，言詩情餘韻悠揚飄渺；「千丈」三句，言詩品高潔冷峻。「自昔」以下數句，由品詩轉到品人，以佳人命薄，獨守淒冷金屋，傷心對月撫瑟，擬比杜氏才高不遇，賦詩寄懷。

下片轉而從杜氏顯貴家世入筆，望其拋開個人得失，如魚龍乘風雲而騰空，奮起而濟世。曾是衣冠士人聚集的中原大地淪陷已久，當年抗敵戰死者的遺骨將消盡在風吹日曬中。言外之意，人們漸漸忘懷敵讎而不思恢復，而更可歎的是當今士風尚清談而棄事功。這就是稼軒勉勵杜氏的原由，也是其夜半狂歌的原由，曾經馳騁抗金戰場的經歷則令其夜聞簷下風鈴，彷彿置身於戰馬奔騰的陣地。言語間令讀者深切感受到稼軒的滿腔激憤。結末筆調回到現實時局，詞句鏗鏘有力，激盪出沉痛的憤恨和憂慮！

賀新郎

題傅君用❶山園

曾與東山❷約，為鯈魚、從容分得❸，清泉一勺❹。堪笑高人讀書處❺，多少松窗竹閣。甚❻長被、遊人占卻。萬卷何言達時用，士方窮、早與人同樂❼。新種得，幾花藥。

山頭怪石蹲秋鶚❽。俯人間、塵埃野馬❾，孤撐高攫❿。拄杖危亭扶未到，已覺雲生兩腳。更換卻、朝來毛髮⓫。此地千年曾物化⓬，莫呼猿、且自多招鶴⓭。吾亦有，一丘壑⓮。

【注　釋】❶傅君用　當為稼軒鉛山友人，生平不詳。❷東山　東晉謝安曾隱居會稽東山，後借指隱居遊憩之地。❸為鯈魚從容分得　《莊子．秋水》：「莊子與惠子遊於濠梁之上。莊子曰：『鯈魚出游從容，是魚樂也。』」郭象注：「鯈，白魚也。」❹清泉一勺　蘇軾〈過文覺顯公房〉：「斕斑碎玉養菖蒲，一勺清泉滿石盂。」❺堪笑高人讀書處　蘇軾〈遊道場山何山〉：「高人讀書夜達旦，至今山鶴鳴夜半。」高人，志行超凡之人，多指隱士。❻甚　為甚；為何。稼軒〈八聲甘州〉（故將軍飲罷夜歸來）：「甚當時、健者也曾閑。」❼士方窮早與人同樂　意謂士子處窮，樂居山林。四卷本「早」字下注「去聲」。早，通「皁」。柞栗之屬。❽鶚　鳥名，雕類。❾塵埃野馬　雲氣塵埃飄浮。《莊子・逍遙遊》：「野馬也，塵埃也，生物之以息相吹也。」❿孤撐高攫　韓愈〈南山詩〉：「孤撐有巉絕，海浴褰鵬噣。」孤撐，獨自聳立。攫，抓。⓫更換卻朝來毛髮句　意謂精疲力竭，頭髮變白。《論衡・書虛篇》：「傳書或言顏淵與孔子俱上魯太山，孔子東南望吳閶門外有繫白馬，引顏淵指以示之曰：『若見吳閶門乎？』顏淵曰：『見之。』孔子曰：『門外何有？』曰：『有如繫練之狀。』孔子撫其目而止之，因與俱下。下而顏淵髮白齒落，遂以病死。蓋以精神不能若孔子，強力自極，精華竭盡，故蚤夭死。」⓬此地千年曾物化　謂此地已歷經千年滄桑變化。物化，事物變化。⓭莫呼猿且自多招鶴　意謂不要招來猿猱，而應多喚些黃鶴來。此蓋變用李白〈蜀道難〉詩意：「黃鶴之飛尚不得過，猨猱欲度愁攀援。」⓮吾亦有二句　稼軒〈蘭陵王・賦一丘一壑〉云：「一丘壑，老子風流占卻。」

【語　譯】曾與林泉相約，分取一灣清泉，供儵魚從容游樂。可笑高人讀書之處，多少松窗竹閣。何故常被遊人占得。讀書萬卷怎說能經世致用，失意途窮士子正情寄山林之樂。最近種下幾棵芍藥。　山頂怪石如蹲伏的秋鶚。俯瞰世間塵埃飄浮，孤高聳立，舉爪欲攫。拄杖尚未登上危亭，已覺雲霧在腳下彌漫。早晨的黑髮已變斑白。此地已歷經千年滄桑變化，莫要呼喚猿猱，只管多招邀些白鶴。我也擁有林泉丘壑。

【研　析】據鄧廣銘《稼軒詞編年箋注》考證，這首詞作於慶元六年（西元一二〇〇年）夏秋間所作。稼軒時年六十一，閒居瓢泉。

詞為友人山園而作。山園蓋以自然山水為基調，人工所種花草、所建池塘亭閣等，均依山造景，應和或凸顯山水自然景象及情勢，如錦上添花。本詞所寫山園景致即呈現出這種境界。山泉、怪石為山園突出的自然景致。與山相約分取清泉一勺，即蓄泉為池。池中儵魚自樂，則為潺潺流淌或飛流直下的山泉增添從容閒適之趣。此趣與高人曾隱居閒讀於松窗竹閣、窮士寄情林泉花草，相諧相融。境外別調則是稼軒由「高人讀書」觸發的「萬卷何言達時用」之慨，正如其〈鷓鴣天〉（壯歲旌旗擁萬夫）所言：「卻將萬字平戎策，換得東家種樹書。」

下片描寫怪石危亭。山頭怪石，靜中透露動勢，如秋鶚蹲伏，俯瞰人間，似欲飛身攻攫，令人望而生畏。

危亭則與之對峙，翼然聳立雲外，令人登臨而心顫色變，其情勢堪與怪石相得益彰。「此地」二句承怪石、危亭而生發感想，謂怪石乃千年物化而成，其高其險，恐猿猱亦難攀援，只有黃鶴能飛臨，故曰「莫呼猿、且自多招鶴」。李白〈蜀道難〉有云：「黃鶴之飛尚不得過，猨猱欲度愁攀援。」稼軒蓋變化其意而用之。結末二句以自家丘壑呼應友人山園，顯示出二人志趣相通。

詞作上下片所狀景致，風貌格調迥異，展現出山園風景的剛柔相濟，風姿多樣。其筆法語氣也因所寫景致及其感觸不同而變換，上片以敘述、感慨筆調為主，下片以狀物、描述筆調為主，整體上呈現出意驅筆走、筆遣山水之勢。此亦稼軒山水詞作的一大特點。

賀新郎

用前韻題趙晉臣敷文積翠巖，余謂當築陂於其前❶

拄杖重來約。對東風、洞庭張樂，滿空〈簫〉〈勺〉❷。巨海拔犀頭角出，來向此山高閣。尚依舊、爭前又卻❸。老我傷懷登臨際，問何方❹、可以平哀樂？唯是酒，萬金藥。

勸君且作橫空鶚。便休論、人間腥腐，紛紛烏攫❺。九萬里風斯在下❻，翻覆雲頭雨腳❼。快直上、崑崙濯髮❽。好臥長虹陂十里❾，是誰言、聽取雙黃鶴❿。推翠影，浸雲壑。

【注釋】❶用前韻二句　前韻，指〈賀新郎〉（曾與東山約）詞韻。趙晉臣敷文，即趙不迂，字晉臣。趙宋宗室。紹興二十四年（西元一一五四年）進士。官中奉大夫，直敷文閣學士。積翠巖，在鉛山縣（今屬江西）。《鉛山縣志》卷一：「觀音石，又名積翠巖，即古之楊梅山，在縣西三里。……《方輿記》云：『積翠巖房蓄煙靄，五峰相對。自五峰以東，由斷玉峽二十餘步，有石屹立，名擎天柱，又名狀元峰。』」陂，池塘。❷對東風洞庭張樂二句　言積翠巖之風聲如黃帝在天地間演奏樂曲。洞庭，廣庭。張，演奏。籥，舜樂。勺，周樂。《莊子．天運》載黃帝「張〈咸池〉之樂於洞庭之野」，「其聲能短能長，能柔能剛，變化齊一，不主故常。在谷滿谷，在阬滿阬」。❸巨海拔犀頭角出三句　意謂積翠巖之峰巒高閣對峙，如雲海之上，頭角高昂挺拔的犀牛奔馳而又退卻。來向此山，原作「東來北山」，茲從四卷本。❹何方　什麼藥方。❺勸君且作橫空鶚三句　勸勉趙氏志存高遠，不必在意世間烏合之眾為些許名利而你爭我奪。鶚，猛禽，雕類。此用《莊子．秋水》中寓言之意：「夫鵷鶵發於南海而飛於北海，非梧桐不止，非練實不食，非醴泉不飲。於是，鴟得腐鼠，鵷鶵過之，仰而視之曰：『嚇！』」❻九萬里風斯在下　言鶚於九萬里高空飛翔，身下風聲呼嘯。《莊子．逍遙遊》云：「鵬之徙於南冥也，水擊三千里，摶扶搖而上者九萬里。……風之積也不厚，則其負大翼也無力。故九萬里則風斯在下矣，而後乃今培風，背負青天而莫之夭閼者，而後乃今將圖南。」❼翻覆雲頭雨腳　言鶚翻騰翱翔於雲雨之中。❽快直上崑崙濯髮　意謂上崑崙洗除一路風塵。古時傳說崑崙山為西王母所居，上有瑤池。❾好臥長虹陂十里　謂當修築十里之湖。長虹，喻指長隄。❿是誰言聽取雙黃鶴　此用漢翟方進典事，意謂當築陂。《漢書．翟方進傳》載：汝南有大陂，遇洪水而泛濫為害。翟方進（字子威）奏請決陂。後常枯旱，郡中追怨方進，童謠曰：「壞陂誰？翟子威。飯我豆食羹芋魁。反乎覆，陂當復。誰云者？兩黃鵠。」

【語　譯】拄杖重來應約。如春風中聽黃帝奏樂於廣庭，天地間充溢美妙的古樂。峰巒高閣對峙，如雲海犀牛昂首挺角前衝又退卻。老夫我登臨傷懷之際，試問有何藥方可除心中哀傷？唯有酒堪當萬能之藥。　勸君當作搏擊長空之大雕。莫管世間烏合之眾為腥腐名利而爭鬥不休。翱翔於九萬里高空，身下狂風翻雲覆雨。快直飛崑崙洗去一路塵土。此處當修築十里隄湖。要問這是誰的建言，請聽聽那對黃鶴的鳴唱。翠巖倒映，雲壑蕩漾。

【研　析】這首詞作於慶元六年（西元一二〇〇年）夏秋間。稼軒時年六十一，閒居瓢泉。

稼軒此前有「題趙晉臣敷文積翠巖」之〈歸朝歡〉，筆調落在積翠巖之擎天巨石，想像感慨均由巨石引發。這次重來再賦，筆調轉到積翠巖之峰巒對峙。《江西通志》卷十一引《方輿記》云：「積翠巖房蓄煙靄，五峰相對。」可見其雲海峰巒之狀。詞作中「對東風」二句從聲響上渲染其境，「巨海」三句則從狀貌態勢上描繪其境，想像奇幻，譬擬切當。接下身臨其境，感慨傷懷，顯露出對自身境遇的幽憤之情。

下片詞筆轉到趙氏，氣勢突起，以搏擊長空、翻雲覆雨、直上崑崙的雕鶚寄託對趙氏的期望，對世間如烏攫腥腐般的名利小人不屑一顧，其中寓有對趙氏罷職歸來的寬慰之意。「快直上、崑崙濯髮」，喻示洗除宦海奔波之風塵。末尾「好臥」數句，關合題中「余謂當築陂於其前」之意。

詞作筆調恢張雄健，上片「洞庭張樂」、「巨海拔犀」之境，與下片「橫空鶚」之騰身九萬里、翱翔雲端、直上崑崙，相互應和，透露出稼軒登臨之際，感慨傷懷之外的另一種超然高舉情懷。

賀新郎

韓仲止判院❶山中見訪，席上用前韻❷

聽我三章約：有談功、談名者舞，談經深酌❸。作賦相如親滌器❹，識字子雲投閣❺。算枉把、精神費卻。此會不如公榮者，莫呼來、政爾妨人樂❻。醫俗士，苦無藥❼。

當年眾鳥看孤鶚。意飄然、橫空直把，曹吞劉攫❽。老我山中誰來伴？須信窮愁有腳。似剪盡還生僧髮。自斷此生天休問❾，倩何人、說與乘軒鶴❿。吾有志，在丘壑。

【注釋】❶韓仲止判院　指韓淲（西元一一五九—一二二四年），字仲止，號澗泉，開封雍丘（今河南杞縣）人，父韓元吉南渡後來家信州（今江西上饒）。歷貴池縣（今屬安徽）主簿、藥局官，後休官家居二十年。有詩名，與趙蕃（號章泉）並稱「信上二泉」。判院，宋代官名，判禮儀院、登聞鼓院或登聞檢院之簡稱。韓淲未見有此官歷，此疑指主管御藥院或幹辦御藥院，別名藥局。韓淲有詩〈慶元庚申二月藥局書滿七月還澗上……〉，慶元庚申即慶元六年（西元一二〇〇年），稼軒本詞作於此年夏秋間，正當韓淲藥局任滿還歸澗上不久。元無名氏《東南紀聞》卷一：韓淲「以蔭補京官，清苦自持。史相當國羅致之，不少屈。一為京局，終身不出，人但以韓判院稱。」「京局」當指藥局。❷前韻　指〈賀新郎〉（拄杖重來約）詞韻。❸聽我三章約三句　「約」字下原注：「用《世說》語。」《世說新語・排調》：魏顗有雅量，「初宦，當出。虞存嘲之曰：『與卿約法三章：談者死，文筆者刑，商略抵罪。』魏怡然而笑，無忤於色」。《史記・高祖本紀》載劉邦入關，駐軍霸上，「與父老約法三章耳：殺人者死，傷人及盜抵罪」。❹作賦相如親滌器　《史記・司馬相如列傳》載司馬相如，字長卿。善辭賦。與卓文君相愛而家貧，賣車馬，置酒舍。文君當壚賣酒，「相如身自著犢鼻褌，與保庸雜作，滌器於市中」。杜甫〈醉時歌〉：「相如逸才親滌器，子雲識字終投閣。」❺識字子雲投閣　《漢書・揚雄傳》：揚雄，字子雲。博學多聞。劉棻曾從雄「學作奇字」。後王莽篡位，棻遭流放。雄在天祿閣校書，懼受牽連，「從閣上自投下，幾死」。❻此會不如公榮者二句　公榮，即劉昶，字公榮，西晉沛縣（今屬江蘇）人。為人通達，官至兗州刺史。《世說新語・簡傲》載阮籍與王戎共飲，公榮在座，不得飲。阮曰：「勝公榮者不得不與飲酒，不如公榮者不可不與飲酒，惟公榮可不與飲酒。」〈排調〉載嵇康、阮籍、山濤、劉伶在竹林酣飲，王戎後至。阮曰：「俗物已復來敗人意。」王戎笑曰：「卿輩意亦復可敗邪？」劉孝標注引《魏氏春秋》曰：「時謂王戎未能超俗也。」《晉書・向秀傳》：秀欲注《莊子》，嵇康曰：「此書詎復須注，正是妨人作樂耳。」❼醫俗士二句　謂俗士無藥可醫。此用蘇軾〈於潛僧綠筠軒〉詩意：「士俗不可醫。」❽當年眾鳥看孤鶚三句　言當年禰衡罵曹操、侮慢劉表。《後漢書・禰衡傳》載衡「少有才辯，而氣尚剛傲，好矯時慢物」。孔融愛其才，薦於曹操曰：「鷙鳥累伯不如一鶚。」後因裸身擊鼓辱曹，以杖捶地罵曹，被遣送給荊州劉表。不久，劉表又因其侮慢而送給江夏太守黃祖。祖性急，一次大會賓客，衡辱祖而被殺。❾自斷此生天休問　用杜甫〈曲江三章〉詩句「自斷此生休問天」，意謂此生已定，不必問天。❿乘軒鶴　指達官權臣。《左傳》閔公二年：「狄人伐衛。衛懿公好鶴，鶴有乘軒者。將戰，國人受甲者皆曰：『使鶴，鶴實有祿位。余焉能戰。』」軒，大夫車。

【語譯】聽我約法三條：談功論名者罰舞；談經論學者罰酒。辭賦大家司馬相如親自洗滌酒器，博學多識的揚子雲縱身跳下天祿閣。想來都枉費了平生心神精力。不如劉公榮者，莫要招來礙人行樂。俗士無可救藥。

當年眾人如群鳥圍觀孤鶚。目睹禰衡意氣超然橫空，直把曹操、劉表吞攫。老夫我退居山中無人相伴，定得相信窮愁有腳。剪盡又生有如僧人之髮。自認此生已定不必問天，請何人轉告達官權臣。我的志趣都在一丘一壑。

【研析】這首詞作於慶元六年（西元一二〇〇年）夏秋間。稼軒時年六十一，閒居瓢泉。

韓淲這次來訪正當藥局任滿而歸，或未免聊及朝政之事。稼軒罷職退居多年，屢言志在丘壑，對談功論名頗為反感，詞作起筆遂約法三章：不談功、不談名、不談經。舞、酌，乃違規之罰。此外，吟詩作賦，博學多聞，雖不涉三章之約，稼軒仍謂之枉費精神，如辭賦大家司馬相如落得洗滌酒器，博學多聞的揚子雲落得畏罪投閣。如此看來，稼軒所認可的生活，似乎只有放情山水，飲酒行樂。「此會」數句即表現出對阮籍等竹林名士任性自然、超脫名教、放達醉歡的稱賞。所謂「不如公榮者」，即「俗士」。俗不可醫，不可與伍。

過片用漢末禰衡傲然輕慢曹操、劉表之事。孤鶚橫空，吞攫曹劉，凸顯出禰衡傲視權貴之氣概，其精神實質在於對功名利祿的鄙棄，同樣是任性脫俗之舉，與上片「此會」數句旨趣相通。「老我」以下數句回到自身，自述境遇情懷：山居寂寥，窮愁相伴；料定此生，志在丘壑。就章法而言，此數句有應合「韓仲止判院山中見訪」之意，似在向仲止傾談自身近況心境。

不談功名，不談才學，飲酒行樂，寄情丘壑，是本詞所要表明的山居心態，然而「窮愁」一語則又透露出幽憤不平之情，令人感到稼軒雖稱賞禰衡、阮籍等人的超然脫俗襟懷，卻又難以擺脫壯志未酬的悵然怨憤。

賀新郎

邑中園亭，僕皆為賦此詞。一日，獨坐停雲❶，水聲山色，競來相娛，意溪山欲援例者❷，遂作數語，庶幾彷彿淵明思親友之意❸云。

甚矣吾衰矣❹。悵平生、交遊零落，只今餘幾！白髮空垂三千丈❺，一笑人間萬事❻。問何物、能令公喜❼。我見青山多嫵媚❽，料青山、見我應如是。情與貌，略相似。

一尊搔首東窗裏。想淵明、〈停雲〉詩就，此時風味❾。江左沉酣求名者，豈識濁醪妙理⑩。回首叫、雲飛風起⑪。不恨古人吾不見，恨古人、不見吾狂耳⑫。知我者，二三子⑬。

【注釋】❶停雲　稼軒瓢泉所建堂名。其〈臨江仙〉有云：「偶向停雲堂上坐。」❷意溪山欲援例者　謂溪山欲依邑中園亭之例，索詞題詠。❸淵明思親友之意　陶淵明〈停雲〉詩序云：「停雲，思親友也。」❹甚矣吾衰矣　《論語・述而》：「子曰：甚矣吾衰也！久矣吾不復夢見周公。」❺白髮空垂三千丈　李白〈秋浦歌〉：「白髮三千丈，緣愁似箇長。」❻一笑人間萬事　蘇軾〈僧惠勤初罷僧職〉：「今來始謝去，萬事一笑空。」惠洪〈予與故人別因得寄詩三十韻走筆答之〉：「人間萬事一笑空，流年忽忽將三十。」稼軒〈鷓鴣天〉：「萬事紛紛一笑中。」❼問何物能令公喜　《世說新語・容止》載東晉王珣、郄超均有奇才，分別任大司馬桓溫主簿和記室參軍。「超為人多鬚，珣狀短小。於時荊州為之語曰：『髯參軍，短主簿，能令公喜，能令公怒。』」❽我見青山多嫵媚　《新唐書・魏徵傳》載唐太宗語：「人言徵舉動疏慢，我但見其嫵媚耳。」❾一尊搔首東窗裏三句　意謂東窗把酒躊躇，想必當年淵明寫〈停雲〉詩情懷若此。陶淵明〈停雲〉：「靜寄東軒，春醪獨撫。良朋悠邈，搔首延佇。」❿江左沉酣求名者二句　意謂當年晉宋名士以醉酒求名，怎知濁酒之妙理。蘇軾〈和陶詩・和飲酒〉：「江左風流人，醉中亦求名。淵明獨清真，談笑得此生。」杜甫〈晦日尋崔戢李封〉：「濁醪有妙理，庶用慰沉浮。」⓫回首叫雲飛風起　《史記・高祖本紀》載劉邦自為歌詩曰：「大風起兮雲飛揚，威加海內兮歸故鄉，安得猛士兮守四方。」⓬不恨古人吾不見二句　意謂不怨我見不到古人，只怨古人見不到我的狂放。此用南朝張融語：「不恨我不見古人，所恨古人又不見我。」（《南史・張融傳》）⓭知我者二句　意謂真知我心者只有兩三人而已。二三子，用孔子對弟子的稱謂，如《論語・述而》：「子曰：二三子以我為隱乎？吾無隱乎爾。吾無行而不與二三子者，是丘也。」何晏集解引包咸曰：「二三子，謂諸弟子。」

【語譯】村裡園林亭閣，我都為之題賦〈賀新郎〉詞。一日，獨坐停雲堂上，水聲山色，競相娛悅我心。料想溪山欲依園亭之例，向我索詞題詠，遂作數句，大體有如淵明思念親友之意。

我已老朽。悵歎平生故友衰老病逝，如今所剩無幾！徒然白髮三千丈，世間萬事一笑置之。若問何物能令我欣喜。我見青山風姿可愛，料想青山見我亦當如此。情懷風貌，大略相似。把酒臨窗，搔首憂思。想必當年淵明吟詠〈停雲〉詩，情味當即如此。晉宋酣飲求名之士，怎知濁酒之妙理。回首長嘯，風起雲飛。我的遺憾不是見不到古人，而是古人見不到我的狂放矣。我的知己，兩三人而已。

閒居瓢泉。

【研　析】據鄧廣銘《稼軒詞編年箋注》考證，這首詞作於嘉泰元年（西元一二〇一年）。稼軒時年六十二，

詞作題詠停雲山水，寄寓思友之情，乃因「停雲」一名本自淵明「思親友」之詩〈停雲〉。稼軒有「檃括淵明〈停雲〉詩」之〈聲聲慢〉，多襲用其語，見出對淵明此詩的愛賞。本詞則立足於自身情懷，取淵明詩意相呼應。起筆悵然浩歎：自身已衰老，故友多零落。遲暮之悲、傷友念友之情溢於言表。「白髮」句承「吾衰」，「空垂三千丈」則以誇飾筆調傳達出無盡的悲怨和無奈，「一笑」句又作突轉之筆，超然笑對世間萬事，其意脈亦暗承「交遊零落」語。擺脫歎老思友之情，自問何以娛悅情懷？青山嫵媚，相知相悅。此即關合詞序「水聲山色，競來相娛」之意。

過片遙承「悵平生交遊」，落筆思友之情。把酒臨窗，心念故友，彷彿當年淵明〈停雲〉詩境。此筆關合詞序「獨坐停雲」語，自身情懷與淵明風味比附映襯，而淵明與酒又引出對飲酒妙理的感慨。「江左」二句，即取蘇軾〈和飲酒〉詩意：「江左風流人，醉中亦求名。淵明獨清真，談笑得此生。」濁醪之妙理在令人超脫得失名利，清真率性，笑談平生。淵明即得其妙理者，稼軒亦識其妙理，呼風喚雲，笑傲古今。然而知音甚少，結末二句回到念友之意：「知我者，二三子。」既為有二三知己而欣慰，又為知己寥寥而感歎，意味悠然。

岳珂《桯史》卷三載稼軒甚愛此詞，每自誦其警句「我見青山」、「不恨古人」數句，「拊髀自笑，顧問坐客何如。皆歎譽如出一口」，此數句在全詞起伏跌宕的情調變化中有似雙峰對峙，展現出稼軒超脫嗟老傷世、念故思友之情的灑落狂放情懷。

賀新郎

別茂嘉十二弟❶。鵜鴂、杜鵑實兩種，見〈離騷〉補注❷

綠樹聽鵜鴂。更那堪、鷓鴣聲住，杜鵑聲切❸。啼到春歸無尋處，苦恨芳菲都歇❹。算未抵、人間離別。馬上琵琶關塞黑❺，更長門、翠輦辭金闕❻。看燕燕，送歸妾❼。

將軍百戰身名裂。向河梁、回頭萬里，故人長絕❽。易水蕭蕭西風冷，滿座衣冠似雪。正壯士、悲歌未徹❾。啼鳥還知如許恨，料不啼清淚長啼血。誰共我，醉明月？

【注釋】❶茂嘉十二弟　稼軒族弟，十二為其行第。生平不詳。❷鵜鴂杜鵑實兩種二句　鵜鴂、杜鵑（又名子規），皆鳥名。洪興祖《楚辭補注・離騷》「恐鵜鴂之先鳴兮」句補注：「子規、鵜鴂二物也。」❸更那堪鷓鴣聲住二句　鷓鴣，鳥名，俗謂其啼聲似說：「行不得也哥哥。」杜鵑，又名杜宇，傳說為古蜀國望帝杜宇之精魄所化，至春則啼，哀怨淒切。❹啼到春歸無尋處二句　意謂鵜鴂啼鳴而春歸無跡，芳草衰歇，令人哀傷。《楚辭・離騷》：「恐鵜鴂之先鳴兮，使夫百草為之不芳。」《禽經》：「鶗鴂鳴而草衰。」❺馬上琵琶關塞黑　用王昭君出塞典故。《漢書・匈奴傳下》載漢元帝「以後宮良家子王嬙字昭君賜單于」。石崇〈王明君辭〉序云：「王明君者，本是王昭君，以觸文帝諱改之。匈奴盛請婚於漢，元帝以後宮良家子昭君配焉。昔公主嫁烏孫，令琵琶馬上作樂，以慰其道路之思。其送明君亦必爾也。」❻更長門翠輦辭金闕　用漢武帝陳皇后失寵典故。《漢書・外戚傳上》載陳皇后「擅寵驕貴十餘年而無子」，後失寵，退居長門宮。司馬相如〈長門賦〉序云：「孝武皇帝陳皇后時得幸，頗妒，別在長門宮，愁悶悲思。」翠輦，指宮車。金闕，指皇帝宮闕。❼看燕燕二句　言春燕飛舞，送別侍妾。《詩・邶風・燕燕》毛序：「〈燕燕〉，衛莊姜送歸妾也。」鄭箋：「莊姜無子，陳女戴媯生子名完。莊姜以為己子。莊公薨，完立，而州吁殺之。戴媯於是大歸。莊姜遠送之于野，作詩見己志。」詩云：「燕燕于飛，差池其羽。之子于歸，遠送于野。瞻望弗及，泣涕如雨。」❽將軍百戰身名裂三句　用李陵、蘇武別離典故。《漢書・李廣蘇建傳》載李陵「善騎射，愛人，謙讓下士，甚得名譽。武帝以為有廣之風」。拜騎都尉，屢與匈奴戰，後兵敗而降，聲名毀裂。蘇武使匈奴被拘十九年後歸漢。李陵置酒餞別，有云：「異域之人，一別長絕。」又起舞而歌曰：「徑萬里兮度沙漠，為君將兮奮匈奴。路窮絕兮矢刃摧，士眾滅兮名已隤。」《文選》卷三十九載李陵〈與蘇武詩〉：「攜手上河梁，遊子暮何之。」河梁，橋梁。後代指分別之地。❾易水蕭蕭西風冷三句　用燕太子丹別荊軻典故。《史記・刺客列傳》載荊軻為燕太子丹刺秦王，「太子及賓客知其事者，皆白衣冠以送之。至易水之上，既祖，取道。高漸離擊筑，荊軻和而歌，為變徵之聲。士皆垂淚涕泣。又前而歌曰：『風蕭蕭兮易水寒，壯士一去兮不復還。』復為羽聲忼慨。士皆瞋目，髮盡上指冠。」易水，在今河北易縣。

【語　譯】聽綠樹林中鵜鴂哀鳴。怎忍再聽那鷓鴣和杜鵑淒切的啼聲。直啼到春歸無處尋覓，悵恨芬芳百花零落凋謝。想來這一切都抵不上人間傷離怨別。馬上琵琶哀婉，關塞悠遠昏黑。還有那宮車中的失寵之人，辭別皇宮退居冷宮長門。燕子上下飛舞，送別侍妾歸去。　將軍百戰終歸身敗名裂。橋頭回首萬里茫茫，故人一別永訣。秋風蕭蕭易水淒寒，滿座賓朋衣冠慘白如雪。壯士悲歌慷慨未徹。啼鳥倘知人間諸般離愁別恨，料其哀啼時不是滴淚而是流血。誰能與我把酒醉明月？

【研　析】這首詞作年難以確考。蔡義江、蔡國黃《辛棄疾年譜》推定為嘉泰四年（西元一二〇四年）暮春所作，大體可信。稼軒時年六十五，知鎮江。

離別為詞中常見題材，稼軒此類詞作亦不少，本詞即其名作，章法別具一格。全詞打破通常的分片定格，將上下片融為一體。起五句點明送別時在暮春，以鵜鴂、鷓鴣、杜鵑等春鳥哀啼、春歸花謝，渲染出淒楚悲切的別離氛圍。「更那堪」、「春歸無尋處」、「苦恨芳菲都歇」等語句，筆墨濃重，情調哀怨，筆法上為人間別恨作鋪墊。「算未抵」句收束上文，落筆到人間送別情事，開啟下文。「馬上琵琶關塞黑」至下片「壯士悲歌未徹」十句，鋪排五則有關離別的典故。上片三則均為宮妃之別，哀婉淒怨；下片兩則為將軍、壯士之別，慷慨悲壯。「啼鳥」二句與起筆數句遙相呼應，「如許恨」三字則緊承上述人間別離情事。啼鳥若能感知人間別恨，都將「不啼清淚長啼血」，則別離之人，其情何以堪！末二句暗承此意，關合送別茂嘉題旨，謂別後無人相伴醉賞明月。筆脈由啼鳥轉到離人，字面上有些突兀，然意脈暗通，結以問句，則於豪宕筆調中寄寓深切的離思別恨，情韻振蕩悠長。

通觀全詞，首尾扣合題意，中間列述人間離別典故。收放轉合，章法井然，別恨之意貫通全篇。前人謂其似江淹〈恨賦〉、〈別賦〉、李白〈擬恨賦〉，即就其首尾述意、中段鋪敘典故之章法而言。

感皇恩

讀《莊子》，聞朱晦菴即世❶

案上數編書，非《莊》即《老》。會說忘言始知道❷。萬言千句，自不能忘堪笑❸。朝來梅雨霽❹，青天好。

一壑一丘❺，輕衫短帽❻。白髮多時故人少。子雲何在？應有《玄經》遺草❼。江河流日夜，何時了❽！

【詞牌】**感皇恩**

唐教坊曲名。又名〈感皇恩令〉、〈人南渡〉、〈疊蘿花〉。此調正體雙調六十七字，上、下片各七句四仄韻。稼軒此詞為正體。

【注釋】❶朱晦菴即世　朱熹去世。朱晦菴，即朱熹（西元一一三〇—一二〇〇年），字元晦，號晦菴，徽州婺源（今屬江西）人。著名理學家，官至煥章閣待制。❷會說忘言始知道　意謂常說忘記言詞才能領悟妙理。《莊子・外物》：「言者所以在意，得意而忘言。」❸萬言千句二句　意謂莊子著書立說，自己不能忘言，令人可笑。❹梅雨霽　雨過天晴。梅雨，江淮流域初夏連綿陰雨，時值梅子黃熟，故稱。❺一壑一丘　指閒居林泉之趣。《漢書・敘傳》載班嗣報桓譚書曰：「漁釣於一壑，則萬物不姦其志；棲遲於一丘，則天下不易其樂。」❻輕衫短帽　一種輕便閒散衣裝。唐庚〈春日雜興〉：「短帽輕衫信馬行，郊原春色太牽情。」❼子雲何在二句　以揚雄（字子雲）喻朱熹。《漢書・揚雄傳》稱雄「實好古而樂道，其意欲求文章成名於後世。以為經莫大於《易》，故作《太玄》，傳莫大於《論語》，作《法言》」。❽江河流日夜二句　喻悲哀如江流不息。謝朓〈暫使下都夜發新林至京邑贈西府同僚〉：「大江流日夜，客心悲未央。」

【語　譯】桌上數冊書，不是《莊子》即《老子》。大談忘言始能悟道。可笑其著書萬言千句，不能忘懷言詞。清晨梅雨停歇，天色晴好明麗。　一山一水，輕衫短帽。白髮增多，故人漸少。子雲何在？當留有《玄經》遺稿。江河日夜不息，哀思綿綿何時了！

【研　析】詞題有云「聞朱晦菴即世」，當作於朱熹去世之初，即慶元六年（西元一二〇〇年）三月。稼軒時年六十一，閒居瓢泉。

莊周齊萬物，達死生，妻亡，鼓盆而歌。讀《莊子》時，聞聽友人去世，哀傷之情或有所化解，然終歸難以平靜。詞作清晰顯露出這種情調變化。

上片言讀《莊子》。案上之書只有《莊》、《老》，可見喜愛之深，然不稱賞其要言妙道，而笑其言行不合，大談忘言始能悟道，自己卻不能忘言，著書立說。此種輕鬆笑謔的心態，與梅雨過後天朗氣清之境相得益彰。

下片筆意轉到「聞朱晦菴即世」。在思想主張上，稼軒與朱熹有分歧，但二人交情真摯，《宋史・辛棄疾傳》載：「熹歿，偽學禁方嚴。門生故舊至無送葬者。棄疾為文往哭之，曰：『所不朽者，垂萬世名。孰謂公死，凜凜猶生！』」初聞朱熹去世，稼軒必深感悲傷，付諸詞筆，則情緒有所調整，將悲傷轉為感慨，從自身到故友，語淡而情深。「子雲何在」一問，情調回到對朱熹去世的傷痛，稱其遺著傳世，將名垂千古。末二句化用謝朓詩句抒發無盡哀思。

詞作上、下片情調迥異，但其內在意脈似不無相通之處。如上片對莊子之論的笑謔，隱含對其言行的置疑，對其妻死鼓盆而歌之舉，想必難以認同。這便在情理上對下片傷悼朱熹去世有所鋪墊。就筆脈而言，過片承上啟下，過渡自然，「一壑」二句所言情事與上片末二句可以相承，同時與其後「白髮」一句亦銜接順當。全詞展現出了「讀《莊子》」與「聞朱晦菴即世」兩事相遇在稼軒內心引發的情感波蕩。

新荷葉

和趙德莊❶韻

人已歸來，杜鵑欲勸誰歸❷？綠樹如雲，等閒付與❸鶯飛。兔葵燕麥，問劉郎、幾度沾衣❹？翠屏幽夢，覺來水繞山圍。有酒重攜，小園隨意芳菲❺。

往日繁華，而今物是人非。春風半面❻，記當年、初識崔徽❼。南雲雁少，錦書無個因依❽。

【詞牌】**新荷葉**

又名〈折新荷引〉、〈泛蘭舟〉。此調正體雙調八十二字，上、下片各八句四平韻。稼軒此詞為正體。

【注釋】❶趙德莊　即趙彥端（西元一一二一－一一七五年），字德莊，號介菴，汴京（今河南開封）人，南渡後家居餘干（今屬江西）。趙宋宗室。歷官國子監丞、吏部員外郎、江東轉運副使、左司郎中、太常少卿、浙東提刑等。❷杜鵑欲勸誰歸　杜鵑，鳥名，又名子規。《禽經》：「春夏間有鳥若云『不如歸去』，乃子規也。」❸等閒付與　徒然交給。❹兔葵燕麥二句　借唐代劉禹錫屢遭貶謫後返京感懷之事自喻身世。兔葵燕麥，泛指雜草。沾衣，指感慨落淚。據劉禹錫〈再游玄都觀絕句〉自序，玄都觀原無花。元和十一年，劉自貶所朗州返京，玄都觀桃花盛開，遂作〈戲贈看花諸君子〉，旋又被貶。十四年後返京，「重游玄都，蕩然無復一樹，唯兔葵燕麥動搖于春風耳」。❺小園隨意芳菲　小園遍地花草芳香。隨意，任意。❻春風半面　言春風中羞澀的少女用衣袖半掩著臉。❼崔徽　唐代歌妓，與裴敬中相愛，別後思念傷懷，託人畫像寄與敬中，不久抑鬱而終。此借指趙彥端所戀女子。❽南雲雁少二句　意謂南方大雁很少，書信無法傳遞。因依，託付。按：古有鴻雁傳書之說。又，相傳衡山有回雁峰，大雁南飛而不能過，所以說「南雲雁少」。

【語譯】人已歸來，杜鵑聲聲要勸誰歸去？綠樹繁茂如雲，徒然交與黃鶯飛舞。滿目雜草叢生，試問劉郎幾度灑淚傷情？翠屏夢境幽渺，醒來青山綠水環繞。　攜酒重遊小園，遍地花草競吐芳菲。昔日氣象繁華，如今物是人非。記得當年佳人初見，春風羞顏半掩。江南大雁罕至，音書無法傳寄。

【研　析】據鄧廣銘《稼軒詞編年箋注》考證，這首詞作於淳熙元年（西元一一七四年）。稼軒時年三十五，任江東安撫司參議。

乾道四年（西元一一六八年），稼軒與趙德莊同在建康為官，有壽趙氏詞〈水調歌頭〉云：「聞道清都帝所，要挽銀河仙浪，西北洗胡沙。」對恢復大業充滿期望。數年之後，稼軒重來建康，而趙氏已退居餘干（今屬江西），作〈新荷葉〉二闋相寄，上片述退居情狀，下片言思友之情。其感慨世事有云：「回首分攜，光風冉冉菲菲。曾幾何時，故山疑夢還非。鳴琴再撫，將清恨都入金徽。永懷橋下，繫船溪柳依依。」「遙想當時，故交往往人非。」稼軒和詞二首，本詞為第一首，章法與趙氏原唱相類，上片寫身邊景致，無限感慨溢於言表，如「等閒」、「幽夢」等字眼都透露出難以言表的悵然和無奈情懷，而「杜鵑欲勸誰歸」、「問劉郎、幾度沾衣」兩問句更是深情跌宕，前者蓋寄寓對收復失土、回歸故鄉的期盼和失望交織而成的怨憤之情；後者則借劉禹錫〈再游玄都觀絕句〉之本事抒發身世感傷之情。劉禹錫原詩云「種桃道士歸何處，前度劉郎今又來」，並無感慨「沾衣」之味。稼軒「問劉郎」，乃曲筆自抒情懷。

詞作下片筆調較舒緩，攜酒重遊，撫今追昔，感歎物是人非。末數句以歌伎傷別作結，大概與趙氏情事有關。稼軒當年為趙氏所作壽詞有云：「喚雙成，歌弄玉，舞綠華。」而趙氏曾作〈鷓鴣天〉十一闋題詠京口十名妓，其中有名「蕭秀」、「蕭瑩」。

全詞情調最為凝重的就是上片兩個問句，筆調上有突兀之感，其深層寓意則與唱、和雙方身世密切相關。趙彥端為汴京人，紹興年間知餘干時即移家居其邑，稼軒南渡初家居京口。趙氏退居餘干，稼軒於乾道九年冬因病離滁州回京口，次年春辟江東安撫司參議官，回建康。二人均可謂「人已歸來」，又同為故鄉難歸之人，對杜鵑勸歸當有同感。從二人身世際遇而言，稼軒南渡初年即已屢遭排擠。趙氏亦仕宦多舛，如乾道六年為人所譖，自請外任，知建寧府（參見《宋史・劉章傳》）。乾道、淳熙間浙東路提刑任上，又因辦事不力而削兩秩，淳熙元年春退居餘干。韓元吉〈直寶文閣趙公墓誌銘〉稱其「邅如於外，不得盡其才而沒」。因而趙、辛二人對劉禹錫屢遭貶謫當有共鳴之感。這或許就是稼軒在和詞中運以兩句重筆的內在情理。

新荷葉

再和前韻

春色如愁，行雲帶雨纔歸。春意長閑，遊絲盡日低飛。閑愁幾許，更晚風、特地吹衣。小窗人靜，棋聲似解重圍。

光景難攜❶，任他鶗鴂芳菲❷。細數從前，不應詩酒皆非。知音絃斷❸，笑淵明、空撫餘徽❹。停杯對影，待邀明月相依❺。

【注釋】❶光景難攜　時光難以挽留。❷鶗鴂芳菲　指芳草繁花在鶗鴂聲中凋落。鶗鴂，鳥名，又名杜鵑、子規。《楚辭・離騷》：「恐鶗鴂之先鳴兮，使夫百草為之不芳。」洪興祖補注引顏師古曰：子規「常以立夏鳴，鳴則眾芳皆歇」。❸知音絃斷　喻知友亡故。此用伯牙、鍾子期典故。《呂氏春秋・本味》載伯牙善鼓琴，鍾子期善聽琴，每得伯牙所念。後子期死，伯牙破琴絕絃，不復鼓琴。按：趙德莊原唱有云：「遙想當時，故交往往人非。」❹笑淵明空撫餘徽　用東晉陶淵明蓄無絃琴典故。徽，琴絃上用來標誌彈奏位置的繩線。按：《晉書・陶潛傳》載陶潛（字淵明）「性不解音，而蓄素琴一張，絃徽不具。每朋酒之會，則撫而和之，曰：『但識琴中趣，何勞絃上聲。』」❺停杯對影二句　謂把杯獨對身影，邀來明月相伴。此化用李白〈月下獨酌〉詩句：「舉杯邀明月，對影成三人。」

【語譯】春之容顏愁緒彌漫，隨風伴雨纔回歸。春之情態優遊閒適，遊絲兒整日在低空飄飛。閒愁不知有多少，晚風忽起吹拂單衣。窗下有人靜靜地對弈，那棋局聲似在突破重圍。　時光難以挽留，聽任那鶗鴂聲中花謝草枯。細細回想逝去的歲月，飲酒賦詩未必都是虛度。知音亡故琴絃斷，可笑淵明徒然撫弄無絃琴徽。舉杯默對孤影，待邀明月相伴相依。

【研　析】這首詞作於淳熙元年（西元一一七四年）。稼軒時年三十五，任江東安撫司參議。趙彥端原唱云：「欲暑還涼，如春有意重歸。」辛詞筆意或承此而來，詞情則在「愁」字。以愁比喻伴著風雨歸來的春色，令人想起秦觀的名句：「無邊絲雨細如愁。」（〈浣溪沙〉）遊絲低飛，晚風吹衣，閒愁無限，再與趙氏原唱「雨細梅黃」句參讀，又令人想起賀鑄的名句：「試問閑愁都幾許？一川煙草，滿城風絮，梅子黃時雨。」（〈青玉案〉）春色春意、春風春雨，春愁彌漫，然而小窗下的對弈者卻不為所動。窗裡、窗外兩種情境的鮮明對照，自然引發出對春愁乃至人生境遇的反思，且「解重圍」語又暗示出解脫纏繞之境，令春愁縈繞的心境有所感悟。

詞作下片即在理性的反思中作自我寬慰：光陰難駐，春去秋來任其自然，不必感慨；人生有今昔，過去的詩酒生涯也無可厚非，不必悵歎；知音已去，琴絃已斷，不必擁琴撫念，還是與自己的影子、天上的明月相依相伴吧，它們才對你不離不棄、始終如一。

整首詞作在情調脈絡上，由抒寫春愁起，上片結二句為轉折，下片故作豁達語，然而所蘊含的感慨則更為深廣，一位以功業自許的英雄豪傑面對時光流逝，回憶昔日的詩酒遺賞，承受知音的亡故，月下顧影相對，其內心的怨憤而無奈、沉鬱而孤寂是不言而喻的，而「任他」、「不應」、「皆非」、「笑淵明」等字面上的自我排解正反襯出難以排解的情懷。

新荷葉

上巳日❶，吳子似❷謂古今無此詞，索賦。

曲水流觴❸，賞心樂事良辰❹。蘭蕙光風，轉頭天氣還新❺。明眸皓齒，看江頭、有女如雲❻。折花歸去，綺羅陌上芳塵❼。

能幾多春？試聽啼鳥殷勤❽。對景興懷❾，向來哀樂紛紛。且題醉墨，似〈蘭亭〉、列敘時人。後之覽者，又將有感斯文❿。

【注　釋】❶上巳日　舊時節日名。漢以前指農曆三月上旬巳日，魏晉以後定為三月三日。❷吳子似　即吳紹古，字子似，又作子嗣，鄱陽（治所在今江西鄱陽）人。慶元四年（西元一一九八年）始任鉛山縣尉。❸曲水流觴　舊時上巳節習俗，水邊宴集，以袚除不祥。王羲之〈蘭亭集序〉：「又有清流激湍，映帶左右。引以為流觴曲水，列坐其次。」❹賞心樂事良辰　謝靈運〈擬魏太子鄴中集詩序〉：「天下良辰美景，賞心樂事，四者難並。」❺蘭蕙光風二句　謂轉眼天氣晴好，蘭蕙在春光中飄拂。《楚辭・招魂》：「光風轉蕙，泛崇蘭些。」王逸章句：「光風，謂雨已日出而風，草木有光也。」王羲之〈蘭亭集序〉：「是日也，天朗氣清，惠風和暢。」杜甫〈麗人行〉：「三月三日天氣新，長安水邊多麗人。」❻明眸皓齒二句　意謂江邊眾多亮麗的女子遊賞。杜甫〈哀江頭〉：「明眸皓齒今何在？」《詩・鄭風・出其東門》：「出其東門，有女如雲。」❼綺羅陌上芳塵　意謂衣著華麗的女子灑下一路芳香。賀鑄〈青玉案〉（淩波不過橫塘路）：「但目送芳塵去。」喻良能〈追和陳子高贈王法曹韻〉：「陌上綺羅嬌暮春。」❽試聽啼鳥殷勤　意謂春鳥啼鳴，深情留春。賀鑄〈三鳥詠〉：「年芳婉娩欲辭人，啼鳥殷勤勸行樂。」❾對景興懷　王羲之〈蘭亭集序〉：「向之所欣，俯仰之間已為陳迹，猶不能不以之興懷。」❿似蘭亭列敘時人三句　如〈蘭亭集序〉列錄當時聚遊之人名。後人讀到此詞，亦將為之感慨。王羲之〈蘭亭集序〉：「故列敘時人，錄其所述。雖世殊事異，所以興懷，其致一也。後之覽者，亦將有感於斯文。」

【語　譯】上巳日，吳子似謂古今沒有題詠此節日的詞作，要我為賦一詞。

環曲的溪流上漂浮酒杯，賞心樂事又逢吉日良辰。蘭蕙拂蕩春光，轉眼又是天色清新。明眸皓齒，江邊遊女如雲。摘花歸去，綺羅飄拂一路芳塵。

春天能逗留多久？請聽聽春鳥的深情苦吟。觸景感懷，從來哀樂更替紛紛。便當醉墨題詠，如〈蘭亭集序〉列錄與宴同人。後世讀此文者，又將感慨不盡。

【研　析】這首詞作於慶元四年（西元一一九八年）至六年吳子似任鉛山縣尉期間。稼軒時年約六十，閒居瓢泉。

詞為上巳節而作，自然不可迴避王羲之等人蘭亭宴集這一令後世文人稱羨的雅聚。「曲水流觴」、「似蘭亭」等詞句點明稼軒想到王羲之的〈蘭亭集序〉，詞作描述「賞心樂事良辰」的同時，「對景興懷」，感慨啼鳥送春，樂盡哀生，世間哀樂變換紛紛。此亦與〈蘭亭集序〉旨趣相通。然而詞筆自然流暢，略無承襲之跡；詞境生趣自足，亦無湊泊之嫌。如「蘭蕙光風」數句，令讀者彷彿置身於春光明媚，春風蕩漾，花香草薰之境，眼前麗人成群，映照溪流，陌上綺羅飄拂，芳塵彌漫。

下片在春鳥殷勤啼鳴聲中生發感慨。過片「能幾多春」一反問，似一聲棒喝，從樂景中跳出，洞觀物序流轉，盛衰更變，情隨事遷，觸景興懷，世間從來哀樂紛紛。知其然而順其自然，眼前景，心中事，歡醉酣詠，暢敘幽情。付諸筆墨，後之覽者，亦如今之讀〈蘭亭集序〉，感慨係之矣。

詞作上片敘事寫景，筆調輕快疏朗。下片即事感懷，筆調跌宕頓挫，洞達古今盛衰哀樂之遷轉，則見出稼軒胸襟之超邁。

瑞鶴仙

南劍❶雙溪樓

片帆何太急！望一點須臾，去天咫尺。舟人好看客❷。似三峽風濤，嵯峨劍戟❸。溪南溪北，正遐想、幽人泉石。看漁樵、指點危樓，卻羨舞筵歌席。

歎息。山林鐘鼎❹，意倦情遷，本無欣戚。轉頭陳跡❺。飛鳥外，晚煙碧❻。問誰憐舊日，南樓老子❼，最愛月明吹笛❽。到而今、撲面黃塵，欲歸未得。

【詞牌】**瑞鶴仙** 又名〈一捻紅〉。此調正體雙調一百二字，上片十一句七仄韻，下片十一句六仄韻。稼軒此詞雙調一百二字，上片十句七仄韻，下片十二句六仄韻。

【注釋】❶南劍 指南劍州，治所在劍浦（今福建南平）。❷舟人好看客 意謂船夫好好照看船客。《唐摭言》卷十三：「令狐綯鎮維揚，（張）祜常預狎讌。公因熟視祜，改令曰：『上水船，風太急。帆下人，須好立。』祜答曰：『上水船，船底破。好看客，莫倚柂。』」蘇軾〈送楊傑〉：「過江風急浪如山，寄語舟人好看客。」❸嵯峨劍戟 言溪岸聳立如劍戟。❹山林鐘鼎 山林隱居和鐘鳴鼎食。❺轉頭陳跡 言世間萬事轉瞬即成往事。❻飛鳥外二句 意謂暮雲之下，飛鳥歸林。陶潛〈飲酒二十首〉其五：「山氣日夕佳，飛鳥相與還。」❼南樓老子 用晉庾亮秋夜與僚佐南樓賞月典故。《世說新語・容止》載庾亮在武昌，秋夜登南樓，對佐吏殷浩等說：「老子於此處興復不淺。」按：稼軒淳熙六年「自湖北漕移湖南」，賦〈水調歌頭〉留別僚友有云：「可惜南樓佳處，風月已淒涼。」❽最愛月明吹笛 黃庭堅〈念奴嬌〉（斷虹霽雨）：「老子平生，江南江北，最愛臨風笛。」序云：「八月十七日，同諸生步自永安城樓，過張氏小園待月。……客有孫彥立，善吹笛。」

【語譯】扁舟風行太迅疾！遙望一點風帆瞬間便近天咫尺。船夫得好好照看船客。雙溪浪濤翻滾似三峽，兩岸峭壁聳立如劍戟。放眼溪南溪北，正遐想隱士幽居泉石。看那漁父樵夫指點談論雙溪樓，卻羨慕樓上的舞筵歌席。

感歎山林幽居與鐘鳴鼎食，人們意倦於此則情遷於彼，原本無所欣悅無所憂戚。世間萬事轉瞬即為陳跡。飛鳥之外，晚霞翠碧。誰會憐惜老夫昔日登南樓，最愛聽人月下吹笛。如今落得滿臉風塵，欲歸而不得！

【研析】這首詞作於紹熙三年（西元一一九二年）末。稼軒時年五十三，奉詔入朝途經南劍州。

詞由雙溪起筆，亦為樓上所見。「片帆」六句，描寫溪流迅猛，崖岸陡峭。筆勢則非一氣直下，而是收放有節：起句收束；「望」字引出二句，放筆；「舟人」句收束；「似」字引出二句，放筆。「溪南」二句，言登樓遐想林泉間的幽居生活；「看漁樵」二句，言林泉相伴的漁父樵夫卻欣羨樓上人的酒筵歌席。兩種人生狀態之擁有者的心態對照，蘊含令人會心的人生理趣。數句均登樓所見所想，漁樵之「羨舞筵歌席」，乃為揣想語。

過片「歎息」二字，承上啟下。其感慨情緒總攝下片，又自上片「正遐想、幽人泉石」及漁樵「卻羨舞筵歌席」而引發，「山林」四句即是對兩種不同人生心態的解悟：人們之於山林隱居和鐘鳴鼎食兩種生活，本無所謂欣喜或憂戚，不過是意倦於此則情遷於彼而已，「轉頭陳跡」則是其共同的歸宿。洞達的人生觀照之中，也透露出稼軒的內心幽憤。山林、鐘鼎，均非稼軒所求，自無所謂欣戚，而其深深的憂戚源於恢復大業難以實現，其無奈的「欲歸」之情亦緣於此，而眼前夕陽下的飛鳥，又令其想起陶淵明筆下的「山氣日夕佳，飛鳥相與還」（〈飲酒〉），想到退歸，慨歎自身的「欲歸未得」。「問誰憐舊日」云云，言語間顯露出人生失意的怨憤和無奈。「南樓老子」一典，融合稼軒仕宦經歷，且「月明吹笛」與前「晚煙碧」在時間上相承接，堪稱佳妙。結末自歎，又與起筆的驚歎，相映成趣。

瑞鷓鴣

京口❶有懷山中故人

暮年不賦短長詞，和得淵明數首詩。君自不歸歸甚易❷，今猶未足足何時❸。

偷閑定向山中老，此意須教鶴輩知❹。聞道只今秋水❺上，故人曾榜〈北山移〉❻。

【詞牌】瑞鷓鴣

又名〈舞春風〉、〈桃花落〉、〈鷓鴣詞〉、〈拾菜孃〉、〈天下樂〉、〈太平樂〉、〈五拍〉等。此調正體雙調五十六字，上片四句三平韻，下片四句兩平韻。稼軒此詞為正體。

【注釋】❶京口　宋鎮江府（治所在今江蘇鎮江市），三國時名京口。❷君自不歸歸甚易　意謂你自己不願歸去，其實歸退很容易。崔塗〈春夕旅遊〉：「自是不歸歸便得，五湖煙景有誰爭。」蘇軾〈和子由與顏長道同遊百步洪相地築亭種柳〉：「劍關大道車方軌，君自不去歸何難。山中故人應大笑，築室種柳何時還。」❸今猶未足足何時　意謂至今尚不知足，何時才能滿足。《老子》第四十六章：「禍莫大於不知足，咎莫大於欲得，故知足之足常足矣。」❹偷閒定向山中老二句　意謂一定得讓山中猿鶴等知道，我一旦賦閒即往山中養老。南齊孔稚珪〈北山移文〉言北山隱士周顒應詔出仕，「蕙帳空兮夜鶴怨，山人去兮曉猨驚」。❺秋水　指稼軒瓢泉居宅之秋水堂。❻北山移　指〈北山移文〉。南齊孔稚珪與周顒同隱北山（即鍾山，今江蘇南京東紫金山）。後周顒應詔出仕，返京路過北山。稚珪乃作此文假託山靈，拒絕其入山。

【語　譯】暮年不賦長短句，寫了幾首和陶詩。你自是不願歸去，若要歸去很容易，至今尚不知足，知足要待何時。　退閒定去山中養老，此心當教猿鶴們知曉。聽說如今我那秋水堂，故人已掛上〈北山移文〉牌榜。

【研　析】這首詞作於嘉泰四年（西元一二〇四年）秋。稼軒年六十五，知鎮江府。

詞題「懷山中故人」，抒發歸退之情。起筆二句言不賦詞而和陶淵明詩，即表達出對陶詩中田園閒趣的嚮往，筆意指向退歸。心想歸而身何故不能歸？或許恢復之業未成，心有不甘。是年夏，程珌赴任建康府府學教授，途經京口，稼軒與之相談恢復之事，提出創建北伐新軍、派遣間諜之策（參見程珌〈丙子輪對劄子〉）。然而這些提議均不為決策者所重，稼軒難免心生歸念。「君自」二句以故人或自我勸歸筆調曲達心意，令人感受到其內心的猶豫和無奈。

過片乃對故人表白歸老山中之情，筆意承上勸歸而來。詞中託故人將此意告知山中「鶴輩」，蓋欲得到「鶴輩」諒解和接納，不致如〈北山移文〉中周顒被山靈拒絕入山。結末謂其秋水堂上，故人張掛〈北山移文〉，似乎是故人對稼軒出山的譏嘲，實則更是稼軒的自嘲。

瑞鷓鴣

京口病中起登連滄觀❶偶成

聲名少日畏人知，老去行藏與願違❷。山草舊曾呼遠志，故人今又寄當歸❸。

何人可覓安心法❹？有客來觀杜德機❺。欲笑使君那得似，清江萬頃白鷗飛❻。

【注　釋】❶連滄觀　在鎮江府治，為城中最高處。原名望海樓，紹興三、四年間，胡世將知鎮江，取王存中詩句「連山湧滄江」，改名連滄觀（參見《北固山志》卷二）。❷聲名少日畏人知二句　意謂年少時的聲名怕人知曉，老來出處違背心願。行藏，出處行止。庾信〈周太子太保步陸逞神道碑〉：「清畏人知，我無慙德。」嵇康〈憂憤詩〉：「事與願違，遘茲淹留。」蔡柟〈登郡學稽古閣晚望〉：「歲月經身老，行藏與願違。」楊萬里〈乙未元日用前韻書懷今年五十矣〉：「浮生四十九俱非，樓上行藏與願違。」❸山草舊曾呼遠志二句　遠志，藥草名，此雙關遠大志向。當歸，藥草名，此雙關應當歸去。《三國志・蜀書》卷十四〈姜維傳〉裴松之注引孫盛《雜記》曰：「初，姜維詣亮，與母相失，復得母書，令求當歸。維曰：『良田百頃，不在一畝。但有遠志，不在當歸也。』」蘇軾〈寄劉孝叔〉：「故人屢寄山中信，只有當歸無別語。」❹何人可覓安心法　《五燈會元》卷一〈東土祖師〉：慧可曰：「我心未寧，乞師與安。」祖曰：「將心來，與汝安。」可良久曰：「覓心了不可得。」祖曰：「我與汝安心竟。」蘇軾〈和子由寄題孔平仲草菴〉：「逢人欲覓安心法，到處先為問道菴。」❺有客來觀杜德機　杜德機，杜塞生機。《莊子・應帝王》載鄭之神巫季咸知人生死禍福，與列子見壺子，「出而謂列子曰：『嘻！子之先生死矣，弗活矣，不以旬數矣，吾見怪焉，見濕灰焉。』列子入，泣涕沾襟以告壺子。壺子曰：『鄉吾示之以地文，萌乎不震不正，是殆見吾杜德機也。』」❻欲笑使君那得似二句　自笑不能如萬頃江上之白鷗自由飛翔。使君，漢時刺史之稱，此為稼軒自稱。

【語　譯】年少時聲名怕人知曉，老來出處行止與願相違。往日山居曾覓尋遠志，如今故人又寄來當歸。何人可覓得安心之法？客來見我心如死灰。笑你稼軒怎能如白鷗，在萬頃江上自由高飛。

【研　析】這首詞作於嘉泰四年（西元一二〇四年）秋。稼軒時年六十五，知鎮江府。

詞作起筆自慨身世。稼軒可謂年少成名，二十出頭聚義抗金，殺叛僧，闖金營，擒叛賊，「彰顯聞於南邦」，「壯聲英概，懦士為之興起，聖天子一見三歎息」（洪邁〈稼軒記〉）。如今老來回想平生，南渡數十年來，屢遭彈劾，大半閒居無為，壯志難酬，不免為年少之聲名感到愧憾，「畏人知」即表露此情。老而出山，乃為實現平生之志作最後的努力，以期彌補人生遺憾，卻終歸於失望。詞言「老去行藏與願違」，自是謂老而復出與閒居林泉之願相違，此種悔怨慨歎筆調中見出稼軒復出一年來的失意情懷，心生歸念。「山草」二句，借物喻志，以昔日之「遠志」與今日之「當歸」相對襯，令人感受到其內心的不平靜。

心境難平，故欲覓得「安心法」，能使心如止水。過片二句即言此意。然而問詰筆調則又顯露出欲安心而心難安。結末二句自笑不能如江上白鷗那般自由超然，在自嘲中收束欲歸而不能之境況，章法上則關合題中「登連滄觀」之意。

連滄觀為鎮江城中最高處，楊萬里〈題連滄觀呈太守張幾仲〉云：「開窗納盡大江秋，天半飛樓不是樓。獨立南徐鰲絕頂，下臨北固虎回頭。」稼軒「病中起登」，一無放眼暢懷之感，卻滿懷身世感慨和歸退之情，自然與其年老體病有關，但更重要的原由恐怕是對韓侂胄主持北伐的失望。

瑞鷓鴣

膠膠擾擾❶幾時休？一出山來不自由。秋水觀中山月夜，停雲堂下菊花秋❷。

隨緣❸道理應須會，過分功名莫強求。先自一身愁不了，那堪愁上更添愁！

【注釋】❶膠膠擾擾　擾亂不寧。《莊子・天道》：「然則膠膠擾擾乎？」❷秋水觀中山月夜二句　秋水觀、停雲堂，均在稼軒瓢泉居宅。❸隨緣　謂順應機緣。佛教「入道四行」有「隨緣行」：「隨緣行者，眾生無我，並緣業所轉，苦樂齊受，皆從緣生。若得勝報榮譽等事，皆是過去夙因所感，緣盡還無，何喜之有？得失從緣，心無增減，喜風不動，冥順於道。」（《景德傳燈錄》卷三十）

【語　譯】紛紛擾擾何時停息？出山以來身不由己。秋水觀之夜山月照亮，停雲堂之秋菊花飄香。　人生隨緣之理應當知曉，非分之名利莫要強求。先前一身煩惱無盡，那堪愁上更添憂愁！

【研　析】這首詞作於嘉泰四年（西元一二〇四年）秋。稼軒時年六十五，知鎮江府。

詞作以問句起筆，氣勢突兀，令人感到稼軒內心鬱積已久的厭煩之情在無奈地迸發，接下感歎身不由己，自然想到辭官歸去，瓢泉的月夜、秋菊景象遂浮現於眼前。

上片詞筆為情所使，展現出難耐煩擾而意欲退歸之情，過片則轉為理性感悟筆調，言人當明白隨緣之理，不應過分追求功名。言語間流露出對此次出山之舉的反思和悔悟。結末二句情、理兼融，既已感到憂愁不盡，怎能不辭歸而任其愁上添愁？

稼軒六十四歲再次出山，如黃榦所云：「不以久閒為念，不以家事為懷，單車就道，風采凜然，已足以折衝於千里之外。」（〈與辛稼軒侍郎書〉）可謂壯心不已，為的是成就恢復大業，然而纔一年多，便心灰意冷，欲復退歸，原因在於對韓侂胄主持北伐之事感到失望和無奈，恢復無望，只有抱憾歸去。

瑞鷓鴣

期思溪❶上日千回，樟木橋邊酒數杯。人影不隨流水去，醉顏重帶少年來。

疏蟬響澀林逾靜❷，冷蝶飛輕菊半開。不是長卿終慢世，只緣多病又非才❸。

【注　釋】❶期思溪　在鉛山期思，瓢泉附近。❷疏蟬響澀林逾靜　謂稀疏而滯澀的蟬聲更顯出山林之靜。此化用南朝王籍

〈若耶溪〉詩句：「蟬噪林逾靜。」❸不是長卿終慢世二句　反用司馬相如故實，自嘲身世境遇。長卿，指西漢辭賦家司馬相如，字長卿，蜀郡成都（今屬四川）人。慢世，玩世不恭。《世說新語・品藻》「長卿慢世」注引《高士傳》：「長卿慢世，越禮自放。犢鼻居市，不恥其狀。託疾避官，蔑此卿相。乃賦〈大人〉，超然莫尚。」

【語譯】期思溪上一日走千回，樟木橋邊暢飲數杯。水中人影流不去，醉顏重現少年情態。　蟬聲疏落滯澀更顯山林之靜，飛蝶清冷，菊花半開。我非倨傲玩世如司馬長卿，只因身纏疾病而又無才。

【研析】這首詞作於開禧元年（西元一二〇五年）秋。稼軒時年六十六，罷居瓢泉。

詞作上片自述山水間閒遊醉飲之情狀。稼軒閒居帶湖時賦詞〈水調歌頭・盟鷗〉云：「先生杖屨無事，一日走千回。」此謂「溪上日千回」，同樣是閒散無事之舉。溪上漫步，水中倒影相隨不離。橋頭暢飲，醉顏映水，自視有返老還童之感。「人影」句與首句相承，「醉顏」句與次句相承，舒緩回環的筆調中展現出悠然閒適之趣。

過片二句景語，一為聽覺，一為視覺，渲染出山間清秋的幽冷氣韻，秋蟬、秋菊自是清高脫俗，同時又豈非孤芳自賞，傲世獨立？稼軒也許聯想到此，結末二句遂反用「長卿慢世」之意，自謂並非倨傲玩世，閒居山林只因多病而又無才。長卿「託疾避官，蔑此卿相」，稼軒乃被彈劾而罷官閒居，自與長卿不同。「多病」之稱雖非假託，知鎮江時「已多病謝客」（岳珂《桯史》卷三），然而數月前鎮江任上賦詞自喻廉頗（〈永遇樂・京口北固亭懷古〉），如今自稱「非才」，則深含怨憤。

虞美人

賦虞美人草❶

當年得意如芳草，日日春風好。拔山力盡忽悲歌，飲罷虞兮從此奈君何❷。

人間不識精誠苦，貪看青青舞❸。驀然斂袂卻亭亭，怕是曲中猶帶楚歌聲❹。

【詞牌】虞美人

唐教坊曲名。又名〈虞美人令〉、〈玉壺冰〉、〈憶柳曲〉、〈一江春水〉等。此調正體雙調五十六字，上、下片各四句兩仄韻兩平韻。稼軒此詞為正體。

【注釋】❶虞美人草　草名。張泊《賈氏譚錄》：「褒斜山谷中有虞美人草，狀如雞冠，大而無花，葉相對。行路人見者，或唱〈虞美人〉，則兩葉漸搖動如人撫掌之狀，頗應節拍。或唱他辭，即寂然不動也。」❷拔山力盡忽悲歌二句　意謂拔山之力耗盡，飲罷悲歌，虞姬從此該如何。《史記・項羽本紀》載項羽兵敗垓下（在今安徽靈璧），「夜起飲帳中。有美人名虞，常幸從。駿馬名騅，常騎之。於是，項王乃悲歌忼慨，自為詩曰：『力拔山兮氣蓋世，時不利兮騅不逝。騅不逝兮可奈何！虞兮虞兮奈若何！』」❸人間不識精誠苦二句　言世人不知虞美人草乃虞姬之悲苦精魄所化，只知觀賞其應歌起舞。姜夔〈虞美人草〉：「化石那解語，作草猶可舞。」❹驀然斂袂卻亭亭二句　意謂恐怕是舞曲尚帶有楚歌情調，虞美人草因而斂袂玉立。《史記・項羽本紀》載項羽困於垓下，「夜聞漢軍四面皆楚歌。項王乃大驚曰：『漢皆已得楚乎？是何楚人之多也！』」《史記正義》引《楚漢春秋》載虞姬和歌：「漢兵已略地，四方楚歌聲。大王意氣盡，賤妾何聊生。」楚歌，楚地之歌。

【語譯】當年得意受寵，每日猶如春風撫愛中的芳草。拔山之力已耗盡，痛飲悲歌，虞姬啊，從此你該如何是好。　世人不懂精魂的悲苦，只愛觀賞美人草的舞姿曼妙。突然間斂袂罷舞，亭亭玉立，怕是舞曲中還帶有楚歌情調。

【研析】這首詞與〈虞美人・送趙達夫〉同調同韻，大略作於同時。考趙達夫（西元一一三四—一二一八年），字可大。後改名充夫，字兼善。趙宋宗室，寓居鉛山）紹熙五年（西元一一九四年）知吳興，觸怒時宰之親，退歸鉛山。慶元末復出，提舉淮東常平茶鹽公事。稼軒時閒居瓢泉，二詞大概為當時所作。

虞美人草因其聞〈虞美人〉曲即應拍起舞而得名。按此曲見於唐崔令欽《教坊記》，其名則源於項羽及其寵妾虞姬垓下唱和，郭茂倩《樂府詩集》卷五十八〈琴曲歌辭〉錄有〈力拔山操〉，解題云：「按琴集有〈力拔山操〉，項羽所作也。近世又有〈虞美人〉曲，亦出於此。」虞姬生前、死後情事便為題詠虞美人草的題中之意。

詞作從虞姬生前得寵起筆，以春風撫愛芳草喻項王寵愛虞姬，扣題而入，美妙切當，且應合虞姬死後精魄化作芳草之傳說。「拔山」二句，筆調陡轉，由春風得意跌入悲歌死別，簡括的詞句依然傳達出英雄末路的悲壯和柔情。前二句從虞姬著筆，後二句轉從項羽著筆，相輔相成，顯示出二人間的生死相依之深情，暗示出虞姬死後的精魂悲苦。

詞作下片題寫虞姬死後化作芳草，聞曲起舞之事。過片句中「精誠苦」三字承上片詞情而發，「人間不識」則更顯其苦。聞曲起舞，寄託著世人未知的精魂之怨；斂袂罷舞，則似為曲中的楚歌聲情所驚怔而重憶當年垓下那幕死別情景。結末「楚歌聲」與上片後兩句呼應，又歸結到詞題虞美人草的靈性所在，即聞〈虞美人〉曲而搖曳起舞。

全詞筆脈貫通人、草、曲，三者以「精誠」之情相融一體。此情超越生死，寓於曲中，亦為本詞情韻所在。

漢宮春

立春日❶

春已歸來，看美人頭上，裊裊春旛❷。無端風雨，未肯收盡餘寒。年時❸燕子，料今宵夢到西園❹。渾未辦黃柑薦酒，更傳青韭堆盤❺。

卻笑東風從此，便熏梅染柳❻，更沒些閑。閑時又來鏡裏，轉變朱顏。清愁不斷，問何人會解連環❼。生怕❽見花開花落，朝來塞雁先還❾。

【詞牌】漢宮春

此調有平韻、仄韻兩體。平韻正體雙調九十六字，上、下片各九句四平韻。稼軒此詞為平韻正體。

【注　釋】❶立春日　二十四節氣之一，在陽曆二月四日或五日。❷春幡　春旗。舊俗，立春日剪綵為小幡，簪於頭上或掛花枝下，以示迎春。❸年時　去年。晏幾道〈采桑子〉：「年時此夕東城見，歡意匆匆。」❹西園　本為三國時曹魏君臣宴遊之所，在今河南臨漳。曹植〈公燕〉：「清夜遊西園，飛蓋相追隨。」後世借指園林或友朋宴遊之地。❺渾未辦黃柑薦酒二句　意謂黃柑酒尚未釀造，更別說五辛盤。舊俗，立春日作五辛盤（以葱、蒜、韭、蓼蒿、芥五種辛嫩之菜雜和而成），以黃柑釀酒。渾，全然。薦，進獻。更，豈。稼軒〈鵲橋仙〉（小窗風雨）：「啼鴉衰柳自無聊，更管得、離人腸斷。」❻熏梅染柳　意謂使梅吐芬芳柳變綠。李賀〈瑤華樂〉：「玄霜絳雪何足云，薰梅染柳將贈君。」❼解連環　喻消解愁結。《戰國策・齊策六》載秦昭王派使者贈給君王后玉連環，曰：「齊多智，而解此環不？」群臣不能解。君王后以錐破之，謝秦使曰：「謹以解矣。」❽生怕　深怕。❾朝來塞雁先還　此句蓋化用薛道衡〈人日思歸〉：「人歸落雁後。」

【語　譯】春天已歸來，美人頭上飄著彩色的春旗。無情風雨，卻不肯消退剩餘的寒氣。去年的春燕飛來，想必今晚要在夢中重遊西園。黃柑酒全未備辦，豈能端上五辛盤。　可笑那東風從此便忙於熏梅染柳，不得些許清閒。閒時又見鏡裡紅顏衰變。愁情纏綿不斷，誰能消解我鬱結心頭的愁苦。深怕見到花開花落，那塞雁清晨便已歸去。

【研　析】這首詞作年不詳，據詞意疑為帶湖閒居期間所作。

春天來了，人間有了春意，美人頭簪彩幡迎接春的來臨，可春風春雨送來習習寒意。此為一喜一憂。春燕回來了，勾引起往年立春時節友朋宴遊的歡悅情景，但如今立春日該品味的黃柑酒、五辛盤全沒準備。此又為一喜一憂。兩番喜憂轉換，已見出稼軒新春來臨時的憂慮情懷。

過片筆調跳出，嘲笑東風即將開始忙碌於「熏梅染柳」，不得片刻閒暇。嘲笑者雖得「閑時」，但忍看朱顏衰變，更見花開花落，塞雁北歸，愁從中來，不可斷絕。

東風之「沒些閑」，此乃自然節律，花開花落、南雁北歸等等，皆在其中。同時，人生也隨之匆匆流逝，「轉變朱顏」。胸懷壯志如辛稼軒者，賦閒之時或可故作豁達嘲笑東風之「沒些閑」，而其內心深處實難閒靜，不禁慨歎年華虛度，「清愁不斷」！

詞作題詠「立春」，上片寫春歸、春幡、黃柑酒、五辛盤等，均緊扣題意。下片由「東風從此」「沒些閑」起筆，亦承「立春」而來，但筆墨重點轉為抒發人生感慨，這也是上片所呈現的憂慮情緒的歸結。

漢宮春

即事

行李❶溪頭，有釣車❷茶具，曲几團蒲❸。兒童認得，前度過者籃輿❹。時時照影，甚此身、偏滿江湖。悵野老、行歌不住，定堪與語難呼❺。

一自東籬搖落，問淵明歲晚，心賞何如❻？梅花正自不惡，曾有詩無❼？知翁止酒，待重教、蓮社人沽❽。空悵望、風流已矣，江山特地愁予❾。

【注釋】❶行李　行旅。錢起〈登復州南樓〉：「行李迷方久，歸期涉歲賒。」❷釣車　一種釣具，有轉輪收放釣絲。元結〈宿丹崖翁宅〉：「兒孫棹船抱酒甕，醉裏長歌揮釣車。」❸曲几團蒲　曲几，曲木几。團蒲，亦稱蒲團，蒲草編成的圓座墊。黃庭堅〈以小團龍及半挺贈無咎并詩用前韻為戲〉：「曲几團蒲聽煮湯，煎成車聲繞羊腸。」❹籃輿　竹轎子。《宋書・隱逸傳》：「潛有腳疾，使一門生二兒轝籃輿。既至，欣然便共飲酌。」❺悵野老行歌不住二句　用孔子遇林類典故。《列子・天瑞》：「林類年且百歲，底春被裘，拾遺穗於故畦，並歌並進。孔子適衛，望之於野，顧謂弟子曰：『彼叟可與言者，試往訊之。』子貢請行，逆之壠端，面之而歎曰：『先生曾不悔乎？而行歌拾穗。』林類行不留，歌不輟。」❻一自東籬搖落三句　意謂一旦東籬菊花凋零，時當歲暮，淵明心情如何。陶淵明〈飲酒〉其五：「採菊東籬下，悠然見南山。」❼梅花正自不惡二句　意謂梅花盛開，淵明曾否題詠。淵明愛菊，詩中言及梅者僅〈蜡日〉云：「梅柳夾門植，一條有佳花。」❽知翁止酒二句　意謂知淵明因家貧一時斷酒，再請慧遠等人為之買酒。淵明〈止酒〉詩云：「平生不止酒，止酒情無喜。……

徒知止不樂，未知止利已。始覺止為善，今朝真止矣。」蓮社，東晉名僧慧遠與劉遺民、雷次宗等十八人居廬山東林寺同修淨土。寺有白蓮池，因號蓮社，亦稱白蓮社。《蓮社高賢傳》載淵明「嘗往來廬山，使一門生二兒舁籃輿以行。時遠法師與諸賢結蓮社，以書招淵明。淵明曰：『若許飲則往。』許之，遂造焉」。❾江山特地愁予　特地，格外。愁予，使我愁。《楚辭・九歌・湘夫人》：「帝子降兮北渚，目眇眇兮愁予。」洪适〈風月堂記〉：「塵埃迷人，江山愁予。」

【語　譯】溪邊遊歷，攜有釣車茶具、曲几團蒲。孩童們認出前回來遊曾乘坐籃輿。時時臨溪照影，何故此生遍歷江湖。悵歎那鄉野老翁行歌不停，定然值得交談卻難招呼。　自從東籬菊花敗落，試問淵明歲暮心情何如？正當梅花綻放，可曾題詩吟賦？知道您老家貧斷酒，待請蓮社高賢再去買酒備觴。空自悵望，風流人物已成過往，江山格外使我感慨憂傷。

【研　析】詞言茶具而未及酒觴，又用淵明止酒之事，當作於戒酒之初，大約在慶元二年（西元一一九六年）所作。稼軒時年五十七，閒居瓢泉。

鄉野溪邊，或垂釣，或品茶，村童熟識親近，野老行歌自樂。如此閒適淡泊、純樸自然的生活境界，令稼軒回想曾經的宦海遷轉，感慨良多，詞題「即事」，其意在此。臨溪照影，自歎平生遍歷江湖；見野老行歌不止，欲與敘談而難成，心懷悵然！

下片想到退歸田園的陶淵明，自然是因眼前情景的觸發，如野老悠然行歌便不無淵明風神。（淵明〈自祭文〉有云：「含歡谷汲，行歌負薪。」）淵明愛菊，而菊花凋敗後的歲暮或不免惆悵，稼軒則想到盛開的梅花也別有風致，可供品賞；淵明嗜酒而常因家貧斷酒，稼軒想到可再請蓮社高賢為之備酒。淵明閒居田園，悠然自樂，嗜酒愛菊是其兩大性情所好，稼軒筆起波瀾，從無菊、無酒落筆，自問自解，自開自合，依然歸於閒適無憂之境。稼軒之所以想到淵明生活中的無菊、無酒情狀，或許與其自身罷職退歸後的隱憂及其新近戒酒有關。從淵明回到現實，面對眼前見證了古往風流興衰的江山，感慨不盡！「空悵望、風流已矣，江山特地愁予」，發自平生志在恢復而無奈退歸山林的稼軒之口，寄寓著深切的感時傷世之情。

漢宮春

會稽蓬萊閣觀雨❶

秦望山❷頭，看亂雲急雨，倒立江湖。不知雲者為雨，雨者雲乎❸。長空萬里❹，被西風、變滅須臾。回首聽、月明天籟，人間萬竅號呼❺。

誰向若耶溪上，倩美人西去，麋鹿姑蘇❻？至今故國人望，一舸歸歟❼？歲云暮矣❽，問何不鼓瑟吹竽❾？君不見、王亭謝館❿，冷煙寒樹啼烏。

【注釋】❶會稽蓬萊閣觀雨　題原作「會稽蓬萊閣懷古」，另一首〈漢宮春〉（亭上秋風）題作「會稽秋風亭觀雨」。鄧廣銘《稼軒詞編年箋注》據詞意，將二詞題中「懷古」、「觀雨」互換，茲從之。會稽，縣名，宋紹興府治所，在今浙江紹興。蓬萊閣，在紹興府治設廳之後、臥龍山下，五代時吳越王錢鏐建，南宋淳熙元年其八世孫錢端禮重修。施宿等《會稽志》卷一：「府治據臥龍山之東麓，……設廳之後曰蓬萊閣。」張淏《會稽續志》卷一云：「其名以蓬萊者，蓋舊志云『蓬萊山正偶會稽』。元微之詩云『謫居猶得住蓬萊』。錢公輔記云：『後人慷慨慕前修，高閣雄名由此起。』」❷秦望山　在會稽縣東南四十里。施宿等《會稽志》卷九：「《輿地廣記》云：『秦望在州城南，為眾峰之傑。秦始皇登之以望東海。』」❸不知雲者為雨二句　言雲雨茫茫莫辨。《莊子・天運》：「雲者為雨乎？雨者為雲乎？」❹長空萬里　蘇軾〈念奴嬌・中秋〉：「憑高眺遠，見長空萬里，雲無留迹。」❺回首聽月明天籟二句　言明月朗朗，夜風呼嘯。《莊子・齊物論》：「汝聞人籟而未聞地籟，汝聞地籟而未聞天籟夫。……夫大塊噫氣，其名為風。是唯無作，作則萬竅怒號，而獨不聞之翏翏乎。」天籟，自然聲響。萬竅，大地各種孔穴。❻誰向若耶溪上三句　若耶溪，在會稽縣南二十五里，相傳為西施浣紗之處。《吳越春秋》卷五載越王句踐向吳王闔閭進獻名山神木，闔閭以之建姑蘇臺。句踐又進獻美女西施，吳王大悅。伍子胥諫阻，有云：「臣必見越之破吳，豸鹿遊於姑胥之臺。」《史記・淮南衡山列傳》載伍被云：「臣聞子胥諫吳王，吳王不用，乃曰：臣今見麋鹿游姑蘇之臺也。」❼一舸歸歟　意謂西施隨范蠡泛舟五湖歸來否。相傳范輔佐越王句踐滅吳之後，攜西施泛舟五湖而去。杜牧〈杜秋娘詩〉：「西子下姑蘇，一舸逐鴟夷。」范蠡自號鴟夷子皮。❽歲云暮矣　即歲暮。《詩・小雅・小明》：「曷云其還？歲聿云莫。」劉君白〈答僧巖法師書〉：「歲云暮矣，時不相待。」❾鼓瑟吹竽　指奏樂歡慶。《詩・小雅・鹿鳴》：「我有嘉賓，鼓瑟吹笙。」《戰國策・齊策一》載蘇秦說齊宣王：「臨淄甚富而實，其民無不吹竽鼓瑟，擊筑彈琴，鬬雞走犬，六博蹹踘者。」❿王亭謝館　東晉大族王、謝亭館。王羲之曾與謝安、孫綽等四十一人宴集於會稽山陰之蘭亭。《晉書・謝安傳》載安「寓居會稽，與王羲之及高陽許詢、桑門支遁游處，出則漁弋山水，入則言詠屬文」。《宋書・謝靈運傳》：「靈運父祖並葬始寧縣，並有故宅及墅，遂移籍會稽，修營別業。」

【語　譯】秦望山頭烏雲滾滾，暴雨傾瀉如倒立江湖。茫茫莫辨，何為雲何為雨。轉瞬西風掃盡殘雲，長空萬里無垠。皎皎月下，回首靜聽天籟，人間萬竅號呼。　是誰從若耶溪上，請來美女入吳西去，姑蘇臺終落得麋鹿嬉戲？故國父老至今盼望，泛遊五湖之舟何時歸？試問歲暮何不鼓瑟吹竽相歡娛？君不見王、謝豪族之亭臺樓館，如今冷煙寒樹間聲聲啼烏。

【研　析】這首詞作於嘉泰三年（西元一二〇三年）秋。稼軒時年六十四，知紹興府兼浙東安撫使。

詞作上片扣題，描述「觀雨」情景，展現出翻雲覆雨和風捲殘雲、天清月明、萬竅怒號兩種景象之間的須臾變幻。秦望山為會稽群山之最高峰，在「亂雲急雨」之中隱現，氣勢壯觀。轉眼間雲飛雨歇，夜空明澈，風聲蕭蕭，令人驚歎大自然的神奇！置身於狂風暴雨過後的月夜秋風下，仰望長空萬里，靜聽人間天籟，稼軒或許想到會稽城的歷史風雲，想到當年的吳越戰爭。詞筆由此轉到下片的懷古。

西施入吳是句踐復仇滅吳的重要策略，詞中「誰向若耶溪上」三句即寫盡此事，形象而簡括。其疑問筆調則流露出對歷史存亡的深思和感慨。「至今」二句承前筆脈，化用范蠡攜西子泛遊五湖之傳說故事，以盼望關切的詢問筆調，表達故國父老對為國立功的西施永遠的懷念之情。「至今」二字筆意貫通下文。時已歲暮，人們尚在期待西子歸來，遂無心鼓樂歡慶。反問筆調則又見出對沉溺於思古幽情的不以為然，末以南朝會稽豪族王、謝亭館的湮滅作結，呈現出滄桑感慨之外的超然達觀。

詞作上片寫景，下片抒情；上片觀雨，下片懷古。字面上的轉折頗顯突兀，然細品上片詞境變幻之意蘊，則與下片暗自相通。若以詞題應合詞境詞情，亦令人感到構思立意之妙。上片詞境之雲雨莫辨轉而月明風清，可與蓬萊仙境稱合；下片懷古所取西子、「王亭謝館」典故則切合會稽古城。全詞章法貌似疏離實則密合。

漢宮春

會稽秋風亭懷古❶

亭上秋風，記去年嫋嫋❷，曾到吾廬。山河舉目雖異，風景非殊❸。功成者去，覺團扇、便與人疏❹。吹不斷，斜陽依舊，茫茫禹跡都無❺。

千古茂陵詞在，甚風流章句，解擬相如❻。只今木落江冷，眇眇愁余❼。故人書報，莫因循、忘卻蓴鱸❽。誰念我、新涼燈火❾，一編《太史公書》❿。

【注釋】❶會稽秋風亭懷古　題原作「會稽秋風亭觀雨」，另一首〈漢宮春〉（秦望山頭）題作「會稽蓬萊閣懷古」。鄧廣銘《稼軒詞編年箋注》據詞意，將二詞題中「觀雨」、「懷古」互換，茲從之。秋風亭，在會稽觀風堂之側，稼軒帥浙東時所建。施宿等《會稽志》卷一「府廨」：「使宅之東北曰觀風堂。」張淏《會稽續志》卷一：「秋風亭在觀風堂之側。」張鎡〈漢宮春〉（城畔芙蓉）序云：「稼軒帥浙東，作秋風亭成，以長短句寄余。」❷亭上秋風二句　《楚辭・九歌・湘夫人》：「嫋嫋兮秋風，洞庭波兮木葉下。」嫋嫋，秋風吹拂的樣子。❸山河舉目雖異二句　言會稽與瓢泉雖山河不同，風景則無異。此化用東晉周顗新亭（故址在今江蘇江寧）感歎語。《世說新語・言語》載：「過江諸人每至暇日，輒相邀出新亭，藉卉飲宴。周侯中坐而歎曰：『風景不殊，正自有山河之異。』皆相視流淚。唯王丞相愀然變色，曰：『當共戮力王室，克復神州，何至作楚囚相對泣邪！』」❹功成者去二句　言夏去秋來，團扇擱置無用。《戰國策・秦策三》載蔡澤云：「夫四時之序，成功者去。」❺茫茫禹跡都無　言大禹的遺跡茫然無覓。《左傳》襄公四年載虞人箴曰：「芒芒禹迹，畫為九州。」芒芒，同「茫茫」。悠遠的樣子。《史記・夏本紀》：「或言禹會諸侯江南，計功而崩，因葬焉，命曰會稽。會稽者，會計也。」裴駰集解云：「《皇覽》曰：禹冢在山陰縣會稽山上。會稽山本名苗山，在縣南，去縣七里。《越傳》曰：禹到大越，上苗山，大會計，爵有德，封有功，因而更名苗山曰會稽。」❻千古茂陵詞在三句　言漢武帝〈秋風辭〉之情韻文采堪比司馬相如辭賦。茂陵詞，指漢武帝〈秋風辭〉。茂陵，漢武帝陵墓，在今陝西西安。此借指漢武帝。其〈秋風辭〉云：「秋風起兮白雲飛，草木黃落兮雁南歸。蘭有秀兮菊有芳，懷佳人兮不能忘。泛樓船兮濟汾河，橫中流兮揚素波。簫鼓鳴兮發棹歌，歡樂極兮哀情多，少壯幾時兮奈老何。」相如，指漢武帝時辭賦家司馬相如。❼只今木落江冷二句　《楚辭・九歌・湘夫人》：「帝子降兮北渚，目眇眇兮愁余。嫋嫋兮秋風，洞庭波兮木葉下。」眇眇，遠望的樣子。愁余，使我憂愁。❽故人書報二句　言友人來信勸我莫要滯留，忘卻了家鄉美味。因循，拖延。蓴鱸，蓴菜鱸魚。《世說新語・識鑒》載西晉張翰洛陽為官，「見秋風起，因思吳中菰菜羹鱸魚膾，曰：『人生貴得適意爾，何能羈宦數千里以要名爵？』遂命駕便歸」。❾新涼燈火　韓愈〈符讀書城南〉：「時秋積雨霽，新涼入郊墟。燈火稍可親，簡編可卷舒。」❿太史公書　指司馬遷《史記》。司馬遷曾任太史令，所撰《史記》初名《太史公書》。

【語譯】亭上秋風吹拂，記得去年秋風曾翩翩來到我茅廬。眼前山河雖與瓢泉不同，風景則無分殊。炎熱的夏季功成身退，團扇也隨之離人而去。秋風吹不斷，斜陽依舊，夏禹遺跡茫然無求。　漢武帝〈秋風辭〉流傳千古，風情文采堪比相如辭賦。值此落葉飄零、江河冷寂，遠望中滿懷愁緒。故友書來相勸，莫要延宕滯留，莫要忘卻家鄉的蓴菜鱸魚。誰會想到我新秋涼夜，燈下品讀《太史公書》。

【研　析】這首詞作於嘉泰三年（西元一二〇三年）秋。稼軒時年六十四，知紹興府兼浙東安撫使。

詞從秋風起筆，字面關合「秋風亭」，思緒則追想去年閒居瓢泉時的秋風秋景，感到山河不同，風景則無異。當年東晉南渡士大夫春秋佳日聚宴新亭，周顗所歎：「風景不殊，正自有山河之異。」意在感慨「山河之異」，即山河分裂。稼軒用其語而變其意，旨趣落在「風景不殊」，筆脈與上句「吾廬」所在之瓢泉相承。其實，稼軒亦身處山河分裂之時，故而想起周顗新亭之歎，但其志在恢復，此次以六十四歲高齡再次復出，充滿信心為成就恢復大業作最後的努力，其心態當傾向於新亭聚宴間王導所言：「當共戮力王室，克復神州。」

有此情懷，舉目山河之異，遂能歎賞風景之美，而非沉溺於感傷憂慮。「功成」二句言夏季功成身退，團扇歸退，蓋亦寄寓稼軒此番出山的意圖期望。功已成便離去，功未成之秋風則吹拂不息，一如既往的夕陽餘暉中，多少世間功業遺跡煙消雲散！稼軒面臨秋風斜陽，懷想大禹「畫為九州」之偉業，則流露出對實現恢復大業的深切期待，而現實中的「茫茫禹跡都無」，又透露出些許憂慮和悵然。

過片言漢武帝〈秋風辭〉情調文采堪比司馬相如辭賦。史稱相如「作賦甚弘麗溫雅」(《漢書・揚雄傳》)，武帝〈秋風辭〉亦可作如是觀：「秋風起兮白雲飛，草木黃落兮雁南歸。蘭有秀兮菊有芳，懷佳人兮不能忘。泛樓船兮濟汾河，橫中流兮揚素波。簫鼓鳴兮發棹歌，歡樂極兮哀情多，少壯幾時兮奈老何。」恢弘激盪中蘊含繁華易逝、青春短暫之歎惋。志士悲秋，尤其如稼軒年逾花甲而壯志未酬者，「木落江冷」在其心中觸發的感慨悵惘之情，盡在「眇眇愁余」四字之中。多年閒居後復出為官又如此憂愁，何不掛冠歸去？故友來書勸歸或為寫實，如黃榦對稼軒此次出山即頗為憂慮：「今之所以用明公與其所以為明公用者，亦嘗深思之乎？……今之所以主明公者何如哉，黑白雜揉，賢不肖混殽，佞諛滿前，橫恩四出。……江左人物，素號怯懦，秦氏和議又從而銷靡之，士大夫至是奄奄然不復有生氣矣。……此僕所以又慮夫為明公用者無其人也。內之所以用我與外之所以為我用者，皆有未滿吾意者焉。」(〈與辛稼軒侍郎書〉)稼軒後來的無功而病歸及韓侂胄北伐潰敗，則應驗了黃榦的擔憂。此時的稼軒出山已數月，以其非凡的軍事戰略眼光，當已感受到北伐前景堪憂，但又不甘就此退歸，因而心懷孤憤，詞作結末「誰念我」三句即此情懷的展露。

秋風亭為稼軒所建，詞題「懷古」，乃在借古之與秋風相關的詩文故實以抒寫情懷，轉折遞進之筆調中見出悵然難平之情。

滿江紅

暮春

家住江南，又過了、清明寒食❶。花徑裏、一番風雨，一番狼藉❷。紅粉暗隨流水去❸，園林漸覺清陰密。算年年、落盡刺桐❹花，寒無力。

庭院靜，空相憶。無說處，閑愁極。怕流鶯乳燕，得知消息。尺素❺如今何處也？彩雲依舊無蹤跡❻。謾教人、羞去上層樓，平蕪碧❼。

【詞　牌】滿江紅

此調有仄韻、平韻兩體。宋人所作多為仄韻，正體雙調九十三字，上片八句四仄韻，下片十句五仄韻。平韻始自姜夔。稼軒此詞為仄韻正體。

【注　釋】❶清明寒食　節氣名。清明，陽曆四月五日或六日。寒食，節令名，在清明前一、二日。❷狼藉　凌亂。❸紅粉暗隨流水去　四卷本作「流水暗隨紅粉去」。紅粉，指落花。❹刺桐　落葉喬木，又名海桐、山芙蓉。❺尺素　書信。❻彩雲依舊無蹤跡　言所思念的人依然無音信。歐陽脩〈蝶戀花〉：「幾日行雲何處去？忘了歸來，不道春將暮。」❼謾教人羞去上層樓二句　意謂讓人怕上高樓，只見一望無際的碧野，而見不到所念之人。此二句疑化用歐陽脩〈踏莎行〉（候館梅殘）詞句：「樓高莫近危欄倚，平蕪盡處是春山，行人更在春山外。」謾，徒然。羞，羞怯。

【語　譯】家室遷居江南，又度過了一個清明寒食。一番風雨過後，花間小路一片狼藉。落花隨流水靜靜漂去，園林樹蔭漸密。年年刺桐花兒落盡，春寒嬌柔無力。　庭院寂靜，空自相憶。無處訴說，愁懷淒厲。恐怕流鶯乳燕知道些消息。書信如今到了何處？思念的人兒依然杳無蹤跡。徒然讓人怕上高樓，碧野茫茫無際。

【研　析】鄧廣銘《稼軒詞編年箋注》據「家住江南，又過了、清明寒食」，斷定此詞為稼軒「南歸後之第二個暮春」，即隆興二年（西元一一六四年）所作。此說雖難確信，「又」字非確指第二次，但大致可斷為稼軒南歸後的前幾年所作。

詞作上片傷春。異鄉客居，幾度暮春。起筆二句中已深含愁思。接下呈現出花徑狼藉、流水漂紅、園林清陰三幅暮春圖景，由動而靜，也暗示出傷春情緒的波動變化。「算年年」二句特寫刺桐花，「寒無力」又令人想起李商隱〈無題〉中的「東風無力百花殘」，隱約浮現出年年花落盡、春料峭、人惜別的場景。

下片承上片結句，寫懷人。「庭院靜」四個三字短句，直寫相思愁極，無處訴說。「怕流鶯」四句言女子思念入癡而向流鶯乳燕探詢消息；「謾教人」二句為女子心裡獨白語，也可理解為女子對鶯燕傾訴心聲。「羞」字極為細膩深切地傳達出矛盾心態：思念難耐而希望登上高樓能遙望思念之人，但一次次的失望又使她害怕登樓，害怕望極茫茫碧野而不見思念之人。

稼軒南歸當年，即紹興三十二年（西元一一六二年），曾向建康府帥兼行宮留守張浚建議分兵擊金而未被採納。隆興元年（西元一一六三年）夏，張浚率師北伐，初戰小勝而終潰敗於符離（今屬安徽），朝廷主和勢盛。次年十一月，宋金達成和議。稼軒懷抱抗金復國壯志南歸，面臨此般局勢，其傷春傷別之中，蓋不無對時局的深切憂慮。

滿江紅

中秋

美景良辰❶，算只是、可人風月❷。況素節❸揚輝，長是十分清澈。著意登樓瞻玉兔❹，何人張幕遮銀闕❺。倩飛廉、得得為吹開❻，憑誰說。

弦與望❼，從圓缺。今與昨❽，何區別。羨夜來手把，桂花堪折❾。安得便登天柱上，從容陪伴酬佳節❿。更如今，不聽麈談⓫清，愁如髮⓬。

【注　釋】❶美景良辰　言美妙的景色，美好的時辰。謝靈運〈擬魏太子鄴中集詩序〉：「天下良辰美景，賞心樂事，四者難並。」❷可人風月　令人喜愛的風月。趙善括〈鷓鴣天〉(雨沐芙蓉秋意清)：「可人風月滿江城。」❸素節　指中秋節。❹玉兔　指月。《楚辭・天問》：「顧菟在腹」王逸章句：「言月中有菟。」菟，通「兔」。❺銀闕　指月宮。蘇軾〈漱玉亭〉：「我來不忍去，月出飛橋東。蕩蕩白銀闕，沉沉水晶宮。」❻倩飛廉得得為吹開　意謂請風神特地吹散浮雲。飛廉，風神。《楚辭・離騷》：「後飛廉使奔屬。」王逸章句：「飛廉，風伯也。」得得，特地。王建〈洛中張籍新居〉：「雲山且喜重重見，親故應須得得來。」❼弦與望　半月和滿月。弦，指半邊月，即月缺。望，指月圓。❽今與昨　今日與往日。陶淵明〈歸去來兮辭〉：「覺今是而昨非。」❾桂花堪折　《太平御覽》卷九百五十七引《淮南子》：「月中有桂樹。」❿安得便登天柱上二句　暗用唐代九華山道士趙知微中秋雨夜攜弟子侍童登天柱峰賞月典故。見唐皇甫枚《三水小牘》卷上。天柱，指九華山天柱峰，在今安徽青陽西南。⓫塵談　清談。麈，獸名，鹿屬。魏晉名士清談時常持麈尾，後世因稱清談為麈談。《世說新語・容止》：「王夷甫容貌整麗，妙于談玄，恆捉白玉柄麈尾，與手都無分別。」⓬愁如髮　意謂愁思細密如髮。李白〈秋浦歌〉：「白髮三千丈，緣愁似個長。」黃庭堅〈招戴道士彈琴〉：「春愁如髮不勝梳。」

【語　譯】良辰美景，想來只有宜人的風光月色。何況中秋月光飛灑，常常是十分的清麗明澈。特意登樓賞月，不知何人張開雲幕將月宮掩遮。想請風神來吹散雲幕，又不知向誰去言說。　弦月到滿月，月圓復月缺。今昔何區別。慕想月夜親手把月桂折。如何得以登上天柱峰，伴親友盡情歡度佳節。如今更無清談可聽，愁思密集紛亂如髮。

【研　析】這首詞作年不詳。鄧廣銘《稼軒詞編年箋注》繫於乾道間所作。

詞為中秋寄懷。上片前四句以美景反襯愁情。起句言良辰美景，令人欣悅！「算只是」三字筆調一轉，意謂風月可人而人自孤獨，正如柳永〈雨霖鈴〉中所云「良辰好景虛設，便縱有千種風情，更與何人說」！更何況中秋月色又是那般的皎潔瑩澈，怎不令別離之人倍增思念之情！

「著意」四句寫登樓賞月情形，承上文而來，既是為美妙的月色所動，也是為內心深切的思念之情所迫。「瞻玉兔」而寄相思，卻不料浮雲飄來，月色隱沒；想到風神能吹散浮雲，卻又不知託誰去傳語。筆致轉折跌宕。

上片觸景生情，終歸於愁懷難遣。過片轉以冷靜理性的筆調寫月之圓缺變化，即蘇軾〈水調歌頭〉（明月幾時有）中「月有陰晴圓缺」之意。「今與昨」二句，轉言人之今日離別與往日歡聚，即蘇詞「人有悲歡離合」之意。「美夜來」兩句當為心中憶想往日佳節共度，月桂飄香；「安得」兩句則言今日佳節獨處，不能和親朋好友登高賞月，暗用道士趙知微中秋雨夜登天柱峰賞月典故，因而下句仍用與談玄論道相關的「清談」語，聽清談可以徹悟人情悲歡，如今無清談可聽，只有悵歎：「愁如髮。」此句與上片結處情調相呼應，而筆調不同，一曲一直。

滿江紅

中秋寄遠❶

快上西樓，怕天放浮雲遮月。但喚取玉纖橫管，一聲吹裂❷。誰做冰壺涼世界❸，最憐玉斧修時節❹。問嫦娥孤令有愁無？應華髮❺。

雲液滿❻，瓊杯滑。長袖舞❼，清歌咽。歎十常八九，欲磨還缺❽。但願長圓如此夜❾，人情未必看承別❿。把從前離恨總成歡，歸時說⓫。

【注　釋】❶寄遠　寄懷遠方的親友。❷但喚取玉纖橫管二句　意謂喚來美人吹笛驅散浮雲。但，只有。玉纖，指美人纖纖玉指。橫管，指竹笛。四卷本作「橫笛」。按：此二句用北宋王琪〈中秋賞月〉詩意：「只在浮雲最深處，試憑弦管一吹開。」（葉夢得《石林詩話》卷上）又相傳「昔有善吹笛者，能為穿雲裂石之聲」（何薳《春渚紀聞》卷七）。❸冰壺涼世界　言中秋月夜清涼皎潔如盛冰玉壺。❹最憐玉斧修時節　意謂最愛玉斧修月時節。傳說月亮由七種寶石合成，常有八萬二千名工匠持玉斧修磨（見唐段成式《酉陽雜俎・天咫》）。❺問嫦娥孤令有愁無二句　意謂嫦娥獨處清冷的月宮，一定因憂愁而鬢髮斑白。嫦娥，傳說本為上古有窮氏國君后羿之妻，因偷吃靈藥而飛入月宮成仙女。孤令，即孤零。四卷本作「孤冷」。按：此二句用李商隱〈嫦娥〉詩意：「嫦娥應悔偷靈藥，碧海青天夜夜心。」❻雲液滿　指斟滿美酒。❼長袖舞　四卷本作「長袖起」。按：《韓非子・五蠹》載有諺語：「長袖善舞。」❽歎十常八九二句　感歎天上明月十有八九是將圓還缺。磨，指修圓磨亮。❾但願長圓如此夜　只願明月能永遠如今夜一樣圓滿。但願，只願。四卷本作「若得」。按：此句意同蘇軾〈水調歌頭〉（明月幾時有）：「但願人長久，千里共嬋娟。」❿人情未必看承別　意謂人們未必在意離別。看承，看待。郭應祥〈鷓鴣天〉（萬里澄空沒點雲）：「自緣人意看承別，未必清輝減一分。」⓫把從前離恨總成歡二句　意謂把過去的離愁別恨融化為歡欣，待歸來時傾訴衷腸。

【語　譯】快快登上西樓，怕天公放任浮雲來遮蔽明月。只有請來美人玉指橫笛，吹奏起嘹亮的曲調使浮雲散滅。不知誰造就這冰壺般皎潔清涼的世界，我最喜愛玉斧修月時節。孤零零的月宮嫦娥是否憂愁？想必她已白了鬢髮。　潤滑的玉杯滿斟美酒。美人長袖飄舞伴隨清歌低咽。慨歎天上明月，十有八九是將圓還缺。但願永遠月圓如今夜，人們未必會在意離別。把從前的離愁別恨融化成歡悅，待到歸來時慢慢細說。

【研　析】這首詞見於四卷本甲集，知作於淳熙十五年（西元一一八八年）正月結集之前，具體作年不詳。鄧廣銘《稼軒詞編年箋注》據廣信書院本編次，將此詞及同調詞作「美景良辰」、「點火櫻桃」繫於乾道中期（西元一一六九年前後）。

詞為中秋寄懷遠方親友之作，從登樓賞月入筆，語調跳蕩。「但喚取」以下四句，由「浮雲遮月」語引出：浮雲散滅，圓月當空，清涼澄澈如冰壺玉潔。「問嫦娥」二句化用李商隱詩意：「嫦娥應悔偷靈藥，碧海青天夜夜心。」（〈嫦娥〉）同時暗合「寄遠」題意。

過片寫把酒對月，輕歌曼舞，美如仙境。「歎十常八九」二句一轉，明月常缺，亦喻人間離多聚少，用東坡「人有悲歡離合，月有陰晴圓缺」（〈水調歌頭〉「明月幾時有」）之意，而略帶傷感。「但願」二句也從東坡詞句「不應有恨，何事長向別時圓」、「但願人長久，千里共嬋娟」化出，「人情」句字面上反用郭應祥詞句「自緣人意看承別」（〈鷓鴣天〉「萬里澄空沒點雲」），而意趣則承東坡詞中的豁達情懷，意謂在美妙圓滿的月光下，人們能淡然看待離別，故結末以歸時的歡悅融化別離愁恨，也是對離愁別恨的一種超脫。

　　詞題為「中秋寄遠」，佳節思親，但筆調疏快，多用虛字調度，情致灑脫。

滿江紅

點火櫻桃❶，照一架、荼蘼❷如雪。春正好，見龍孫❸穿破，紫苔蒼壁。乳燕❹引雛飛力弱，流鶯喚友嬌聲怯。問春歸、不肯帶愁歸，腸千結。　層樓望，春山疊。家何在？煙波隔。把古今遺恨，向他誰說？蝴蝶不傳千里夢❺，子規❻叫斷三更月。聽聲聲、枕上勸人歸❼，歸難得。

【注釋】❶點火櫻桃　言紅紅的櫻桃像點點火苗。❷荼蘼　花名，色白，春末開花，亦作「酴醾」。蘇軾〈杜沂遊武昌以酴醾花菩薩泉見餉〉：「酴醾不爭春，寂寞開最晚。」❸龍孫　指竹筍。僧贊寧《筍譜・雜說》：「俗聞呼筍為龍孫。」❹乳燕　母燕。❺蝴蝶不傳千里夢　用莊周夢蝶典故，意謂夢不到千里之外的故鄉。《莊子・齊物論》：「昔者莊周夢為蝴蝶，栩栩然蝴蝶也。」❻子規　鳥名，又名杜鵑。陸佃《埤雅》卷九：「杜鵑，一名子規，苦啼，啼血不止，一名怨鳥。夜啼達旦，血漬草木。凡始鳴皆北向，啼苦則倒縣於樹。」❼聽聲聲枕上勸人歸　言枕上聽杜鵑啼聲如勸人歸去。俗謂子規啼聲似說「不如歸去」。吳曾《能改齋漫錄》卷四「子規」條：「此鳥晝夜鳴，土人云不能自營巢，寄巢生子。細詳其聲，乃是云『不如歸去』，此正所謂子規也。」梅堯臣〈子規〉：「不如歸去，春山雲暮。」

【語譯】點點火苗似的紅櫻桃，映照一架荼蘼花白亮如雪。正是好春時節，竹筍穿破長滿青苔的山壁。春燕引領雛燕緩緩地竭力飛翔，穿飛的黃鶯鳥呼朋喚友，聲嬌語怯。試問春歸為何不肯帶春愁一同歸去，令人愁腸千結。

　　高樓遙望，春山疊疊。家在何方？煙波阻隔。古往今來的遺恨，向誰去訴說？夢化蝴蝶也飛不到千里之外的故鄉，子規深夜啼月力竭聲斷。聲聲傳到枕邊如勸人歸去，歸去難如願。

【研　析】這首詞作年不詳。鄧廣銘《稼軒詞編年箋注》據廣信書院本編次及詞中思歸山東之情，推測為乾道中期所作。

詞為春暮思鄉之作。上片主要描繪暮春景象。火紅的櫻桃，雪白的荼蘼，呈現出春色之絢爛明麗。櫻桃、荼蘼均為暮春的典型景物，黃庭堅〈唐明皇賞牡丹圖為李孟川題〉有云：「海棠開盡荼醾老，惆悵一番花事了。」櫻桃亦暮春三月時成熟，而以「點火」狀「櫻桃」，既切合櫻桃「其顆如瓔珠」、「小而紅者謂之櫻珠」（見《本草綱目》卷三十「櫻桃」條），也透露出春意盛旺氣象。「春正好」之讚歎便是承前兩句而來，也導引出下文。

竹筍穿破山壁，挺拔而出，顯示春天勃發堅強的生命力，呈現出春天的剛健力度，這也是暮春的特色。同時，春燕緩緩飛，黃鶯嬌聲啼，又是暮春的另一種韻味，似乎透露出春天將歸而未歸時的留戀依依。

春歸惹人憂愁，更何況是異鄉送春歸！上片結尾寫春歸而傾吐愁情，筆調上先曲後直，跌宕有情致。「問春歸」句為曲筆，意趣即作者〈祝英臺近〉（寶釵分）所云：「是他春帶愁來，春歸何處？卻不解、帶將愁去。」「腸千結」為直筆，而情調沉鬱有力度。

下片寫思鄉。登樓遙望，眼前綿延重疊的山巒、彌漫飄蕩的煙波隔斷望鄉的視線，也在稼軒心中引發出茫茫滄桑之感，撫今追昔，多少遺恨，卻無人傾訴！想到夢裡或許能回到親友身邊一吐衷曲，然而夢也不成！夜聽子規苦苦勸人歸去，然而歸又難成！如此境況，何以為懷！按唐末崔塗〈春夕旅懷〉名句「蝴蝶夢中家萬里，杜鵑枝上月三更」，宋時頗為流傳，蘇軾就曾引入集句詞〈南鄉子〉。稼軒本詞「蝴蝶」兩句當亦從崔詩化出，但加入「不傳」、「叫斷」二語，則情調之深刻峭勁遠勝於崔詩。

通觀詞作全篇，起筆色調絢麗，氣韻勃發，與下文暮春思歸、感時傷世的沉鬱頓挫情調反差對襯，感人至深。

滿江紅

建康史致道留守❶席上賦

鵬翼垂空❷，笑人世、蒼然無物。還又向、九重❸深處，玉階山立❹。袖裏珍奇光五色，他年要補天西北❺。且歸來、談笑護長江，波澄碧❻。佳麗地❼，文章伯❽。金縷唱❾，紅牙拍❿。看尊前飛下，日邊消息⓫。料想寶香黃閣夢，依然畫舫青溪笛⓬。待如今、端的約鍾山，長相識⓭。

【注釋】❶建康史致道留守　指建康（今江蘇南京）行宮留守史正志，字致道，揚州人。紹興二十一年（西元一一五一年）進士。乾道三年（西元一一六七年）至六年間知建康府，兼建康行宮留守。留守，官名，即行宮留守。宋高宗南渡初曾駐蹕建康，後遷都臨安（今浙江杭州），在建康置行宮留守。❷鵬翼垂空　大鵬展翅翱翔。《莊子・逍遙遊》：「有鳥焉，其名為鵬。背若泰山，翼若垂天之雲。」❸九重　指皇宮。《楚辭・九辯》：「君之門以九重。」❹山立　莊嚴聳立。陸雲〈逸民賦〉：「儼焉山立。」❺袖裏珍奇光五色二句　借女媧補天喻史致道有收復中原之能。司馬貞《補史記・三皇本紀》載：共工氏與祝融戰，頭觸不周山，「天柱折，地維缺。女媧乃煉五色石以補天」。《淮南子・天文》：「共工與顓頊爭為帝，怒而觸不周之山。天柱折，地維絕，天傾西北，故日月星辰移焉。」史正志紹興末撰有《恢復要覽》。❻且歸來談笑護長江二句　指史正志回到建康任知府兼沿江水軍制置使。史氏隆興元年（西元一一六三年）曾奉詔到建康與張浚議事，故云「歸來」。❼佳麗地　指建康，古稱金陵。謝朓〈入朝曲〉：「江南佳麗地，金陵帝王州。」❽文章伯　文壇宗主。孫逖〈張丞相燕公挽歌詞〉：「海內文章伯，朝端禮樂英。」❾金縷唱　指歌妓唱曲。唐有〈金縷衣〉曲，金陵歌妓杜秋娘善唱此曲，杜牧〈杜秋娘詩〉序：「杜秋，金陵女也。年十五，為李錡妾。」詩云：「秋持玉斝醉，與唱〈金縷衣〉。」❿紅牙拍　調節樂器節奏的拍板。俞文豹《吹劍續錄》載蘇軾幕士云：「柳郎中（柳永）詞只好十七八女郎，按執紅牙拍，歌『楊柳岸，曉風殘月』。學士（蘇軾）詞須關西大漢，執鐵綽板，唱『大江東去』。」⓫日邊消息　指皇帝詔令。日邊，指京城或皇帝身邊。《世說新語・夙慧》：「晉明帝數歲，坐元帝膝上。有人從長安來，元帝問洛下消息，潸然流涕。明帝問：『何以致泣？』具以東渡意告之，因問明帝『汝意謂長安何如日遠？』答曰：『日遠。不聞人從日邊來，居然可知。』元帝異之。明日集群臣宴會，告以此意，更重問之。乃答曰：『日近。』元帝失色，曰：『爾何故異昨日之言邪？』答曰：『舉目見日，不見長安。』」⓬料想寶香黃閣夢二句　意謂史氏擢遷卿相之後依然會在夢裡重溫青溪畫船聽笛情景。寶香黃閣，指卿相官署。《初學記》卷二十五〈器用部・香爐〉引《漢官典職》云：「漢尚書郎，給端正侍女史二人，潔衣服，執香爐燒熏從入臺中。」《日知錄》卷二十四「閤下」條引《漢舊儀》云：「丞相聽事門曰黃閣，不敢洞開朱門，以別於人主，故以黃塗之，謂之黃閣。」青溪笛，用晉桓伊在青溪岸上為王徽之吹笛典故（參見《晉書・桓伊傳》）。青溪，遺址在今南京市，三國時吳大帝孫權赤烏四年（西元二四二年）開鑿，發源鍾山，流入秦淮河。⓭待如今端的約鍾山二句　意謂如今果真要與鍾山分別，相約彼此莫相忘。端的，的確。鍾山，又名蔣山，在南京市東。

【語譯】大鵬展翅長空，笑看人間蒼茫無物。旋又飛向皇宮深處，在玉階之上巍然站立。袖藏珍奇五色石，待來日修補破裂的西北天宇。今且回到建康，談笑間護衛著碧波蕩漾的浩浩長江。　此地山河秀麗，君為文壇宗師。歌女手執紅牙板，吟唱美妙的歌曲。詔書傳到酒筵歌席。料想您擢遷卿相之後，依然會夢到青溪畫船聽笛。如今真要和鍾山分別，相約彼此長相憶。

【研析】這首詞作於乾道六年（西元一一七〇年）三月。稼軒時年三十一，任建康府通判。

稼軒乾道四年（西元一一六八年）至六年任建康府通判期間，屢有詞作奉呈府帥史正志，如〈念奴嬌〉（我來弔古）、〈千秋歲〉（塞垣秋草），前者悲慨時局，後者以抗金復國相勉。《宋詩紀事》卷五十錄有史氏〈新亭〉詩云：「龍盤虎踞阻江流，割據由來起仲謀。從此但誇佳麗地，不知西北有神州。」字裡行間隱約譏諷當朝主和派苟且偏安、不思恢復，可以見出二人志趣投合。史氏紹興末撰有《恢復要覽》，遷樞密院編修官，後轉司農寺丞。隆興元年（西元一一六三年）奉詔至建康，與張浚議事不合，還京除戶部郎官。乾道三年九月，知建康府兼行宮留守、沿江水軍制置使。六年三月，遷江浙、京湖、淮廣、福建等路都大發運使。詞中

「袖裏珍奇光五色，他年要補天西北。且歸來、談笑護長江，波澄碧」，指史氏所撰《恢復要覽》及其知建康府兼沿江水軍制置使；「看尊前飛下，日邊消息」、「寶香黃閣夢」，指其升任都大發運使，亦即蔡戡〈賀史發運啟〉所云「乃命寶臣，俾膺重任」；「約鍾山，長相識」，乃與鍾山辭別語。

從上述創作背景看，本詞乃慶賀升遷兼送別，然而上片對此卻隻字未提，而是借莊子筆下的大鵬展翅翱翔喻示史留守傲然超群的雄才大略，筆調亦鵬亦人：俯瞰蒼茫人世，立於九重天宮，懷持珍奇的五色補天之石，一派壯志凌雲、蓄勢待發之勢充溢於字裡行間！「且歸來」三字筆調一頓，言史氏知建康府兼沿江水軍制置使之政績。「談笑護長江」二句，一則見出史氏才能高超，同時隱含史氏所任未盡其才；二則談笑於澄江碧波之上也見出史氏頗有風雅韻致，為下片開啟意脈。

「佳麗地」四句上承「談笑護長江」二句來，亦與下文「畫舫青溪笛」、「約鍾山，長相識」相照應：正是建康的美景良辰、賞心樂事令史留守難以忘懷，別後將會夢裡重溫，分別之際才會與鍾山相約莫相忘，而稼軒的送別之情亦在不言中。「尊前飛下」二句及「寶香黃閣」語點出史氏升遷之事，也照應了上片對史氏的頌讚，慶賀之意自在言外。

詞作上片頌讚史氏，筆調豪邁壯闊，言外也能見出稼軒本人的懷抱志向；下片言歡宴、賀升遷、敘別離，筆調灑落流轉，而僚友間的誠摯情誼也溢於言表。

滿江紅

漢水❶東流，都洗盡、髭胡❷膏血。人盡說、君家飛將❸，舊時英烈。破敵金城雷過耳，談兵玉帳冰生頰❹。想王郎、結髮賦從戎❺，傳遺業❻。

腰間劍，

聊彈鋏❼。尊中酒，堪為別。況故人新擁，漢壇旌節❽。馬革裹屍當自誓，蛾眉伐性休重說❾。但從今、記取楚樓❿風，裴臺⓫月。

【注釋】❶漢水　又稱漢江，長江支流，源出陝西西南部，流經湖北至武漢漢陽入長江。❷髭胡　指北方金兵。髭，唇上邊的鬍子。❸飛將　西漢名將李廣，英勇善戰，屢敗匈奴，被匈奴稱為「漢之飛將軍」。❹破敵金城雷過耳二句　金城，指防禦堅固的城池。玉帳，指主帥軍帳。冰生頰，形容言辭鋒利，如齒頰間噴出冰霜。蘇軾〈浣溪沙〉（怪見眉間一點黃）：「論兵齒頰帶冰霜。」❺想王郎結髮賦從戎　借漢末王粲喻指友人。王郎，指王粲（西元一七七—二一七年），字仲宣，山陽高平（今屬山東鄒縣）人。「建安七子」之一，才識卓異。少年時避亂荊州，後隨曹操西征漢中，賦〈從軍詩〉五首。據祝穆《方輿勝覽》卷二十七，南宋時江陵府城東南隅尚存仲宣樓。結髮，束髮戴冠，指二十歲左右。古代男子年二十行冠禮，結髮加冠。《漢書・李廣傳》載李廣自云「結髮而與匈奴戰」、「結髮與匈奴大小七十餘戰」。❻傳遺業　傳繼先祖李廣的業績。❼腰間劍二句　用戰國時齊國孟嘗君門客馮諼典故。《戰國策・齊策四》載馮諼為孟嘗君門客，初不為用，屢次彈鋏作歌，抒發懷才不遇之情，後為孟嘗君所重。聊，姑且。鋏，劍把。❽況故人新擁二句　借漢王劉邦設壇場拜韓信為大將軍典故，喻指友人新任重要軍職。況，正。旌節，將帥所持的旌旗符節。❾馬革裹屍當自誓二句　此化用東漢馬援語，激勵友人征戰疆場，休戀兒女情事。《後漢書・馬援傳》載馬援自請抗擊匈奴，說：「男兒要當死于邊野，以馬革裹屍還葬耳，何能臥床上在兒女子手中耶！」馬革，馬皮。蛾眉，指美女。伐性，殘害性命。枚乘〈七發〉：「皓齒蛾眉，命曰伐性之斧。」❿楚樓　在江陵沙市（在今湖北荊州）。稼軒同時人袁說友〈楚樓〉詩題注：「樓在沙市，規制宏廣，東西皆見江山，郡中以之為酒肆。」⓫裴臺　在江陵（今屬湖北）。稼軒同時人張栻曾知江陵府兼湖北路安撫使，有詩〈和吳伯承〉云：「一葦湘可航，風濤逮春深。裴臺咫尺地，勇往復雨淫。」鄧廣銘《稼軒詞編年箋注》疑為唐代荊南節度使裴冑所建臺榭。

【語譯】滔滔東流的漢水，徹底洗淨胡寇留下的汙脂腥血。人們都說您家先祖飛將軍李廣，那是古代的英雄豪傑。摧毀敵軍的城池堡壘，猶如迅雷震耳般猛烈，軍帳裡談兵論戰，好似齒頰間冰霜噴射。想您才識可比王粲，少年從軍賦詩，傳繼祖先遺業。　　腰間劍，且用來彈擊伴歌。杯中酒，可為您送行餞別。老友正新任將帥之職，將誓死征戰沙場，兒女情事傷損血性休多說。從今以後，只當記住楚樓裴臺的春風秋月。

【研　析】這首詞作於淳熙四年（西元一一七七年）。稼軒時年三十八，任湖北安撫使。

詞為送別一李姓友人赴任之作，從眼前滾滾東流的漢水落筆，順水流之勢展開兩層聯想：一為漢代飛將軍李廣抗擊匈奴的英勇業績。一為漢末才傑王粲。這其中的關聯是：一是李廣與友人同姓；二則王粲曾避亂荊州，又曾隨曹操西征漢中，在荊山賦詩〈從軍行〉；三則友人將擁兵掌帥（下文所謂「況故人新擁，漢壇旌節」），與李廣之討伐匈奴、王粲之從軍可相擬比。在語詞表達上，漢水洗盡胡虜膏血是因水流而生發的想像，也是漢水與飛將軍李廣間的過渡句。這一句既是想像中對李廣當年抗擊匈奴的形象再現，與下文「破敵」兩句呼應；同時也隱含作者對友人抗金立功的期望，與下文「傳遺業」相呼應。

上片由漢水觸發對李家飛將軍的懷念和敬仰，對友人李氏的讚譽和期望，字面上不及送別，然此景此情已透出送別之意。下片即從送別入筆，「腰間劍」兩句用典取象頗有壯志難酬之無奈，「尊中酒」兩句聊作寬慰之詞，而下文所言「故人新擁旌節」更是令人欣慰的事，所以道別之語全無傷感之情，只有對友人的勸勉和激勵：「馬革」兩句囑其當捨身報國，不要拘於兒女之情；「但從今」兩句囑其當長記兩人荊州相處的這段情誼，而這情誼所激發的恐怕也多是抗金報國之志。

全詞首尾均落筆在江陵，中間無論是上片之懷古（李廣、王粲），還是下片之送別，都歸結於對友人的激勵和期望。這便既關合送別之地，又突出了送別之意，可以見出作者在章法結構上的用心。

滿江紅

送湯朝美司諫❶自便歸金壇

瘴雨蠻煙，十年夢❷、尊前休說。春正好、故園桃李，待君花發❸。兒女燈前和淚拜❹，雞豚社❺裏歸時節。看依然舌在齒牙牢❻，心如鐵。

活國手❼，

封侯骨。騰汗漫，排閶闔❽。待十分做了，詩書勳業❾。當日❿念君歸去好，而今卻恨中年別⓫。笑江頭明月更多情，今宵缺⓬。

【注　釋】❶湯朝美司諫　即湯邦彥（西元一一三五—一一八七年），字朝美，號頤堂，金壇（今屬江蘇）人。乾道八年（西元一一七二年）博學宏詞科及第。歷樞密院編修、秘書丞、起居舍人兼中書舍人、左司諫兼侍讀等。司諫，官名，宋端拱元年（西元九八八年）改左右補闕為左右司諫，掌規諫諷喻。淳熙十五年（西元一一八八年）復稱左右補闕。❷十年夢　指湯朝美謫居新州（治所在今廣東新興）期間。按：湯氏謫居新州不足十年，此舉其成數。❸春正好故園桃李二句　暗用韓愈〈鎮州初歸〉詩意：「惟有小園桃李在，留花不發待君歸。」❹兒女燈前和淚拜　預想湯氏回到家時兒女拜迎，悲喜交集情形。《詩話總龜》前集卷九錄黃庭堅所稱謝師厚詩句：「倒著衣裳迎戶外，盡呼兒女拜燈前。」❺雞豚社　指春社，以雞豚祭祀社神（即土地神）。❻舌在齒牙牢　意謂身體康健。劉向《說苑》卷十〈敬慎〉：「常摐有疾，老子往問焉。……（常摐）張其口而示老子曰：『吾舌存乎？』老子曰：『然。』『吾齒存乎？』老子曰：『亡。』常摐曰：『子知之乎？』老子曰：『夫舌之存也，豈非以其柔耶？齒之亡也，豈非以其剛耶？』」蘇軾〈送劉攽通判泰州〉：「莫誇舌在牙齒牢，是中惟可飲淳酒。」❼活國手　救治國家之能手。活國，四卷本作「治國」。按：《南史・王廣之傳》載王珍國為南譙太守時以自家米財賑濟窮人。齊高帝手敕云：「卿愛人活國，甚副吾意。」又據《京口耆舊傳》卷八載，湯朝美「樂施與，少時頗有積穀，盡散以拯鄉黨之急。平時周人之急，惟力是視」。❽騰汗漫二句　騰身太空，推開天門。喻仕途騰達。❾詩書勳業　指儒家所稱道的經國濟世之業。❿當日　指湯朝美謫居之時。⓫而今卻恨中年別　謂如今人到中年，傷離恨別。《世說新語・言語》載謝安語：「中年傷於哀樂，與親友別，輒作數日惡。」⓬笑江頭明月更多情二句　意謂江頭多情明月，也因今夜的人間離別而感傷缺損。此化用石延年（字曼卿）妙對：「月如無恨月長圓。」司馬光《續詩話》：「李長吉歌『天若有情天亦老』，人以為奇絕無對。曼卿對『月如無恨月長圓』，人以為勍敵。」

【語　譯】你謫居瘴癘荒蠻之地，十年恍如夢一場，酒席筵前不要再敘。正逢美好春天，故園桃李含苞欲放待君歸去。兒女燈前和淚相拜，歸時喜迎春社時節。你依然身體康健，心志堅強如鐵。

你是治國英才，生

就將侯骨相。青雲直上入朝堂，他日定將功業圓滿輝煌。當年盼你從謫居之地歸來，如今卻中年傷別。可笑那江頭明月太多情，今夜為人間離別而殘缺。

【研　析】 據鄧廣銘《稼軒詞編年箋注》考證，這首詞作於淳熙十年（西元一一八三年）。稼軒時年四十四，閒居帶湖。

湯氏博學宏略，韓元吉〈送湯朝美還金壇〉稱其「志大五車讀」、「胸中經濟略，欲語動驚俗」，劉宰〈頤堂集序〉謂其「雅欲以勳業自見」，謫居蠻荒近十年，當是其人生一大挫折。然而，湯氏性情豪爽、志氣剛銳，此段經歷自不必心存芥蒂，故稼軒詞中只以「尊前休說」四字一掃而過，轉筆呈現友人即將迎來的歸鄉圖景。春花待放迎君歸，家人團聚悲喜交集，鄉親春社忙祭祀，三幅故園場景足以消融曾經的「瘴雨蠻煙」，更令人欣慰的是友人依然身體康健，心志堅強！因而前程值得期待。

詞作過片即為友人展望功業前景。前引韓元吉詩中有云「誰知天意回，歸棹如許速」，加之湯氏亦曾「演綸鳳閣，勸講金華，君臣之間，氣合道同，言聽諫行」（劉宰〈頤堂集序〉），因而湯氏此次歸金壇，自然令人為之振奮，「活國手」等一連串節奏鏗鏘有力的三字句，充分表現出稼軒的激動情懷，「待十分做了，詩書勳業」，則是對友人功成圓滿的祝願。「當日」以下四句關合送別題旨，抒發離情別緒。前兩句沉鬱，後兩句轉以戲筆寓深情，照應整首詞的輕鬆樂觀情調。

滿江紅

送李正之提刑❶入蜀

蜀道登天❷，一杯送繡衣❸行客。還自歎、中年多病，不堪離別❹。東北看驚諸葛表❺，西南更草相如檄❻。把功名收拾付君侯❼，如椽筆❽。

兒女淚，君

休滴。荊楚路，吾能說⑨。要新詩準備，廬山⑩山色。赤壁磯⑪頭千古浪，銅鞮⑫陌上三更月。正梅花萬里雪深時，須相憶⑬。

【注釋】❶李正之提刑　指李大正，字正之，建安（治所在今福建建甌）人。時將入蜀任利州路提點刑獄。❷蜀道登天　言入蜀之道難如登天。此化用李白〈蜀道難〉詩句：「蜀道之難，難於上青天。」❸繡衣　本指漢武帝所置繡衣直指，身穿繡衣，奉詔查辦各地重大案件。此處借指提點刑獄。按：提點刑獄司掌糾察本路獄訟、訊問囚徒、詳覆案牘、巡察盜賊等。❹還自歎中年多病二句　用《世說新語・言語》所載謝安語：「中年傷於哀樂，與親友別，輒作數日惡。」❺諸葛表　指三國時蜀相諸葛亮出師北伐前所上〈出師表〉。❻相如檄　指司馬相如〈喻巴蜀檄〉。檄，古代官府用以徵召、曉喻、聲討的文書。《史記・司馬相如列傳》載，漢武帝時，郎中將唐蒙奉命通夜郎，置犍為郡（治所在今四川宜賓西南），發巴蜀吏卒修道，不恤民情，蜀中騷亂。武帝命司馬相如作〈喻巴蜀檄〉責唐蒙，安撫蜀民。❼君侯　指李正之。❽如椽筆　指大手筆。《晉書・王珣傳》載「珣夢人以大筆如椽與之。既覺，語人曰：『此當有大手筆事。』」❾荊楚路二句　意謂湖南、湖北一路景色，我熟悉。按：稼軒曾官湖南、湖北。❿廬山　在今江西九江市南。⓫赤壁磯　又名赤鼻磯，在今湖北黃岡西北。⓬銅鞮　即白銅鞮，亦作白銅蹄、白銅堤，襄陽（治所在今湖北襄樊）漢水堤名。劉禹錫〈故相國燕國公于司空挽歌〉：「漢水青山郭，襄陽白銅蹄。」韋莊〈浣溪沙〉：「綠樹藏鶯鶯正啼，柳絲斜拂白銅堤。」⓭正梅花萬里雪深時二句　意謂待你到達蜀地正值梅花綻放、大雪紛飛之時，一定得想著我啊。此反用杜甫〈寄楊五桂州譚〉詩意：「梅花萬里外，雪片一冬深。聞此寬相憶，為邦復好音。」

【語譯】入蜀的道路難如登天，我為即將起程的提刑大人舉杯送行。自歎我中年多病，不堪承受離愁別情。願你如諸葛亮上疏北伐，令北方虜寇膽戰心驚，願你像司馬相如揮筆草檄，撫慰巴蜀百姓。你的雄才大筆，足以為你成就赫赫功名。　你不要因兒女情長而別淚盈眶。我能和你說說湖南湖北一路風光。你要準備創作新詩篇，描繪廬山的秀美景象。赤壁磯的千古風浪，還有襄陽城的夜半月光。待入蜀喜逢萬里梅花映雪之時，可別把我遺忘。

【研　析】據鄧廣銘《稼軒詞編年箋注》考證，這首詞作於淳熙十一年（西元一一八四年）冬。稼軒時年四十五，閒居帶湖。

詞題云「送李正之提刑入蜀」，詞作起筆切題，「蜀道」句承「入蜀」，「一杯」句承「送李正之提刑」，在章法上開啟送行者（即稼軒）和離別者（李正之）二端，下文即由此展開。「還自歎」二句為稼軒自述，稱多病之身不堪離別，情調低落，乃襯托之筆。「東北」四句言李氏，展望和期待其入蜀成就宏大功業，情調昂揚，筆勢恢張。擬比諸葛亮、司馬相如，一則關合「入蜀」，〈出師表〉及〈喻巴蜀檄〉均與蜀地相關；二則李氏之文才政績確實值得稱道，如乾道中為會稽令，洪适稱「其吏材治績為八邑之冠」（〈自劾劄子〉），知遂昌，「得滯案數十，判決如流，無不快人心」（《浙江通志》卷一百五十七〈名宦〉），淳熙中知南安軍，「理賦稅，計利害，務窮其源，一郡肅然」（《江西通志》卷六十五〈名宦〉），彭龜年稱其「文出胸中之渾厚，學非紙上之拘攣。視天下事，無煩簡劇易之不周；置諸公間，以獻納論思而甚允」（〈迎李泉使啟〉），韓淲評其一生「精神超物表，才術本天然」（〈李正之丈提刑挽詞〉）。數則論評可與稼軒詞句相參證。

詞作下片回到眼前的送別。「荊楚路」以下六句，稼軒以自身經歷為李氏描畫入蜀途經的廬山、赤壁、襄陽等地風光，借以寬解其離愁別恨，承前「兒女淚，君休滴」而來。杜甫〈寄楊五桂州譚〉謂聽說友人所在地「梅花萬里外，雪片一冬深」，而「寬相憶」，本詞下片前八句旨趣即為「寬相憶」，末二句用杜詩而反其意云「正梅花萬里雪深時，須相憶」，其實乃以諧趣反語進一層寬慰友人，猶云：你一路盡賞動人風景，待到蜀地更值梅香雪深之美景，可別把我忘了！言外之意或許希望友人寄贈新詩以便共享美景，即與此前「要新詩準備」暗相呼應。

滿江紅　和廓之❶雪

天上飛瓊❷，畢竟向、人間情薄。還又跨玉龍❸歸去，萬花搖落。雲破林梢添遠岫，月臨❹屋角分層閣。記少年、駿馬走韓盧，掀東郭❺。　吟凍雁，嘲飢鵲。人已老，歡猶昨。對瓊瑤滿地，與君酬酢。最愛霏霏迷遠近，卻收擾擾還寥廓❻。待羔兒酒❼罷又烹茶，揚州鶴❽。

【注　釋】❶廓之　原作「范先之」，乃避宋寧宗趙擴名諱而改，茲從四卷本。❷飛瓊　借王母侍女許飛瓊喻飛雪。❸玉龍　喻雪。《苕溪漁隱叢話》續集卷五十四引《西清詩話》云：「華州狂子張元天聖間坐累終身，每託興吟詠。如〈雪〉詩：『戰退玉龍三百萬，敗鱗殘甲滿空飛。』」❹月臨　原作「月明」，茲從四卷本。❺記少年駿馬走韓盧二句　追憶少年時馳馬呼犬獵兔之事。掀，攻擊。《戰國策．齊策》：「韓子盧者，天下之疾犬也；東郭逡者，海內之狡兔也。」❻寥廓　原作「空闊」，茲從四卷本。❼羔兒酒　酒名，即羊羔酒。孟元老《東京夢華錄》卷二載汴京酒店有羊羔酒。《本草綱目》卷二十五載此酒以米、羊肉、杏仁、木香等和麴釀成。❽揚州鶴　原指功名、利祿、仙道三者兼具，此謂駕鶴仙遊，即取「騎鶴上揚州」字面之義。《殷芸小說》：「有客相從，各言所志。或願為揚州刺史，或願多貲財，或願騎鶴上昇。其一人曰：『腰纏十萬貫，騎鶴上揚州。』欲兼三者。」

【語　譯】飛雪如仙女飄然降臨，終究對人間情感淡薄。又騎跨玉龍歸去，漫天雪花散落。林梢霧散透出遠端峰巒，山月映照屋角樓閣。難忘少年時馳馬呼犬，圍獵狡兔東郭。　嘲諷飢鵲寒雁，年老歡賞依然。遍地白雪如玉，你我舉杯對酌。最愛紛紛飛雪迷濛遠近，雪後天宇依然寥廓。飲罷羊羔酒，烹煮解酒茶，駕鶴遊揚州。

【研　析】這首詞見於四卷本甲集，知作於淳熙十五年（西元一一八八年）正月結集之前，又據范開於淳熙九年始從稼軒遊，則本詞當作於淳熙九年至十四年間。稼軒時年近五十，閒居帶湖。

雪花紛飛，似仙女飄飄然從天而降。詞以西王母侍女許飛瓊為喻，則因「飛瓊」二字狀飛雪甚為切當。

飛雪漸漸停息，則如仙女飄然歸去，遂謂飛瓊「畢竟向、人間情薄」而「跨玉龍歸去」。以仙女飛降及歸去描繪雪飛雪止，想像奇幻。「雲破」二句描畫出雪後雲散月出的美妙景象。此番山中月夜雪景又令稼軒追憶起少年時雪中圍獵的情形，透露出其內心躁動的遺賞意興，詞作下片抒發的便是這種遺賞情懷。

凍雁、飢鵲，見出大雪給人間帶來的飢寒，而「吟」、「嘲」二字則顯露出灑脫的遺賞心態。滿地積雪，冰清玉潔，雪花紛飛時的朦朧迷幻、飛雪止息後的浩渺寥廓，令壯志未酬而無奈退歸山林的稼軒獲得一種澡雪精神、飄然仙舉之感，因而有詩酒歡遊之放懷、駕鶴飛舉之神遊。

詞作上片描繪雪景，虛實結合，呈現出仙境般的曼妙飄逸和幽邈高潔氣韻，既映襯出稼軒脫棄塵俗名利的心靈憧憬，也為下片抒寫歡賞情懷作氛圍背景上的鋪墊。下片「最愛」二句則是對上片所繪雪景的縮寫和補筆，「揚州鶴」也與上片以仙女喻飛雪情調呼應。這些均顯示出章法上的匠心。

滿江紅

和楊民瞻送祐之弟還侍浮梁❶

塵土西風，便無限、淒涼行色。還記取、明朝應恨，今宵輕別。珠淚爭垂華燭暗❷，雁行欲斷哀箏切❸。看扁舟、幸自澀清溪，休催發❹。

白石路，長亭❺側。千樹柳，千絲結。怕行人西去，棹歌聲闋❻。黃卷❼莫教詩酒汙，玉階❽不信仙凡隔。但從今、伴我又隨君，佳哉月。

【注釋】❶和楊民瞻句　楊民瞻，疑即鄧椿《畫繼》卷五所載楊大明，「字民瞻，號至樂子。關中將家，棄廕走方外」。韓滮〈聞民瞻久歸一詩寄之〉云：「眼前帶湖歌舞空，耳畔茶山陸子宅。知君纔自天竺歸，那得緇塵染客衣。」知楊民瞻本關中人，蓋南渡後家居帶湖，餘不詳。祐之，即辛助，字祐之。稼軒族弟。還侍，還家侍奉父母。浮梁，治所在今江西浮梁。❷珠淚爭垂華燭暗　謂燭淚紛紛，燭光暗淡。此化用杜牧〈贈別〉詩句：「蠟燭有心還惜別，替人垂淚到天明。」❸雁行欲斷哀箏切　箏曲哀切，絃柱欲斷。欲斷，四卷本作「中斷」。箏之絃柱整齊排列如雁行，有雁柱之稱。張先〈生查子・彈箏〉：「含羞整翠鬟，得意頻相顧。雁柱十三絃，一一春鶯語。」又，「雁行欲斷」亦可喻兄弟臨別。《禮記・王制》：「兄之齒雁行。」謂年齒若兄弟者如飛雁並列而行，後以「雁行」喻兄弟。黃庭堅〈宜陽別元明用觴字韻〉：「千秋風雨鶯求友，萬里雲天雁斷行。」按：黃庭堅之兄黃大臨，字元明。❹看扁舟幸自澀清溪二句　意謂扁舟且自停在清溪，不要催促離人出發。❺長亭　古時道路十里置一長亭供行旅停息，近城之長亭多為送別之處。❻棹歌聲闋　指行船遠去。棹歌，船歌。❼黃卷　指書籍。古時以黃蘗染紙防蠹，故稱。《世說新語・賞譽》「張華見褚陶」注引《褚氏家傳》載褚陶語：「聖賢備在黃卷中，捨此何求？」❽玉階　指朝廷。班固〈西都賦〉：「玄墀釦砌，玉階彤庭。」

【語　譯】秋風吹拂，塵土飛揚，臨行場景無限淒涼。今夜匆匆離別，明朝想起定然悵恨感傷。燭淚漣漣，燭光漸暗，箏絃欲斷，箏曲淒切。扁舟自管停留在清溪之上，莫要催促離人出發。　白石路，長亭邊。千樹柳絲搖曳纏綿。害怕行人離去，船歌聲遠。莫讓詩酒汙損了聖賢書卷，不信朝堂會如仙境不可登攀。從今後你我與明月相隨相伴。

【研　析】稼軒〈臨江仙・再用韻送祐之弟歸浮梁〉見於四卷本甲集，知作於淳熙十五年（西元一一八八年）正月結集之前。本詞疑為同時之作，具體作年不詳。

詞題「還侍浮梁」，乃是對求仕失意而歸的委婉說辭，詞中「黃卷」二句勸勉語即透露出內情。正因為有此仕宦幽怨之情，稼軒筆下的別情才如此的淒涼哀切。詞作上下片均以別景引發別情。上片「塵土西風」四字所展現的車馬匆匆、秋風瑟瑟景象，「無限淒涼」即在其中，「行色」一語則點明送別情事。起筆二句情、景、事交融，筆墨濃重。「還記取」二句變換筆調，預想明朝之恨，襯托今日別愁。華燭垂淚，哀箏絃斷，即為「今宵輕別」情形，亦堪稱「無限淒涼」。詞筆至此，送別場景從室外到室內，從傍晚到夜深，別情別恨蓋已寫盡，最後便是行人告別啟程。稼軒見扁舟待發，或許想到柳永〈雨霖鈴〉詞句「方留戀處，蘭舟催發」，轉而以送行者的口吻反其意而言之，但異曲同工，均顯露出依依惜別之情。

詞作過片寫行路、長亭、柳絲，承上片結尾扁舟待發，又與起拍「塵土西風」形成相襯互補。「千絲結」一語寄情於垂柳，接下「怕行人西去」二句亦託柳言情，言「西去」，浮梁在信州西北；「聲聞」暗示出別後之寂寥。「黃卷」二句為臨別贈言，以聖賢修治勸勉祐之。末句以明月寄託別後相思深情，回歸送別題旨。

滿江紅

病中俞山甫❶教授訪別，病起寄之

曲几團蒲❷，記方丈、君來問疾❸。更夜雨匆匆別去，一杯南北。萬事莫侵閑鬢髮，百年正要佳眠食❹。最難忘、此語重殷勤，千金直❺。

西崦❻路，東巖石。攜手處，今陳跡❼。望重來猶有，舊盟如日❽。莫信蓬萊風浪隔❾，垂天自有扶搖力❿。對梅花、一夜苦相思，無消息⓫。

【注釋】❶俞山甫　名南仲，福清（今屬福建）人。淳熙八年（西元一一八一年）進士及第。歷任州學教授、賀正使書狀官。❷曲几團蒲　曲几，曲木案几。團蒲，亦稱「蒲團」，用蒲草編織成的圓墊。黃庭堅〈以小團龍及半挺贈無咎并詩用前韻為戲〉：「曲几團蒲聽煮湯，煎成車聲繞羊腸。」❸記方丈君來問疾　謂俞山甫來探病。方丈，本指寺院住持說法之處或居室，此借指居室。白居易〈齋戒滿夜戲招夢得〉：「方丈若能來問疾，不妨兼有散花天。」❹萬事莫侵閑鬢髮二句　意謂萬事莫煩，好吃好睡，健康長壽。此二句當為山甫勸慰之語。❺直　價值。❻西崦　西山。❼陳跡　原作「塵跡」，茲從四卷本。❽舊盟如日　謂舊約明如日。《詩・王風・大車》：「謂予不信，有如皦日。」❾莫信蓬萊風浪隔　不信蓬萊能被風浪阻隔。此喻風浪不能阻隔俞氏踐約重訪。《史記・封禪書》載蓬萊、方丈、瀛洲三神山，「未至，望之如雲。及到，三神山反居水下。臨之，風輒引去，終莫能至云」。❿垂天自有扶搖力　謂鵬鳥自能乘風展翅高飛。此喻俞氏定能再來重聚。垂天，蔽天。

扶搖，風勢。《莊子・逍遙遊》：「鵬之背，不知其幾千里也。怒而飛，其翼若垂天之雲。……鵬之徙於南冥也，水擊三千里，摶扶搖而上者九萬里。」⓫對梅花一夜苦相思二句　化用唐代盧仝〈有所思〉詩句：「相思一夜梅花發，忽到窗前疑是君。」

【語　譯】曲木茶几，蒲草坐墊，山甫兄來寒舍探病的情形猶在眼前。又在風雨交加的夜晚匆匆告辭，舉杯餞別後相隔南北。諸事莫要侵擾靜養之心，一生安康要有良好的睡眠飲食。真摯深情的勸慰價值千金，最令我難以忘記。　西山之路，東巖之石。你我攜手同遊之處，如今已為陳跡。盼望你來重聚，舊約明如日月。不信風浪能阻隔蓬萊，大鵬自能乘風展翅飛越。一夜獨守梅花苦相思，杳無消息。

【研　析】這首詞見於四卷本甲集，知作於淳熙十五年正月結集之前。又據樓鑰紹熙初（西元一一九〇年）所作〈從政郎賀正使書狀官俞南仲循雨資〉有云「爾以庠校之彥，為之少從」，知俞氏轉賀正使書狀官之前曾任州學教授，與本詞題稱「俞山甫教授」亦相合。參照〈鷓鴣天〉（枕簟溪堂冷欲秋）等詞作，本詞大概作於淳熙十三、十四年（西元一一八六、一一八七年）間。稼軒時年約四十七、八，閒居帶湖。

詞中「西崦路」數句，見出稼軒病前曾攜俞氏同遊，且相約重聚。又從「莫信蓬萊風浪隔」二句揣度，俞氏或在臨海某州任職，遠道來探病，又因故被迫雨夜匆匆返回，臨別殷勤勸慰稼軒安心養病。時稼軒尚在病中，未能賦詞贈別，然內心必定感動深切，故病體初愈即賦詞寄之，以表深情。上片追述俞氏前來探病以及雨夜辭別的情形。其中「更夜雨匆匆別去」二句，令人想到兩位情誼深摯的友人在雨夜分別，且一人在病中，一人將風雨兼程，傷離別怨之情當難以言表！

詞作下片抒發對友人的思念深情。想到曾經攜手同遊的西山東巖，清楚地記得兩人曾約定的重遊，因而深信友人定能踐約前來重聚。重溫昔日的歡聚，重溫昔日的約定，透露出稼軒對重聚的急切期盼和對友人的深切思念。「對梅花、一夜苦相思」即承此情懷，結句則陡轉直下，苦苦的思念等待迎來的是杳無音信！「無消息」三字，語氣斷然而餘韻深長。

滿江紅

送信守鄭舜舉被召❶

湖海平生，算不負、蒼髯如戟❷。聞道是、君王著意，太平長策。此老自當兵十萬❸，長安❹正在天西北。便鳳凰、飛詔下天來❺，催歸急。

車馬路，兒童泣。風雨暗，旌旗濕。看野梅官柳❻，東風消息。莫向蔗菴❼追語笑，只今松竹無顏色。問人間、誰管別離愁？杯中物❽。

【注　釋】❶送信守鄭舜舉被召　四卷本題作「送鄭舜舉郎中赴召」。鄭舜舉，名汝諧，號東谷居士，處州（治所在今浙江麗水市）人。淳熙十二年（西元一一八五年）始知信州，十三年底或十四年初被召入京。❷蒼髯如戟　花白的鬚髯如兵戟。髯，絡腮鬍。戟，一種合戈矛為一體的兵器。李白〈司馬將軍歌〉：「紫髯如戟冠崔嵬。」❸此老自當兵十萬　言鄭舜舉本自具備統領千軍萬馬的帥才。王稱《東都事略》卷五十九上載北宋名臣范仲淹知延州（治所在今陝西延安），西夏相戒曰：「無以延州為意，今小范老子腹中自有數萬兵甲。」❹長安　此借指北宋故都汴京（今河南開封）。❺便鳳凰飛詔下天來　指皇帝急下詔書。晉陸翽《鄴中記》載後趙國主石虎曾以木鳳凰傳詔書，後世遂稱皇帝詔書為「鳳凰詔」或「鳳詔」。❻野梅官柳　杜甫〈西郊〉：「市橋官柳細，江路野梅香。」官柳，原指官府所植柳樹，後泛指大道兩旁之柳。❼蔗菴　鄭舜舉信州宅第。❽杯中物　指酒。語出陶淵明〈責子〉詩句：「且近杯中物。」

【語　譯】平生宦海遷轉，想來不負您滿臉蒼髯威武如劍戟。聽說皇上在專心籌謀太平良策。您老自有統領萬馬千軍之才，西北故都正待收復。詔書已從京城飛來，催促您急速歸去。　您車馬經行的路上，孩童們為您的離去而哭泣。風雨交加，天色陰暗，雨水淋濕了旌旗。梅花柳枝透露出春風的消息。不要追憶蔗菴的歡聲笑語，如今青松翠竹也黯然失色。試問人世間誰能消解別恨離愁？惟有杯中酒。

【研　析】這首詞作於淳熙十四年（西元一一八七年）初。稼軒時年四十八，閒居帶湖。

鄭汝諧紹興二十七年（西元一一五七年）進士及第，則淳熙十四年（西元一一八七年）當已年逾五旬。青瑣鄭氏此次奉詔返京，韓元吉作〈菩薩蠻・鄭舜舉別席侑觴〉云：「詔書昨夜先春到，留公一共梅花笑。青瑣鳳凰池，十年歸已遲。」知鄭氏已離京外任十年，故稼軒起筆即稱其「湖海平生，算不負蒼髯如戟」，感慨中寄寓期許之情。詞作上片抒寫對友人奉詔入京後輔佐君王收復失土、鑄就太平的殷切期望。此與稼軒〈水調歌頭・和信守鄭舜舉蔗菴韻〉中「味平生，公與我，定無同。玉堂金馬，自有佳處著詩翁」，同一情懷。這一期望並非客套應酬，而是出於稼軒對鄭氏治政能力的信心。蔡戡〈臧否守臣奏狀〉云：「武岡軍朝奉郎盧邃淳熙八年八月到任。本軍介于溪峒之間，難以調御。前守承議郎鄭汝諧畏愛兼著，頗得民猺之心。」可見鄭氏淳熙七、八年間知武岡軍（治所在今湖南新寧），政績頗佳，當時稼軒帥湖南，「以本路地接蠻猺，時有盜賊，創置飛虎一軍，免致緩急調發大兵」（周必大淳熙七年十月十三日〈論步軍司多差撥將佐往潭州飛虎軍〉）。二人當有交遊，稼軒謂「此老自當兵十萬」，或即本於當時的相知。

詞作上片結筆落到題中「被召」，同時開啟下片送別。風雨交加，未諳世事的兒童猶在路旁哭泣送別，則鄭氏知信州深得民心，盡在不言中。離別的黯然神傷之情已寫足，詞筆繼而轉到「野梅官柳」傳來的「東風消息」，情調揚起。然乍起又落，昔日的歡賞時光已去，如今不通人情的青松翠竹尚為別離而黯然失色，則知友間的離愁別怨何以言表？只有杯酒寄深情！

通觀全詞，上片表達對友人奉詔入京的厚望，也間接抒寫出稼軒自己的抗金復國志向。對友人的期許則來之於對友人非凡經歷和能力的知賞、孝宗的「著意太平長策」及其對鄭氏的重用（飛詔催歸）。下片抒發離別情懷，以「兒童泣」、「風雨暗」、「松竹無顏色」作情緒鋪墊和場景渲染，末二句才直言心中離愁，而自設問答，筆致跌宕。

滿江紅

餞鄭衡州厚卿席上再賦❶

莫折荼蘼❷，且留取、一分春色❸。還記得、青梅如豆❹，共伊同摘。少日對花渾醉❺夢，而今醒眼看風月。恨牡丹、笑我倚東風，頭如雪。　榆莢陣，菖蒲葉。時節換，繁華歇。算怎禁風雨，怎禁鵜鴂❻。老冉冉兮花共柳❼，是棲棲者蜂和蝶❽。也不因春去有閑愁，因離別。

【注　釋】❶餞鄭衡州句　四卷本題作「稼軒居士花下與鄭使君惜別，醉賦。侍者飛卿奉命書」。鄭衡州厚卿，即鄭如崈，字厚卿。淳熙十五年知衡州（治所在今湖南衡陽）。❷莫折荼蘼　莫折，四卷本作「折盡」。荼蘼，又作「酴醾」，花名，色似酴醾酒，故稱。蘇軾〈杜沂遊武昌以酴醾花菩薩泉見餉二首〉其一：「酴醾不爭春，寂寞開最晚。」❸且留取一分春色　且留取，四卷本作「尚留得」。一分春色，梅堯臣〈和公儀龍圖小桃花〉：「三分春色一分休，始見桃花著樹頭。」蘇軾〈水龍吟〉（似花還似非花）：「春色三分，二分塵土，一分流水。」❹還記得青梅如豆　如豆，四卷本作「如彈」。歐陽脩〈阮郎歸〉（南園春早踏青時）：「青梅如豆柳如眉。」❺渾醉　四卷本作「昏醉」。渾，全然。❻榆莢陣六句　四卷本作「人漸遠，君休說。榆莢陣，菖蒲葉。算不因風雨，只因鵜鴂」。榆莢，榆樹果實，連綴成串。蘇軾〈臨江仙〉（九十日春都過了）：「雨翻榆莢陣，風轉柳花毬。」菖蒲，水草名，葉似長劍。鵜鴂，即杜鵑，常春分時啼鳴。《楚辭‧離騷》：「恐鵜鴂之先鳴兮，使夫百草為之不芳。」❼老冉冉兮花共柳　意謂花柳在春光流逝中衰歇。《楚辭‧離騷》：「老冉冉其將至兮，恐修名之不立。」冉冉，時光流逝的樣子。❽是棲棲者蜂和蝶　言蜂蝶在春光中忙碌。《論語‧憲問》：「微生畝謂孔子曰：丘何為是棲棲者與？」棲棲，忙碌不定的樣子。

【語　譯】莫要摘下荼蘼花，暫且留一點春色。依然記得青梅如豆，和她一同採摘。年少賞花如醉如夢，而今心靜神醒觀風賞月。只恨那牡丹嘲笑我春風拂面，頭白如雪。榆莢成串，菖蒲葉茂。時節更換，繁華頓消。想來怎能使雨歇風停，怎能禁止杜鵑啼鳴。花柳在時光中衰萎，蜂蝶在花柳間紛飛。不為春天歸去而惆悵，只因友人別離而憂傷。

【研析】這首詞與〈水調歌頭〉（寒食不小住）同為淳熙十五年（西元一一八八年）春送鄭如㝹赴衡州而作。稼軒時年四十九，閒居帶湖。

〈水調歌頭〉（寒食不小住）切合題中「鄭厚卿赴衡州」而作，本詞則純為即景感慨。詞以惜春之情起筆，也點出暮春時節。接下則追述年少時與佳人賞花摘梅、如夢如醉的美好時光，追憶中的美妙情懷與上文惜春之情相承，同時又與而今鬢髮白如雪、冷眼看風月形成對比，人生夢醒後的感慨付諸牡丹的嘲笑之中，與物戲謔中寄寓身世悵恨。

下片筆觸回到眼前暮春實景，描寫繁華之春在風雨聲中、在杜鵑的啼鳴中衰歇消逝。兩個「怎禁」反詰句，跌宕出深深的無奈之情！「老冉冉」二句，也是暮春景象，句意承前，而情調舒緩。春花春柳漸次老去，蜜蜂蝴蝶依舊忙碌，一切順應自然，任運而動，春之歸去則又何必傷愁？結末便跳出傷春，轉歸到離愁，關合送別題旨。

詞作從起筆的惜春留春，到收筆時的「不因春去有閑愁」，詞情的轉折變化，也透露出稼軒閒居時不平靜的心態。

滿江紅

老子當年，飽經慣、花期酒約❶。行樂處、輕裘緩帶，繡鞍金絡❷。明月樓臺簫鼓夜，梨花院落鞦韆索❸。共何人、對飲五三鍾，顏如玉❹。

嗟往事，

空蕭索。懷新恨，又飄泊。但年來何待，許多幽獨。海水連天凝望遠，山風吹雨征衫薄。向此際、羸馬獨駸駸❺，情懷惡❻。

【注釋】❶花期酒約　指歡聚宴遊。❷行樂處輕裘緩帶二句　意謂率性行樂，無拘無束。《晉書・羊祜傳》：「祜在軍，常輕裘緩帶，身不被甲。」❸明月樓臺簫鼓夜二句　白居易〈宴散〉：「小宴追涼散，平橋步月回。笙歌歸院落，燈火下樓臺。」晏殊〈寓意〉：「梨花院落溶溶月，柳絮池塘淡淡風。」❹顏如玉　指美人。〈古詩十九首〉：「燕趙多佳人，美者顏如玉。」❺駸駸　馬行急迫的樣子。❻情懷惡　杜甫〈北征〉：「老夫情懷惡，嘔吐臥數日。」

【語譯】老夫當年飽享賞花宴遊之樂。行樂中一身輕裘緩帶，跨下繡鞍金絡。明月樓臺簫鼓齊響，梨花院落鞦韆搖蕩。何人共飲三五杯，佳人貌美如玉。　悵念往事徒感蕭索。懷抱新恨又身處飄泊。一年來何所期待，心中多少幽寂孤獨。凝目遙望，海水連天，山風吹雨，征衫單薄。羸馬孑然馳行，此刻情懷落魄。

【研析】據蔡義江、蔡國黃《辛棄疾年譜》，這首詞作於紹熙三年（西元一一九二年）歲末。稼軒時年五十三，自福建提刑任上奉詔入京。

稼軒是年初赴任福建提刑，任上與安撫使林枅不睦。秋，林枅卒。稼軒兼任安撫使，歲末被召，有詞〈水調歌頭〉云：「長恨復長恨，裁作〈短歌行〉。」可與本詞「懷新恨」、「情懷惡」應合。「海水連天」與福州近海相合，「又飄泊」、「羸馬獨駸駸」、「征衫薄」諸語亦與歲末被召離閩情形相符。蔡氏《年譜》之繫年大體可信。

稼軒任福建提刑間政績頗佳，然與安撫使林枅不睦。後林病卒，稼軒兼代安撫使，與僚屬亦不甚融洽，史載「棄疾尚氣，僚吏不敢與可否」（《宋史・趙希懌傳》），真德秀更謂「提點刑獄辛公棄疾攝帥事，厲威嚴，輕以文法繩下。官吏惴栗，惟恐奉教條不逮得譴」（〈少保成國趙正惠公墓誌銘〉）。其上疏論經界、鈔鹽二事又為朝議所阻。代理安撫使數月未能獲得正式任命卻被召離任，當與此種種有關。詞云「懷新恨，又飄泊。

但年來何待，許多幽獨」，見出悵然奉詔入京之際感慨福建任職一年來的幽憤孤獨境遇。雄才難展，幽獨鬱憤之際不禁想到退出官場的狂放行樂，詞作遂以追懷往日遊賞宴歡之樂入筆，上片憶想當年花期酒會、樓臺賞月、夜夜笙歌、佳人伴飲之行樂情境，其中或有虛張之筆，而言語間充溢的豪興意氣則為稼軒性情之真。

下片回到現實處境。嗟往歎今，情懷蕭索。如此心境，凝目遠望海水連天，山風吹雨侵襲單薄衣衫，羸馬伴行於茫茫征途，幽憤落寞情懷難以言狀，只能迸出「情懷惡」三字，然情韻則迴蕩不盡。

滿江紅

和盧國華❶

漢節東南，看駟馬光華周道❷。須信是、七閩❸還有，福星❹來到。庭草自生心意足，榕陰不動秋光好。問不知何處著君侯，蓬萊島❺。

還自笑，人今老，空有恨，縈懷抱。記江湖十載，厭持旌纛❻，濩落我材無所用❼，易除殆類無根潦❽。但欲搜、好語謝新詞，羞瓊報❾。

【注釋】❶盧國華　名彥德，麗水（今屬浙江）人。紹興二十四年（西元一一五四年）進士。紹熙間任福建提刑。❷漢節東南二句　言盧氏赴任福建提刑。漢節，原指漢天子所授符節，後借指使臣或外任官員之符節。駟馬，四馬所駕之車。周道，大道。❸七閩　指福建。《周禮・夏官・職方氏》有「七閩」之稱，賈公彥疏：「叔熊居濮如蠻，後子從分為七種，故謂之七閩也。」❹福星　為民造福之人。此指盧氏。王禹偁〈送寇諫議赴青州〉：「歸夢尋溫樹，行塵動福星。」❺蓬萊島　古代傳說為渤海中的三神山之一。此借指稼軒所主管的沖佑觀。❻記江湖十載二句　指閒居帶湖十載（西元一一八二—一一九二年），對仕宦心生厭倦。杜甫〈冬狩行〉：「飄然時危一老翁，十年厭見旌旗紅。」旌纛，即旌旗。❼濩落我材無所用　意謂我之才能空廓無實用。蘇軾〈蒜山松林中可卜居余欲僦其地地屬金山故作此詩與金山元長老〉：「我材濩落無所用，虛名驚世終何益。」《莊子・逍遙遊》：「惠子謂莊子曰：『魏王貽我大瓠之種，我樹之成而實五石，以盛水漿，其堅不能自舉也。剖之以為瓢，則瓠落無所容。非不呺然大也，吾為其無用而掊之。』」瓠落，亦作「濩落」，空廓的樣子。❽易除殆類無根潦 韓愈〈符讀書城南〉：「潢潦無根源，朝滿夕已除。」潦，路上積水。❾瓊報 以美玉為報。《詩・衛風・木瓜》：「投我以木瓜，報之以瓊琚。……投我以木桃，報之以瓊瑤。……投我以木李，報之以瓊玖。」瓊，美玉。

【語譯】新任知州持節赴東南，車馬儀仗光耀大道。必信閩地會有福星來到。庭草自然生長，我心怡然，榕樹陰涼密布，秋光普照。試問何處安置君侯，蓬萊仙島。　自笑我如今人已衰老，徒有遺恨盈懷抱。回想退居江湖十載，對仕宦已心感倦怠，材質空廓無用，易遭擯除蓋如無源之潦。只想覓得妙句酬謝你的新詞，愧無佳作為報。

【研析】這首詞作於紹熙五年（西元一一九四年）秋。稼軒時年五十五，因諫官黃艾彈劾而罷閩帥，主管建寧府武夷山沖佑觀，故云「濩落我材無所用，易除殆類無根潦」，又有「蓬萊島」語。詞云「須信是、七閩還有，福星來到」，時當新帥尚未到任。據《淳熙三山志》卷二十二〈郡守〉，稼軒於是年八月罷；十月，詹體仁接任閩帥。

詞題「和盧國華」，盧詞不存，未知其意。據本詞揣度，蓋盧氏先以詞相慰，並有相訪之願。稼軒和詞起筆「漢節東南」四句，言自己罷職，繼任者仍將造福於七閩；「心意足」、「秋光好」，自言心境閒適怡悅。此均回應盧詞相慰之意。「問不知何處著君侯」二句，則回應盧氏相訪之願。

上片對盧詞作總體應答，下片則進一層抒寫身世感慨，由此次被彈劾而罷職所引發，也可謂對盧氏相慰之情的深層回應。十餘年前遭彈劾而罷職，退居帶湖十載，此次再仕不到三年又被彈劾而罷，「空有恨，縈懷抱」。其「恨」，有老而罷歸、壯志未酬之悲恨，同時也不無對此次再仕的悔恨。恨亦無奈，故謂「空有」。無奈之舉，只有自嘲，故謂「還自笑」：自笑老而抱恨罷歸，自笑退居十年起而再仕，自笑「濩落無所用」而遭擯棄。罷職之事既以自笑了之，接下便轉筆作結，而末兩句意脈之間又作微轉，「欲搜好語謝新詞」而不得，故「羞瓊報」，自謙中稱譽盧詞，章法上回綰詞題，結構井然。

滿江紅

山居即事

幾個輕鷗，來點破、一泓澄綠❶。更何處、一雙鸂鶒，故來爭浴❷。細讀〈離騷〉還痛飲❸，飽看修竹何妨肉❹。有飛泉、日日供明珠，五千斛。　春雨滿，秧新穀❺。閑日永，眠黃犢。看雲連麥隴❻，雪堆蠶簇❼。若要足時今足矣，以為未足何時足❽？被野老、相扶入東園，枇杷熟。

【注　釋】❶幾個輕鷗二句　幾隻鷗鳥輕靈地飛來，掠過一泓清澈碧綠的湖面。蘇軾〈曉至巴河口迎子由〉：「孤舟如鳧鷖，點破千頃碧。」趙師俠〈鳳凰閣〉（正薰風初扇）：「白鷺飛來，點破一川明綠。」❷更何處一雙鸂鶒二句　鸂鶒，水鳥名，俗稱紫鴛鴦。杜甫〈春水〉：「已添無數鳥，爭浴故相喧。」❸細讀離騷還痛飲　《世說新語・任誕》載王恭語：「名士不必須奇才，但使常得無事，痛飲酒，熟讀〈離騷〉，便可稱名士。」❹飽看修竹何妨肉　意謂賞竹食肉兩者可兼備。此反用蘇軾〈於潛僧綠筠軒〉詩意：「可使食無肉，不可居無竹。無肉令人瘦，無竹令人俗。……若對此君仍大嚼，世間那有揚州鶴。」《世說新語・任誕》載王徽之「嘗暫寄人空宅住，便令種竹。或問：暫住何煩爾？王嘯詠良久，直指竹曰：何可一日無此君！」❺春雨滿二句　言春雨足，栽種稻苗。白居易〈題施山人野居〉：「春泥秧稻暖，夜火焙茶香。」❻看雲連麥隴　謂大片麥隴如雲。王安石〈陂麥〉：「陂麥連雲慘淡黃。」葉夢得〈滿庭芳〉：「麥隴如雲。」❼雪堆蠶簇　言蠶簇上蠶繭堆積如雪。蠶簇，供蠶做繭的工具。梅堯臣〈蠶簇〉：「冰蠶三眠休，作繭當具簇。漢北取蓬蒿，江南藉茅竹。」❽若要足時今足矣二句　意謂知足則足，不知足則未有足時。《老子》第四十六章：「禍莫大於不知足，咎莫大於欲得，故知足之足常足矣。」

【語　譯】幾隻輕鷗飛來，點破一泓清澈碧綠。又不知從何處飛來一對鸂鶒，在湖中嬉戲追逐。細讀〈離騷〉，開懷暢飲，盡情賞竹，何妨食肉。還有飛瀉的山泉，每日灑下明珠五千斛。　春雨豐足，插秧忙碌。春日悠悠，閒眠黃犢。放眼大片麥隴如雲，潔白如雪的蠶繭堆滿蠶簇。若要滿足，如今已滿足；若謂不足，何時才滿足？相攜鄉村老夫來到東園，枇杷已成熟。

【研　析】這首詞作於閒居期間，具體作年不詳。詞中「飛泉」、「一泓澄綠」，與〈沁園春〉(疊嶂西池)中「驚湍直下，跳珠倒濺」、「偃湖」，景致相近，疑為慶元間居瓢泉時所作。

詞寫山居所見所感，故題「山居即事」。時屬春季，雨水豐足，湖水漫漲，輕鷗飛掠湖面，鸂鶒在湖中追逐嬉戲。山上湧泉飛瀉，水珠倒濺飄灑。這是上片所呈現的自然風景。稼軒身臨其境，悠閒無事，意愜神爽，盡情任性，飲酒吃肉，細讀〈離騷〉，飽看修竹，恍如魏晉名士。

下片筆調轉到山村農事。漠漠水田間，農家在插秧忙碌，黃犢則在春日下閒眠。麥隴相連，彌望如雲，蠶簇上蠶繭堆積如雪。一切都透出豐足的氣象，令人由衷地感到人生的知足妙境。結末二句，與野老相扶進入東園，品嘗成熟的枇杷，既是對下片所言農事的歸結，更顯示出稼軒與鄉村農家的情感交融。

稼軒罷職後閒居山中，寄情山水田園，與鄉村野老交遊同樂，雖不無自我寬慰排解之意，但詞中展現出的自足自樂之情則是真切的，依然見出其性情中的灑脫。

滿江紅　呈趙晉臣敷文❶

老子❷平生，元自有、金盤華屋❸。還又要、萬間寒士，眼前突兀❹。一舸歸來輕似葉，兩翁相對清如鵠❺。道如今、吾亦愛吾廬，多松菊❻。　人道是，荒年穀；還又似，豐年玉❼。甚等閒卻為，鱸魚歸速❽？野鶴溪邊留杖屨，行人牆外聽絲竹。問近來、風月幾篇詩，三千軸❾。

【注　釋】❶趙晉臣敷文　即趙不迂，字晉臣。趙宋宗室。紹興二十四年（西元一一五四年）進士。官中奉大夫，直敷文閣學士。❷老子　此語稼軒詞中屢見，大都為自稱，但本詞似當指趙氏。❸金盤華屋　指富貴。曹植〈箜篌引〉：「生存華屋處，零落歸山丘。」蘇軾〈寓居定惠院之東雜花滿山有海棠一株土人不知貴也〉：「自然富貴出天姿，不待金盤薦華屋。」❹還又要萬間寒士二句　意謂還期望眼前突現萬間房屋，為天下寒士遮風蔽雨。此用杜甫〈茅屋為秋風所破歌〉詩意：「安得廣廈千萬間，大庇天下寒士俱歡顏，風雨不動安如山。嗚呼，何時眼前突兀見此屋，吾廬獨破受凍死亦足。」❺兩翁相對清如鵠　謂兩個老翁相對，清閒如一對天鵝。用蘇軾〈別子由〉詩句：「遙想茆軒照水開，兩翁相對清如鵠。」鵠，天鵝。❻道如今吾亦愛吾廬二句　意謂如今我亦愛我的茅屋，屋前屋後有許多松菊。陶潛〈讀山海經〉：「眾鳥欣有託，吾亦愛吾廬。」〈歸去來兮辭〉：「三逕就荒，松菊猶存。」❼人道是四句　意謂趙氏兼具匡世、治世之才。《世說新語・賞譽》載世稱庾亮為「豐年玉」，庾翼為「荒年穀」。劉孝標注：「謂亮有廊廟之器，翼有匡世之才，各有用也。」❽甚等閒卻為二句　用西晉張翰因思鄉而棄官南歸典故。《世說新語・識鑒》載張翰在洛陽為官，「見秋風起，因思吳中菰菜羹鱸魚膾，曰：『人生貴得適意爾，何能羈宦數千里以要名爵？』遂命駕便歸」。❾問近來風月幾篇詩二句　三千軸，此指三千篇。軸，卷軸。歐陽脩〈贈王介甫〉：「翰林風月三千首，吏部文章二百年。」

【語　譯】老兄平生，本自擁有金盤華屋。還希求萬間廣廈矗立眼前，天下寒士得庇護。一葉輕舟歸來，你我兩翁相對，清閒如鵠。如今我也喜愛我的茅屋，依松傍菊。　人稱你是荒年之穀；又似豐年之玉。卻輕易為鱸魚之美而急急歸來又為何故？野鶴相依，溪邊杖屨漫步，行人貪聽，牆裡閒奏絲竹。若問近來吟風詠月詩多少，三千首。

【研　析】這首詞大概作於慶元六年（西元一二〇〇年）。稼軒時年六十一，閒居瓢泉。

趙氏大概在慶元五、六年間辭官歸鉛山，與稼軒交往甚密，詩詞唱和頻繁，本詞即見出知友間的坦誠相知。

詞呈趙氏，筆調全落在其辭官退歸之事。起筆數句言其身世高貴，又兼具濟世之心。按趙氏為皇室子弟，紹興二十四年進士及第，中奉大夫、直敷文閣學士。辭官前，紹熙、慶元間歷官提舉湖北常平司、湖南提刑、福建提刑、江西轉運使等。可見稼軒詞中所言與趙氏相稱。如此身世、如此抱負之人，卻一葉輕舟歸來，卜居山中，松菊環繞，坐對摯友，共享清閒。

下片稱譽趙氏匡世、治世之才。此與上片所言身世抱負相輔相成。心存其志，身具其才，卻掛冠急歸，杖履溪邊漫步，閒坐庭院撫琴，吟詠風月，抒懷遣興。

上、下片分別以「一舸歸來輕似葉」、「甚等閒卻為，鱸魚歸速」轉筆，前者暗轉，後者明轉，筆法有別，但意脈均作轉折。以趙氏之身世、抱負、才華，本當為國建功立業，卻歸退林泉，吟賞山水，其中的原由難以言說，而稼軒當身有同感。詞言趙氏，亦隱約見出稼軒自己的身影。

滿江紅

紫陌飛塵❶，望十里、雕鞍繡轂❷。春未老、已驚臺榭，瘦紅肥綠❸。睡雨海棠猶倚醉❹，舞風楊柳難成曲❺。問流鶯、能說故園無？曾相熟。

巖泉上，飛鳧浴。巢林下❻，棲禽宿。恨荼蘼開晚，謾翻紅玉❼。蓮社豈堪談昨夢❽，蘭亭何處尋遺墨❾？但羈懷、空自倚秋千，無心蹴。

【注釋】❶紫陌飛塵　謂大道塵土飛揚。劉禹錫〈戲贈看花諸君子〉：「紫陌紅塵拂面來。」❷雕鞍繡轂　指華麗的車馬。轂，車輪。秦觀〈水龍吟〉：「小樓連苑橫空，下窺繡轂雕鞍驟。」❸瘦紅肥綠　謂花謝葉茂。李清照〈如夢令〉（昨夜雨疏風驟〉：「應是綠肥紅瘦。」❹睡雨海棠猶倚醉　意謂雨中海棠似睡如醉。惠洪《冷齋夜話》卷一引《太真外傳》載：「上皇登沈香亭，詔太真妃子。妃子時卯醉未醒。命力士從侍兒扶掖而至。妃子醉顏殘粧，鬢亂釵橫，不能再拜。上皇笑曰：『豈是妃子醉，真海棠睡未足耳。』」蘇軾〈海棠〉：「只恐夜深花睡去，故燒高燭照紅妝。」❺舞風楊柳難成曲　漢樂府有〈折楊柳〉，唐教坊曲有〈柳枝〉，又名〈楊柳枝〉。❻巢林下　《莊子・逍遙遊》：「鷦鷯巢於深林，不過一枝。」❼紅玉　紅，原作「船」，茲從四印齋本。❽蓮社豈堪談昨夢　意謂往日閒居與諸友宴遊情景，如昨日之夢，不堪敘談。稼軒瓢泉閒居時有詞〈漢宮春〉（行李溪頭）云：「知翁止酒，待重教、蓮社人沽。」蓮社，東晉名僧慧遠與劉遺民、雷次宗等十八人居廬山東林寺同修淨土。寺有白蓮池，因號蓮社，亦稱白蓮社。《蓮社高賢傳》載淵明「嘗往來廬山，使一門生二兒舁籃輿以行。時遠法師與諸賢結蓮社，以書招淵明。淵明曰：『若許飲則往。』許之，遂造焉」。❾蘭亭何處尋遺墨　東晉永和九年（西元三五三年）上巳日，王羲之與謝安、孫綽等四十一人於蘭亭（故址在今浙江紹興）聚宴吟詠，作〈蘭亭集序〉，並自書之。

【語　譯】陌上紅塵飛揚，放眼寶馬雕車十里綿延。暮春未到，已驚歎樓臺亭榭間葉茂花殘。春雨中，海棠酣睡，如醉未醒，春風裡，柳枝隨舞，曲調難成。春鶯歌喉婉轉，能否說說你曾熟知的我的故園？　飛鳧在山泉中沐浴。禽鳥在樹叢中棲宿。只怨荼蘼開得太晚，花朵如紅玉在風中徒自翻舞。閒隱高會如昨夜之夢，怎堪敘談，蘭亭遺墨，欲尋何處？羈愁盈懷，空倚秋千，無心踏蹴。

【研　析】這首詞作於嘉泰四年（西元一二〇四年）春。稼軒時年六十五，加寶謨閣待制提舉京祠，在臨安。是年正月，稼軒自紹興府應詔入朝，進言北伐之策，主張重用元老大臣，然同朝多為新進。在軍事策略上，稼軒與韓侂冑多有不合。三月，以朝議大夫出知鎮江府，被排擠出北伐決策圈。本詞作於外任之前，稼軒深感北伐前景堪憂而自身又無能為力，遂心懷羈愁，心生歸念。

詞作從京城街市的繁華情景入筆。紫陌紅塵，車水馬龍，儼然一派太平盛世氣象。「春未老」句以下轉到春風春雨中的自然景象。花之早謝，海棠之醉眠，楊柳亂舞不成曲調，真可謂生機蕭索，與京城的繁華形成反差。這一切自然是稼軒眼中的京城氣象，浮華背後隱伏存亡危機。對此，稼軒除了憂慮之外，則無可奈何，且年逾花甲，自然想到退歸。「問流鶯」二句對故園的思念，便是退歸之情的表露。

下片「巖泉上」至「謾翻紅玉」，承上片念故園之情，追憶心中熟悉的瓢泉山水清景，神遊故園。「蓮社」二句，從神遊中跳出，感慨不盡。「蓮社」、「蘭亭」均喻指瓢泉閒居時的詩酒交遊，如今想來似昨日之夢，無處尋覓。一說「蘭亭」句指稼軒知紹興府期間交遊情事，蓋因蘭亭在會稽，其實不必拘泥於此。詞情脈絡在念故園，思退歸，仍以借指瓢泉閒居時交遊為妥。結末亮出詞中人。先聞其聲，終見其人，其傍倚秋千、滿懷羈愁之神態令詞作餘韻深長。

滿庭芳

和洪丞相景伯韻，呈景盧內翰❶

急管哀弦，長歌慢舞，連娟十樣宮眉❷。不堪紅紫，風雨曉來稀。惟有楊花飛絮，依舊是、萍滿芳池❸。酴醾在，青虯快剪，插遍古銅彝❹。誰將春色去？鸞膠難覓，弦斷朱絲❺。恨牡丹多病，也費醫治❻。夢裏尋春不見，空腸斷、怎得春知。休惆悵，一觴一詠，須刻右軍碑❼。

【詞牌】**滿庭芳**

又名〈鎖陽臺〉、〈滿庭霜〉、〈瀟湘夜雨〉、〈話桐鄉〉、〈江南好〉、〈滿庭花〉、〈轉調滿庭芳〉等。此調有平韻、仄韻兩體。宋人所作多為平韻，正體雙調九十五字，上、下片各十句四平韻。稼軒此詞為平韻正體。

【注釋】❶和洪丞相景伯韻二句　四卷本題作「和洪丞相韻呈景盧舍人」。景盧內翰，洪邁，字景盧。洪适（景伯）弟。歷起居舍人、起居郎、中書舍人，兼侍讀，直學士院，出知贛州、建寧、婺州，進龍圖閣學士，以端明殿學士致仕。博洽多聞，文備眾體。內翰，唐宋時稱翰林為內翰。❷連娟十樣宮眉　謂歌兒舞女眉姿多樣。連娟，又作聯娟，眉毛彎曲細長的樣子。宋玉〈神女賦〉：「眉聯娟以蛾揚兮，朱唇的其若丹。」司馬相如〈上林賦〉：「長眉連娟，微睇綿藐。」十樣宮眉，宋葉庭珪《海錄碎事》卷十四「十眉圖」條引《畫斷》：「大慈寺壁畫明皇按樂十眉圖，在蜀中。」明曹學佺《蜀中廣記》卷一百五載：「唐明皇令畫工畫十眉圖：一曰鴛鴦眉，又名八字眉；二曰小山眉，又名遠山眉；三曰五嶽眉；四曰三峰眉；五曰垂珠眉；六曰稜眉，又名卻月眉；七曰分梢眉；八曰涵煙眉；九曰拂雲眉，又名橫煙眉；十曰倒暈眉。」晏幾道〈鷓鴣天〉（碧藕花開水殿涼）：「十樣宮眉捧壽觴。」❸不堪紅紫四句　意謂萬紫千紅不堪夜來風雨吹打，曉來所剩無幾，只有柳絮落滿春池，化作浮萍。詞境似蘇軾〈水龍吟〉（似花還似非花）：「曉來雨過，遺蹤何在？一池萍碎。」《廣雅》：「楊花入水化為萍。」曉來稀，原作「曉稀稀」；芳池，原作「方池」，茲從四卷本。❹酴醾在三句　意謂快剪下盛開的酴醾花枝插遍銅尊。酴醾，薔薇科植物，初夏開花。青虬，青龍。此喻酴醾枝藤。蘇軾〈杜沂遊武昌以酴醾花菩薩泉見餉二首〉其一：「酴醾不爭春，寂寞開最晚。青蛟走玉骨，羽蓋蒙珠幰。」銅彝，銅尊。宋人用作花盆。《宋詩紀事》卷六十八錄王同祖〈春日金陵制幕書事〉：「歸來又被梅花惱，撥冗銅彝插數枝。」洪咨夔〈夏初臨〉：「鐵甕栽荷，銅彝種菊。」❺鸞膠難覓二句　謂難以覓得鸞膠粘合斷絃。《海內十洲記．鳳麟洲》載西海鳳麟洲多仙人，煮鳳喙麟角為膏，能續弓弩斷弦，故名續弦膠，又稱鸞膠。❻恨牡丹多病二句　黃機〈沁園春〉（暑風清倣）：「恨牡丹多病，醫治費巧。」❼一觴一詠二句　王羲之〈蘭亭集序〉：「雖無絲竹管弦之盛，一觴一詠，亦足以暢敘幽情。」觴，酒杯。右軍，指王羲之，曾任右軍將軍，故稱。

【語　譯】管樂絃曲急促哀怨，歌聲悠揚，舞姿曼妙，彎眉細長，異彩紛呈。萬紫千紅不堪一夜風雨，清晨大多已凋零。只有柳絮紛飛，依舊化作滿池浮萍。酴醾尚盛開，枝藤如青龍，快剪下插遍古色古香的銅瓶。誰帶走了春色？鸞膠難以覓得，琴絃斷裂無法續接。歎恨那牡丹花憔悴多病，醫治艱難。夢裡尋春不得見，徒自斷腸春又怎知。莫惆悵，把酒吟詩，右軍〈蘭亭集序〉當刻石銘記。

【研　析】這首詞作於淳熙八年（西元一一八一年）。稼軒時年四十二，任江西安撫使。

洪适原詞〈滿庭芳〉（雨喜花林）抒寫「惜別」之情，云「老來光景，生怕聚談希。何事扁舟西去，收杖屨契闊魚池」、「歎五年一別，萬病難治」。稼軒和詞感歎春歸，以傷春和惜別，情調相應合。詞以歌兒舞女競展妙技美態的宴樂場景起筆，接以萬紫千紅在一夜風雨的摧殘中凋謝零落的傷悲情境，兩種境界相互映襯，令人驚悟：人生之盛而衰、喜而悲，如同春花之怒放而凋敗，只因一夜風雨！同時，與迎春盛開、爭奇鬥豔的百花相比，不起眼的楊花飛絮，依舊化作了水面浮萍，供人觀賞；「寂寞開最晚」的酴醾，群芳謝後獨呈芳豔，令人珍惜！其中同樣蘊含人生理趣。

上片感慨春歸之中隱含人生哲理，下片則抒發傷春之情，傷歎之中透出力度和豁達。「誰將春色去」、「恨」、「空腸斷、怎得春知」等語調口吻中不難讀出傷春惜春（醫治多病牡丹）、尋春戀春的情感力度。「休惆悵」一短句，語氣截然，從傷春情境中跳出，以王右軍與友人蘭亭宴遊、「一觴一詠」、「暢敘幽懷」之勝事結束全詞，情韻悠然。蘭亭宴集已成歷史，不朽的是王右軍的〈蘭亭集序〉，其「仰觀宇宙」、「俯察品類」、洞悉人生「興感之由」的豁達睿智令後人欽服。這大概也就是詞中「須刻右軍碑」的旨趣所在。

全詞情、景、理融為一體，而筆法曲折跌宕。起筆之人生歌舞遣賞轉入百花凋零，筆調突兀，但意脈貫通，寄寓盛衰哀樂之理；中間歎春、惜春、傷春、尋春之情，激盪於字裡行間；結末則轉歸豁達，而斷然的語調中仍可感受到超脫後的情韻波蕩。

滿庭芳

和洪丞相景伯❶韻

傾國無媒❷，入宮見妒，古來顰損❸蛾眉。看公如月，光彩眾星稀。袖手高山流水❹，聽群蛙、鼓吹❺荒池。文章手，直須補袞❻，藻火粲宗彝❼。

癡兒公事了❽，吳蠶纏繞，自吐餘絲❾。幸一枝粗穩，三徑新治❿。且約湖邊風月，功名事、欲使誰知。都休問，英雄千古，荒草沒殘碑。

【注　釋】❶洪丞相景伯　即洪适（西元一一一七—一一八四年），字景伯，號盤洲，饒州鄱陽（今江西鄱陽）人。紹興十二年（西元一一四二年）中博學宏詞科。乾道元年（西元一一六五年）十二月拜尚書右僕射、同中書門下平章事、兼樞密使。居相位三月罷去，除觀文殿學士，提舉江州太平興國宮。後起知紹興府、浙東安撫使，提舉臨安府洞霄宮。有《盤洲文集》。❷傾國無媒　絕代佳人無人舉薦，喻賢能之士報國無門。此句反用漢武帝李夫人典故。《漢書・外戚傳》載李夫人兄延年曾為漢武帝歌曰：「北方有佳人，絕世而獨立。一顧傾人國，再顧傾人城。寧不知傾國與傾城，佳人難再得。」武帝感歎，問：「世豈有此人乎？」平陽主遂薦舉李夫人，夫人由此入宮得幸。韓愈〈縣齋有懷〉：「誰為傾國媒，自許連城價。」❸顰損　愁損。顰，皺眉，愁苦的樣子。❹袖手高山流水　賦閒無事，寄情山水。高山流水，暗用伯牙鼓琴典故。《列子・湯問》載伯牙善鼓琴，以琴聲寄託高山流水之情，惟鍾子期善聽。洪适原唱〈滿庭芳〉（華髮蒼頭）有云：「人生何處樂？樓臺院落，吹竹彈絲。」「漫道游魚聽瑟，弦綠綺山水誰知？」❺群蛙鼓吹　群蛙鳴叫。鼓吹，鼓吹曲。《南齊書・孔稚珪傳》載稚珪不樂世務，隱居山水間，庭院雜草叢生，蛙鳴其中。稚珪謂人曰：「我以此當兩部鼓吹。」❻直須補袞　只應當補救帝王過失。袞，帝王龍服，代指帝王。《詩・大雅・烝民》：「袞職有闕，維仲山甫補之。」❼藻火粲宗彝　藻火，古時官服上的水藻、火焰圖飾。宗彝，宗廟禮器。❽癡兒公事了　意謂擺脫了政事。《晉書・傅咸傳》載楊濟與傅咸書曰：「生子癡，了官事。」意謂生了癡兒才能避免為官，了卻公家事。❾吳蠶纏繞二句　言鬢髮斑白。曾極〈往春陵作〉：「鬢絲半是吳蠶吐，襟血全因蜀鳥流。」❿幸一枝粗穩二句　言帶湖新居已次第落成。一枝，指棲身之所。《莊子・逍遙遊》：「許由曰：『鷦鷯巢於深林，不過一枝。』」三徑，指歸隱之處。漢趙岐《三輔決錄・逃名》載西漢末年兗州刺史蔣詡辭歸鄉里，在宅院中闢出三條小路，只與好友求仲、羊仲來往。

【語　譯】絕色佳人無人舉薦，選入宮中遭人嫉妒，自古以來美貌佳人憔悴愁苦。看您如皓月朗照，周圍星光稀疏。賦閒無事，寄情於高山流水，野塘蛙聲似鼓吹妙曲。文章妙手當輔佐君王，光耀社稷前途。　公務政事已了卻，白髮漸多如吳蠶吐露餘絲。好在隱居之所已築就。聊且去湖邊吟風賞月，功業之心事能有誰知。一切都別深究，千古英雄終歸為荒草隱沒的殘碑。

【研　析】洪适原唱題作「辛丑春日作」，即作於淳熙八年（西元一一八一年）春，本詞和其韻，當為同時之作。稼軒時年四十二，任江西安撫使。

洪适為博學宏詞科出身，曾入翰林、居相位，《宋史》本傳稱其「以文學聞望，遭時遇主，自兩制一月入政府，又四閱月居相位」。然而洪氏拜相僅三月便罷去，後閒居十餘年，內心不無感慨，故其原唱〈滿庭芳〉〈華髮蒼頭〉有云：「奈壯懷銷鑠，病費醫治。漫道游魚聽瑟，弦絲綺山水誰知？」言語間透露出壯志未酬、知音恨少之無奈。稼軒和詞即承此起筆，「傾國無媒」可謂直答「弦絲綺山水誰知」，「入宮」二句喻指洪氏遭同僚嫉妒而被罷黜。「古來」二字，筆觸由今及古，古今感慨之中透出超然襟懷。只有此種心境才能呈現出光彩如月、袖手聽琴聽蛙之精神風度。然而，本為國之英才的文章妙手卻落得寄情山水、袖手聽蛙，又怎不令人憤激？「文章手」三句，筆調突轉，上文潛伏的懷才抱屈之情在「直須」二字中傾吐而出，筆直而情曲，頗堪玩味。

上片言洪氏，為和答詞作題中之義；下片自抒退歸之意，亦應合洪氏之閒居。稼軒時任江西安撫使，而言「公事了」乃是心中意願。白髮漸多，新居初成，退隱則為情理中之事。「且約湖邊風月」云云，抒發的便是退隱情懷：寄情山水間，休問功名事。然而語調口吻中卻隱含難言的無奈和悲慨：如今功名之事，無人可談！再說那些成就功名的千古英雄，埋沒在荒草叢中，無人理會！滿腔感慨之中實則透露出其內心對功名事業的難以忘懷，這也是稼軒的英雄本色。

滿庭芳

游豫章❶東湖❷再用韻

柳外尋春，花邊得句，怪公喜氣軒眉❸。〈陽春〉〈白雪〉❹，清唱古今稀。

曾是金鑾舊客，記鳳凰、獨遶天池❺。揮毫罷，天顏有喜❻，催賜尚方彝❼。

只今江海上，鈞天夢覺❽，清淚如絲。算除非痛把，酒療花治。明日五湖佳興，扁舟去、一笑誰知❾。溪堂好，且拚一醉，倚杖讀韓碑❿。

【注釋】❶豫章　指隆興府（治所在今江西南昌），漢代為豫章郡。❷東湖　在府治東隅，風景優美。楊億〈致政李殿丞豫章東湖所居涵虛閣記〉：「茲郡之勝，實惟東湖。」❸喜氣軒眉　指喜上眉梢。軒，高舉；上揚。❹陽春白雪　戰國時楚地雅曲。此借指名曲高調。宋玉〈對楚王問〉稱歌〈下里巴人〉，和者數千人；歌〈陽春〉〈白雪〉，和者不過數十人，「其曲彌高，其和彌寡」。❺曾是金鑾舊客二句　言洪邁曾拜中書舍人，直學士院。《文獻通考》卷五十四〈職官考・學士院〉載：「故事學士掌內庭書詔，指揮邊事，曉達機謀，天子機事密命在焉，不當豫外司公事，蓋防纖微間或漏省中語，故學士院常在金鑾殿側，號為深嚴。」卷五十一〈職官考・中書令〉：「魏晉以來，中書監令掌贊詔命，記會時事，典作文書。以其地在樞近，多承寵任，是以人因其位謂之鳳凰池焉。」❻天顏有喜　言皇帝欣喜。杜甫〈紫宸殿退朝口號〉：「晝漏稀聞高閣報，天顏有喜近臣知。」❼催賜尚方彝　自注：「公在詞掖嘗拜尚方寶彝之賜。」洪适〈滿庭芳〉（春日花畦）有云：「皇華喜，爭添泉貨，不鑄尚方彝。」❽只今江海上二句　言身在江湖，夢入朝廷。江海，指退居之所。《莊子・讓王》：「中山公子牟謂瞻子曰：『身在江海之上，心居乎魏闕之下，奈何？』」魏闕，指朝廷。鈞天夢，喻夢入朝廷。《史記・趙世家》載趙簡子病重，不省人事，數日後醒來，云：「我之帝所，甚樂，與百神游於鈞天廣樂，九奏萬舞。」鈞天，天之中央，神話傳說為天帝居所。❾明日五湖佳興二句　意謂退隱山水之間，自得其樂。史載春秋時越國大夫范蠡輔佐越王句踐滅吳之後，攜西施泛舟五湖。五湖，今江蘇太湖。❿溪堂好三句　自注：「堂記，公所製。」借唐代馬總所建鄆州溪堂、韓愈〈鄆州溪堂〉詩及序指司馬倬所建山雨樓及洪邁〈山雨樓記〉。韓詩及序均刻石為碑，北宋黃庶〈登鄆州溪堂〉題注：「古鄆州有溪堂，與州偕廢。其地去今治所十五里，好事者跡其名為之，韓公詩石存焉。」鄆州，治所在今山東東平西北。按：洪适原唱自注：「漢章作山雨樓。景盧為之記。」司馬倬，字漢章，時任江西、京西、湖北總領。

【語譯】柳外花旁尋春覓句，驚見您喜上眉梢。清歌妙曲似〈陽春〉〈白雪〉，古今稀少。您曾任職學士院，身拜中書舍人。揮毫書罷朝廷詔書，聖顏欣喜，急命賞賜尚方彝尊。　如今退居江湖，夢入朝廷，醒來灑淚如雨。想來唯有飲酒賞花解憂愁。明日泛舟五湖，興致悠然無人知曉。山雨樓之美景堪與鄆州溪堂相比。盡情暢飲歡醉，拄杖細讀您的〈山雨樓記〉。

【研析】這首詞寫於淳熙八年（西元一一八一年）。稼軒時年四十二，任江西安撫使。

題云「游豫章東湖」，據詞作內容，乃與洪邁同遊東湖，賦詞酬唱。上片所言均堪令人「喜氣軒眉」：柳外花旁，尋春得句，此其一；情歌妙曲，古今稀有，此其二；執掌朝廷書詔，榮獲御賜寶彝，此其三。前二者為今日閒居之樂，後者為昔日仕宦之貴。然而昔日之「金鑾舊客」，轉而為今日尋春聽曲之閒人，又難免人生得失之慨。下片即由此起筆，言身雖退居，卻夢繫朝堂，醒來無限悲恨！此恨何以消解？唯有賞花飲酒，泛舟五湖，觀美景，品妙文。

全詞意趣頗堪玩味。起筆數句呈現出洪邁閒居之中尋春覓句、賞花聽曲、樂在其中的悠然自得神態，而一「怪」字則見出稼軒對此感到意外的欣喜，下文都可看作對這種意外欣喜的解析：曾獲得御賜寶彝的金鑾舊客卻落得山水間閒居，且能「喜氣軒眉」，令人意外！又令人欣悅！然而達到這種境界並非一蹴而就，也須經歷「鈞天夢覺，清淚如絲」、「酒療花治」的過程。詞作無疑表現出對洪邁得失不繫於心的超妙境界的讚賞，同時又似乎在與友人傾心交流超脫人生得失的心路歷程。

滿庭芳

和章泉趙昌父❶

西崦❷斜陽，東江流水，物華不為人留。錚然一葉，天下已知秋❸。屈指人間得意，問誰是、騎鶴揚州❹？君知我，從來雅意❺，未老已滄洲❻。

無窮身外事❼，百年能幾，一醉都休❽。恨兒曹抵死，謂我心憂❾。況有溪山杖屨，阮籍輩、須我來遊❿。還堪笑，機心早覺，海上有驚鷗⓫。

【注釋】❶章泉趙昌父　即趙蕃（西元一一四三—一二二九年），號章泉，鄭州（今屬河南）人，南渡居信州玉山（今屬江西上饒）。早年官太和主簿、辰州司理參軍、衡州安仁贍軍酒監。後家居三十餘年，屢召不起。有詩名，與韓淲（號澗泉）並稱「上饒二泉」。❷西崦　西山。戴叔倫〈北山游亭〉：「西崦水泠泠，沿岡有游亭。」❸錚然一葉二句　錚然，本指金玉撞擊聲，此喻落葉聲。《淮南子．說山》：「見一葉落，而知歲之將暮。」蘇軾〈永遇樂〉（明月如霜）：「紞如三鼓，鏗然一葉，黯黯夢雲驚斷。」❹騎鶴揚州　喻人間美事兼備。《殷芸小說》載：「有客相從，各言所志。或願為揚州刺史，或願多貲財，或願騎鶴上昇。其一人曰：『腰纏十萬貫，騎鶴上揚州。』欲兼三者。」❺雅意　素願；本意。❻滄洲　濱水之地，泛指退隱閒居之地。陸游〈訴衷情〉（當年萬里覓封侯）：「此生誰料，心在天山，身老滄洲。」❼無窮身外事　杜甫〈絕句漫興九首〉其四：「莫思身外無窮事，且盡生前有限杯。」❽百年能幾二句　用曹操〈短歌行〉「對酒當歌，人生幾何」。李白〈悲歌行〉：「富貴百年能幾何？死生一度人皆有。」王安石〈馬上轉韻〉：「人世百年能幾許？何須戚戚長辛苦！」❾恨兒曹抵死二句　言兒女等總說我心懷憂慮。抵死，總是。晏殊〈蝶戀花〉（簾幙風輕雙語燕）：「薄雨濃雲，抵死遮人面。」《詩．王風．黍離》：「知我者，謂我心憂。」❿況有溪山杖屨二句　意謂正有性情似阮籍的友人待我同遊山水。杖屨，拄杖漫步。阮籍（西元二一〇—二六三年），字嗣宗，陳留尉氏（今屬河南）人。《晉書》本傳稱其「容貌瓌傑，志氣宏放，傲然獨得，任性不羈，而喜怒不形於色。或閉戶視書，累月不出；或登臨山水，經日忘歸。博覽羣籍，尤好莊老。嗜酒能嘯，善彈琴。當其得意，忽忘形骸。時人多謂之癡」。須，等待。⓫機心早覺二句　意謂機詐之心早被覺察，海上鷗鳥驚飛而去。此用《列子．黃帝》所載典故：「海上之人有好漚鳥者，每旦之海上從漚鳥游，漚鳥之至者百住而不止。其父曰：『吾聞漚鳥皆從汝游，汝取來，吾玩之。』明日之海上，漚鳥舞而不下也。」機心，巧詐之心。《莊子．天地》：「有機械者必有機事，有機事者必有機心。機心存於胸中，則純白不備。純白不備，則神生不定。神生不定者，道之所不載也。」

【語譯】日落西山，江水東流，繁華風物不為人間多留。一葉錚然墜落，天下已入三秋。細數人間得意之事，試問誰能騎鶴上揚州？您知道我的素願，年未老便已退隱林泉。　身外之事無窮，人生在世能多久，暢飲歡醉，萬事盡休。可惱兒女們總說我心懷憂愁。正有放達如阮籍的友人，待我拄杖同賞山水幽趣。可笑那海上人機詐之心早被發覺，海鷗驚飛而去。

【研析】這首詞與〈鷓鴣天．和章泉趙昌父〉（萬事紛紛一笑中）大略為同時之作，即慶元二、三年（西元

一一九六、一一九七年）間所作。稼軒時年近六十，閒居瓢泉。

時光流逝，繁華衰歇，落葉驚秋。稼軒身臨其境而感慨人生：誰能兼備人間美事？說到自身際遇，年僅四十餘即罷職閒居帶湖，所謂「未老已滄洲」。詞中雖稱此為「從來雅意」，然而「誰是騎鶴揚州」一反詰語氣中，仍隱含仕宦失意之悲，故而下片云「兒曹抵死，謂我心憂」。《詩・王風・黍離》云：「知我者，謂我心憂。」實則兒曹乃「知我者」。「我心憂」則當尋求解憂，遂對兒曹的頻頻提及，心生煩惱。

過片從身外功名著筆，暗承上片隱伏的仕宦失意之情。「一醉都休」，痛飲歡醉中拋棄身外功名，亦即借酒消憂，兒曹的屢屢提醒則又令其生恨，可幸的是正有放達灑脫之友相待同遊山水林泉。忘懷得失，放浪形骸，一片純樸心懷才能與自然融洽無間，些許功利機詐之欲念都將隔阻自然真趣。這大概是稼軒寄心山水的體悟，因而想到《列子》所載鷺鷗之事而不禁發笑。

蝶戀花

和趙景明知縣韻❶

老去怕尋年少伴。畫棟珠簾❷，風月無人管。公子看花朱碧亂❸，新詞攪斷相思怨。

涼夜愁腸千百轉。一雁西風，錦字何時遣❹。畢竟啼烏才思短，喚回曉夢天涯遠❺。

【詞牌】蝶戀花

唐教坊曲。本名〈鵲踏枝〉，宋晏殊取梁簡文帝蕭綱〈東飛伯勞歌〉詩句「翻階蛺蝶戀花情」，改名〈蝶戀花〉。又名〈黃金縷〉、〈捲珠簾〉、〈明月生南浦〉、〈細雨吹池沼〉、〈鳳棲梧〉、〈一籮金〉、〈魚水同歡〉等。此調正體雙調六十字，上、下片各五句四仄韻。稼軒此詞為正體。

【注　釋】❶和趙景明知縣韻　四卷本作「和江陵趙宰」。趙景明，字奇暐。淳熙六、七年（西元一一七九、一一八〇年）間知江陵縣。❷畫棟珠簾　指滕王閣。此截用王勃〈滕王閣〉詩句：「畫棟朝飛南浦雲，珠簾暮捲西山雨。」❸公子看花朱碧亂　言趙景明因傷離怨別而心情恍惚，看朱成碧。公子，指趙景明。趙氏為皇家姓，故稱。喻良能〈次韻奉酬趙景明法曹見贈〉有云：「宗英賀白儔，肯從野人遊。」史載漢成帝劉驁微服出遊，自稱「張公子」（《漢書・孝成趙皇后傳》）。柳永〈傾杯樂〉（樓鎖輕煙）：「但淚眼沈迷，看朱成碧。」張耒〈少年游〉（含羞倚醉不成歌）：「看朱成碧心迷亂，脈脈斂雙蛾。」❹一雁西風二句　言何時能託大雁將書信傳給西去的友人。古有雁足傳書典故，見《漢書・蘇武傳》。錦字，指書信。史載前秦時秦州刺史竇滔被流放，其妻蘇蕙織錦為回文詩相贈（見《晉書・列女傳・竇滔妻蘇氏傳》）。後人遂以「錦字」、「錦書」代指書信。❺畢竟啼烏才思短二句　意謂烏鴉才思短淺，不懂人間情事，曉啼驚破離人天涯相思之夢。稼軒〈鷓鴣天〉（句裏春風正翦裁）：「亂鴉畢竟無才思，時把瓊瑤蹴下來。」汪藻〈點絳唇〉（清月娟娟）：「君知否？曉鵶啼後，歸夢濃如酒。」

【語　譯】老來就怕尋訪年少時的夥伴。雕梁畫棟，珠簾閒垂，清風明月無人管。趙公子眼中花色淩亂，新詞妙句攪斷我的相思別怨。　涼夜瑟瑟，愁腸百轉。西風送雁，思念的書信何時能傳。曉鴉畢竟才思短淺，啼破相思夢，天涯人遠。

【研　析】鄧廣銘《稼軒詞編年箋注》據「畫棟珠簾」句斷定本詞作於豫章，時在淳熙八年（西元一一八一年），並謂「蓋必趙景明於離去豫章之後，有詞惜別，稼軒因賦和章以為報也」。此說可信。稼軒時年四十二，任江西安撫使。

首句「年少伴」可解作年少的朋友，也可解作年少時的朋友。兩種解釋在本句均可通，皆表達出「年少給「老去」之人帶來的感慨和悵歎心理。詞云「公子看花」，則「年少伴」解作年少的朋友較勝，起筆三句乃自述歎老傷別之情，人生遲暮而害怕與年少人相處，眼前的清風明月一無意趣，離情別緒何以消解？更何況友人寄來的新詞，同樣是那般的失落惆悵，相思歎怨！此處需要注意的是，本詞作於秋天（「一雁西風」句可證），「看花朱碧亂」乃化用前人詩句，並非實寫春天情事。

過片「愁腸千百轉」緊承上片結句「攪斷相思怨」而來，抒寫對友人的深切思念。因思念而愁腸百轉，因思念而託雁傳書，因思念而夢跡天涯，因思念而責怪曉鴉驚夢。錦書寄相思，卻不知「何時遣」；夢中能相見，卻被啼鳥驚回，依然是天涯遙隔。一番疏解相思之情的努力之後，仍歸於相思依舊。

蝶戀花

繼楊濟翁韻餞范南伯知縣歸京口❶

淚眼送君傾似雨。不折垂楊，只倩❷愁隨去。有底❸風光留不住，煙波萬頃春江櫓。

老馬臨流癡不渡。應惜障泥，忘了尋春路❹。身在稼軒安穩處，書來不用多行數❺。

【注釋】❶繼楊濟翁句　楊濟翁，即楊炎正，字濟翁，吉水（今屬江西）人。楊萬里族弟，慶元二年（西元一一九六年）以五十二歲及第。有詞集《西樵語業》。范南伯，即范如山（西元一一三〇—一一九六年），字南伯，邢臺（今屬河北）人。稼軒妻兄。劉宰〈故公安范大夫及夫人張氏行述〉：「女弟歸稼軒先生辛公棄疾。辛與公皆中州之豪，相得甚。」京口，即鎮江府（治所在今江蘇鎮江市），三國時名京口。❷倩　請；願。❸有底　所有的。劉過〈祝英臺近〉（窄輕衫）：「有底風光，都在畫欄側。」❹老馬臨流癡不渡三句　意謂老馬應是愛惜障泥而不肯渡過溪流，痴立岸邊，忘了尋春之路。《世說新語・術解》：「王武子善解馬性，嘗乘一馬，著連錢障泥。前有水，終日不肯渡。王云：『此必是惜障泥。』使人解去，便徑渡。」蘇軾〈與周長官李秀才游徑山〉：「癡馬惜障泥，臨流不肯渡。」障泥，垂於馬腹兩側用以遮擋泥土之物。❺書來不用多行數　即黃庭堅〈新喻道中寄元明用觴字韻〉「不用書來細作行」之義。

【語譯】送別范兄，淚傾如雨。不用折柳贈別，只願離愁隨您而去。一切風光都無法留住，萬頃春江，煙波茫茫，搖櫓聲聲，隨風飄蕩。

老馬呆立河邊不肯渡，必定是為愛惜障泥，卻忘了尋春之路。我在稼軒安適閒居，寫信給我不用詳說細述。

【研　析】這首詞具體作年難以確考，鄧廣銘《稼軒詞編年箋注》疑作於淳熙九年（西元一一八二年）退居帶湖之初，大體可信。詞中有云「身在稼軒安穩處」，知作於居帶湖之時。據劉宰〈故公安范大夫及夫人張氏行述〉，南伯因其父「葬鎮江府丹徒縣崇德鄉石柱灣之原」，「遂為郡人」，平生知縣之任唯有張栻帥荊南時辟為江陵公安縣令，約在淳熙五、六年間（參見朱熹〈右文殿修撰張公神道碑〉）。本詞題云「餞范南伯知縣歸京口」，蓋南伯公安任滿歸京口，途經上饒與稼軒短聚而別，稼軒以詞相送。

南伯為稼軒之妻兄，二人均為中州豪傑，志趣投合。數年前，南伯為張栻辟為盧溪令而遲遲未行，稼軒作詞勉之云：「萬里功名莫放休！」（〈破陣子〉「擲地劉郎玉斗」）實有共勉之意。如今稼軒自己為人彈劾而罷職退居，念及南伯年逾五旬仍局促於小小知縣，不免深為悲慨！「淚眼送君傾似雨」，更多的是英雄相惜之情，而不止是通常的離情別緒。詞云「不折垂楊」而「只倩愁隨去」，則頗為奇崛：送別本當給對方以寬慰，此則以悲愁相贈。不合常理的別語中見出兩人相知之深切：兩人心照不宣，只有悲愁，不必客套相勸。

「有底」二句寫春光、春江景象，暗示出南伯即將乘船離去。上句言風光難駐，含時光流逝之義，有「子在川上曰」之感慨，而云「留不住」，則更增歎惋之情；下句狀煙波浩渺之春江，則亦包含空間茫無邊際之義，襯托出行船的渺小。同時，兩句以無限之時空映襯有限之人生，以超脫的眼光審視人生，消解其失意之悲愁。

下片料想南伯回到鎮江的情景。楊濟翁（炎正）原詞〈蝶戀花・別范南伯〉云：「君到南徐芳草渡，想得尋春，依舊當年路。」（南徐，即鎮江府，南朝劉宋時舊名）稼軒繼韻之作承其思路而又筆起波瀾，借用恰當的典故，呈現出老馬癡立不渡情景，饒有意趣。結末二句言及別後二人間的書信聯繫，淡淡的話語中蘊含深情關切。

全詞情調由起筆的淚傾如雨而漸趨舒緩，至末尾淡然而灑脫地辭別，其轉捩點在於「有底」二句映襯出的超然襟懷。

蝶戀花

客有「燕語鶯啼人乍遠」之句，用為首句

燕語鶯啼人乍遠❶。卻恨西園❷，依舊鶯和燕。笑語十分愁一半❸。翠圍特地春光暖❹。

只道書來無過雁。不道柔腸，近日無腸斷❺。柄玉莫搖湘淚點❻。怕君喚作秋風扇❼。

【注釋】❶燕語鶯啼人乍遠　朱敦儒〈念奴嬌〉(別離情緒)：「燕語鶯啼人乍遠。」❷西園　原指曹操所建園林名，舊址在今河南臨漳，為鄴下文人遊宴之地。後世借指文人宴集之所。蘇軾〈水龍吟〉(似花還似非花)：「不恨此花飛盡，恨西園、落紅難綴。」❸笑語十分愁一半　句法取蘇軾〈水龍吟〉(似花還似非花)：「春色三分，二分塵土，一分流水。」葉清臣〈賀聖朝〉(滿斟綠醑留君住)：「三分春色二分愁，更一分風雨。」❹翠圍特地春光暖　意謂春色繚繞，春光格外和暖。翠圍，翠綠繚繞彌漫。文同〈成都楊氏江亭〉：「汀洲煙雨捲輕霏，遙望軒窗隱翠圍。」❺無腸斷　極言悲愁之狀。秦觀〈題郴陽道中一古寺壁〉：「行人到此無腸斷，問爾黃花知不知。」❻柄玉莫搖湘淚點　意謂莫搖玉柄湘竹扇。趙彥端〈謁金門・題扇〉(朱檻曲)：「半尺鵝溪涼意足，手香霑柄玉。」張華《博物志》卷八〈史補〉載：「堯之二女，舜之二妃，曰湘夫人。舜崩，二妃啼，以涕揮竹，竹盡斑。」❼秋風扇　喻恩愛斷絕。班婕妤〈怨歌行〉：「新裂齊紈素，皎潔如霜雪。裁為合歡扇，團團似明月。出入君懷袖，動搖微風發。常恐秋節至，涼飆奪炎熱。棄捐篋笥中，恩情中道絕。」

【語譯】燕語鶯啼，忽然間人已相去遙遠。西園依然鶯歌燕舞，卻令我心生悵怨。歡聲笑語中憂愁居半。春色繚繞，春光格外溫暖。　只說沒有飛過的大雁把書信傳。不知心中柔腸已斷盡，近來無腸可斷。莫搖玉柄扇，湘妃淚點點。怕被郎君當作秋後棄置的合歡扇。

【研　析】這首詞作年不詳。鄧廣銘《稼軒詞編年箋注》據廣信書院本編次繫於淳熙十一年(西元一一八四年)

所作。

詞題注明首句「燕語鶯啼人乍遠」非己作，亦可見稼軒對此句頗為欣賞。燕語鶯啼，新春到來，景象歡悅；「人乍遠」，情人遠去，情事愁怨。樂景反襯愁情，總攝全詞情調。下文之西園鶯歌燕舞、春色環抱、春光和煦，均為樂景，故有「笑語十分」，然景中情卻為「恨」、「愁一半」，此恨此愁乃「人乍遠」所致，即傷春乃由別怨所致。

下片言別怨，以極為細膩的筆觸描寫怨別女子的愁苦和憂慮。「只道」一句為女子久盼音信而未得之無奈中的自我安慰：書信未到只是因為那傳書的大雁還沒有來。然而這顯然是一種渺茫的期盼，「不道」二句所言則是女子真切的情懷。「無腸斷」，顯露出女子愁思至極而近乎失望的心態，一種柔腸斷盡的激切哀怨。「只道」、「不道」，相反相成，深切揭示出相思怨別中女子的複雜心境，音信杳無致使柔腸盡斷，傷心至極卻又自尋安慰，實則透露出內心深處那種害怕被拋棄的隱隱恐懼，因而對秋風扇那般的敏感。結末二句便是這種情懷的歸結，「湘淚點」見出女子的別愁，「秋風扇」見出女子的憂懼。

詞作所寫為詞體傳統題材，且用他人佳句開篇，自有幾分為文造情的遊戲筆調，但因「卻恨」、「依舊」、「特地」、「只道」、「不道」、「莫」、「怕」等去聲語詞的調度，短短五十八字的令詞在跌宕頓挫的句勢和節奏中體現出情感力度。

蝶戀花

洗盡機心隨法喜❶。看取尊前，秋思如春意。誰與先生寬髮齒❷？醉時惟有歌而已。

歲月何須溪上記❸。千古黃花，自有淵明比❹。高臥石龍呼不起❺，微風不動天如醉❻。

【注　釋】❶洗盡機心隨法喜　意謂去除機巧功利之心，誠悅佛法。機心，機巧功利之心。《莊子・天地》：「吾聞之吾師，有機械者必有機事，有機事者必有機心。機心存於胸中，則純白不備。」法喜，佛教語，謂聞法悟法而喜悅。《維摩詰所說經・佛道品第八》：「法喜以為妻，慈悲以為女。」❷寬髮齒　指寬延髮白齒落之期，即延年益壽。❸歲月何須溪上記　意謂隱居山水間，不必關心世間歲月變遷。稼軒〈山鬼謠〉（問何年此山來此）：「溪上路，算只有、紅塵不到今猶古。」❹千古黃花二句　意謂從來只有陶淵明似的田園隱士堪與菊花相比擬。❺高臥石龍呼不起　此言石龍高臥呼不起，如稼軒〈山鬼謠〉（問何年此山來此）所云：「笑我醉呼君，崔嵬未起。」石龍，指信州永豐（今屬江西上饒廣豐）雨巖石浪，〈山鬼謠〉序云：「雨巖有石，狀怪甚。」詞有云：「門前石浪掀舞。」原注：「石浪，庵外巨石也，長三十餘丈。」又〈蝶戀花・月下醉書雨巖石浪〉：「喚起湘纍歌未了，石龍舞罷松風曉。」❻微風不動天如醉　黃庭堅〈二月丁卯喜雨吳體為北門留守文潞公作〉：「微風不動天如醉，潤物無聲春有功。」

【語　譯】洗盡機巧功利之心，參悟佛法而欣喜。且看眼前秋色如春意。誰助先生延年益壽？暢飲歡醉，歌舞相伴隨。　閒居林泉，人間歲月何必留意。高潔的菊花，從來唯有淵明等隱者堪比。雨巖石浪如巨龍高臥不起，微風拂不動，天色如昏醉。

【研　析】據詞中「高臥石龍」句，本詞當與題賦雨巖之〈山鬼謠〉（問何年此山來此）、〈念奴嬌・賦雨巖〉、〈蝶戀花・月下醉書雨巖石浪〉等大略為同期之作，但具體作年不詳，參照同調同韻之〈蝶戀花〉（何物能令公怒喜），可推斷為淳熙十四年（西元一一八七年）之前數年間所作。

詞作主要抒發超脫塵世功利機巧之後的欣然恬澹心態，從「高臥石龍呼不起」看，當為遊雨巖時有感於石浪超然高臥之態而洞悟人生妙境。起筆即點明其感悟出的人生妙理，下文均順承此理而發。因「洗盡機心隨法喜」，故而能有「秋思如春意」之感，能心無憂慮，歡醉歌舞，延年益壽。

下片引入退隱田園如秋菊般高潔的陶淵明，即「洗盡機心」之人。「歲月」一句自可理解為稼軒自述實境，但下接淵明典故，則謂其暗用桃花源中人「不知有漢，無論魏晉」之事，亦未嘗不可。末尾二句落筆到眼前雨巖石浪，而「高臥石龍」之用語，令人想到在稼軒心中被融為一體的臥龍諸葛、淵明形象，如〈賀新郎〉（把酒長亭說）所云：「看淵明、風流酷似，臥龍諸葛。」雨巖石浪映襯出稼軒的本色性情。

蝶戀花

何物能令公怒喜❶？山要人來❷，人要山無意❸。恰似哀箏絃下齒❹，千情萬意無時已。

自要溪堂韓作記❺。今代機雲❻，好語花難比❼。老眼狂花空處起，銀鉤未見心先醉❽。

【注　釋】❶何物能令公怒喜　謂何物能令我或怒或喜。公，稼軒自稱，如〈賀新郎〉（甚矣吾衰矣）：「問何物、能令公喜。」《世說新語・容止》載東晉王珣、郗超均有奇才，分別任大司馬桓溫主簿和記室參軍。「超為人多鬚，珣狀短小。於時荊州為之語曰：『髯參軍，短主簿，能令公喜，能令公怒。』」❷山要人來　即李德裕〈登崖州城樓〉詩中「青山似欲留人住」之意，亦如稼軒〈沁園春〉（一水西來）所謂「青山意氣崢嶸，似為我歸來嫵媚生」。❸人要山無意　即稼軒〈生查子・獨遊西巖〉所云「青山招不來」之意。❹絃下齒　指箏柱。唐宋時箏有十二絃、十三絃，一絃一柱，斜列如雁行。李商隱〈昨日〉：「二八月輪蟾影破，十三絃柱雁行斜。」❺自要溪堂韓作記　此借唐代曾為馬總所建鄆州溪堂賦詩的韓愈指韓元吉。稼軒〈水龍吟〉（渡江天馬南來）稱元吉「文章山斗」，黃昇《花庵詞選》續集卷三稱其「政事、文學為一代冠冕」。❻機雲　西晉陸機、陸雲兄弟，以才華名世，《晉書》本傳稱機「天才秀逸，辭藻宏麗。……（雲）少與兄機齊名，雖文章不及機，而持論過之。號曰二陸」。此借指韓元吉及其從兄元龍，二人均登甲科，以文學名世。❼好語花難比　用李白夢筆生花典故。《開元天寶遺事》載李白曾夢筆生花，後才思俊逸，與人談論，如春葩麗藻，時號「李白粲花之論」。❽老眼狂花空處起二句　意謂人老眼花，未睹真蹟而已恍惚見其幻像，心為之陶醉。銀鉤，喻書法之美。《晉書・索靖傳》引靖〈草書狀〉云：「蓋草書之為狀也，婉若銀鉤，漂若驚鸞。」

【語　譯】何事能令我或怒或喜？青山約我來相伴，我邀青山山無意。正如秦箏絃下柱，任他絃上情意萬千無窮已。　亭樓依山傍水，須請韓公為之作記。韓氏兄弟乃當代陸機、陸雲，文采精妙，群花難比。我老眼昏花空幻字影，未見真蹟，心已陶醉。

【研　析】鄧廣銘《稼軒詞編年箋注》據詞意疑為「帶湖居第落成之後，賦此向南澗求作記文者」，繫於淳熙九年（西元一一八二年）。此說似不妥。按本詞與〈蝶戀花〉（洗盡機心隨法喜）同調同韻，亦當與題詠雨巖諸作大略同時，非帶湖居第落成之初。又現存〈稼軒記〉乃洪邁所作，本詞向韓元吉求作記文之「溪堂」，當為帶湖閒居間別建之亭堂。詞大致作於淳熙十四年（西元一一八七年）韓元吉去世之前數年間。

求人作堂記，則何以建此堂，當有所說明。詞作上片所言即為此意：人愛青山之美，但無法攜青山隨意來往，只能傍山建堂。詞中以「哀箏絃下齒」喻山，乍讀難以認同「恰似」二字，但細品則可悟其妙。青山令人或喜或怒，又對人之喜怒全不在意，此與箏柱支撐箏絃彈奏出千情萬意之樂又淡然不為所動，可謂神情契合。同時，群峰綿延，雲霧流走，氣象萬千，亦與彈奏中的箏絃箏柱形神兼似。

下片轉入求人作記意圖，句句皆是稱譽之詞，卻無俗調之嫌。引韓愈、陸機、陸雲為喻，筆調委曲，且擬比得當。結末「老眼」二句別出想像語，讚美中有懇切期待之意，對方則難以拒絕。

蝶戀花

送祐之❶弟

衰草斜陽三萬頃❷。不算❸飄零，天外孤鴻影❹。幾許淒涼須痛飲，行人自向江頭醒❺。

會少離多❻看兩鬢。萬縷千絲，何況新來病。不是離愁難整頓❼，被他引惹其他恨。

【注　釋】❶祐之　辛助，字祐之。稼軒族弟。❷三萬頃　泛言廣闊無際。頃，百畝。❸不算　不停息。❹天外孤鴻影　言孤鴻高飛天外。蘇軾〈卜算子〉（缺月挂疏桐）：「誰見幽人獨往來，縹緲孤鴻影。」❺行人自向江頭醒　言行人離去，酒醒時將獨對江岸。意趣有似柳永〈雨霖鈴〉之「今宵酒醒何處？楊柳岸，曉風殘月」。❻會少離多　李白〈長干行〉：「去來悲如何，會少別離多。」❼整頓　整治。此指排遣。原作「頓整」，茲從四卷本。

【語　譯】斜陽衰草茫茫無邊。漂泊不息猶如天外孤雁。無限淒涼，把杯痛飲，離人酒醒時分將獨對江岸。聚少離多，兩鬢斑斑。相思之愁千絲萬縷，何況近來疾病糾纏。不是離愁難以消解，難耐離愁生發種種幽怨。

【研　析】這首詞見於四卷本甲集，知作於淳熙十五年（西元一一八八年）正月結集之前，但具體作年不詳。詞作起筆融情入景，為送別塗抹出無邊無際的感傷孤淒色調。衰草連天，夕陽斜照，孤獨的鴻影在雲邈迷茫間飄忽。別離中人，觸景生情，不免想到人生天地間的漂泊情形，有似衰草斜陽映襯下的天外孤鴻，生命彷彿就在無休止的飄零中衰歇消逝，其中的淒涼情味何以化解？「幾許淒涼須痛飲」！然而醉飲只能暫解淒涼，待到江頭酒醒時，行人更覺淒涼，則送行之人亦更加思念！

上片言臨別場景及別宴餞行，下片感慨身世。過片上承別離，「會少離多」，故愁白兩鬢。愁中又添新病，其愁苦何以堪！然而詞筆在此一跌，謂「不是離愁難整頓」，即言離別之愁、病體之苦都不難消解，而真正無法消解的是離愁「引惹其他恨」。此所謂「其他恨」，詞中未有明示，恐怕主要是指抗金壯志難成、家國之仇難報而鬱積的人生幽憤。

全詞情調頗為沉鬱傷感，對性情豪爽且識略高遠的稼軒而言，憂傷並非來自離情別緒，而是別有其恨，末二句堪稱曲終點旨。

蝶戀花

月下醉書雨巖石浪❶

九畹芳菲蘭佩好❷。空谷無人❸，自怨蛾眉巧❹。寶瑟泠泠千古調，朱絲弦斷知音少❺。

冉冉年華吾自老❻。水滿汀洲❼，何處尋芳草❽？喚起湘纍❾歌未了，石龍❿舞罷松風曉。

【注　釋】❶雨巖石浪　雨巖，在信州永豐縣（今江西廣豐）博山限。石浪，稼軒題詠雨巖之詞〈山鬼謠〉（問何年此山來此）自注：「石浪，庵外巨石也，長三十餘丈。」❷九畹芳菲蘭佩好　指佩飾芳香蘭草。九畹，泛指大片田地。古時以十二畝為一畹。此句化用屈原〈離騷〉詩句：「余既滋蘭之九畹兮」、「紉秋蘭以為佩」。❸空谷無人　此用杜甫〈佳人〉詩意：「絕代有佳人，幽居在空谷。」❹自怨蛾眉巧　自怨美貌。屈原〈離騷〉：「眾女嫉余之蛾眉兮，謠諑謂余以善淫。」❺寶瑟泠泠千古調二句　意謂瑟調清越高古，知音恨少。泠泠，象聲詞，形容聲音清脆。此意類岳飛〈小重山〉（昨夜寒蛩不住鳴）：「欲將心事付瑤箏，知音少，弦斷有誰聽。」❻冉冉年華吾自老　自言漸入老境。冉冉，漸漸。此用屈原〈離騷〉詩句「老冉冉其將至兮」。❼汀洲　水中小洲。❽何處尋芳草　此句反用屈原〈離騷〉詩句「何所獨無芳草兮」。❾湘纍　指屈原。《漢書・揚雄傳》錄揚雄〈反離騷〉：「欽弔楚之湘纍。」李奇注：「諸不以罪死曰纍。屈原赴湘死，故曰湘纍也。」❿石龍　指石浪。

【語　譯】芬芳幽潔的蘭草，佩飾在身那般美好。空谷寂靜無人，佳人自怨姣美容貌。寶瑟曲調清越高古，絲絃盡斷，知音恨少。

年華流逝，我自漸老。春水漫漲沙洲，何處尋覓芳草？喚起含冤自沉湘水的屈大夫，同聲浩歌，情懷未了，石龍舞罷，天色已曉，松林在晨風中低嘯。

【研　析】詞作言及博山雨巖，又見於四卷本甲集，知作於淳熙十五年（西元一一八八年）正月結集之前閒居帶湖期間，但具體作年難以確考。

詞題「月下醉書雨巖石浪」，但只有末句點到「石浪」，其餘筆墨全為月下抒懷。上片借空谷佳人形象，寄託孤芳自賞、幽豔自哀、曲高和寡之情。幽寂的山谷中，一位絕色佳人，身佩芳蘭，懷抱寶瑟，自哀自怨地彈奏千古高調，曲高絃斷，餘音回蕩，無人知賞。此情此境，蘊含多少難以言表的幽懷深怨！

下片歎老嗟生，仍承「知音少」而感慨。哀怨漸至激憤，便有呼喚千古知音屈原高歌唱和之想。放歌未盡，石浪舞罷，松風中天色漸曉。走出月夜，一段幽深的心靈獨白在曉風中結束。

詞作融合屈原〈離騷〉的芳草美人和杜甫筆下的空谷佳人（〈佳人〉），精妙地創造出寄情寓懷之境，其情孤高幽怨，其境芳豔幽潔，相得益彰。

蝶戀花

戊申元日立春席間作❶

誰向椒盤簪彩勝❷？整整❸韶華，爭上春風鬢。往日不堪重記省，為花長把新春恨。

春未來時先借問。晚恨開遲，早又飄零近。今歲花期消息定，只愁風雨無憑準❹。

【注釋】❶戊申元日句　戊申，宋孝宗淳熙十五年（西元一一八八年）。元日，陰曆正月初一。立春，節氣名，陽曆二月三日或四日或五日。❷誰向椒盤簪彩勝　椒盤，盛椒之盤。古時正月初一以盤進椒，飲酒時取椒入酒。彩勝，即幡勝，唐宋風俗，立春日剪綵為春幡，簪戴懸飾，以示迎春。❸整整　齊整的樣子。稼軒〈上西平〉（九衢中）：「才整整，又斜斜。」❹無憑準　無法料定。

【語譯】席間頭簪五彩春幡的都是誰？排列齊整的青春少女，競把幡勝插上春風吹拂的髮鬢。逝去的光景不堪重溫，花開花謝教人恨新春。　春未到時，探詢春天何時來臨。春天晚到，怨恨花兒開得太遲，春天早來，又怕花兒很快落紛紛。今年花期已經確定，只擔憂風雨沒定準。

【研　析】這首詞作於淳熙十五年（西元一一八八年）。稼軒時年四十九，閒居帶湖。

起筆三句與詞題所云「元日立春席間」相切合。「往日」二句情調突轉，由今日之歡慶跌入往日之怨恨。靜心品味，這一突變乃因今日之「立春」想到春天的花開花謝所致。自然，這種心態暗示出稼軒的某種人生體驗。

下片「春未來時」三句承上片結句，娓娓道出為花恨春之情，筆致細膩婉曲。結尾二句筆觸回到今日情形。立春了，故云「花期消息定」，堪喜！然而風雨難料，花紅能幾日，堪憂！

元日立春，本是令人喜慶的時節，而在稼軒心中卻引發出或喜或憂、憂過於喜的情感心緒，當與其人生感觸有關。鄧廣銘《稼軒詞編年箋注》謂淳熙十四年二月至十五年五月間，「王淮擬除稼軒一帥之議見沮於周必大，遂以稼軒主管宮祠，以備緩急之用。稼軒罷歸六七年之後始得奉祠，故不能不深致歎息」。此說當有助於對本詞的深切解讀。

踏莎行　賦稼軒，集經句❶

進退存亡❷，行藏用舍❸。小人請學樊須稼❹。衡門之下可棲遲❺，日之夕矣羊牛下❻。

去衛靈公❼，遭桓司馬❽。東西南北之人也❾。長沮桀溺耦而耕❿，丘何為是栖栖者⓫。

【詞　牌】踏莎行

又名〈喜朝天〉、〈柳長春〉、〈踏雪行〉等。賀鑄寓聲詞名〈惜餘春〉、〈題醉袖〉、〈陽羨歌〉、〈芳心苦〉、〈平陽興〉、〈暈眉山〉、〈思牛女〉等。此調正體雙調五十八字，上、下片各五句三仄韻。稼軒此詞為正體。

【注　釋】❶賦稼軒二句　稼軒，辛棄疾上饒帶湖居所。洪邁〈稼軒記〉稱其「意他日釋位而歸，必躬耕於是，故憑高作屋下臨之，是為稼軒」。《宋史》本傳載其「嘗謂：『人生在勤，當以力田為先。北方之人，養生之具不求於人，是以無甚富甚貧之家。南方多末作以病農，而兼併之患興，貧富斯不侔矣。』故以『稼』名軒。」經句，儒家經籍語句。❷進退存亡　為官和引退。此用《易・乾・文言》語：「知進退存亡而不失其正者，其惟聖人乎。」❸行藏用舍　被任用則前往，被捨棄則隱居。此用《論語・述而》孔子語：「用之則行，舍之則藏，唯我與爾有是夫。」❹小人請學樊須稼　意謂我願像樊須一樣學習種地。此用《論語・子路》所載樊須學稼事：樊須（字子遲）向孔子「請學稼」。孔子不以為然。樊須走後，孔子說：「小人哉，樊須也！」❺衡門之下可棲遲　意謂安心居住簡陋屋舍。此用《詩・陳風・衡門》詩句：「衡門之下，可以棲遲。」衡門，橫木門。棲遲，棲息。❻日之夕矣羊牛下　日近黃昏，羊牛下山歸來。此用《詩・王風・君子于役》詩句：「日之夕矣，羊牛下來。」❼去衛靈公　離開衛靈公。衛靈公，春秋時衛國君王。《論語・衛靈公》載衛靈公問孔子戰陣之事，「（孔子）對曰：『俎豆之事則嘗聞之矣，軍旅之事未之學也。』明日遂行」。❽遭桓司馬　指遭到宋國司馬桓魋的追殺。《孟子・萬章上》載：「孔子不悅于魯、衛，遭宋桓司馬，將要而殺之。微服而過宋。是時孔子當阨。」司馬，春秋時諸侯國的軍事長官。❾東西南北之人也　四方漂泊之人。此用《禮記・檀弓上》所載孔子語：「今丘也，東西南北之人也。」❿長沮桀溺耦而耕　此用《論語・微子》語。長沮桀溺，均為春秋時隱士。耦而耕，兩人並耕。⓫丘何為是栖栖者　孔丘為何如此奔忙不定。栖栖，奔忙而不能安居。此用《論語・憲問》語：「微生畝謂孔子曰：『丘何為是栖栖者與？無乃為佞乎？』孔子答曰：『非敢為佞也，疾固也。』」

【語　譯】為官和退隱，都有恰當的時機，被任用就去赴職，被捨棄就去隱居。像小人樊須那樣學習種地。柴門茅舍足以安居，夕陽西下，牛羊來歸。

剛離開衛靈公，又遭到桓司馬的追殺。這就是自稱「東西南北之人」的孔子。長沮、桀溺並肩耕種，孔丘為何那般奔忙不息。

【研析】這首詞大概作於淳熙八年（西元一一八一年）冬帶湖新居落成之初。稼軒時年四十二，自江西安撫使罷歸帶湖。

洪邁〈稼軒記〉謂辛氏經營帶湖新居，「意他日釋位而歸，必躬耕於是，故憑高作屋下臨之，是為『稼軒』」，可見以「稼」名軒，寓意即釋位歸耕，與仕進濟世相對，代表士人兩種基本的人生情狀。詞作即由此起筆，借儒家經句表達出對仕宦進退的超然灑落態度，因而釋位躬耕，自得其趣，「小人」三句勾勒出一幅田園牧歌式的隱居退耕圖景，同時也落實「稼」字。

自謂「用之則行，舍之則藏」的孔子曾為推行其道而遊走列國，自稱「東西南北之人」，為此遭到隱者微生畝、長沮、桀溺等人的置疑。詞作下片即以東西南北奔波勞頓的孔子與耦而耕的長沮、桀溺形成對比，又借隱者微生畝之語表達出稼軒對田園歸隱的傾向，也歸結到「稼」字。

詞作雖集經句而成，但擇取精當，意脈貫通，尤其是「衡門之下」二句、「長沮桀溺耦而耕」與「去衛靈公，遭桓司馬」形成鮮明對比，且具有畫面感，形象而生動地展示出稼軒以「稼」名軒所寄託的人生志趣。

踏莎行

庚戌中秋後二夕帶湖篆岡小酌❶

夜月樓臺，秋香❷院宇，笑吟吟地人來去。是誰秋到便淒涼？當年宋玉悲❸如許。

隨分杯盤，等閑歌舞❹。問他有甚堪悲處？思量卻也有悲時，重陽節近多風雨❺。

【注釋】❶庚戌中秋句 庚戌，指宋光宗紹熙元年（西元一一九〇年）。篆岡，當在帶湖附近，洪邁〈稼軒記〉有云：「東岡西阜，北墅南麓。」❷秋香 秋桂芳香。李賀〈金銅仙人辭漢歌〉：「畫欄桂樹懸秋香。」❸宋玉悲 指宋玉悲秋。宋玉

〈九辯〉云：「悲哉秋之為氣也，蕭瑟兮草木搖落而變衰。」❹隨分杯盤二句 言隨意宴賞歌舞。❺重陽節近多風雨 釋惠洪《冷齋夜話》卷四載潘大臨秋日閒臥，「聞攪林風雨聲，欣然起，題其壁曰：『滿城風雨近重陽。』」

【語 譯】夜晚明月映照樓臺，秋桂芳香瀰漫院宇，笑吟吟來來去去。是誰在秋天到來時便感到淒涼？當年宋玉臨秋是如此地感傷。 隨意舉杯暢飲，任情歌舞。試問有何值得悲傷之處？細細想來倒也有傷悲之時，重陽節臨近，越來越多的風風雨雨。

【研 析】這首詞寫於宋光宗紹熙元年（西元一一九〇年）。稼軒時年五十一，閒居帶湖。

詞從秋夜美好的月色、芬芳的桂香入筆，寫山居情懷的清新愜意。此為墊筆，接下一問句陡轉，以宋玉悲秋結上片。然而，宋玉悲秋，實質上是悲「坎廩兮貧士失職而志不平」，其中隱含稼軒內心深處的悲慨。過片寫「小酌」，「隨分」、「等閑」點出隨意任性情態，接下同樣用一問句陡轉，結以「重陽節近多風雨」，其間暗示出時代氣息。

詞作情調跌宕，流露出稼軒帶湖閒居近十年來的真實情懷，貌似閒適實則幽憤。

踏莎行

和趙國興知錄韻❶

吾道悠悠❷，憂心悄悄❸。最無聊處秋光到。西風林外有啼鴉，斜陽山下多衰草。

長憶商山，當年四老。塵埃也走咸陽道❹。為誰書到便幡然？至今此意無人曉❺。

【注 釋】❶和趙國興知錄韻 趙國興，不詳。據同時上饒陳文蔚〈用趙國興梅韻自賦〉云：「西郊有客枕溪居，特為孤芳小結廬。」知趙氏家居上饒西郊。知錄，官名，即知錄事參軍，州府屬官，掌文書、糾察等。❷吾道悠悠 杜甫〈發秦州〉：

「大哉乾坤內，吾道長悠悠。」❸憂心悄悄 《詩·邶風·柏舟》：「憂心悄悄，慍于羣小。」悄悄，憂慮的樣子。❹長憶商山三句 《史記·留侯世家》載秦末東園公、甪里先生、綺里季、夏黃公四人，避秦亂，隱商山。漢高祖召求，不應。後高祖欲易太子，呂后用留侯計，使人持太子書往商山迎東園公等。四人應召入朝輔佐太子。高祖遂輟易太子之念，曰：「我欲易之，彼四人輔之，羽翼已成，難動矣。」❺為誰書到便幡然二句 意謂商山四老幡然改變初衷，入朝輔佐太子，其意圖至今無人知曉。《殷芸小說》載張良與商山四皓書有云：「想望翻然，不猜其意。」幡然，劇變的樣子。幡，同「翻」。

【語 譯】路途漫漫，心懷憂愁。最無奈是那秋光的來到。林外寒鴉哀啼，林間秋風拂掃，斜陽映山，遍地衰草。 常常想起當年商山四老，也曾行走在塵埃飛揚的咸陽道。為何太子書信一到便幡然改變初衷？四老意圖至今無人知曉。

【研 析】這首詞具體作年不詳。據詞意，當為閒居時所作，又云「憂心悄悄」，或與慶元黨禁之朝局有關，鄧廣銘《稼軒詞編年箋注》繫於慶元中所作，大體可信。

詞為和作，情感內容為秋日感懷。起筆沉重，或與趙氏原詞有關。心懷惆悵茫然，置身於秋風落葉、啼鴉哀飛、斜陽漫山、衰草連天之境，其志士悲秋之情溢於言表，此即所謂「最無聊」也。

憂心忡忡，慨歎「吾道悠悠」，蓋因壯志難酬。知難而退，隱居林泉，不失為窮則獨善其身。稼軒由此想到商山四老，但筆觸卻落在其出山輔佐漢高祖太子之舉。四老此舉，後世有不以為然者，如張志和〈漁父〉稱其「出為儲皇定是非」為「多事」。元稹〈四皓廟〉謂其出處前後「不倫」：「不得為濟世，宜哉為隱淪。如何一朝起，屈作儲貳賓？安存孝惠帝，摧頹戚夫人？捨大以謀細，虬盤而蠖伸。」但也有讚賞者，如李白〈商山四皓〉稱其「一行佐明聖，倏起生羽翼。功成身不居，舒卷在胸臆」。白居易〈答四皓廟〉讚其「閭定天下本，遂安劉氏危」。或非議，或讚賞，均屬是非之論。稼軒則著眼於四老此舉之用意。其實，此意只有四老自知，自然「至今無人曉」。稼軒的疑問，透露出其罷職閒居期間，心存恢復大志而報國無門的憂憤悵惘，其中也不無對人生進退出處的困惑之情。此與起筆「憂心悄悄」相呼應，大概與慶元間韓侂冑打壓趙汝愚、朱熹等所形成的嚴峻政治氣氛有關。

醉翁操

頃予從廓之❶求觀家譜，見其冠冕蟬聯❷，世載勳德。廓之甚文而好修，意其昌未艾也。今天子即位，覃慶中外，命國朝勳臣子孫之無見任者官之❸。先是，朝廷屢詔甄錄元祐黨籍家❹。合是二者，廓之應仕矣。將告諸朝❺，行有日，請予作詩以贈。屬予避謗，持此戒甚力，不得如廓之請❻。又念廓之與予遊八年，日從事詩酒間，意相得歡甚，於其別也，何獨能恝然❼？顧廓之長於楚詞❽而妙於琴，輒擬〈醉翁操〉❾為之詞以敘別。異時廓之綰組❿東歸，僕當為買羊沽酒⓫，廓之為鼓一再行⓬，以為山中盛事云。

長松，之風⓭。如公，肯余從，山中。人心與吾兮誰同⓮？湛湛千里之江，上有楓⓯。噫送子于東。望君之門兮九重⓰。女無悅己，誰適為容⓱？不龜手藥，或一朝兮取封⓲。昔與游兮皆童⓳，我獨窮兮今翁。一魚兮一龍⓴，勞心兮忡忡㉑。噫命與時逢。子取之食兮萬鍾㉒。

【詞牌】醉翁操

琴曲。填詞始於蘇軾，其〈醉翁操〉引曰：「瑯邪幽谷，山川奇麗，泉鳴空澗，若中音會。醉翁（歐陽脩）喜之，把酒臨聽，輒欣然忘歸。既去十餘年，好奇之士沈遵聞之，往遊，以琴寫其聲，曰〈醉翁操〉。節奏疎宕而音指華暢，知琴者以為絕倫。然有其聲而無其辭。翁雖為作歌，而與琴聲不合，又依楚詞作〈醉翁引〉。好事者亦倚其詞以製曲，雖粗合均度，而琴聲為詞所繩約，非天成也。後三十餘年，翁既捐館舍，而遵亦沒久矣。有廬山玉澗道人崔閑特妙於琴，恨此曲之無詞，乃譜其聲而請於東坡居士以補之云。」此調僅一體，雙調九十一字，上片十句十平韻，下片十句八平韻。

【注釋】❶予從廓之　原作「余從范先之」，「廓之」作「先之」，乃避宋寧宗趙擴名諱而改，茲從四卷本。廓之，指范廓之，名開。稼軒弟子。元祐黨人范祖禹之後。❷冠冕蟬聯　官宦世家。❸今天子即位三句　原作「時覃慶勳臣子孫無見任者命官之」，茲從四卷本。天子即位，指宋光宗趙暴即位。覃慶，隆重慶賀。❹朝廷屢詔句　原無「朝廷」二字，茲從四卷本。

元祐黨籍，宋徽宗崇寧初，權相蔡京將元祐、元符黨人及反對紹述者司馬光、文彥博、蘇軾等三百零九人列為「元祐黨籍」，手書刻石。❺告諸朝　意謂將家世上報朝廷。❻如廓之請　原作「如先之請」，茲從四卷本。❼恝然　漠不關心。❽楚詞　指騷體辭賦。❾醉翁操　琴曲。蘇軾〈醉翁操〉引曰：「瑯邪幽谷，山川奇麗，泉鳴空澗，若中音會。醉翁喜之，把酒臨聽，輒欣然忘歸。既去十餘年，好奇之士沈遵聞之，往遊，以琴寫其聲，曰〈醉翁操〉。節奏疎宕而音指華暢，知琴者以為絕倫。」醉翁，指歐陽脩。❿綰組　佩掛官印。⓫買羊沽酒　韓愈〈寄盧仝〉：「買羊沽酒謝不敏，偶逢明月曜桃李。」⓬為鼓一再行　為彈一兩曲。《史記・司馬相如列傳》載相如應邀赴臨邛令之宴，坐客酒酣。「臨邛令前奏琴曰：『竊聞長卿好之，願以自娛。』相如辭謝，為鼓一再行。」司馬貞索隱：「案古樂府〈長歌行〉、〈短歌行〉，皆曲引也。此言『鼓一再行』，謂一兩曲。」⓭長松二句　松下清風。《世說新語・言語》載劉惔稱王徽（小字荊產）云：「人想王荊產佳，此想長松下當有清風耳。」⓮人心與吾兮誰同　《楚辭・九章・抽思》：「何靈魂之信直兮，人之心不與吾心同。」⓯湛湛千里之江二句　意謂浩渺千里江面，楓樹倒映。此用《楚辭・招魂》語：「湛湛江水兮上有楓，目極千里兮傷春心。」湛湛，水勢浩渺的樣子。⓰望君之門兮九重　意謂范廓之將入朝。《楚辭・九辯》：「豈不鬱陶而思君兮，君之門以九重。」⓱女無悅己二句　意謂女子沒有喜愛自己的人，為誰妝飾容顏。適，專一。《詩・衛風・伯兮》：「自伯之東，首如飛蓬。豈無膏沐，誰適為容？」《戰國策・趙策一》載豫讓語：「士為知己者死，女為悅己者容。」⓲不龜手藥二句　意謂懷才而機遇契合，則可成就功名。《莊子・逍遙遊》：「宋人有善為不龜手之藥者，世世以洴澼絖為事。……客得之，以說吳王。越有難，吳王使之將。冬與越人水戰，大敗越人，裂地而封之。能不龜手一也，或以封，或不免於洴澼絖，則所用之異也。」龜，通「皸」。皮膚凍裂。取封，獲得封地。⓳童　容顏紅潤。⓴一魚兮一龍　龍飛魚潛。㉑勞心兮忡忡　憂心忡忡。《詩・檜風・羔裘》：「豈不爾思，勞心忉忉。」勞心，憂心。《詩・召南・草蟲》：「未見君子，憂心忡忡。」忡忡，憂愁的樣子。㉒萬鍾　指優厚的俸祿。鍾，古量詞。沈作喆《寓簡》卷四：「位卿相，祿萬鍾。」

【語　譯】我剛從廓之處看過其家譜，發現其為官宦世家，代享功德。廓之文才甚高，又重修身養德，料其家世昌盛未休也。而今天子即位，朝野隆慶，詔令授予本朝功臣子孫無官者以官職。此前，朝廷多次下詔，甄別錄用元祐黨人後裔。據此二詔，廓之應當出仕。廓之將要入朝上報家世，不日啟程，請我作詩相贈。新近我為避免誣謗，堅守戒律不寫詩，不能滿足廓之的請求。又念廓之從我遊學八年，每日詩酒相酬，甚是歡洽相得。在他別離之際，我怎能漠然不在意！想到廓之擅長楚詞，又琴藝精妙，便依〈醉翁操〉賦詞敘別。他日廓之身佩官印自東而歸，我當買肉備酒，請廓之彈奏一兩曲，堪為山中盛事。

高高的松樹下清風吹拂。猶如你甘願從我棲息山中。世間誰能和我心同？千里江水浩浩東流，江邊楓樹相伴相送。送別啊，為你東遊送行，仰望那君王之門重重高聳。

女子沒有喜愛自己的人，她為誰梳妝美容？防治肌膚凍裂的妙藥，有人能用來一朝獲取賞封。昔日同遊故友容光煥發，唯有我獨守困窮成衰翁。一似沉潛之魚，一如騰飛之龍，令我憂心忡忡。可喜你命與時運遇合，即將獲取俸祿萬鍾。

【研　析】這首詞作於淳熙十六年（西元一一八九年）。稼軒時年五十，閒居帶湖。

是年二月，宋光宗即位，本朝勳臣子孫及元祐黨人後裔未仕者，詔命授官。范開為北宋重臣范鎮、元祐黨人范祖禹之後嗣，聞詔遂赴京謀官。稼軒賦詞贈別，一則抒寫師生別離之情，再則祝願弟子仕宦順達。

上片言別情。從學八年的弟子將要告別，稼軒不禁回想起數年來閒居山中，師生相知相得，猶如長松之下清風拂蕩。此喻令人感受到其師生情誼之真誠自然，清雅脫俗。分別之際，稼軒深感同心知音之難得，不由感歎：「人心與吾兮誰同？」「湛湛」句以下，詞筆落到送別。千里江流，楓樹相伴，悠悠別情融於其中。「送子」二句落實到范開入朝求官。「女無悅己」二句，寓託別後寂寥之情。此外，這四句又彷彿暗示出稼軒胸懷報國才志而不為君王所用的幽怨之情。

下片由范開出仕而生發身世感慨。「不龜手藥」以下六句均為稼軒反思慨歎自身命途困窮，其原因在懷才不遇。與時遇合，則可用「不龜手藥」獲取封地，可以騰身如龍；不遇，則途窮潦倒，沉潛如魚。稼軒自歎之餘，則為弟子「命與時逢」而欣喜。結句勉勵，也是祝願范開仕途騰達。從章法看，下片前六句則為結末二句之鋪墊，襯托出范開出仕恰逢其時，即序中所謂「合是二者，廓之應仕矣」，且其家世「冠冕蟬聯，世載勳德」，自身「甚文而好修」，則萬鍾之祿亦在情理之中，而非純屬客套虛譽。

聲聲慢

滁州旅次登奠枕樓作，和李清宇韻❶

征埃成陣❷，行客相逢，都道幻出層樓。指點簷牙❸高處，浪湧雲浮。今年太平萬里，罷長淮❹、千騎臨秋。憑欄望，有東南佳氣❺，西北神州❻。

千古懷嵩人❼去，應笑我、身在楚尾吳頭❽。看取弓刀陌上，車馬如流❾。從今賞心樂事，剩安排、酒令詩籌❿。華胥夢，願年年人似舊遊⓫。

【詞牌】 **聲聲慢**

又名〈勝勝慢〉、〈人在樓上〉。此調有平韻、仄韻兩體。平韻正體雙調九十九字，上片九句四平韻，下片八句四平韻。仄韻正體雙調九十七字，上片十句四仄韻，下片八句四仄韻。稼軒此詞雙調九十七字，上片十句四平韻，下片八句四平韻。

【注釋】 ❶滁州旅次二句　滁州，治所在今安徽滁州。旅次，客居。奠枕樓，乾道八年（西元一一七二年）稼軒知滁州時所建。李清宇，延安（今屬陝西）人。稼軒知滁州時新結交的友人。周孚《蠹齋鉛刀編》卷二十四〈送李清宇序〉：「延安李君清宇，予始識之於滁。與之語，歡甚。視其所去取與所趨避，鮮有不與吾同者。」❷征埃成陣　來往行人揚起塵土陣陣。❸簷牙　屋簷上飛翹的牙角。❹罷長淮　謂撤除淮河一帶戰事防禦。崔敦禮〈代嚴子文滁州奠枕樓記〉云：「乾道元年，疆陲罷兵，烽火撤警，邊民父子收卷戈甲，歸服田壟。天子軫念兩淮，休養涵育，俾各安宇。」❺東南佳氣　東南帝王氣象。此指南宋都城臨安（今杭州）。❻西北神州　指西北中原地帶。❼懷嵩人　指唐代李德裕。據《輿地紀勝》卷四十〈滁州景物〉載，滁州北樓，又名懷嵩樓，為唐代滁州刺史李德裕所建，「取懷歸嵩洛之意」。❽楚尾吳頭　滁州在春秋戰國時地處吳、楚兩國交界處。❾看取弓刀陌上二句　言路上兵卒巡邏，車水馬龍。弓刀，代指兵卒。《宋史》本傳載稼軒知滁州時，「寬征薄賦，招流散，教民兵，議屯田」。⑩從今賞心樂事二句　從今以後，心情愉悅，諸事如意，可盡情詩酒宴樂。賞心樂事，謝靈運〈擬魏太子鄴中集詩序〉：「天下良辰、美景、賞心、樂事，四者難並。」酒令詩籌，酒席上的行令賦詩遊戲，即席者依籌令要求吟詩或賦詩，違者受罰。⑪華胥夢二句　祝願滁州百姓年年如在華胥國裡神遊，自得自樂。華胥夢，《列子・黃帝》載黃帝夢遊華胥國，「其國無師長，自然而已。其民無嗜欲，自然而已」。

【語　譯】塵埃飛揚的大道上，往來行人相逢，都在談論神奇出現的奠枕樓。指點讚歎那簷角飛翹，雲濤洶湧，環繞四周。今年天下太平安康，秋來撤除淮河防禦工事。憑欄眺望，東南一派帝王氣象，西北是千里中原大地。

心懷嵩山洛水的千古高人早已歸去，還得笑我滯留在楚尾吳頭。看兵卒在路上巡邏，車馬來往如流。從今以後遇有賞心樂事，儘可設宴遊樂，詩酒歡賞。願年年人似華胥神遊，物阜民康。

【研　析】這首詞作於乾道八年（西元一一七二年）。稼軒時年三十三，知滁州。

奠枕樓為稼軒知滁州時所建。據周孚〈滁州奠枕樓記〉，「時滁人方苦於饑，商旅不行，市物翔貴，民之居茅竹相比，每大風作，惴惴然不自安」。稼軒到任後，寬減賦稅，貸錢助民造房安居，時逢夏麥豐熟，流民還歸，商旅聚集，因而「創客邸於其市，以待四方之以事至者。既成，又於其上作奠枕樓，使民以歲時登臨之」。至於命名之用意，稼軒有云：「吾之名是樓，非以侈遊觀也，以志夫滁人至是始有息肩之喜，而吾亦得以偷須臾之安也。」可見奠枕樓乃是稼軒治理滁州的政績標誌。詞作所寫乃其登上奠枕樓的所見所感。

上片從登樓所見落筆，而由行客口中道出奠枕樓之壯觀氣勢，「都道幻出」、「指點」等用語生動展現出行客的驚奇和讚譽之情，同樣，稼軒的欣喜之情也在不言之中。「今年」兩句言時局太平、戰事停息，與上文「征埃成陣，行客相逢」及下文「東南佳氣」，意脈貫通。然而，「西北神州」一語則隱含恢復之志，在意脈上與「太平萬里」頗不協調，但深層一想，這也是志圖恢復的稼軒登樓遙望中無法避免的內心感慨。稼軒知滁州，勤敏治政，使民安居樂業，但其平生志向並不在此，而是抗金復國。

上片提及「西北神州」便戛然而止，過片轉入懷古，與古人神交，但其措辭設句則頗有寓意。「懷嵩」與

「西北神州」意脈相通；稱古人「應笑我、身在楚尾吳頭。看取弓刀陌上，車馬如流」，實為對自身處境的自嘲、不滿和無奈。「從今」句以下關合「奠枕樓」命名之意，字面上也應合上片「太平萬里」。

稼軒此前數年間屢次奏論固守淮河之策有關，其《美芹十論》之第五論即「守淮」，不久又有〈論阻江為險須藉兩淮疏〉、〈議練民兵守淮疏〉，對守淮的具體措施作了詳細論述。本詞云「罷長淮、千騎臨秋」，又遙望「西北神州」，謂「懷嵩人」「應笑我」，實則寄寓對恢復大業的深切憂慮。

聲聲慢

檃括淵明〈停雲〉詩❶

停雲靄靄，八表同昏，盡日時雨濛濛❷。搔首良朋，門前平陸成江❸。春醪湛湛獨撫，恨彌襟、閑飲東窗❹。空延佇，恨舟車南北，欲往何從❺？歎息東園佳樹，列初榮枝葉，再競春風❻。日月于征，安得促席從容❼！翩翩何處飛鳥，息庭柯、好語和同❽。當年事，問幾人親友似翁❾。

【注釋】❶檃括淵明停雲詩　意謂把陶淵明〈停雲〉詩作改寫成詞。❷停雲靄靄三句　陶淵明〈停雲〉云「靄靄停雲，濛濛時雨。八表同昏，平路伊阻」。停雲靄靄，烏雲密布，靜止不動。八表，八方之外，指極遠處。時雨，應時之雨。❸搔首良朋二句　謂思念好朋友而心神不安，門前積水成河。陶淵明〈停雲〉云「良朋悠邈，搔首延佇」、「平陸成江」。❹春醪湛湛獨撫二句　陶淵明〈停雲〉序云「罇酒新湛」、「歎息彌襟」，詩云「靜寄東軒，春醪獨撫」、「閒飲東窗」。春醪，春酒，冬釀春熟。湛湛，清澄的樣子。彌襟，盈懷。❺空延佇三句　陶淵明〈停雲〉云「搔首延佇」、「舟車靡從」。延佇，久立。❻歎息東園佳樹三句　概歎東園樹木日漸繁茂，搖蕩春風。陶淵明〈停雲〉序云「園列初榮」，詩云：「東園之樹，枝條再榮。競用新好，以招余情。」❼日月于征二句　意謂日月流逝，如何才得相聚歡談。陶淵明〈停雲〉云「日月于征。安得促席，說彼平生」。促席，坐席靠近，意猶促膝。❽翩翩何處飛鳥二句　謂何處翩翩飛來的春鳥，在庭院枝頭呢喃對語。陶淵明〈停雲〉云：「翩翩飛鳥，息我庭柯。斂翮閒止，好聲相和。」翩翩，原作「翩翻」，茲從四卷本。❾問幾人親友似翁　意謂有幾人能像淵明那樣親愛友人。陶淵明〈停雲〉云：「豈無他人，念子實多。」

【語　譯】烏雲密布，天地昏暗，整日春雨濛濛。思念好友，焦慮不安，門前平地水漫成江。把杯獨對清清春酒，滿懷憂愁，閒飲東窗。徒然佇立，想要乘船驅車走南北，只恨無路可往。　可歎東園佳樹成行，初顯枝繁葉茂，又與春風競舞呈歡。日去月往，如何才得從容相聚傾談！不知春鳥自何處翩翩飛來，棲息在庭院枝頭歡洽和鳴。當年世間情事，試問有幾人能像陶翁那般珍愛友情。

【研　析】這首詞作年不詳，鄧廣銘《稼軒詞編年箋注》據詞意斷為移居瓢泉不久之作，繫於慶元三、四年（西元一一九七、一一九八年）間。稼軒時年近六十，閒居瓢泉。

陶淵明〈停雲〉序云：「〈停雲〉，思親友也。罇酒新湛，園列初榮。願言不從，歎息彌襟。」詩凡四章：「靄靄停雲，濛濛時雨。八表同昏，平路伊阻。靜寄東軒，春醪獨撫。良朋悠邈，搔首延佇。」「停雲靄靄，時雨濛濛。八表同昏，平陸成江。有酒有酒，閒飲東窗。願言懷人，舟車靡從。」「東園之樹，枝條再榮。競用新好，以招余情。人亦有言，日月于征。安得促席，說彼平生。」「翩翩飛鳥，息我庭柯。斂翮閒止，好聲相和。豈無他人，念子實多。願言不獲，抱恨如何。」本詞上片檃括「靄靄停雲」、「停雲靄靄」兩章，令讀者眼前浮現出詞中人把酒臨窗，思念友人的畫面：佇立東窗，把酒獨飲，惆悵地凝視窗外春雨濛濛，平陸成江，舟車阻斷。下片檃括「東園之樹」、「翩翩飛鳥」兩章，以「東園佳樹」迎春初榮、枝上春鳥歡洽和鳴，襯托對好友相聚、促膝傾談的深切期盼情懷。結末「當年事」二句筆觸落到陶淵明，讚賞珍視友情，同時感慨人生知友難得。

檃括前人詩文為詞，始於蘇軾，如其〈哨遍〉檃括陶淵明〈歸去來兮辭〉。此體對原作詞句多所承襲，稍作變化。本詞對原詩句或襲用、或擴展、或剪裁組合，意脈貫通，顯示出稼軒融貫原作而自成章法的筆力。

檃括詞作帶有遊戲意趣，也顯示出詞人對原詩文的愛賞，還可以是自述情懷的一種曲筆。稼軒此詞末尾見出其對陶淵明〈停雲〉詩的愛賞，在於詩中抒寫的深切友情。同時，讀者也不妨將此詞理解為稼軒身處類似情境而借淵明筆墨自言情懷。

臨江仙

探梅

老去惜花心已懶，愛梅猶遶江村。一枝先破玉溪❶春。更無花態度，全是雪精神❷。

剩向青山餐秀色，為渠著句清新❸。竹根流水帶溪雲。醉中渾❹不記，歸路月黃昏❺。

【詞牌】臨江仙

唐教坊曲名。又名〈謝新恩〉、〈雁後歸〉、〈畫屏春〉、〈庭院深深〉等。《詞譜》卷十謂此調以兩起句、兩結句辨體，「兩起句俱七字、兩結俱五字兩句者，以賀鑄詞為主」，「宋元詞俱照此填」。稼軒此詞即屬此體，雙調六十字，上片、下片各五句三平韻。

【注釋】❶玉溪　形容清澈的溪水。黃大輿《梅苑》卷九錄薛幾聖〈胡擣練〉：「小亭初破一枝梅，惹起江南歸興。遙想玉溪風景，水漾橫斜影。」❷更無花態度二句　謂梅花雖然沒有鮮花豔麗妖嬈之風姿，但完全具備白雪晶瑩淨潔之雅韻。更，雖然。全是，四卷本作「全有」。❸剩向青山餐秀色二句　儘管登山觀賞美麗的梅花，為她寫下清新的詩句。毛滂〈僧居梅竹之賞輒次韻奉答〉：「應餐秀色嗤溪茗，想待暗香來水沉。」剩，儘管。青山，四卷本作「空山」。餐秀色，欣賞美麗的景色。渠，代指梅花。❹渾　全然。❺歸路月黃昏　謂踏著昏黃的月色歸來。林逋〈山園小梅〉：「疏影橫斜水清淺，暗香浮動月黃昏。」

【語　譯】老來惜花心趣雖已衰減，我依然為賞梅而遍遊江村。清澈的溪水邊，一枝梅花最早綻開芳春。她雖沒有鮮花豔麗妖嬈的風姿，卻全然透出白雪晶瑩純潔的雅韻。　我盡情觀賞山間美麗的梅花，為她歌詠清新。竹林間溪流潺潺，水底倒映朵朵白雲。心醉其境渾然不覺，歸來一路淡月黃昏。

【研　析】這首詞見於四卷本甲集，知作於淳熙十五年（西元一一八八年）正月結集之前閒居帶湖期間，具體作年不詳。

詞題「探梅」，敘述一次探尋和賞覽梅花的經歷和感受。起句言「心已懶」，欲揚先抑，反襯對梅花的傾心鍾情，為探梅之舉作鋪墊。上片探得江村溪邊之梅。林逋早有題詠梅花映水名句：「疏影橫斜水清淺。」（〈山園小梅〉）稼軒避開相類筆調，而展現江梅綻放出的春韻。「先破」，點出報春之梅；「玉溪春」，筆調簡括而包蘊無盡，令人對江村春景作無限想像，在春意蕩漾的氛圍中，凸顯梅花精神，沒有百花爭豔之態，獨具瑞雪高潔之神。

下片一反「惜花心已懶」之態，自然是愛梅之心性以及梅花之魅力所致。梅花之芳潔高韻，竹林、流水、閒雲相映，令稼軒盡情放懷，醉詠飽覽，直到黃昏踏月而歸。

詞中「愛梅」二字貫穿全篇，而全詞既寫出了梅花的神韻，也展現出了稼軒對梅花的醉賞情懷。

臨江仙

即席和韓南澗❶韻

風雨催春寒食❷近，平原一片丹青❸。溪邊喚渡柳邊行。花飛蝴蝶亂，桑嫩野蠶生。

綠野先生閑袖手，卻尋詩酒功名❹。未知明日定陰晴。今宵成獨醉，卻笑眾人醒❺。

【注　釋】❶韓南澗　即韓元吉（西元一一一八—一一八七年），字無咎，開封雍丘（治所在今河南杞縣）人，移家信州（治所在今江西上饒），居廣信溪南，因號南澗。歷官禮部尚書、吏部侍郎、吏部尚書。❷寒食　節日名，在清明前一日或二日。❸丹青　紅色和青色，泛指絢爛色彩。❹綠野先生閑袖手二句　借唐代宰相裴度綠野堂詩酒唱和喻韓元吉南澗閒居。《新唐書・裴度傳》載度太和末徙東都留守，「時閹豎擅威，天子擁虛器，搢紳道喪。度不復有經濟意，乃治第東都集賢里，沼石林叢，岑繚幽勝。午橋作別墅，具燠館涼臺，號綠野堂，激波其下。度野服蕭散，與白居易、劉禹錫為文章，把酒窮晝夜相歡，不問人間事」。據《江西通志》卷四十〈古蹟〉載，韓元吉所居南澗築有蒼筤亭。詩酒功名，即以詩酒為功名。❺今宵成獨醉二句　反用《楚辭・漁父》語：「眾人皆醉我獨醒。」

【語　譯】寒食臨近，風雨催春歸去，野外一片花紅草青。有人在溪邊召喚渡船，有人在柳邊穿行。落花紛紛蝴蝶飛，桑樹吐嫩葉，野蠶開始了新生。　當今綠野先生袖手悠閒，正在詩酒中尋求功名。不知明日是陰是晴。今夜獨自酣醉，還嘲笑眾人清醒。

【研　析】這首詞當作於韓元吉退居南澗期間，即淳熙七年至十四年（西元一一八〇—一一八七年）間，具體作年則難以考定。

韓元吉以吏部尚書致仕，退居南澗後，與稼軒等人遊賞山水，詩酒唱和，與當年裴度在洛陽建綠野堂，同白居易、劉禹錫等人詩酒相歡，可相比擬。稼軒即席和作時首先想到的或許就是南澗和綠野堂的風雅情形，全詞所要表達的就是韓南澗的閒居風度。詞作上片以寫景作鋪墊，寒食時節，風雨催春，落花紛飛，彩蝶忙亂，桑蠶初生，行人喚渡，一幅鮮活的鄉野暮春圖景。「催春」、「喚渡」、「花飛蝴蝶亂」等語詞傳達出繁華將歇之際的匆匆和忙亂，反襯下片南澗先生的悠然閒適。

過片「閒袖手」，筆調突轉，鬧中顯靜。南澗可謂功成名就，如今退居，詩酒為樂，稱其「卻尋詩酒功名」，於詩酒尋功名，亦即昔日功名，今付之詩酒。話語中有對南澗的諧趣，也不無稼軒的自我解嘲。今日詩酒盡興，明日陰晴未知。世事難料，不如今日有酒今日醉，正如稼軒〈點絳唇〉所云：「身後功名，古來不換生前醉。」獨醉而笑眾人醒，字面上反用屈原「眾人皆醉我獨醒」語，而實質上乃正用其意，「獨醉」乃似醉而實醒，洞徹世事；「眾人醒」乃似醒而實醉，醉心於難以預料的俗世功名。

臨江仙

醉宿崇福寺❶，寄祐之❷弟。祐之以僕醉先歸

莫向空山吹玉笛，壯懷酒醒心驚。四更霜月太寒生❸。被翻紅錦浪❹，酒滿玉壺冰❺。

小陸未須臨水笑❻，山林我輩鍾情❼。今宵依舊醉中行。試尋殘菊處，中路候淵明❽。

【注　釋】❶崇福寺　在上饒縣（治所在今江西上饒）乾元鄉。❷祐之　稼軒族弟辛助，字祐之。其祖父辛次膺奉親知浮梁（今屬江西），遂留居。❸太寒生　太寒冷。生，助詞，無義。❹被翻紅錦浪　言紅色錦被起伏皺折如波浪。李清照〈鳳凰臺上憶吹簫〉（香冷金猊）：「被翻紅浪。」❺酒滿玉壺冰　言玉壺盛滿美酒，晶瑩如冰。鮑照〈白頭吟〉：「直如朱絲繩，清如玉壺冰。」❻小陸未須臨水笑　小陸，西晉陸雲，字士龍，陸機之弟，故稱「小陸」。此借指祐之。《晉書・陸雲傳》稱其「有笑疾」，曾身穿喪服上船，「于水中顧見其影，因大笑落水，人救獲免」。❼山林我輩鍾情　意謂我們這類人鍾愛山林。《世說新語・傷逝》載王戎語：「聖人忘情，最下不及情，情之所鍾，正在我輩。」❽試尋殘菊處二句　意謂試著找個還有菊花的地方，在路上等候陶淵明一類人的到來。《晉書・隱逸傳》載江州刺史王弘想結識陶淵明，在陶淵明去廬山的半道上設酒等候。蘇軾〈次韻答孫侔〉：「但得低頭拜東野，不辭中路伺淵明。」

【語　譯】寂靜的山中莫要吹奏玉笛，醉夢裡豪情滿懷，酒醒後感慨心驚。更深夜靜，霜寒月冷。紅色錦被如翻騰的波浪，玉壺裡美酒滿溢，晶瑩如冰。　陸雲不要臨水發笑，山林是我們這些人的鍾愛。今夜依然要暢飲歡醉。試著尋找個菊花猶存的地方，在半道上等候陶淵明的到來。

【研　析】這首詞見於四卷本甲集，又據詞意，當作於淳熙十五年（西元一一八八年）正月結集之前帶湖閒居

期間，具體作年不詳。

稼軒與其弟祐之夜飲，醉宿崇福寺，祐之歸去。四更時分，稼軒被笛聲驚醒，賦詞寄祐之。起筆即言笛聲驚心。笛聲本有穿雲裂石之勢，深夜回蕩於空山之中，令人驚心動魄！「壯懷」透露出內心的豪情壯志，此情此志在山林酒宴間消磨，其悲涼情形恰如空山笛聲。「酒醒心驚」之餘，窗外霜月令人倍感淒寒，眼前「被翻」、「酒滿」所昭示的醉眠生活，對壯懷猶存的稼軒來說，又何嘗不是一種人生的失落淒涼！

稼軒壯志難酬而轉趨曠達，范開〈稼軒詞序〉所謂「斂藏其用以事清曠」。詞作下片即言此情懷。陸雲臨水顧影而笑，本屬笑疾。稼軒活用此典，借陸雲指祐之，意謂祐之你不要笑話我醉眠山水，山林清幽是我的鍾愛。「醉中行」、「尋殘菊」、「候淵明」，則呈現出鍾情山林生活的片段畫面，情趣悠然。

臨江仙

再用韻❶送祐之弟歸浮梁

鐘鼎山林❷都是夢，人間寵辱休驚❸。只消閒處過平生❹。酒杯秋吸露，詩句夜裁冰❺。

記取小窗風雨夜，對牀燈火多情❻。問誰千里伴君行？曉山眉樣翠❼，秋水鏡般明。

【注釋】❶再用韻　指用前面「寄祐之弟」詞作〈臨江仙〉（莫向空山吹玉笛）的韻。❷鐘鼎山林　指在朝為官和隱居山林。鐘鼎，本為古代樂器和炊器，這裡指鐘鳴鼎食，代指富貴人家。張衡〈西京賦〉：「擊鐘鼎食，連騎相過，東京公侯，壯何能加！」❸寵辱休驚　得寵受辱，淡然不驚。《老子》第十三章：「何謂寵辱若驚？寵為下，得之若驚，失之若驚，是謂寵辱若驚。」❹只消閒處過平生　只須悠閒地度過一生。❺酒杯秋吸露二句　意謂秋來細酌甘露般醇香的美酒，夜間低吟冰雪般幽潔的詩句。❻記取小窗風雨夜二句　暗用蘇軾、蘇轍兄弟相約早歸典事。蘇軾〈辛丑十一月十九日既與子由別於鄭州西門之外馬上賦詩一篇寄之〉：「但恐歲月去飄忽，寒燈相對記疇昔，夜雨何時聽蕭瑟。君知此意不可忘，愼勿苦愛高官職。」自注：「以子由常有夜雨對牀之言，故云耳。」蘇轍〈逍遙堂會宿〉序云：「轍幼從子瞻讀書，未嘗一日相舍。既壯，將遊宦四方，讀韋蘇州詩至『安知風雨夜，復此對床眠』，惻然感之，乃相約早退，為閑居之樂。故子瞻始為鳳翔幕府，留詩為別曰：『夜雨何時聽蕭瑟。』」❼曉山眉樣翠　言破曉時山色青翠如眉黛。曉山，四卷本作「晚山」。

【語　譯】人間的富貴榮華和山林隱居都是一場夢，不要因為榮辱而魄動心驚。只須悠閒地度過平生。秋來細酌甘露般醇香的美酒，月夜吟味冰雪般清雅的詩境。　記得那個風雨之夜，窗前燈下你我對床傾訴深情。試問如今何人伴你千里遠行？那拂曉的山色如眉黛一樣青翠，清秋的江水似銅鏡一般透明。

【研　析】這首詞用同調「莫向空山吹玉笛」之韻。二詞同為族弟祐之而作，相次見錄於四卷本甲集，當為大略同時之作，即淳熙十五年（西元一一八八年）正月之前帶湖閒居期間，但具體作年不詳。

據鄧廣銘《稼軒詞編年箋注》卷四〈西江月〉（畫棟新垂簾幕）編年考證，祐之十多年後的慶元四、五、六年（西元一一九八—一二〇〇年）間任錢塘令，則此次歸浮梁或因求仕失意而歸，不免鬱悶。稼軒賦詞相送，遂以超脫曠達之筆調突兀而起，旨在警醒和寬慰仕進失落的祐之。同時，超然於得失榮辱之外的人生境界也是稼軒罷職閒居後的人生領悟和追求，因而也有與祐之共勉之意，語氣堅決而親切。「只消」三句所表白的詩酒遣賞生活，平淡而自適，正是「寵辱休驚」的人生情狀，同樣是稼軒的自勉和對祐之的期望。

上片側重於人生理趣，下片則傾訴別情。小窗風雨夜，對床話深情，為兄弟二人難以忘懷的美好記憶。「記取」，既是稼軒自謂，也是對祐之的臨別囑託，其中又暗借蘇軾兄弟「夜雨對牀」情事，再次寬慰仕宦失意的祐之。當年蘇軾兄弟讀到韋應物詩句「安知風雨夜，復此對床眠」而惻然感悟，「相約早退，為閑居之樂」，如今稼軒與祐之正可「為閑居之樂」。其欣然恬然之意蘊於言中。結末三句言及祐之歸途，一路好山好水相伴而行，必將是個愉快的旅程。這也是稼軒對祐之的臨別祝願。

臨江仙

逗曉❶鶯啼聲呢呢，掩關高樹冥冥。小渠春浪細無聲。井牀❷聽夜雨，出蘚轆轤❸青。
碧草旋荒金谷路❹，烏絲重記蘭亭❺。強扶殘醉遶雲屏。一枝風露濕，花重入疏櫺❻。

【注釋】❶逗曉　拂曉。周邦彥〈鳳來朝〉：「逗曉看嬌面。小窗涼，弄明未辨。」❷井牀　井欄。❸轆轤　井上汲水裝置。❹碧草旋荒金谷路　意謂宴賞歡遊之地，漸漸荒草遍布。旋，逐漸。金谷，原指西晉豪富石崇別館金谷園（在今河南洛陽西北），此借指山居宴遊之所。石崇曾與眾友人在金谷園餞別征西大將軍祭酒王詡，晝夜遊宴，賦詩詠懷。參見《世說新語・品藻》劉孝標注引石崇〈金谷詩敘〉。❺烏絲重記蘭亭　意謂如王羲之作〈蘭亭序〉，提筆展紙，追記當時的宴遊情形。陳櫄《負暄野錄》卷下：「〈蘭亭序〉用鼠鬚筆書烏絲欄繭紙。所謂繭紙，蓋實絹帛也。烏絲欄，即是以墨間白識其界行耳。」《晉書・王羲之傳》載晉穆帝永和九年（西元三五三年）上巳日（三月三日），羲之與謝安、孫綽、李充、許詢等於會稽山陰之蘭亭（在今浙江紹興）宴遊賦詩，羲之作〈蘭亭集序〉。《世說新語・企羨》載：「王右軍得人以〈蘭亭集序〉方〈金谷詩序〉，又以己敵石崇，甚有欣色。」❻一枝風露濕二句　言一枝帶著露水的花朵映入窗櫺。此化用杜甫〈春夜喜雨〉詩句：「曉看紅濕處，花重錦官城。」

【語譯】破曉時分，鶯語呢喃，掩閉的門窗外，高大的樹木茂密陰暗。春溪泛波光，靜無聲息地流淌。一夜間雨打井欄，轆轤長出了青青的苔蘚。　昔日遣賞宴遊之地，漸漸碧草遍布，人跡荒涼。提筆展箋，重新記下那難忘的聚宴遊賞。強撐餘醉之身依傍雲屏繞過。窗櫺中露出一枝濕潤濃豔的花朵。

【研析】這首詞與〈臨江仙〉（莫向空山吹玉笛）、〈臨江仙〉（鐘鼎山林都是夢）同調同韻部，或為大略同時之作。

一夜春雨過後，拂曉時分，茂密的樹林中傳出黃鶯鳥的呢喃細語，靜靜的小溪微波蕩漾。一幅恬靜的山林春曉圖景，洋溢著自然山水的生機，而掩閉的門窗及青苔斑駁的轆轤則透出人煙荒寂，令人不無感慨！其中的「聽」字則暗示出景中之人。雨打井床，一聲聲滴到天明，一聲聲傳入掩閉的門窗，攪動著窗中殘醉人心間無限的憂思。

下片筆觸轉入室內，探入景中人的內心情境：想到曾與友人歡遊遣賞、詩酒唱和的勝地已漸漸芳草遍布、人際荒涼，不禁強撐起殘醉的身體，提筆展紙，重溫那難以忘懷的場景。窗櫺邊那枝濕潤而濃豔的花朵，彷彿映現出一種憂傷而絢麗的記憶，一種曾經的暢懷和盡興。

臨江仙

侍者阿錢❶將行，賦錢字以贈之

一自酒情詩興懶，舞裙歌扇闌珊❷。好天良夜月團團。杜陵真好事，留得一錢看❸。

歲晚人欺程不識❹，怎教阿堵❺留連？楊花榆莢雪漫天❻。從今花影下，只看綠苔❼圓。

【注釋】❶阿錢　當即辛棄疾妾錢錢。陶宗儀《書史會要》卷六：「田田、錢錢，辛棄疾二妾也，皆因其姓而名之，皆善筆札，常代棄疾答尺牘。」❷一自酒情詩興懶二句　言自從詩酒意興衰減，歌舞亦漸趨停息。闌珊，將盡。白居易〈詠懷〉：「白髮滿頭歸得也，詩情酒興漸闌珊。」蘇軾〈答陳述古〉：「聞道使君歸去後，舞衫歌扇總生塵。」原注：「陳有小妓，述古稱之。」❸杜陵真好事二句　杜陵，指杜甫，自稱「杜陵野老」。杜甫〈空囊〉：「囊空恐羞澀，留得一錢看。」❹歲晚人欺程不識　意謂年老而被人視為一錢不值。程不識，漢文帝時名將，與李廣同禦匈奴。《史記・魏其武安侯列傳》載灌夫罵臨汝侯曰：「生平毀程不識不直一錢，今日長者為壽，乃效女兒呫囁耳語。」❺阿堵　指錢。《世說新語・規箴》：「王夷甫雅尚玄遠，常嫉其婦貪濁，口未嘗言錢字。婦欲試之，令婢以錢遶牀，不得行。夷甫晨起，見錢閡行，呼婢曰：『舉卻阿堵物。』」❻楊花榆莢雪漫天　韓愈〈晚春〉：「楊花榆莢無才思，惟解漫天作雪飛。」榆莢，榆樹果實，成串似錢，俗稱榆錢。庾信〈燕歌行〉：「桃花顏色好如馬，榆莢新開巧似錢。」漢代有莢錢，《漢書・食貨志》：「更令民鑄莢錢。」如淳曰：「如榆莢也。」❼綠苔　亦稱綠錢。《藝文類聚》卷八十二〈草部・苔〉引《古今注》曰：「苔，或紫或青，一名員蘚，一名綠錢，一名綠蘚。」皎然〈五言哭吳縣房聳明府〉：「書帶變芳草，履痕移綠錢。」

【語　譯】自從詩酒意興消沉，歡歌曼舞也漸趨終盡。好景良天，明月團團。杜甫真是多出一舉，要留下一錢相伴。　暮年被人輕慢視為一錢不值，怎能讓阿堵為我留連？楊花榆莢如飛雪漫天。從今以後，花影之下，只能看到圓圓的綠錢。

【研　析】這首詞送別侍者阿錢，云「一自酒情詩興懶，舞裙歌扇闌珊」，與〈水調歌頭〉（我亦卜居者）序云「時以病止酒，且遣去歌者」相應合，當亦為慶元二年（西元一一九六年）之作。稼軒時年五十七，閒居帶湖。

詞從送別入筆，起二句自述情懷疏懶，對歌舞亦少興致，即暗示遣去侍者之原由。歌舞闌珊，然明月皎皎，好景良天，令稼軒心悅神怡，超然於物利世情之外，窮愁別怨均可置之度外，遂謂「杜陵真好事，留得一錢看」。此二句既「賦錢字」，又間接落筆到送別阿錢之意。

過片承前意，筆調則轉從自身言之，年歲衰老，一錢不值，阿錢自應離去。此又與起筆自述情懷相輔相成，一側重言精神情態，一側重言遲暮境遇。「楊花」三句抒寫別情。楊花榆莢漫天飛，別時情思；花影綠苔，別後思念。詞句暗藏「錢」字而渾然無跡。

詞題稱「賦錢字」，詞句中五處涉及「錢」字，或明或暗，寓莊於諧，戲謔筆調中流露出稼軒些許遲暮衰頹之感以及對阿錢不捨情懷。

臨江仙

諸葛元亮❶席上見和，再用韻❷

夜語南堂新瓦響，三更急雨珊珊❸。交情莫作碎沙團。死生貧富際，試向此中看❹。

記取他年耆舊傳，與君名字牽連❺。清風一枕晚涼天。覺來還自笑，此夢倩誰圓❻。

【注　釋】❶諸葛元亮　未詳。四卷本無「諸葛」二字。❷再用韻　指再用〈臨江仙〉（一自酒情詩興懶）詞韻。❸夜語南堂新瓦響二句　珊珊，玉佩聲。此喻雨聲。蘇軾〈南堂五首〉其三：「他年雨夜困移牀，坐厭愁聲點客腸。一聽南堂新瓦響，似聞東塢小荷香。」❹交情莫作碎沙團三句　言莫教友情疏淡，死生貧富之際，見出交情之真偽。蘇軾〈二公再和亦再答之〉：「親友如摶沙，放手還復散。」團，聚集。《史記．汲鄭列傳》載下邽翟公「為廷尉，賓客闐門。及廢，門外可設雀羅。翟公復為廷尉，賓客欲往。翟公乃大署其門曰：『一死一生，乃知交情；一貧一富，乃知交態；一貴一賤，交情乃見。』」❺記取他年耆舊傳二句　意謂他年若有人作耆舊傳，你諸葛元亮的事跡將被載入，我的名字將因你而牽連。此借習鑿齒《襄陽耆舊記》（亦名《襄陽耆舊傳》）載諸葛亮事跡為喻。❻清風一枕晚涼天三句　暗用邯鄲夢典故自我戲謔。唐沈既濟〈枕中記〉載盧生在邯鄲道中邸舍獲道士呂翁所贈青瓷枕，一枕入夢，享盡富貴。醒來「見其身方偃於邸舍」。圓夢，即占夢，解釋夢中之事。蘇軾〈睡起聞米元章到東園送麥門冬飲子〉：「一枕清風直萬錢，無人肯買北窗眠。」

【語　譯】南堂夜語，三更急雨敲打新瓦如玉佩珊珊。莫讓交情若摶沙易散。死生貧富之際便見出情之真偽深淺。

想到他年若有人作耆舊傳，我的名字或將因你而牽連附傳。清風涼天，一枕酣夢，醒來自笑此夢請誰圓。

【研　析】這首詞用〈臨江仙〉（一自酒情詩興懶）詞韻，當亦作於慶元二年（西元一一九六年）。稼軒時年五十七，閒居帶湖。

兄弟友朋雨夜敘談，令人倍感情真意切，前人多所戀戀，如韋應物〈示全真元常〉云：「寧知風雪夜，復此對床眠。」（宋人引錄多作「風雨夜」）白居易〈雨中招張司業宿〉云：「能來同宿否，聽雨對牀眠。」韋莊〈寄江南逐客〉：「記得竹齋風雨夜，對床孤枕話江南。」蘇軾〈送劉寺丞赴餘姚〉：「中和堂後石楠樹，與君對牀聽夜雨。」稼軒與諸葛元亮雨夜把酒相敘，當深感友情之真切，由此生發珍視交情之感。其〈水調歌頭〉（我亦卜居者）有云：「二三子者愛我，此外故人疏。」則所謂「交情莫作碎沙團」，或有自身境遇之感。

下片言兩人間的交情之深，筆法上則別開生面。稼軒由諸葛之姓聯想到諸葛亮，進而從《襄陽耆舊記》載錄諸葛亮事跡，料想元亮亦將入載當地耆舊傳。作為元亮的知交，稼軒之姓名將被連帶載入。筆意落在對諸葛元亮的稱賞，同時見出兩人的交情。「清風」三句，筆調變幻，將前面的推想付諸一枕清夢，並以略帶自嘲的語氣結束詞篇，言外則不無超脫俗世聲名的豁達情味。

臨江仙　再用圓字韻

窄樣金杯❶教換了，房櫳試聽珊珊❷。莫教秋扇雪團團❸。古今悲笑事，長付後人看。

記取桔槔春雨後❹，短畦菊艾相連❺。拙於人處巧於天❻。君看流地水，難得正方圓❼。

【注釋】❶窄樣金杯　小小金杯。劉一止〈踏莎行〉（淡月精神）：「六朝窄樣裁宮錦。」❷房櫳試聽珊珊　言窗下聽雨聲。房櫳，窗櫺。珊珊，本指玉珮聲，此喻雨打窗櫺聲。白居易〈題盧秘書夏日新栽竹二十韻〉：「碧籠煙冪冪，珠灑雨珊珊。」❸莫教秋扇雪團團　意謂莫要因秋風而棄置潔白的團扇。此用班婕妤〈怨歌行〉詩意：「新裂齊紈素，皎潔如霜雪。裁為合歡扇，團團似明月。出入君懷袖，動搖微風發。常恐秋節至，涼飆奪炎熱。棄捐篋笥中，恩情中道絕。」❹記取桔槔春雨後　謂春雨過後而桔槔閒置。桔槔，井架汲水工具。司馬光《續詩話》：「熙寧初，魏公（韓琦）罷相，留守北京。新進多陵慢之。魏公鬱鬱不得志，嘗為詩云：『花去曉叢蜂蝶亂，雨勻春圃桔槔閑。』時人稱其微婉。」所引詩句見韓琦〈登廣教院閣〉。❺短畦菊艾相連　言田壟上芳菊蕭艾混雜一片，喻君子小人混同世間。《楚辭・離騷》：「何昔日之芳草兮，今直為此蕭艾也！」洪興祖補注：「蕭艾，賤草，以喻不肖。」畦，田壟。杜甫〈客居〉：「短畦帶碧草，悵望思王孫。」❻拙於人處巧於天　意謂拙於人工而巧得天工。王安石〈次韻酬朱昌叔〉：「拙於人合且天合，靜與道謀非食謀。」❼君看流地水二句　意謂地面流水，因地勢而成形，難以呈現規整的方圓。《世說新語・文學》載殷浩問：「自然無心於稟受，何以正善人少，惡人多？」劉惔答曰：「譬如寫水著地，正自縱橫流漫，略無正方圓者。」

【語　譯】小小酒杯撤換了，且於窗下靜聽風雨珊珊。莫教潔白的團扇冷落在秋天。古今悲歡世事常留給後人觀看。　記得春雨過後桔槔閒置，田壟上芳菊艾草相連。拙於人為而得巧於天。請看地上流水，形狀難得方正規圓。

【研　析】這首詞繼〈臨江仙〉（一自酒情詩興懶）、〈臨江仙〉（夜語南堂新瓦響）之後「再用圓字韻」，又云「窄樣金杯教換了」，知已止酒，且「房櫳試聽珊珊」、「莫教秋扇雪團團」，與〈臨江仙〉（夜語南堂新瓦響）中「三更急雨珊珊」、「交情莫作碎沙團」，語意情調相同，當同為慶元二年（西元一一九六年）和答諸葛元亮之作。稼軒時年五十七，閒居帶湖。

杯酒新停，聽著窗外雨聲，和友人敘談人生感慨。這就是本詞的旨趣。罷職閒居，新近因病止酒，稼軒或許感到「多病故人疏」（孟浩然〈歲暮歸南山〉），因而想到團扇入秋被棄置。「莫教」、「雪團團」，充溢著對純潔情意的珍惜。「古今」二句承前「秋扇」典故而申發世事感慨：世間悲歡，只待後人去審視領悟。

過片呈現出春雨之後桔槔閒置、田壟間菊艾叢生景象，意脈似斷而實連，桔槔因春雨而閒置，正如團扇因秋風而被棄捐。春雨滋潤，萬物生機盎然，無須人力汲水澆灌；芳菊賤艾，同享自然潤澤而各呈其性，如水之漫地，隨物賦形而「難得正方圓」。此即所謂「拙於人處巧於天」。桔槔、菊艾有別、方正規圓，均為人工之巧；春雨、菊艾相連、不方不圓，則為天之巧。人生世事亦如「流地水」，天地間人之善惡、事之悲歡，全因當事人之品性言行所致。這大概就是稼軒對「古今悲笑事」的觀感。

詞作從自身境況入筆，漸次言及人生交情、世事悲歡，情調感慨而蘊含哲理。

臨江仙

手撚黃花無意緒❶，等閑❷行盡回廊。捲簾芳桂散餘香。枯荷難睡鴨，疏雨暗池塘❸。

憶得舊時攜手處，如今水遠山長。羅巾浥淚別殘妝❹。舊歡新夢裏❺，閑處卻思量。

【注釋】❶手撚黃花無意緒　謂手拈菊花，了無興致。秦觀〈畫堂春〉（落紅鋪徑水平池）：「憑闌手撚花枝，放花無語對斜暉，此恨誰知。」❷等閑　依舊；照常。❸枯荷難睡鴨二句　謂荷葉枯萎，鴨子難以棲息，疏雨飄灑，池塘迷濛。宋祁〈春晏北園〉：「落花風觀閣，睡鴨雨池塘。」❹憶得舊時攜手處三句　晏幾道〈菩薩蠻〉（相逢欲話相思苦）：「憶曾攜手處，月滿窗前路。」晏殊〈踏莎行〉（碧海無波）：「當時輕別意中人，山長水遠知何處。」❺舊歡新夢裏　謂新夢中重溫往日歡情。張泌〈浣溪沙〉（枕障熏爐隔繡帷）：「天上人間何處去，舊歡新夢覺來時。」

【語譯】把玩著菊花，意興慵懶，依舊曲廊彷徨。捲上窗簾，芳桂飄散餘香。荷葉枯萎，難留睡鴨，細雨濛濛籠罩池塘。

記得往日攜手同遊，如今相隔水遠山長。分別之際，淚濕羅巾，淚損殘妝。昔日歡情在新夢裡重溫，閒暇時卻不禁深情思量。

【研析】鄧廣銘《稼軒詞編年箋注》據詞中「舊歡新夢裏」語，「疑亦思所遣侍者之詞，因附於用圓字韻三詞之後」，則大概作於慶元二年（西元一一九六年）秋。

詞言別後思念之情，起筆「無意緒」三字即定下全詞情調色彩。「手撚黃花」、「行盡回廊」，情態舉止之中透出惆悵不安情懷。芳桂飄香、枯荷疏雨，秋天的芳香和飄零，映襯出心中追念舊歡的餘韻和感觸別離的淒涼。融情於景，意脈則導引下片。

過片直筆憶舊歡，傷今別。舊歡、今別的分界點便是那灑淚告別之際，思念彷彿令心神重回那淚沾衣襟、淚損殘妝的場景之中。片刻沉浸之後，提神回到現實，昔日的歡情如今只能在夢裡重溫，時常的閒暇裡充溢心懷的是徒然而難禁的思念。思念入夢，夢境又添思念，末二句情味不盡。

臨江仙

老去渾身無著處❶，天教只住山林。百年❷光景百年心。更歡須歎息❸，無病也呻吟。

試向浮瓜沉李❹處，清風散髮披襟。莫嫌淺後更頻斟。要他詩句好，須是酒杯深❺。

【注　釋】❶老去渾身無著處　意謂年老全無用處。蘇軾〈景純見和復次韻贈之〉：「老去此身無處著，為翁栽插萬松岡。」❷百年　指人之一生。《荀子・王霸》：「人無百歲之壽，而有千歲之信士。」〈古詩十九首〉：「生平不滿百，常懷千歲憂。」❸更歡須歎息　言悲歡更替。❹浮瓜沉李　指山水遊樂。曹丕〈與朝歌令吳質書〉：「每念昔日南皮之遊，……浮甘瓜於清泉，沉朱李於寒水。白日既匿，繼以朗月。」❺莫嫌淺後更頻斟三句　意謂別怕頻頻添酒，要寫出好詩，得要多飲酒。

【語　譯】老朽之身全無用處，上天教我閒居山林。平生光景平生情懷。有歡欣有歎息，身無病痛，心也呻吟。

且去溪邊遊賞宴歡，清風吹拂，散髮披襟。杯酒淺了，頻頻斟滿，莫要推辭。欲賦好詩須暢飲。

【研　析】這首詞作於開禧元年（西元一二〇五年）。稼軒時年六十六，閒居瓢泉。

是年七月，稼軒遭彈劾落職，秋後歸鉛山，蓋已感到平生仕宦就此告終，成就恢復之業此生無望，怨憤無奈之情當不言而喻，詞中「百年」三句即深含此情，為全詞情感焦點。起筆二句從眼前境遇引發感慨。稼軒半年前在鎮江任上所賦〈永遇樂・京口北固亭懷古〉自喻廉頗：「憑誰問，廉頗老矣，尚能飯否？」此言老朽無用而被棄置山林，怨憤之情已在言外，意脈通貫「百年」三句。「老去」之際不禁回首平生，仕途坎坷，屢遭彈劾，罷居二十年，壯志未酬，怎不令其「歎息」、「呻吟」！

詞作下片轉言寄情山水，詩酒遣賞：清溪清風，散髮披襟，暢飲賦詩。此情此境應合起筆所言山林閒居，而過片「試向」二字則透露出某種情感意圖，下片所述情境可謂對上片所發怨憤無奈之情的慰藉和消融。

臨江仙

停雲❶偶作

偶向停雲堂上坐，曉猿夜鶴驚猜❷。主人何事太塵埃？低頭還說向，被召又重來。

多謝北山山下老❸，殷勤一語佳哉。借君竹杖與芒鞋❹，徑須從此去，深入白雲堆。

【注　釋】❶停雲　在稼軒瓢泉居所。❷曉猿夜鶴驚猜　意謂猿鶴對稼軒出山而復歸來感到驚疑。孔稚珪〈北山移文〉譏嘲周顒先隱後仕：「蕙帳空兮夜鶴怨，山人去兮曉猿驚。」❸北山山下老　指鉛山諸友。北山，借孔稚珪〈北山移文〉故實指隱居之地。❹竹杖與芒鞋　蘇軾〈定風波〉（莫聽穿林打葉聲）：「竹杖芒鞋輕勝馬。」

【語　譯】偶然去停雲堂上坐坐，曉猿夜鶴驚疑相問。主人您為何滿身塵埃？我低頭對牠們說，被召出山今又歸來。

多謝山下老友，真誠地好語相勸。借給您竹杖與草鞋，只當從此去往山中邀白雲相伴。

【研 析】這首詞作於開禧元年（西元一二〇五年）秋冬間。稼軒時年六十六，自鎮江罷歸鉛山之初。

詞寫被召出山兩年後罷職歸來之初的悔怨情懷。起筆自述停雲堂上坐，或許欲借山水清境消融抱憾而歸的悵然情懷，而猿鶴的驚疑相問又令其想起剛剛過去的被召出山經歷，「塵埃」指的便是仕途行色。應猿鶴驚問而低頭相告「被召又重來」，其悔怨之情溢於言表。

下片借山下老友之殷勤佳語慰藉悵然悔怨情懷。竹杖芒鞋，飄然去往白雲深處，一切塵俗名利功業均棄之如草芥。這該是對功業徹底失望的稼軒所期待的人生境界。

醜奴兒近

博山道中效李易安體❶

千峰雲起，驟雨一霎兒價❷。更遠樹斜陽，風景怎生❸圖畫！青旗❹賣酒，山那畔別有人家。只消❺山水光中，無事過這一夏。

午醉醒時，松窗竹戶，萬千瀟灑。看野鳥飛來，又是一般閒暇。卻怪白鷗，覷❻著人欲下未下。舊盟❼都在，新來莫是，別有說話❽。

【詞 牌】**醜奴兒近**

即〈采桑子慢〉。又名〈醜奴兒慢〉、〈愁春未醒〉、〈疊青錢〉等。此調正體雙調九十字，上片九句一叶韻三平韻，下片十句四平韻。稼軒此詞雙調八十九字，上片八句三仄韻一叶韻，下片十句四仄韻。

【注 釋】❶博山道中句 博山，在今江西廣豐。李易安，即李清照（西元一〇八四年—？），號易安居士，濟南（今屬山東）人。著名女詞人，詞「以尋常語度入音律」（《貴耳集》卷上），用淺俗之語發清新之思，時稱「易安體」。❷一霎兒價一陣子；一會兒。價，句末助詞。李清照〈行香子〉（草際鳴蛩）：「霎兒晴，霎兒雨，霎兒風。」❸怎生　怎能。李清照〈聲聲慢〉（尋尋覓覓）：「獨自怎生得黑？」❹青旗　青色酒旗。❺只消　只須。❻覷　窺伺；偷看。❼舊盟　指往日與白鷗的盟約。稼軒有〈水調歌頭・盟鷗〉云：「今日既盟之後，來往莫相猜。」❽別有說話　有別的話要說。

【語　譯】群峰烏雲湧起，一陣驟雨飄潑而下。雨後斜陽遠樹輝映，美妙風景怎能描畫！青色酒旗下出賣美酒，山那邊還住有人家。我只願在這山光水色之中，悠閒地度過今夏。　午後酒醒時分，窗外門前，松竹掩映搖曳，風度無限瀟灑。野鳥飛來，又是那般的閒暇。但奇怪的是那白鷗，偷偷看著我卻欲下未下。我們往日的盟約都在，莫非牠今天來有了別的想法。

【研　析】這首詞見於四卷本甲集，知作於淳熙十五年（西元一一八八年）正月結集之前。又詞中有云「卻怪白鷗，覷著人欲下未下。舊盟都在」，與作於淳熙九年（西元一一八二年）之〈水調歌頭・盟鷗〉相呼應，當為淳熙九年至十四年間所作。稼軒時年四、五十，閒居帶湖。

詞作上片描繪出山村夏季驟雨過後、斜陽輝映的美妙宜人景象。此景令稼軒情不自禁要在這醉人的山光水色中悠然度過今夏。下片擇取午醉醒來時的所見所感，工筆描述，情景相融，意趣盎然。松竹之瀟灑、飛鳥之閒暇，乃稼軒眼中所見，亦其心中所感。如此瀟灑閒適的心態，才會對「欲下未下」的白鷗充滿諧趣。

詞題「效李易安體」，即效李清照以尋常淺俗語入詞，如「一霎兒價」、「怎生」、「山那畔」、「只消」、「這一夏」、「又是一般」、「都在」、「莫是」等，均屬此類，自然貼切而略無刻意仿效之跡。

醜奴兒

書博山道中壁❶

少年不識❷愁滋味，愛上層樓。愛上層樓。為賦新詞強說愁。　而今識盡愁滋味，欲說還休❸。欲說還休。卻道天涼好個秋。

【詞牌】**醜奴兒**

即〈采桑子〉。唐教坊曲有〈楊下采桑〉、〈采桑〉，調名殆本於此。又名〈羅敷媚〉、〈羅敷歌〉、〈醉夢迷〉、〈忍淚吟〉等。此調正體雙調四十四字，上、下片各四句三平韻。稼軒此詞為正體。

【注釋】❶書博山道中壁　原無題，茲從四卷本。❷不識　不懂。❸欲說還休　想訴說卻又不願說。李清照〈鳳凰臺上憶吹簫〉（香冷金猊）：「生怕閒愁暗恨，多少事、欲說還休。」

【語譯】年少時不懂憂愁的滋味，喜歡登上高樓。喜歡登上高樓。為填新詞而勉強訴說憂愁。　如今嘗盡憂愁滋味，想訴說卻又不願開口。想訴說卻又不願開口。還稱道：好一個涼爽的清秋。

【研析】這首詞作年不詳，或許與〈醜奴兒近・博山道中效李易安體〉大略為同時之作。

陳師道〈次韻春懷〉有云：「河嶺尚堪供極目，少年為句未須哀。」本詞上片所言與此相類。「上層樓」，本亦「堪供極目」，卻要「為賦新詞強說愁」，即「少年為句」而強說哀。

少年強說愁，乃因未歷艱辛世事，不諳人生愁苦，只能為文造情。待到識盡世間愁滋味，則「曾經滄海難為水」，面對蕭瑟的秋風、肅殺的景象，亦能淡然處之，體味到秋天獨特的清涼而欣然歎賞。

由不識愁而強說愁，到識盡愁而不說愁，蘊含著人生在歷練中漸歸淡定的哲理。

醜奴兒

書博山❶道中壁

煙蕪露麥❷荒池柳，洗雨烘晴❸。洗雨烘晴。一樣春風幾樣青。

提壺脫褲❹催歸去，萬恨千情。萬恨千情。各自無聊❺各自鳴。

【注釋】❶博山　在今江西廣豐。❷露麥　原作「露麦」，茲從四卷本。❸洗雨烘晴　即雨洗晴烘，謂春雨灑洗，春日曬乾。❹提壺脫褲　提壺，即鵜鶘。脫褲，即布穀鳥。韓琦〈四月望日會興慶池〉：「風前自得披襟興，林杪時聞脫袴聲。」蘇軾〈五禽言〉：「渡邊布穀兒，勸我脫破袴。」自注：「土人謂布穀為脫卻破袴。」❺無聊　悵然無奈之情。李之儀〈臨江仙〉（九十日春都過了）：「酒病厭厭何計那，飛紅更送無聊。」

【語譯】芳草迷蒙，麥露盈盈，荒池垂柳搖曳，春雨灑洗，春日照射。一樣的春風，多姿的綠野。　鵜鶘布穀聲聲啼，催促春天歸去。萬千幽恨，萬千愁苦。各自啼鳴，傾訴各自的淒楚。

【研析】這首詞見於四卷本甲集，據詞意，當作於淳熙十五年（西元一一八八年）正月結集之前閒居帶湖期間。

詞題「書博山道中壁」，當為遊博山興發之作。上片描繪出春雨過後、春日照射下的鄉村田野景象，春雨灑洗後的草地、麥田、池塘、垂柳，沐浴在春光下，蕩漾在春風裡，迷蒙中散發出滋潤和清新的氣息，呈現出綠野的豐富多姿。下片因鵜鶘、布穀鳥的聲聲啼鳴想到春將歸去，抒寫春歸之恨。筆觸不離啼鳥，於啼鳥聲中傳出聽者的「萬恨千情」和惆悵無奈情懷，筆致婉曲。

醜奴兒

此生自斷天休問❶，獨倚危樓。獨倚危樓。不信人間別有愁。

君來正是眠時節，君且歸休❷。君且歸休。說與西風一任秋。

【注釋】❶此生自斷天休問　意謂自己主宰人生，不用聽命上天。此用杜甫〈曲江〉詩句：「自斷此生休問天。」❷君來正是眠時節二句　謂您來時我正要睡眠，您暫且回去休息。此用陶潛典故。《宋書・隱逸傳》載：「貴賤造之者，有酒輒設。潛若先醉，便語客：『我醉欲眠卿可去。』其真率如此。」

【語　譯】自主人生不用向天詢問，獨倚高樓。獨倚高樓。不信人間還有什麼憂愁。　您的來訪正值我要睡眠，您且回去歇息。您且回去歇息。告訴那秋風只管任意狂吹。

【研　析】這首詞作年不詳，據詞意可斷為閒居期間所作。

上片借杜甫詩句發起人生感慨，而將杜詩順句變為逆句，則平添幾許抑揚跌蕩情韻。「此生自斷」，即非怨天尤人，顯示出稼軒的高邁和超脫，而下文的臨高望遠，正是這一襟懷的形象寫照，人生的一切憂愁隨之煙消雲散。

下片轉以陶潛的真率灑脫對待人間情事、節物風光。任萬物在秋風中衰敗凋零，我自恬然入睡。此與上片獨立高樓消盡人間愁，形成呼應：心底無憂，才能坦然入眠。

醜奴兒

近來愁似天來大❶，誰解相憐？誰解相憐？又把愁來做個天❷。　都將今古無窮事，放在愁邊。放在愁邊❸。卻自移家向酒泉❹。

【注　釋】❶近來愁似天來大　意謂近來滿目憂愁。曹勛〈山居雜詩〉：「飛絮漫天愁。」廖行之〈點絳唇〉（屈指家山）：「愁似天來大。」❷又把愁來做個天　言今日又是愁緒漫天。稼軒〈鷓鴣天・三山道中〉：「閑愁做弄天來大。」❸都將今古無窮事三句　謂把古今世事放置天邊，不去思量。❹卻自移家向酒泉　用杜甫〈飲中八仙歌〉詩句：「汝陽三斗始朝天，道逢麴車口流涎，恨不移封向酒泉。」酒泉，漢代郡名（治所在今甘肅酒泉）。相傳城下有泉，味如酒，故名。

【語　譯】近來愁情彌漫天際，誰能來寬慰勸勉？誰能來寬慰勸勉？依然是愁緒漫天。　古今無窮事，全都擱置天邊。擱置天邊。我則要把家遷到酒泉。

【研析】鄧廣銘《稼軒詞編年箋注》推斷此詞作於慶元二年（西元一一九六年），但在立意戒酒之前。稼軒時年五十七，閒居帶湖。

詞作抒寫愁情漫天及其自我解愁。上片筆調沉重急切，心中之愁如浩浩長天，無窮無盡，且無人可傾訴，無人來寬解。詞筆將愁情推至極點，令人感到難以承受而又無法解脫的重壓。下片筆調卻輕鬆逆轉。詞筆承上「把愁做個天」之意，機趣地以「天」為「愁」，轉從天之高遠莫及落筆，遂有「都將今古無窮事，放在愁邊」之語，意即把愁之源（「今古無窮事」）放到天邊，則憂愁遠離己身，自可超然灑脫，開懷暢飲。

霜天曉角

赤壁❶

雪堂遷客❷，不得文章力❸。賦寫曹劉興廢❹，千古事、泯陳跡。　望中磯岸赤❺，直下江濤白❻。半夜一聲長嘯❼，悲天地、為予窄❽。

【詞牌】霜天曉角

又名〈月當窗〉、〈踏月〉、〈長橋月〉等。此調正體雙調四十三字，上片四句三仄韻，下片五句四仄韻。稼軒此詞雙調四十三字，上下片各四句三仄韻。

【注釋】❶赤壁　山名，又稱赤鼻，土石皆赤，故名。在黃州（治所在今湖北黃岡），屹立長江邊。❷雪堂遷客　指蘇軾。宋神宗元豐五年（西元一〇八二年），蘇軾謫居黃州，建雪堂。《東坡志林》卷六：「蘇子得廢園於東坡之脅，築而垣之，作堂焉，其正曰雪堂。堂以大雪中為，因繪雪於四壁之間，無容隙也。起居偃仰，環顧睥睨，無非雪者。蘇子居之，真得其所居者也。」❸不得文章力　意謂未能展現文章經世之力。劉禹錫〈郡齋書懷〉：「謾讀圖書三十車，年年為郡老天涯。一生不得文章力，百口空為飽煖家。」❹賦寫曹劉興廢　謂蘇軾賦詠曹操與劉備、孫權赤壁之戰，抒寫興亡之概。蘇軾〈前赤壁賦〉云：「西望夏口，東望武昌。山川相繆，鬱乎蒼蒼。此非孟德之困於周郎者乎？方其破荊州，下江陵，順流而東也，舳艫千里，旌旗蔽空，釃酒臨江，橫槊賦詩，固一世之雄也，而今安在哉！」詞作〈念奴嬌・赤壁懷古〉，詞云：「故壘西邊，人道是、三國周郎赤壁。」「遙想公瑾當年，小喬初嫁了，雄姿英發。羽扇綸巾，談笑間、強虜灰飛煙滅。」❺磯岸赤　指赤壁磯，在赤壁山下江岸。陸游《入蜀記》卷三：「離黃州，江平無風，挽船正自赤壁磯下過，多奇石，五色錯雜，粲然可愛。」❻江濤白　蘇軾〈念奴嬌・赤壁懷古〉有云：「驚濤裂岸，捲起千堆雪。」❼半夜一聲長嘯　蘇軾〈後赤壁賦〉：「劃然長嘯，草木震動。山鳴谷應，風起水湧。……時夜將半，四顧寂寥。」❽悲天地為予窄　悲歎天地狹窄，懷抱難以施展。杜甫〈送李校書二十六韻〉：「每愁悔吝作，如覺天地窄。」

【語　譯】謫居雪堂之人，不得施展文章經世之力。題賦曹操、劉備之興衰，千古史事，了無陳跡。　江岸赤磯壁立，濤翻浪白。半夜一聲浩歎，我之天地如此狹窄。

【研　析】這首詞作於淳熙四年（西元一一七七年）。稼軒時年三十八，知江陵府兼湖北安撫使。

黃州赤壁並非當年赤壁大戰之地，但宋時有此傳說。蘇軾謫居黃州，作詞〈念奴嬌・赤壁懷古〉云：「故壘西邊，人道是、三國周郎赤壁。」又於〈前赤壁賦〉中提及「孟德之困於周郎」。稼軒遊赤壁，感慨懷思的不是近千年前的赤壁之戰，而是近百年前的蘇軾貶謫黃州之事。乾道六年（西元一一七〇年）八月，陸游入蜀途經黃州，記遊東坡雪堂：「自州門而東，岡壟高下，至東坡，則地勢平曠開豁。東起一壟，頗高，有屋三間，一龜頭曰『居士亭』。亭下面南一堂，頗雄，四壁皆畫雪，堂中有蘇公像，烏帽紫裘，橫按筇杖，是為雪堂。」（《入蜀記》卷三）想必六、七年之後，稼軒見到的雪堂當無大變。詞作起筆「雪堂遷客」，令人想像到稼軒瞻仰雪堂中的蘇軾像時的感慨情景。「不得」句慨歎蘇軾雖富文才，卻未能憑仗文章之力而成就功業，反因作詩獲罪貶謫。曹丕《典論・論文》云：「蓋文章，經國之大業，不朽之盛事。」蘇軾不得展現文章經國之力，只得「賦寫曹劉興廢」，抒發遊覽懷古之情。「千古事」句承「曹劉興廢」而言，為稼軒之感慨。

下片為觸景感懷。過片「望中」二句狀赤壁之景，令人想到蘇軾〈念奴嬌・赤壁懷古〉所狀景象：「亂石崩雲，驚濤裂岸，捲起千堆雪。」則此二句又暗接上片「千古事」。眼前江濤洶湧，磯岸壁立，稼軒不禁豪情迸發，「一聲長嘯」。想到自身抗金恢復之雄志難展，又只能悲歎天地逼仄，英雄無用武之地。末二句與李白之「大道如青天，我獨不得出」（〈行路難〉）異曲同工，情懷悲憤。

霜天曉角

旅興

吳頭楚尾❶，一棹❷人千里。休說舊愁新恨，長亭樹，今如此❸。　宦遊吾倦矣，玉人❹留我醉：明日落花寒食，得且住，為佳耳❺。

【注　釋】❶吳頭楚尾　春秋時吳國西部與楚國東部接壤一帶，為自隆興（治所在今江西南昌）從水路往臨安（今浙江杭州）必經之地。❷棹　長槳。這裡用作動詞，指划槳。❸長亭樹二句　用東晉桓溫語感歎年華易逝。《世說新語・言語》載東晉桓溫北征途中見到自己往年種植的柳樹都長得很粗大，「慨然曰：『木猶如此，人何以堪！』攀枝執條，泫然流淚。」長亭，古時路上每十里設一長亭供行人休憩。❹玉人　美人。❺明日落花寒食三句　化用顏真卿〈寒食帖〉中語：「天氣殊未佳，汝定成行否？寒食近，且住為佳爾。」意謂明天是寒食節，落花飄零，能暫且住下為好。寒食，節令名，在清明節前一天或兩天。

【語　譯】吳、楚交界的江上，舉棹之間船已飛駛千里。不用說往日之憂愁和新添之悵恨，那長亭之樹如今已烙上深深的歲月痕跡。　仕宦生涯已使我倦怠，佳人留我舉杯共醉：明天寒食落花飄，暫且住下為好。

【研　析】這首詞作於淳熙五年（西元一一七八年）。稼軒時年三十九，自江西安撫使被召入朝。

詞題「旅興」，即旅途感興，乃自隆興從水路往臨安途中所作。起筆二句點明行旅之地及別離情事，眼界闊遠，離思茫茫。千里相別，舊愁新恨難以盡言，或不忍訴說，故言「休說」。「長亭」二句，化用桓溫語：「木猶如此，人何以堪！」感慨人世滄桑變幻，「舊愁新恨」亦在其中。「長亭」語則應合離別之事。

下片言宦遊倦怠，佳人勸留歡醉。此當為回述隆興別宴情形。「吾倦」「宦遊」，見出稼軒南渡近二十年仕宦生涯的不如意，然而又深感無奈。其離別隆興次韻同僚之作〈水調歌頭〉（我飲不須勸）有云：「但覺平生湖海，除了醉吟風月，此外百無功。」仕宦失意怨憤之情溢於言表。本詞所述玉人留醉，亦即「醉飲風月」之事，自是英雄失意情懷的一種遣賞和慰藉。然而玉人勸留之語乃化用顏真卿〈寒食帖〉語，則筆調語氣間別具雅趣。

點絳唇

身後功名，古來不換生前醉❶。青鞋自喜，不踏長安市。

竹外僧歸，路指霜鐘寺❷。孤鴻起，丹青手裏，剪破松江水❸。

【詞牌】點絳唇 又名〈南浦月〉、〈沙頭雨〉、〈點櫻桃〉等。此調正體雙調四十一字，上片四句三仄韻，下片五句四仄韻。稼軒此詞為正體。

【注釋】❶身後功名二句　意謂自古以來，追求身後功名，不如生前歡醉。此用西晉張翰語意。《世說新語・任誕》載張翰性情曠達，曾說：「使我有身後名，不如即時一杯酒。」❷霜鐘寺　即僧寺。張繼〈楓橋夜泊〉：「月落烏啼霜滿天，江楓漁火對愁眠。姑蘇城外寒山寺，夜半鐘聲到客船。」❸丹青手裏二句　意謂剪破丹青妙手筆下的松江圖景。此用杜甫〈戲題王宰畫山水圖歌〉詩句：「安得并州快剪刀，剪取吳淞半江水。」松江，即吳淞江，在今江蘇、上海境內。

【語譯】死後的功業聲名，自古就不如生前的痛飲歡醉。腳穿青布鞋，自足自樂，不踏入京城繁華地。竹林外的山路上，僧人踏著鐘聲而歸寺。一隻孤雁沖天飛起，就像一把剪刀，剪破了畫家筆下的松江山水。

【研　析】這首詞作年不詳。據詞句「青鞋自喜，不踏長安市」，當作於閒居帶湖或瓢泉期間。

起筆即言「身後功名」，便點明詞作旨趣在思考人生價值。上片四句，兩兩相對（「身後功名」與「生前醉」、「青鞋自喜」與「踏長安市」），去取之中表明閒居自適的心志。下片勾畫的竹外僧人歸寺、江上孤鴻驚飛的情景，便是令稼軒「青鞋自喜」之處。僧歸、霜鐘，透出超塵脫俗的幽寂氣韻，江上孤鴻驚飛則又在幽寂的境界裡增添了生趣，同時令讀者隱約感觸到稼軒內心深處的孤憤之情。

點絳唇

留博山寺，聞光風主人微恙而歸，時春漲斷橋❶

隱隱輕雷，雨聲不受春回護❷。落梅如許❸，吹盡牆邊去。

春水無情，礙斷溪南路。憑誰訴？寄聲傳語。沒個人知處❹。

【注　釋】❶留博山寺三句　博山寺，故址在今江西廣豐西南。光風主人，不詳。疑為當地一位山林隱士或道人。按：黃庭堅〈濂溪詩〉序云：「春陵周茂叔，人品甚高，胸中灑落，如光風霽月。」史季溫注：「光風，和也，如顏子之春。霽月，清也，如孟子之秋。」微恙，小病。❷雨聲不受春回護　意謂風雨不惜春。回護，袒護。❸如許　如此。❹知處　知道。處，助詞。如黃庭堅〈驀山溪〉（山圍江暮）：「無人知處。夢裏雲歸路。」賀鑄〈青玉案〉（凌波不過橫塘路）：「月橋花榭，瑣窗朱戶，只有春知處。」

【語　譯】陣陣輕雷，風雨毫不顧惜春天。梅花凋零，紛紛飄落牆邊。

春水無情，阻斷了通向溪南的路。託誰傳話？想捎去一聲問候，卻無人知其住處。

【研　析】這首詞作於帶湖閒居期間，具體作年不詳。

據詞題，作者大概和友人光風主人相約出遊，後光風主人因病而歸。作者獨留博山寺，時逢春汛隔斷了與友人的聯繫。詞作即抒寫對友人的繫念之情。然而，詞的起筆沒有直入思友之情，而是描寫春雷、春雨聲中，梅花紛紛凋零的景象，在「不受」、「如許」、「吹盡」等語詞中表露出春雨的無情。下片由春雨自然過渡到「春漲斷橋」。結尾三句以跌宕的筆調，抒發出內心思念友人而難通音信的惆悵焦慮之情。

詞中情事甚為尋常，卻令讀者感受到不尋常的情感力度。「吹盡牆邊去」、「礙斷溪南路」、「沒個人知處」三句，寫春雨摧梅、春水斷路、情懷無訴，其斷然刻摯的語調中，透露出稼軒心境深層的某種激憤。

歸朝歡

寄題三山鄭元英巢經樓❶。樓之側有尚友❷齋，欲借書者就齋中取讀，書不借出

萬里康成西走蜀，藥市船歸書滿屋❸。有時光彩射星躔，何人汗簡讎天祿❹？
好之寧有足。請看良賈藏金玉。記斯文，千年未喪，四壁聞絲竹❺。試問辛勤攜一束❻，何似牙籤三萬軸❼。古來不作借人癡❽，有朋只就雲窗讀❾。憶君清夢熟。覺來笑我便便腹❿。倚危樓，人間誰舞，掃地〈八風曲〉⓫？

【詞牌】歸朝歡

稼軒詞又名〈菖蒲綠〉。此調正體雙調一百四字，上、下片各九句六仄韻。稼軒此詞為正體。

【注釋】❶三山鄭元英巢經樓　四卷本題作「鄭元英文山巢經樓」。三山，指福州（今屬福建），城中有九仙山、閩山、越王山三山，故稱。鄭元英，福州人。曾遊宦蜀中，餘不詳。巢經，孟郊〈忽不貧喜盧仝書船歸洛〉：「我願拾遺柴，巢經於空虛。」❷尚友　與古人為友。《孟子．萬章下》：「孟子謂萬章曰：一鄉之善士，斯友一鄉之善士；一國之善士，斯友一國之善士；天下之善士，斯友天下之善士。以友天下之善士為未足，又尚論古之人。頌其詩，讀其書，不知其人可乎？是以論其世也，是尚友也。」❸萬里康成西走蜀二句　意謂鄭氏入蜀，以船載書而歸。康成，鄭玄，字康成，東漢北海高密（今屬

山東高密）人。經學大師。藥市，此指成都藥市。陸游《老學庵筆記》卷六：「成都藥市以玉局化為最盛，用九月九日。」施宿《會稽志》卷七載開元寺燈市之盛：「傍十數郡及海外商估皆集，玉帛珠犀、名香珍藥、組繡髹藤之器，山積雲委，眩耀人目。法書名畫、鐘鼎彝器、玩好奇物亦間出焉。士大夫以為可配成都藥市。」宋時，蜀中為圖書刻印中心之一，士人入蜀或載書而歸。韓淲〈李正之丈提刑挽詞〉自注云：「公在蜀收書，將為義學。」❹有時光彩射星躔二句　以劉向校書天祿閣，喻鄭氏在巢經樓校讀。《三輔黃圖》卷六：「天祿閣，藏典籍之所。……劉向於成帝之末校書天祿閣，專精覃思。夜有老人，著黃衣，植青藜杖，叩閣而進。見向暗中獨坐誦書，老父乃吹杖端煙然，因以見向。……至曙而去。請問姓名，云：我是太乙之精。天帝聞卯金之子有博學者，下而觀焉。」太乙，即帝星。卯金，即卯金刀，指「劉」字。星躔，指日月星辰運行軌跡。汗簡，即竹簡。《後漢書・吳祐傳》「殺青簡以寫經書」注：「殺青者，以火炙簡，令汗，取其青，易書，復不蠹，謂之殺青，亦謂汗簡。」讎，校對。劉向《別錄》：「一人讀書，校其上下得謬誤，為校。一人持本，一人讀書，若怨家相對，為讎。」❺記斯文三句　意謂文化典籍，千年傳承不斷。《論語・子罕》：「子曰：天之將喪斯文也，後死者不得與於斯文也。天之未喪斯文也，匡人其如予何？」《水經注》卷二十五「泗水」條：「漢武帝時，魯恭王壞孔子舊宅，得《尚書》、《春秋》、《論語》、《孝經》。……于時聞堂上有金石絲竹之音，乃不壞。」❻試問辛勤攜一束　意謂辛苦往返借一包書。韓愈〈示兒〉：「我始來京師，止攜一束書。辛勤三十年，以有此屋廬。」❼何似牙籤三萬軸　意謂何如置身數萬冊書籍之間隨意取讀。韓愈〈送諸葛覺往隨州讀書〉：「鄴侯家多書，插架三萬軸。一一懸牙籤，新若手未觸。」牙籤，牙骨等製作的書籍籤牌。《舊唐書・經籍志下》：「其集賢院御書，經庫皆鈿白牙軸、黃縹帶、紅牙籤，史書庫鈿青牙軸、縹帶、綠牙籤，子庫皆雕紫檀軸、紫帶、碧牙籤，集庫皆綠牙軸、朱帶、白牙籤，以分別之。」❽古來不作借人癡　意謂自古人們不做借書這種傻事。李匡乂《資暇集》卷下：「借借（上子亦反，下子夜反）書籍，俗曰：借一癡，借二癡，索三癡，還四癡。又案《玉府新書》：杜元凱遺其子書曰：『書勿借人。古人云：古諺借書一嗤，還書二嗤。』後人更生其詞至三四，因訛為癡。嗤，笑也。」❾只就雲窗讀　孟郊〈忽不貧喜盧仝書船歸洛〉：「我願拾遺柴，巢經於空虛。下免塵土侵，上與雲霞居。」❿便便腹　意即大腹便便。《後漢書・邊韶傳》：「（韶）晝日假臥，弟子私嘲之曰：『邊孝先，腹便便。懶讀書，但欲眠。』韶潛聞之，應時對曰：『邊為姓，孝為字。腹便便，五經笥。但欲眠，思經事。寐與周公通夢，靜與孔子同意。師而可嘲，出何典記。』嘲者大慚。」⓫掃地八風曲　謂掃地狂舞。《新唐書・祝欽明傳》載欽明「中英才傑出、業奧六經等科。……帝與羣臣宴。欽明自言能〈八風舞〉。帝許之。欽明體肥醜，據地，搖頭睆目，左右顧眄。帝大笑。吏部侍郎盧藏用歎曰：『是舉五經掃地矣。』」後被彈劾貶謫。「欽明於五經為該淹，自見坐不孝免，無以澡祓，乃阿附韋氏圖再用，又坐是見逐。諸儒共羞之」。八風曲，《左傳》隱公五年：「夫舞，所以節八音而行八風。」注：「八風，八方之風也。」

【語　譯】奉寄題福州鄭元英巢經樓之作。樓旁建有尚友齋。借書者取書在齋中閱讀。書不外借。

博學鄭子遊宦西蜀，萬里歸船載回滿屋書。燈光不時映射星空，何人在書樓校讀？就像漢代劉向在天祿閣校書。性好藏書怎會滿足。就像富商儲存金玉。記載文明，千年傳承不斷，四壁回響金石絲竹。　試問辛勤往返借書一束，怎如身伴三萬藏書，隨意取讀。秉持古訓不為借書之事，友人來訪只在書樓閱讀。與君相憶入夢鄉。醒來自笑便便大腹。身倚高樓，問世間誰令五經掃地，顛狂表演〈八風舞〉？

【研　析】這首詞大概作於淳熙十六年（西元一一八九年）前後。稼軒時年約五十，閒居瓢泉。

鄭元英遊宦西蜀，自成都藥市購回大量書籍，藏於巢經樓。稼軒賦詞寄題。上片前四句依次敘說鄭氏萬里載書而歸，日夜校讀於書樓。「好之」二句，乃從前述購書、校書之舉中自然歸結出喜好之情。「記斯文」三句，化用魯恭王壞孔子舊宅得古文經書典故。孔子「述而不作」，以傳承禮儀文明為天職，故數百年之後，其舊宅猶令人有聞金石絲竹之感。稼軒用此典故，意在稱譽鄭氏有功於文獻傳世不喪。

上片所言藏書之來源、鄭氏書樓校讀、藏書傳承文明之功，筆意皆立足於巢經樓。下片轉到題中「尚友齋」。鄭氏藏書不出借，故設此齋供「欲借書者就齋中取讀」。稼軒詞中代為解釋，「試問」二句從借書者角度說，意謂借書還書，攜書一束，辛勤往返，何如置身書樓取讀舒適愜意！「古來」二句則從藏書者角度說，上句引古諺以證「書不借出」之符合古訓，下句關合「就齋中取讀」之意。其「雲窗」及前文「光彩射星躔」，皆暗合「巢經樓」取名來由：「我願拾遺柴，巢經於空虛。下免塵土侵，上與雲霞居。」（孟郊〈忽不貧喜盧仝書船歸洛〉）「憶君」二句筆調落到自身，謂思念鄭氏而酣然入夢，醒來自笑腹便便。筆涉諧趣，「便便腹」用邊韶典故，自嘲「懶讀書，但欲眠」。同時，邊氏自解「腹便便，五經笥」，又令稼軒想到唐代體肥而博通五經的祝欽明，其舞〈八風〉之舉被斥為「五經掃地」，「為朝大儒，乃詭聖僻說」，「托儒為姦」（《新唐書・

祝欽明傳》。詞作結末二句用其事，譏嘲世間諂佞無行之姦儒玷汙五經，亦反襯出鄭氏博學通經而品性高潔。

詞題書樓，筆意所涉可謂周全，言及購書、藏書、校書以及書供取讀不出借之規，稱賞鄭氏藏書之功，譏刺通經無行之姦儒。筆觸亦莊亦諧，如「良賈藏金玉」之譬喻、「笑我便便腹」之自嘲，語含諧趣。活用典故及前人成句，意脈流貫，一無牽附之感。

歸朝歡

靈山齊菴菖蒲港❶，皆長松茂林，獨野櫻花一株，山上盛開，照映可愛。不數日，風雨摧敗殆盡。意有感，因效介菴體❷為賦，且以〈菖蒲綠〉名之。丙辰歲❸三月三日也。

山下千林花太俗，山上一枝看不足。春風正在此花邊，菖蒲自蘸清溪綠❹。

與花同草木，問誰風雨飄零速？莫悲歌，夜深巖下，驚動白雲宿。　病怯殘年

頻自卜，老愛遺篇❺難細讀。苦無妙手畫於菟，人間雕刻真成鵠❻。夢中人似玉，

覺來更憶腰如束❼。許多愁，問君有酒，何不日絲竹❽？

【注釋】❶靈山齊菴菖蒲港　靈山，在信州府（治所在今江西上饒）城西北。齊菴，稼軒靈山屋舍。菖蒲港，在靈山下。❷介菴體　指趙介菴（西元一一二二—一一七五年，名彥端，字德莊）詞風格調。介菴詞筆淺易疏快，狀物言情，真切動人，即稼軒本詞所言「雕刻真成鵠」。如〈謁金門〉（休相憶）中名句「波底斜陽紅濕」，傳誦一時。其〈鷓鴣天・歐懿〉「春光九十羊城景，百紫千紅總不如」、〈鷓鴣天・蕭秀〉「天教謫入羣花苑，占得東風第一枝」、〈看花回〉「端有恨，留春無計，花飛何速」、「看波面垂楊蘸綠」、〈虞美人〉（疎梅淡月年年好）「起舞人如玉」、〈秦樓月〉（香蔌蔌）「烘溫玉。酒愁花暗，沈腰如束」等詞句，似對稼軒本詞有所影響。❸丙辰歲　即慶元二年（西元一一九六年）。❹菖蒲自蘸清溪綠　即詞序所云「菖蒲綠」之意。菖蒲，水草名。趙彥端〈看花回〉（端有恨）：「看波面垂楊蘸綠。」❺老愛遺篇　意謂年老眼力不濟，愛其詞作而難以細讀。遺篇，指趙彥端遺作。喻良能〈書趙德莊詞後〉：「老眼看書成霧，介菴墨妙金箆。波底斜陽紅濕，絕勝彩筆新題。」

❻苦無妙手畫於菟二句　《後漢書・馬援傳》載馬援〈誡兄子書〉有云「刻鵠不成尚類鶩」、「畫虎不成反類狗」。鵠，天鵝。鶩，鴨。於菟，即虎。《左傳》宣公四年：楚人「謂虎於菟」。❼夢中人似玉二句　意謂夢見佳人如玉，醒來戀戀難忘。趙彥端〈憶少年〉（逢春如酒）：「逢人如玉。」〈虞美人〉（疎梅淡月年年好）：「起舞人如玉。」〈秦樓月〉（香蔌蔌）：「烘溫玉。酒愁花暗，沈腰如束。」宋玉〈登徒子好色賦〉：「肌如白雪，腰如束素。」❽許多愁三句　意謂愁情滿懷，何不暢飲歡醉，絲竹聲中遣愁消憂。《世說新語・言語》載謝安對王羲之說：「中年傷於哀樂，與親友別，輒作數日惡。」王曰：「年在桑榆，自然至此，正賴絲竹陶寫。恆恐兒輩覺，損欣樂之趣。」

【語　譯】靈山齊菴菖蒲港，林木繁茂，松樹參天，山上獨有一株野櫻花盛開，映照陽光，絢麗可愛。沒幾天，被風雨摧損殆盡。心有感觸，因而效仿趙介菴詞風，為賦一闋，並名之為〈菖蒲綠〉。丙辰歲三月三日。

山下叢林茂密，枝頭花朵太豔俗，山上那一枝野櫻花令人看不足。春風在花旁吹拂，菖蒲浸染清溪泛綠。花與草木同生，風雨為何使櫻花凋敗得如此迅速？莫要悲吟，夜深寂靜，莫要驚動巖下的白雲棲宿。疾病纏身，殘年心怯，常常自我占卜。年老眼花，喜愛介菴遺留的佳篇卻難以細讀。慚愧我沒有畫虎妙手，人間卻有雕刻的真鵠。夢中人，美如玉，夢醒更難忘那纖腰如束。如許惆悵，請問：君有美酒，何不日日在絲竹聲中遣愁自娛？

【研　析】這首詞作於慶元二年（西元一一九六年）。稼軒時年五十七，閒居帶湖。

詞為野櫻花的凋謝而作，筆意從野櫻花的綻放發起，以「千林花太俗」反襯野櫻花「一枝看不足」。美而脫俗，令人百看不厭。唯其如此，野櫻花的迅速凋敗更令人感傷惋惜。春風拂蕩，櫻花飄零，然而菖蒲依然綠映清溪，遂引發對風雨的責問：野櫻花與草木同生，風雨何以獨令櫻花迅速飄零？責問聲中激盪著悲惜之情。一問而止，筆調突轉，別開境地，託深夜巖下棲息的白雲，化解內心的悲愁。

上片仿效介菴筆調題詠野櫻花。過片「病怯」一句，承上片花之「飄零速」而感慨身世，又為下句「老愛遺篇」作鋪墊。自身年老病衰，情懷悵惘，而介菴遺留的佳篇正合我心。詞筆落到「介菴體」。「苦無妙手」句以下，均承「老愛遺篇」而發。自愧沒有畫虎妙筆，自抑自謙以凸顯介菴妙手「雕刻真成鵠」，即對「介菴體」的評賞。「夢中人」二句，似攝取介菴〈鷓鴣天〉題詠京口十名妓情事，以美人喻花，筆調回到野櫻花的飄零。結末「問君」二句，既因介菴詞情而發問，也為自身惜花之愁而自問，在反詰語調中擺脫櫻花凋零以及「病怯殘年」帶來的「許多愁」。

歸朝歡

題趙晉臣敷文積翠巖❶

我笑共工緣底怒，觸斷峨峨天一柱。補天又笑女媧忙，卻將此石投閑處❷。

野煙荒草路。先生拄杖來看汝。倚蒼苔，摩挲試問❸：千古幾風雨？　長被兒童敲火苦，時有牛羊磨角去❹。霍然千丈翠巖屏，鏘然一滴甘泉乳。結亭三四五。

會相暖熱攜歌舞❺。細相量，古來寒士，不遇有時遇。

【注釋】❶趙晉臣敷文積翠巖　趙晉臣敷文，即趙不迂，字晉臣。趙宋宗室。紹興二十四年（西元一一五四年）進士。官中奉大夫，直敷文閣學士。積翠巖，在鉛山縣（今屬江西）。《鉛山縣志》卷一：「觀音石，又名積翠巖，即古之楊梅山，在縣西三里。……《方輿記》云：『積翠巖房蓄煙靄，五峰相對。自五峰以東，由斷玉峽二十餘步，有石屹立，名擎天柱，又名狀元峰。』」❷我笑共工緣底怒四句　司馬貞《補史記・三皇本紀》載：共工氏與祝融戰，頭觸不周山，「天柱折，地維缺。女媧乃煉五色石以補天」。《淮南子・天文》：「共工與顓頊爭為帝，怒而觸不周之山。天柱折，地維絕，天傾西北，故日月星辰移焉。」〈覽冥〉：「往古之時，四極廢，九州裂，天不兼覆，地不周載。……於是女媧鍊五色石以補蒼天。」❸倚蒼苔二句　謂倚傍撫摸著長滿青苔的巨石。王安石〈謝公墩〉：「摩挲蒼苔石，點檢屐齒痕。」摩挲，撫摸。❹長被兒童敲火苦二句　意謂常常遭受牧童敲石取火之苦，又不時承受牛羊磨礪犄角。韓愈〈石鼓歌〉：「牧童敲火牛礪角，誰復著手為摩挲。」❺會相暖熱攜歌舞　言定當置酒暢飲，歌舞盡歡。黃庭堅〈次韻答叔原會寂照房呈稚川〉：「置酒相暖熱，愜于冬飲湯。」

《野客叢談》卷二十二：「今人久茹素，而其親若鄰設酒殽之具以相煖熱，名曰開葷。」

【語　譯】我笑那共工何必發怒，觸斷巍峨屹立的擎天石柱。又笑那女媧急急忙忙煉石補天，卻把這塊巨石棄置於野煙荒草之路。先生拄杖前來看望。倚石撫摸石身蒼苔低問：千百年來歷經多少風風雨雨？　常常承受牧童敲擊之苦，不時又有牛羊來磨礪犄角。千丈如屏翠巖霍然聳立，一滴似乳甘泉鏗然垂落。建起茅亭三五間。定當攜酒相聚，歌舞宴歡。仔細思量，古來貧寒不遇之士，也有遇合得志之時。

【研　析】這首詞作於慶元六年（西元一二〇〇年）。稼軒時年六十一，閒居瓢泉。

大概趙晉臣在積翠巖建起三五間亭舍以便小住遊賞，亦可供聚友歡遊。稼軒為之賦詞題詠，選取積翠巖特色景觀擎天巨石為描狀對象。起筆以笑謔筆調，將共工怒觸天柱、女媧煉石補天之神話傳說融為一體，想像此石為當年女媧棄置不用者，言語間流露出對此石被棄用的惋惜。下文「野煙」數句，均由此情導引而出：沉落於野煙荒草之中，歷經風雨，滿身蒼苔，巨石被棄之後的身世令人悲歎！先生拄杖探望，撫石相問，舉止言語間顯示出對巨石不幸遭遇的關切同情。此「先生」自然是指趙晉臣，遂與題意關合，點明趙氏卜居積翠巖。

過片所言牧童敲火、牛羊磨角，為巨石被棄置後的屈辱遭遇，意脈與上片結句相承，似巨石應「先生」之問而傾訴苦衷，語調哀怨。然而接下「霍然」二句筆調振起，轉到與巨石相對的五峰、飛泉，「霍然」、「鏘然」二語，令人如見其勢、如聞其聲。如此奇秀之景觀遂引來雅遊之士結亭其旁，聚宴歡賞。此與巨石之境遇形成對比，令稼軒聯想到古今寒士之命運，有時失志，有時得志。

稼軒在題詠自然景觀中貫注人生理趣，亦莊亦諧；其女媧補天棄用巨石之構想，與數百年後的曹雪芹構思《石頭記》暗合。

鵲橋仙

和范廓之送祐之弟歸浮梁❶

小窗風雨，從今便憶，中夜笑談清軟❷。啼鴉衰柳自無聊❸，更管得❹、離人腸斷。

詩書事業❺，青氈猶在❻，頭上貂蟬會見❼。莫貪風月臥江湖，道日近、長安路遠❽。

【詞牌】**鵲橋仙**　調名取自歐陽脩詞句「鵲迎橋路接天津」。又名〈鵲橋仙令〉、〈憶人人〉、〈金風玉露相逢曲〉、〈廣寒秋〉等。此調正體雙調五十六字，上、下片各五句兩仄韻。稼軒此詞為正體。「松岡避暑」、「溪邊白鷺」二詞上、下片各五句四仄韻。

【注釋】❶和范先之句　四卷本乙集作「送祐之歸浮梁」。廓之，原作「先之」，乃避宋寧宗趙擴名諱而改。《花庵詞選》作「和廓之弟送祐之歸浮梁」。范廓之，名開。稼軒弟子。祐之，即辛助，字祐之。稼軒族弟。浮梁，縣名，治所在今江西浮梁。❷小窗風雨三句　稼軒〈臨江仙・再用韻送祐之弟歸浮梁〉：「記取小窗風雨夜，對牀燈火多情。」清軟，清雅柔和。❸無聊　無奈。❹更管得　哪管得。更，豈。❺詩書事業　讀書為業。❻青氈猶在　謂家傳猶在。許嵩《建康實錄》卷十載王獻之「夜臥齋中，而有偷人入室，盜物都盡。獻之徐曰：『青氈是我家舊物，可特置之。』羣偷驚走」。後世以青氈舊物喻家傳之物。❼頭上貂蟬會見　意謂定將位列公卿。貂蟬，指貂蟬冠，以附蟬、貂尾為飾，始於漢代侍中、中常侍。宋代稱貂蟬籠巾七梁冠，宰相、親王、使相、三師、三公所戴。會，一定。❽道日近長安路遠　用晉明帝典故寄寓故國淪陷之悲。《世說新語・夙慧》：「晉明帝數歲，坐元帝膝上。有人從長安來，元帝問洛下消息，潸然流涕。明帝問何以致泣，具以東渡意告之，因問明帝：『汝意謂長安何如日遠？』答曰：『日遠。不聞人從日邊來，居然可知。』元帝異之。明日集羣臣宴會，告以此意，更重問之。乃答曰：『日近。』元帝失色，曰：『爾何故異昨日之言邪？』答曰：『舉目見日，不見長安。』」

【語　譯】小窗風雨之夜清雅和婉的歡言笑語，從今以後便將成為憶想。衰柳啼鴉本自無可奈何，哪管得了離別之人的愁斷肝腸。　讀書為業，家傳猶在，定將頭戴公卿之冠。莫要貪戀風月退隱江湖，如今正所謂故都比天日更加遙遠。

【研　析】這首詞與〈臨江仙・再用韻送祐之弟歸浮梁〉當為同時之作，即淳熙十五年（西元一一八八年）正月之前帶湖閒居期間所作。

送祐之歸浮梁，稼軒賦詞數闋，抒寫別情之外，又各具旨趣。本詞上片惜別。起筆「小窗」三句猶同題之〈臨江仙・再用韻送祐之弟歸浮梁〉中「記取小窗風雨夜，對牀燈火多情」，臨別之際想起歡聚時最難忘的風雨夜話情景，依依別情蘊於其中。眼前的啼鴉衰柳又令稼軒跳出溫馨記憶，面臨現實的離愁別苦。自感離愁斷腸，卻謂啼鴉衰柳本自淒苦無奈，更無力顧及「離人腸斷」，以曲折的筆調抒發內心無可奈何的別離愁情。前三句以記憶中的樂境反襯離愁，後二句則以現實中的哀景映襯別苦。

詞作下片轉筆讚譽祐之承續詩書家業，預祝祐之仕宦前程輝煌，勉勵祐之莫忘抗金復國之志。稼軒在前引〈臨江仙〉詞作中以超然於得失榮辱之外的人生信念勸慰祐之：「鐘鼎山林都是夢，人間寵辱休驚。只消閒處過平生。」其旨趣與本詞堪為互補，人生失意之時當以超脫豁達心態處之，但又不可失去自信，更不能動搖人生志向。這也是稼軒閒居期間的基本心境，雖稱「只消閒處過平生」，然年逾花甲，「除知紹興府，過闕入見，言夷狄必亂必亡，願付之元老大臣，務為倉猝可以應變之計」（《建炎以來朝野雜記》乙集卷十八）。繼知鎮江府，則儲物招兵，積極備戰，登北固亭賦詞懷古自比廉頗（〈永遇樂〉「千古江山」）。此亦可知其抗金復國之志終生不忘，賦閒時實亦未忘收復失土大計。

鵲橋仙

己酉山行書所見❶

處。

松岡避暑，茅簷避雨，閒去閒來幾度。醉扶怪石❷看飛泉，又卻是、前回醒處。

東家娶婦，西家歸女❸，燈火門前笑語。釀成千頃稻花香，夜夜費、一天風露❹。

【注釋】❶己酉山行書所見　四卷本無「己酉」二字。己酉，宋孝宗淳熙十六年（西元一一八九年）。❷怪石　四卷本作「孤石」。❸歸女　嫁女。❹釀成千頃稻花香二句　意謂夜夜清風白露釀成了千頃稻花飄香。

【語譯】松林岡上避暑，茅屋簷下避雨，不知多少次閒來閒往。醉醺醺手扶怪石，觀賞飛瀉的山泉，卻正是前一次酒醒的地方。

東家迎娶兒媳，西家出嫁閨女，門前燈火通明，笑語飛揚。夜夜清風雨露，滋養出千頃稻花飄香。

【研　析】這首詞作於淳熙十六年（西元一一八九年）初夏。稼軒時年五十，閒居帶湖。

題曰「山行書所見」，是一首記遊詞作。上片寫「山行」，但並非敘述具體某一次，而是概言閒居生活中不斷重複的情景，這從「幾度」、「前回」二語可以見出。稼軒是一位心懷抗金復國大志的英雄豪傑，他又怎能在如此的閒居生活中體味到真正的閒情逸致？「醉扶怪石看飛泉」的神態中當不無失志英雄難以言表的悲慨和憤激！這是醉態中的真情展露，待到酒醉醒來，現實依舊。這種醉而醒、醒復醉，體現出稼軒內心深處的報國熱望與現實生活的閒居無聊之間的衝突。

下片寫山行所見鄉村嫁娶風情畫面及稻花飄香景象。嫁、娶為人間喜事，燈火輝映中，飄蕩歡聲笑語。稻花飄香則為豐年的預兆，為農家樂事。豐年嫁娶，最能展現農家生活的美好祥和。這對壯志未酬、閒居無聊、醒醉看風景的稼軒，不失為一種精神慰藉。

鵲橋仙　贈人

風流標格❶，惺鬆言語❷，真個十分奇絕。三分蘭菊十分梅❸，鬥合❹就、一枝風月。

笙簧未語，星河易轉❺，涼夜厭厭❻留客。只愁酒盡各西東，更把酒、推辭一霎。

【注　釋】❶風流標格　言風韻瀟灑脫俗。蘇軾〈荷華媚〉：「霞苞霓荷碧，天然地別是風流標格。」❷惺鬆言語　說話輕快婉轉。周邦彥〈望江南〉（歌席上）：「淺淡梳粧疑見畫，惺松言語勝聞歌。」惺鬆，即「惺松」。❸十分梅　鄧廣銘《稼軒詞編年箋注》云：「『十』疑當作『七』，蓋承上文而誤。」譯文從之。❹鬥合　拼湊。秦觀〈河傳〉：「亂花飛絮，又望空、鬭合離人愁苦。」❺星河易轉　言別夜易盡。錢起〈春夜過長孫繹別業〉：「不覺星河轉，山枝驚曙禽。」李清照〈南歌子〉：「天上星河轉，人間簾幕垂。」星河，銀河。❻厭厭　寂靜。《詩・小雅・湛露》：「厭厭夜飲，不醉無歸。」蘇軾〈次韻子由種杉竹〉：「吏散庭空雀噪簷，閉門獨宿夜厭厭。」

【語　譯】風度瀟灑清高，言語柔婉輕快，真的十分奇妙。三分蘭菊之清雅，七分梅花之幽韻，融合成一枝風月之花。

笙簧無聲，星河流轉，涼夜寂靜，客留酒筵。只怕酒一喝完，就要各奔東西，便把杯推辭，但願多留片時。

【研　析】這首詞作年不詳。鄧廣銘《稼軒詞編年箋注》附此詞及同調「送粉卿」之作於〈水調歌頭〉（我亦卜居者）之後，疑粉卿即〈水調歌頭〉詞序所言遣去之歌者。據此推斷，本詞蓋亦作於慶元二年（西元一一九六年）。稼軒時年五十七，閒居帶湖。

詞題「贈人」，即贈別，所贈之人或如鄧廣銘先生所揣測，即遣去之歌者。上片讚其風度瀟灑脫俗，聲音柔婉流轉，擁有蘭菊梅之幽香冷韻。如此美妙的歌者將告別離去，稼軒的依依惜別之情自不待言。下片即呈現出沉沉的離愁別恨氛圍。往日「夜來依舊管弦聲」（〈浣溪沙・瓢泉偶作〉），如今「笙簧未語，星河易轉，涼夜厭厭」，寂靜中蘊含無盡的別情別語。俗言巧舌如簧，笙簧之「未語」，尤見此情此境難以言表。星河轉，夜將盡，分別即將來臨。結末「只愁」二句，令人感到靜靜別夜鬱積的惜別愁緒，在告別之際的激盪回旋之勢。

鵲橋仙

送粉卿❶行

轎兒排了，擔兒裝了，杜宇一聲催起❷。從今一步一回頭，怎睚❸得、一千餘里。

舊時行處，舊時歌處，空有燕泥香墜❹。莫嫌❺白髮不思量，也須有、思量去裏❻。

【注　釋】❶粉卿　當為稼軒侍兒，疑即〈水調歌頭〉（我亦卜居者）詞序所言遣去之歌者。❷杜宇一聲催起　惠洪〈和人春日〉：「攬衣欲起還眠，杜宇一聲春曉。」楊萬里〈待次臨漳諸公薦之易地毗陵自愧無濟劇才上章丐祠〉：「商量若為可，杜宇一聲催。」杜宇，杜鵑鳥。❸睚　捱；熬。郭應祥〈鵲橋仙・七夕〉：「兩情想向，一年廝睚，等得佳期又到。」❹空有燕泥香墜　薛道衡〈昔昔鹽〉：「暗牖懸蛛網，空梁落燕泥。」❺莫嫌　莫要懷疑。❻也須有思量去裏　意謂心中也定有思念。

【語　譯】轎子已擺好，擔子已裝好，杜鵑一聲催人啟行。從今別後，一步一回頭，如何能捱過一千多里路程。

往日歌舞經行之所，如今徒有燕巢香泥飄落。莫說白髮人淡然無思量，他也自有心中的懷想。

【研　析】這首詞贈別侍兒粉卿，大概作於慶元二年（西元一一九六年）。稼軒時年五十七，閒居帶湖。

詞為送行而作，起筆二句即展現出整裝待發場景。杜鵑催促啟程，粉卿則一步一回頭，漫長的千餘里路途該是多愁苦的旅程！車馬行李的準備停當、杜鵑鳥的聲聲催行，反襯出粉卿的依依惜別深情。「一千餘里」，不僅僅是空間的遙遠，也喻示粉卿別離愁情的悠長，同時對送行者而言，此一別將遙隔千餘里，其別後相思之情則可想見。

上片筆調側重於抒寫粉卿惜別之情，間接透露出稼軒的送別之情。下片詞筆轉而自述情懷，但不言送行感觸，而是預言別後的觸景傷情，蓋因送別之情已見於上片之言外，故下片轉言別後，雖屬預想而實與別時情懷相承，上下片情事脈絡貫通。

鵲橋仙

贈鷺鷥

溪邊白鷺，來吾告汝：溪裏魚兒堪數。主人憐汝汝憐魚，要物我、欣然一處。

白沙遠浦，青泥別渚，剩有❶蝦跳鰍舞。聽❷君飛去飽時來，看頭上、風吹一縷。

【注　釋】❶剩有　更有。❷聽　任憑。

【語　譯】溪邊白鷺，過來聽我對你說：溪水裡魚兒清晰可數。你主人愛護你，你也要愛護魚，物我之間當欣然相處。　遠處的沙灘浦口，小洲上的泥洼，更有河蝦泥鰍在跳躍歡舞。任你餓時飛離飽時飛來，仰頭望去如清風一縷。

【研　析】這首詞作年不詳，據詞意可推知為閒居期間所作。

詞作以和白鷺對話的戲謔筆調，抒寫物我欣然相處之情懷和願望。起筆二句總攝全詞，「溪裏」句直至末句皆為「吾告汝」之語。溪邊白鷺正欲捕食水中游魚，稼軒見溪魚面臨殺身之禍，遂招呼白鷺過來，告訴牠物我欣然相處之理。話題即從白鷺意欲捕食的溪魚引入。溪水清澈，魚兒歡游，令人想到柳宗元〈小石潭記〉對潭中游魚的描繪：「潭中魚可百許頭，皆若空游無所依。日光下澈，影布石上，佁然不動，俶爾遠逝，往來翕忽，似與遊者相樂。」這便是物我快樂相處的美妙境界。「主人憐汝汝憐魚」，則人與物、物與物之間都應憐愛共處，才是稼軒所稱的「物我欣然一處」。

下片向白鷺描畫「物我欣然一處」之情景。上片已說過溪魚之樂，下片則言蝦、鰍之樂，皆各得其所，各得其樂。白鷺則如一縷清風，在清溪白沙之上自由飛翔，心無捕食魚蝦之念，和魚蝦相安相樂。這就是稼軒對白鷺的期望。

本詞大概是稼軒閒居期間目睹溪邊白鷺捕食魚蝦所生發的感觸，透露出親歷官場艱險之後的心境和嚮往。

蘭陵王

賦一丘一壑❶

一丘壑，老子風流占卻❷。茅簷上，松月桂雲，脈脈石泉逗山腳。尋思前事❸錯。惱殺晨猿夜鶴❹。終須是，鄧禹❺輩人，錦繡麻霞坐黃閣❻。長歌自深酌。

看天闊鳶飛，淵靜魚躍❼。西風黃菊香噴薄❽。悵日暮雲合，佳人何處❾，紉蘭結佩帶杜若❿。入江海曾約⓫。遇合。事難托⓬。莫擊磬門前，荷蕢人過，仰天大笑冠簪落⓭。待說與窮達，不須疑著。古來賢者，進亦樂，退亦樂⓮。

【詞牌】蘭陵王

唐教坊曲名。此調正體三疊一百三十字，第一疊十句七仄韻，第二疊八句五仄韻，第三疊十句六仄韻。稼軒此詞三疊一百三十字，第一疊十句六仄韻，第二疊八句五仄韻，第三疊十句四仄韻、一疊韻。

【注釋】❶一丘一壑　指林泉隱居之趣。《漢書・敘傳》載班嗣報桓譚書曰：「漁釣於一壑，則萬物不姦其志；棲遲於一丘，則天下不易其樂。不絓聖人之罔，不齅驕君之餌，蕩然肆志，談者不得而名焉，故可貴也。」《晉書・謝鯤傳》載鯤答晉明帝語：「端委廟堂，使百僚準則，鯤不如（庾）亮；一丘一壑，自謂過之。」❷一丘壑二句　言老夫瀟灑占盡林泉之趣。陳與義〈松棚〉：「只今老子風流地，何似茅山陶隱居？」❸前事　指別瓢泉赴閩憲之事。稼軒有詞〈浣溪沙・壬子春赴閩憲別瓢泉〉。❹惱殺晨猿夜鶴　言山中晨猿夜鶴因稼軒出仕而怨怒。孔稚珪〈北山移文〉譏嘲周顒先隱居後出仕：「蕙帳空兮夜鶴怨，山人去兮曉猿驚。」❺鄧禹　字仲華，漢南陽新野（今屬河南）人。輔佐劉秀中興漢室，拜大司徒，食邑萬戶，年僅二十四。《南史・王融傳》：「融躁於名利，自恃人地，三十內望為公輔。……及為中書郎，嘗撫案歎曰：『為爾寂寂，鄧禹笑人。』」❻錦繡麻霞坐黃閣　麻霞，亦作「麻䩉」，鞋。李賀〈秦宮詩〉：「禿衿小袖調鸚鵡，紫繡麻霞踏哮虎。」黃閣，三公官署，因廳門塗黃色，故稱。❼看天闊鳶飛二句　《詩・大雅・旱麓》：「鳶飛戾天，魚躍于淵。」鳶，俗稱鷂鷹。❽噴薄　瀰漫湧蕩的樣子。李白〈瑩禪師房觀山海圖〉：「煙濤爭噴薄，島嶼相凌亂。」杜甫〈過郭代公故宅〉：「及夫登袞冕，直氣森噴薄。」❾悵日暮雲合二句　曹丕〈秋胡行〉：「朝與佳人期，日夕殊不來。」江淹〈擬休上人怨別〉：「日暮碧雲合，佳人殊未來。」佳人，喻志同道合之人。❿紉蘭結佩帶杜若　身佩蘭草杜若，喻自守芳潔。屈原〈離騷〉：「紉秋蘭以為佩。」〈九歌・山鬼〉：「山中人兮芳杜若，飲石泉兮蔭松柏。」紉，捻成繩索。杜若，香草名。⓫入江海曾約　意謂曾相約退隱江湖。蘇軾〈臨江仙〉（夜飲東坡醒復醉）：「小舟從此逝，江海寄餘生。」⓬遇合二句　言人生很難寄託於君臣遇合。《史記・佞幸列傳》：「諺曰：力田不如逢年，善仕不如遇合。」遇合，契合相投。⓭莫擊磬門前三句　意謂不要抱怨懷才不遇而令隱者嘲笑。《論語・憲問》：「子擊磬於衛，有荷蕢而過孔氏之門者，曰：『有心哉擊磬乎！』既而曰：『鄙哉硜硜乎！莫己知也，斯已而已矣。深則厲，淺則揭。』子曰：『果哉，末之難矣！』」荷蕢人，指隱士。蕢，草器。《史記・滑稽列傳》：楚國攻打齊國，「齊王使淳于髡之趙請救兵，齎金百斤，車馬十駟。淳于髡仰天大笑，冠纓索絕。」⓮待說與窮達五句　意謂不必為窮達而疑慮，古代賢人仕進、歸退均不改其樂。《莊子・讓王》：「子貢曰：吾不知天之高也，地之下也。古之得道者，窮亦樂，通亦樂。所樂非窮通也，道德於此，則窮通為寒暑風雨之序矣。」疑著，疑惑。陸游〈秋夜〉：「平生疑著處，忽若河冰泮。」

【語譯】老夫悠然瀟灑，盡享林泉風致。茅簷之上，月映松梢，雲繞桂枝，山腳之下，泉流汩汩。尋思此前出山為官是錯。山中猿鶴日夜為之惱怒。終究只有鄧禹那類人，才能腳踏錦繡官靴，安坐於公卿官署。歡歌暢懷，自斟自酌。看那長空浩闊，鶚鷹翱翔，池潭平靜，魚兒歡躍。西風吹送，菊香噴薄。悵望暮雲密布，佳人何處，身佩幽蘭杜若。同隱江湖，你我曾相約。　遇合之事。難為人生依託。莫在門前悵然擊磬，讓那路過的隱者仰天大笑，冠簪震落。且說窮達之事，不必憂慮執著。古來得道之人，仕進也快樂，罷退也快樂。

【研析】這首詞作於慶元元年（西元一一九五年）秋。稼軒時年五十六，閒居帶湖。

紹熙五年（西元一一九四年）秋，稼軒自閩帥罷歸。次年春再到期思卜築，賦詞〈沁園春〉（一水西來）云：「待十分佳處，著個茅亭。」本詞蓋作於茅亭建成之初，故有「茅簷上」云云。詞題云「賦一丘一壑」，旨在以林泉之趣消解仕宦失意之恨。起筆「一丘壑，老子風流占卻」二句總攝題旨；「茅簷上」二句，簡括勾畫出茅亭新居的林、泉之美。置身其境，稼軒或許頓感相見恨晚，不禁懊悔地想起不久前以罷歸而結束的一段仕宦經歷，借猿鶴之惱以自嘲，又借鄧禹等年少得志者作自我寬解，略顯怨刺，流露出罷歸後尚未平靜的複雜心態。

二疊，承前「丘壑」「風流」之意。置身於丘壑之中，靜看鳶飛魚躍，細品黃菊飄香，悵然期待相約「佳人」同隱江湖。此念令人想到范蠡攜西施泛五湖以及杜甫筆下「幽居在空谷」的「絕代佳人」（〈佳人〉），而「紉蘭結佩帶杜若」，則又令人想起屈原筆下的山神：「若有人兮山之阿，被薜荔兮帶女蘿。」「被石蘭兮帶杜衡，折芳馨兮遺所思。」「山中人兮芳杜若，飲石泉兮蔭松柏。」（〈九歌・山鬼〉）所謂「佳人」，當為一種有若神仙般芳潔自賞、清雅脫俗的精神寫照，也是稼軒罷歸後的精神寄託。

三疊，承前「鄧禹輩人」意脈而申發君臣遇合、仕宦窮達之議。鄧禹輔佐劉秀，君臣遇合，仕宦騰達。然此事可遇而不可求，當年孔子即懷才不遇而悵然擊磬。稼軒本「以功業自許」（范開〈稼軒詞序〉），如今罷官歸隱林泉，深感君臣遇合之難求。何以處之？或如孔子知其不可求而求之，求之不得而心憂之。對此，稼軒借林泉隱士（「荷蕢人」）之大笑予以否定。然而稼軒亦非醉心於林泉者，其所追求的是一種處置仕宦功名的超然心境，即「古來賢者，進亦樂，退亦樂」。其樂不在功名，也不在林泉，而在賢者所得之道。此較仕宦失意而寄情林泉，則更高一境。

蘭陵王

己未❶八月二十日夜，夢有人以石研屏見饟❷者，其色如玉，光潤可愛。中有一牛，磨角作鬬狀。云：「湘潭❸里中有張其姓者，多力善鬬，號張難敵。一日與人搏，偶敗，忿，赴河而死。居三日，其家人來視之，浮水上，則牛耳。自後並❹水之山往往有此石，或得之，里中輒不利。」夢中異之，為作詩數百言，大抵皆取古之怨憤變化異物等事。覺而忘其言。後三日，賦詞以識其異。

恨之極，恨極銷磨不得。萇弘事，人道後來，其血三年化為碧❺。鄭人緩也泣：吾父攻儒助墨。十年夢，沈痛化余，秋柏之間既為實❻。

相思重相憶，被怨結中腸，潛動精魄，望夫江上巖巖立❼。嗟一念中變，後期長絕❽。君看啟母憤所激，又俄頃為石❾。

難敵。最多力。甚一忿沈淵，精氣為物，依然困鬬牛磨角。便影入山骨❿，至今雕琢。尋思人世，只合化，夢中蝶⓫。

【注釋】❶己未　宋寧宗慶元五年，即西元一一九九年。❷饟　同「餉」。贈送。❸湘潭　縣名，今屬湖南省。❹並　通「傍」。依傍。❺萇弘事三句　《莊子・外物》：「萇弘死于蜀，藏其血，三年而化為碧。」成玄英疏：「萇弘遭譖，被放歸蜀。自恨忠而遭譖，遂刳腸而死。蜀人感之，以匱盛其血，三年而化為碧玉，乃精誠之至也。」萇弘，字叔。周敬王時大夫。

❻鄭人緩也泣五句　緩，戰國時鄭人。學而為儒，使其弟翟學而為墨。儒墨相辯，其父助墨攻儒。緩怨而自殺，精魄化為秋柏之實。參見《莊子・列禦寇》。❼相思重相憶四句　用望夫石傳說。巖巖，高聳的樣子。《太平御覽》卷四百四十引劉義慶《幽明錄》：「武昌陽新縣北山上望夫石，狀若人立者。傳云：昔有貞婦，其夫從役遠赴國難，婦攜弱子餞送此山，立望而死，形化為石。」王建〈望夫石〉：「望夫處，江悠悠。化為石，不回頭。」❽嗟一念中變二句　嗟歎一念之變，致使後會無期。❾君看啟母憤所激二句　《漢書・武帝本紀》：「朕用事華山，至於中嶽，獲駮麃，見夏后啟母石。」顏師古注：「啟，夏禹子也。其母，塗山氏女也。禹治鴻水，通轘轅山，化為熊。謂塗山氏曰：『欲餉，聞鼓聲乃來。』禹跳，石誤中鼓。塗山氏往，見禹方作熊，慚而去，至嵩高山下，化為石。方生啟，禹曰：『歸我子。』石破北方而啟生。」❿山骨　石。蘇軾〈寄怪石石斛與魯元翰〉：「山骨裁方斛，江珍拾淺灘。」⓫只合化二句　《莊子・齊物論》：「昔者莊周夢為胡蝶，栩栩然胡蝶也。自喻適志與，不知周也。俄然覺，則蘧蘧然周也。不知周之夢為胡蝶與，胡蝶之夢為周與？周與胡蝶則必有分矣，此之謂物化。」

【語　譯】己未八月二十日夜晚，夢見有人贈給我一方石研屏，色如美玉，光潤可愛。屏中刻有一牛，磨角作鬥架之狀。那人說：「湘潭縣一村中有個姓張的人，力大善鬥，號張難敵。一天與人搏鬥，偶爾落敗，慚愧怨憤，投河而死。過了三天，他的家人去尋找他，屍體漂浮水上，是一頭牛。此後傍水的山上常常有這種石頭，若有人拾得此石，他村裡就有災害。」夢中對此感到奇怪，為之寫下數百字的長詩，大體都用古代怨憤變化異物等故事。醒來卻忘了詩中所言。三天後，賦詞記下這件怪異之事。

怨恨至極，極大的怨恨不可消釋。萇弘受冤而死，傳說其血三年後化為碧玉。鄭人緩也曾泣訴：我父攻儒助墨。十年後夢中託言，沉怨把我化成翠柏之秋實。　相思又相憶，幽怨鬱積於心腸，暗暗動蕩精魄，化作江邊高聳的望夫石。嗟歎一念之變，後會斷絕。請看夏啟之母怨憤激切，頃刻便化成山石。　力大難敵。甚至一時怨忿沉淵，精氣化為異物，依然是頑牛好鬥磨角，身影至今在山石上被雕琢。尋思人生一世，只當與物相融，如莊周夢為蝴蝶。

【研　析】這首詞作於慶元五年（西元一一九九年）。稼軒時年六十，閒居瓢泉。

夜夢怪異之事，感而賦詞。稼軒第一層感覺，即此事歸屬「古之怨憤變化異物等事」。變化異物緣於怨憤難消，詞作起筆即點明此意：「恨之極，恨極銷磨不得。」接下一、二疊均用此類典故：萇弘受冤而死，其血化為碧玉；鄭人緩怨恨自殺，精魄化為秋柏之實；幽怨思念而凝結成望夫石；啟母慚愧怨憤而化為山石。對此類不無悲情的人生，稼軒感到歎惋：「嗟一念中變，後期長絕。」這是其第二層感覺。

第三疊，筆調回到夢中之事。從詞序所述此事看，張氏所變異物為牛和石。石研屏中雕刻一牛磨角作鬬狀，表現生動而精當，重點在鬬牛形象。稼軒詞筆亦然：張氏生前多力難敵，死後精氣化為磨角鬬牛，身影至今被刻入山石。大體言明此事原委，但據後人雕刻圖像對傳說故事有所改造，謂其「一忿沈淵，精氣為物，依然困鬬牛磨角」。此與詞序中「忿，赴河而死。居三日，其家人來視之，浮水上，則牛耳」不盡合，其用意在於凸顯張氏好鬬之性。張氏給後人留下的形象不是其人，而是其精氣所化之異物，即鬬牛磨角。稼軒由此「尋思人世」，遂感到人與物精氣通融，化合無間，如「莊周夢為胡蝶，栩栩然胡蝶也」。這是其第三層感覺。

此詞，前輩詞家或謂有所寓託，如梁啟超《稼軒年譜》云：「詞文恢詭怨憤，蓋借以攄其積年胸中塊磊不平之氣。」沈曾植《稼軒長短句小箋》則關聯具體時事，云：「是時（韓）侂冑方嚴偽學之禁，趙忠簡卒於貶所。萇弘血碧，儒墨相爭，托意甚微，非偶然涉筆也。」按「趙忠簡」疑為「趙忠定」之誤，指稼軒頗為推尊的趙汝愚，因與韓侂冑有隙，罷相，貶永州，慶元二年（西元一一九六年）卒於衡州，至稼軒作此詞時已過三年，與萇弘之血三年化碧相合。就詞作所突出的怨憤情調而言（如「恨之極」、「沈痛化余」、「被怨結中腸」、「憤所激」、「一忿沈淵」等），稼軒或許有曲筆抒懷之意，寓有時事之憤慨。然結末「夢中蝶」，雖亦為化物，卻非怨憤所致，「只合化」三字則見出稼軒將世間「怨憤變化異物」歸於物我自然相融，即所謂「萬物與我為一」（《莊子・齊物論》）。

驀山溪

趙昌父❶賦一丘一壑，格律高古。因效其體

飯蔬飲水，客莫嘲吾拙❷。高處看浮雲，一丘壑、中間甚樂❸。功名妙手❹，壯也不如人，今老矣，尚何堪❺！堪釣前溪月。

病來止酒，辜負鸕鷀杓❻。歲晚念平生，待都與、鄰翁細說。人間萬事，先覺者賢乎❼？深雪裏，一枝開❽，春事梅先覺❾。

【詞牌】驀山溪

又名〈上陽春〉、〈弄珠英〉。此調正體雙調八十二字，上、下片各九句三仄韻。稼軒此詞為正體。

【注釋】❶趙昌父　名蕃（西元一一四三—一二二九年），號章泉。鄭州（今屬河南）人，南渡居信州玉山（今屬江西上饒）。早年官太和主簿、辰州司理參軍、衡州安仁贍軍酒監。後家居三十餘年，屢召不起。有詩名，與韓淲（號澗泉）並稱「上饒二泉」。劉宰〈章泉趙先生墓表〉稱其「自少喜作詩，答書亦或以詩代。援筆立成，不經意而平淡有趣，讀者以為有陶靖節之風。歲時賓友聚會，尊酒從容，浩歌長吟，心融意適。見者又以為有浴沂詠歸氣象」。昌父亦作「昌甫」。❷飯蔬飲水二句　言粗茶淡飯，來客莫要笑我拙於謀生。《論語・述而》：「子曰：飯蔬食，飲水，曲肱而枕之，樂亦在其中矣。」蘇轍〈賦園中所有十首〉其六：「室幽來客稀，塵土積不掃。鄰翁笑我拙，教我種蘐草。」❸一丘壑中間甚樂　言山林閒居之樂。《漢書・敘傳》載班嗣報桓譚書曰：「漁釣於一壑，則萬物不姦其志；棲遲於一丘，則天下不易其樂。」❹功名妙手　猶言經綸妙手，指治政建功之才能。蘇軾〈與周文之〉：「若吏治不煩，即其所安而與之俱化，豈非牧養之妙手乎？」❺壯也不如人三句　《左傳》僖公三十年：秦、晉圍鄭，鄭伯使燭之武赴秦，燭之武辭曰：「臣之壯也猶不如人，今老矣，無能為也已。」❻病來止酒二句　意謂因病而戒酒，愧對酒具。黃庭堅〈戲答王子予送淩風菊二首〉其一：「病來孤負鸕鷀杓，禪板蒲團入眼中。」

鸕鷀杓，酒具。❼先覺者賢乎　意謂先知先覺者並非賢能之人。《論語・憲問》：「子曰：不逆詐，不億不信，抑亦先覺者是賢乎？」❽深雪裏二句　陶岳《五代史補》卷三「僧齊己」條載齊己攜詩謁鄭谷，有〈早梅〉詩曰：「前村深雪裏，昨夜數枝開。」谷笑謂曰：「數枝非早，不若一枝則佳。」❾春事梅先覺　意謂梅花最先知曉春的消息。鄭谷〈咸通十四年府試木向榮〉：「欣欣春令早，藹藹日華輕。庾嶺梅先覺，隋堤柳暗驚。」

【語　譯】飲食素淡，賓客莫要笑我生計笨拙。置身高處，閒看浮雲，山水之間，無盡之樂。建功立名手段，年輕力壯時猶不如人，而今年老還能有何作為！只能在溪邊垂釣明月。　近來因病戒了酒，辜負了鸕鷀杓。歲暮感慨平生，都與鄰居老翁細說。人間萬事，先知先覺者就是賢人嗎？深雪裡，一枝梅花綻開，春天的消息，梅花最先知覺。

【研　析】這首詞作年不詳。詞云「病來止酒」，參讀〈水調歌頭〉（我亦卜居者）序云「時以病止酒」，疑作於慶元二、三年（西元一一九六、一一九七年）間。稼軒時年五十七、八，閒居瓢泉。

歷經官海坎坷，退居山林，飯蔬飲水，閒看浮雲，月溪垂釣，稼軒似可自得其樂，然而平生功名壯志並未泯滅，故有「功名妙手」數句歎老追昔之感愴。「今老矣，尚何堪！」語調中透出壯心未已而徒喚奈何的悲憤之情。

下片旨趣在「歲晚念平生」一句，抒寫人生世事感慨。因病止酒，把酒遣懷則均不可得。杜甫寓居浣花草堂，有詩云：「肯與鄰翁相對飲？隔籬呼取盡餘杯。」（〈客至〉）如今稼軒不能與鄰翁相對飲，只有相對話平生，而其和鄰翁的真誠無間則與杜甫相彷彿。「人間」二句，即其「與鄰翁細說」的「念平生」之感觸。孔子曰：「不逆詐，不億不信，抑亦先覺者是賢乎？」（《論語・憲問》）邢昺疏：「此章戒人不可逆料人之詐，亦不可億度人之不信也。抑，語辭也，言先覺人者是寧能為賢乎？言非賢也。」稼軒屢遭彈劾、蒙冤受誣，反思追想，遂對《論語》中這段話頗有感慨：平生坦蕩磊落，亦可謂「不逆詐，不億不信」，自非先覺者，然而先覺又豈是賢者所當為？「深雪裏」三句即景作結，梅之先覺春事，為其自然物性，與人為智巧之「先覺」

有別。人之「不逆」、「不億」，非先覺，梅之先覺，均可歸於率性任真，自然坦誠。這也是稼軒山中閒居與鄰翁等相處的體驗。

詞題稱效昌父「格律高古」之體，表現在詞作上，一則丘壑之樂、人生感慨融為一體，意境高妙而深刻；二則語辭上用及《論語》、《左傳》、《漢書》及前人詩句，筆調雅致。

驀山溪

停雲竹徑初成❶

小橋流水，欲下前溪去。喚取❷故人來，伴先生、風煙杖屨❸。行穿窈窕，時歷小崎嶇❹。斜帶水，半遮山，翠竹栽成路。　一尊遐想，剩有淵明趣❺。山上有停雲，看山下、濛濛細雨❻。野花啼鳥，不肯入詩來❼，還一似，笑翁詩，自沒安排處。

【注釋】❶停雲竹徑初成　停雲，稼軒瓢泉所建堂名。其〈臨江仙〉有云：「偶向停雲堂上坐。」竹徑初成，《三輔決錄》載西漢蔣詡歸鄉里，舍中竹下開三逕，唯故人求仲、羊仲從之遊。蘇軾〈次韻周邠〉：「南遷欲舉力田科，三徑初成樂事多。」❷喚取　原作「喚起」，茲從四卷本。❸風煙杖屨　意謂拄杖遊賞山水風光。❹行穿窈窕二句　陶潛〈歸去來兮辭〉：「既窈窕以尋壑，亦崎嶇而經丘。」窈窕，幽深的樣子。崎嶇，坎坷不平。❺剩有淵明趣　更有陶淵明所謂「窈窕以尋壑，崎嶇而經丘」之趣。❻山上有停雲二句　陶潛〈停雲〉：「靄靄停雲，濛濛時雨。」❼野花啼鳥二句　意謂鳥語花香之境，詩筆難以呈現。王安石〈送程公闢得謝歸姑蘇〉：「白傅林塘傳畫去，吳王花鳥入詩來。」

【語譯】小橋流水，潺潺奔往前溪。邀來故人好友，伴隨先生拄杖遊賞山水。穿過幽深的曲徑，時而翻越崎嶇的小丘。溪水斜流如帶，半山處，翠竹掩映夾路。　把杯遐想，更有淵明尋壑經丘之趣。停雲堂翼然立於山上，俯視山下，濛濛細雨。野花啼鳥不肯進入詩境，還直似嘲笑：您老詩中自是沒有我們的安適處。

【研析】詞題云「停雲竹徑初成」，蓋與「檢校停雲新種杉松」之〈永遇樂〉大略作於同時，即慶元三年（西元一一九七年）前後。

竹徑初成，稼軒邀來好友，杖屨遊賞，並賦詞記遊。起筆寫景，潺潺流水中透出熱情歡快之趣，令稼軒想到流水向前溪奔去，似要為我約來好友同遊，遂有「喚取故人來，伴先生」云云。下文全承「風煙杖屨」。穿窈窕，歷崎嶇，斜帶水，即杖屨遊歷半山竹徑之概述。竹徑之窈窕、崎嶇，又令稼軒想起陶淵明〈歸去來兮辭〉所言「既窈窕以尋壑，亦崎嶇而經丘」，故謂「剩有淵明趣」。「山上」二句，為竹徑上仰望、俯視之景，「停雲」一語雙關，實指停雲堂，虛指靜止的浮雲，如陶淵明〈停雲〉詩所言。野花啼鳥，自為竹徑遊歷見聞，筆調戲謔，謂花鳥不肯入詩，笑稼軒筆下沒有其安適之處。此蓋借花鳥之語，喻美景難以言狀之意，言語中亦有自謙之意。其實，此種擬人筆調，展現出稼軒與花鳥間的諧趣，與起筆呼應，令全詞筆致輕鬆灑落。

鷓鴣天

離豫章❶，別司馬漢章大監❷

聚散匆匆不偶然，二年遍歷楚山川❸。但將痛飲酬風月，莫放❹離歌入管弦。

縈綠帶❺，點青錢❻，東湖❼春水碧連天。明朝放我東歸去，後夜相思月滿船。

【詞牌】**鷓鴣天**

又名〈思越人〉、〈思佳客〉、〈翦朝霞〉、〈驪歌一疊〉、〈醉梅花〉等。此調正體雙調五十五字，上片四句三平韻，下片五句三平韻。稼軒此詞為正體。

【注釋】❶豫章　即隆興府，漢代名豫章郡，治所在今江西南昌。❷司馬漢章大監　司馬倬，字漢章。時任江西、京西、湖北總領。監，總領之別稱。❸聚散匆匆不偶然二句　意謂兩年間仕宦不定，聚散頻頻，足跡遍歷楚地山川。稼軒自淳熙三年（西元一一七六年）秋至四年冬，歷任京西轉運判官（治所在襄陽）、知江陵府兼湖北安撫使，古屬楚地。❹莫放　莫使；莫教。❺縈綠帶　言綠水似帶環繞周圍。❻點青錢　言荷葉如青錢點綴水面。❼東湖　在隆興府治東南。

【語譯】聚散匆匆不是偶然，兩年來足跡遍歷楚地山川。只願開懷暢飲，吟賞風月，離歌別曲不要彈。綠水環繞，青荷點綴，春天的東湖碧波連天。明朝我即告別東歸，明晚月下小船將載滿我的思念。

【研析】這首詞作於淳熙五年（西元一一七八年）春。稼軒時年三十九，自隆興府奉詔入京。

稼軒此次離別隆興僚友，另有詞作〈水調歌頭〉，序云：「自江陵移帥隆興，到官之三月，被召。」此前，淳熙三年秋，自江西提刑調任京西轉運判官，明年春，轉知江陵府兼湖北安撫使，冬，移帥隆興府，到任僅三月便要離開，不到兩年，四改其官，故云：「聚散匆匆不偶然，二年遍歷楚山川。」聚散匆匆，蓋習以為常，則今日之別，但當把杯暢飲，醉賞風月，何必離歌別曲寄愁思！有此灑脫襟懷，遂能品賞即將告別之地的美妙春景。詞筆至此，一味瀟灑，未著些許離愁別怨。結末二句料想「明朝」、「後夜」之臨別及別後，收束離別題旨。月夜扁舟，思念悠悠，但色澤清麗，略無憂傷惆悵之情。全詞筆調明快，詞情超然瀟灑而又情誼真切。

鷓鴣天　送人❶

唱徹〈陽關〉❷淚未乾，功名餘事且加餐❸。浮天水❹送無窮樹，帶雨雲❺埋一半山。

今古恨，幾千般，只應離合是悲歡❻。江頭未是風波惡，別有人間行路難❼。

【注　釋】❶送人　原無題，茲從四卷本。❷唱徹陽關　唱完別曲〈陽關〉。徹，結束。陽關，即〈陽關曲〉，又名〈渭城曲〉，乃依王維七絕〈送元二使安西〉所度曲調，曲名取自詩中首尾兩句「渭城朝雨浥輕塵」、「西出陽關無故人」。❸功名餘事且加餐　意謂只要保重身體，功名為次要之事。且，只。加餐，多進飲食，指保重身體。〈古詩十九首〉之一：「棄捐勿復道，努力加餐飯。」❹浮天水　指江水蕩漾著天光雲色。許渾〈呈裴明府〉：「江村夜漲浮天水，澤國秋生動地風。」❺帶雨雲　指雨水濕潤的雲霧。《澠水燕談錄》卷七錄宋初楊徽之〈嘉陽川〉詩句：「浮花水入瞿塘峽，帶雨雲歸越巂州。」❻今古恨三句　意謂古今傷恨之事多種多樣，只有別離最傷悲。詞意猶江淹〈別賦〉所云：「黯然銷魂者，唯別而已矣！」幾千般，多種多樣。離合，偏指離。悲歡，偏指悲。❼江頭未是風波惡二句　意謂江上風波算不得險惡，人生旅途更為艱難。白居易〈太行路〉：「行路難，不在水，不在山，只在人情反復間。」

【語　譯】一曲〈陽關〉唱完，離別的淚珠還未乾，求取功名乃末節小事，只願多進飲食，身體康健。江水浮蕩天光，伴送江樹遠去天邊，濕潤的雲霧繚繞，群山半隱半現。　古今恨情千萬種，只有離別令人最傷感。江上風波不算險惡，人間旅途更為艱難。

【研　析】這首詞，鄧廣銘《稼軒詞編年箋注》據詞作內容及廣信書院本編次，繫於淳熙五年（西元一一七八年）自豫章赴行在途中所作。稼軒時年三十九。

詞若作於自豫章赴行在途中，則為旅中送別之作。稼軒離開豫章時留別僚友之作〈水調歌頭〉（我飲不須勸）、〈鷓鴣天〉（聚散匆匆不偶然），情調灑脫。本詞則傷離怨別，情懷悵然，題曰「送人」，起筆二句又是女子和淚囑別情形，疑為贈別相知歌女或侍兒之作。

上片首二句為女子唱罷別曲，淚眼盈盈，深情相囑：功名事小，身體為重！次二句為去程景象，有似柳永〈雨霖鈴〉（寒蟬淒切）中「念去去、千里烟波，暮靄沉沉楚天闊」，筆墨濃重，別情沉沉。

過片筆調從眼前送別跳出，總覽今古千般恨情。此為襯托之筆，接下又落到別離，意謂今古千般悵恨情事之中，離別最令人傷悲，猶如江淹〈別賦〉所云：「黯然銷魂者，唯別而已矣！」末二句以「人間行路難」收束，寓意深長。前一句亦為襯托之筆，「江頭風波惡」，固然也是相別之人的擔憂，然更令人憂懼的是世途之艱難。此語流露出稼軒仕宦漂泊的艱辛體驗。

鷓鴣天

一片歸心擬亂雲❶，春來諳盡❷惡黃昏。不堪向晚❸簷前雨，又待今宵滴夢魂。

爐燼冷，鼎香氛❹，酒寒誰遣為重溫？何人柳外橫雙笛，客耳那堪不忍聞❺。

【注釋】❶歸心擬亂雲　南朝劉繪〈有所思〉：「中心亂如雲，寧知有所思。」孫覿〈題硤江蕭氏庵〉：「雲逐歸心亂，山隨望眼賒。」❷諳盡　熟諳。❸向晚　傍晚。❹鼎香氛　指煮茶香飄。黃庭堅〈宣九家賦雪〉：「但喜酒樽宜附火，石鼎香浮北焙茶。」❺何人柳外橫雙笛二句　暗用西晉向秀聞笛典故。向秀〈思舊賦序〉謂路過故友舊居，「鄰人有吹笛者，發聲寥亮，追思曩昔遊宴之好，感音而歎，故作賦云」。雙笛，一種五孔竹笛。《文獻通考・樂考》：「雙笛，五孔。雙笛之制蓋起于後世，馬融賦之詳矣。昔京君明（房）素識音律，因四孔之笛更加一孔，以備五音焉。」

【語譯】一片歸心如紛亂飄飛之雲，春來嘗盡淒楚的黃昏。傍晚簷前春雨淅瀝，今宵雨聲又將伴夢魂。爐香煙冷，茶香氤氳，酒冷有誰為我重溫？柳林那邊何人吹奏雙笛，遊子怎能承受？不忍聽聞。

【研析】這首詞作年不詳，疑為南渡後仕宦飄泊間所作。

詞為遊子思歸之作。起筆即點明歸心如亂雲，下文擇取黃昏、深夜這兩個一天中令遊子最易蕩起思鄉之情的時段，重筆抒寫。上片寫黃昏時的淒厲境況，「諳盡惡黃昏」、「不堪」、「又待」等語，筆致峭拔跌宕；「今宵滴夢魂」則與下片深夜無眠之情狀呼應。

夜已深，香爐煙冷，茶香飄蕩，孤寂的遊子伴守冰涼的杯酒，聽窗外笛聲幽怨，情懷之淒涼難以言表。「那堪不忍」，反詰語、否定語相重疊，以一種獨特的語氣傳達出心中的悽楚難耐之感。

鷓鴣天

徐衡仲惠琴不受❶

千丈陰崖百丈溪，孤桐枝上鳳偏宜❷。玉音落落雖難合❸，橫理庚庚定自奇❹。

人散後，月明時，試彈〈幽憤〉❺淚空垂。不如卻付騷人❻手，留和〈南風〉解慍詩❼。

【注　釋】❶徐衡仲惠琴不受　徐衡仲，名安國，號西窗，上饒（今屬江西）人。歷官岳州學官、連山令。惠琴，贈琴。❷千丈陰崖百丈溪二句　謂千丈山崖下臨百丈深溪，崖上孤桐最宜於鳳凰棲息。此化用枚乘〈七發〉語句：「龍門之桐，高百尺而無枝。中鬱結之輪菌，根扶疏以分離。上有千仞之峯，下臨百丈之谿。……於是背秋涉冬，使琴摯斫斬以為琴，野繭之絲以為絃。」陰崖，背陰的懸崖。鳳偏宜，鳳凰最愛棲息孤桐枝。《莊子．秋水》：「夫鵷鶵發于南海而飛于北海，非梧桐不止。」鵷鶵，鳳凰一類鳥。按：古人製琴以桐木為佳。《後漢書．蔡邕傳》：「吳人有燒桐以爨者，邕聞火烈之聲，知其良木，因請而裁為琴，果有美音，而其尾猶焦，故時人名曰焦尾琴焉。」郭璞〈梧桐贊〉：「桐實嘉木，鳳凰所棲，爰我琴瑟。」❸玉音落落雖難合　言琴音雖然孤高難以應和。玉音，指清越優雅之音。落落，孤高。陸游〈賀留樞密啟〉：「公固落落而難合。」❹橫理庚庚定自奇　言琴器紋理橫布，一定很奇妙。原注：「山谷〈聽摘阮歌〉云：『玄璧庚庚有橫理。』」庚庚，紋理橫布的樣子。❺幽憤　西晉嵇康善琴，作有〈幽憤詩〉。此借指情調幽憤之曲。❻騷人　詩人。此指徐衡仲，詩學江西，楊萬里〈題徐衡仲西窗詩編〉評曰：「江東詩老有徐郎，語帶江西句子香。秋月春花入牙頰，松風澗水出肝腸。居仁衣鉢新分似，吉甫波瀾併取將。」❼南風解慍詩　指傳說中舜帝所作琴歌〈南風〉。慍，愁怨。《孔子家語．辯樂解》：「昔者舜彈五絃之琴，歌〈南風〉之詩，其詩曰：『南風之熏兮，可以解吾民之慍兮。南風之時兮，可以阜吾民之財兮。』」

【語譯】陰森森的千丈懸崖邊，孤桐屹立，下臨百丈深溪，鳳凰最愛棲息。桐木琴聲雖高邈難和，桐木紋理橫布也定然神奇。月明人靜時分，我試彈一曲，情調幽憤，徒然垂淚感傷。倒不如把這琴轉還給你這位詩壇高手，留待彈唱那如〈南風〉般融化憂愁的詩章。

【研析】這首詞作年難以確考。鄧廣銘《稼軒詞編年箋注》據作者同調同韻之作「莫上扁舟訪剡溪」題云「和趙文鼎提舉賦雪」，謂二詞當與「用趙文鼎提舉送李正之提刑韻」之〈蝶戀花〉相先後，疑作於淳熙十一年（西元一一八四年）。此說大體可信。按韓元吉之子韓淲〈訪南岩一滴泉〉云：「憶昨淳熙秋，諸老所閑燕。晦菴持節歸，行李自畿甸。來訪吾翁廬，翁出成飲餞。因約徐衡仲，西風過遊衍。辛師倏然至，載酒具殽饍。四人語笑處，識者知歎羨。摩挲題字在，苔蘚忽侵遍。壬寅到庚申，風景過如箭。」壬寅為淳熙九年（西元一一八二年），「辛師」疑為「辛帥」之誤，指辛棄疾（韓淲此詩作於庚申（西元一二〇〇年），此前稼軒曾攝閩帥，韓有詩〈送辛帥三山〉）。此詩亦可證稼軒初居帶湖即與徐衡仲相識交遊。

本詞為拒受友人贈琴而作，可謂以詞代書，其主旨當在說明何以拒受，以免友人誤解。上片言此琴之貴重，既讚其琴音之清越優雅，更美其材質之珍稀神奇。詞以製琴之桐木起筆，擇取漢大賦對龍門之桐近乎神奇的描寫，為誇讚友人所贈之琴張勢，由孤桐引出「非梧桐不止」的鳳凰，很巧妙地轉到對琴音和琴身紋理的讚美。〈七發〉狀龍門之桐有云「中鬱結之輪菌」，韓愈〈聽穎師彈琴〉有云「喧啾百鳥群，忽見孤鳳凰」，則「玉音」、「橫理」二句均上承「孤桐」句。此亦見出稼軒筆調恢張而意脈貫通。

極言友人所贈琴之美妙神奇，則不受自非不愛，此可避免友人誤解。然琴美而拒受又為何故？下片言其原由。稼軒自述於夜深月明之中試彈而心生幽憤，徒然落淚，故謂此琴不如還給友人彈奏那些如〈南風〉般令人舒心愉悅的詩曲。如此解釋不受贈琴，語詞婉轉，近情合理，因琴主和，不宜幽憤，桓譚《新論》曰：「神農氏繼而王天下，於是始削桐為琴，繩絲為絃，以通神明之德，合天人之和焉。」（《藝文類聚》卷四十四引）則稼軒不受贈琴之舉，透露出其自身罷官閒居間的抑鬱不平、感憤傷懷。如此情懷，自無心撫琴，友人徐衡仲當能理解，而不至於傷害相互間的情誼。

鷓鴣天

用前韻和趙文鼎提舉賦雪❶

莫上扁舟向剡溪❷，淺斟低唱❸正相宜。從教犬吠千家白❹，且與梅成一段奇❺。

香暖處，酒醒時，畫簷玉筯❻已偷垂。笑君解釋春風恨❼，倩拂蠻箋❽只費詩。

【注釋】❶用前韻句　前韻，指〈鷓鴣天〉（千丈陰崖百丈溪）詞韻。據鄧廣銘《稼軒詞編年箋注》考證，趙文鼎，名善扛，號解林居士。宋太宗第四子元份之六世孫，生於紹興十一年（西元一一四一年）。歷知蘄州、湖州、處州等。提舉，官名，宋有提舉常平倉司、提舉茶鹽司、提舉水利司等，趙氏所任提舉之具體官職不詳。❷莫上扁舟向剡溪　反用東晉王子猷雪夜扁舟入剡訪戴安道典故。《世說新語‧任誕》載：「王子猷居山陰，夜大雪，眠覺，開室，命酌酒，四望皎然，因起彷徨，詠左思〈招隱〉詩，忽憶戴安道。時戴在剡。即便夜乘小船就之，經宿方至，造門不前而返。人問其故，王曰：『吾本初乘興而行，興盡而返，何必見戴？』」向，原作「訪」，此依四卷本。剡溪，水名，在今浙江嵊縣南。❸淺斟低唱　把酒吟曲，悠然遣興貌。柳永〈鶴沖天〉：「忍把浮名，換了淺斟低唱。」❹從教犬吠千家白　任憑那群犬對著白雪狂吠。柳宗元〈答韋中立論師道書〉：「屈子賦曰：『邑犬羣吠，吠所怪也。』僕往聞庸蜀之南，恆雨少日，日出則犬吠。予以為過言。前六七年，僕來南二年，冬幸大雪，踰嶺，被南越中數州。數州之犬皆蒼黃吠噬狂走者累日，至無雪乃已。然後始信前所聞者。」❺且與梅成一段奇　謂雪與梅合成一段奇景。陸游〈晚步門外〉：「風從湖面來，成此一段奇。」❻畫簷玉筯　指屋簷下垂掛的冰溜。❼解釋春風恨　李白〈清平調〉：「解釋春風無限恨，沉香亭北倚闌干。」解釋，消解。❽蠻箋　原為唐代高麗紙的別稱，亦借指其他彩箋，如蜀產十樣蠻箋。

【語　譯】莫要登上小船前往剡溪，此時此地正宜把酒吟曲，暢懷遣興。任憑那眾犬對皚皚白雪驚吠，暫且與梅花共造一段神奇的美景。　酒醒時分，爐香送暖，畫簷下悄悄垂下冰溜晶瑩如玉。笑看冰雪消融多少傷春憂愁，請將彩箋展開，但管盡情地吟詩作賦。

【研　析】這首詞和〈鷓鴣天〉（千丈陰崖百丈溪）當為一時之作，大概作於淳熙十一年（西元一一八四年）。稼軒時年四十五，閒居帶湖。

詞作所賦為前人詩詞文賦中常見的雪景，且又為和作，別出一格誠屬不易。稼軒撇開對雪景的描繪，而著筆於雪景觸發的文人情趣，即飲酒聽曲賦詩，其中可稱得上描寫雪景的「從教」二句，亦非正面刻畫，而是以犬吠、梅花相襯。這既適合短小的令曲體裁，又貼合文人間詩酒唱和的場景氛圍。

王子猷雪夜扁舟訪戴安道，為賦雪作品中習用之典，稼軒反其意而用之，逆鋒起筆而出人意表。子猷訪戴乃「乘興」之舉，而今日此景正宜詩酒遣興，自不必他往。「從教」二句寫雪景，皆以側筆襯托，而雪中犬吠，梅雪輝映，透出生活情趣，亦不乏詩情畫意，為「淺斟低唱」造就了「正相宜」的背景氣氛。

「淺斟低唱」過後的寂靜之中，爐香裊裊，畫簷下悄悄垂下晶瑩的冰溜，歡醉的人兒從夢中醒來。這便是詞作過片「香暖處」三句的意境，隱約幻化出些許傷春怨別的豔情韻味，故而逗出下文「解釋春風恨」之句，「笑君」二字則以戲謔筆調點醒虛幻，末以賦詩詠雪回歸題旨，且饒有雅趣。

鷓鴣天

木落❶山高一夜霜，北風驅雁❷又離行。無言每覺情懷好，不飲能令興味長。

頻聚散，試思量，為誰春草夢池塘❸。中年長作東山恨❹，莫遣離歌苦斷腸❺。

【注　釋】 ❶木落　木葉凋落。李白〈秋夜宿龍門香山寺〉：「木落秋山空。」❷驅雁　白居易〈早秋晚望兼呈韋侍郎〉：「穿霞日腳直，驅雁風頭利。」❸春草夢池塘　因夢而吟出池塘春草名句。《南史・謝惠連傳》載其「年十歲，能屬文。族兄靈運加賞之，云：『每有篇章，對惠連輒得佳語。』嘗於永嘉西堂思詩，竟日不就，忽夢見惠連，即得『池塘生春草』，大以為工。嘗云：『此語有神功，非吾語也。』」❹中年長作東山恨　言中年易傷離恨別。《世說新語・言語》載謝安（號東山）對王羲之說：「中年傷於哀樂，與親友別，輒作數日惡。」❺莫遣離歌苦斷腸　意謂莫要吟唱令人腸斷的離歌別曲。歐陽脩〈玉樓春〉（尊前擬把歸期說）：「離歌且莫翻新闋，一曲能教腸寸結。」

【語　譯】 高聳的山巒木葉飄零，一夜寒霜，北風吹散了群雁陣行。靜默中每覺情懷舒快，不飲酒亦感到興味悠長。

聚散頻頻，試作尋思，為何因夢而吟出春草池塘。中年常因離別而悵然，莫讓離歌別曲斷盡愁腸。

【研　析】 這首詞作年不詳。據「頻聚散」、「莫遣離歌苦斷腸」諸句及所用謝靈運、謝惠連典故，此詞或亦為送辛祐之歸浮梁而作，與〈臨江仙・醉宿崇福寺寄祐之弟〉（莫向空山吹玉笛）大略作於同時，即閒居上饒之初，稼軒時年四十餘，故自稱「中年」。

霜嚴木落，山高水淺，寒風呼嘯，群雁離散，可以想見如此肅殺淒涼景象之中，離別之人將是何等淒楚！下文「無言」二句所稱「情懷好」、「興味長」，似乎情、景不合，實乃曲筆達情，因為送別不可能「無言」，也難免杯酒餞別，則其情懷不可能好、興味也不可能長。

詞作過片點明送別情事。一次次的相聚相別，相聚時的傾心歡談，相別後的相思相念，兄弟相互間的賞識和知心蘊於其中。「春草夢池塘」用謝靈運夢見族弟惠連而得佳句這一典故，既喻示稼軒對族弟才華的讚賞，也見出「頻聚散」中稼軒的深切思念。結末二句，「長作」與「頻聚散」呼應，筆觸側重於別離愁苦。人到中年，別離親友，傷感尤重，離歌別曲，淒苦斷腸。謂「莫遣離歌苦斷腸」，亦如歐陽脩〈玉樓春〉（尊前擬把歸期說）所云：「離歌且莫翻新闋，一曲能教腸寸結。」

鷓鴣天

鵝湖寺道中❶

一榻清風殿影涼，涓涓流水響回廊。千章雲木鉤輈叫❷，十里溪風䆉稏❸香。

衝急雨❹，趁斜陽，山園細路轉微茫。倦途卻被行人笑：只為林泉有底忙❺？

【注釋】❶鵝湖寺道中　原無「寺」字，茲從四卷本。鵝湖寺，在鉛山縣（今屬江西）東北鵝湖山麓。❷千章雲木鉤輈叫　鷓鴣在高大茂盛的樹林中鳴叫。千章雲木，千株高聳入雲的大樹。《史記・貨殖列傳》：「山居千章之材。」章，大樹。又引申作大樹的量詞。杜甫〈陪鄭廣文遊何將軍山林〉：「百頃風潭上，千章夏木清。」鉤輈，鷓鴣鳴叫聲。李群玉〈九子坂聞鷓鴣〉：「落照蒼茫秋草明，鷓鴣啼處遠人行。正穿屈曲崎嶇路，又聽鉤輈格磔聲。」歐陽脩《歸田錄》卷下錄林逋詩句：「草泥行郭索，雲木叫鉤輈。」❸䆉稏　亦作「罷亞」，稻名。杜牧〈郡齋獨酌〉：「罷亞百頃稻，西風吹半黃。」❹衝急雨　冒急雨。❺有底忙　有甚忙。

【語譯】清風吹拂，寺殿陰涼舒爽，潺潺水聲在曲廊回響。鷓鴣在參天樹林中鳴叫，十里山風送溪流，䆉稏飄芳香。

冒著急雨，追趕著斜陽，山林小路漸迷茫。路途勞累卻遭行人嘲笑：只為遊山玩水何必如此匆忙？

【研析】這首詞，鄧廣銘《稼軒詞編年箋注》推定為淳熙十三年（西元一一八六年）所作。稼軒時年四十七，閒居帶湖。

詞作記遊鵝湖寺。時在鷓鴣啼鳴、稻花飄香的春夏之交。鵝湖寺最令遊人愛賞的是清涼，喻良能〈鵝湖寺〉云：「五月人間正炎熱，清涼一覺北窗眠。」稼軒的感受亦然，故起筆便讚歎：「一榻清風殿影涼。」此後所寫回廊中的潺潺水聲、參天樹叢中的鷓鴣啼叫、十里山風送來的稻花芳香，由近及遠，融合為寺殿的山水環境，而這一切都是置身清涼寺殿所能感受到的。可見詞作上片以鵝湖寺為視點，總寫寺殿所在的自然境界。同時，「千章」二句，筆觸已伸向「鵝湖寺道中」。

下片所寫當為歸途情形。其山路之難行，宋末劉學箕詩作〈鵝湖道中〉有云：「去城十里路盤紆，幽徑平岡駕小輿。認得鵝湖山下路，綠松巖畔擁僧廬。」「衝急雨」三句即稼軒自述在盤紆幽徑上匆匆追趕，令人想到蘇東坡黃州沙湖道中遇雨時截然不同的心態：「何妨吟嘯且徐行？竹杖芒鞋輕勝馬。誰怕？一蓑煙雨任平生。」（〈定風波〉「莫聽穿林打葉聲」）而稼軒的「倦途」形象，未免如東坡詞序所云「同行皆狼狽」。稼軒稱行人笑其為林泉忙累，實則有自嘲之意，為林泉而疲於奔忙，仍為有所求而未能忘懷得失，未能如東坡那般坦然灑脫。

鷓鴣天

鵝湖歸，病起作❶

著意❷尋春懶便回，何如信步❸兩三杯？山才好處行還倦，詩未成時雨早催❹。

攜竹杖，更芒鞋❺，朱朱粉粉野蒿開❻。誰家寒食歸寧女❼，笑語柔桑陌上來。

【注釋】❶鵝湖歸二句　原無題，茲從四卷本。❷著意　刻意專心。❸信步　隨意閒步。❹詩未成時雨早催　意謂急雨催詩。按：此句用杜甫〈丈八溝納涼〉詩意：「片雲頭上黑，應是雨催詩。」❺攜竹杖二句　帶上竹杖，換上草鞋。蘇軾〈定風波〉（莫聽穿林打葉聲）：「竹杖芒鞋輕勝馬。」❻朱朱粉粉野蒿開　言艾蒿盛開紅紅白白的花。野蒿，艾蒿。❼誰家寒食歸寧女　寒食，節令名，在清明前一兩天。歸寧，出嫁之女子回娘家探望父母。劉瞻〈春郊〉：「寒食歸寧紅袖女，外家紙上看蠶生。」

【語　譯】刻意探訪春天景致，直到意興倦怠才返回，怎比得上隨意閒遊，盡興細酌三兩杯？美麗的山色剛剛顯露，人已疲倦難行，一場春雨就要來臨，詩卻尚未寫成。　拿起竹杖，換上草鞋，紅紅白白的艾蒿花盛開遍野。寒食節到了，不知是誰家的媳婦們在趕路回娘家，那嫩綠的桑樹林中歡聲笑語一路飄灑。

【研　析】本詞及同調之「翠木千尋上薜蘿」、「枕簟溪堂冷欲秋」，三首詞作均題「鵝湖歸，病起作」，又後兩首見於四卷本甲集，其作年疑與同調之「一榻清風殿影涼」大略同時，即淳熙十三、十四年（西元一一八六、一一八七年）間所作。

稼軒大概遊鵝湖歸來後即臥病多日，病起有感而賦詞數闋。此次臥病或許因「著意尋春」而過度勞累所致，病起便有所領悟，謂刻意去尋春以致意懶身倦而歸，不如悠然信步、把杯細酌之優遊閒適為妙。剛尋得山中勝景而人已疲倦，詩未吟成而雨已來臨，這便是刻意尋春常遇到的遺憾情形。

上片所言或許是此前稼軒遊鵝湖山的經歷，下片則是病起後信步閒遊所見到的田野之春。青青的草地上，繁花盛開，紅白相映；柔桑垂拂的田間小路上，回娘家的媳婦們灑下串串歡歌笑語。如此春意盎然且洋溢著純樸樂觀風情的鄉村圖景，怎不令病起的稼軒心悅神爽，詩興頓生。

鷓鴣天

代人賦

晚日寒鴉一片愁，柳塘新綠卻溫柔❶。若教眼底無離恨，不信人間有白頭。

腸已斷，淚難收，相思重上小紅樓。情知❷已被山遮斷，頻倚闌干不自由❸。

【注　釋】❶柳塘新綠卻溫柔　羅維〈劉員外見寄〉：「柳塘春水漫，花塢夕陽遲。」❷情知　深知；明知。❸不自由　猶言情不自禁。

【語　譯】夕陽下，寒鴉成群，一片憂愁，池邊柳枝透綠，搖曳溫柔。眼中若無離別恨，不信世人會白頭。

離腸已斷，別淚難收，思念中重又登上小樓。明知視線已被群山隔斷，依然情不自禁頻頻倚闌遠眺。

【研　析】這首詞作年不詳，見於四卷本甲集，列同調「鵝湖寺道中」、「鵝湖歸，病起作」之間，大概為淳熙十三、十四年（西元一一八六、一一八七年）間所作。稼軒時年四十七、八，閒居帶湖。

詞題「代人賦」，為代言體，但抒寫人間離愁，情深意切。「晚日寒鴉」，興發無盡之愁情；「柳塘新綠」，則又蕩漾著柔婉的春情。兩種情境的交融，喻示出人世間深婉纏綿的離愁別恨。「若教」二句即以反向假設筆調，慨歎離恨催人老！

過片轉回到直筆抒寫別情之苦。愁腸斷盡而別淚不止，淒苦相思之心無以慰藉，為情所驅，一次次地登樓眺望，一次次地「被山遮斷」而失望，明知無望卻仍然「頻倚闌干」而不願離去，女子別離的悲苦無助盡在其舉止之中。

鷓鴣天

鵝湖歸，病起作❶

翠木千尋上薜蘿❷，東湖❸經雨又增波。只因買得青山好，卻恨歸來白髮多。

明畫燭❹，洗金荷❺，主人起舞客齊歌。醉中只恨歡娛少，無奈明朝酒醒何❻。

【注　釋】❶鵝湖歸二句　原無題，茲從四卷本。❷翠木千尋上薜蘿　言蒼翠高聳的大樹上薜蘿纏繞。翠木，四卷本作「翠竹」。尋，古代長度單位，一般為八尺。❸東湖　在隆興府治（今江西南昌）東南。❹畫燭　有畫飾的蠟燭。❺金荷　燭臺上承燭淚的器皿，狀似荷葉。❻無奈明朝酒醒何　四卷本作「明日醒時奈病何」。

【語　譯】大樹蒼翠高聳，薜蘿纏繞，雨後的東湖，搖蕩碧波。只因買得一片好山好水而欣然退歸，遺憾的是歸來後白髮漸多。　點亮美麗的蠟燭，洗淨金色的燭盤，主人賓客起舞歡歌。只恨盡情歡醉的時光太短，明朝醉夢醒來，人將奈何。

【研　析】 這首詞與同調之「枕簟溪堂冷欲秋」、「著意尋春懶便回」二詞均題「鵝湖歸，病起作」，蓋亦淳熙十三、十四年（西元一一八六、一一八七年）間所作。稼軒時年四十七、八，閒居帶湖。

鄧廣銘《稼軒詞編年箋注》謂「豫章有東湖」，但「此詞題為『鵝湖歸，病起作』，與豫章全不相涉，似不應再道及該處風物，則此東湖當即指帶湖而言」。此說未必然。據洪邁〈稼軒記〉所載「郡治之北可里所，故有曠土存。三面傅城，前枕澄湖如寶帶」，則帶湖在北而非東，依其方位不應稱東湖。稼軒詞中所言東湖皆指豫章東湖，而本詞云「只因買得青山好」，乃回想幾年前從東湖罷歸帶湖之事，「卻恨歸來白髮多」，言退歸以來白髮增多。因此，「翠木」二句理解為追憶東湖風景，則未嘗不可。又詞作下片所言歡醉情形，恐非臥病初起時情事，而更似追述往日宴遊歡賞之事。全詞似可解讀為稼軒病起，對幾年來閒居帶湖生活的反思和感慨。

詞作上片回想自江西罷歸帶湖以及退歸後幾年來的內心憂鬱，白髮增多。東湖美景則是稼軒兩度任職江西時心中留下的一段美好記憶，因而起筆即重現東湖風物。當年離開東湖是因買得一片好山好水，不料歸來後憂心難泯，白髮徒增，遂覺遺憾。下片所寫乃是幾年來閒居生活的縮影場景，上承「歸來白髮多」。歌舞歡醉，遣賞解憂，而醉醒時徒喚奈何，則憂愁復來，無以排遣。此正是「歸來白髮多」的根源。

鷓鴣天

鵝湖歸，病起作

枕簟❶溪堂冷欲秋，斷雲依水晚來收。紅蓮相倚渾❷如醉，白鳥無言定自愁。

書咄咄，且休休❸，一丘一壑也風流❹。不知筋力衰多少，但覺新來懶上樓。

【注　釋】❶簟　竹席。❷渾　全。❸書咄咄二句　意謂因身世遭遇而感歎疑惑，倒不如安心歸隱。《晉書・殷浩傳》載其被黜放，「口無怨言，夷神委命，談詠不輟，雖家人不見其有流放之感。但終日書空作『咄咄怪事』而已」。《新唐書・卓行傳》載司空圖隱居中條山王官谷，作亭名「休休」，作文曰：「休，美也。既休而美具。故量才，一宜休；揣分，二宜休；耄而聵，三宜休。又少也墮，長也率，老也迂，三者非濟時用，則又宜休。」《舊唐書・司空圖傳》錄其〈耐辱居士歌〉曰：「咄咄！休休休！莫莫莫！伎倆雖多性情惡，賴是長教閑處著。」❹一丘一壑也風流　意謂放情山水也瀟灑閒適。《世說新語・品藻》載東晉謝鯤自稱「一丘一壑」勝過庾亮。

【語　譯】時令已近初秋，躺在溪堂竹席上涼意侵襲，水裡依依漂浮的斷雲片影，漸漸在黃昏中消逝。粉紅的荷花全都相互依偎，彷彿喝醉了酒，白色的水鳥默默無語，想必在自哀自愁。　像殷浩那樣終日疑惑感歎，倒不如學司空圖退隱優遊，放情山水也足夠瀟灑自由。不知精力衰減了多少，我近來只感到慵懶，不想上高樓。

【研　析】這首詞大概作於淳熙十三、十四年（西元一一八六、一一八七年）間。稼軒時年四十七、八，閒居帶湖。

稼軒〈沁園春・帶湖新居將成〉有云：「東岡更葺茅齋，好都把軒窗臨水開。」軒窗臨水，即為溪堂。一詞作上片呈現出的畫面，為溪堂閒臥所見到的初秋景象：初秋的傍晚，雲水相依，紅蓮相依，白鳥無言，一切都將靜靜地隱沒在夜色之中。病體初癒的稼軒身臨其境，感受著水面清風吹來的陣陣秋涼與荷香，其內心的感觸恐亦難以言表：人世間的一切溫情依戀都在默無聲息、無可奈何中逝去。白鳥的「無言自愁」，也透露出稼軒心中隱伏的憂愁。

一段對景沉思之後，稼軒情懷漸歸灑落。過片想到東晉中軍將軍殷浩，一則殷浩以恢復中原為己任，主張北征，與稼軒平生志向相類；二則殷浩亦曾遭罷黜，與稼軒經歷相類。然而殷浩被廢黜後終日空書「咄咄怪事」，稼軒則不以為然，覺得人生不平事，盡可棄置，超脫得失，放情山水，自得風流。詞中「休休」二字甚妙，既如司空圖「休休亭」之寓意歸隱，又承前有作罷之義，即謂「書咄咄」之舉可作罷矣。末二句轉到自身，謂近來筋力不濟，則丘壑之遊亦難及矣。此結切合詞題「病起」，又蘊含幾許英雄遲暮之感。

鷓鴣天

代人賦❶

陌上柔桑破嫩芽❷，東鄰蠶種已生些❸。平岡細草鳴黃犢，斜日寒林點暮鴉❹。
山遠近，路橫斜，青旗沽酒❺有人家。城中桃李愁風雨，春在溪頭薺菜花❻。

【注　釋】❶代人賦　原無題，茲從四卷本。❷柔桑破嫩芽　四卷本作「柔條初破芽」。❸東鄰蠶種已生些　東邊鄰家的蠶卵已生出一些幼蠶。❹斜日寒林點暮鴉　《苕溪漁隱叢話》後集卷三十三引隋煬帝詩云：「寒鴉千萬點，流水遶孤村。」秦觀〈滿庭芳〉（山抹微雲）：「斜陽外，寒鴉數點，流水繞孤村。」❺青旗沽酒　酒店賣酒。青旗，酒旗。沽酒，賣酒。白居易〈杭州春望〉：「青旗沽酒趁梨花。」❻春在溪頭薺菜花　薺菜，一種野菜，可食用，開白花。四卷本作「野薺」。稼軒〈鷓鴣天〉：「春入平原薺菜花。」

【語　譯】路邊的桑樹長出了嫩芽，東鄰家的蠶種已生出些蠶苗。黃犢在綠草如茵的平野山崗上歡鳴，斜陽下，歸宿的寒鴉棲息在林梢。　群山遠近疊映，道路交錯縱橫，酒店青旗飄揚，那是有人家居住的地方。城裡的桃李花因風雨而憂愁，溪邊的薺菜花在春風春雨中綻放。

【研　析】這首詞在四卷本中列同調「春入平原薺菜花」之前，所寫春景相同，當為同時之作，即淳熙十三、十四年（西元一一八六、一一八七年）間。稼軒時年四十七、八，閒居帶湖。

詞題「代人賦」，乃替人而作，全篇描述春事春景，展現了一幅充滿鄉野趣味和生機的江南春意圖。桑樹新芽透出春天的盎然生機，為蠶農帶來豐收的希望，「蠶種已生些」更是一種祥兆。放眼平野：草地上，黃犢悠閒地鳴叫；夕陽中，寒鴉在枝頭歸宿。春天的生靈樂得其所，呈現出一派祥和的鄉村田園圖景。

過片視野推遠到如波濤般錯落起伏、遠近疊映的群山，縱橫交錯的道路將視線引向遠方，那招搖的酒旗既標示出鄉村的風情，也暗示出稼軒的春興，而那溪邊沐浴著春風春雨盈盈綻放的薺菜花，又讓其在賞悅之餘，想到城裡的桃李在風雨中飄零的景象，將惹得多少人傷春憂愁！此正如劉希夷〈代悲白頭吟〉中的感慨：「洛陽城中桃李花，飛來飛去落誰家。洛陽女兒惜顏色，行逢落花長歎息。」這一聯想也許是因那伸展的道路而引發，而在情感上則透露出稼軒退居田園鄉村的欣慰感。

鷓鴣天

遊鵝湖醉書酒家壁❶

春入平原薺菜花❷，新耕雨後落群鴉。多情白髮春無奈，晚日青簾酒易賒❸。

閒意態，細生涯，牛欄西畔有桑麻。青裙縞袂誰家女❹，去趁蠶生看外家❺。

【注　釋】❶遊鵝湖醉書酒家壁　題原作「春日即事題毛村酒壚」，茲從四卷本。鵝湖，即鵝湖山，在今江西鉛山縣。據《鉛山縣志》、《鄱陽記》載，山上有湖，原名荷湖，東晉人龔氏居山養鵝，改名鵝湖。❷春入平原薺菜花　春入，原作「春日」，茲從四卷本。❸晚日青簾酒易賒　言傍晚時分可去酒店賒酒喝。青簾，青色的酒旗。酒易賒，容易賒欠酒錢。❹青裙縞袂誰家女　此化用蘇軾〈於潛女〉詩句「青裙縞袂於潛女」。青裙縞袂，黑裙白衣。袂，衣袖。❺去趁蠶生看外家　趁新蠶出生前去看望娘家。外家，女子出嫁後對娘家的稱呼。劉瞻〈春郊〉：「寒食歸寧紅袖女，外家紙上看蠶生。」

【語　譯】春風吹拂田野白色的薺菜花，春雨過後的新耕水田落滿了烏鴉。白髮不知凝結了多少人生滄桑之情，美麗的春天也無法改變，時近黃昏，酒旗招展的地方酒錢盡可賒欠。　優遊閒適的心情，瑣碎平凡的生涯，牛圈西邊是成片的桑麻。不知誰家的媳婦，一身黑裙白衫，趁著春蠶出生前的空閒去探望娘家。

【研　析】這首詞題「遊鵝湖」，與同調題「鵝湖寺道中」之作大略同時，即淳熙十三、十四年（西元一一八

六、一一八七年）間所作。

春風吹綠了田野，吹開了野花；春雨過後，成群的烏鴉在新耕的稻田裡覓食。萬物都在春風春雨的沐浴滋潤中呈現出盎然生機，然而稼軒卻由群鴉之黑聯想到白髮，感慨自然界的春風春雨也無法改變人生遲暮，夕陽下飄拂的酒旗對「多情白髮」的稼軒自然是一種強烈的招引。賒酒暢飲，「醉書酒家壁」，其豪放意興盡在其中。

上片因田野春景而觸發人生感歎，以酒釋懷。過片承前，自述人生狀態，但心境歸於淡然。正是這種閒適心態，讓稼軒體味到所處平凡生活中樸實生動的鄉野風土人情。詞中牛欄、桑麻、女子回娘家的穿著和時間，令讀者感受到稼軒具體的「細生涯」及其生活真趣。

題稱「遊鵝湖」，但詞中所寫並非鵝湖山中景象，而為山下春景，蓋為往返途中所見，感觸深刻，故稼軒撇開鵝湖山景，轉而描繪山下田園春光人情，寄寓其歷經人生滄桑而漸歸恬淡的情懷。

鷓鴣天

重九席上作❶

戲馬臺❷前秋雁飛，管弦歌舞更旌旗。要知黃菊清高處，不入當年二謝❸詩。

傾白酒，遶東籬，只於陶令有心期❹。明朝重九渾瀟灑❺，莫使尊前欠一枝。

【注釋】❶重九席上作　原無「作」字，茲從四卷本。重九，即重陽，農曆九月初九日。❷戲馬臺　指項羽戲馬臺，故址在今江蘇銅山縣南。史載晉武帝劉裕曾在重九日於此大會賓客。❸二謝　指謝靈運、謝朓。❹傾白酒三句　用東晉陶潛（淵明）典故。陶令，即陶潛，曾任彭澤（治所在今江西湖口）令。陶潛〈九日閑居〉詩序：「余閑居，愛重九之名。秋菊盈園，而持醪靡由。」〈飲酒二十首〉其五云：「採菊東籬下，悠然見南山。」《藝文類聚》卷四引《續晉陽秋》：「陶潛嘗九月九日無酒，宅邊菊叢中摘菊盈把，坐其側，久望，見白衣至，乃王弘送酒也。即便就酌，醉而後歸。」❺渾瀟灑　定然悠閒清雅。

【語　譯】戲馬臺前秋雁飛翔，管絃齊奏，歌舞並作，旌旗飄揚。要想知道秋菊的清高品性，且看它當年不肯進入二謝的詩章。　　暢飲白酒，漫步東籬，只有陶潛對秋菊真心愛賞。明天的重九定然悠閒清雅，酒席上莫要少了菊花。

【研　析】這首詞與「重九席上再賦」之〈鷓鴣天〉（有甚閑愁可皺眉）當為同時之作。後者有云：「十分筋力誇強健，只比年時病起時。」則二詞疑作於〈鷓鴣天・鵝湖歸病起作〉諸詞之次年，即淳熙十四（西元一一八七年）或十五年。稼軒時年近五十，閒居帶湖。

《太平寰宇記》卷十五載：「戲馬臺在（徐州）縣南三里。項羽築戲馬臺於此。宋武（劉裕）北征至彭城，遣長史王虞等立第舍於項羽戲馬臺，作閣橋渡池。重九日，公引賓佐登此臺，會將佐。百僚賦詩以觀志，作者百餘人，獨謝靈運詩最工。」稼軒即從此典故入筆，首二句自劉裕率百僚登戲馬臺情事中生發而來，謝靈運當時所作〈九日從宋公戲馬臺集送孔令〉亦有「旅鴈違霜雪」、「雲旗興暮節」、「餞宴光有孚，和樂隆所缺」等詩句。同時這一場景與詞題「重九席上」隱約相關，有以虛喻實之妙。

詞作切題而入，以典故映照出「重九席上」情形。「要知」句轉到重九日的典型物象菊花，此後的筆墨全在詠菊。字面上的轉筆雖顯突兀，實則脈絡暗通，其貫通點即戲馬臺典故中提及的謝靈運，即「二謝」之一。然而二謝詩雖稱精工，但未有詠菊之作（只有謝朓〈落日悵望〉「秋菊行當把」、〈冬日晚郡事隙〉「臨潭餌秋菊」、〈暫使下都夜發新林至京邑贈西府同僚〉「時菊委嚴霜」數句）。稼軒對此作出的解釋是：秋菊清高，不屑進入二謝詩作。這種擬人化的詠菊、讚菊，同時又與詞作下片「只於陶令有心期」相呼應。

上片已寫到重九、秋菊，並提及「二謝」，則喜愛重九秋菊、又與謝靈運並稱詩壇的陶淵明，便呼之欲出了。「傾白酒」三句即呈現淵明把酒東籬賞菊的情境。「只於陶令」句，照應上片「黃菊清高」語，也是對淵明的稱賞。末二句歸結到重九和秋菊，筆調開放。

陶淵明及菊花是題詠重陽的詩詞最常見的典故物象，稼軒此詞亦然，但在章法上別具一格，通過與秋菊無關的戲馬臺典故及二謝的鋪墊反襯，達到了詠讚秋菊及淵明的效果。

鷓鴣天

重九席上再賦❶

有甚閑愁可皺眉？老懷無緒自傷悲。百年旋逐花陰轉❷，萬事長看鬢髮知❸。

溪上枕❹，竹間棋❺，怕尋酒伴懶吟詩。十分筋力誇強健，只比年時❻病起時。

【注釋】❶重九席上再賦　原無題，茲從四卷本。❷百年旋逐花陰轉　謂百年人生在時光流轉中漸漸消逝。旋，漸漸。花陰轉，指時光流轉。鄭僅〈調笑轉踏〉：「花陰轉午漏頻移。」❸萬事長看鬢髮知　謂人生經歷從鬢髮上可以看出。❹溪上枕　謂隱居林泉。《世說新語．排調》：「孫子荊年少時欲隱，語王武子當枕石漱流，誤曰漱石枕流。」石介〈村居〉：「幽居一臥枕溪稜。」❺竹間棋　李商隱〈即日〉：「小鼎煎茶面曲池，白鬚道士竹間棋。」❻年時　去年。

【語譯】有何煩惱讓人皺眉？老年情懷頹喪，自感傷悲。百年人生漸隨時光流轉而消逝，平生經歷常看鬢髮便能感知。

溪流邊閒臥，竹林間對弈，害怕伴人暢飲，慵懶無心吟詩。誇耀筋力十分強健，只是較比去年病體初愈之時。

【研析】這首詞與〈鷓鴣天〉（戲馬臺前秋雁飛）作於同時，即淳熙十四（西元一一八七年）、十五年間所作。

前一首〈鷓鴣天．重九席上作〉題詠秋菊，這一首「再賦」之作則感慨身世。詞以自問起筆，定下感慨人生的情調。「老懷」句自述人生遲暮的頹喪感傷情懷，直承「閑愁」、「皺眉」而作答。「百年」二句又承「老懷」句而抒寫「無緒自傷悲」的原由，即感慨平生經歷：日影花陰流轉，有限人生隨之流逝，蒼蒼鬢髮凝結了多少坎坷滄桑！

上片在回顧平生中抒發歎老傷悲情懷，下片轉寫眼下生活境況，情調漸歸平緩澹泊。溪邊閒臥，竹間對弈，悠閒自適之趣自在其中。無意於酒朋詩侶間的宴歡唱和，自然有筋力不濟的因素（筋力只比去年病起時強健些），但更重要的原因是心中已無詩酒遣賞的意興豪情，心態趨於閒靜，一種歷盡人生萬事、超脫俗世紛爭的淡定情懷。

鷓鴣天

元溪❶不見梅

千丈冰溪百步雷❷，柴門都向水邊開。亂雲剩❸帶炊煙去，野水閑將日影來。

穿窈窕❹，歷崔嵬，東林試問幾時栽？動搖意態雖多竹，點綴風流卻少梅❺。

【注釋】❶元溪　當為帶湖某山溪名。❷千丈冰溪百步雷　謂瀑流聲勢如雷。蘇軾〈百步洪〉：「有如兔走鷹隼落，駿馬下注千丈坡。」冰溪，四卷本作「清溪」。❸剩　盡；完全。❹窈窕　曲折幽深。陶潛〈歸去來兮辭〉：「既窈窕以尋壑，亦崎嶇而經丘。」❺東林試問幾時栽三句　化用杜甫〈舍弟占歸草堂檢校聊示此詩〉「東林竹影薄，臘月更須栽」詩意，意謂雖然竹林成片，搖曳多姿，但尚需種植梅花點綴風景。

【語譯】飛流直下千丈，轟鳴如雷，聲傳百步之外，柴門都朝溪流開。炊煙盡隨飛雲飄逝而去，日影在山野溪流中悠閒地蕩漾而來。　穿過曲折幽谷，越過崎嶇山石，東邊林中何時能栽植梅花？竹林成片，搖蕩多姿，但缺少梅花來點綴風致。

【研析】這首詞與〈鷓鴣天・重九席上作〉同調同韻，疑為同時之作，在淳熙十四（西元一一八七年）、十五年間。又稼軒淳熙九年（西元一一八二年）罷居帶湖之初所作〈水調歌頭〉（帶湖吾甚愛）云：「東岸綠陰少，楊柳更須栽。」本詞云：「東林試問幾時栽？動搖意態雖多竹，點綴風流卻少梅。」蓋為閒居數年後竹已成林而非「綠陰少」之時。

詞題「元溪不見梅」，上片寫元溪，下片言「點綴風流卻少梅」。起筆勢大聲洪，飛流直下千丈，水石相擊，聲如雷鳴。這當是元溪最為壯麗的標誌性景致，由此入筆，有先聲奪人之效，且在餘韻迴蕩中導引出元溪在山間流淌的風致：飛瀉轟鳴的激流回旋緩流，兩岸屋舍柴門面水，倒影搖曳，裊裊炊煙隨亂雲飄逝，日影悠然隨流蕩漾。

過片「穿窈窕」二句仍寫元溪曲折穿流。溪岸竹林成片，風姿搖蕩，然而卻見不到「疏影橫斜水清淺」之風度，令稼軒深感遺憾！抒寫筆法上採取倒裝，先從彌補這一缺憾著筆，出以問句，且未說出梅花，然後再作補筆說明，結末才以「少梅」二字關合題中「不見梅」。這一章法結構，增強了句勢的跌宕韻致，避免了順敘的平淡，同時也更好地表達出未見梅花的深切遺憾及其希望補種梅花的迫切情懷。

鷓鴣天

黃沙❶道中即事

句裏春風正剪裁，溪山一片畫圖開❷。輕鷗自趁虛船❸去，荒犬還迎野婦回。

松菊竹，翠成堆，要擎❹殘雪鬥疏梅。亂鴉畢竟無才思，時把瓊瑤蹴下來❺。

【注釋】❶黃沙　指黃沙嶺，在上饒縣境內。《上饒縣志》：「黃沙嶺在縣西四十里乾元鄉，高約十五丈。」❷句裏春風正剪裁二句　言筆下春風正剪裁出溪山如畫新景。賀知章〈詠柳〉：「不知細葉誰裁出，二月春風似剪刀。」❸虛船　無人之船。《莊子・山木》：「方舟而濟於河，有虛船來觸舟，雖有惼心之人不怒。」❹擎　托舉。❺亂鴉畢竟無才思二句　意謂林中棲息的烏鴉不知梅雪爭豔之美，不時踏落枝頭殘雪。韓愈〈晚春〉：「楊花榆莢無才思，惟解漫天作雪飛。」稼軒〈賀新郎〉（把酒長亭說〉：「何處飛來林間鵲，蹙踏松梢殘雪。」

【語　譯】筆下春風正剪裁，山水美景猶如畫幅展開。輕靈的白鷗伴隨虛船飛去，荒村的家犬迎接農婦歸來。松菊竹繁茂疊翠，托護著殘雪要與疏梅鬥豔爭美。亂鴉實在毫無才情思趣，不時把玉潔的雪花踏落下來。

【研　析】這首詞作於帶湖閒居期間，具體作年不詳。

詞作題詠黃沙道中初春景象。起二句概寫溪山初春全景，筆意構思上承襲賀知章〈詠柳〉名句：「不知細葉誰裁出，二月春風似剪刀。」賀詩言春風如剪刀裁出細細的柳葉，此則謂溪山美景在春風的剪裁中如畫幅漸漸展開。「輕鷗」二句則勾畫出兩段片景畫面：溪上虛船漂蕩，輕鷗相隨；鄉野村婦歸來，家犬相迎。兩幅畫面呈現出山水鄉村的自然淳樸風情，尤其是「輕鷗」、「虛船」所喻示的自由超脫理趣，透露出稼軒經歷宦海風波而罷職閒居後的情懷寄託。

上片總寫溪山如畫，又分別勾畫出溪上和山村情景，筆調開闊閒適。下片詞筆凝聚於殘雪中的松菊竹梅。殘留積雪的松菊竹與疏梅相映爭輝。松菊竹之「擎」與亂鴉之「蹴」相反相成，擬人化的筆調中別生趣味。

全詞以寫景為主，其「開」、「去」、「迎」、「回」、「擎」、「蹴」等動詞使畫面以動態呈現，又顯示出空間的點面錯落和節奏緩急、物象疏密之相襯，且景中寓情，畫外有人。

鷓鴣天

戲題村舍

雞鴨成群晚未收，桑麻長過屋山頭❶。有何不可吾方羨❷，要底都無飽便休❸。

新柳樹，舊沙洲，去年溪打那邊流。自言此地生兒女，不嫁余家即聘周❹。

【注　釋】❶桑麻長過屋山頭　桑麻高過屋脊。陶潛〈歸園田居〉：「相見無雜言，但道桑麻長。桑麻日已長，我土日已廣。」

屋山頭，即屋脊。黃庭堅〈汴岸置酒贈黃十七〉：「誰倚柁樓吹玉笛，斗杓寒掛屋山頭。」范成大〈次韻嚴子文見寄〉：「雨雲濃壓屋山頭，詩句端來寫客憂。」❷有何不可吾方羨　意謂此種村居生活有何不可，我正欣羨。周孚〈寄趙從之〉：「洗空俗垢吾方羨，收盡詩材子始回。」❸要底都無飽便休　意謂無欲無求，悠閒自得。黃庭堅〈四休居士詩〉序引錄孫昉自釋「四休居士」之號有云：「麤茶淡飯飽即休。」韓淲〈次韻校官〉：「要底勞生醉即休。」❹自言此地生兒女二句　意謂此地只有余、周二姓，互為婚姻。此如白居易〈朱陳村〉所言：「一村唯兩姓，世世為婚姻。」余家，四卷本作「金家」。聘，聘娶。《禮記·內則》：「聘則為妻。」

【語　譯】成群的雞鴨傍晚還未歸窩，茂盛的桑麻高過了屋頭。村居有何不可，我正羨慕，要在好吃好睡，無欲無求。　柳綻新枝，沙洲依舊，去年溪水打從那邊流。當地俗言養兒育女，或聘娶周家女為兒媳，或嫁到余家當媳婦。

【研　析】這首詞作年不詳，疑為閒居帶湖時所作。

詞作抒寫對農家村舍生活的欣羨之情。傍晚時分，雞鴨成群，嬉戲不歸，屋舍隱沒於茂盛的桑麻之間，村中人的自足自樂蘊於其中，令稼軒油然而生羨慕之情。當年蘇軾貶謫瘴癘之地惠州時曾自述心態云：「某覩近事，已絕北歸之望。然中心甚安之，未話妙理達觀，但譬如元是惠州秀才，累舉不第，有何不可。」（〈與程正輔提刑〉）如今帶湖「密邇畿輔」，「士大夫樂寄焉」（洪邁〈稼軒記〉），且村舍這般恬適而富於生趣，稼軒罷官閒居於此，怎不由衷地歎賞：「有何不可吾方羨。」「要底都無飽便休」，則是動情之餘的體悟：無欲無求則無憂無慮，眠食俱佳。

「新柳樹」三句簡筆勾畫出村舍自然風景。柳樹、沙洲、溪流，與上片的雞鴨、桑麻，構成一幅美妙的江南水鄉村舍圖，農家院落的風俗人情呼之欲出。結末「自言」二句所寫即為村舍風情，令人想起白居易〈朱陳村〉敘述的情形：「田中老與幼，相見何欣欣。一村唯兩姓，世世為婚姻。親疏居有族，少長游有羣。黃雞與白酒，歡會不隔旬。」白氏想到自身官旅奔忙，感歎「一生苦如此，長羨村中民」。稼軒的感觸自不無欣羨之情，但更多的恐怕是為其閒居於此而感到欣慰。

鷓鴣天

博山寺❶作

不向長安❷路上行，卻教山寺厭逢迎。味無味處求吾樂❸，材不材間過此生❹。寧作我❺，豈其卿❻，人間走遍卻歸耕。一松一竹真朋友，山鳥山花好弟兄❼。

【注釋】❶博山寺，故址在今江西廣豐西南。❷長安　今陝西西安。此借指南宋京城臨安（今浙江杭州）。❸味無味處求吾樂　在恬淡自然處尋求我的人生樂趣。《老子》：「為無為，事無事，味無味。」王弼注：「以無為為居，以不言為教，以恬淡為味，治之極也。」❹材不材間過此生　在材與不材之間度過我這一生。《莊子・山木》載弟子問莊子：「昨日山中之木以不材得終其天年，今主人之雁以不材死，先生將何處？」莊子笑曰：「周將處於材與不材之間。似之而非也，故未免乎累。若夫乘道德而浮遊則不然。無譽無訾，一龍一蛇，與時俱化，而無肯專為。一上一下，以和為量，浮遊乎萬物之祖，物物而不物於物，則胡可得而累耶！此神農黃帝之法則也。」❺寧作我　意謂寧願固守自我，獨立不阿。此語出《世說新語・品藻》載桓溫少時問殷浩：「卿何如我？」殷浩說：「我與我周旋久，寧作我。」❻豈其卿　豈可依附名卿。揚雄《法言・問神》：「谷口鄭子真不屈其志而耕乎巖石之下，名震于京師，豈其卿？豈其卿？」❼一松一竹真朋友二句　謂隱居林泉，以草木花鳥為伴。此化用杜甫〈岳麓山道林二寺行〉詩句：「一重一掩吾肺腑，山鳥山花共友于。」

【語譯】不去京城求功名，山寺都厭煩與我逢迎。自然恬淡之處尋求樂趣，有用無用之間度過一生。寧願做個獨立不阿之人，豈可屈志依附名卿，歷盡人間世態而退隱歸耕。棵棵松竹是我的真心朋友，山鳥山花是我的親密弟兄。

【研析】詞題「博山寺作」，當作於帶湖閒居期間，具體作年不詳。

詞以豁達而不失諧趣的筆調，表達閒居山林間的感觸及其人生操守。起筆以長安路，即名利場，與山寺相對襯，不去長安而屢就山寺，自然是稼軒眼下境況的寫實，「不向」二字，語氣斷然，顯示出澹泊名利之心志；「厭逢迎」語含戲謔，曲筆暗示出對官場逢迎之風的厭惡。遠離官場，寄身山水，脫棄名利，任真隨性，恬適自然，即「味無味」二句之理趣所在。莊子「處夫材與不材之間」乃一假設，故隨即謂「材與不材之間，似之而非也，故未免乎累」，主張「乘道德而浮遊」，宋代林希逸釋云：「乘道德者，順自然也。」（《莊子口義》卷六）稼軒以「材不材」與老子「味無味」並稱，即取「乘道德而浮遊」之意，既非繫心於「材」，亦非刻意於「不材」，順應自然，任運而動。

過片自述其獨立的人格操守，退出仕官而歸耕山間，寄情於松竹花鳥，即是「寧作我」的表現。以松竹為真朋友，視花鳥為好兄弟，自然諧趣中流露出離開虛詐官場之後的輕鬆愉悅心境。

鷓鴣天

三山道中

抛卻山中詩酒窠❶，卻來官府聽笙歌❷。閑愁做弄天來大❸，白髮栽埋日許多❹。

新劍戟，舊風波❺，天生予懶奈予何❻。此身已覺渾無事❼，卻教兒童莫恁麼❽。

【注釋】❶山中詩酒窠　山間詩酒宴遊之所。此指帶湖居宅。窠，鳥獸棲息之所，此喻閒居之所。❷卻來官府聽笙歌　言身在官府而終日笙歌，不問政事。白居易〈霓裳羽衣曲〉：「貪看案牘常侵夜，不聽笙歌直到秋。」❸閑愁做弄天來大　言閒愁彌漫天地。賀鑄〈眼兒媚〉：「蕭蕭江上荻花秋，做弄許多愁。」做弄，播弄。稼軒〈醜奴兒〉：「近來愁似天來大」、「又把愁來做個天」。❹白髮栽埋日許多　意謂每日增添許多白髮。王安石〈偶成〉：「年光斷送朱顏去，世事栽培白髮生。」黃庭堅〈次韻裴仲謀同年〉：「白髮齊生如有種。」稼軒〈水調歌頭〉（白日射金闕）：「白髮寧有種？一一醒時栽。」❺新

劍戟二句　言官場爭鬥翻新，宦海風波依舊。❻天生予懶奈予何　意謂我天生懶散，能奈我何。此用《論語・述而》語調：「子曰：天生德於予，桓魋其如予何？」」❼此身已覺渾無事　蘇軾〈歸宜興留題竹西寺〉：「此生已覺都無事。」渾，全；都。❽恁麼　如此。

【語　譯】離開山中詩酒歡樂之窩，卻到官府來聆聽笙歌。憂愁纏繞彌漫天際，每日滋生的白髮甚多。　官場爭鬥翻新，宦海依然是惡風險波，天性懶惰奈我何。我已覺此生了無所求，但要教誨兒童切莫這般生活。

【研　析】題作「三山道中」，詞云「拋卻山中詩酒窠，卻來官府聽笙歌」，當作於紹熙三年（西元一一九二年）赴任福建提刑途中，稼軒時年五十三。

稼軒本以功業自許，閒居山中詩酒消遣，當非所願。出山為官，自有其功業志向的驅動，然而「官府聽笙歌」，同樣是無法成就功業的虛度時光，且身在官府，難免心受拘束，遠不如山中閒居那般自由。這大概便是稼軒為此次出山赴任而懊悔、眼中愁緒漫天的原由。

面對官場的風波險惡，年逾半百的稼軒感到難有作為，只能聽任生命的荒廢，故以天性懶惰自嘲，而「奈予何」三字，則又透出其傲岸品性以及對官場爭鬥的輕蔑。了無所求，並非稼軒的真實意願，而是為現實所迫的無奈之舉，自然不希望在兒輩的人生中重現。對兒童的諄諄教誨中，也寄託著稼軒未能實現的人生期望。

全詞情感脈絡的關節在「卻來官府聽笙歌」一句，其間愁彌漫、白髮日多即緣於此，「天生予懶」、「此身已覺渾無事」也因此而發，「新劍戟」二句則可視為「官府聽笙歌」之舉的原由，終日笙歌、不問政事，不失為官場避險的一種方法。然而，官府本不該是聽笙歌的場所，聽笙歌也不是稼軒踏入官府的初衷，所以詞作的首尾均見出對此舉的否定。

鷓鴣天

欲上高樓去避愁，愁還隨我上高樓。經行幾處江山改❶，多少親朋盡白頭。

歸休去，去歸休❷，不成人總要封侯❸？浮雲出處元無定❹，得似浮雲也自由。

【注釋】❶經行幾處江山改　蘇軾〈青玉案〉（三年枕上吳中路）：「四橋盡是，老子經行處。」❷歸休去二句　意即歸去。韓維〈贈曹大夫〉：「如今便欲歸休去，已愧遲君八九秋。」❸不成人總要封侯　猶言「人總要封侯不成」。不成，助詞，表示反詰。❹浮雲出處元無定　意謂白雲飄浮不定。李白〈古風〉其三十九：「白日掩徂輝，浮雲無定端。」

【語譯】原想登上高樓去擺脫憂愁，憂愁仍隨我上了高樓。經行之地山河改顏，多少親朋好友已白髮滿頭。歸去吧，歸去吧，難道人生在世定要封侯？浮雲動息原無定所，若得身如浮雲也堪稱自由。

【研析】這首詞廣信書院本未收，見於四卷本丁集，鄧廣銘《稼軒詞編年箋注》疑作於閩中，即紹熙二年（西元一一九一年）末至五年間。

稼軒心懷憂愁，詞即從登樓避愁起筆。欲避愁而愁纏身不去，便追尋此愁從何而來：「江山改」、「親朋盡白頭」，字面上抒寫滄桑變故、人生易老之慨，實則寄寓失土未復、同志蕭索之悲。此即稼軒內心無法消解的深深憂慮。

抗金復國無望，雖心有不甘，但身已無奈，稼軒只有徒喚：歸去吧！歸去吧！建功封侯，在常人看來或許只是利己之名位，而在稼軒眼中則為恢復大業之成就。「不成人總要封侯」一反詰句中，蘊含壯志未成之怨憤，又是對世俗功名價值觀的否定，其言下之意即古語所謂「富貴如浮雲」。詞筆由此轉到浮雲。人們常常感歎人生如浮雲，漂泊不定。稼軒則別出新意，謂「得似浮雲也自由」，見出其身不由己帶來的內心愁苦，又與起筆的「避愁」相呼應。

本詞筆法上的一個特點是詞語的重複和語調的轉折交融，如起筆二句、「歸休去」二句、「浮雲」二句，形成往復纏繞之勢，顯露出稼軒憂愁鬱結難解之心境。

鷓鴣天

送元濟之歸豫章❶

敧枕婆娑❷兩鬢霜，起聽簷溜碎喧江❸。那邊玉箸❹銷啼粉，這裏車輪轉別腸❺。

詩酒社，水雲鄉，可堪醉墨幾淋浪❻。畫圖恰似歸家夢，千里河山寸許長❼。

【注釋】❶送元濟之歸豫章　四卷本題作「送元省幹」。元濟之，鄧廣銘《稼軒詞編年箋注》引《歷代名臣奏議》卷一百四十七載吏部尚書趙汝愚〈奏薦張漢卿元汝楫狀〉，謂「『楫』與『濟』義甚相屬，疑汝楫即濟之之名」。據趙氏薦狀，元汝楫曾以承節郎監復州（治所在今湖北沔陽），後歸耕二十餘年。豫章，漢郡名，即南宋隆興府，治所在今江西南昌。❷敧枕婆娑　言倚枕無眠，輾轉反側。婆娑，滯留。❸起聽簷溜碎喧江　謂屋簷水溜如斷續喧嘩的江水。韓愈〈雨中寄孟刑部幾道聯句〉：「簷瀉碎江喧，街流淺溪邁。」❹玉箸　喻淚流。❺車輪轉別腸　言愁腸百轉。樂府古辭〈悲歌〉：「心思不能言，腸中車輪轉。」❻醉墨幾淋浪　謂醉意中揮毫潑墨。蘇軾〈和張子野見寄三絕句〉其二〈見題壁〉：「狂吟跌宕無風雅，醉墨淋浪不整齊。」淋浪，隨意灑落的樣子。❼畫圖恰似歸家夢二句　言寸幅畫圖有千里河山之勢，猶如夢歸家鄉，瞬息千里。杜甫〈戲題王宰畫山水圖歌〉：「尤工遠勢古莫比，咫尺應須論萬里。」

【語譯】倚枕輾轉難眠，兩鬢如霜，起身聽屋簷水瀉，似斷續喧嘩的江水流淌。那邊佳人啼淚銷脂粉，這邊離人如車輪轉愁腸。

詩酒結社，水雲之間，那堪醉意中揮毫潑墨，畫境如夢歸家鄉，寸幅之中展盡千里河山。

【研析】這首詞與〈江神子・送元濟之歸豫章〉（亂雲擾擾水潺潺）為同時之作，但具體作年不詳。詞題「送元濟之歸豫章」，即為送友人歸鄉之作，故有「那邊玉箸銷啼粉」、「畫圖恰似歸家夢」之語。詞從友人別夜無眠之狀入筆。窗裡離人倚枕輾轉，鬢髮如霜；窗外屋簷水瀉如斷續喧嘩的江聲。此境蘊含無盡的身世感慨和別離情懷。「那邊」二句，撇開身世感慨而獨言兩地別離相思之情，乃扣合題意。上句從對面著筆，意脈承「歸豫章」，暗示出友人歸家之心切。下句轉言友人間的相別之愁，即承題中送別之意。兩句真切描述出友人歸家臨別的複雜情懷。

下片筆墨全在離別場景。「詩酒社」，概述出友人間詩酒唱和中結下的深厚情誼；「水雲鄉」，則為充滿詩情畫意的環境渲染。兩句為下文友人臨別「醉墨淋浪」作鋪墊。結末二句甚妙，以夢境喻畫境，應合「醉墨」；以「歸家夢」喻寸幅千里之畫境，既讚美友人畫技之精湛，又切合其告別歸鄉之情事。

鷓鴣天

一夜清霜變鬢絲❶，怕愁剛把酒禁持❷。玉人❸今夜相思不？想見頻將翠枕移❹。

真個恨，未多時，也應香雪減些兒❺。菱花❻照面須頻記，曾道偏宜淺畫眉❼。

【注釋】❶一夜清霜變鬢絲　言一夜間鬢白如霜。❷怕愁剛把酒禁持　意謂害怕飲酒添愁，新近剛戒了酒。李白〈宣州謝朓樓餞別校書叔雲〉：「舉杯消愁愁更愁。」呂渭老〈醉蓬萊〉（任落梅鋪綴）：「誰信而今，怕愁憎酒。」❸玉人　美人。此指稼軒遣去的侍者。❹想見頻將翠枕移　言相思難寐。范仲淹〈御街行〉（紛紛墜葉飄香砌）：「殘燈明滅枕頭攲，諳盡孤眠滋味。」❺也應香雪減些兒　言相思瘦損。香雪，喻女子肌膚。魏承班〈漁歌子〉（柳如眉）：「鮫綃霧縠籠香雪。」蘇軾〈三部樂〉（美人如月）：「今朝置酒強起，問為誰減動，一分香雪？」❻菱花　菱花鏡。駱賓王〈王昭君〉：「妝鏡菱花暗，愁眉柳葉顰。」❼曾道偏宜淺畫眉　偏宜，最適合。朱慶餘〈閨意上張水部〉：「粧罷低聲問夫婿，畫眉深淺入時無？」蘇軾〈成伯席上贈所出妓川人楊姐〉：「坐來真箇好相宜，深注唇兒淺畫眉。」

【語　譯】一夜間鬢髮斑白如霜，害怕憂愁，新近遠離酒觴。佳人今夜是否相思？想必在頻移翠枕，難入夢鄉。相思苦恨真切，雖歷時未久，也定然瘦損了玉容模樣。臨鏡梳妝要時時記取，我曾說過：你最適宜淺畫眉妝。

【研　析】這首詞為思念遣去的侍者而作，且「剛把酒禁持」，當亦慶元二年（西元一一九六年）所作。稼軒時年五十七，閒居瓢泉。

詞作抒寫相思愁懷，深情綿婉，見出稼軒襟懷中的兒女情長一面。情調與〈臨江仙〉（手撚黃花無意緒）相類，但筆法不同。前者全從稼軒一面著筆，本詞筆墨多為遙想對方之思念愁苦情狀。「頻將翠枕移」、「香雪減些兒」均為料想中的佳人相思難寐、瘦損玉容之狀，而稼軒的深切思念之情則隱於其中。末二句的細心遙囑，將往日的親密歡悅、別後的相思惦念，融注於臨鏡梳妝的生活畫面之中，情深意長。

鷓鴣天

登一丘一壑偶成

莫殢❶春光花下游，便須準備落花愁。百年雨打風吹卻，萬事三平二滿休❷。將擾擾，付悠悠❸，此生於世百無憂。新愁次第相抛舍，要伴春歸天盡頭。

【注　釋】❶殢　迷戀滯留。❷萬事三平二滿休　言萬事平平而過。黃庭堅〈四休居士詩〉序謂太醫孫昉自號「四休居士」，自云：「粗茶淡飯飽即休，補破遮寒煖即休，三平二滿過即休，不貪不妒老即休。」《潁川語小》卷下：「俗言三平二滿，蓋三遇平，二遇滿，皆平穩得過之日。」❸將擾擾二句　意謂將紛擾世事付諸東流。

【語　譯】不要迷戀春花春光，還得想到落花惆悵。人生百年，風雨中消磨，生平萬事，平淡中度過。紛擾世事付諸流水悠悠，此生在世百事無憂。新生愁緒逐次拋捨，要伴送春天回歸天盡頭。

【研　析】鄧廣銘《稼軒詞編年箋注》疑本詞作於慶元二年（西元一一九六年）春，瓢泉居第初成之時。此說大體可信，慶元元年所作「賦一丘一壑」之〈蘭陵王〉似可參證，又本詞所言「擾擾」、「新愁」情懷也與罷歸之初相稱。

黃庭堅〈四休居士詩〉序稱孫昉所釋「四休」為「安樂法」，稼軒本詞旨趣亦在安樂，所謂「此生於世百無憂」，抒寫一種超然淡泊的人生情懷。春花爛漫，春光明媚，置身其中而能不留戀，則他日落花飄零亦能無憂愁。這是面對自然盛衰、風物變故的超然心態。人生百年，世事變幻，亦如雨打風吹，花開花落。「三平二滿過即休」，便是一種淡泊的處世心境。

上片自山水遊賞入筆，從中感悟人生；下片則自述人生安樂情懷，而以伴送春歸作結，筆調首尾照應。值得細心品味的是，上片筆觸偏於普遍性的人生感懷，情調較為舒緩而蘊含理趣。下片筆觸轉述自身，情調有所跌宕，所言「此生於世百無憂」，實乃稼軒的自我期待，其現時心境並非如此，否則又何來「擾擾」？何來「新愁」？這透露出稼軒擺脫身世紛擾和憂愁情懷而追求安樂閒適的情懷波蕩。

鷓鴣天

和章泉趙昌父❶

萬事紛紛一笑中❷，淵明把菊對秋風。細看爽氣今猶在，惟有南山一似翁❸。

情味好，語言工，三賢高會古來同❹。誰知止酒停雲老❺，獨立斜陽數過鴻❻。

【注　釋】❶和章泉趙昌父　章泉，在玉山（今屬江西）。趙昌父，名蕃（西元一一四三—一二二九年），鄭州（今屬河南）人，南渡居信州玉山（今屬江西上饒）章泉，因以為號。早年官太和主簿、辰州司理參軍、衡州安仁贍軍酒監。後家居三十餘年，屢召不起。其詩〈有懷竹隱之筍復用前韻〉：「我家章泉旁，生事苦不足。」戴復古有詩〈玉山章泉本章氏所居趙昌甫遷居于此章泉之名遂顯〉。❷萬事紛紛一笑中　謂笑談紛紛世事，超然曠達。蘇軾〈僧惠勤初罷僧職〉：「今來始謝去，萬事一笑空。」❸淵明把菊對秋風三句　化用陶淵明詩意。陶詩〈九日閑居〉序云：「余閒居，愛重九之名。秋菊盈園，而持醪靡由，空服九華，寄懷於言。」〈飲酒〉云：「採菊東籬下，悠然見南山。山氣日夕佳，飛鳥相與還。」爽氣，超然豪爽氣韻。東晉王徽之有言：「西山朝來，致有爽氣。」（《世說新語・簡傲》）❹三賢高會古來同　意謂今日昌父等人相聚唱和，如同當年陶淵明與廬山東林寺僧慧遠、簡寂觀道士陸修靜交遊。陳舜俞《廬山記》卷一：「流泉匝寺，下入虎溪。昔遠師送客過此，虎輒號鳴，故名焉。陶元亮居栗里，山南陸修靜亦有道之士。遠師嘗送此二人，與語合道，不覺過之，因相與大笑。」❺誰知止酒停雲老　借陶淵明自喻。淵明有詩作〈止酒〉、〈停雲〉。稼軒因病止酒，有停雲堂，詞作〈臨江仙・停雲偶作〉：「偶向停雲堂上坐。」❻獨立斜陽數過鴻　蘇軾〈縱筆〉：「谿邊古路三岔口，獨立斜陽數過人。」

【語譯】世事紛紜，盡付淡然一笑中，淵明採菊，颯颯秋風。如今細心品味，豪爽超妙氣韻依然在，只有南山神態甚似陶翁。　　情味美妙，詞句精工，三賢相聚，古今情同。誰知老父我因病止酒，停雲堂前，獨對夕陽目數飛鴻。

【研析】這首詞題「和章泉趙昌父」，詞中提及「止酒」，當與〈清平樂〉（雲烟草樹）大略作於同時，即慶元二、三年（西元一一九六、一一九七年）間。稼軒時年近六十，閒居瓢泉。

劉宰〈章泉趙先生墓表〉稱其作詩「援筆立成，不經意而平淡有趣，讀者以為有陶靖節之風。」而稼軒對陶淵明亦極為稱賞，這首和昌父之詞遂以淵明為喻。上片全從淵明「採菊東籬下，悠然見南山」（〈飲酒〉）詩意敷衍而成。世事紛紜，「把菊對秋風」，一笑超然，乃是稼軒想像中淵明東籬採菊，見南山而悠然心會的神態情狀。「細看」二句，堪稱對「悠然見南山」詩句意蘊的解讀。

下片「情味好」三句，兼言淵明、昌父。詩情詩語皆妙，知友高會亦相彷彿。言語中見出稼軒對昌父詩詞的稱賞，對其友朋間詩酒歡會的稱羨，下文則言及自身既無友朋相聚，又不能把酒自遣，惟有獨立斜陽，目數飛鴻。其情調頗耐尋味，三賢高會對襯下的自我孤獨以及「誰知」二字的反詰語氣，似乎不無悵然感慨之意；「止酒停雲」四字，語借淵明詩題，意切自身情狀，筆意則略帶自嘲；「獨立」一句所呈現的情境畫面，尤其是一「數」字，透出超然悠然之神態，與起筆遙相呼應。

鷓鴣天

戊午拜復職奉祠之命❶

老退何曾說著官，今朝放罪❷上恩寬。便支香火真祠俸❸，更綴文書舊殿班❹。

扶病腳，洗衰顏，快從老病借衣冠❺。此身忘世渾容易，使世相忘卻自難❻。

【注　釋】❶戊午拜復職奉祠之命　戊午，即宋寧宗慶元四年（西元一一九八年）。復職，指恢復集英殿修撰之職。奉祠，指主管建寧府武夷山沖佑觀。按：稼軒於慶元二年九月罷宮觀。❷放罪　指赦罪。稼軒於紹熙五年（西元一一九四年）知福州任上，因刑部侍郎黃艾彈劾而落職，後因御史中丞謝深甫論奏而由集英殿修撰降充秘閣修撰，慶元元年十月又因御史中丞何澹論擊而落職。❸便支香火真祠俸　指主管沖佑觀。按：宋代往往以老病退閒之官，任宮觀使、提舉、提點、主管等，只領官俸而無職事。宮觀使等原主祭司，後為虛職。❹更綴文書舊殿班　指恢復集英殿修撰之職。宋集英殿修撰為兼職名，屬虛銜。❺快從老病借衣冠　言趕快隨我去借來官帽官服。❻此身忘世渾容易二句　言忘世容易，為世所忘則難。此從常言「與世相忘」翻出。蘇軾〈留別登州舉人〉：「身世相忘久自知。」

【語　譯】年老身退，何曾想到為官，今日聖恩寬恕赦罪。命我主管沖佑觀香火之事，又掛名集英殿修撰。

病腳扶杖而起，洗淨衰頹容貌，快快隨我老病之身，去借來官服官帽。此身忘懷世事都容易，要讓世人相忘卻很難。

【研　析】這首詞作於慶元四年（西元一一九八年）。稼軒時年五十九，閒居瓢泉。

帶罪退閒之身，遇赦復職，雖為虛職虛銜，仍當感恩不盡。上片即表達此情。起句言年老身退已無意於仕官，則今日遇赦復職，不無意外之感。從情理而言，這畢竟是件喜事。「今朝」三句敘述此事，「便」、「更」二字將主管沖佑觀、集英殿修撰二職連貫呈現，筆調間流露出欣然舒快之情，自然蘊含對皇恩的感激。

過片承前，把內心的感激轉到言行：雖腿腳不利，仍扶杖而起，洗淨衰容，振奮精神，借來官服官帽，全然一派欣喜激動、準備赴任的架勢。其實，恢復的官職僅為虛名，一無所事，自無需衣冠。稼軒明知其為虛職，卻故作實職相待，尤其是「借衣冠」三字，在鄭重其事之舉中見出那無聲的嘲諷之意。筆調至此，則上文之感激與奮實別有意味。然而對此境遇，稼軒實感無奈，不願掛名虛職虛銜，又不能抗旨拒絕，只有一聲嗟歎：忘世容易，為世所忘則難！此結與起筆旨趣應合。

鷓鴣天

石門❶道中

山上飛泉萬斛珠，懸崖千丈落鼪鼯❷。已通樵徑❸行還礙，似有人聲聽卻無。

閑略彴，遠浮屠❹、溪南修竹有茅廬。莫嫌杖屨頻來往，此地偏宜著老夫。

【注釋】❶石門　蓋指鉛山蘂雲洞。《江西通志》卷十一〈山川·廣信府〉：「蘂雲洞，在鉛山縣東三十里女城山之巔，有飛瀑臨其前。洞口如門者三，中倚一石，狀如屏，可旋轉。最後懸一龍首，水出不竭。舊名徐塢，宋改今名。」❷懸崖千丈落鼪鼯　言懸崖壁立千丈，鼪鼯無法攀援。鼪鼯，鼠類。❸樵徑　打柴人走的小路。❹閑略彴二句　略彴，木橋。浮屠，佛塔。蘇軾〈同王勝之游蔣山〉：「略彴橫秋水，浮屠插暮煙。」

【語譯】山上飛泉灑下萬斛珠玉，千丈懸崖掉落攀援的鼪鼯。山中小路，似通還阻，若有人聲，細聽卻無。木橋閒置，遠處佛塔矗立，溪水之南，竹林依傍茅廬。不要嫌我杖屨時常來遊，此地最合我老夫之興趣。

【研析】這首詞作於瓢泉閒居期間，即慶元三年（西元一一九七年）至嘉泰二年（西元一二〇二年）間，稼軒時年六十左右。

詞為遊石門而作，一起筆便推出石門最壯觀的場景：山泉飛瀉，懸崖高聳，鼪鼯墜落。雄奇險峻中透出人跡罕至氣息。「已通」五句，筆調依次落到山中的樵徑、聲息、木橋、佛塔、溪流、修竹、茅廬，簡筆勾畫，悠然淡雅，與濃墨重筆描繪的飛泉峭壁之勢形成對比，而其超然於塵世之外的林泉幽趣則一脈相貫，可謂形異而神通。兩種格調的景致相融一體，令人感悟到絢爛之極歸於平淡。這或許應合了本為一世豪傑、「壯歲旌旗擁萬夫」的稼軒歷盡仕宦挫折、落職閒居時的心態情趣，詞作結末二句旨趣大概在此。

鷓鴣天

石壁虛雲積漸高，溪聲遶屋幾週遭❶。自從一雨花零落，卻愛微風草動搖。

呼玉友❷，薦溪毛❸，殷勤野老苦相邀。杖藜忽避行人去，認是翁來卻過橋。

【注釋】❶溪聲遶屋幾週遭　週遭，亦作「周遭」，周圍。劉禹錫〈石頭城〉：「山圍故國周遭在，潮打空城寂寞回。」蘇軾〈寄吳德仁兼簡陳季常〉：「門前罷亞十頃田，清溪遶屋花連天。」❷玉友　指美酒。張表臣《珊瑚鉤詩話》卷三：「近時以黃柑醞酒，號洞庭春色，以糯米藥麴作白醪，號玉友。」❸溪毛　溪邊野菜。《左傳》隱公三年：「苟有明信，澗溪沼沚之毛，蘋蘩蘊藻之菜，……可薦於鬼神，可羞於王公。」杜預注：「毛，草也。」孔穎達疏：「毛，即菜也。」

【語譯】石壁間積雲漸浮漸高，屋舍周圍潺潺溪流環繞。一場春雨過後，百花零亂，春風搖蕩綠草，卻令人欣然。

備上美酒野菜，鄉村老翁盛情相邀。拄杖前往，忽見行人，避而離去，認出是老翁來迎，便又邁步過橋。

【研析】據詞意，這首詞疑作於慶元中瓢泉閒居期間。

詞作記述一次應鄉村老翁相邀赴宴之事。結構上用倒筆，先描述來到老翁家所見四周風景：崖間雲霧彌漫，舍外流水環繞，春花飄零，春草拂溼。山水花草之幽趣暗示出此次聚宴的歡洽欣慰。下片補述應邀赴宴之事。老翁置備酒菜，盛情相邀。「殷勤」、「苦相邀」，見出「野老」之心誠情真，同時也見出稼軒當時喜愛靜處、不輕易應邀赴約的心境，下文「忽避行人去」以及翁來相迎，都與此相應合。此種心理透露出稼軒罷職閒居時的失意情懷。

鷓鴣天

和吳子似❶山行韻

誰共春光管日華❷？朱朱粉粉野蒿花❸。閑愁投老無多子❹，酒病而今較減些❺。

山遠近，路橫斜，正無聊處管絃譁。去年醉處猶能記，細數溪邊第幾家。

【注　釋】❶吳子似　子似又作子嗣，名紹古，鄱陽（治所在今江西鄱陽）人。慶元四年（西元一一九八年）始任鉛山縣尉。❷日華　陽光。謝朓〈和徐都曹出新亭渚〉：「日華川上動，風光草際浮。」❸朱朱粉粉野蒿花　言艾蒿花紅紅白白。韓愈〈感春〉：「晨遊百花林，朱朱兼白白。」❹閑愁投老無多子　言年老閒愁不多了。無多子，不多。蘇軾〈追和子由去歲試舉人洛下所寄〉：「烟雲好處無多子，及取昏鴉未到間。」❺酒病而今較減些　言如今已較少醉酒。

【語　譯】誰和春天共享明媚的陽光？艾蒿花紅紅白白相映照。人老閒愁已不多，醉酒如今也甚少。　山巒遠近疊映，山路交錯橫斜，意興闌珊時管絃聲樂喧嘩。去年歡醉的酒家尚能記起，細數那是溪邊第幾家。

【研　析】據吳子似慶元四年（西元一一九八年）始任鉛山縣尉，則這首詞蓋作於慶元五年前後。稼軒時年六十，閒居瓢泉。

詞述山行所見所感。春光明媚，山花絢麗，年老投閒，置身其境，自覺閒愁漸散，無須醉酒消愁。過片二句勾勒出群山遠近疊映、山路蜿蜒橫斜之景，照應題中「山行」。稼軒畢竟年近花甲，山中遊歷，難免力疲意倦，此時溪畔某酒家傳來管絃歌聲，令其意興生發，記起了去年在此歡飲場景。詞作以簡練而富有意趣的筆調記述了一次山中遊歷，寫景抒懷，自然灑落。

鷓鴣天

不寐

老病那堪歲月侵❶，霎時光景值千金❷。一生不負溪山債❸，百藥難治書史淫❹。

隨巧拙❺，任浮沉，人無同處面如心❻。不妨舊事從頭記，要寫行藏入笑林❼。

【注　釋】❶歲月侵　言年老多病不堪歲月摧損。庾信〈臥疾窮愁〉：「危慮風霜積，窮愁歲月侵。」❷霎時光景值千金　光景，時光。李白〈相逢行〉：「光景不待人，須臾髮成絲。」蘇軾〈春夜〉：「春宵一刻值千金，花有清香月有陰。」❸一生不負溪山債　意謂平生大多林泉相伴，未負溪山。❹書史淫　愛讀書史之癖好。《晉書・皇甫謐傳》載謐「耽翫典籍，忘寢與食。時人謂之書淫」。❺隨巧拙二句　意謂隨性之巧拙，任生平之浮沉。❻人無同處面如心　《左傳》襄公三十一年：「子產曰：『人心之不同，如其面焉。』」❼要寫行藏入笑林　意謂要把生平經歷寫入笑林中。行藏，生平出處行止。笑林，泛指彙集笑話之書。《隋書・經籍志》著錄後漢邯鄲淳《笑林》。

【語　譯】老邁多病之身不堪歲月侵損，片刻光陰價值千金。一生溪山相伴，未有虧欠，性愛讀書觀史，百藥難治。

秉性之巧拙，命運之浮沉，聽其自然，人之心志不同有如其面。不妨把平生往事，從頭集錄成書，供人笑談。

【研 析】這首詞當作於罷職閒居期間，具體作年無考。

詞題「不寐」，當心有所思，難以入寐。詞中所言即其思慮。老病纏身，歲月不待，便深感光陰之珍貴。言語間雖不無感慨，但無感傷，且接以欣慰自足的筆調，簡括平生溪山相伴、沉溺書史之經歷。

稼軒志存遠大，卻落得閒居山林，讀書觀史度日，可謂命途沉淪，此乃因其拙於官場逢迎之道。對此，稼軒並非不明，但其「以氣節自負」（范開〈稼軒詞序〉），秉持操守，將俗世所謂巧拙、沉浮置之度外。人各有志，人各有心，並非千人一面。稼軒自有其心志，絕不會為俗論之巧拙所左右。另則，人心難測，巧亦難為。一切聽任自然，超然笑談過往舊事，便是稼軒一番思慮之後的灑脫。

鷓鴣天

睡起即事

水荇參差❶動綠波，一池蛇影噤群蛙❷。因風野鶴飢猶舞，積雨山梔病不花❸。

名利處，戰爭多，門前蠻觸日干戈❹。不知更有槐安國，夢覺南柯日未斜❺。

【注 釋】❶水荇參差　《詩・周南・關雎》：「參差荇菜。」荇，水草名。參差，長短不齊。❷一池蛇影噤群蛙　意謂池中水荇漂游如蛇，群蛙不敢出聲。噤，不出聲。❸積雨山梔病不花　言梔子花因積雨而未綻開。❹門前蠻觸日干戈　喻世間名利爭鬥。《莊子・則陽》：「有國於蝸之左角者，曰觸氏，有國於蝸之右角者，曰蠻氏。時相與爭地而戰，伏尸數萬，逐北，旬有五日而後反。」❺不知更有槐安國二句　意謂不知人生榮華富貴虛幻如夢。唐李公佐〈南柯太守傳〉載淳于棼醉臥大槐樹下，夢為大槐安國駙馬，官南柯郡太守，享盡富貴。後與檀蘿國戰敗，罷官歸里。夢醒，見槐樹下有大蟻穴，即槐安國，南枝上一穴，即南柯郡。

【語 譯】碧池水荇長短漂浮如蛇影，群蛙恐懼而不敢鳴唱。飢餓的野鶴猶憑風飛舞，山梔花卻因積雨而未能綻放。　名利之場，爭奪交戰甚多，門外如蠻氏、觸氏兩國，天天干戈交火。不知更有人夢入槐安國南柯郡，夢醒時太陽尚未斜落。

【研　析】這首詞作年不詳。鄧廣銘《稼軒詞編年箋注》據詞意斷為「慶元黨禁」時期，即慶元中（西元一一九五—一二〇〇年）所作。

詞為「睡起即事」之作，從寫景起筆，景中隱含寓意。水荇如蛇，群蛙喋聲，飢鶴舞風，久雨不晴，山梔無花。寂靜陰晦中透出肅殺，令人感到時代氛圍中的某種恐怖色彩。鄧廣銘先生認為「慶元黨禁」時期所作，不無道理。

過片二句言官場名利爭鬥，「黨禁」自在其中。稼軒閒居林泉，乃官場爭鬥之一旁觀者，故曰「門前」，「蠻觸」之喻則見出嘲諷意味。末二句補足此意，以「南柯之夢」明示人生名利皆虛幻如夢，不知此理卻為虛幻之名利而「日干戈」，豈不可笑！

鷓鴣天

有感

出處從來自不齊❶，後車方載太公歸❷。誰知寂寞空山裏，卻有高人賦〈采薇〉❸。

黃菊嫩，晚香枝，一般同是采花時。蜂兒辛苦多官府❹，蝴蝶花間自在飛。

【注　釋】❶出處從來自不齊　出處，指出仕和退隱。蘇軾〈送歐陽主簿赴官韋城〉：「出處年來恨不齊，一樽臨水記分攜。」

❷後車方載太公歸　謂周文王以輔車載太公入朝。《史記・齊太公世家》載周西伯（文王）出獵，遇呂尚於渭水之濱，「與語，大說，曰：『自吾先君太公曰當有聖人適周，周以興。子真是邪？吾太公望子久矣！』故號之曰『太公望』，載與俱歸，立為

師」。後周武王滅商而王天下，封太公望於齊。《詩・小雅・緜蠻》：「命彼後車，謂之載之。」後車，輔車。❸誰知寂寞空山裏二句　謂伯夷、叔齊在寂寞的首陽山隱居賦吟。《史記・伯夷列傳》：「伯夷、叔齊，孤竹君之二子也。……武王已平殷亂，天下宗周，而伯夷、叔齊恥之，義不食周粟，隱於首陽山，采薇而食之。及餓且死，作歌，其辭曰：『登彼西山兮，采其薇矣。以暴易暴兮，不知其非矣。神農虞夏忽焉沒兮，我安適歸矣。于嗟徂兮，命之衰矣。』遂餓死於首陽山。」寂寞空山裏，四卷本作「孤竹夷齊子」。卻有高人，四卷本作「正向空山」。❹蜂兒辛苦多官府　言群蜂辛苦採花，蜂房眾多似官衙。

【語　譯】出仕或歸隱，從來就因人而異，周文王之輔車剛迎來太公望。誰想到寂寞的首陽山裡，卻有高隱在吟詠〈采薇〉。　黃菊新嫩，枝頭飄散晚香，一樣的採花時節。蜂兒辛苦忙碌似官府衙參，蝴蝶在花叢中自由地飛舞尋芳。

【研　析】這首詞作年難以確考，鄧廣銘《稼軒詞編年箋注》繫於慶元中（西元一一九五—一二〇〇年）所作。詞題「有感」，乃抒發對出仕和歸隱的感觸。起句「出處從來自不齊」開宗明義，為全詞旨趣所在。上片言太公望出仕輔佐周文王、武王滅商，伯夷、叔齊卻隱於首陽山，采薇而食。三人同時，出處則不齊。下片轉以蜂蝶為喻，二者同處採花時節，蜂兒辛苦忙碌，蝴蝶則自在飛舞。前者喻出仕，後者喻歸隱，貼切而有趣。

詞作起筆發論，直入題旨，接以姜太公和伯夷、叔齊之典故為證。理路嚴謹，亦稼軒以論為詞之一例。下片轉以寫景暗寓出處之理，意脈貫通而格調別樣，物理、人事之契合中透出機趣。逆推稼軒構思，蜂苦蝶閒之景或許是觸發其出處之感的緣由，因而本詞可謂觸景悟理之作。

鷓鴣天

讀淵明詩不能去手，戲作小詞以送之

晚歲躬耕不怨貧❶，隻雞斗酒聚比鄰❷。都無晉宋之間事，自是羲皇以上人❸。

千載後，百篇存，更無一字不清真❹。若教王謝諸郎在，未抵柴桑陌上塵❺。

【注　釋】❶晚歲躬耕不怨貧　謂晚年親身耕植，不怨清貧。陶淵明〈庚戌歲九月中於西田獲早稻〉云：「人生歸有道，衣食固其端。……田家豈不苦，弗獲辭此難。四體誠乃疲，庶無異患干。盥濯息簷下，斗酒散襟顏。遙遙沮溺心，千載乃相關。但願長如此，躬耕非所歎。」〈癸卯歲始春懷古田舍〉云：「先師有遺訓，憂道不憂貧。瞻望邈難逮，轉欲志長勤。秉耒歡時務，解顏勸農人。平疇交遠風，良苗亦懷新。雖未量歲功，即事多所欣。」蕭統〈陶淵明集序〉稱淵明「貞志不休，安道苦節。不以躬耕為恥，不以無財為病」。❷隻雞斗酒聚比鄰　謂殺雞備酒邀鄰居歡聚。陶淵明〈歸園田居〉：「漉我新熟酒，隻雞招近局。」〈雜詩〉：「得歡當作樂，斗酒聚比鄰。」❸都無晉宋之間事二句　意謂陶淵明歸田後，無晉宋易代世事之擾，確似伏羲氏以前之人。淵明〈與子儼等疏〉：「常言五六月中，北窗下臥，遇涼風暫至，自謂是羲皇上人。」羲皇，即伏羲氏，傳說中的三皇之一。❹更無一字不清真　言淵明詩文字字清真。蘇軾〈和飲酒〉：「淵明獨清真，談笑得此生。」❺若教王謝諸郎在二句　意謂王、謝豪族子弟對陶淵明望塵莫及。淵明〈雜詩〉：「人生無根蒂，飄如陌上塵。」王謝，六朝望族王氏、謝氏。柴桑，淵明故里，在今江西九江市西南。

【語　譯】晚年躬自耕作，不曾歎窮怨貧，隻雞斗酒，邀來近鄰親友歡聚暢飲。全無晉宋易代之世事相擾，確如羲皇以前之人。　千年之後，百篇詩文猶存，絕無一字不清真。王、謝豪門子弟若要相比，當對柴桑陌上之淵明望塵莫及。

【研　析】這首詞作年難以確考，鄧廣銘《稼軒詞編年箋注》繫於慶元中（西元一一九五——一二〇〇年）所作。

讀淵明詩，愛不釋手，為作小詞送之。上片言淵明其人，下片言淵明之詩。蕭統稱淵明「貞志不休，安道苦節。不以躬耕為恥，不以無財為病。自非大賢篤志，與道汙隆，孰能如此乎！余素愛其文，不能釋手，尚想其德，恨不同時。」（〈陶淵明集序〉）稼軒蓋有同感。「秉耒歡時務」、「躬耕非所歎」、「斗酒散襟顏」、「得歡當作樂，斗酒聚比鄰」、「自謂是羲皇上人」云云，均為淵明自道語，稼軒融入詞中，轉作對淵明其人的評價，平實而自然。「都無晉宋之間事」一句為稼軒之斷語，其意蓋謂淵明超然於晉宋間世事煩擾之外。朱熹曾說：「晉宋間人物雖曰尚清高，然個個要官職，這邊一面清談，那邊一面招權納貨。淵明卻真箇是能不要，此其所以高於晉宋人也。」（《朱子語類》卷三十四）稼軒之語或許也有此意。

淵明文如其人。其人安貧樂道，清雅率真。其詩則字字清真，稼軒遂讀之「不能去手」。詞作末二句以「王謝諸郎」對比淵明。王、謝二氏世為望族，其富貴自非村居柴桑、家貧乃至於乞食的陶淵明所能企及，然稼軒謂「若教王謝諸郎在，未抵柴桑陌上塵」，當就其人其文而論。王氏子弟少有以詩文名世者，謝氏子弟如謝朓、謝靈運、謝惠連等均為文壇名家，且謝靈運與陶淵明並稱「陶謝」，杜甫即有詩云：「焉得詩如陶謝手，令渠述作與同遊。」（〈江上值水如海勢聊短述〉）宋代亦然，如蘇軾有云「陶謝之超然」（〈書黃子思詩集後〉）。然陶、謝相較，陶之人品詩品均超邁謝靈運，蓋為宋代文人之共識，稼軒之見亦屬公論，而其筆致頗為巧妙。

鷓鴣天

髮底青青無限春❶，落紅飛雪謾紛紛。黃花也伴秋光老，何似尊前見在身❷！

書萬卷，筆如神❸，眼看同輩上青雲❹。個中不許兒童會，只恐功名更逼人❺。

【注　釋】❶髮底青青無限春　意謂風華正茂，春意無限。❷尊前見在身　指把杯暢飲之現時人生。見在，現今存在。見，同「現」。牛僧孺〈贈葉夢得〉：「休論世上升沉事，且鬥尊前見在身。」❸書萬卷二句　杜甫〈奉贈韋左丞丈二十二韻〉：「讀書破萬卷，下筆如有神。」❹眼看同輩上青雲　青雲，喻高位顯爵。張元幹〈隴頭泉〉（少年時）：「百鎰黃金，一雙白璧。坐看同輩上青雲。」❺個中不許兒童會二句　意謂此間別讓兒童會聚，只怕其談論功名逼迫我心。稼軒〈菩薩蠻〉：「功名飽聽兒童說。」劉過〈嘉泰開樂日殿巖涇原郭季端邀遊鳳山〉：「指點中原百城在，功名逼人有機會。」

【語　譯】人生當年，春意無限，落花似雪，徒自紛紛。菊花也伴隨秋光衰敗凋萎，怎比我身心安然，把杯暢飲！　胸中書萬卷，筆下如有神，旁觀同輩平步青雲。此間別讓兒童會聚，只怕其大談功名，逼迫我心。

【研析】這首詞作年不詳。鄧廣銘《稼軒詞編年箋注》據詞意「譏評時政，語多憤切」，謂作於「慶元黨禁」期間，遂繫於慶元中（西元一一九五－一二〇〇年）。

詞作感慨人生，以春、秋為喻。從春意無限到落紅紛紛，一春將逝；菊花在秋光中老去，秋亦將逝。春去秋來，花開花謝，自然萬物盛而轉衰，人之生命何嘗不然！白居易遂有「落花如雪鬢如霜，醉把花看益自傷」（〈花前有感〉）之歎。稼軒則並未觸景生發出人生感傷之情，而是以超然灑脫之懷，把杯遣賞，珍視現時人生。

上片以自然界之花落花老，反襯出稼軒身心安然自適，下片則轉筆到人世功名。杜甫求仕失意，作〈奉贈韋左丞丈二十二韻〉云：「讀書破萬卷，下筆如有神。……自謂頗挺出，立登要路津。」稼軒化用此意，自身擁有「書萬卷，筆如神」之才學，旁觀同輩「立登要路津」。結末二句且言不願聽兒童大談功名致使身心受迫。稼軒似乎在閒看同輩仕宦顯達，甘願遠離功名。然而細品詞句，其中透出些許鄧廣銘先生所說的「憤切」之意。如用杜甫詩意即有懷才不遇之怨，而功名是否逼人，其實質不在兒童談論與否，而在於聽者是否心存功名之志。這終究還是稼軒弟子范開說得中肯：「公一世之豪，以氣節自負，以功業自許。」（〈稼軒詞序〉）如此一位豪傑，可以超然面對生命自然之衰，即不因物華凋敗而嗟歎傷感，卻無法擺脫壯志難酬的憤慨。

鷓鴣天

有客慨然談功名，因追念少年時事❶，戲作

壯歲旌旗擁萬夫❷，錦襜突騎渡江初❸。燕兵夜娖銀胡觮，漢箭朝飛金僕姑❹。

追往事，歎今吾，春風不染白髭鬚❺。卻將萬字平戎策❻，換得東家種樹書❼。

【注　釋】❶少年時事　指青年時聚眾從耿京抗金，奉表歸宋，突襲敵營活捉叛賊等事。參見《宋史・辛棄疾傳》。❷壯歲旌旗擁萬夫　指青年時聚眾從耿京抗金，任掌書記。稼軒〈進美芹十論劄子〉：「粵辛巳歲，金亮南下，中原之民，屯聚蜂起。臣嘗鳩眾二千，隸耿京，為掌書記，與圖恢復，共籍兵二十五萬，納款于朝。」黃庭堅〈送范德孺知慶州〉：「春風旌旗擁萬夫，幕下諸將思草枯。」❸錦襜突騎渡江初　指紹興三十二年（西元一一六二年）擒獲叛將張安國，率數千騎兵南渡歸宋之事。劉祁《歸潛志》卷八：「辛一旦率數千騎南渡，顯于宋。」錦襜突騎，指短衣突擊之騎兵。襜，遮至膝前的短衣。張孝祥〈水調歌頭・凱歌上劉恭父〉：「少年荊楚劍客，突騎錦襜紅。」❹燕兵夜娖銀胡𧍣二句　蓋言突襲金營活捉叛將張安國之事。燕兵，指金兵。娖，整理。銀胡𧍣，銀飾箭袋。金僕姑，箭名。《左傳》莊公十一年：「乘丘之役，公以金僕姑射南宮長萬。」杜預注：「金僕姑，矢名。」❺春風不染白髭鬚　謂春風不能染黑白鬚，意即不能使人回歸青春。歐陽脩〈聖無憂〉（世路風波險）：「好酒能消光景，春風不染髭鬚。」❻平戎策　指抗金之策。稼軒有《美芹十論》、《九議》等詳論抗金策略。❼種樹書　《史記・秦始皇本紀》載始皇焚書，「所不去者，醫藥、卜筮、種樹之書」。韓愈〈送石處士赴河陽幕〉：「長把種樹書，人云避世士。」黃庭堅〈次韻子高即事〉：「青雲自致屠龍學，白首同歸種樹書。」

【語　譯】年輕時揭舉抗金義旗，旗下萬夫擁聚，當初率短衣輕騎突圍南渡。金兵連夜整理弓箭，義軍拂曉飛箭馳突。　追憶往事，歎我如今，春風也無法染黑我的白鬚。竟將數萬字的抗金策論，向東鄰換來種樹之書。

【研　析】詞云「春風不染白髭鬚。卻將萬字平戎策，換得東家種樹書」，知作於瓢泉閒居期間，鄧廣銘《稼軒詞編年箋注》附次於慶元六年（西元一二〇〇年）之作，大體可信。

稼軒平生志在抗金復國，南渡之後雖多次奏論恢復大計，但不為所重，壯志未酬且步入老境，便極易追懷青年時期那段戰火紛飛的抗金歷程，當「有客慨然談功名」，心中的未酬之志驅遣記憶中的烽火衝殺場景，重現於眼前。詞作上片即追憶那段刻骨銘心的戰鬥生活。起筆二句總述，從揭舉義旗聚眾抗金到率部渡江歸朝；「燕兵」二句則從中選取最為驚心動魄的一次壯舉，即紹興三十二年（西元一一六二年）閏二月，二十三歲的稼軒率五十名騎兵突襲敵營，擒獲殺害義軍首領耿京的叛賊張安國。此事轟動當時，洪邁〈稼軒記〉

云：「予謂侯本以中州雋人，抱忠仗義，章顯聞於南邦。齊虜巧負國，赤手領五十騎縛取於五萬眾中，如挾毚兔。束馬銜枚，由關西奏淮，至通晝夜不粒食。壯聲英概，懦士為之興起，聖天子一見三歎息。」《宋史·辛棄疾傳》詳載此事：「紹興三十二年，(耿)京令棄疾奉表歸宋。高宗勞師建康，召見，嘉納之，授承務郎、天平節度掌書記，併以節使印告召京。會張安國、邵進已殺京降金。棄疾還至海州，與眾謀曰：『我緣主帥來歸朝，不期事變，何以復命？』乃約統制王世隆及忠義人馬全福等徑趨金營。安國方與金將酣飲，即眾中縛之以歸，金將追之不及。獻俘行在，斬安國於市。」詞中敵我對舉，生動再現出襲敵不備、迅疾勇猛之情狀。

上片「追往事」，下片「歎今吾」，感歎如今鬚髮斑白，抗金復國之業未成，空懷滿腹平戎之策，落得山中閒居，植花種樹。春風吹綠大地，萬物復蘇，生機盎然，本當令人意氣風發，稼軒卻感歎「春風不染白髭鬚」；「萬字平戎策」本該施諸疆場，贏得破敵平賊之功，稼軒卻換得毫不相干的種樹書。其語意不無詼諧之趣，然語調冷峻，令人透過詼諧感觸到筆墨間深深的無奈和幽憤之情。

詞作「追往」、「歎今」形成今昔對比，過片承轉明確。詞情上，追憶往事的欣喜情懷，反襯出感慨今時的悵然鬱憤，感今追昔對襯交映，展現出稼軒白髮閒居的不平心境。

浣溪沙

王子春，赴閩憲，別瓢泉❶

細聽春山杜宇❷啼，一聲聲是送行詩。朝來白鳥背人飛❸。

對鄭子真巖石臥❹，趁陶元亮菊花期❺。而今堪誦〈北山移〉❻。

【詞牌】浣溪沙

唐教坊曲名。又名〈小庭花〉、〈減字浣溪沙〉、〈滿院春〉、〈東風寒〉、〈醉木犀〉、〈霜菊黃〉、〈廣寒枝〉、〈試香羅〉、〈清和風〉、〈怨啼鵑〉等。此調正體雙調四十二字，上片三句三平韻，下片三句兩平韻。稼軒此詞為正體。

【注　釋】❶壬子春三句　四卷本題作「泉湖道中赴閩憲別諸君」。壬子，宋光宗紹熙三年（西元一一九二年）。閩憲，福建提點刑獄。憲，提點刑獄的簡稱。❷杜宇　指杜鵑鳥，亦名子規，傳說為戰國時蜀王望帝杜宇魂魄所化（參見《太平御覽》卷一百六十六引《十三州志》）。❸朝來白鳥背人飛　言早上白鷗背離人而飛去。杜甫〈歸雁〉：「雙雙瞻客上，一一背人飛。」溫庭筠〈渭上題〉：「橋上一通名利跡，至今江鳥背人飛。」按：稼軒〈鷓鴣天〉（水底明霞十頃光）云：「背人白鳥都飛去，落日殘鴉更斷腸。」❹對鄭子真巖石臥　鄭子真，漢成帝時人，隱居於雲陽（今陝西淳化西北）谷口。揚雄《法言·問神》：「谷口鄭子真，不屈其志而耕乎巖石之下，名震于京師。」❺趁陶元亮菊花期　陶淵明，字元亮。愛菊，其〈飲酒〉詩有云：「採菊東籬下，悠然見南山。」蕭統〈陶淵明傳〉載淵明「嘗九月九日出宅邊菊叢中坐，久之，滿手把菊」。❻北山移　指南齊孔稚珪〈北山移文〉。北山，指鍾山（今江蘇南京東紫金山），因位於都城之北，故稱。孔稚珪與周顒同隱北山，後周顒應詔出仕，返京路過北山，稚珪乃作此文假託山靈諷刺周顒，拒絕其入山。移文，檄文，一種曉諭、聲討性文體。

【語　譯】細聽春山裡杜鵑啼鳴，一聲聲都是送行的詩句。一早那白鷗就背我飛去。　曾如鄭子真高臥於巖石下，也曾似陶元亮品賞秋菊芳芬。而今足可讓人對我誦讀〈北山移文〉。

【研　析】這首詞作於紹熙三年（西元一一九二年）春。稼軒時年五十三，赴任福建提點刑獄。

宋初种放不事舉業，隱居終南山，自稱「退士」。後應召出山，官左司諫，直昭文館。數年後告歸終南山，「是日召見宴餞于龍圖閣。上作詩賜放，命羣臣皆賦且製序。杜鎬辭以素不屬文。詔令引名臣歸山故事。鎬因誦〈北山移文〉。其意蓋譏放也」（《續資治通鑑長編》卷七十一）。稼軒詞謂「而今堪誦〈北山移〉」，乃以自嘲之筆調抒寫告別瓢泉的情形及感受。上片言「別瓢泉」，起筆二句謂杜鵑聲聲送行，其悲啼中似有怨憤，如孔稚珪〈北山移文〉所述「蕙帳空兮夜鶴怨，山人去兮曉猿驚」。「朝來」一句即明言白鳥憤然離去。稼軒閒居期間有「盟鷗」詞作〈水調歌頭〉云：「凡我同盟鷗鷺，今日既盟之後，來往莫相猜。白鶴在何處，嘗試與偕來。」此處「白鳥」亦即鷗鷺白鶴之類，其「背人飛」即對稼軒不守盟約、應召出山之舉的失望。

詞作下片借古人鄭子真、陶淵明自喻帶湖閒居之生活情狀：林泉高臥，把酒賞菊。如今卻應詔赴官，不免令人想到孔稚珪〈北山移文〉所譏刺的周顒。詞作結末遂云「而今堪誦〈北山移〉」。此與上片結句「白鳥背人飛」相呼應，筆調中流露出自嘲意味。然而自嘲之外更見出稼軒的功業心志，抗金復國為其平生之志，南渡以來壯志未酬，中年罷居十年，與宋廷和議時局有關。《四朝聞見錄》卷二載：「上（孝宗）每侍光堯（高宗），必力陳恢復大計以取旨。光堯至曰：『大哥，俟老者百歲後，爾卻議之。』上自此不復敢言。」可見高宗趙構堪稱主和派之靠山。淳熙十四年（西元一一八七年）高宗駕崩，抗金志士即感到轉機來臨，如稼軒摯友陳亮便於次年春至金陵、京口察看形勢，旋即上書孝宗皇帝云：「今者高宗皇帝既已祔廟，天下之英雄豪傑皆仰首以觀陛下之舉動」，並奏請孝宗「命東宮為撫軍大將軍，歲巡建鄴，使之兼統諸司，盡護諸將，置長史、司馬以專其勞。……兵雖未出，而聖意振動，天下之英雄豪傑靡然知所向矣」（〈戊申再上孝宗皇帝書〉）。是年冬往上饒訪稼軒，並約朱熹相聚，蓋意欲聯手當時文臣、武將之翹楚朱熹、稼軒合力完成恢復大業。朱熹爽約，辛、陳二人「長歌相答，極論世事」（辛棄疾〈祭陳同父文〉）。所謂「世事」當即恢復之事。至紹熙元年十二月，朝中反對起用稼軒的兩位重臣左丞相周必大、樞密使王藺先後被罷黜，力主恢復、反對和議的留正任左丞相，時局呈現有利於抗金恢復之氣象。稼軒應召出山，其意圖當在恢復大計，一年後奉詔入朝，遂奏進〈論荊襄上流為東南重地〉。綜合時局變化及稼軒平生志向而言，本詞「堪誦〈北山移〉」之言外寓意頗似北宋王安石「被召將行作」〈松間〉詩所云：「偶向松間覓舊題，野人休誦〈北山移〉。丈夫出處非無意，猿鶴從來不自知。」

浣溪沙

瓢泉偶作

新葺茅簷次第成❶，青山恰對小窗橫。去年曾共燕經營。

病怯杯盤甘止

酒❷，老依香火苦翻經❸。夜來依舊管弦聲。

【注釋】❶新葺茅簷次第成　言新茅屋漸次建成。葺，用茅草修蓋房屋。❷病怯杯盤甘止酒　言因病而甘願戒酒，不敢碰酒杯。病怯，原作「病卻」，茲從四卷本。蘇軾〈次韻樂著作送酒〉：「少年多病怯盃觴，老去方知此味長。」❸老依香火苦翻經　言老來燒香拜佛，苦讀佛經。秦觀〈題法海平闍黎〉：「因循移病依香火，寫得彌陀七萬言。」張耒〈次韻秦七寄道潛〉：「只欲歸依香火社，高堂時聽法音潮。」

【語譯】新蓋的茅屋依次落成，小窗正對著青山翠峰。去年春燕相伴之時，開始了茅舍的經營。多病之體害怕杯觴而甘願戒酒，老邁之人依憑香火而苦讀佛經。夜色來臨，依舊是管絃齊鳴。

【研析】這首詞作於慶元二年（西元一一九六年）。稼軒時年五十七，移居瓢泉。詞題「瓢泉偶作」，為瓢泉閒居的偶感之作。稼軒罷官而歸，再到期思卜居，經營瓢泉新舍，如今即將落成，當賦詞誌喜。詞作上片敘及新舍將成，窗對青山，並說明新舍經營始於去年春天。敘事簡括而完整，筆調中也見出歷經一年多的努力而修蓋的新舍給稼軒帶來的欣慰。然而新舍落成之喜，卻不能消融近來因病而生發的煩惱，詞作下片遂轉言「病」、「老」之懷。因病而止酒，止酒則難消憂愁，苦讀佛經，夜聽管絃，似不無消憂解愁之意。詞作旨趣不止在為新舍落成而誌喜，更在感慨近況，故詞題「偶作」。

浣溪沙

常山❶道中即事

北隴田高踏水❷頻，西溪禾早已嘗新。隔牆沽酒煮纖鱗❸。忽有微涼何處雨，更無留影霎時雲。賣瓜聲❹過竹邊村。

【注釋】❶常山，衢州常山縣，治所在今浙江常山縣。❷踏水 腳踏水車灌溉。❸纖鱗 小魚。左思〈招隱〉：「石泉漱瓊瑤，纖鱗亦浮沉。」❹賣瓜聲 聲，原作「人」，茲從四卷本。

【語譯】北面的隴田地勢高，農民踩踏水車忙灌田，西溪的水稻早成熟，農家已吃上新米飯。隔牆買酒又煮魚。

一襲微涼，不知何處吹來一陣雨，霎時間雨過雲散無蹤影。賣瓜聲飄過村邊竹。

【研析】這首詞作於嘉泰三年（西元一二〇三年）初夏。稼軒時年六十四，以朝請大夫、集英殿修撰知紹興府，兼浙東安撫使，赴任途經常山。

詞寫常山道中所見，描述了江南鄉村的初夏農事景象和生活風情。江南入夏轉熱，地勢高的隴田易旱，農作物需人力供水抗旱。詞作起句所言即此情景。溪邊稻田灌水充足，水稻成熟早，初夏即已收割。詞中「西溪」二句言「嘗新」、「沽酒煮纖鱗」，大概是稼軒受到當地農家的熱誠款待。上片展現的農民田野勞作和農家沽酒待客場景，令人真切感受到鄉村農家的辛苦耐勞和純樸熱情。

下片描述陣雨忽來，霎時雨停雲散。午後陣雨是江南夏日的常見天氣。陣雨過後，農事一切照常。此時，稼軒把筆觸落到賣瓜聲。夏日為瓜熟季節，瓜可去暑解渴，賣瓜人村前村後的吆喝當是鄉村夏日的一道特色風景。詞作以此風景作結，村野風情悠然。

全詞呈現出一片自然祥和景象，也透露出稼軒此次赴任的輕鬆愉悅心情。

添字浣溪沙

簡傅巖叟❶

總把平生入醉鄉，大都三萬六千場❷。今古悠悠多少事，莫思量。　微有寒些春雨好❸，更無尋處野花香❹。年去年來還又笑，燕飛忙。

【詞牌】添字浣溪沙

即唐教坊曲〈山花子〉，又名〈攤破浣溪沙〉、〈感恩多令〉。此調正體雙調四十八字，上片四句三平韻，下片四句兩平韻。稼軒此詞為正體。

【注釋】❶傅巖叟　名為楝，鉛山（今屬江西）人，曾任鄂州州學講書。陳文蔚〈傅講書生祠堂記〉云：「鉛山傅巖叟，幼親師學，肄儒業，抱負不凡。壯而欲行愛人利物之志。命與時違，抑而弗信，則曰：士有窮達，道無顯晦。乃以是理施之家而達之鄉。……時稼軒辛公有時望，欲諷廟堂奏官之。巖叟以非其志辭。辛不能奪，議遂寢。」❷大都三萬六千場　李白〈襄陽歌〉：「百年三萬六千日，一日須傾三百杯。」大都，大概。❸春雨好　杜甫〈春夜喜雨〉：「好雨知時節，當春乃發生。」❹更無尋處野花香　意謂野花幽僻，聞其芳香而難尋其處。

【語譯】一生都在醉鄉度過，大概要暢飲三萬六千場。悠悠古今，世事知多少，莫要去思量。　春時好雨送微寒，野花飄香，幽僻難尋訪。年去年來，笑那春燕又在上下飛忙。

【研析】稼軒〈添字浣溪沙〉（楊柳溫柔是故鄉）題「用前韻謝傅巖叟餽名花鮮蕈」，自注：「纔止酒。」其「用前韻」即用本詞之韻。二詞大略同為慶元二年（西元一一九六年）之作，本詞在前，時尚未止酒。

以詞作書簡，向友人聊聊人生感觸，節序風光，筆調語氣中蘊含著知友間心照不宣的言外之意。上片言古今悠悠，世事紛紜，超然其外，置身醉鄉。這是稼軒罷職閒居的心境，豪放豁達之中隱含人生怨憤，如白居易〈醉吟〉所歎：「事事無成身老也，醉鄉不去欲何歸？」

下片賞春，感受著春雨的料峭寒意，吮吸著野花的幽香，悠然閒靜之趣充溢其間，春燕的飛忙則顯得自尋多事，不合時宜，遂令稼軒發笑。此笑似無理，實則別有意味，透露出閒居的稼軒對世人為名利奔忙的不屑和超脫。

添字浣溪沙

用前韻謝傅巖叟餽名花鮮蕈❶

楊柳溫柔是故鄉，紛紛蜂蝶去年場。大率一春風雨事，最難量。滿把攜來紅粉面，堆盤更覺紫芝❷香。幸自麴生閑去了❸，又教忙。

【注釋】❶用前韻句　前韻，指〈添字浣溪沙〉（總把平生入醉鄉）詞韻。餽，通「饋」。贈送。蕈，菌類植物。❷紫芝　亦稱木芝，一種真菌。❸幸自麴生閑去了　自注：「纔止酒。」言本已止酒，今又忙於備酒。幸自，本自。麴生，亦作「麯生」，指酒。鄭綮《開天傳信記》載道士葉法善與朝客數十人聚於玄真觀。一美少年來訪，自稱「麴秀才」。「扼腕抵掌，論難鋒起，勢不可當。法善密以小刀劍擊之，隨手失墜於階下，化為瓶榼。一座驚懾，遽視其所，乃盈瓶醲醞也。咸大笑，飲之，其味甚嘉。座客醉而揖其瓶曰：『麴生風味，不可忘也。』」宋祁〈詠菊〉：「壽客若為情，風流友麯生。」

【語譯】楊柳婀娜，蜂蝶紛飛，回到溫柔的故鄉，依然是去年的景象。春天裡的風風雨雨，大概最難料想。

捧來滿把鮮花似粉面紅顏，盤中又飄來紫芝的芳香。本已戒酒罷飲，今又為備酒而忙。

【研析】這首詞用同調「簡傅巖叟」詞韻，大略為同時之作，即慶元二年（西元一一九六年）。

詞為友人饋送名花鮮蕈而作，因花而想到蜂蝶為花飛忙。或許因風雨無情，繁花飄零，蜂蝶紛紛飛繞婀娜的柳枝，依戀著溫柔的故鄉。「去年場」三字，有化實為虛之效。眼前的景象令稼軒彷彿回到了去年的場景。「更能消幾番風雨，匆匆春又歸去。」（〈摸魚兒〉）一春風雨事難料，不無惜春之情，友人適時饋送名花，更有佐酒鮮蕈，令稼軒欣喜不已（「滿把」二句足見其情），雖剛剛戒酒，亦不妨破戒暢飲歡醉。

添字浣溪沙

病起獨坐停雲❶

彊欲加餐竟未佳，只宜長伴病僧齋❷。心似風吹香篆過，也無灰❸。

山上朝來雲出岫❹，隨風一去未曾回。次第前村行雨了❺，合歸來。

【注釋】❶停雲　稼軒瓢泉所建堂名。其〈臨江仙〉有云：「偶向停雲堂上坐。」❷彊欲加餐竟未佳二句　意謂想勉強多吃些卻感覺不好，只能如病僧長吃齋。〈古詩十九首・行行重行行〉：「棄捐勿復道，努力加餐飯。」❸心似風吹香篆過二句　言心境空寂。香篆，燃香器具，形似篆文。洪芻《香譜》：「香篆，鏤木以為之，以範香塵為篆文。」《莊子・齊物論》：「形固可使如槁木，而心固可使如死灰乎？」郭象注：「死灰、槁木，取其寂漠無情耳。」稼軒反其語而用其意。❹山上朝來雲出岫　山上，原作「山下」，茲從四卷本。陶潛〈歸去來兮辭〉：「雲無心而出岫。」岫，山谷。❺次第前村行雨了　次第，依次。宋玉〈高唐賦〉：巫山之女「旦為朝雲，莫為行雨」。莫，同「暮」。

【語譯】想勉強多吃些卻感覺不佳，只宜如病僧長伴素齋。心似風吹香篆，淨無塵灰。　清晨山中雲氣從崖穴飄出，隨風而去未歸回。前村依次雨過風止，雲當歸來。

【研析】詞題「病起」，與〈六州歌頭〉（晨來問疾）序中「屢得疾」、「小愈」語相應，蓋亦慶元五年（西元一一九九年）前後之作。稼軒時年約六十，閒居瓢泉。

詞中所言，可題作「病起獨坐看雲」。起二句言病起。病體初癒，未能勉強加餐，仍宜齋食素淡。「心似」二句言獨坐，蓋暗用《莊子・齊物論》中「南郭子綦憑几而坐」之事，字句上則反用其「心如死灰」之喻，而用意相通，均喻心境超然。

下片言看雲，亦照應題中「停雲」。陶潛〈歸去來兮辭〉云：「雲無心而出岫，鳥倦飛而知還。」萬物各適其性，自由自得之氣象充溢於字裡行間。稼軒筆下的朝雲則似有所為而出岫，非「無心而出岫」，故其隨風而去，久未歸來。末二句點明朝雲出岫乃為行雨，待前村雨過，則當歸來。詞筆與物諧謔，別具雅趣。

古籍今注新譯叢書

哲學類

新譯四書讀本	謝冰瑩等編譯
新譯學庸讀本	王澤應注譯
新譯論語新編解義	胡楚生編著
新譯孝經讀本	賴炎元等注譯
新譯易經讀本	郭建勳注譯
新譯周易六十四卦經傳通釋	黃慶萱注譯
新譯乾坤經傳通釋	黃慶萱注譯
新譯易經繫辭傳解義	吳　怡著
新譯禮記讀本	姜義華注譯
新譯儀禮讀本	顧寶田等注譯
新譯孔子家語	羊春秋注譯
新譯老子讀本	余培林注譯
新譯帛書老子	趙　鋒注譯
新譯老子解義	吳　怡著
新譯莊子讀本	黃錦鋐注譯
新譯莊子讀本	張松輝注譯
新譯莊子本義	水渭松注譯
新譯莊子內篇解義	吳　怡著
新譯列子讀本	莊萬壽注譯
新譯管子讀本	湯孝純注譯
新譯墨子讀本	李生龍注譯
新譯公孫龍子	丁成泉注譯
新譯晏子春秋	陶梅生注譯
新譯鄧析子	徐忠良注譯
新譯荀子讀本	王忠林注譯
新譯尹文子	徐忠良注譯
新譯尸子讀本	水渭松注譯
新譯鶡冠子	趙鵬團注譯
新譯鬼谷子	王德華等注譯
新譯韓非子	傅武光等注譯
新譯呂氏春秋	朱永嘉等注譯
新譯韓詩外傳	孫立堯注譯
新譯淮南子	熊禮匯注譯
新譯春秋繁露	朱永嘉等注譯
新譯新書讀本	饒東原注譯
新譯新語讀本	王　毅注譯
新譯潛夫論	彭丙成注譯
新譯論衡讀本	蔡鎮楚注譯
新譯申鑒讀本	林家驪等注譯
新譯人物志	吳家駒注譯
新譯張載文選	張金泉注譯
新譯近思錄	張京華注譯
新譯傳習錄	李生龍注譯
新譯呻吟語摘	鄧子勉注譯
新譯明夷待訪錄	李廣柏注譯

文學類

新譯詩經讀本	滕志賢注譯
新譯楚辭讀本	林家驪注譯
新譯楚辭讀本	傅錫壬注譯
新譯文心雕龍	羅立乾注譯
新譯六朝文絜	蔣遠橋注譯
新譯世說新語	劉正浩等注譯
新譯昭明文選	周啟成等注譯
新譯古文觀止	謝冰瑩等注譯
新譯古文辭類纂	黃　鈞等注譯
新譯樂府詩選	溫洪隆注譯
新譯古詩源	馮保善注譯
新譯千家詩	邱燮友等注譯
新譯詩品讀本	成　林等注譯
新譯花間集	朱恒夫注譯
新譯南唐詞	劉慶雲注譯
新譯絕妙好詞	聶安福注譯
新譯唐詩三百首	邱燮友注譯
新譯宋詩三百首	陶文鵬注譯
新譯宋詞三百首	汪　中注譯
新譯宋詞三百首	劉慶雲注譯
新譯元曲三百首	賴橋本等注譯
新譯明詩三百首	趙伯陶注譯
新譯清詩三百首	王英志注譯
新譯清詞三百首	陳水雲等注譯
新譯唐人絕句選	卞孝萱等注譯
新譯唐才子傳	戴揚本注譯
新譯拾遺記	石　磊注譯
新譯搜神記	黃　鈞注譯
新譯唐傳奇選	束　忱等注譯
新譯宋傳奇小說選	束　忱注譯
新譯明傳奇小說選	陳美林等注譯

新譯容齋隨筆選　朱永嘉等注譯
新譯明散文選　周明初注譯
新譯明清小品文選　鄭　婷注譯
新譯人間詞話　馬自毅注譯
新譯白香詞譜　劉慶雲注譯
新譯幽夢影　馮保善注譯
新譯菜根譚　吳家駒注譯
新譯小窗幽記　馬美信注譯
新譯圍爐夜話　馬美信注譯
新譯郁離子　吳家駒注譯
新譯歷代寓言選　黃瑞雲注譯
新譯賈長沙集　林家驪注譯
新譯揚子雲集　葉幼明注譯
新譯曹子建集　曹海東注譯
新譯建安七子詩文集　韓格平注譯
新譯阮籍詩文集　林家驪注譯
新譯嵇中散集　崔富章注譯
新譯陸機詩文集　王德華注譯
新譯陶淵明集　溫洪隆注譯
新譯江淹集　羅立乾等注譯
新譯庾信詩文選　歸　青注譯
新譯初唐四傑詩集　李福標注譯
新譯駱賓王文集　黃清泉注譯
新譯王維詩文集　陳鐵民注譯
新譯孟浩然詩集　楊　軍注譯
新譯李白詩全集　郁賢皓注譯
新譯李白文集　郁賢皓注譯
新譯杜甫詩選　張忠綱等注譯

新譯杜詩菁華　林繼中注譯
新譯高適岑參詩選　孫欽善等注譯
新譯昌黎先生文集　周啟成等注譯
新譯劉禹錫詩文選　閻　琦注譯
新譯柳宗元文選　卞孝萱等注譯
新譯白居易詩文選　陶　敏等注譯
新譯元稹詩文選　郭自虎注譯
新譯李賀詩集　彭國忠注譯
新譯杜牧詩文集　張松輝注譯
新譯李商隱詩選　朱恒夫等注譯
新譯范文正公選集　王興華等注譯
新譯蘇洵文選　羅立剛注譯
新譯蘇軾文選　滕志賢注譯
新譯蘇軾詞選　鄧子勉注譯
新譯蘇轍文選　朱　剛注譯
新譯曾鞏文選　高克勤注譯
新譯王安石文選　沈松勤注譯
新譯唐宋八大家文選　鄧子勉注譯
新譯柳永詞集　侯孝瓊注譯
新譯李清照集　姜漢椿等注譯
新譯陸游詩文選　韓立平注譯
新譯辛棄疾詞選　聶安福注譯
新譯歸有光文選　鄔國平注譯
新譯唐順之詩文選　馬美信注譯
新譯徐渭詩文選　周　群等注譯
新譯薑齋文集　平慧善注譯
新譯顧亭林文集　劉九洲注譯
新譯納蘭性德詞　馮　乾注譯

新譯方苞文選　鄔國平等注譯
新譯鄭板橋集　朱崇才注譯
新譯袁枚詩文選　王英志注譯
新譯李慈銘詩文選　潘靜如注譯
新譯聊齋誌異選　任篤行等注譯
新譯閱微草堂筆記　嚴文儒注譯
新譯浮生六記　馬美信注譯
新譯弘一大師詩詞全編　徐正綸編著

歷史類

新譯史記　韓兆琦注譯
新譯漢書　吳榮曾等注譯
新譯後漢書　魏連科等注譯
新譯三國志　吳樹平等注譯
新譯資治通鑑　韓兆琦等注譯
新譯史記—名篇精選　韓兆琦注譯
新譯尚書讀本　吳　璵注譯
新譯尚書讀本　郭建勳注譯
新譯周禮讀本　賀友齡注譯
新譯逸周書　牛鴻恩注譯
新譯左傳讀本　郁賢皓等注譯
新譯公羊傳　雪　克注譯
新譯穀梁傳　顧寶田注譯
新譯春秋穀梁傳　周　何注譯
新譯戰國策　溫洪隆注譯
新譯國語讀本　易中天注譯
新譯說苑讀本　左松超注譯
新譯說苑讀本　羅少卿注譯

新譯新序讀本　葉幼明注譯
新譯吳越春秋　黃仁生注譯
新譯西京雜記　曹海東注譯
新譯列女傳　黃清泉注譯
新譯越絕書　劉建國注譯
新譯燕丹子　曹海東注譯
新譯東萊博議　李振興等注譯
新譯唐六典　朱永嘉等注譯
新譯唐摭言　姜漢椿注譯

宗教類

新譯金剛經　徐興無注譯
新譯高僧傳　朱恒夫等注譯
新譯碧巖集　吳　平注譯
新譯百喻經　顧寶田注譯
新譯楞嚴經　賴永海等注譯
新譯梵網經　王建光注譯
新譯圓覺經　商海鋒注譯
新譯法句經　劉學軍注譯
新譯六祖壇經　李中華注譯
新譯禪林寶訓　李中華注譯
新譯維摩詰經　陳引馳等注譯
新譯經律異相　顏洽茂注譯
新譯阿彌陀經　蘇樹華注譯
新譯無量壽經　邱高興注譯
新譯無量義經　蘇樹華注譯
新譯妙法蓮華經　張松輝注譯
新譯景德傳燈錄　顧宏義注譯
新譯大乘起信論　韓廷傑注譯
新譯釋禪波羅蜜　蘇樹華注譯
新譯八識規矩頌　倪梁康注譯
新譯永嘉大師證道歌　蔣九愚注譯
新譯華嚴經入法界品　楊維中注譯
新譯地藏菩薩本願經　李承貴注譯
新譯悟真篇　劉國樑等注譯
新譯无能子　張松輝注譯
新譯坐忘論　張松輝注譯
新譯列仙傳　張金嶺注譯
新譯抱朴子　李中華注譯
新譯神仙傳　周啟成注譯
新譯性命圭旨　傅鳳英注譯
新譯老子想爾注　顧寶田等注譯
新譯周易參同契　劉國樑注譯
新譯道門觀心經　王　卡注譯
新譯養性延命錄　曾召南注譯
新譯樂育堂語錄　戈國龍注譯
新譯沖虛至德真經　張松輝注譯
新譯長春真人西遊記　顧寶田等注譯
新譯黃庭經・陰符經　劉連朋等注譯

軍事類

新譯司馬法　王雲路注譯
新譯尉繚子　張金泉注譯
新譯三略讀本　傅　傑注譯
新譯六韜讀本　鄔錫非注譯
新譯吳子讀本　王雲路注譯
新譯孫子讀本　吳仁傑注譯
新譯李衛公問對　鄔錫非注譯

教育類

新譯爾雅讀本　陳建初等注譯
新譯顏氏家訓　李振興等注譯
新譯聰訓齋語　馮保善注譯
新譯曾文正公家書　湯孝純注譯
新譯三字經　黃沛榮注譯
新譯百家姓　馬自毅等注譯
新譯幼學瓊林　馬自毅注譯
新譯增廣賢文・千字文　馬自毅注譯
新譯格言聯璧　馬自毅注譯

政事類

新譯商君書　貝遠辰注譯
新譯鹽鐵論　盧烈紅注譯
新譯貞觀政要　許道勳注譯

地志類

新譯山海經　楊錫彭注譯
新譯水經注　陳橋驛等注譯
新譯佛國記　楊維中注譯
新譯大唐西域記　陳　飛等注譯
新譯洛陽伽藍記　劉九洲注譯
新譯徐霞客遊記　黃　珅注譯
新譯東京夢華錄　嚴文儒注譯